Susanne Wittpennig
Liebe ist stärker als Raum und Zeit: 2018
(Time Travel Girl)

www.fontis-verlag.com

Für Deborah,
meine Cousine und
Herzensfreundin

Susanne Wittpennig

Liebe ist stärker als Raum und Zeit: 2018

Time Travel Girl

Infos über die Autorin,
«Maya und Domenico»
und «Time Travel Girl»
gibt es auf:
www.schreibegern.ch

Bibliografische Information der Deutschen Nationalbibliothek
Die Deutsche Nationalbibliothek verzeichnet diese Publikation in der Deutschen Nationalbibliografie; detaillierte bibliografische Daten sind im Internet über www.dnb.de abrufbar.

© 2018 by Fontis-Verlag Basel

Umschlag: Spoon Design, Olaf Johannson, Langgöns
Fotos Umschlag: (Mädchen mit Brille:) Aleshyn_Andrei, shutterstock.com
(Weitere Gegenstände in der Brille: shutterstock.cm)
Foto Klappe bei der U1 (Hintergrund): Timofeev Vladimir, shutterstock.com
Foto Klappe bei der U1 (Mädchen): Aleshyn_Andrei, shutterstock.com
Foto auf der U4: Aleshyn_Andrei, shutterstock.com
(plus Skyline im Hintergrund: Sergey Nivens, shutterstock.com)
Foto Innenteil (Uhren): shutterstock.com / Black Moon
Satz: InnoSet AG, Justin Messmer, Basel
Druck: Finidr
Gedruckt in der Tschechischen Republik

ISBN 978-3-03848-123-2

Inhalt

Prolog	....	7
Momo	....	9
1 Willkommen in der Zukunft	....	21
2 Verschollen in der Zeitlinie	....	29
3 Kyle	....	55
4 Begegnung mit dem Internet	....	87
5 Im Versteck des Time Transmitters	....	101
6 Professor Ashs Archiv	....	125
7 Besuch einer alten Freundin	....	141
8 Das Tor zu einer neuen Welt	....	163
9 Im Haus der Kendalls	....	173
10 Retro-Girl	....	189
11 Ein schwieriger Fall	....	211
12 Familienbande	....	229
13 Gefallener Instagram-Engel	....	253
14 Zacs Wettermaschine	....	269
15 Skateboards und Regenbogen	....	289
16 Wiedersehen im Chat	....	309

17 Ein schwieriger Entschluss	321
18 Mission Morgan	339
19 Neue virtuelle Welt	371
20 Acht Stockwerke unter der Erde	397
21 Angelas Plan	421
22 Befreiungsaktion	441
23 Kairos – der rechte Zeitpunkt	455
24 Die Nacht der Entscheidung	479
25 Begegnung mit der Vergangenheit	505
26 Doc Silvermans Schlachtplan	515
27 Bye-bye und Godspeed	533
Epilog	543
Dank	561
Von derselben Autorin weiterhin erhältlich:	563

Prolog

7. Juni 2018

Lieber Momo

Wenn man jemanden,
den man liebt,
vor dem Tod bewahren will,
tut man wohl alles dafür.

Auch durch die Zeit reisen.

Selbst wenn das Reisen durch die Zeit alles andere als schmerzlos ist. Denn jedes Mal, wenn du wieder weggehen musst, lässt du ein Stück deiner Seele in einer anderen Zeit zurück.

Vergangenheit, Gegenwart und Zukunft – passieren sie eigentlich gleichzeitig?

Wenn ich das wüsste …

Aber Liebe ist ja nicht an Zeit gebunden.

Liebe überdauert die Ewigkeit.
Sie ist stärker als Raum und Zeit.

Du wirst immer mein Momo sein.
Mein Captain Kendall.

Egal, wie alt Du nun bist.

Ich hoffe, Du überlebst diesen Tag.

Ich werde alles dafür tun, was in meiner Macht steht.

Lisa Leonor Lambridge alias
Lee Butterfly alias
Leonor Whitfield alias
Lee-Lee

Oder wie auch immer ich durch alle Zeiten hindurch heißen werde …

Geschrieben am:
Donnerstag, den 7. Juni 2018

PS: Möge die Mission mir gelingen …

Momo

14. Februar 1990

Die CD kam mit einem leisen Klicken zum Stehen. Er nahm sie heraus, drückte die Stop-Taste des aufnehmenden Kassettenrekorders, zog die nächste CD-Single aus dem Jewelcase und legte sie anstelle der anderen in den Player seiner Stereoanlage.

Der Song war «Miss You Like Crazy» von Natalie Cole und vor knapp einem Jahr in den Charts gewesen. Er drückte gleichzeitig die Record- und die Play-Tasten des Kassettenrekorders und ließ dann die Stereoanlage den Rest der Arbeit tun.

Leise summte er den Song mit, während er wieder ans Fenster trat, um hinauszuschauen:

I miss you like crazy, I miss you like crazy
Ever since you went away, every hour of every day …

Noch drei Songs konnte er ungefähr aufnehmen, dann würde die Kassette voll sein.

Drei Songs – und nur noch zwanzig Minuten bis Mitternacht!

Seine Nervosität stieg von Minute zu Minute. Jetzt musste aber wirklich langsam etwas passieren! Zumindest ein Telefonanruf von diesem Doc Silverman sollte drin sein, oder? Einfach irgendwas. Er brauchte irgendein Zeichen dafür, dass alles gut werden würde. Dass Lisa wieder zurück war.

Wenn bis Mitternacht nichts geschah, war er so ziemlich erledigt.

Es war der 14. Februar 1990. Der Kalender irrte sich nicht, er hatte das Datum sogar extra dick mit Filzstift umrahmt.

Und auch sein Radiowecker irrte sich nicht.

Der Tag war da: der Tag, der zwischen Leben und Tod entschied. Der ihm die Antwort darauf bringen würde, ob er fünf Monate zuvor, am 15. September 1989, tatsächlich Zeuge einer Zeitreise gewesen war oder ob er bloß die Schizophrenie seiner Mutter geerbt hatte.

Was gar nicht so abwegig war. Die Erinnerungen an diesen verheerenden Abend vor fünf Monaten flitzten nämlich wie Irrlichter durch seinen Kopf, total wirr und ungeordnet.

Wie Blitze.

Und er schaffte es nie, sie zu einem sinnvollen Ganzen zusammenzusetzen.

Eine Menge Blitze hatte es gegeben, ja. Aber er verstand nichts von Physik. Und schon gar nichts von Zeitreisen und Wurmlöchern. Er hatte Physik immer gehasst. Und seinen schrecklichen Physiklehrer, Professor Ash, erst recht.

Deshalb hatte er sich einzig und allein die Information gemerkt, dass seine Freundin Lisa Leonor Lambridge in das Jahr 2018 gereist war und am heutigen Datum, dem 14. Februar 1990, wieder in die Gegenwart zurückkehren sollte.

Den Rest musste er außen vor lassen, wenn er nicht den Verstand verlieren wollte.

Er drehte sich um, um einen Blick in den Spiegel an seinem ansonsten mit Starpostern zugepflasterten Kleiderschrank zu werfen. Außer dass er wie so oft ziemlich blass um die Nase war, sah man ihm seinen inneren Kampf zum Glück nicht an. Die jahrelange Selbstbeherrschung trug Früchte. Mittlerweile hatte er allen schon so lange vorgemacht, dass in seinem Leben alles in Ordnung war und er locker damit fertigwurde, dass seine Mum sich aus dem Staub gemacht und ihn und Stevie im Stich gelassen hatte, dass er diese Lüge manchmal fast selbst glaubte.

Sie war einfach gegangen. Eben wegen dieser Schizophrenie, die plötzlich nach Jahren wieder ausgebrochen war. Böse Traumbilder hatten sie verfolgt. Doch nur er, Morgan, hatte von ihren Wahnvorstellungen gewusst. Wenn sein Vater auf Geschäftsreisen war, hatte seine Mutter ihn manchmal nachts aus dem Bett geholt, damit er bei ihr bleiben und sie beschützen konnte, da sie wieder schlecht geträumt hatte.

Und ihr «Momo», wie sie ihn liebevoll genannt hatte, hatte sich zu ihr ins Bett gelegt, war bei ihr geblieben und hatte sie im Arm gehalten, bis sie endlich eingeschlafen war. Danach war er leise wieder zurück in sein eigenes Bett geschlichen. Damals war er etwa neun Jahre alt.

Stevie und Dad hatte er das alles aber nie erzählt.

Es ging nicht. Er konnte sich nicht öffnen. Niemandem.

Der Schmerz, von Mum verlassen zu werden, hatte ihn wie betäubt zurückgelassen.

Alle Gefühle verbarg er seitdem hinter einem gleichgültig-herablassenden Gesichtsausdruck und schützte sich so vor weiteren Angriffen auf sein Herz.

Heute war Mum in der geschlossenen Abteilung einer Nervenheilanstalt, und er versuchte, nicht mehr an sie zu denken. Sie würde sowieso nicht zurückkommen.

Der Song von Natalie Cole war zu Ende. Er ging wieder rüber zur Stereoanlage, um den nächsten Song aufzunehmen. Der war schon so alt, dass er davon nicht mal eine CD besaß. Er zog die Schallplatte aus der Hülle und legte sie auf. Die Uhr zeigte fünfzehn Minuten vor Mitternacht.

Und noch immer war nichts passiert.

You fill up my senses
Like a night in a forest
Like the mountains in springtime
Like a walk in the rain
Like a storm in the desert
Like a sleepy blue ocean
You fill up my senses
Come fill me again

Das war «Annie's Song». Von John Denver.

Aus den Siebzigerjahren, der Zeit, in der Lisa und er zusammen als Kinder gespielt hatten.

Er hätte den Song ebenso gut «Lee-Lee's Song» nennen können. Lee-Lee, so hatte er immer zu Lisa gesagt. Weil er diesen blöden Sprachfehler hatte und ihren Namen nicht richtig aussprechen konnte.

Wenn er «Lisa» sagen wollte, klang es immer wie «Lischa». Deswegen war Lee-Lee daraus geworden.

Es war nun mal seine Aufgabe, sich eine Strategie zurechtzulegen, wie er mit seinem Handicap durch den Alltag kam, ohne dass jemand etwas von seinem Sprachfehler bemerkte. Sie hieß ganz einfach: sparsam mit Worten umgehen und diejenigen Silben vermeiden, die zu schwierig waren zum Aussprechen.

Er ließ sich beim Reden nur gehen, wenn er sich ganz, ganz sicher fühlte; etwas, das ziemlich selten vorkam. Oder wenn er betrunken war. Das hingegen kam etwas weniger selten vor, dank Stevies ausschweifenden Partys.

Doch meist hüllte er sich in einen Schutzmantel aus Schweigen.

Schweigen war cool.

Daheim brauchte er auch nicht viel zu reden. Sein Vater war eh dauernd auf Geschäftsreisen. Und Stevie hatte immer tausend Sachen am Laufen, weil er so populär war.

Eigentlich war selten jemand daheim. Höchstens die Putzfrau, die ab und zu kam. Oder der Gärtner. Aber denen ging er aus dem Weg.

Come let me love you
Let me give my life to you
Let me drown in your laughter
Let me die in your arms
Let me lay down beside you
Let me always be with you
Come let me love you
Come love me again

Wenn Lee-Lee nicht mehr zurückkam, dann wusste er nicht, ob er noch länger an diese Zeitreisegeschichte glauben sollte. Dann hatte er keine Ahnung, wo sie war. Dann konnte sie ebenso gut auch tot sein.

Er durfte sich das gar nicht ausmalen.

Die Zukunft.

Das Jahr 2018.

In dem Jahr würde er 45 werden. Wenn überhaupt.

Denn da gab es noch ein *anderes* Datum, das sich fest in seine Gehirnzellen eingebrannt hatte und das nun wie ein Damoklesschwert über seinem Leben hing:

Der 7. Juni 2018.

Sein zukünftiger Todestag ... Wenn er diesem merkwürdigen Mini-Taschenrechner glauben sollte, den Lisa ihm gezeigt und den sie angeblich aus der Zukunft erhalten hatte. Wie ein winziger Fernseher hatte das Ding ausgesehen!

Auf dem Gerät war ein Foto gewesen.

Er hatte es noch immer glasklar vor Augen.

Das Foto mit seinem zukünftigen Grabstein. Und seinem Todesdatum, demzufolge er nicht einmal 45 Jahre alt werden würde.

Ihm graute es jetzt noch, wenn er an dieses Bild dachte.

Er hatte an diesem Abend keinen Alkohol getrunken, so viel wusste er mit Gewissheit. Das Foto war real gewesen. So real wie die nächste Schallplatte, die er mittlerweile in den Händen hielt. «Jealous Guy», ursprünglich von John Lennon, doch er hatte sich für die Version von «Roxy Music» entschieden, weil er sicher war, dass Lee-Lee sie lieber mochte. Er legte sie auf und warf einen weiteren Blick zur Uhr.

Zehn Minuten vor Mitternacht. – Verflixt noch mal!

Er trat erneut ans Fenster, um hinaus in die Dunkelheit zu starren. Gerne hätte er jetzt mit diesem Doc Silverman geredet. Er hatte noch so viele Fragen. Doch der Doc hatte ein Ermittlungsverfahren am Hals wegen dieses unerlaubten Experiments, bei dem nicht nur Lisa verschwunden, sondern auch Professor Ash vermutlich ums Leben gekommen war.

Eigentlich wusste er nicht, wie er den Doc überhaupt erreichen konnte. Doc und Zac Silverman hatten sich irgendwohin verzogen, ganz von der Umwelt abgeschottet.

Und auch diese geheimnisvolle Mrs. Whitfield war verschwunden.

Blieb nur noch Britt, Lisas beste Freundin. Sie schien auch eine Menge über dieses Zeitreiseexperiment zu wissen.

Aber die wollte nicht mit ihm reden. Immer wenn er den Kontakt gesucht hatte, hatte sie behauptet, ihn aus der ganzen Sache raushalten zu wollen.

Doch im Grunde wusste er, dass sie ihn nicht leiden konnte.

Und seit Dezember hatte er sie dann ganz aus den Augen verloren, weil er gar nicht mehr in den Unterricht ging. Stevie hatte ihn von der Schule genommen, nachdem er im Unterricht wieder einmal zusammengeklappt war. Sein Kreislauf hatte schlapp gemacht, aber das war ja nichts Neues. Seit seine Mutter weggegangen war, lief immer irgendetwas schief in seinem Körper.

Stevie meinte, er solle sich jetzt erst einmal erholen, bevor er dann ein, zwei Jahre nach Amerika gehen würde, um dort den Highschool-Abschluss zu machen.

Auch gut. Dann konnte er in seinem sicheren Bunker, dem Bett, bleiben und musste mit niemandem reden. Und brauchte sich auch nicht zu blamieren.

Doch wenn Lee-Lee heute zurückkommen würde, sollte alles anders werden. Dann würde er sich um sie kümmern. Er würde ihr all die Schallplatten und CDs kaufen, die sie haben wollte. Und einen Gameboy. Und vor allen Dingen anständige Klamotten. Sie lief ja immer in diesen vergammelten Flickenjeans rum, weil ihre Verwandten so schrecklich geizig waren.

Vielleicht konnte er sie sogar mit nach Amerika nehmen. Er hatte ja weiß Gott genug Kohle. Er konnte locker für sie sorgen.

Dad hatte Stevie zum zwanzigsten Geburtstag bereits einen Vorschuss auf das Erbe ausbezahlt, und Stevie drückte Morgan davon regelmäßig einen stattlichen Betrag in die Hand.

Meistens setzte er die Moneten in Schallplatten und Klamotten um. Oder er spendierte seinen besten Freunden Nathan Fletcher und Paul Stewart die Tickets, weil er wollte, dass sie ihn zu den Konzerten seiner Lieblingsbands begleiteten. Und wenn er mehr Geld haben wollte, ging er einfach wieder zu Stevie, und sein großer Bruder gab ihm alles, was er sich wünschte.

Um Geld würden er und Stevie sich für den Rest ihres Lebens keine Sorgen machen müssen. Schließlich würden sie eines Tages die «Kendall Automotive Company», eines der größten Unternehmen von Tomsborough, erben.

Die Kassette war fertig. Wieder ging er zurück zur Stereoanlage und warf beim Vorbeigehen einen weiteren Blick in den Spiegel. Er hasste es wirklich, ständig so blass zu sein. Stevie behauptete immer, er sehe auf eine coole Art ziemlich verpennt aus. Sein Schlafzimmerblick würde die Chicks regelrecht verrückt machen.

Er zuckte mit den Schultern. Wenn Stevie das sagte ... Stevie hatte ja eine Menge Erfahrung mit Mädchen. War er nicht seit Neustem sogar mit der hübschen Beverly Lancaster zusammen? Beverly, auf die fast alle Jungs standen und mit der sein Freund Nathan am Ball angebandelt hatte?

Wie auch immer. Sein Bruder konnte haben, wen er wollte. Er war beliebt, sportlich, gutaussehend und mit seinen 1,85 m machte er überall eine gute Figur.

Im Gegensatz zu ihm, Morgan. Er kam gerade mal auf 1,69 m. Stevie versicherte ihm zwar, dass er bestimmt noch wachsen würde, aber es war nicht gerade cool, wenn ein Mädchen in die Knie gehen musste, um ihm beim Tanzen den Kopf auf die Schulter zu legen.

Er nahm die Platte vom Teller und verstaute sie wieder in der Schutzhülle.

Er hoffte, dass Lisa die Songs gefallen würden. Er hatte sich wirklich größte Mühe gegeben, die passenden Texte für sie zu finden. Zugegeben, dass er sehr viele Lieder in- und auswendig kannte, war dabei schon von Vorteil gewesen. Er hatte sogar selbst heimlich ein paar Songtexte geschrieben. Die ruhten in einem Heft ganz zuunterst in der Schublade seines Schreibtisches, wo weder Stevie noch sein Dad sie je finden würden. Vielleicht würde er sie Lee-Lee mal zeigen. Aber nur ihr. Niemandem sonst.

Ohne Musik auf den Ohren konnte er den Alltag nicht überleben. Sein Fernseher mit dem Musiksender «MTV» lief bei ihm rund um die Uhr. Auch jetzt dudelte er leise im Hintergrund und spielte gerade «Money For Nothing». «Dire Straits». 1985. Er summte den Text leise mit, während er wieder nervös nach der Uhr sah.

Fünf Minuten vor Mitternacht.

Er lief zurück ans Fenster und fuhr sich nervös durchs Haar. Allmählich war er kurz vorm Durchdrehen.

Irgendwas musste doch jetzt passieren!

Aber das Einzige, was geschah, war, dass die Luxuslimousine von Armand Cox die Straße heraufkam. Wenn einer noch dickere Schlitten fuhr als sein Dad, dann war es dieser Modeschöpfer Cox mit seinen zwei schrägen Söhnen, die auch in seine Klasse gegangen waren.

Sonst passierte rein gar nichts. Auch das Telefon blieb stumm.

Nur die Discokugel an der Decke warf ihre Lichtreflexe an die Wände. Die Discokugel, die er zusammen mit Lee-Lee aufgehängt hatte ...

Irgendwann sickerte die Erkenntnis bis in sein Innerstes: Er konnte nicht sagen, weshalb, aber er wusste, dass Lee-Lee nicht zurückkommen würde. Als würde sie es ihm durch Raum und Zeit hindurch zuflüstern.

Sie war tot.

Sie war tatsächlich ums Leben gekommen.

Man hatte es ihm nur nicht gesagt.

Er biss sich fest auf die Lippen, lief hinüber zu seinem Bett, warf sich darauf und vergrub sein Gesicht in der zerknüllten Decke. Nein, Tränen würde er nicht vergießen. Das eine Mal da draußen im Valley hatte ihm gereicht.

Er konnte es sich nicht leisten, dass die Gefühle ihn erneut überwältigten.

Man konnte die Dinge nun mal nicht ändern. Man musste damit fertigwerden.

So war das Leben nun mal.

Nach einer langen Weile richtete er sich wieder auf, ging zu seiner Stereoanlage und holte die Kassette heraus.

Der Radiowecker zeigte den 15. Februar 1990 an.

Wütend riss er das Tonband heraus und knallte die Kassette in eine Zimmerecke.

Dann stürmte er zur Tür.

Stevie war nicht zuhause. Sein Vater auch nicht.

Er hatte freie Bahn.

Es gab nur ein Mittel, das seinen Schmerz linderte und das ihm schon öfter geholfen hatte.

Er schlich sich ins Wohnzimmer, nahm die Whiskeyflasche aus der Hausbar und goss einen großen Schluck davon in seine Limoflasche. Damit verzog er sich wieder in sein Zimmer, verrammelte die Tür und mummelte sich in seine Decke ein. Auf MTV lief gerade das Video zu «Tears on My Pillow» von Kylie Minogue.

Ihm würde bald warm werden, und der Schmerz würde verschwinden. Es würde sich anfühlen, als ob seine Mum seine Arme um ihn legen würde.

Das funktionierte wirklich.

Das hatte er schon öfter so gemacht.

Kapitel 1
Willkommen in der Zukunft

24. Februar 2018

Mit letzter Kraft und schlotternd vor Kälte rannte Lisa auf den ihr so vertrauten cremefarbenen Mercedes zu. Dass unter ihren Füßen der Schnee knirschte, obwohl es in ihrer Wirklichkeit eben noch ein verregneter Herbstabend gewesen war, mutete ihr immer noch ziemlich grotesk an. Die Wahrscheinlichkeit, dass sie das alles nur träumte, bestand wohl etwa zu neunzig Prozent. Denn wenn sie sich tatsächlich im Jahr 2018 befand – auf eben dieses Datum war die Zeitmaschine ja eingestellt gewesen –, dann sprengte das so ziemlich alles, was je in ihre Vorstellung gedrungen war. Dann wäre sie sage und schreibe 29 Jahre in die Zukunft gereist, und das war vermutlich so ziemlich das Krasseste, was je einem Menschen widerfahren sein mochte.

Im Schein der ungewohnt hellen Straßenlaternen konnte sie sehen, dass der Lack des Mercedes ziemlich abgenutzt war. Hatte Doc Silverman den Wagen nicht vor Kurzem neu lackieren lassen?

Ein großer Mann saß am Steuer. Sie erkannte nur seine schemenhaften Umrisse, doch sie sahen eindeutig nach Doc Silverman aus.

Die Beifahrertür glitt vor ihrer Nase auf. Mit ihren steifgefrorenen Gliedern kletterte sie ins Innere des Wagens. Die wohlige Wärme, die sie umhüllte, fühlte sich im ersten Moment sehr gut an. Und sehr real ...

«Hi Lee», sagte der Mann mit tiefer und leicht zitternder Stimme. «Wie schön, dich zu sehen!»

«Hi D-d-d-d-d-doc ...», klapperte sie zwischen ihren Zähnen hervor.

«Ich bin's, Zac.»

Für einen Moment stellte ihr Körper das Zähneklappern ein. Ihr Mund blieb offen stehen.

Der Mann neben ihr hatte schütteres langes Haar und oben eine Halbglatze, *haargenau* wie Doc Silverman. Außerdem trug er eine Brille. Zac hatte noch nie eine Brille getragen.

«Lee, du befindest dich im Jahr 2018. Ich bin 29 Jahre älter geworden, seit du mich zum letzten Mal gesehen hast.»

Ihr Mund ging nicht mehr zu. Okay. Jetzt musste sie vielleicht tatsächlich mal einer kneifen ... Zac, ihr bester Freund und Kumpel, war jetzt ein erwachsener Mann?

Auf einmal begann ihr Körper unkontrolliert zu zucken. Eine seltsame Art Schüttelfrost befiel sie. Ihre Haut war eiskalt, doch ihre Augen brannten wie im Fieber. Als ob ihr Körper sich nicht entscheiden konnte, ob er frieren oder schwitzen wollte.

«Hier, zieh das an.» Zac griff zwischen den Sitzen nach hinten und zog eine Tüte mit Kleidung hervor, die er ihr etwas linkisch überreichte.

Lisa nahm die Tüte in ihre starren Finger.

«Jetzt gleich?» Sie konnte sich doch nicht einfach so vor Zacs Augen umziehen ...

«Ach so, ja. Ich steige selbstverständlich aus.» Zac stieß hektisch die Wagentür auf und zwängte sich mit seinen langen Gliedern aus dem Auto.

Lisa öffnete mit klammen Fingern die Tüte und fand darin einen flauschigen, fabrikneu riechenden Trainingsanzug. Immerhin. Es gab noch Trainingsanzüge in der Zukunft. Man lief noch nicht in Raumanzügen rum.

Nachdem sie sich die mit Eiskristallen besetzten Klamotten vom Leib gestreift hatte und ein wenig später den samtweichen Stoff auf ihrer Haut fühlte, sank ihr Körper ermattet zusammen.

Zac stieg wieder ein und warf ihr einen unsicheren Blick zu. «Wie fühlst du dich?»

«Ich weiß nicht ...» Da waren immer noch diese undefinierbaren Hitzewellen, die wie Stromstöße durch ihren Körper jagten und ihre Kehle wie mit Sand austrockneten.

«Durst ...», krächzte sie.

«Natürlich. Wie konnte ich das vergessen!» Zac fingerte erneut zwischen den Sitzen herum und brachte eine große Wasserflasche zum Vorschein, die er ihr in die Hand drückte.

«So eine Zeitreise schlaucht den Körper natürlich ziemlich. Durch das hohe Maß an Energie wird auch ein gewisses Quantum an radioaktiver Strahlung freigesetzt. Deine Moleküle mussten eine große Distanz durch die Raumzeit zurücklegen. Wir haben viel an der Sache geforscht, aber leider wissen wir immer noch nicht alles. Die Vereinigung von Raum und Zeit nämlich, in ihrer vierdimensionalen Struktur ...»

Lisa schaffte es nicht mehr, sich auf Zacs Redefluss zu konzentrieren. Ihr einziges Interesse galt dem Wasser in der Flasche. Während sie die Flüssigkeit in sich hineinschüttete, startete Zac den Motor und fuhr los.

Bald schon fuhren sie auf einem supermodernen Highway dahin, der 1989 noch nicht existiert hatte. Allerdings klapperte und ruckelte der Wagen, als würde er über eine holprige Landstraße fahren.

«Bitte entschuldige das Gerüttel. Ich hoffe, dir wird nicht schlecht. Wir fahren dieses uralte Vehikel eigentlich nicht mehr, doch Dad meinte, du würdest mich leichter finden, wenn du den alten Mercedes wiedererkennst», erklärte Zac.

«Ah ...», brachte Lisa hervor.

«Wir konnten leider nicht direkt an der Brücke auf dich warten. Das Forschungszentrum lässt das ganze Gelände mit Kameras überwachen, weißt du. Einerseits aus Forschungsgründen, und andererseits wegen der Terroranschläge ...»

«Terroranschläge? Wieso? Haben wir Krieg?»

«Nein, nein. Kein Krieg. Aber vor zwei Jahren gab es hier einen Bombenalarm. Es ist nicht auszuschließen, dass das ‹Tomsbridge Science Research Center› Ziel von Anschlägen sein könnte. Es hat in den letzten Jahren große Bedeutung erlangt, weißt du, es ist fast so bedeutsam wie die Institute der Max-Planck-Gesellschaft in Deutschland, und ...»

Während Zac redete und redete, fiel Lisa in einen leichten, erschöpften Schlummer, diese Art von Dämmerschlaf, bei dem man gleichzeitig träumt und trotzdem alles um sich herum mitbekommt. Ob sie nun im Jahr 2018 war oder nicht, Zac konnte immer noch wie ein Wasserfall plappern, allerdings mit viel tieferer Stimme, die der seines Vaters ziemlich ähnlich war.

«Wir fahren jetzt ins Labor. Dort kannst du dich erholen und erst mal ganz viel schlafen. Hast du Hunger? Ich hab noch Sandwichs dabei, für den Fall.»

Lisa, nun wieder wach, schüttelte matt den Kopf. Sie hatte sich eben erst im Jahr 1989 beim Herbstball zusammen mit Momo am Buffet den Bauch vollgeschlagen. Hunger hatte sie also keinen. Im Gegenteil. Sie hatte eher das Bedürfnis, den Inhalt ihres Magens loszuwerden. Dieses Rumwirbeln im Wurmloch und nun das Schütteln des Wagens hatten alles in ihr drin so ziemlich auf den Kopf gestellt.

«Wir erklären dir dann morgen alles», sagte Zac, während er die nächste Ausfahrt ansteuerte. Sie mussten sich irgendwo weit abseits der Stadt befinden, denn um sie herum war alles dunkel.

Erklären? Alles? Lisa wusste immer noch nicht so genau, was alles passiert war. Sie hatte noch nicht mal wirklich herausgefunden, ob ihr nun kalt oder warm war. Mal kauerte sie sich fröstelnd zusammen und suchte Wärme, während gleichzeitig ihre Fußsohlen und Handflächen ganz ausgetrocknet waren und nach einer Abkühlung schrien. Sie presste die brennenden Handflächen schließlich an die Fensterscheibe, in der Hoffnung, dass sich ihre Beschwerden dadurch lindern würden.

Weil der Durst sich wieder meldete, öffnete sie erneut die Flasche und nahm einen zünftigen Schluck, doch der brachte das Fass endgültig zum Überlaufen. Auf einmal wusste sie, dass sie es nicht länger zurückhalten konnte. Zumal sie sich inzwischen auf einer kurvigen Landstraße befanden.

«Zac ... mir ist ...»

Zac hielt sofort am Straßengraben an. Lisa wurde von der Wucht der Bremsung nach vorne geschleudert.

«Oh mein Gott, Lee, alles okay mit dir?»

«… schlecht …»

Zac langte vor ihrer Nase vorbei zu einem Hebel, öffnete die Tür, und Lisa hängte ihren Kopf hinaus und erbrach sich in den Straßengraben, direkt auf ein paar Schneereste.

Zac zog sie an der Schulter wieder ins Innere des Wagens.

«Geht's, Lee? Wir sind bald da.»

Lisa blickte direkt in Zacs Augen, die bei Tageslicht stahlblau gewesen wären. Sie konnte es immer noch nicht fassen. War das wirklich Zac, ihr bester Kumpel? Ein Mittvierziger? Das war vollkommen surreal. Das konnte einfach nicht sein!

Hatte sie nicht noch vor wenigen Stunden mit Momo beim Ball getanzt?

Momo …

Da war wieder dieses Etwas, das so weh tat in ihr.

«Lee … ist alles in Ordnung?», fragte Zac besorgt.

Momo …

Momo war ihr letzter Gedanke, bevor ihr die Augen endgültig zufielen. Sie erwachte erst wieder, als Zac neben ihr erneut die Autotür öffnete und ein kalter Lufthauch ihre immer noch eiskalte Nasenspitze kitzelte.

«Wir sind da.»

Lisa richtete sich auf. Ihr war immer noch übel. Sie ergriff Zacs ausgestreckte Hand und stellte zu ihrem Entsetzen fest, dass ihre Beine einfach unter ihr wegsackten, als sie aus dem Wagen klettern wollte. Zum Glück waren Zacs Hände stark genug, um sie rechtzeitig aufzufangen, bevor sie mit dem Gesicht im Schnee aufprallte. Was war denn mit ihren Gliedern los? Und wo waren sie hier überhaupt? Hatte Zac nicht gesagt, sie würden ins Labor fahren? In die Villa?

Aber hier war keine Villa. Hier stand nur ein altes verlassenes Farmerhaus, und sie waren weitab von der Stadt, wie ihr die schneebedeckten Felder verrieten.

«Wo ... sind wir?», murmelte sie schwach.

«In unserem Labor. Wir mussten uns einen neuen Ort suchen. Lange her. Wir erklären dir das alles, wenn du wieder fit bist.»

Das war das Letzte, was sie hörte, bevor ihre Beine endgültig zusammenklappten und ihr schwarz vor Augen wurde.

Kapitel 2
Verschollen in der Zeitlinie

Sie wusste nicht, wie viele Tage, Stunden oder gar Wochen der Fiebertraum schon andauerte. Es konnten auch Jahre sein. Vielleicht schlummerte sie auch bis in alle Ewigkeit dahin. Sie hatte das Zeitempfinden sowieso komplett verloren.

War sie nun in der Vergangenheit, in der Gegenwart oder in der Zukunft? Oder war sie sogar schon längst im *Äon*, in der Ewigkeit? Wann hörte die Zeit überhaupt auf, und wann fing die Ewigkeit an? Gab es im Äon auch Jahreszahlen? Würde sie Momo dort wieder treffen? Und ihre Eltern? War Momo schon gestorben? Lag der 7. Juni 2018 noch in der Zukunft? Oder war er bereits Vergangenheit?

Alles drehte sich, sie fühlte sich schwerelos, irgendwo gestrandet in Zeit und Raum, am Rande einer dunklen Schlucht. Sie schrie und schlug um sich, um nicht in diesen Abgrund zu fallen, doch sie fiel trotzdem ins Unendliche, immer weiter, und landete mitten auf dem Grund ihres eigenen Herzens.

Als die Hitze allmählich in ihrem Körper nachließ und die Welt um sie herum wieder Konturen annahm, hörte zum Glück auch dieses

Karussell wieder auf, sich zu drehen. Lisa richtete sich im Bett auf und sah sich um. Sie musste im Fiebertraum wild um sich geschlagen haben, denn die Bettlaken und Wolldecken hatten sich irgendwie seltsam um ihre Beine gewickelt.

Sie befand sich in einem kleinen Zimmer, in dem nichts weiter als ein Schreibtisch mit einem großen, flachen Fernseher, eine kleine Kommode neben ihrem Bett und ein Holzregal mit undefinierbarem Klimbim standen. Rote Vorhänge wallten vor dem Fenster in dem sanften, kühlen Luftzug, der sie während ihres ganzen Fiebertraums vor dem Verglühen bewahrt hatte.

Der Sonnenstrahl, der durch den schmalen Spalt des offenen Fensters drang, hatte einen flachen Einfallswinkel, so dass es entweder Vormittag oder Abend sein musste.

Auf der Kommode lagen ihre Klamotten, mittlerweile gewaschen, und ihre Kette mit dem Uhrenanhänger. Sie war Lisas kostbarster Besitz, weil sie einst ihrer Mutter gehört hatte.

Lisa wollte danach greifen, doch ein stechender Schmerz jagte durch ihre linke Schläfe. Ein paar Sekunden lang war ihr schwarz vor Augen. Sie hielt inne und versuchte sich zu erinnern, was zuletzt passiert war.

Wo war sie? *In welcher Zeit* war sie?

Sie hatte nur noch vage Bilder in ihren Erinnerungen. Sie war im Auto gewesen, mit Zac ... der auf einmal viel älter gewesen war ... und zuvor hatte Momo sie auf dem Ball geküsst, und danach hatten sie sich gestritten, und dann war irgendwas mit dem Gewitter und dem «Time Transmitter» passiert ... und Mrs. Whitfield aus der Zukunft war auch dabei gewesen – Mrs. Whitfield, ihr älteres Ich – und Professor Ash ... irgendwas war noch mit Professor Ash passiert ...

Ihr Blick schweifte durch den Raum und blieb an dem Digitalwecker auf dem Holzregal hängen.

27. Februar 2018 | 9:23 am

2018. Da stand es. Unmissverständlich.
Sie blinzelte mehrmals. Vielleicht spielten ihre Augen ihr einen Streich. Doch die Zahl 2018 blieb, wo sie war.
Sie war tatsächlich in der Zukunft!
Fast dreißig Jahre in der Zukunft …
Es sei denn, sie träumte immer noch. Aber konnte man so intensiv träumen? Irgendwann musste man doch aufwachen …
Und *wo* war sie überhaupt? Nicht nur die Frage nach dem *Wann* drängte sich auf, sondern auch die nach dem *Wo*.
Das hier jedenfalls war ein Zimmer, das sie noch nie zuvor gesehen hatte. Den abgenutzten altmodischen Tapeten nach musste sie sich in einem sehr alten Haus befinden.
Sie strampelte sich aus den verhedderten Laken frei und blieb eine Weile auf der Bettkante sitzen, um zu testen, ob ihr Körper für eine größere Anstrengung schon bereit war. Ihre Hand griff erneut nach der Uhrenkette, und dieses Mal blieb ihr Kreislauf stabil, und auch der Schmerz in der Schläfe blieb aus.
Sie starrte die Uhr eine Weile lang an. Fast las sich die winzige Inschrift auf dem Zifferblatt nach den zurückliegenden Geschehnissen wie eine in Erfüllung gegangene Prophetie:
Meine Zeit steht in deinen Händen.
Die Zeit … das war so eine Sache.
Sie legte die Uhr wieder beiseite, prüfte vorsichtig, ob ihre Beine

sie trugen, und stellte mit Erleichterung fest, dass sie sich stärker anfühlten, als sie gedacht hätte. Und das war gut so, weil sie nämlich ganz dringend auf die Toilette musste.

Sie tappte, noch immer etwas schwankend, aus dem Zimmer und fand sich in einem kleinen, verlassenen Flur wieder. Sie entdeckte die Toilette zum Glück auf Anhieb, und als sie ein wenig später wieder herauskam, hörte sie Schritte die Treppe hochkommen.

«Lee?»

Lisa hätte immer noch schwören können, dass dieser Mann, der in der nächsten Sekunde vor ihr stand, Doc Silverman war. Doch trotz aller Verwirrung handelte es sich wahrhaftig um Zac, und jetzt, bei Tageslicht, konnte sie auch die kleinen Abweichungen in seinen Gesichtszügen sehen, die ihn von seinem Vater unterschieden. Die Nase war spitzer, das Gesicht länger, und das Blau seiner Augen eine Spur intensiver. Und er war auch ein Stück größer als sein Vater.

«Zac ...» Sie konnte es immer noch kaum glauben.

«Lee! Wie geht es dir?»

«Gut, aber ...»

Doch ehe sie antworten konnte, hatte Zac sich vorgebeugt und seine langen Arme um sie geschlungen.

«Es ist so schön, dich wiederzusehen, Lee. Ich konnte dich noch gar nicht richtig umarmen, weil dir so schlecht war im Auto.» Zacs Stimme zitterte ein wenig, und Lisa erkannte, wie bewegt er innerlich war.

«Wiedersehen ...?»

«Lee ... ich hab dich seit fast dreißig Jahren nicht mehr gesehen. Als ich dich zuletzt traf, hatten wir 1989!»

Lisa wurde allmählich klar, dass ihr Zeitempfinden sich von dem seinen gewaltig unterschied. Aber Moment mal – was meinte er damit, er hätte sie seit 1989 nicht mehr gesehen? Irgendwas ging da nicht ganz auf … irgendwo gab es da einen Widerspruch …

Als Zac sich von ihr löste, betrachtete sie ihn erneut. Seine Statur war zwar etwas kräftiger geworden, wie es sich für einen Mittvierziger gehörte, doch weil er fast zwei Meter groß war, wirkte er immer noch schlaksig. Seine braungestreifte Hose, die er weit über die Mitte seines Körpers in Richtung Unterarme hochgezogen hatte, wurde von einem Gürtel festgehalten, und zwischen dem Saum der Hosenbeine und den Birkenstocksandalen klaffte eine große Lücke, die den Blick auf je eine weiße und eine hellbraune Socke freigab. Lisa musste zum ersten Mal im Jahr 2018 schmunzeln.

Wenn sie es auch bis eben nicht glauben wollte, so hatte sie doch spätestens jetzt den Beweis, dass es sich bei diesem Mann wahrhaftig um Zac handelte – zerstreut wie eh und je.

«Magst du mit runterkommen? Dad möchte dich auch begrüßen.» Zac zog kurz die Brille aus und wischte sich etwas verstohlen über die Augen. Hatte er etwa Tränen in den Augen? Lisa hatte Zac noch nie weinen sehen.

Sie schaute verlegen an sich runter.

«Im Trainingsanzug soll ich runtergehen? Kann ich nicht erst duschen und mich noch umziehen?»

«Das kannst du ja später nachholen. Wir haben auch noch mehr Klamotten für dich. Britt hat alles für dich besorgt.»

Britt?

Hatte Zac eben «Britt» gesagt? Meinte er damit Britt, ihre beste Freundin?

Verdattert folgte Lisa Zac ins Erdgeschoss. Ein großes Zimmer tat sich vor ihr auf, ein Raum, der ebenso mit Krempel vollgestopft war wie die Villa Silverman vor fast dreißig Jahren: Computer in allen technischen Entwicklungsstufen, Werkzeug, in sämtliche Himmelsrichtungen verstreut, Kisten mit verstaubten Computerteilen, jede Menge Kabel und natürlich lauter Firlefanz, von dem wohl außer Zac niemand eine Ahnung hatte, was es im Einzelnen war. Was den Raum markant von der alten Villa unterschied, waren die viel niedrigere Decke und die fehlenden Lampenschirme.

«Dad», rief Zac. «Sie ist wach!»

In der hinteren Ecke des Raumes auf einem zerschlissenen schwarzen Ledersofa regte sich jemand. Zac bahnte sich einen Weg durch die herumliegenden Computerteile, indem er sie mit dem Fuß zur Seite schob, während Lisa ihm folgte.

«Doc ... Silverman?», hauchte sie und wappnete sich innerlich gegen das, was ihr gleich bevorstand. Dem in die Jahre gekommenen Doc Silverman zu begegnen – das mutete sie ziemlich gruselig an.

«Ja, ich bin es.»

Ein alter Mann mit einem schneeweißen Haarkranz erhob sich von dem Sofa, auf dem er gelegen hatte. Lisa blinzelte in dem trüben Licht, um ihn besser erkennen zu können.

Der Doc war in den letzten drei Jahrzehnten irgendwie geschrumpft, doch er schritt mit immer noch erstaunlich aufrechtem Gang auf Lisa zu, was der Tatsache zumindest ein wenig den Schrecken nahm.

Sie schaute vorsichtig zu ihm hoch. Das Antlitz des bejahrten Mannes erstrahlte mit einem Lächeln, als er sich zu ihr herunterbeugte und sie an sich drückte.

«Lee! Wie schön, dich zu sehen. Wir haben so lange auf diesen Tag gewartet. Du siehst noch genauso aus, wie ich dich in Erinnerung habe!» Auch seine Stimme unterlag gewissen Schwankungen, und Lisa fühlte das leichte Beben in seinem Körper. Ganz offenbar war der Doc tief bewegt über das Wiedersehen.

Sie löste sich sachte von ihm und schaute in sein faltiges Gesicht.

Dass die Zeit spurlos an ihm vorbeigegangen war, konnte sie über den Doc nicht sagen. Die Haut des alten Mannes war fragil wie Pergament geworden, und feine Äderchen schimmerten durch sie hindurch. Nur die Augen leuchteten immer noch mit derselben unbeugsamen Ausdruckskraft. Doc Silverman mochte äußerlich zwar deutlich gealtert sein, aber nicht in seiner Seele, wie sie beruhigt feststellte.

Nachdem sie den ersten Schock etwas verdaut hatte, rümpfte sie die Nase. Bah! Der Doc benutzte tatsächlich immer noch dasselbe scharfe Rasierwasser wie vor rund dreißig Jahren! Doch sie war beinahe froh darüber. Manche Dinge änderten sich nicht. Das war beruhigend.

«Bist du hungrig? Möchtest du etwas essen? Es ist noch was von dem Porridge übrig, den Misses Grant uns gebracht hat. Heute Abend gibt es dann Lamm-Stew.»

Lisa nickte, obwohl sie keinen Hunger verspürte. Sie sah sich um. Wo war all das, was ihr so vertraut gewesen war? Wieso waren Silvermans nicht mehr in ihrer Villa? Wer war Mrs. Grant? Und wieso war Rachel, die Haushaltshilfe und gleichzeitig Zacs Kindermädchen, nicht da?

«Dann stärkst du dich jetzt erst mal, und danach erzählen wir dir alles», sagte Doc Silverman. «Es gibt da einiges zu erklären ...»

«Wo ist Rachel?», wollte Lisa wissen.

«Rachel ist vor drei Jahren gestorben», sagte Zac, als wäre das das Normalste der Welt. «Sie war 91.»

«91?» Lisa hatte sich immer noch nicht an die neue Zeitrechnung gewöhnt. In ihrer Erinnerung war Rachel in ihren Sechzigern gewesen. Und nun war sie einfach nicht mehr da? Das war irgendwie furchtbar traurig. Rachel war immer ein Teil der Villa Silverman gewesen, so lange sie sich zurückerinnern konnte.

«So ist nun mal der Lauf der Zeit», sagte Doc Silverman, der ihr den Schock offenbar anmerkte. «Tja, Lee, ich fürchte, du wirst hier noch einige Überraschungen erleben. Was wir dir gleich zu sagen haben, ist leider auch nicht gerade leichte Kost ...» Er schaufelte ihr mit zittrigen Händen von dem Porridge auf einen Teller und reichte ihn ihr.

Lisa kämpfte immer noch mit der Tatsache, dass der Doc nun ein alter Mann war.

«Was ist denn passiert?», fragte sie matt, während sie sich mit dem Teller auf Doc Silvermans Sofa setzte. «Warum bin ich überhaupt hier gelandet?»

Die beiden Wissenschaftler wechselten einen Blick, und Lisa ahnte, dass das, was sie ihr zu sagen hatten, wirklich keine einfache Sache war und sie sich dafür vermutlich ordentlich stärken musste.

«Iss erst mal fertig», ordnete der Doc prompt an.

Lisa gehorchte und löffelte den Teller so schnell wie möglich leer. Sie wollte endlich eingeweiht werden.

Endlich schob Zac ein zweites Sofa heran – ein braunes mit abgenutztem Manchesterstoff, das Lisa noch aus der Villa kannte. Die beiden Männer nahmen ihr gegenüber Platz.

«Also, was passiert ist, ist Folgendes», eröffnete der Doc das Gespräch, nachdem er sich versichert hatte, dass Lisas Teller leer und ihr Magen voll war.

«Du bist am 15. September 1989 anstelle deines älteren Ichs durchs Wurmloch gezogen und hierher nach 2018 versetzt worden. Du wolltest ihr eigentlich das Smartphone zurückgeben, doch dann hat die Gravitation *dich* statt *sie* erfasst. Vermutlich ist das passiert, weil eure beiden Massen sich gegenseitig abstießen und ihr euch deswegen nicht zu nahe kommen konntet. Denn eigentlich kann man nicht zweimal in derselben Zeitlinie existieren. Das ergab eben diese Komplikationen.»

Ja, so viel hatte Lisa irgendwie schon kapiert. Das war noch ziemlich einfach zu verstehen.

«Ich bin also anstelle meines älteren Ichs im Jahr 2018 gelandet», rekapitulierte sie. «Aber wenn das so ist – was ist dann mit ihr passiert? Mit meinem älteren Ich, meine ich?»

«Nun ... sie verschwand, weil *du* verschwunden bist.» Doc Silverman räusperte sich.

«Wie?» Jetzt wurde es kompliziert.

«Du bist seit dem 15. September 1989 verschwunden, Lee. Du bist in die Zukunft gereist und bist einfach nie mehr zurückgekehrt. Wir haben dich seit fast dreißig Jahren nicht mehr gesehen. Du hast 29 Jahre übersprungen, bist vor drei Tagen, am 24. Februar 2018, hier wieder aufgetaucht, und irgendwas wird passieren, das deine Rückkehr nach 1989 verhindert.»

«Hm», machte Lisa und sah abwechselnd Zac und Doc Silverman an. Irgendwie ahnte sie, dass ihre Reaktion nicht angemessen war, aber es erschien ihr immer noch alles zu surreal, um wirklich wahr zu sein.

Zac stand schließlich auf und rollte zwischen einem Berg von Kartonkisten eine große alte Schultafel heraus, auf der noch die Kreidereste alter Berechnungen und Formeln hafteten. Er wischte kurzerhand mit seinem Ärmel darüber und brachte die Schreibtafel neben seinem Vater in Stellung.

«Hier, Dad», meinte er.

Doc Silverman erhob sich mit einem Ächzen. Ihm tat offenbar der Rücken weh. Er trat an die Tafel, nahm einen der winzigen Kreidestummel aus dem Schwammhalter und zeichnete eine lange, waagrechte Linie, die allerdings ein wenig verwackelt war.

«Am besten fangen wir gleich noch mal von vorne an. Sonst wird es unverständlich», sagte er und schrieb mit zittrigen Buchstaben «Zeitlinie eins» über die waagrechte Linie.

«Also, das hier ist die Zeitlinie eins, die ursprüngliche, originale Zeitlinie, in der du gelebt hast, erwachsen geworden bist und dann als fast 45-Jährige genau am 26. Juli 2018 zurück in die Vergangenheit gereist bist, um dir selbst, also deinem jüngeren sechzehnjährigen Ich, Informationen über deinen Freund Morgan zu übermitteln.»

Klar, auch das hatte Lisa begriffen. Das Gespräch mit ihrem älteren Ich aus der Zukunft war ja aus ihrer Sicht noch nicht sehr lange her.

«Aber diese Zeitlinie eins, die existiert nicht mehr, weil die Vergangenheit geändert wurde. Und zwar wurde ab dem Moment, als dein 2018er-Ich bei dir in der Vergangenheit von 1989 ankam, Zeitlinie zwei geschrieben. Denn ab diesem Punkt veränderte sich deine Geschichte und auch die der Menschen, die mit deinem Leben in Berührung kamen. Und Zeitlinie zwei, das ist die Zeitlinie, auf der wir uns jetzt befinden.»

Der Doc zeichnete unter die erste Linie eine zweite waagrechte Linie und betitelte sie mit «Zeitlinie zwei».

«Die Zeitlinie zwei ist also jetzt Realität für dich und für uns und deine Familie und deine Freunde.»

«Und Zeitlinie eins ist …?» Lisa runzelte die Stirn.

«… überschrieben worden. Wie bei einer Kassettenaufnahme», sagte Doc Silverman.

«Hm.» Das war etwas abstrakt, fand Lisa. «Soll das denn heißen, dass wir alle schon mal gelebt haben? Und immer wieder leben und die Zeitlinien neu überschrieben werden?», fragte sie.

«Nein, gewiss nicht», antwortete der Doc. «Normalerweise ist es dem Menschen ja nicht gegeben, einfach so durch die Zeit zu reisen. Mit deiner Zeitreise wurde sozusagen ein physikalisches Gesetz gebrochen. Es ist, sehr vorsichtig ausgedrückt, vergleichbar mit der Geschichte von Jesus, der auf dem Wasser gehen konnte – obwohl normalerweise kein Mensch auf dem Wasser gehen kann. Oder die uralte Story von Josua und dem Volk Israel, die Krieg mit dem Volk der Amoriter führten, während die Sonne fast einen Tag stillstand. Heute nehmen wir natürlich an, dass es die Erde war, die sich fast einen Tag lang nicht drehte – oder es gibt auch noch andere Erklärungen für das Phänomen. Es handelte sich aber in jedem Fall um physikalische Gesetze, die quasi für eine begrenzte Zeit aufgehoben wurden.

Chronos, die Zeitlinie, ist ein empfindsames System. Viele haben versucht, das Geheimnis der Zeit zu erforschen, sie zu definieren. Aber wie das Raum-Zeit-Kontinuum genau funktioniert, können wir bis heute nicht endgültig erfassen. Nun, lass uns zur eigentlichen Sache zurückkehren …»

Der Doc drehte sich wieder zur Tafel um und setzte seine Kreide bei Zeitlinie zwei an.

«Zeitlinie zwei ist es also, auf der du vor fast dreißig Jahren dein älteres Ich alias Misses Whitfield getroffen und von ihr Informationen aus der Zukunft empfangen hast – einer Zukunft, die allerdings noch aus Zeitlinie eins stammte.

Und als sie wieder in ihre Zeit zurückkehren wollte, geschah eben dieses Missgeschick mit dem Smartphone, und *du* bist an der Stelle deines älteren Ichs hierher nach 2018 gereist. Du hast also 29 Jahre in Zeitlinie zwei übersprungen und bist als Sechzehnjährige in einer Zeit gelandet, in der du eigentlich etwa 45 sein solltest. Und hättest quasi auf den 14. Februar 1990 wieder zurückkehren sollen. Doch weil du nicht mehr zurückgekehrt bist, haben wir jetzt ein Zeitparadoxon.»

Aber ein ziemlich gewaltiges, dachte Lisa, die sich, obwohl sie sonst über eine ziemlich gute Auffassungsgabe verfügte, reichlich anstrengen musste, um dieser Logik zu folgen.

«Und deswegen wurde dein zukünftiges Ich, Misses Whitfield, das an deiner Stelle im Jahr 1989 geblieben ist, aus der Zeitlinie gelöscht. Sie wurde sozusagen dematerialisiert», schloss Doc Silverman. Seine Stimme war deutlich brüchiger als vor dreißig Jahren; das Erklären dieser verzwickten Geschichte forderte ihn sichtlich.

«Also, warten Sie, Doc!» Lisa schoss vom Sitz hoch. «Sie wollen mir doch nicht weismachen, dass es *mich* im Jahr 2018 als 45-Jährige nicht mehr geben wird? Was passiert denn mit mir? Sterbe ich etwa, oder was?»

«Das ist jetzt eben die Frage», seufzte Doc Silverman. «Fakt ist: Du bist *nicht* nach 1989 zurückgekehrt. Folglich gehen wir davon aus, dass irgendwas deine Rückkehr verhindern wird und du möglicherweise als Sechzehnjährige dein Leben im Jahr 2018 weiterführen wirst.

Wenn dem so ist, wird deine 45-jährige Existenz nun irgendwann im Jahr 2046 oder 2047 sein – falls *Chronos* deine biologische Struktur nicht an das Raum-Zeit-Kontinuum anpassen wird. Aber das sind jetzt wieder nur Theorien, mit denen wir uns besser nicht aufhalten wollen, weil sie nur verwirren. Konzentrieren wir uns besser auf die Fakten und halten das Ganze so simpel wie möglich.»

Da Lisa vom jähen Aufspringen schon wieder ziemlich penetrante Kopfschmerzen hatte, setzte sie sich wieder und beschloss, erst mal die Klappe zu halten.

«Das Einzige, was du wissen und verstehen musst, ist, dass du jetzt hier gelandet bist und dass wir dich im Juli dieses Jahres wieder nach Hause schicken müssen, um den Schaden zu reparieren.»

«Schaden?»

«Lee – du hast nicht einfach nur mal so 29 Jahre übersprungen. Du bist aus dem Leben aller deiner Mitmenschen verschwunden.» Der Doc sah Lisa sehr ernst an. «Aus dem Leben deiner Familie, deiner Freunde – und aus dem Leben von Zachary und mir ...»

Langsam begann Lisa das Ausmaß der Katastrophe zu dämmern.

«Für deinen Bruder, deine Tante, deinen Onkel ... für alle, die jetzt hier im Jahr 2018 leben, bist du seit 29 Jahren verschollen. Sie alle haben dich fast dreißig Jahre nicht gesehen», führte der Doc noch weiter aus.

Er legte die Kreide zurück in den Tafelschwammhalter.

«Die offizielle Version lautet: umgekommen bei einem Experiment bei der Tomsbridge. Das ist die Realität für deinen Bruder, deine Tante ... die Kinder deines Bruders ... deine Freunde. Mit diesen Fakten haben all die Menschen, die dich gekannt haben, die letzten 29 Jahre gelebt. Nur Zachary, ich und natürlich deine beste Freundin Britt wissen, was wirklich passiert ist.»

Selbst wenn Lisa etwas hätte erwidern wollen, so brachte sie doch keinen Laut hervor. Sie fühlte sich plötzlich so, als hätte ihr jemand den Boden unter den Füßen weggerissen. Sie starrte abwechselnd Doc Silverman und Zac an, stumm wie ein Fisch. Auch die beiden Wissenschaftler schwiegen.

«Ich hab dir gesagt, dass es starker Tobak ist», beendete der Doc nach einer sehr langen Pause die Stille. «Aber wir werden diesen Schaden reparieren! Wir haben die letzten 29 Jahre ausgiebig am Thema Zeitreisen weitergeforscht. Wir werden alles tun, was in unserer Macht steht, um dich wieder zurück nach 1989 respektive 1990 zu bringen. Dann können wir Zeitlinie zwei mit einer dritten Zeitlinie überschreiben und dieses Missgeschick somit wieder in Ordnung bringen.»

Lisa dachte nach, so gut ihre müden Hirnzellen dazu in der Lage waren. Die Sache hatte einen Haken, und sie wusste auch, welchen.

«Aber – habt ihr mir nicht gerade eben erklärt, dass meine Rückkehr verhindert wird?», fragte sie. «Ist es dann also nicht schon sozusagen *vorherbestimmt*, dass ich gar nicht mehr zurückkann?»

Der Doc nahm sich ein paar Minuten Zeit, um die Antwort gründlich vorzubereiten.

«Nichts ist vorherbestimmt, Lee, eine Prophetie muss nicht unbedingt wahr werden. Schicksale mögen uns treffen, gewiss. Aber das schließt nicht aus, dass der freie Wille des Menschen einer der fantastischsten Bestandteile der Schöpfung überhaupt ist. Als der Schöpfer vor langer Zeit den Baum der Erkenntnis in den Garten Eden gepflanzt hat, hat er uns sogar die Wahlmöglichkeit zwischen Gut und Böse geschenkt – obwohl er vermutlich wusste, dass wir uns für das Falsche entscheiden würden. Aber er wollte uns als freie Wesen erschaffen, nicht als Roboter. Die Zukunft ist daher noch nicht geschrieben, Lee. Sie ist formbar, beeinflussbar, veränderbar. Ich bin überzeugt, dass wir eine Chance haben.»

Lisa liebte zwar die alten Sagen und Legenden, von denen Doc Silverman gerne erzählte, dennoch ging das Ganze für sie nicht auf.

«Ist unlogisch für mich», protestierte sie. «Wenn wir wirklich eine Chance haben, dann *müsste* ich doch zurückgekommen sein. Mir scheint, wir hängen in einer Zeitschleife fest.»

«Ja, das würden wir gewiss, wenn nicht *Chronos* gewisse Reparaturen vornehmen würde», sagte Doc Silverman. Er warf seinem Sohn einen auffordernden Blick zu. «Zachary – wo hast du das Computerspiel?»

«Hier.» Zac streckte seine langen Arme aus, zog eine bunte CD-Hülle aus einem Stapel Blätter hervor und legte sie auf den kleinen Tisch zwischen den Sofas.

Lisa beugte sich ahnungsvoll darüber. Sie hatte dieses Bild auf der CD schon mal gesehen …

«Das hier haben wir in einem Spielwarengeschäft gefunden. Ich weiß nicht, wie viele Exemplare davon noch existieren, aber es scheint, als bestünden seltsamerweise noch Überreste aus Zeitlinie eins, die Zeitlinie zwei nicht überschrieben hat», meinte der Doc mit einem leichten Lächeln.

Lisa drehte und wendete die CD-Hülle ehrfurchtsvoll in den Händen. Es war das Computerspiel, das sie in der Zukunft produzieren sollte und von dem ihr älteres Ich ihr eine Fotografie auf seinem Smartphone gezeigt hatte.

«Whitfield Company», stand in der unteren rechten Ecke des Covers. Hatte sie in Zeitlinie eins etwa eine eigene Firma besessen? Ihr älteres Ich hatte mit detaillierten Informationen leider sehr gespart und sich auch darüber ausgeschwiegen, was für eine Karriere die erwachsene Lisa Whitfield genau angestrebt hatte. Alles, was sie wusste, war, dass es etwas mit Informatik und Wissenschaft zu tun hatte. Aber das mit dem Computerspiel konnte nicht alles sein. Sie ahnte, dass es da noch mehr gab.

«Kann man es spielen?», fragte sie und las gerade die Zusammenfassung auf der Rückseite. Dort stand etwas über Lee, das Zeitreisemädchen, und etwas über den Jungen Kylian Kendall, der das Mädchen auf seinen Zeitreisen begleiten sollte ... *Kylian Kendall*. Wie sie nur in der Zukunft auf den Namen gekommen war? Oder sollte man besser sagen: kommen würde? Vielleicht, weil er einfach gut zu *Kendall* passte? Es lag ja auf der Hand, dass der Name ihrer Spielfigur in der Zukunft irgendetwas mit Momo Kendall zu tun haben musste ...

Doch dann fiel ihr ein, dass sie vermutlich gar kein Spiel mehr produzieren würde, da sie im Jahr 2018 gar nicht mehr als 45-Jährige leben würde ... Irgendwie schon paradox, dass es dann trotzdem noch da war. Das mit diesen Überresten aus Zeitlinie eins ergab für sie keinen wirklichen Sinn ...

Der Doc sah ihre gerunzelte Stirn und setzte gleich zu einer ausführlichen Erklärung an: «Anhand dieses Beispiels kannst du sehen, dass das Raum-Zeit-Kontinuum zwar versucht, den Schaden zu reparieren, es allerdings nicht komplett schafft oder bewusst einige Überreste aus der ersten Zeitlinie weiter da sein lässt, um ein Paradoxon zu vermeiden. Dein Smartphone, das dir dein 2018er-Ich im Jahr 1989 gegeben hat und das du wieder mit hierhergenommen hast, ist auch so ein Relikt, das der Logik zufolge eigentlich gar nicht mehr existieren dürfte. Aber sei's drum, es ist noch da, und sogar ein paar der Fotos von deinem 2018er-Ich sind noch drauf. Vielleicht bewahren uns diese kleinen Fehler davor, in einer Zeitschleife zu landen.»

Lisa zog die Stirn noch krauser. Sie glaubte langsam zu begreifen, was der Doc meinte. War das etwa so ähnlich wie diese vagen Erinnerungen an ihre erste Zeitlinie, in der sie ursprünglich mit Maddox Cox zum Ball gegangen wäre und nicht mit Momo?

«Das heißt also, dass wir eine reelle Chance haben, die Zeitschleife zu durchbrechen und die Zukunft mitzugestalten», fuhr der Doc nun fort. «Wir wissen zwar bis heute nicht, was deine Rückkehr verhindern könnte, aber wir haben ja ein paar Informationen von deinem älteren Ich.»

«Erzähl», forderte Lisa, die langsam, aber sicher wieder zurück ins Bett wollte.

«In deiner allerersten Zeitlinie bist du als Misses Whitfield am 26. Juli 2018 in die Vergangenheit gereist. Das hat sie uns damals mitgeteilt. Somit wissen wir, dass genau an diesem Tag ein passendes Gewitter stattfinden wird. Wir wollten sie ja, wie du weißt, auf den 12. August 2018 wieder zurücksenden, aber aus diversen Gründen wollte sie zum 24. Februar 2018 geschickt werden. Deswegen bist *du* ja nun an ihrer Stelle im Februar angekommen. Aber das entsprechende Gewitter, das uns ermöglichen wird, mit dem Time Transmitter das Wurmloch zu öffnen, wird wie gesagt erst im Juli stattfinden. Da es uns in der ersten Zeitlinie gelungen ist, Misses

Whitfield in die Vergangenheit zu schicken, wissen wir, dass dem technisch jedenfalls nichts im Wege steht.»

«Okay ...» Lisa unterdrückte ein Gähnen.

«Zachary testet den neuen Time Transmitter rund um die Uhr und versucht, sämtliche Fehlerquellen zu eliminieren», ergänzte Doc Silverman. «In dieser Hinsicht kannst du also schon mal beruhigt sein. Doch es muss eine andere Komponente geben, die deine Rückkehr verhindern könnte.»

«Und die wäre?»

«Nun, da gibt es noch eine ganz bestimmte Sache, die mir Sorgen bereitet», räumte der Doc ein. «In derselben Nacht wie du, damals am 15. September 1989, ist nämlich auch Professor Ash verschwunden. Er gilt, genau wie du, seit 29 Jahren als verschollen und wurde schließlich für tot erklärt. Aber seine Leiche wurde nie gefunden. Mir drängt sich da der Verdacht auf, dass er mit dir zusammen durchs Wurmloch gezogen wurde. Er war ja damals auf der Brücke direkt hinter dir und hat deinen Fuß festgehalten ...»

Nun schaltete sich Zac ein, der offenbar genau auf diesen Moment gewartet hatte: «Lee, als du vor drei Tagen auf der Tomsbridge in unserer Zeit angekommen bist – ist dir da irgendwas aufgefallen? Warst du allein dort? Oder war noch jemand bei dir? Hinter dir vielleicht?»

Wenn Lisa sich an etwas erinnern konnte, dann daran, wie mutterseelenallein sie sich auf der Brücke gefühlt hatte.

«Da war nur dieses Forschungszentrum ... dieses helle Gebäude mit den vielen Fenstern ... ich sah lauter Menschen vor flachen Fernsehern ... aber sonst gar nichts.»

Doc Silverman nickte nachdenklich, während Zacs Hirn offenbar weiterrotierte.

«Dad, Professor Ash hätte, wenn er ebenfalls durchs Wurmloch gezogen worden wäre, eigentlich direkt hinter Lee sein müssen ...»

«Das ist eben das Rätsel, das wir lösen müssen ... Da Professor Ash offenbar nicht zeitgleich mit dir angekommen ist, sind wir uns immer noch nicht darüber im Klaren, was mit ihm passiert ist. Wir wissen nicht, ob er eventuell von einem Gravitationssturm von der Brücke gewirbelt worden, in den Fluss gefallen und dabei ertrunken ist – allerdings, wie ich schon erwähnte, wurde seine Leiche nie gefunden. Oder vielleicht ist er auch aus unerklärlichen Gründen früher aus dem Wurmloch gekommen und daher zu einem anderen Zeitpunkt gelandet als du. Je nachdem könnte die Abweichung der berechneten Masse den Zeitstrahl beeinflusst haben, da *zwei* Personen statt einer durch die Zeit gereist sind. Fakt ist: Wir wissen es nicht, aber wir müssen es dringend herausfinden.»

«Warum?» Lisa war es eigentlich ziemlich egal, wo und wann Professor Ash abgeblieben war. Sie hatte ihren Physiklehrer immer gehasst und war nur froh, wenn sie ihm nicht über den Weg laufen musste.

Doch Doc Silverman war da offenbar anderer Ansicht.

«Lee – wenn Professor Ash sich aus irgendeinem Grund hier in unserer Zeit befindet, dann wird er alles tun, um sich unseren Time Transmitter unter den Nagel zu reißen. Verstehst du, was das bedeuten könnte?»

«Ah, Sie meinen ...»

«Ja. Dass *er* der Grund sein könnte, der deine Rückkehr verhindern wird. Und genau deswegen müssen wir etwas über seinen Verbleib herausfinden. Das ist neben dem unwahrscheinlichen Fall, dass technisch etwas schiefläuft, die zweite Alternative, die mir einfällt. Die dritte könnte sein, dass ... nun ja ... die Überwachungskameras beim Forschungszentrum könnten den Vorgang erfasst haben. Dadurch könnte es zu Komplikationen kommen, weil die Behörden wieder auf uns aufmerksam werden ... Genau deswegen konnten wir dich auch nicht direkt bei der Brücke abholen ... Man hätte uns auf den Kameras sehen können.»

Der Doc verstummte.

Lisa hatte den festen Verdacht, dass da noch eine Menge Geheimniskrämerei vor sich ging und dass Doc Silverman irgendetwas verschwieg. Warum lebten die beiden Wissenschaftler überhaupt hier draußen in der Pampa? Und wo war der Time Transmitter?

Sie hätte sich jetzt gerne systematisch da durchgefragt, aber weil sie so hundemüde war, beschloss sie, sich vorerst mit dem, was sie wusste, zu begnügen. Doc Silverman sah ihr die Unzufriedenheit offenbar an.

«Lee, glaub mir, wir haben momentan auch noch eine Menge unbeantworteter Fragen. Fakt ist: Du bist erst mal hier gestrandet, du giltst seit 1989 als verschwunden, und über das Wie und Warum machen wir uns am besten gar nicht mehr zu viele Gedanken. Das verwirrt nur. Aber Zachary wird alles tun, was in seiner Macht steht, um dich wieder nach Hause zu schicken. Er arbeitet Tag und Nacht an dem neuen Time Transmitter, gönnt sich kaum eine Pause. Unsere nächste Aufgabe ist es jetzt, dich auf die kommenden fünf Monate vorzubereiten.»

«Fünf Monate?» Erst jetzt ging ihr dieses Licht auf. Ihr Gehirn war aber auch wirklich lahm momentan ...

«Richtig, Lee. Du wirst die nächsten fünf Monate wohl oder übel im Jahr 2018 verbringen müssen, da dieses besagte Gewitter, von dem wir reden, ja erst am 26. Juli stattfinden wird.»

«Aha ...» Sie wusste gar nicht, ob sie darüber beglückt oder schockiert sein sollte, dass sie sich ganze fünf Monate in der Zukunft herumtreiben durfte. Das konnte durchaus spannend werden. Doch andererseits ...

«Und was soll ich hier die ganze Zeit machen?»

«Genau das haben wir uns schon lang und breit überlegt, Lee», sagte der Doc. «Wenn es nach mir ginge, würdest du hier draußen bei uns im Labor bleiben und möglichst nichts anfassen. Aber ...»

Er zögerte. «Nun, wir möchten nicht, dass du dich hier fünf Monate unsäglich langweilen musst. Dein älteres Ich, Misses Whitfield, hatte uns noch nahegelegt, dich zur Schule zu schicken. Wenn du uns also versprichst, sehr, sehr vorsichtig zu sein, dich mit *niemandem* näher einzulassen und dich vom Internet fernzuhalten, dann dachten wir, dass nichts dagegenspricht, für ein paar Monate die Schule zu besuchen und ein bisschen was über die Zukunft zu lernen.» Der Doc schmunzelte.

Für einen Moment verflog Lisas Müdigkeit wieder. «Ich darf hier zur Schule gehen?»

«Nun, ich willige in diesen Plan zwar ungern ein, aber ... nun ja, ich halte dich für ein verantwortungsbewusstes Mädchen. Außerdem liegt es mir am Herzen, dass du einen Ersatz für den Schulstoff bekommst, den du in deiner eigenen Zeit verpasst. Wenn du unsere Regel befolgst und *keine* näheren Kontakte knüpfst und so wenig wie möglich anfasst, dann sind wir bereit, uns auf dieses Experiment einzulassen. Britt hat dich als Austauschschülerin an der Tomsbridge School angemeldet.»

«An meiner alten Schule?» Nun konnte Lisa einen Begeisterungsschrei fast nicht unterdrücken. Na, das war ja ein Ding – sie konnte sehen, was sich in ihrer alten Schule in den letzten 29 Jahren alles verändert hatte ... Das würde aufregend werden!

«Ganz richtig», lächelte der Doc. «Allerdings hab ich eine klitzekleine Aufgabe für dich ...»

«Und die wäre?»

«Wir müssen *zwingend* herausfinden, wo Professor Ash ist. Ich persönlich gehe jedenfalls stark davon aus, dass er noch am Leben ist. Ich dachte, wenn du auf die Tomsbridge School gehst, dann könntest du zumindest die Augen offenhalten und vielleicht etwas über ihn in Erfahrung bringen.»

«Sie meinen, dass er dort sein könnte?»

«Ich weiß es nicht, aber bedenke: Er hat zwanzig Jahre im Untergeschoss eurer Schule gehaust. Er muss eine Menge Notizen und Aufzeichnungen dort hinterlassen haben, nachdem er verschwunden ist.

Wenn er hier gestrandet ist, wird er mit großer Wahrscheinlichkeit eine Möglichkeit suchen, wieder zurück nach 1989 reisen. Dazu wird er bestimmt seine Aufzeichnungen benötigen. Ich könnte mir gut vorstellen, dass er einen Weg gesucht hat, sie wiederzukriegen. Ob sie nach so vielen Jahren noch vorhanden sind, ist fraglich, aber ich bin mir sicher, dass er sich irgendwie Zugang zur Schule verschafft und zumindest danach sucht.

Das heißt: Alles, was du tun musst, ist, ein klein wenig nach Spuren von ihm Ausschau zu halten. Vielleicht erfährst du etwas über ihn, was uns weiterhelfen könnte.»

«Okay», sagte Lisa. Nun ja, das war die unangenehme Seite des ganzen Abenteuers, aber sie sah ein, dass es notwendig war, um ihre Heimreise zu begünstigen. Am liebsten hätte sie sich gleich in ihre neue Expedition gestürzt.

«Und wann kann ich mit der Schule anfangen? Und wie soll ich mich da zurechtfinden? Und wie komme ich überhaupt von hier aus dahin?», sprudelte es aus ihr hervor.

«Langsam, langsam. Du hast am 8. März deinen ersten Schultag. Bis dahin solltest du dich noch ausruhen. Das sind noch etwa zehn Tage.»

«*Zehn* Tage?» Das ungestüme Wesen in ihr wollte langsam, aber sicher wieder hervorbrechen. Warum musste man bloß immer so lange auf alles warten?

«Lee, überschätz deine Gesundheit nicht», mahnte der Doc. «Dein Körper hat ein gewisses Maß an Strahlung abbekommen, von der wir leider noch nicht ganz wissen, welche gesundheitlichen Auswirkungen sie haben wird. Deswegen ist es enorm wichtig, dass du dich gut erholst. Wir haben dich für heute bereits mehr als genug beansprucht, aber es war wichtig, darüber zu reden. Jetzt aber schleunigst zurück ins Bett mit dir!»

Als Lisa vom Sofa aufstehen wollte, musste sie zu ihrem Leidwesen einsehen, dass Doc Silverman recht hatte: Ihre Beine knickten schon wieder leicht ein. Sie konnte sich gerade noch aufrecht halten, während sie zur Treppe wankte. Doch bevor sie den Aufstieg wagte, drehte sie sich noch mal zu Doc Silverman um.

«Doc … was ist, wenn ich nicht mehr zurück nach 1989 kann? Was, wenn ich hier gestrandet bin? Was soll dann aus mir werden?»

«Lee, mach dir jetzt darum keine Sorgen», sagte Doc Silverman sachte. «Zachary hat die Sache im Griff. Es ist *seine* Zeitmaschine. Nicht mal ich verstehe hundertprozentig, wie sie funktioniert, aber ich verlasse mich auf ihn.»

Lisa blickte zu Zac hinüber, der sich irgendwann während der Unterhaltung klammheimlich davongeschlichen hatte und nun mit gebeugten Schultern an einem seiner Arbeitstische saß. Seine Nase klebte dabei fast an einem der großen, flachen Bildschirme, während er mit seinem Finger an einer seltsam geformten Computermaus herumdrehte.

«Wo ist denn der Time Transmitter?» Lisa sah sich um. Es waren eine Menge seltsamer Apparaturen vorhanden, aber nichts, was gemäß ihrer Vorstellung einer Zeitmaschine entsprach.

«Später, Lee. Ab ins Bett mit dir», sagte der Doc mit Nachdruck.

Lisa hatte noch ein paar hundert Fragen mehr auf dem Herzen, doch ihr Körper schlug nun wirklich Alarm. Sie hatte das Gefühl, als schwebe sie immer noch im luftleeren Raum. Als seien noch gar nicht alle ihre Moleküle im Jahr 2018 angekommen. Wenn sie nun nicht schleunigst wieder zurück ins Bett ging, würde sie flach wie ein Teppich auf den Fußboden fallen.

Etwas später, als sie wieder im Bett lag, schienen die Zimmerwände erneut über ihr einstürzen zu wollen. Der Schwindel in ihrem Körper fühlte sich an, als wäre ihr Kopf in einem Wäschetrockner. Sie musste die Luft anhalten und auf einen gewissen Punkt an der Zimmerdecke starren, um nicht im wahrsten Sinne des Wortes *durchzudrehen.*

Mitten in diesem imaginären Wirbelsturm tauchten die Gesichter all derer auf, die sie kannte und mit denen sie ihr Leben geteilt hatte:

Thomas, Fanny, Tante Sally, Onkel Bob … Zac … Doc … und dann Britt.

Alle waren sie nun 29 Jahre älter …

Und als sie endlich in einen leichten Dämmerschlaf hinüberglitt, blieb nur noch *ein* Gesicht vor ihren inneren Augen. Ein zartes, engelsgleiches Jungengesicht mit schokoladenfarbenen Augen und seidigen, dunkelbraunen Locken.

Sie wagte nicht, sich vorzustellen, was aus diesem schönen Gesicht 29 Jahre später geworden war.

Die letzten Worte, die er ihr an den Kopf geworfen hatte, hallten noch deutlich in ihren Ohren nach:

Geh heim, Zeitreisemädchen.
Finde jemand anderen, der mit dir spielt.
Ich bin damit endgültig fertig!

Momo hatte sie verlassen.

Ihr Captain Kendall hatte sie verlassen.

Sie fühlte sich wie ein von *Chronos* losgelöstes Teil, das heimatlos durch Raum und Zeit schwebte.

Kapitel 3
Kyle

Lisa betrachtete sich, so gut es in dem halbblinden Spiegel möglich war. Sie war froh, dass Britt ihr die Klamotten für 2018 besorgt hatte und nicht etwa Doc oder Zac – bei zwei Wissenschaftlern, die in Hochwasserhosen und Birkenstocksandalen herumliefen und sich in den ganzen 29 Jahren keinen neuen Spiegel geleistet hatten, wäre das wohl nicht so gut herausgekommen.

Und jetzt stand sie da in ihren neuen 2018er-Klamotten, die zu ihrer Enttäuschung gar nicht so viel anders aussahen als die von 1989. Die Jeans waren immer noch ungemütlich eng über den Fußknöcheln. Allerdings hießen sie mittlerweile offenbar nicht mehr «Röhrenjeans», sondern «Skinny Jeans» – jedenfalls laut dem Etikett auf der Innenseite der Hose –, und sie ließen sich angenehmer tragen als früher, weil ihr Stoff unglaublich elastisch war.

Sie hatte eigentlich gehofft, dass die Mode von 2018 etwas futuristischer aussehen würde. Silbrigweiße Hosenanzüge zum Beispiel – oder transparente Plastikjacken. Und schillernde Metallstiefel mit automatischen Schnürsenkeln. So was in der Art.

Stattdessen trug sie ein Paar stinknormale Jeans, weiße Sneaker, einen dunkelblauen Pullover und eine rote Winterjacke mit Kapuze.

Und dazu eine Brille. Das war das Allerschlimmste.

«Nur für den Fall, Lee», hatte Doc Silverman gemeint. «Es könnte durchaus sein, dass du jemandem in der Schule begegnest, der dich vor 29 Jahren gekannt hat. Wir möchten bloß unnötige Komplikationen vermeiden.»

Lisa schüttelte nur verzweifelt den Kopf. Nie und nimmer würde sie sich eine Brille aufsetzen! Das konnte der Doc sich gleich abschminken!

«Brillen sind sehr schick im Jahr 2018, hab ich mir von Britt sagen lassen», versuchte Doc Silverman sie aufzumuntern. «Alle Hipster laufen mit Brillen rum, meint sie.»

Hipster? Lisa ahnte, dass sie noch eine Menge neuer Begriffe würde lernen müssen.

«Vergiss nicht, was wir dir gesagt haben, Lee», ermahnte sie der Doc, als er sie später mit dem Wagen zum Bahnhof Blossombury fuhr, der zu Fuß eine geschlagene halbe Stunde von der Farm entfernt lag. Blossombury selbst war eine kleine Ortschaft und lag wiederum mit dem Zug eine halbe Stunde von Tomsborough entfernt.

Zum x-ten Mal fragte sich Lisa, warum die beiden Wissenschaftler da draußen in der Abgeschiedenheit lebten, aber Doc Silverman hatte ihre wiederholte Frage stets mit einem geflissentlichen Schweigen beantwortet.

«Sei vorsichtig. Lass dich mit niemandem ein. Bleib im Hintergrund. Sondere dich ab. Versuch, um keinen Preis aufzufallen. Und halte dich vom Internet fern.»

Das Internet. Sie hatte den Begriff jetzt schon ein paarmal gehört. Dieses geheimnisvolle Netz, das sich offenbar um die ganze Zukunft spannte und die Menschen in seinen Fängen hatte. Das alles wusste, alles konnte und alles steuerte.

Ohne das in der Zukunft so gut wie nichts mehr lief.

Und das Lisa natürlich zu gern erforscht hätte.

«Warum eigentlich nicht?», fragte sie.

«Weil es gefährlich ist für dich, Lee. Du bist es nicht gewohnt, so viele Informationen auf einmal zu verarbeiten. Die Menschen von 2018 kennen sich damit aus. Sie haben gelernt, die Informationen blitzschnell zu filtern und die Dinge nicht mehr so nah an sich ranzulassen. Das müssen sie, weil sie sonst mit dieser Flut an Wissen gar nicht mehr zurechtkämen. Aber dich würde es überwältigen, Lee. Du kommst aus einer anderen Zeit. Du bist noch nicht abgehärtet in dieser Hinsicht.»

Lisa zuckte mit den Schultern. Ein Anflug von Rebellion, der sie immer überkam, wenn jemand ihr Vorschriften machte, ließ sie ein wenig ungehalten schnauben.

Als Doc Silvermans Auto außer Sichtweite war, nahm sie rasch die scheußliche Brille ab und verstaute sie in ihrer Jackentasche. Nicht mit ihr!

Sie sah sich voller Abenteuerlust um, während sie Kurs auf den Bahnsteig nahm, an dem bereits einige Menschen auf den nächsten Zug warteten. Endlich durfte sie losziehen und die Zukunft entdecken!

Die letzten Tage war sie immer wieder von diesen schwindelerregenden Flashbacks heimgesucht worden, so dass höchstens Spaziergänge ums Haus herum möglich gewesen waren. Und als die Flashbacks endlich aufgehört hatten, hatte der Doc ihr zur Sicherheit noch ein paar weitere Tage Bettruhe aufgebrummt.

Fasziniert starrte sie, am Bahnsteig angekommen, auf die elektronische Anzeigetafel mit den orangen Leuchtziffern, die über den Köpfen der Wartenden prangte. Eine Tafel, die ihr genau anzeigte, wann ihr Zug kommen würde – so etwas kannte sie höchstens aus Science-Fiction-Filmen.

Sie war froh, dass Doc Silverman ihr das Zugticket schon gegeben hatte, denn der Automat, vor dem sie nun stand, hatte überhaupt keine Eingabetasten. Er bestand nur noch aus einem großen Bildschirm. Fasziniert berührte sie den Monitor mit ihrer Hand und zuckte gleich darauf zusammen, als er zum Leben erwachte.

Sanft und leise fuhr zwei Minuten später der Zug ein. Über der geschwungenen Frontscheibe prangte in futuristischer Digitalschrift «Tomsborough Express».

Ebenso modern wie das Äußere war auch das Innere des Wagens ausgestattet: Die Rückenlehnen der großzügigen Polstersitze konnte man nach hinten kippen, und in jeder war ein kleiner Bildschirm eingebaut sowie ein runterklappbares Brett, auf dem man etwas abstellen konnte.

Lisa ließ sich auf einen freien Zweierplatz fallen und streckte genüsslich ihre Beine aus. Ebenso sanft, wie er gestoppt hatte, nahm der Zug die Fahrt wieder auf und raste durch die Landschaft. Die quietschenden, rumpelnden Züge mit den unbequemen harten Sitzen waren eindeutig *Vergangenheit*.

Lisa war ein wenig enttäuscht, dass sie die ersten zwanzig Minuten nichts Sensationelles zu sehen bekam. Nur die langsam aus dem Winterschlaf erwachende Landschaft, die auch nach drei Jahrzehnten nicht anders aussah als 1989. Keine fliegenden Autos, die am

Firmament umherflitzten, oder Kühe, die auf der Weide grasten, während sie von Robotern gemolken wurden.

Ihr Blick fiel auf den Monitor vor ihr, der so eine Art Werbefilm zeigte und immer wieder irgendwelche komischen kryptischen Wortkreationen einblendete, die alle mit «www» anfingen und mit ebenso seltsamen Konstellationen wie «co.uk» oder «com» endeten. Manchmal hatten die Worte auch ein «a» mit einem Schnörkel darum herum in der Mitte. Sie hatte solche Zeichen schon in der Zeitung auf Doc Silvermans Schreibtisch gefunden.

Ob das dieses sagenumwobene Internet war?

Zwischendurch blendete der Bildschirm immer wieder die Wetterprognose, das aktuelle Datum und die Reisegeschwindigkeit ein.

Donnerstag, 8. März 2018

Dass ihr erster Schultag ausgerechnet ein Donnerstag sein musste! Mit Donnerstagen hatte sie in ihrem Leben nun wirklich nicht die besten Erfahrungen gemacht. Donnerstage waren bekannt dafür, dass sie meistens irgendein Malheur mit sich brachten.

Der Zug fuhr langsam in die Stadt ein. Er hielt direkt beim Bahnhof «Westhill Mall», wo sie zusammen mit zahlreichen anderen Schülern in den Bus umsteigen musste. Schon 1989 war Westhill Mall eine der meistfrequentierten Stationen gewesen, da viele Schüler, die auf die Tomsborough School gingen, aus dem Nobelviertel Westhill stammten. Ob das immer noch so war?

Sie drehte ihren Kopf nach allen Seiten, um die Menschen um sich herum zu betrachten. Fast alle hielten so ein Smartphone in der Hand, wie sie selbst es von ihrem zukünftigen Ich erhalten hatte, und strichen mit ihren Daumen darauf herum. Das hatte sie zu ihrer Verwunderung schon im Zug beobachtet. Dass das Smartphone etwas mit dem Internet zu tun hatte, wusste sie, seit Doc Silverman ihr erklärt hatte, dass alle Smartphones – außer ihrem eigenen – an das Internet angeschlossen seien.

Die Westhill Mall war deutlich vergrößert worden. Ein riesiger Bildschirm über dem Eingang berieselte mit knalligen und kunterbunten Werbefilmen die potenzielle Kundschaft. Weitere Säulen mit ebenso farbenfrohen und vielversprechenden Werbefilmen standen in Kreisformation um die wartenden Schüler herum. Wahnsinn, wie viele Fernseher es in der Zukunft gab! 1989 hatten hier nur ein paar Litfaßsäulen gestanden.

Lisa dachte daran, wie Momo vor fast dreißig Jahren immer hier auf diesem Platz gestanden und auf den Bus gewartet hatte, zusammen mit seinen besten Freunden Nathan Fletcher und Paul Stewart. Sie fühlte, wie das altbekannte Herzklopfen sich bereits einstellte, wie immer, wenn sie auch nur in die Nähe dieser Mall gekommen war.

Westhill Mall, das war ein Ort, den sie mit Momo verband.

Doch Momo würde hier nicht einsteigen.

Momo war nun ein erwachsener Mann und lebte vermutlich irgendwo hier in Tomsborough. Und natürlich nannte er sich längst nicht mehr Momo, sondern Morgan. Vielleicht saß er nun in seinem Auto und fuhr zur Arbeit. Oder nicht …?

Wenn sie daran dachte, was ihr älteres Ich ihr über sein Leben im Jahr 2018 gesagt hatte, befiel sie ein ungutes Gefühl.

Ein sehr ungutes Gefühl sogar. Denn das Foto auf ihrem Smartphone von Momos Grabstein, der besagte, dass Momo am 7. Juni dieses Jahres sterben sollte ... es war immer noch da! Sicher, es konnte sich um eines dieser Relikte aus Zeitlinie eins handeln, die vom Raum-Zeit-Kontinuum nicht «gelöscht» worden waren. Genau wie ihr Computerspiel. Oder ihr Smartphone selbst. Denn ihr zukünftiges Ich konnte dieses Foto in Zeitlinie zwei ja nun gar nicht mehr machen, und demzufolge konnte es durchaus sein, dass Momo am 7. Juni gar nicht ums Leben kommen würde. Immerhin hatte sich in Zeitlinie zwei ja nun einiges geändert.

Aber wer wusste das schon?

Der Bus – genau wie der Zug ein ziemlich futuristisches Gefährt mit riesiger Digitalschrift auf der Frontseite – hielt vor ihr an. Sie wurde von drängelnden Jugendlichen ins Innere geschoben und konnte sich gerade noch auf einen freien Sitzplatz plumpsen lassen, ehe sie über ihren Vordermann gepurzelt wäre.

Dieser – relativ groß gewachsene – Junge drehte sich zu ihr um und blickte neugierig auf sie runter. Er trug eine dunkelgrüne Wollmütze, die er sich bis über die Ohren gezogen hatte.

«He!», sagte er mit breitem Grinsen.

«Was?», fragte sie zurück.

Da grinste er noch mehr, falls das überhaupt möglich war, und zog die Mütze von seinem Kopf. Darunter kam verwuscheltes, karamellbraunes Haar zum Vorschein, das ihm lustig nach allen Seiten abstand.

«Da war jemand schneller als ich!»

«Oh ... ist das dein Platz?» Lisa wollte schon aufstehen und Leine ziehen, doch der Junge drückte sie einfach wieder in den Sitz zurück. Sein Lächeln erstreckte sich nun von einem Ohr bis zum anderen.

«Ich mach nur Spaß. Bleib ruhig sitzen!»

«Okay … danke.» Sie schaute den Jungen kurz an und senkte dann den Blick wieder. Er hatte recht schöne Augen, die ihr irgendwie bekannt vorkamen, doch sie konnte nicht sagen, woher. Doch Doc Silverman hatte ihr ja eingetrichtert, sich möglichst mit niemandem einzulassen, also war es besser, gar nicht erst Blickkontakt herzustellen.

«Ich hab dich noch nie im Bus gesehen. Bist du neu hier?», hörte sie die Stimme des Jungen über ihrem Kopf, was sie zwang, erneut zu ihm hochzusehen.

«J-ja …», antwortete sie zögerlich. Ein zweiter, ebenso großer Junge mit dunkelbrauner Haut tauchte neben dem ersten auf und lächelte ebenfalls auf sie runter.

«Wie heißt du denn?», fragte der Junge mit dem Strubbelhaar weiter.

«Ähm … Lee … Leonor.» Das hatte sie so mit Doc Silverman und Zac abgemacht. Britt hatte sie als Leonor Whitfield an der Schule angemeldet. Was furchtbar klang. Wie eine Lehrerin mit altbackener Brille.

«Aber du kannst mich Lee nennen», fügte sie schnell hinzu. Lee ließ sich sowohl aus Lisa wie auch aus Leonor ableiten.

«Nice. Ich bin Kyle.» Er streckte ihr freundlich die Hand hin. «Und das ist mein Bro. Ben-Jo.» Er klopfte dem Dunkelhäutigen auf die Schulter.

«Eigentlich Benjamin Joseph», meinte Ben-Jo. «Aber faule Leute nennen mich Ben-Jo – meistens einfach Banjo.»

Kyle zeigte ein schiefes Grinsen, wohl wissend, dass der Hieb ihm galt, und wandte sich wieder an Lisa.

«Ist das dein erster Schultag an der Tomsbridge School? ... Hilfe! ...» Der Bus bremste scharf ab. Die Leute, die sich nicht festgehalten hatten, purzelten wie Dominosteine durcheinander. Kyle musste eine akrobatische Verrenkung um die Haltestange herum machen, um nicht gegen eine Trennscheibe zu stürzen. Dadurch hing er einen Moment lang in der Luft, und seine Nasenspitze stieß mit der von Lisa zusammen.

«Oh-oh. Tschuldigung», meinte er.

«Macht nichts», sagte sie und überlegte im selben Moment, was für eine Augenfarbe er hatte. Es war nicht so leicht auszumachen. Irgendeine undefinierbare Mischung, weder braun noch blau noch grün. Und er roch ziemlich gut, wie sie gleich darauf feststellte.

Beinahe hatte sie vergessen, dass er ihr ja gerade eine Frage gestellt hatte.

«Mein erster Schultag ... ja», sagte sie und fügte in Gedanken hinzu: *Jedenfalls hier im Jahr 2018.*

«Cool. Welcher Jahrgang?» Kyle richtete sich wieder auf.

Uff. Wie sollte sie sich an Docs Anweisungen halten und sich von allen Personen fernhalten, wenn diese es darauf abgesehen hatten, sie mit Fragen zu löchern? Sie konnte sie ja nicht einfach ignorieren, oder? Das wäre schließlich unhöflich gewesen.

Doch noch schlimmer war, dass sie nicht mal wusste, in welchem Jahrgang Britt sie angemeldet hatte. Doc Silverman hatte vergessen, ihr das mitzuteilen, und sie hatte vergessen, ihn danach zu fragen.

Sie konnte ja unmöglich mit «1973» antworten ...

Es blieb ihr also nichts anderes übrig, als auf gut Glück zu rechnen: 2018 minus sechzehn, das machte 2002, allerdings hatte sie ihren sechzehnten Geburtstag schon im August 1989 gefeiert, das Jahr

2018 hatte eben erst begonnen, demzufolge würde sie wegen der fünf Monate, die sie übersprungen hatte, Anfang 2019 oder gar erst im Frühling 2019 siebzehn werden, vorausgesetzt, sie würde für immer hierbleiben ... herrje, diese Rechnerei war kompliziert ...

«2001», sagte sie vorsichtig und hoffte, dass es stimmte. Jahrgang 2001 – wie sich das anhörte!

«Dann bist du bei uns», sagte Kyle fröhlich. «Check!» Er streckte ihr eine Faust entgegen. Lisa zögerte. War das eine spezielle Art der Begrüßung? Sie sah Kyle, den Jungen, der in ihrer Zeit noch nicht mal geboren war, mit einem fragenden Blick an.

Kyle ließ seine Hand wieder sinken und musterte sie eingehender. «Wo kommst du her?», fragte er. «Du bist nicht von hier, was?»

«Nein», sagte sie. «Oder ... doch, eigentlich ...» Sie versuchte sich ins Gedächtnis zu rufen, was für eine Geschichte sie gemäß Doc Silvermans Instruktionen auftischen sollte, wenn sie doch um eine Auskunft nicht herumkommen sollte.

«Ich bin nur für fünf Monate hier. Ich bin eigentlich ... äh ... aus Cornwall. Meine Eltern mussten für ein paar Monate verreisen, und nun wohne ich hier bei meinem Onkel.»

Sie hoffte, er würde sie nicht noch mehr ausfragen, denn noch detaillierter hatte sie die Geschichte nicht vorbereitet. Sie wollte nicht noch irgendwelche Storys über ihre Eltern erfinden müssen. Das hätte sie nicht übers Herz gebracht. Es war schon schlimm genug, dass sie die Uhrenkette ihrer Mutter im Farmerhaus beim Doc und bei Zac hatte lassen müssen. Sie fühlte sich irgendwie nackt und allein ohne sie.

Verwaist.

Was sie ja in Wirklichkeit auch war.

Doch Kyle kam gar nicht dazu, ihr weitere Fragen zu stellen, weil irgendwas in seiner Hosentasche summte. Er nestelte sein Smartphone daraus hervor und fingerte darauf herum, komplett versunken in diese Tätigkeit. Auch Banjo neben ihm hatte sein Gerät in der Hand und wischte mit dem Daumen darauf herum.

Beide Jungs schienen Lisa völlig vergessen zu haben.

Lisa erinnerte sich an Docs Ermahnung, nicht aufzufallen, und kramte ihr eigenes Smartphone aus dem Rucksack hervor. Anscheinend fiel man hier auf, wenn man *nichts* auf diesem Gerät zu tun hatte, also musste sie irgendwas damit anstellen, so wie alle anderen Leute um sie herum.

Die Frage war nur, was. Sie kannte ja mittlerweile so ziemlich alle Programme – oder Apps, wie man sie in der Zukunft nannte – in- und auswendig. Sie hatte schon sämtliche Melodien des Weckers mehrfach durchgespielt, den Fotoapparat ausgiebig getestet, den Taschenrechner und ein paar andere nützliche Funktionen wie den Terminplaner, die Taschenlampe und den Taschenspiegel erkundet. Doch die meisten dieser Programme funktionierten nicht richtig ohne dieses Internet, von dem sie sich ja fernhalten musste. Dennoch sollte sie das Smartphone bei sich tragen, zur Sicherheit, damit sie telefonisch jederzeit erreichbar wäre. Sie hatten ihr dafür extra die SIMS-Karte, oder wie das hieß, wieder aufgeladen. Doch Zac hatte ihr sämtliche Verbindungen zum Internet gekappt.

Sie linste vorsichtig zu Kyle hinüber. Der tippte immer noch ganz erregt auf dem kleinen Bildschirm rum. Auf einmal hob er den Kopf und sah Lisa an.

«Unter welchem Namen finde ich dich auf Instagram?»,

«Äh ... ich hab kein Instagram», stammelte sie. Instagram – was war das bloß? Bestimmt hatte das auch etwas mit dem Internet zu tun.

«Nein?» Kyle starrte sie so verblüfft an, als käme sie von einem anderen Stern.

Was ja nicht mal so weit hergeholt war ...

«Und Facebook?»

«Auch nicht ...» Sie erinnerte sich nur daran, dass Facebook dieses Programm war, von dem ihr älteres Ich ihr erzählt hatte, in das die Leute ständig reinschrieben, was sie gerade machten, wobei alle Welt es lesen konnte – eine Vorstellung, die ihr Fassungsvermögen bei Weitem überstieg.

«Find ich absolut positiv», mischte sich Banjo ein, während Kyle ziemlich verblüfft aus der Wäsche guckte. «Wir sind ja eh alle viel zu abhängig von den sozialen Medien.»

«Na gut, aber WhatsApp hast du ja sicher. Das brauchst du eh für die Schule.» Kyle sah Lisa nun mit todernster Miene an. Banjo begann auf einmal zu prusten. Lisa blickte verwirrt von einem zum anderen. Was um alles in der Welt war WhatsApp? Und vor allem: Was war daran so witzig?

«Wir haben nämlich eine ganze Menge sehr ... äh ... relevante ... Klobürstensitzungen, und die werden alle auf WhatsApp bekannt gegeben ...» Kyle räusperte sich und versuchte, eine seriöse Miene aufzusetzen, doch seine Mundwinkel verzogen sich automatisch wieder in Richtung Ohren.

«Klobürstensitzungen?» War das auch so ein Ding der Zukunft?

«Du bist fies.» Banjo boxte Kyle in die Rippen. «Du kannst sie doch nicht gleich an ihrem ersten Tag so verwirren.»

«Ich will sie doch nur warnen. Ohne ständige Erreichbarkeit in den sozialen Medien ist sie beim Klassengespenst bald auf der Abschussliste.»

Lisa riss entsetzt die Augen auf. Kyle machte doch nur Spaß, oder?

Der Bus kam zum Stehen und leerte sich in Windeseile. Offenbar hatten sie sogar das Liniennetz verbessert, so dass man nicht wie früher in einen Extrabus umsteigen musste: Sie waren nämlich am Ziel. Vor ihnen, auf einem kleinen Hügel, thronte die gute alte Tomsbridge School, mit der Lisa bereits in der Nacht ihrer Ankunft eine kurze Begegnung gehabt hatte.

Lisa verlor Kyle und Banjo bald in der Meute der anderen Schüler, die sich an ihr vorbeidrängten, doch sie dachte an Doc Silvermans Ermahnung, für sich zu bleiben. Sie reckte den Kopf, um die Schule in der rötlichen Morgendämmerung zu betrachten. Erst jetzt konnte sie den viel helleren Anstrich der Fassaden bewundern sowie die neue, viereckige Digitaluhr am Turm mit dem hellblauen Display.

Lisa fragte sich, was Britt wohl dazu gesagt hätte. Ihre beste Freundin hätte sich bestimmt über diese moderne Uhr entrüstet, die so gar nicht zu der schönen viktorianischen Architektur passte.

Britt …

Es war seltsam, zu wissen, dass weder Britt noch Zac oben beim Eingang auf sie warten würden, so wie sie es gewohnt war. Der Gedanke, dass hier *überhaupt niemand* auf sie wartete, stimmte sie ein bisschen traurig.

Da erblickte sie auf einmal Kyle wieder. Er stand oben an der Treppe und tauschte ein paar freundschaftliche Hiebe mit einem asiatisch aussehenden Jungen aus. Bestimmt war er sehr beliebt. Im selben Moment entdeckte auch er Lisa. Er ließ seinen Kumpel weiterziehen und winkte sie mit stürmischen Handbewegungen heran.

«Hey», sagte er, als sie ihn eingeholt hatte. «Du bist ja in unserem Jahrgang. Wo hast du überhaupt deine Schuluniform?» Er schaute auf ihre Beine, die in gewöhnlichen Jeans steckten.

Eine Spur zu lange, fand Lisa.

«Die soll ich später im Sekretariat abholen», meinte sie. «Sie wurde für mich hinterlegt.»

«Ach, dann kommst du einfach mal mit mir», entschied er. «Das Klassengespenst wird sich nachher schon um dich kümmern!»

Lisa hätte zu gern gewusst, wer dieses geheimnisumwitterte «Klassengespenst» war, als ein fetter schwarzer Mercedes direkt vor ihren Füßen stoppte.

Lisa wollte schon hinter Kyle in Deckung gehen, als ihr einfiel, dass dieser berüchtigte Mercedes im Jahr 2018 eigentlich nichts zu suchen hatte.

Oder doch?

Denn auf den zweiten Blick stellte sie fest, dass dieser Mercedes eine rundere Form hatte als der, vor dem sie im Jahr 1989 jeden Morgen die Flucht ergriffen hatte.

«Umpf. Unsere Hoheit ist auch schon da», stöhnte Kyle.

Ein Mädchen mit einer sehr merkwürdigen Haarfarbe – irgendwas zwischen hellblau, lila und hellrosa – stieg aus dem Wagen und schlug mit hochmütiger Miene die Tür zu. Sie trug eine Pelzjacke über der Schuluniform und einen Rucksack mit Glitzersteinchen. Mit klackernden Schuhen, deren Absätze bestimmt einiges höher als erlaubt waren, stakste sie an Lisa und Kyle vorbei, ohne auch nur die geringsten Anstalten zu einem Gruß zu machen. Ihre seltsam aufgeplustert wirkenden Lippen und die dick nachgezeichneten Augenbrauen ließen ihr Gesicht fast wie eine Maske erscheinen. 1989 wäre derart starke Schminke garantiert nicht erlaubt gewesen, das wusste Lisa. Sie erinnerte sich daran, wie Sandy und Kim vom Blondie-Trio aus ihrer Klasse einmal nach Hause geschickt worden waren, weil sie ihr Make-up zu dick aufgetragen hatten.

Jedenfalls war dies so ziemlich die Art Mädchen, um die Lisa in der Regel einen großen Bogen, wenn nicht gar eine ganze Erdumkreisung machte.

«Bitchface», maulte Kyle, während er ihr nachstarrte.

«Ist die in unserem Jahrgang?», fragte Lisa.

«Ja, leider. Kennst du die etwa nicht?»

«Sollte ich sie kennen?»

«Na klar. Angela Paris Cox. Die Tochter von diesem schrulligen Modeschöpfer Maddox Cox. Na, du weißt schon, der Typ, der ständig mit Glitzergürteln in den Magazinen abgebildet ist. Sie ist doch ein ziemlicher Star auf Instagram. Hat zehntausende Follower.»

Lisa starrte Kyle mit offenem Mund an.

Angela Paris *Cox*? Die Tochter von Maddox?

«He, krieg dich wieder ein», lachte Kyle. «Sie tut dir schon nichts. Ist bloß extrem narzisstisch veranlagt. Macht in jeder freien Sekunde Selfies und lädt sie auf Instagram. Ziemlich abartig. Aber weniger gefährlich als …» Kyles Augen wurden auf einmal kugelrund, und er riss Lisa am Arm mit sich. «Achtung! In Deckung!»

«Was?»

«Das Klassengespenst!»

Lisa kam nicht ganz mit. Das Einzige, was sie sah, war ein großes Mädchen mit einem sehr üppigen Haarschopf, das mit energischen

Schritten die Treppe heraufstiefelte. Lisa hätte wirklich gern gewusst, was es mit diesem Klassengespenst auf sich hatte, doch Kyle zerrte sie mit sich durch den Eingang und stieß dabei direkt mit Banjo zusammen.

«He, pass auf, wo du mit deinen langen Flossen langstolperst, Bro», grinste Banjo. «Bist du mal wieder auf der Flucht?»

«Das kann man wohl sagen», keuchte Kyle und lehnte sich dramatisch an eine Säule. «Ich hatte gestern Abend leider keine Zeit, um meinen Part für die Gruppenarbeit zu schreiben.»

«Dann, Bro, würde ich mich an deiner Stelle irgendwo in einem Besenschrank verstecken, wenn dir dein Leben lieb ist», grinste Banjo.

«Wer ist denn dieses Klassengespenst?», wollte Lisa wissen.

«Tja, Lee ...», schmunzelte Banjo.

«Mein persönlicher Alptraum», klagte Kyle. «Ein furchtbares Wesen mit einer Frisur ... ähnlich wie eine Klobürste ... die dauernd hinter mir her ist ...»

«... weil du deine Beiträge zur Gruppenarbeit nie erledigst ...»

«... und mich vom Rugby-Training abhalten will ... indem sie mich mit WhatsApp-Nachrichten terrorisiert ...»

«Na, na», schmunzelte Banjo. «Komm, Bro. Auf geht's. Sonst fängt der Unterricht noch ohne uns an.»

«Wo ist sie nun eigentlich?» Kyle verdrehte seinen Kopf nach allen Seiten. Lisa folgte seinem Blick, doch das große Mädchen mit der fülligen Frisur war wie vom Erdboden verschluckt.

Ein melodisches Klangspiel dudelte durch das Gebäude, und Lisa brauchte ein paar Sekunden, um zu kapieren, dass das die Schulglocke war. Das war ja wirklich mal fällig gewesen, dass sie die scheußliche Klapperschelle von anno dazumal ersetzt hatten.

«Bist du gut in Physik und Chemie, Lee?» Kyle sah Lisa an. «Das haben wir nämlich jetzt gleich.»

«Äh … ja, ich glaub schon», erwiderte sie vorsichtig. «Mein … äh … Onkel ist Physiker. Der hat mir viel erklärt. Ansonsten wüsste ich nicht, ob ich das alles kapieren würde …»

«Na, dann kannst du ja von Glück reden. So was hab ich nicht in der Verwandtschaft. Wenn *mein* Onkel mir Chemie und Physik erklären würde, kämen dabei wohl nur Alkoholformeln raus. Komm mit. Die naturwissenschaftlichen Fächer haben wir ganz unten. In den Katakomben.»

«Katakomben?»

«Ich mach nur Spaß. *No worries.* Die Schule hat mal ganz extrem viel Geld investiert, um die Räume da unten zu renovieren. Früher soll es da unten nämlich mal echt gruselig gewesen sein. Mein Dad hat mir davon erzählt.»

«Ja?» Lisa blickte Kyle neugierig von der Seite an.

«Genau. In den Siebziger- und Achtzigerjahren oder so, da hatten die hier einen ganz furchtbaren Physiklehrer. Der hat angeblich sogar Leichen seziert. Und der wollte es immer ganz düster haben da unten. Die Schüler hatten richtig Angst vor ihm. Das muss ein ganz grauenhafter Kerl gewesen sein, hatte ein Gesicht wie ein Totenkopf.»

«Ach komm, Kylie, das sind doch nur Gerüchte», grinste Ben.

«Nein! Ich sagte doch, mein Dad war bei dem im Unterricht. Das war *wirklich* so. Die Schule hat damals sogar ziemlich viel von ihrem Ruf eingebüßt, weil einige Schüler total traumatisiert waren wegen diesem Lehrer. Und nenn mich gefälligst nicht dauernd *Kylie!*»

«Wieso hat man diesen Lehrer dann nicht entlassen?», wollte Banjo wissen.

«Keine Ahnung. Er war, glaub ich, ein Nobelpreisträger oder hat zumindest fast einen Nobelpreis bekommen, keine Ahnung, aber der Typ hat wohl extrem viel gewusst. Der ist irgendwann auf mysteriöse Weise verschwunden. Man sagt, der sei bei einem Experiment im Fluss ertrunken. Das muss dreißig Jahre oder so her sein.»

Lisa versuchte, möglichst unbeteiligt zu wirken. Sie hätte Kyle genau sagen können, dass sein Dad – wer immer sein Dad auch war – vollkommen recht hatte. Nur das mit den Leichen stimmte natürlich nicht, obwohl es diese Gerüchte tatsächlich gegeben hatte. Doch das Wort *Katakomben* fand sie passend. Davon musste sie unbedingt Britt und Zac erzählen, wenn sie zurück nach 1989 kommen würde!

Sie war den Jungs die altbekannte Steintreppe hinunter gefolgt, doch als sie unten angekommen waren, kam sie aus dem Staunen nicht mehr heraus. Kyle hatte nicht zu viel versprochen. Das einst so furchteinflößende Kellergeschoss mit dem unbehaglichen Neonlicht und dem kalten Linoleumboden hatte sich in einen freundlichen Korridor mit hellem Parkett und gemütlichen roten Sofas in den Nischen verwandelt.

«Wow», konnte sie nur sagen.

Das Fußgetrampel einer Schülerschar näherte sich.

«He Kendall!», rief ein großer rothaariger Junge, der einen zusammenklappbaren Computer unter dem Arm trug, im Vorbeigehen. «Physikaufgaben gemacht?»

Nicht nur Kyle, auch Lisa wandte sich um, um zu sehen, wer diesen Namen gerufen hatte.

Kendall?

«Easy, Riley. Alles im Griff», feixte Kyle.

«Kendall?», stotterte Lisa. «Dein ... Name ist *Kendall?*»

«Ja», sagte Kyle. «Warum? Ist was daran verkehrt?»

«Ich mein nur ...» Wie viele mit dem Nachnamen *Kendall* gab es in Tomsborough?

«Seinem Vater gehört die ‹Kendall Automotive Company›», half Banjo. «Ziemlich begütert, der Junge hier.»

«Jaja, häng das jetzt mal bloß nicht an die große Glocke ...», murmelte Kyle verlegen. «Kann ja nichts dafür, dass ich so'n Glück hab ...»

«Nur keine falsche Bescheidenheit», lachte Banjo.

Lisas Herz klopfte, als sie die nächste, unvermeidbare Frage stellte. Nur zur Sicherheit ...

«Wie ... äh ... wie heißt dein Vater?»

«Steven. Wieso?»

Lisa schluckte leer, um ihre Selbstbeherrschung nicht zu verlieren. Aber jetzt war ihr alles klar: Diese Augen, die weder blau noch braun waren. Das spitze Kinn. Das karamellbraune Haar. Deswegen war er ihr so bekannt vorgekommen!

Das hier war tatsächlich der Sohn von *Steven Kendall!*

Von allen krassen Dingen, die ihr bis jetzt in der Zukunft passiert waren, war das hier mit Abstand das Krasseste.

«Stimmt was nicht?», fragte Kyle. «Du guckst so komisch.»

Ja, mit Lisa stimmte einiges nicht.

«Also, du bist ... also, euch gehört *tatsächlich* die ‹Kendall Automotive Company› ...?»

«Hat *der* dir doch grad verraten», sagte Kyle mit einem Blick auf den unschuldig dreingrinsenden Banjo. «Mein Dad hat die Firma vor acht Jahren ganz übernommen, weil mein Großvater einen Herzinfarkt hatte und seither nicht mehr arbeiten kann. Sonst noch Fragen?»

Lisa räusperte sich. Natürlich hatte sie Fragen. Sie hatte Hunderte von Fragen, wenn nicht gar Tausende. Aber es war vor allen Dingen *eine* Frage, die ihr auf der Zunge brannte. Und die zu stellen war – obwohl sie die Antwort natürlich ganz genau wusste – eine ziemlich brisante Angelegenheit.

«Hast du ... einen Onkel, der ... Morgan heißt?»

Kyle zog etwas angestrengt die Augenbrauen zusammen. «Du kennst *Onkel Morgan?*» Er rümpfte dabei die Nase, als wäre das etwas besonders Verwerfliches.

«Ist das dieser Säufer in eurer Familie?», fragte Banjo.

«Tja, also ich weiß nicht. Ich kenne ihn selber kaum. Aber ja, wenn er mal zu uns kommt, ist er meistens ziemlich betrunken und redet nicht mehr als drei Sätze. Er hat irgendwie Sprachstörungen, sagt mein Dad.» Kyle zuckte mit den Schultern.

Lisa musste sich zusammenreißen, den Boden nicht unter den Füßen zu verlieren und Kyle nicht mit weiteren Hunderttausenden von Fragen zu bombardieren. Aber das wäre wohl zu auffällig gewesen.

Zum Glück übernahm Banjo das Fragen.

«Arbeitet der überhaupt?», wollte er wissen. «Du hast mir noch gar nie so richtig von dem erzählt.»

Kyle hob erneut seine Schultern. «Puh. Gibt auch nicht so viel zu erzählen. Eigentlich weiß überhaupt keiner, was der den ganzen Tag treibt. Mein Großvater hat mal erwähnt, er sei ziemlich faul. Wahrscheinlich liegt er meistens nur zuhause vor dem Fernseher rum, füllt sich die Birne mit Whiskey und zieht sich die alten Schnulzen der Achtziger rein. Mein Dad hat ihm auch die Wohnung gekauft und steckt ihm jeden Monat eine Menge Geld zu. Tja …»

Die Schulglocke meldete sich zum zweiten Mal.

Lisa hatte keine Zeit mehr, über das Gehörte nachzudenken. Sie mussten sich nun sputen, um nicht zu spät zu kommen.

Eine weitere Überraschung erwartete sie, als sie den Physiksaal betraten. Auch dieser Raum war kaum mehr wiederzuerkennen. Die Nachkriegsmodelle von diesen angeschraubten Stühlen und Bänken waren endgültig weg und durch ergonomisches, verstellbares Mobiliar ersetzt worden. Auch hier überzog ein freundliches Parkett den Fußboden.

Doch das Beste war, dass dieser modrige Gestank nach «Marmite»-Paste und verwesten Ratten restlos verschwunden war. Stattdessen roch es nach Blumen und Zitrone.

Lisa war mitten im Raum stehen geblieben und sah sich um. Wo sollte sie sich hinsetzen? Kyle und Banjo waren bereits von anderen Mitschülern in Beschlag genommen worden, so dass sie niemanden danach fragen konnte.

Sie ließ ihren Rucksack schließlich auf eines der vordersten Pulte gleiten. Sie wusste aus Erfahrung, dass niemand sich freiwillig in die erste Reihe setzte. Deswegen hatten sie, Britt und Zac in der Vergangenheit auch immer den vordersten Platz unter den strengen Augen von Professor Ash abgekriegt. Weil niemand sonst den haben wollte und weil Carol das so eingefädelt hatte. Carol Sanders mit ihrer Pudelmähne und Papageiennase, die die Dinge stets so manipuliert hatte, wie es ihr gefiel.

Kaum hatte Lisa den Gedanken zu Ende gedacht, kam das große Mädchen mit der voluminösen Haarpracht, das Kyle offenbar das *Klassengespenst* nannte und das sie tatsächlich irgendwie an Carol erinnerte, auf sie zu. Sie hatte auf der rechten Seite ihre Haare komplett abrasiert und auf der anderen Seite die widerspenstigen Krauslocken sorgfältig mit Klammern abgesteckt; es sah aus wie ein verzweifelter Versuch, diesen Urwald von Haar etwas zu bändigen. Lisa kannte zwar eine Menge komischer Frisuren aus ihrer Zeit, doch das hier übertraf so einiges.

«Hallo. Bist du die Neue, Leonor Whitfield? Ich bin deine Klassensprecherin. Cheyenne Bingley, um genau zu sein. Ich soll dich nachher zum Sekretariat bringen, um deine Unterlagen abzugeben und die Schuluniform abzuholen.»

Lisa wollte gerade etwas erwidern, als es ihr wie Schuppen von den Augen fiel. Moment mal ... *Bingley* ... nein, die Ähnlichkeit mit Carol war durchaus kein Zufall! Hatte nicht Carol Sanders' Freund Sam mit Familiennamen *Bingley* geheißen? Na klar, Sam Bingley, dieser uncharmante, unförmige Typ, der Lisa immer an einen Kranich erinnert hatte und mit dem die hochaufgeschossene Carol nur zusammen gewesen war, weil er ein bisschen größer war als sie?

Die üppigen krausen Haare des Mädchens, die Größe ... und auch die Augen und die Nase ... wenn das nicht die Tochter von Carol und Sam war, dann würde sie einen Besen fressen! Gerade erst hatte sie an Carol gedacht, und in der nächsten Sekunde tauchte schon deren Tochter vor ihr auf – krass!

«Viel Glück mit dem Gespenst», murmelte Kyle verhalten im Vorbeigehen.

«Halt doch die Klappe, Kylian», zischte Cheyenne.

Kyle grinste Cheyenne frech an und verdrückte sich zu Banjo in die hintere Reihe, während Lisa schon wieder eine Neuigkeit zu schlucken hatte.

Kylian? *Kylian Kendall?* Den Jungen aus ihrem Computerspiel gab es *tatsächlich?*

Cheyenne fauchte Kyle noch irgendetwas Zusätzliches hinterher, so dass Lisa sofort Assoziationen zu einer Tigerkatze herstellte. Bei dem Gedanken hätte sie am liebsten laut gelacht. War aus dem Pudel und dem Kranich also tatsächlich eine Tigerkatze hervorgegangen!

Diesen Witz hätte sie am liebsten Momo erzählt ... er hätte sich bestimmt gekringelt vor Lachen ...

Aber Momo saß nun vermutlich mit einer Whiskeyflasche vor dem Fernseher und hatte nicht sehr viel zu lachen, wenn sie Kyles Schilderungen glauben wollte.

«Was ist? Was starrst du so Löcher in die Luft? Ich hab gesagt, du sollst dich dort in die zweite Reihe zu Angela setzen!» Cheyenne blickte ungeduldig auf sie runter.

«Hä?» Lisa hatte gar nicht mitgekriegt, dass Cheyenne etwas zu ihr gesagt hatte. Und überhaupt, wie kam sie dazu, ihr Befehle zu erteilen? Lisa hob trotzig den Kopf. Wenn sie eines nicht wollte, dann war es, Befehle von Carol Sanders' Tochter entgegenzunehmen!

Doch sie hatte nicht mit Cheyenne gerechnet, die sie einfach am Arm packte und sie rüber zu Angela schleifte, neben der offenbar niemand sitzen wollte.

Lisa ahnte auch gleich, warum: Angela betäubte in einem Umkreis von mindestens drei Metern sämtliche Mitschüler mit ihrem kirschsüßen Parfum. Wenn man das eine Doppelstunde lang aushalten wollte, musste man sich eine Wäscheklammer auf die Nase setzen!

Wieder rief sie sich Doc Silvermans Ermahnung in Erinnerung, riss sich zusammen und setzte sich mit einem höflichen «Hallo» neben Angela. Einfach nicht auffallen, das war die Devise.

Angela quittierte ihren Gruß nur mit einem herablassenden Nicken.

Lisa beobachtete, wie einige ihrer Mitschüler ihren tragbaren Computer aus dem Rucksack holten und auf dem Pult aufklappten. Hoffentlich benutzte hier überhaupt noch einer Füllfeder und Schreibhefte, denn sonst würde sie ziemlich bald auffallen, ohne es zu wollen. Doch zum Glück sah sie gleich darauf ein paar andere, die sich ebenfalls über ihre Hefte beugten.

Mittlerweile war auch der Physiklehrer anwesend, ein gewisser Herr Doktor Pataridis, ein kleiner, schwarzhaariger Mann, dessen Alter und Herkunft sehr schwer einzuschätzen waren, der jedoch kaum älter als dreißig sein konnte. Sein Name hörte sich griechisch an, doch er sprach einwandfreies Englisch. Als er die Anwesenheitsliste vorlas, hörte Lisa aufmerksam zu und versuchte herauszufinden, ob noch mehr bekannte Namen auftauchten. Dabei schielte sie vorsichtig zu Angela rüber und beobachtete das Mädchen von der Seite.

Angela hatte eindeutig die Nase ihres Vaters Maddox geerbt, mit der kleinen Delle vorn an der Nasenspitze, sowie dessen hohen Stirnansatz und das rundliche Kinn. Sie machte überhaupt keine

Anstalten, dem Unterricht zu folgen, sondern tippte in unglaublicher Geschwindigkeit auf ihrem Smartphone herum – und das mit ihren langen Fingernägeln!

Lisa wunderte sich, dass Dr. Pataridis nichts dazu sagte. Er wirkte überhaupt ziemlich locker, fast schon ein wenig kumpelhaft. Bei Professor Ash hätte es mindestens ein zerbrochenes Lineal und eine zehnseitige Strafarbeit gegeben. Und er hätte es auch niemals geduldet, dass einer wie ein Kartoffelsack auf seinem Stuhl hing – was Kyle gerade tat. Sie hatten zu ihrer Zeit stramm wie Soldaten zu sitzen gehabt, und bei dem festgeschraubten Nachkriegsmobiliar war ihnen auch nichts anderes übriggeblieben. Entweder war man hier im Jahr 2018 lockerer drauf, oder Dr. Pataridis war genauso eine Flasche wie damals Mr. Teuber, der Geschichtslehrer.

Immerhin war sein Unterricht ziemlich interessant, denn er bestand fast nur aus Filmen. Eine riesige Leinwand wurde ausgefahren, und dann konnte Dr. Pataridis die Filme direkt via Computer über einen Beamer an der Decke auf diese Leinwand projizieren.

Lisa saß mit aufgesperrtem Mund da. Wenn es in ihrer Zeit so ein- oder zweimal im Jahr einen Dokumentarfilm im Unterricht gegeben hatte, dann hatte der Hausmeister dafür extra einen Riesenkasten mit einem Fernseher drin ins Zimmer rollen müssen.

Im Nu waren die beiden Stunden rum, und ehe Lisa sich überhaupt orientieren konnte, was als Nächstes kam, bugsierte Cheyenne sie bereits zur Tür hinaus.

«Los! Ich hab Misses Bloom vorhin eine SMS geschickt, dass wir sofort nach der Stunde zu ihr kommen!»

Auf dem Weg zurück ins Obergeschoss kamen sie an Professor

Ashs ehemaligem Büro vorbei. Lisa stoppte abrupt. Das Schild mit seinem Namen war weg, dafür hing die Aufschrift «Archiv» dran.

«He, was ist?» Cheyenne hatte sich zu ihr umgedreht.

«Was ist da drin?»

«Ein Archiv. Siehst du doch!» Cheyenne packte sie unwirsch am Arm und wollte sie mit sich schleifen, doch Lisa riss sich energisch los.

«Ein Archiv – für was?» Sie blieb stur stehen und verschränkte die Arme vor der Brust.

«Pfff. Alte Bücher und Turngeräte halt. Nichts Wichtiges. Komm jetzt endlich! Ich hab nicht alle Zeit der Welt.» Cheyenne stampfte wütend auf wie ein Pferd, das zum Galopp ansetzt, und Lisa hielt es nun für klüger, ihr zu folgen.

Unsichtbar bleiben. Nicht auffallen ...

Alte Bücher und Turngeräte? Ob die Bücher noch von Professor Ash waren? Ob es sich lohnte, mal in diesem Archiv zu stöbern? Sie hatte ja von Doc Silverman die Aufgabe aufgebrummt bekommen, etwas über Professor Ash herauszufinden.

Zum Glück stellte Mrs. Bloom, die Sekretärin, keine dummen Fragen und verlangte nicht mal einen Ausweis. Die Unterlagen, die Britt sehr gut vorbereitet hatte und die Doc Silverman ihr mitgegeben hatte, genügten offenbar.

Lisa bekam ein Blatt ausgehändigt mit verschiedenen rätselhaften Zugangscodes zu irgendwelchen noch rätselhafteren Internetportalen sowie das Paket mit der Schuluniform, das für sie hinterlegt worden war.

Sie war froh, im Nebenzimmer gleich in die dunkelblaue Schuluniform schlüpfen zu können und dadurch noch etwas weniger unter den Kids der Zukunft aufzufallen. Immerhin war der karierte Rock um einiges bequemer als in der Vergangenheit, weicher und fließender und viel weniger steif – und vor allen Dingen kürzer! Das Emblem der Schule hingegen sah noch aus wie vor dreißig Jahren.

«Auf dem Onlineportal findest du den Stundenplan und sämtliche Informationen sowie dein persönliches Profil», belehrte Cheyenne sie beim Verlassen des Sekretariats. «Die Login-Daten und der WLAN-Access stehen alle auf dem Papier. Du kannst auch die App auf dein Smartphone runterladen. Sie sind sehr streng mit den Regeln, also rate ich dir, alles gut zu lesen.»

Onlineportal? WLAN-Access? Login-Daten?

Damit hatte Doc Silverman wohl nicht gerechnet. Für all diese Dinge brauchte man sicher dieses Internet.

«Und dann muss ich dich auch noch bei WhatsApp in meine Schülergruppe hinzufügen», sagte Cheyenne gerade, als sie auf dem Weg zu den Spinden waren. «Wir haben nämlich regelmäßig Klassensitzungen und Veranstaltungen.»

«Ich hab kein WhatsApp», sagte Lisa prompt.

«Was?» Cheyenne blieb vor den Spinden stehen und schaute auf Lisa runter, als hätte die nicht alle Tassen im Schrank. «Aber wie kannst du denn ohne WhatsApp leben?»

Lisa runzelte die Stirn. Konnte man denn 2018 *nicht* ohne WhatsApp – was immer das auch war – leben? Warum hatten Doc Silverman und Zac ihr das alles nicht gesagt? Wussten sie es am Ende selber gar nicht?

«Also, für meine Schülergruppe *brauchst* du WhatsApp», sagte Cheyenne unbeirrt. «Hier – dieses Abteil ist noch frei.» Sie öffnete einen leeren Spind in der untersten Reihe. Die zu Lisas Zeiten rostigen grauen Kästen waren durch dunkelblaue und viel größere Schränke ersetzt worden. Vier leuchtend rote Ziffern, die alle auf null standen, stellten wohl die moderne Version eines Vorhängeschlosses dar.

«Den Code musst du halt selbst eingeben», sagte Cheyenne ungeduldig. «Ich würde dir aber raten, nicht das Geburtsdatum deines Lovers zu nehmen. Hier wurden schon einige Codes geknackt.»

«Danke. Mach ich später», erwiderte Lisa kühl, die sich nicht damit blamieren wollte, vor Cheyennes Augen zuerst mal austüfteln zu müssen, wie dieser digitale futuristische Zahlencode überhaupt funktionierte. Das würde sie tun, wenn niemand in der Nähe war. Außerdem ging es Cheyenne einen feuchten Dreck an, wessen Geburtsdatum sie eingab – immerhin ging ihr «Lover» schon lange nicht mehr hier zur Schule!

Lisa war froh, als die Führung mit Cheyenne endlich zu Ende war. Als ob sie sich nicht selbst in der Schule ausgekannt hätte! Das einzige Problem war, dass sie keinen Zugang zum Stundenplan hatte, und so blieb ihr nichts anderes übrig, als sich weiterhin an Cheyennes Fersen zu heften, in der Annahme, dass Cheyenne bestens darüber informiert war, welche Kurse Lisa – oder genauer gesagt, Britt für Lisa – belegt hatte.

Und so war es auch. Cheyenne schien sämtliche Schritte ihrer Mitschüler zu überwachen – sie wusste immer genau, wer wann und wo zu sein hatte. Genau wie ihre Mutter Carol schien es ihr Hobby zu sein, dafür zu sorgen, dass sie über alle Aktivitäten ihrer Kameraden akribisch Bescheid wusste, so dass keiner aus der Reihe tanzen konnte.

Und Lisa tanzte mit ihrer Internetlosigkeit ziemlich aus der Reihe, und das bekam sie den ganzen Vormittag zu hören. Es schien, als ginge der Schuss von Doc Silvermans Vorsichtsmaßnahmen ziemlich nach hinten los.

Cheyenne ließ sich mehrfach darüber aus, wie man denn ohne WhatsApp überhaupt existieren könne und ob Lisa denn nicht endlich mal einen Blick auf ihren Stundenplan werfen wolle – und warum sie denn die App immer noch nicht auf ihrem Smartphone installiert hätte.

Lisa begann allmählich zu ahnen, dass sie ohne Internet hier im Jahr 2018 ein ziemliches Problem haben würde.

Sie stieß erst wieder in der Mittagspause mit Kyle zusammen. Er hatte andere Kurse gehabt als sie; Kurse, von denen Lisa sich ziemlich sicher war, dass Britt diese nicht für sie belegt hatte, da es sich um exklusive Sportkurse handelte. Kyle stürmte mit ziemlich verschwitztem Gesicht und knurrendem Magen in die Kantine, als Lisa gerade mit der Entscheidung kämpfte, in welcher Essensschlange sie sich anstellen wollte.

Hatte es zu ihrer Zeit noch zwei verschiedene Menüs gegeben, so waren es nun ganze sechs oder sieben – abgesehen davon, dass die ganze Kantine ebenfalls total renoviert worden war.

Es gab ein asiatisches Menü, ein Pasta-Menü, ein traditionell englisches Menü, eine Tagessuppe, Pizza, ein Fleischgericht, und dann gab es noch etwas, was «veganes Menü» hieß. Was das wohl war? Lisa überlegte gerade, ob es im Jahr 2018 ein neues Land gab, das Veganien hieß, als Cheyenne, die direkt vor ihr stand, sich mit strengem Gesicht zu ihr umwandte.

«Bist du Veganerin?», fragte sie spitz.

«Nein, ich bin Engländerin», antwortete Lisa etwas hilflos.

Hinter ihr brach Kyle in lautes Gelächter aus.

«Was ist daran so lustig, Kylian?», schnaubte Cheyenne. «Ich schätze es überhaupt nicht, wenn man mich auf den Arm nimmt. Ich wollte ihr nur mitteilen, dass sie sich für das vegane Menu in der Extraschlange anstellen muss. Du bist echt manchmal eine Plage, Kylian. Du musst überhaupt nicht meinen, du seist was Besseres, bloß weil dein Vater die ‹Kendall Automotive Company› besitzt. Ich sorge hier schließlich nur für einen guten Klassengeist, was man von dir überhaupt nicht behaupten kann, da du dich ja immer und zu allem querstellen musst ...»

Während Cheyenne ihm weitere Ermahnungen an den Kopf schmiss, äffte Kyle sie mit ulkigen Mundbewegungen nach. Lisa presste sich den Handrücken auf den Mund, um nicht loszulachen. Was Cheyenne natürlich endgültig auf die Palme brachte.

«Du blöder, oberflächlicher, verwöhnter ...»

«He Kylie!» Banjo war hinzugetreten und legte Kyle seinen kräftigen Arm um die Schultern. «Gefährdest du wieder unseren Klassengeist?»

«Sieht so aus», brummte Kyle. «Und du, Bro, nenn mich gefälligst nicht *Kylie*. Ich bin doch kein Mädchen!»

Cheyenne stampfte ein letztes Mal mit dem Fuß auf und drehte sich dann abrupt wieder um, um sich einen undefinierbaren Salat auf den Teller zu schaufeln.

Kyle wollte von diesem Grünfutter nichts wissen und schippte sich eine ordentliche Portion Fleisch auf den Teller. Lisa entschied schließlich, sich in die Pasta-Schlange zu stellen, und Banjo tat es ihr gleich.

Da es unmöglich war, sich angesichts der vollbesetzten Tische irgendwo in einer einsamen Nische abzusondern, saß Lisa bald umringt von ihren zukünftigen Klassenkameraden an einem der größten Tische. Cheyenne hatte die ganze Herde zusammengetrieben; offenbar bestand sie darauf, dass ihre Schäfchen auch beim Mittagessen ordentlich beieinandersaßen, damit der Klassengeist aufrechterhalten wurde.

Nur Angela Cox saß am Nebentisch, zusammen mit zwei anderen, ziemlich kräftig aussehenden Mädchen, die eine ähnlich seltsame Haarfarbe und ebenso hochmütige Mienen wie Angela hatten. Bei der einen war, wie bei Cheyenne, eine Seite des Kopfes kahlrasiert, während auf der anderen ein rabenschwarzer Haarvorhang mit kirschroten Spitzen wallte, der die eine Gesichtshälfte des Mädchens voll bedeckte. Das dritte Mädchen hatte eine pflaumenfarbige Frisur, in einem perfekten Scheitel mittig geteilt und die Haarspitzen zu kunstvollen Korkenzieherlocken gedreht. Sie zeigten einander gerade gegenseitig etwas am Smartphone und lachten dabei hämisch.

Drei Girls, von denen man sich dringend fernhalten musste, so viel war Lisa klar.

Sie wandte sich schweigend ihrem Essen zu und stellte dabei fest, dass Kyle seinen Teller bereits leergegessen hatte. Er stürzte sofort los, um sich Nachschub zu holen. Als er zurückkam, stolperte er über Banjos lange Beine, und das ganze Tablett mit dem Essen inklusive Kyle landete schwungvoll auf dem gekachelten Fußboden.

Lisa konnte nicht sagen, wer am meisten lachte: Sie oder die Klasse oder Kyle selbst. Nur Cheyenne schnaubte und zischte und wieherte wie ein durchgedrehtes Pferd, doch ihr Gekeife ging in dem johlenden Gelächter einfach unter.

«Typisch Kendall!», grölte der rothaarige Junge namens Riley, während ein asiatisches Mädchen Kyle kichernd beim Aufstehen half. Es schien, als ob es an der Tagesordnung war, dass Kyle für derartige Aktionen sorgte. Lisa fühlte sich in guter Gesellschaft.

Jetzt, da sie wusste, dass er Stevens Sohn war, erkannte sie die Ähnlichkeit mit seinem Vater noch viel mehr. Und da war auch ein klein wenig von Momo in seinem Gesicht.

Doch irgendetwas anderes war da noch vorhanden, etwas, das ihr ebenfalls sehr bekannt vorkam. Dieses breite Lächeln und die Grübchen in den Wangen hatte er jedenfalls nicht von Stevie.

Wer wohl seine Mutter war?

Sie hatte eine vage Ahnung, dass sie auch seine Mutter von irgendwoher kannte ...

Kapitel 4
Begegnung mit dem Internet

Lisa hatte beschlossen, Doc Silverman und Zac nichts von ihren Begegnungen mit Kyle, Angela und Cheyenne zu erzählen. Sie hegte den Verdacht, dass zumindest der Doc sich deswegen nur unnötig Sorgen gemacht hätte. Allerdings stellte sie sich die Frage, warum Doc Silverman trotz aller Umsicht nicht auf den Gedanken gekommen war, dass sie einigen Nachkommen ihrer ehemaligen Schulkameraden begegnen könnte.

Ob sich bei ihm das Alter bemerkbar machte und ihn etwas vergesslich werden ließ? Immerhin war er ja schon hochbetagt, und Lisa hatte zu ihrer Bestürzung festgestellt, dass der Doc viel öfters müde war als noch vor 29 Jahren. Er lag häufig auf seinem Sofa und hielt ein Nickerchen, um seine Kräfte zu schonen.

Auch Zac, von dem sie meistens nicht viel mehr als seinen Rücken zu sehen bekam, weil er entweder mit der Nase an einem seiner Bildschirme klebte oder hingebungsvoll an einer ziemlich skurril aussehenden Maschine herumfummelte, schien sich gedanklich wie immer in seinem eigenen Kosmos zu befinden. Überhaupt waren die beiden Wissenschaftler das ganze Wochenende über so beschäftigt, dass sie ihr gar nicht mal so viele Fragen zu ihrem neuen Schulalltag stellten.

Das war gut so, denn Lisa musste dringend eine Lösung für das WhatsApp-Problem finden. Cheyenne hatte ihr am Freitag auf Biegen und Brechen ihre Handynummer abgerungen – die Zac einst 1989 von Lisas älterem Ich erhalten und für Lisa notiert hatte – und sie am Wochenende mit SMS über anstehende Aktivitäten und Gruppenarbeiten bombardiert. Das war momentan die einzige Möglichkeit, die internetlose Lisa zu kontaktieren.

Jede SMS endete zudem mit einer ausführlichen Klage darüber, wie viel einfacher es doch für die Klassensprecherin wäre, wenn *alle* Leute WhatsApp hätten, wie es sich gehörte, und sie nicht jedem einzeln hinterherrennen müsste, der so rückständig wie ihre Mutter geblieben war und immer noch via SMS kommunizierte.

Da das dauernde nervtötende Trillern jeder hereinkommenden SMS Doc Silverman langsam, aber sicher stutzig machte, hatte Lisa herausfinden müssen, wie man das Smartphone auf lautlos stellen konnte.

Außerdem stand sie vor einem anderen Problem: Sie konnte ohne Internet nicht auf den Stundenplan zugreifen. Doch auch das wollte sie dem Doc lieber nicht sagen. Insgeheim ertappte sie sich nämlich dabei, wie sie befürchtete, dass Doc Silverman sie aus Sicherheitsgründen lieber wieder aus der Schule nehmen als ihr den Zugang zum Internet erlauben würde, und das war das Allerletzte, was sie wollte. Und im Sekretariat nachzufragen, ob sie den Stundenplan auch in einer gedruckten Version haben konnte, würde in dieser digitalisierten Welt wohl etwas schräg ankommen.

Nachdem sie am Montag weiterhin den ganzen Vormittag über keine andere Möglichkeit gesehen hatte, als an Cheyennes Rockzipfel zu hängen, wenn sie etwas über den Unterrichtsplan erfahren wollte, beschloss sie in der Mittagspause, dass nun endlich eine Lösung hermusste.

Da es zum Glück auch im Jahr 2018 noch eine Bibliothek gab und Bücher offenbar die einzige Möglichkeit waren, sich Informationen ohne Internetzugang zu beschaffen, verzog sie sich, sobald die Luft rein war, in die oberste Etage und begann die Bibliothek zu durchstöbern, die zu ihrer Freude noch genauso aussah wie vor 29 Jahren. Nur dass das Sortiment ziemlich erneuert worden war.

Vielleicht gab es ja irgendwo ein Buch mit einer Anleitung darüber, wie man in dieses sagenhafte Internet kam?

Tatsächlich fand sie ein paar Bücher über das sogenannte «World Wide Web» und dessen Entstehungsgeschichte, dazu ein Werk über das Phänomen «Social Media» und ein Buch namens «Internet für Dummies». Mit diesem ganzen Turm von Wälzern bewaffnet, verkroch sie sich in den hintersten Winkel der Bibliothek und begann, sich systematisch durchzuackern.

Allerdings verirrte sie sich schnell in dem Dschungel von Wörtern wie «Browser», «Google», «Hyperlink» – Wörter, die für sie weder Sinn noch Zusammenhang ergaben.

Resigniert gab sie schließlich auf. Es war ein scheußliches Gefühl, sich wie ein technischer Idiot zu fühlen. In ihrer Zeit war sie in Sachen Computer ihren Mitschülern eine Nasenlänge voraus gewesen. Sie erinnerte sich an den Informatikkurs vor etwa einem Jahr – also in ihrer Zeitrechnung 1988.

Sie war so ziemlich das einzige Mädchen der Klasse gewesen, das auf Anhieb und ohne Probleme ein Programm zum Laufen gebracht hatte. Die drei Blondies Kimberley, Sandy und Camilla hatten nicht mal geschnallt, wo man den Computer anschalten musste, und Maddox hatte die Computermaus stirnrunzelnd in seinen Händen gedreht und verzweifelt gefragt, was er damit machen musste. Und Morgan hatte den Informatikunterricht gleich komplett geschwänzt.

Gerade, als sie sich mutlos anschickte, die Bücher wieder wegzuräumen, kam Kyle in die Bibliothek gestürmt. Er stellte sich auf die Zehenspitzen und drehte den Kopf suchend nach allen Seiten. Als er Lisa erblickte, hellte sich seine Miene sofort auf. Er machte fast einen Hechtsprung auf sie zu.

«Da bist du ja! Ich hab dich schon gesucht.»

«Mich?», wunderte sich Lisa.

«Cheyenne hat rumgemosert, weil du nicht zum Essen erschienen bist und überhaupt, dass du dich ständig absonderst und damit eine ernsthafte Gefahr für unseren Klassengeist bist», brachte er atemlos hervor. «Und da dachte ich, bevor *sie* sich auf die Suche nach dir macht, rette ich dich lieber gleich aus ihren Fängen ...»

Er ließ sich neben ihr auf den freien Stuhl plumpsen und beugte sich neugierig über das Buch, das sie gerade aufgeschlagen hatte. Dabei berührte seine Schulter ganz leicht die ihre.

«Was liest du denn da Schönes?»

Ehe Lisa ihn hindern konnte, klappte er den Deckel zu. «Internet für Dummies ...?»

«Äh ... ja», seufzte Lisa. «Ich ... äh ... brauche WhatsApp und Zugang zum Portal und ...»

«Ja, das würde ich dir dringend anraten», unterbrach Kyle sie trocken. «Wie willst du sonst hier überleben? Du musst rund um die Uhr für das Klassengespenst erreichbar sein, sonst hast du keine Ruhe! Wobei – wenn sie mich zu sehr nervt, schalte ich mein Smartphone schon mal auf lautlos.» Er grinste schelmisch.

«Hm», machte Lisa und kaute auf ihrer Unterlippe rum.

«Was ist?», fragte Kyle, der offenbar ihr Zögern bemerkte.

«Es ist ... so ... ich hab ... noch nie ein Smartphone benutzt ...»

«Was?»

«Ja, du hast richtig gehört.» Lisa versuchte, einen leicht bissigen Unterton zu verbergen. Der sollte sie nur nicht für blöd halten!

Kyle stieß überrascht die Luft aus. «Das gibt's ja nicht! Du hast *noch nie* ein Smartphone benutzt?»

«Nein, hab ich nicht, aber bitte krieg dich nun wieder ein», knirschte sie zwischen den Zähnen hindurch.

«Okay, okay, schon gut», sagte er. «Mal was Neues, aber wieso auch nicht? Zeig mal her! Soll ich dir helfen?»

«Gern», sagte Lisa, erleichtert, dass er nicht noch mehr Fragen stellte. Sie reichte ihm ihr Gerät, und Kyle machte den Bildschirm an.

«Dein Code», sagte er und hielt es ihr wieder unter die Nase.

Das hatte sie ganz vergessen! Hastig tippte sie die Zahlen 2–7–0–9 ein und hoffte, dass Kyle sich nicht daran erinnerte, dass sein Onkel am 27. September Geburtstag hatte.

«Puh», sagte er, nachdem er sich ein wenig auf Lisas Smartphone umgesehen hatte. «Du hast ja weder WLAN noch Mobildaten an. Was machst du denn überhaupt mit so einem Gerät, wenn du nicht einmal ins Internet kannst?»

«Tja ...» Lisa starrte auf ihre Knie. «SMS schreiben ...»

«SMS schreibt doch heutzutage fast keiner mehr», brummte Kyle. «Ooooooooookay. Schauen wir mal ... Was für eine Flatrate für mobile Daten hast du denn?»

Als Lisa nur mit den Achseln zuckte, meinte er: «Ach, wird schon gehen, selbst bei Prepaid-Angeboten ist ja ein bestimmtes Datenvolumen dabei. Das sollte reichen. Und in der Schule haben wir ja WLAN.»

Mit wenigen Handgriffen hatte er das Smartphone mit dem Internet verbunden. Und dafür hätte Lisa stundenlang Bücher gewälzt ...

«So, jetzt ist schon mal Leben in der Bude. Aber warte mal – du hast da tatsächlich weder WhatsApp noch Snapchat noch Facebook noch sonst was drauf?»

«Ich hab ja gesagt, dass ich es noch nie richtig benutzt hab», knurrte Lisa, was Kyle ein weiteres Grinsen entlockte.

«Na schön. Soll ich dir das alles installieren?», fragte er geduldig.

«Ja ... mach einfach ...», murmelte Lisa kleinlaut.

Die nächsten paar Minuten war er damit beschäftigt, ihr die verschiedenen Apps, die seiner Meinung nach wichtig für das Überleben an der Schule waren, zu installieren. Dazu brauchte er eine Reihe Passwörter und kriegte sich nicht mehr ein vor Erstaunen, als er erfuhr, dass Lisa noch nicht mal eine E-Mail-Adresse hatte.

«Ich fass es nicht», meinte er kopfschüttelnd. «Du bist ja altmodischer als mein Großvater.»

Lisa hatte mal irgendwo aufgeschnappt, dass selbst das Kommunizieren per E-Mail im Jahr 2018 schon ziemlich rückständig war, und biss die Zähne noch fester zusammen.

Kyle richtete zuerst WhatsApp ein, erstellte dann für sie die verschiedenen Accounts – Instagram, Snapchat und Facebook – und verlangte dafür jedes Mal von ihr ein weiteres Passwort. Lisa, die überhaupt nicht wusste, wie sie sich all diese Passwörter merken sollte, versuchte angestrengt, irgendwelche Abwandlungen von Morgans Namen plus den Ziffern 2, 7 und 9 zu finden. Das konnte sie zumindest irgendwo in ihren Gehirnwindungen abspeichern.

«Irgendwas hat es mit diesen drei Ziffern zwei, sieben und neun auf sich», grinste Kyle, nachdem sie ihm als dritte Version *GANMOR_792* vorgeschlagen hatte. «Hat da jemand Geburtstag, den du kennst?»

Lisa wurde rot, doch er wartete die Antwort zum Glück gar nicht ab, sondern gab die frisch kreierten Zugangsdaten in Facebook ein. Lisa hatte sich nach einigem Überlegen für den Benutzernamen *Lee Butterfly* entschieden, nachdem Kyle ihr gesagt hatte, dass man ruhig auch Pseudonyme verwenden konnte. Sie sagte ihm natürlich *nicht*, dass sie mit dem Schmetterling eine ganz besondere Geschichte verband, die mit seinem Onkel zu tun hatte.

«Lee Butterfly. Gefällt mir. Passt zu dir», sagte Kyle mit einem charmanten Grinsen, das Lisa erneut zum Erröten brachte.

«So. Damit hätten wir auch Facebook. Soll ich dir gleich eine Freundschaftsanfrage senden?» Er zog fragend seine linke Augenbraue hoch.

«Ja ... mach ruhig.» Lisa war froh, wenn er nicht mehr Fragen als nötig stellte.

«Gut.» Kyle knöpfte sich das Smartphone erneut vor.

«Sag mal ...», stotterte sie.

«Was?»

«Du heißt tatsächlich *Kylian Kendall*?» Der Gedanke, dass die Figur Kylian Kendall nicht nur in ihrem Computerspiel existierte, sondern auch in Tat und Wahrheit, faszinierte und erschreckte sie zugleich.

Doch mit großer Wahrscheinlichkeit hatte ihr älteres Ich Kyle gekannt, wenn sie mit Steven und Momo in Kontakt geblieben war.

«Korrekt. Kylian Kristopher Kendall. Dreimal dieselben Initialen. Sehr einfallsreich, meine lieben Eltern.» Kyle rollte mit gespieltem Entsetzen die Augen.

«Tatsächlich?» Wie gern hätte Lisa nun ihr Leid mit ihm geteilt, nämlich dass auch sie in Wahrheit dreimal die gleichen Initialen in ihrem Namen hatte – Lisa Leonor Lambridge. Sie war noch nie jemandem begegnet, der unter dem gleichen Übel zu leiden hatte wie sie – zumal dies Maddox Cox dauernd dazu veranlasst hatte, «Miss Lollipop» zu ihr zu sagen. Bedauerlicherweise konnte sie Kyle nichts davon erzählen, weil sie hier ja offiziell Leonor Whitfield hieß.

Kyle tippte erst auf Lisas Smartphone, dann auf seinem eigenen herum. «So. Hiermit wäre alles eingerichtet. Facebook wirst du allerdings kaum noch brauchen, da sind nur noch die Alten drauf.» Er winkte ab. «Ich schreib da selten noch was rein – will ja schließlich nicht, dass mein Dad alles liest, was ich so treibe.»

«Echt? Dein Dad ist auch da drauf?»

Statt einer Antwort hob Kyle den Kopf, um ihr direkt in die Augen zu blicken.

«Mal ganz ehrlich: Wo kommst du eigentlich her?»

Lisa hätte ihm so gern gesagt, woher sie kam. Aber selbst wenn sie dazu die Erlaubnis gehabt hätte, hätte Kyle es ihr ja doch nicht abgekauft.

«Du bist ein echt witziges Mädchen. Du kommst mir fast so vor, als kämst du von einem anderen Planeten», schmunzelte er.

«Ja», sagte sie, einer inneren Eingebung folgend. «Ich lebe, glaube ich, tatsächlich hinter dem Mond.»

Der Spruch funktionierte, und Kyle lachte.

«Bitteschön», sagte er und gab ihr das Smartphone wieder zurück. «Nun hast du wenigstens deinen ersten Facebook-Freund!»

Das Wissen, nun endlich mit diesem wundersamen Internet verbunden zu sein, löste in Lisa gemischte Gefühle aus. Einerseits Freude und Neugier auf das Unbekannte, andererseits aber auch Ehrfurcht, weil sie genau wusste, dass sie vor den Toren einer neuen, unglaublichen Welt stand, die ihre Vorstellungen bei Weitem übertreffen würde. So viel Ehrfurcht, dass sie es vorerst noch nicht einmal wagte, einen Schritt in diese Welt hineinzumachen.

Zudem war sie kein Mensch, der leichten Gewissens einfach ein explizites Verbot brechen konnte: Die Ermahnung von Doc Silverman schwebte jedes Mal in ihrem Kopf herum, wenn sie mit der Verlockung spielte, dieses Programm namens Chrome – das Tor zum Internet – zu öffnen. So begnügte sie sich erst einmal mit dem Onlineportal der Schule und spielte ein bisschen mit den neuen Apps herum, die Kyle ihr eingerichtet hatte.

Schon nur das allein war aufregend und unfassbar genug, obwohl sie aus Instagram und Snapchat nicht ganz schlau wurde. Ab und zu erhielt sie Freundschaftsanfragen und komische Bilder von ihren Mitschülern mit Kommentaren und Symbolen drauf, deren Bedeutung sie nicht ohne weiteres entschlüsseln konnte, doch nachdem sie schließlich herausgefunden hatte, dass man diese nicht beantworten musste, fühlte sie sich entspannter.

Facebook verstand sie aus irgendwelchen Gründen besser. Die Tatsache, dass man sich mit jedem Menschen auf dieser Welt vernetzen konnte, selbst wenn dieser in Australien lebte, war für sie immer noch ein unfassbares Wunder. Sie hatte daher der Versuchung nicht widerstehen können, sich mit ein paar wildfremden Menschen auf der anderen Seite der Erdkugel zu verbinden. Das konnte ja nun wirklich nicht so gefährlich sein, fand sie – ein Mensch in Australien oder in Amerika würde ihr ja nie über den Weg laufen.

Ein weiterer, vager Geistesblitz wollte sich Eintritt in ihre Gedankenwelt verschaffen, nämlich auf Facebook nach einigen ihr bekannten Leuten zu suchen, doch sie scheuchte ihn sofort weg. Denn dass dieser Einfall eine ganz besondere Gefahr für ihr Herz darstellte, ahnte sie …

Doch sie bekam auch so genug zu verdauen. Die ganze erste Woche war eine einzige Entdeckungsreise von technischen Errungenschaften, die sie für sich behalten musste. So musste sie sich zum Beispiel zusammenreißen, in der Kantine ihr Erstaunen über eine hypermoderne Kaffeemaschine nicht lautstark zum Ausdruck zu bringen, die eine ganze Menge Kaffeesorten ausspuckte, von denen sie noch nie zuvor gehört hatte.

Es war ihr ohnehin peinlich, dass Kyle, der irgendwie verdächtig oft in ihrer Nähe war, ihr schon wieder beim Bedienen eines Geräts helfen musste. Auch die horrenden Preise musste sie mit einem Schweigen hinnehmen, aber immerhin hatte Doc Silverman sie bereits davor gewarnt, dass in der Zukunft alles viel teurer war.

«Manchmal könnte man echt meinen, du kämst aus dem vorigen Jahrhundert», lachte Kyle, als Lisa vergeblich die Knöpfe an der Kaffeemaschine suchte, weil sie sich einfach nicht daran gewöhnen konnte, das Gerät via «Touchscreen» zu bedienen, wie es im Jahr 2018 üblich war.

Wie recht er damit hatte, war ihm natürlich nicht bewusst.

Doch es gab noch weit mehr zu entdecken. Nicht nur die Whiteboards, die es nun anstelle der schwarzen Kreidetafeln in fast jedem Klassenraum gab und die direkt mit dem Computer verbunden waren, sondern auch die lustigen Händetrockner auf dem Klo versetzten sie in Staunen, die einem mit auf Hochgeschwindigkeit getrimmter Luft die Hände trockenbliesen.

Auch die großen Bildschirme in der Eingangshalle, in der Kantine und im Untergeschoss hatten es ihr angetan. Hier konnte man rund um die Uhr kleine News-Filme über die Aktivitäten der Schule sehen; Filme, die eine Schülergruppe selber erstellte, ähnlich wie eine Schülerzeitung. Man konnte sich laut Kyle sogar für diese Filmgruppe bewerben, wenn man wollte. Es war fast überflüssig gewesen zu erwähnen, dass Cheyenne dabei eine wichtige Rolle spielte – sie war ja schon fast eine wandelnde Schülerzeitung.

In der Eingangshalle direkt neben der Pforte gab es eine riesige Informationstafel, die sich mit den Händen bedienen ließ und auf der es eine Menge aufschlussreicher Dinge zu entdecken gab. Immer wenn sie es schaffte, sich abseits von Cheyennes Argusaugen davonzustehlen, kam Lisa hierher und tatschte mit ihren Händen auf dem Bildschirm herum. Je nachdem, wo sie die Finger draufhielt, ließ sich das Bild oder der Text nach links oder nach rechts flippen, ähnlich wie beim Smartphone.

Oft endete es damit, dass Kyle, der mittlerweile herausgefunden hatte, dass Lisa immer wieder hierherkam, auf einmal neben ihr auftauchte und sich wunderte, was sie denn schon wieder an dieser langweiligen Tafel zu suchen hatte.

Doch im Gegensatz zu den meisten anderen Schülern, die achtlos an dieser Tafel vorbeieilten, konnte Lisa nicht genug davon kriegen.

Sie verweilte lange bei der Entstehungsgeschichte der Schule, die mit zahlreichen Fotografien aus verschiedenen Jahrzehnten bestückt war. Sie konnte jedes Jahrzehnt einzeln antippen und erhielt eine ausgiebige Beschreibung:

Technisch ist die Tomsbridge School heute eine der fortschrittlichsten des Landes. Wir bieten den Studierenden modernste Infrastruktur an: Whiteboards, Computerräume, Internetzugang. Soziale Interaktionen stehen im Mittelpunkt. Schülergruppen und Lerngemeinschaften werden stark gefördert. Wir begrüßen den Fortschritt und pflegen eine starke Internetpräsenz, las sie in der Rubrik «2010 bis heute».

Unter den 80er-Jahren stand Folgendes:

Dringende Renovationen, speziell des Untergeschosses, wurden aus diversen Gründen hinausgeschoben. So war schon seit langem die überfällige Erneuerung der Physik- und Chemieräume vorgesehen.

Daneben gab es Fotografien von den gruseligen Räumen, wie sie anno 1989 ausgesehen hatten. Lisa schauderte, wenn sie daran dachte, dass sie irgendwann wieder zurück in diese Wirklichkeit musste.

Da war die Rubrik «Die Geschichte des Herbstballs» eindeutig verträglicher:

Jedes Jahr wird der traditionelle Herbstball abgehalten, der – im Gegensatz zu den meisten anderen Schulen, die den Ball als Abschluss des Schuljahres feiern – das neue Schuljahr einläuten soll. Diese Tradition wurde 1958 durch den Schuldirektor Lester Grumpfield eingeführt, der damit der Tomsbridge School landesweit eine persönliche, eigenständige Note verleihen wollte. Diese schöne Tradition wird bis heute aufrechterhalten. So freuen wir uns, dass wir dieses Jahr als besonderes Jubiläum den sechzigsten Herbstball feiern dürfen.

Dabei waren die Fotografien sämtlicher verflossenen Ballkönige und Ballköniginnen aufgeführt, die jedes Jahr gekürt worden waren. Lisa scrollte sich zu «1989» durch und fand wie erwartet das Bild von Nathan Fletcher und Beverly Lancaster. Die wunderschöne Beverly und der gutaussehende, freundliche Nathan waren wirklich ein perfektes Paar gewesen, doch sie kam nicht umhin, ein bisschen davon zu träumen, wie es gewesen wäre, wenn sie stattdessen sich selbst und Momo auf dieser Fotografie gefunden hätte.

In jener Nacht waren all die Dinge geschehen, die ihr Herz und das Raum-Zeit-Kontinuum aus den Angeln gehoben hatten ...

Dafür fand sie unter «1985» ein Bild von Steven Kendall und einer hübschen Blondine – es war ja klar, dass Stevie mindestens einmal Ballkönig gewesen sein musste. Stevie, der alles konnte, zudem gut aussah und überall beliebt war – er hatte an der Schule ja regelrecht als Legende gegolten.

Nebst der Geschichte und den verschiedenen Aktivitäten der Tomsbridge School gab es auch noch ein fast lebensgroßes Porträt zu jedem der Lehrer, die zurzeit hier unterrichteten. Lisa fand einige Lehrer, die sie von früher kannte und die nun 29 Jahre älter waren, unter anderem Mrs. Smith, ihre Englischlehrerin, die damals etwa Mitte dreißig gewesen war und nun kurz vor der Pension stand.

Doch zwei Männer nahmen ihre Aufmerksamkeit ganz besonders gefangen.

Ein selbstbewusster, freundlicher und durchtrainierter Mittvierziger mit einem Vollbart und Kurzhaarschnitt lächelte ihr so bekannt von dem Bildschirm entgegen, dass sie nicht anders konnte, als seinen Namen zu lesen:

Fletcher, Nathan, 45 Jahre
Sport und Gesundheit

Nathan, einer von Morgans besten Freunden, einst mit blondlockigem Vokuhila-Haarschnitt, hatte tatsächlich seinen Traum, Sportlehrer zu werden, wahrgemacht! Und er unterrichtete hier an dieser Schule. Laut Stundenplan – den sie mittlerweile auswendig konnte – würde sie nächsten Dienstag zum ersten Mal bei ihm Sportunterricht haben.

Und dann gab es noch einen anderen Lehrer, der ihre Aufmerksamkeit fesselte und ihr das Blut in den Adern gefrieren ließ: ein großgewachsener, schlanker Mann mit grauem Haar, autoritären, kantigen Gesichtszügen und dünnen Lippen, die zu einem Strich zusammengepresst waren, stand mit verschränkten Armen da und schaute sie mit stechenden, eisengrauen Augen an.

Lisa versuchte, den Klumpen, der in Sekundenschnelle in ihrem Hals wuchs, herunterzuschlucken.

Whitfield, Carter, 47 Jahre
Film und Medien

Carter Whitfield – der Mann, mit dem sie in ihrer ersten Zeitlinie verheiratet gewesen war.

Der Mann, mit dem sie versucht hatte, Momo zu vergessen.

Und von dem sie sich ein paar Jahre später wieder geschieden hatte.

Das war der Moment, in dem sie eindeutig genug von der Tafel in der Eingangshalle hatte und sich schwor, keinen Medienkurs zu belegen, weil ihr das alles irgendwie ein Stück zu nahe ging.

Sie wollte diesem Mann besser gar nicht begegnen.

Kapitel 5
Im Versteck des Time Transmitters

An dem darauffolgenden Wochenende nahm Zac sie mit zu dem Versteck des Time Transmitters. Lisa hatte sich schon die ganze Zeit gewundert, wohin Zac immer verschwand, wenn er an dem Time Transmitter arbeiten wollte.

Dieses Mal wollte Zac ein paar Tests mit Lisa machen: Er wollte unter anderem ihre Masse in den Time Transmitter einlesen. Das Wetter war ideal dazu: wolkenverhangen, aber trocken, so dass der Photonenstrahl gut sichtbar sein würde.

Lisa hatte, außer über ein paar wenige technische Dinge, noch kaum richtig mit Zac gesprochen. Er war jeweils so in seine Arbeit vertieft gewesen, dass sie sich kaum getraut hatte, ihn zu stören. Er tat das ja alles nur, um sie sicher wieder nach Hause zu bringen. Guter Zac...

Doc Silverman blieb im Labor zurück. Er meinte, dass diese Kletterei mittlerweile zu strapaziös sei in seinem Alter. Der Time Transmitter war laut Zacs Schilderung nämlich in einer hochgelegenen Felshöhle versteckt.

Während der Autofahrt erzählte Zac Lisa ein wenig davon. Sie fuhren mit einem dunkelgrünen Land Rover, der für solche Unternehmungen geeigneter war als der uralte, cremefarbene Mercedes, der eigentlich längst ausgedient hatte.

Im Tomsbridge Valley gab es, so berichtete Zac, eine Höhle, die so gut hinter Felsvorsprüngen verborgen war, dass sie mit bloßem Auge kaum sichtbar war. Sie war tief und lang genug, um den Time Transmitter bestens darin verwahren zu können. Auf Lisas Frage, warum denn der Time Transmitter derart versteckt werden müsste, meinte Zac: «Zur Sicherheit. Mein Dad will einfach verhindern, dass jemand dahinterkommt, dass wir schon wieder an einem Zeitreiseprojekt arbeiten.»

«Aber warum sollte jemand dahinterkommen? Mir scheint, dein Dad ist manchmal … etwas übervorsichtig?»

«Ach, Lee, du weißt nicht, was damals alles passiert ist, nachdem du verschwunden bist», sagte Zac. «Aber ich hab Dad eigentlich versprochen, dir nichts davon zu sagen.»

«Was denn?» Jetzt war Lisa erst recht neugierig. Sie hatte ja schon von Anfang an den Verdacht gehegt, dass die Wissenschaftler ihr irgendetwas verschwiegen.

Als Zac nicht antwortete, fragte Lisa weiter: «Ist das der Grund, warum ihr kein Internet benutzt? Und so abgeschieden lebt?»

Auch im Hause Silverman gab es keinen WLAN-Anschluss. Zac benutzte bei Bedarf diverse Prepaid-SIM-Karten, um per mobilem Hotspot seine Daten auf den Computer runterzuladen.

«Unter anderem», wich Zac aus. «Aber schau, selbst wenn wir dort, wo der Time Transmitter versteckt ist, kein Wurmloch öffnen können, so können wir doch den Photonenstrahler und die Leitfähigkeit der Antennen schon mal testen. Ach, Lee, du wirst staunen, wenn du siehst, was wir in den letzten dreißig Jahren alles entwickelt haben. Ich hab mich in all den Jahren so darauf gefreut, dir das endlich erzählen zu dürfen.»

Und schon war Zac mitten in seinen ausführlichen Beschreibungen über all die physikalischen Feinheiten, die er ausgetüftelt hatte und von denen Lisa nur einen Bruchteil verstand. Sie ließ ihn erklären und hörte ihm zu, weil er es offensichtlich genoss, endlich jemanden zum Reden zu haben. Mit Zac hatte sie ohnehin nie über viel anderes als über Physik sprechen können, und das hatte sich auch nach drei Jahrzehnten nicht geändert. Aber solange er glücklich war, war es ihr recht. Sie würde sich eine andere Gelegenheit suchen, ihn wegen der Informationen zu löchern, die sie dringend haben wollte.

Sie hatten etwa eine Dreiviertelstunde lang zu fahren. Lisa hatte nicht mal gewusst, dass das Tomsbridge Valley so weitläufig war. Sie hatte immer angenommen, dass es irgendwo aufhörte, spätestens dort, wo die Hügel am Horizont wieder etwas flacher wurden. Aber das kleine, widerspenstige Tal mit dem Fluss grub sich erstaunlich in die Tiefe, und die Felshänge wurden steiler, je weiter sie fuhren.

Lisa konnte sich nicht daran erinnern, dass sie jemals im Geografie-Unterricht durchgenommen hatten, wie lang das Tomsbridge Valley eigentlich war. In ihrem Atlas war es auch nicht so deutlich eingezeichnet gewesen.

Zac manövrierte den Land Rover einen kleinen Hang hinunter und parkte ihn auf einer Felsplatte.

«Da wären wir», sagte er.

Sie stiegen aus. Lisa blickte hinunter auf den Fluss, der genauso friedlich vor sich hin rauschte wie vor fast dreißig Jahren.

Zac richtete den Blick gen Himmel. Es war grau und windig und ungemütlich, doch Zac war damit sehr zufrieden.

«Traust du dir zu, diese Felswand hochzuklettern?» Er deutete auf einen sehr steilen Hang, der sich direkt vor ihren Augen in schwindelnde Höhen auftürmte. «Die Höhle ist nämlich dort oben.»

Lisa reckte ihren Hals, doch sie konnte beim besten Willen keine Höhle entdecken.

«Es ist direkt hinter dem Felsvorsprung da oben», fügte Zac heiter hinzu.

Lisa schluckte, als sie Zacs besagte Klippe etwa dreißig Meter über ihrem Kopf entdeckte.

«Wie sollen wir denn da hochkommen?» Sie war ja ziemlich flink im Klettern, aber das würde selbst sie nicht schaffen. Außerdem kannte sie Zacs waghalsige Aktionen zur Genüge. Das hier war mal wieder typisch!

«Natürlich gesichert», antwortete Zac und ging zum Kofferraum, um eine komplette Kletterausrüstung zutage zu fördern. Lisa staunte, was er alles dabei hatte: Von Sicherungsgerät, Karabinerhaken, Helmen bis hin zu ein paar Extra-Schuhen für Lisa hatte er wirklich an alles gedacht. Ganz offensichtlich hatte selbst der zerstreute Zac aus einer gewissen Lebenserfahrung gelernt und in Sachen Vorausplanung enorme Fortschritte gemacht.

Er half Lisa, in den Klettergurt zu steigen, und befestigte sie an seinem Seil. Sie beschloss, ihm nun einfach zu vertrauen.

«Ich weiß, es ist etwas umständlich, aber diese Höhle ist ideal für meine Zwecke», entschuldigte sich Zac.

Doch der Aufstieg ging leichter vonstatten, als Lisa gedacht hätte. Wenn jemand einsame Spitze im Klettern war, dann war es Zac mit seinen ellenlangen Armen und Beinen. Mühelos erklomm er sogar mit einem schweren Rucksack auf dem Buckel die Felswand, fast so, als würde er das jeden Tag machen, und vermutlich war es tatsächlich so: Er schien diese Felswand im Schlaf zu kennen.

Sie brauchte ihm nur zu folgen und schalt sich für ihre anfänglichen Zweifel. Als ob Klettern ihr etwas ausmachte! Dennoch war sie froh, an einem Seil gesichert zu sein.

Der Blick hinunter ins Tal war schwindelerregend, doch Zac kratzte die luftige Höhe nicht im Geringsten. Oben auf der Klippe angelangt, half er Lisa, aus dem Sicherheitsgurt zu steigen, und verstaute Seil, Karabinerhaken und alles, was dazugehörte, wieder in seinem Rucksack. Nur den Helm behielt er auf und hieß sie, dasselbe zu tun.

«Hier kommt wohl tatsächlich niemand rauf», stellte Lisa fest.

«Sag ich doch. Selbst wenn sich mal ein Bergsteiger hierher verirren sollte, hab ich den Time Transmitter so gut versteckt, dass keiner ihn finden könnte.» Er begann, ein paar Felsbrocken vom Eingang der Höhle wegzurollen. Lisa stellte sich schon die Frage, wie der großgewachsene Zac durch diese recht enge Öffnung kommen sollte, doch nachdem die Steine weg waren, stellte sie fest, dass die Höhle innen größer war, als der Eingang hätte vermuten lassen.

Dennoch kamen sie nicht umhin, auf allen vieren zu kriechen. Lisa war nun froh um den Helm, auch wenn er ungemütlich über den Ohren drückte. Sie gab darauf Acht, direkt hinter Zac zu bleiben, der mit seiner Helmlampe den Weg beleuchtete. Vom glitschigen Gestein ging ein kalter, modriger Geruch aus, doch je tiefer sie in die Höhle drangen, desto wärmer wurde es.

An einer Biegung hielt Zac inne und begann, ein paar Steine wegzuhieven. Er setzte Lisa die Helmlampe auf, so dass sie ihm leuchten konnte, während er ein Loch freilegte. Er griff mit beiden Armen hinein und hob eine in Plastik verpackte Metallkiste aus dieser Versenkung.

«Hier ist er», sagte er. «Lass uns zurückkehren.»

Weil der Gang zu eng war, um aneinander vorbeikriechen zu können, musste dieses Mal Lisa auf dem Rückweg mit der Helmlampe vorankriechen. Sie fragte sich echt, wie Zac das schaffte, mehrmals pro Woche in diese zappendustere Grotte zu steigen. Außerdem schien es ihm erhebliche Mühe zu bereiten, die sperrige Kiste mit dem Time Transmitter Zentimeter für Zentimeter vor sich herzuschieben. Er kam nur sehr langsam vorwärts. Aber Zac nahm weder Dunkelheit noch Kälte, Hunger und Durst wahr, wenn er ein Experiment im Kopf hatte, das war ihr ja nur zu gut bekannt.

Als sie endlich wieder im Freien waren, erkannte Lisa, warum diese Höhle für Zacs Zwecke so geeignet war: Der Felsvorsprung war großflächig genug, so dass Zac sich darauf ein richtiges Außenlabor eingerichtet hatte. Er stellte die Kiste auf eine perfekt dafür gemeißelte Steinfläche und begann, sie von dem Plastik zu befreien.

Lisa nahm auf einem der Felsblöcke Platz, die um die Steinfläche herumlagen, und beugte sich gespannt vor, als Zac den Deckel von der Kiste hob.

Darin lag ein würfelförmiges, silberweißes Gerät mit ungefähr fünfzig Zentimetern Seitenlänge und einem Display auf der Oberseite.

Zac befreite den Apparat aus der Kiste und hielt ihn stolz in die Höhe – er schien längst nicht so schwer zu sein, wie er aussah.

Das Gerät hatte an einer der vier Seiten eine runde schwarze Linse, die Lisa sehr stark an die Linse des alten Time Transmitters erinnerte.

«Ist das ...?»

«Ja, das ist er», sagte Zac mit hörbarem Stolz in der Stimme. Er platzierte ihn sehr vorsichtig neben der Kiste, setzte sich zu Lisa auf einen zweiten Felsbrocken und berührte den flachen Knopf seitlich vom Display. Mit einem feinen Summen erwachte das Gerät zum Leben und wurde in ein silberblaues Licht gekleidet, das bei Dunkelheit sicher noch stärker geschimmert hätte.

Lisa bestaunte den eleganten, formvollendeten Time Transmitter. Im Gegensatz zu dem klobigen, etwas mangelhaft zusammengebastelten Ghettoblaster, den Zac damals zu einer Zeitmaschine umfunktioniert hatte, sah dieses Ding hier eindeutig nach fast dreißig Jahren Fortschritt aus.

«Wie lange habt ihr ihn schon hier versteckt?», wollte sie wissen und fragte sich insgeheim, wie Zac den Time Transmitter überhaupt hier herauftransportiert hatte.

«Noch nicht sehr lange. Ich hatte ihn im letzten Sommer schon hier, aber während des Winters musste ich ihn zurück ins Labor nehmen. Schnee und Eis hätten es unmöglich gemacht, hier draußen zu arbeiten. Ich hab ihn kurz vor deiner Ankunft wieder hierhergebracht, unter anderem weil ...» Er stockte.

«Weil?» Was zum Geier war es denn, das die Wissenschaftler so vehement vor ihr verheimlichen wollten?

Statt einer Antwort legte Zac den Finger auf das Display, und drei digitale Reihen mit Ziffern tauchten wie aus dem Nichts auf. Alle drei Zifferfolgen waren völlig identisch:

```
00. JAN 0000 00:00 AM
00. JAN 0000 00:00 AM
00. JAN 0000 00:00 AM
```

Zac tippte die erste Zahlenreihe an, und sie verwandelte sich in das aktuelle Datum:

```
18. MAR 2018 02:14 PM
```

«Diese Anzeige berechnet automatisch das gegenwärtige Datum und die aktuelle Uhrzeit, wie du siehst», erläuterte er und berührte die zweite Zifferreihe, die mit einem leisen Piepen anfing zu blinken.

«Das ist die Anzeige, nach *wann* wir dich senden. Die muss man selbstverständlich manuell einstellen.» Er tippte ein paarmal auf den Nullen herum, bis da stand:

```
14. FEB 1990 10:00 PM
```

«Wir haben ja sehr lange überlegt, ob wir wirklich dieses Datum wählen sollen, aber es entspricht deinem biologischen Alter», erklärte er. «Zwischen dem 15. September 1989 und dem 14. Februar 1990 sind genauso viele Tage vergangen, wie zwischen dem 24. Februar 2018 und dem 26. Juli 2018 vergehen werden. Logistisch gesehen wäre es ja das Beste, dich auch genau wieder auf den 15. September 1989 zurückzuschicken – damit würden wir uns eine Menge Komplikationen ersparen.

Aber weil du fünf Monate im Jahr 2018 verbringen wirst, wird dein

Körper hier fünf Monate älter, daher wollen wir diese Zeitabweichung mit berücksichtigen, wenn wir dich nach Hause senden. Mittlerweile sind wir zwar ziemlich sicher, dass so eine geringe Zeitabweichung trotz anfänglicher Befürchtungen langfristig kaum schädliche Auswirkungen auf deinen Körper haben würde, aber unsere jüngeren Ichs erwarten dich nun mal am 14. Februar 1990, daher lassen wir das so, sonst bringen wir zu viel in ihrer Planung durcheinander. Ach, übrigens: Merkst du eigentlich immer noch irgendwelche Unstimmigkeiten?»

«Unstimmigkeiten in meinem Körper?»

Zac nickte.

Lisa verneinte. Sie fühlte sich wieder ziemlich normal. Auch die Wirbel-Flashbacks, die sie von Zeit zu Zeit noch überkommen hatten, die jedoch immer schwächer geworden waren, waren jetzt komplett verschwunden.

«Gut. Das war nämlich meine größere Sorge als die fünfmonatige zeitliche Abweichung. Es tut mir so leid, dass ich damals trotz genauster Berechnungen die Freisetzung der Kräfte bei der Molekularverschiebung durch die Zeit unterschätzt habe und damit die Auswirkungen auf deinen Körper ... Das Inertialsystem, also das Trägheitssystem, verstehst du, wenn der Körper oder die Masse sich gleichförmig, sprich, unbeschleunigt und gradlinig bewegt – will heißen, wenn der Körper keine Krafteinwirkung von anderen Objekten erfährt oder diese sich insgesamt aufheben, wird die daraus resultierende Kraft nämlich ...»

Zac sprudelte mal wieder wie ein Wasserfall, wie immer, wenn er etwas ausführlicher erklären wollte. Lisa fand es nach wie vor gewöhnungsbedürftig, mit ihrem besten Freund als nun erwachsenem

Mann zu sprechen. Immer wieder beschlich sie das Gefühl, dass sie eigentlich mit Doc Silverman sprach. Aber die übereifrigen, fahrigen Handbewegungen verrieten ihr, dass es Zac war.

«Und die dritte Anzeige?», fragte sie, um Zacs Redefluss, den sie eh nicht verstand, sanft zu stoppen.

«Ah, *diese* Anzeige ist besonders wichtig.» Zacs Augen blitzten hinter den Brillengläsern auf wie zwei Saphire. «Sie zeigt an, *wann* du gelandet bist. Sie sollte logischerweise mit der eingegebenen Zielzeit übereinstimmen. Es hilft mir, die Kontrolle zu behalten, falls etwas schiefgehen sollte.»

«So ähnlich wie damals, als du mich aus Versehen zwei Tage in die Zukunft gesandt hast statt nur fünf Minuten?»

«Genau so», meinte Zac zerknirscht. «Damals wäre ich wirklich froh gewesen, ich hätte die Zielzeit ablesen können. Ich hab mir ja extreme Sorgen gemacht, weil ich nicht wusste, *wann* du gelandet bist.»

«Könnte das denn rein theoretisch wieder passieren?»

Zac sah Lisa mit zur Seite geneigtem Kopf an. Sein schütteres Haar hing ihm in Strähnen auf die Schultern. Lisa fragte sich wirklich, wer es ihm schnitt – und ob überhaupt.

«Lee, ich arbeite seit Jahren daran, jede nur erdenkliche Fehlerquelle zu eliminieren. Glücklicherweise leben wir im digitalen Zeitalter. Ich brauche kein Kassettenlaufband mehr, um den Zähler zu steuern. Aber man weiß nie. Selbst der beste Computer kann im entscheidenden Moment versagen. Außerdem ...» Wieder redete Zac nicht aus.

«Erzähl schon», forderte sie.

«Wir können das ja alles nicht bei der Brücke testen vorher. Wir können also keine Generalprobe oder so was in der Art machen. Wir haben nur einen einzigen Versuch, und der muss auf Anhieb klappen.»

«Warum?»

Zac seufzte. «Mein Dad will eigentlich nicht, dass ich mit dir darüber rede.»

«Ach, Zac, das hat doch keinen Zweck. Ich weiß eh schon längst, dass hier was nicht stimmt. Nur schon allein die Tatsache, dass ich verschwunden bin, hat eine Katastrophe ausgelöst. Was kann denn noch schlimmer sein?»

Zac starrte eine Weile lang auf seine riesigen Füße. Dann gab er sich offensichtlich einen Ruck.

«Wie du weißt, wird das Gelände ja von den Kameras des Forschungszentrums überwacht. Jede Mikrosekunde wird auf Video aufgezeichnet. Das hat unter anderem mit diversen Forschungsarbeiten zu tun. Nun kannst du dir denken, dass auch deine Ankunft, deine Erscheinung aus dem Nichts sozusagen, den Kameras nicht verborgen geblieben ist.»

«Oh – du meinst, die haben mich mit einer Videokamera aufgenommen, als ich in der Zukunft angekommen bin?» Hatte Doc Silverman nicht bereits etwas Vages in der Richtung erwähnt?

«Ganz recht. Und damit spreche ich nicht von dieser miserablen analogen Qualität von 1989. Das ist hochaufgelöste HD-Qualität. Sprich, man kann jeden Stein auf diesen Aufzeichnungen sehen. Gott sei Dank war es Nacht, als du angekommen bist, so dass man dein Gesicht vermutlich auf dem Film nicht erkennen wird, aber … man wird sich gewundert haben, was das für ein geheimnisvolles Mädchen ist, das da so aus dem Nichts in einem blauen Strahl erschienen ist …

Man wird diese Aufzeichnungen gewiss genau studieren und dieses Phänomen erforschen wollen. Die Legende von diesem 1989 verschwundenen Mädchen ist nämlich nicht unbekannt. Und wenn diese Geschichte irgendwie publik wird, wenn die Öffentlichkeit auf einmal weiß, dass man durch die Zeit reisen kann ... kannst du dir die Ausmaße davon vorstellen ...?»

«Uff!»

«Das war übrigens genau der Grund, warum Dad oder ich dich nicht direkt an der Brücke abholen konnten. Wenn einer von uns beiden, fast zwei Meter groß und auffallend, wie wir nun mal aussehen, ebenfalls auf dem Videofilm aufgezeichnet worden wären, hätte man schnell herausgefunden, wer hinter der Sache steckt. Und dann ...» Er wandte sein Gesicht schon wieder ab.

«Und *dann?* Zac, was ist los?»

«Nichts weiter. Ich muss jetzt deine Masse in den Time Transmitter einlesen.» Zac beugte sich vor und nahm das Gerät wieder in die Hände.

«Zac!» Lisa rüttelte ihn am Arm. «Ich will es wissen!»

Zac seufzte erneut. Er zögerte und stellte den Time Transmitter schließlich wieder zurück auf den Stein.

«Nun, du kannst dir ja denken, dass es einige Probleme gegeben hat, nachdem du nicht mehr aufgetaucht bist ... Wir mussten der Polizei und deinen Verwandten ja den Unfall melden.»

«Was ist genau passiert?» Lisa spürte ein ansteigendes Herzklopfen.

Zac schloss die Augen, als versuche er, sich genauer zu erinnern.

«Also, ganz von vorn. Wir haben es in der Nacht deiner Abreise glücklicherweise geschafft, den Time Transmitter gleich nach deinem Verschwinden zu verstecken. Die Polizisten, die mit Professor Ash zum Fluss gekommen sind, um den Zeitreiseversuch zu vereiteln, haben Gott sei Dank nicht auf Anhieb gemerkt, dass auch *du* verschwunden warst, weil sie zu sehr mit dem Verschwinden von Professor Ash beschäftigt waren. In dieser Nacht lief ja so ziemlich alles aus dem Ruder, und so konnten wir dir zuerst mal halbwegs bis zum 14. Februar 1990 ein Alibi beschaffen. Dafür hat Britt gesorgt. Trotzdem haben wir es nicht ganz geschafft, dein Verschwinden zu vertuschen, weil dein älteres Ich, die dich zur Not ja hätte ‹spielen› können, nach zwei Wochen einfach verschwand. Doch wir versuchten, dich zu schützen, solange es ging, und haben der Polizei eine Menge Ausreden aufgetischt.

Aber als du dann im Februar nicht aufgetaucht bist, mussten wir Farbe bekennen. Dad ging zur Polizei und zu deiner Familie und gestand den Unfall. Er musste sich wegen fahrlässiger Tötung verantworten. Es kam zum Prozess … und …» Zac hielt inne und schüttelte den Kopf.

«Und?» Lisa spürte, dass diese Erinnerung ihn quälte.

«Ich wurde auf Bewährung freigesprochen, aber Dad musste ins Gefängnis.»

«Wie bitte?»

Zac schüttelte den Kopf und nahm den Time Transmitter wieder auf den Schoß. Er streichelte mit dem Daumen gedankenverloren über das silbrige Gehäuse.

«Dein Dad war im Gefängnis … wie lange …?»

«Acht Jahre.»

«So lange?» Der Schock hätte sie nicht tiefer treffen können.

«Es kamen noch ein paar andere Sachen zusammen.» Zac räusperte sich. «Dad hat einige Dinge aus dem Schweizer Forschungslabor ausgeborgt, in dem er lange Zeit gearbeitet hat, und sie dann nicht zurückgebracht. Er tat es für mich, um mir Zugang zu technischen Möglichkeiten zu verschaffen, die wir sonst niemals gehabt hätten. Wir sind ja eigentlich hoch verschuldet, weißt du … aber sag Dad nicht, dass ich dir das gesagt hab.»

«Bestimmt nicht.» Lisa schüttelte den Kopf, fassungslos über das eben Gehörte. Doc Silverman, der in ihren Augen immer ein ehrlicher Mann gewesen war … im Gefängnis?

«Bitte denk nicht schlecht über meinen Dad», bat Zac. «Er ist ein guter Mann. Es sind lange Geschichten … sie gehen weit zurück in unsere Vergangenheit und haben viel mit unserer Familie zu tun, die während des Zweiten Weltkriegs fliehen und danach alles wieder neu aufbauen musste … Es hat keinen Zweck, wenn ich das jetzt alles aufrolle. Die Forschung hat Dad mehr fasziniert als alles andere, und er wollte mir all die Möglichkeiten bieten, die ihm aufgrund seiner Umstände verwehrt geblieben sind … jedenfalls ist da einiges aufgeflogen, und deswegen musste Dad ins Gefängnis. Und als Folge davon ist er heute auch so … übervorsichtig.»

«Und darum lebt ihr auch hier draußen? Habt ihr aus diesem Grund die Villa verlassen?» Allmählich begann Lisa die Zusammenhänge zu begreifen.

«Unter anderem. Dad und ich haben die Villa verkauft, um ein paar Schulden loszuwerden. Doch wir wollten ja auch an dem Time Transmitter arbeiten, um dich wieder nach Hause schicken zu können. Also haben wir uns aufs Land zurückgezogen. Es ist so leichter, unsere Arbeit vor der Öffentlichkeit und vor Professor Ash – falls er wirklich hier ist – verborgen zu halten. Und deswegen halten wir uns auch vom Internet möglichst fern, denn darin hinterlässt man immer Spuren, Lee.

Dad will einfach auf Nummer sicher gehen, dass keiner rausfindet, dass wir uns hier erneut mit einem Zeitreiseprojekt befassen. Herauskommen wird es so oder so, nachdem wir dich dann zurück in die Vergangenheit geschickt haben, aber solange wir noch am Entwickeln und Testen sind, möchten wir unnötige Komplikationen vermeiden.»

Zac bückte sich, nahm seinen Rucksack hoch und durchforstete dessen Inhalt. Lisa beobachtete ihn aufmerksam. Irgendetwas in seiner Miene traf eine Stelle in ihrem Herzen.

«Und du? Was hast du in diesen acht Jahren gemacht, während dein Dad im Gefängnis war?»

«Ich hab an dem Ding gearbeitet», sagte Zac achselzuckend und förderte aus seinem Rucksack einen roten Schraubenzieher zutage. «Ich wusste ja von deinem älteren Ich, dass ich im Jahr 2005 den Durchbruch haben und herausfinden würde, wie man mit dem Ding in die Vergangenheit reisen kann. Dadurch, dass ich mich so intensiv der Sache widmete, gelang mir dies jedoch schon sechs Jahre früher als in der ersten Zeitlinie, will heißen, bereits im Jahr 1999. Das war kurz bevor das Forschungszentrum fertig gebaut worden war. Daher konnte ich das Reisen in die Vergangenheit noch mit einigen kleineren zehnminütigen Zeitsprüngen testen, bevor das Gelände mit Überwachungskameras ausgestattet wurde, und es klappte hervorragend.»

Er setzte den Schraubenzieher an und begann, ein paar winzige Schrauben am Time Transmitter herauszudrehen. Lisa war noch nicht ganz fertig mit ihren Fragen. Da war noch etwas …

«Wir können also vorher keinen Test machen, hab ich das richtig verstanden? Weil die Kameras alles aufzeichnen würden?»

«Ja, aber du brauchst dir keine Sorgen zu machen, Lee. Wie gesagt, ich bin seit Jahren dabei, jede mögliche Fehlerquelle auszumerzen. Technisch gesehen sollte ich soweit alles im Griff haben.»

Aber das war es nicht, was Lisa am meisten beunruhigte.

«Hey, wenn ihr mich in die Vergangenheit schickt ... werden dann die Kameras diese Aktion auch aufzeichnen?» Ihr Gespür sagte ihr, dass sie sich mit dieser Frage auf dem richtigen Kurs befand.

«Ja», sagte Zac ruhig und hob den Deckel des Time Transmitters an. Im Innern des Gehäuses kam ein hochkompliziertes Gewirr an Platinen und Kabeln zum Vorschein.

«Aber dann werden sie das alles sehen ... mich über die Brücke laufen und durchs Wurmloch verschwinden sehen, und sie werden euch sehen ...»

«Korrekt. Die Überwachungskameras werden dein Verschwinden aufzeichnen.»

«Und was ... wird geschehen, wenn sie das alles beobachten können?»

«Ich weiß es nicht, Lee.» Zac beugte sich noch tiefer über den Time Transmitter und prüfte mit fast übertriebener Sorgfalt, ob die Kabel alle richtig angeschlossen waren. Vielleicht wollte er aber auch nur sein Gesicht verbergen ...

«Zac?»

«Ja?»

«Sag mir, was passiert, wenn man das entdeckt?»

«Ich weiß es nicht. Die Geschichte wird mit ziemlicher Sicherheit an die Öffentlichkeit kommen. Wahrscheinlich wird man uns erneut in Untersuchungshaft setzen, weil wir schon wieder ein Mädchen zum Verschwinden gebracht haben. Keine Ahnung. Aber genau deswegen haben wir ja nur diesen einen Versuch bei der Brücke, und der muss klappen.»

«Und heißt das ... dass ihr dann vielleicht wieder ins Gefängnis müsst?»

«Vielleicht. Das kann ich noch nicht sagen.»

«Aber das möchte ich nicht! Ich will nicht, dass ihr wegen mir ins Gefängnis müsst!»

«Sei's drum. Lee, ich werde dich wieder nach Hause bringen. Und wenn es das Letzte ist, was ich tue.»

«Oh Zac ...»

Er hob die Hand mit dem roten Schraubenzieher.

«Denk nicht daran. Alles, was zählt, ist, dass wir dich wieder zurück nach 1989, oder genauer gesagt: nach 1990, bringen.»

«Können wir diese Kameras im Forschungszentrum nicht irgendwie ausschalten?», fragte Lisa hoffnungsvoll.

«Wie willst du das machen? Dazu bräuchten wir Zugang zum Forschungszentrum. Dad und ich, wir haben die allermeisten Kontakte zu anderen Wissenschaftlern verloren. Wir kennen dort niemanden, der uns helfen könnte.»

«Hm.» Lisa blickte in die Ferne, über den Fluss, über das Valley, in die unendliche Weite. Irgendetwas Vages hatte sich schon ein paarmal durch ihre Erinnerungen geschlichen, etwas, das mit dem Forschungszentrum zu tun hatte, das sie aber nicht einordnen konnte.

«Egal», sagte Zac und schraubte den Deckel wieder auf den Time Transmitter. Der Wind blies ihm das zottelige Haar ins Gesicht. «Schau, Lee, ich hab mein Leben lang davon geträumt, eine Zeitmaschine zu erfinden. Dies ist mein Lebenswerk. Ich hab dafür gelebt, und wenn es sein muss, gehe ich auch dafür in den Knast.»

«Aber dann wirst du ja nie selber durch die Zeit reisen können …?»

«Das muss ich ja auch nicht …» Zac zuckte die Achseln.

«Zac – wenn ich wieder zurück in der Vergangenheit bin, dann wird ja das alles gar nicht stattfinden! Dann ändert sich die Zeitlinie, dein Dad muss nicht in den Knast, und dann müsst ihr mich auch nicht zurück in die Vergangenheit senden … und kommt daher auch nicht mit dem Gesetz in Konflikt …» Ihr Gesicht hellte sich bei dem Gedanken auf.

«Deine Gedanken sind schon richtig, Lee. Aber bedenke: Wir senden dich zu einem Zeitpunkt in die Vergangenheit zurück, der dort weit nach deiner ursprünglichen Abreise hierher liegt. Wie gesagt: Wir haben dich im September 1989 in die Zukunft geschickt, und du wirst erst im Februar 1990 zurückkehren. Dazwischen liegen fünf Monate!

Man wird uns also auf jeden Fall erst einmal für dein Verschwinden verantwortlich machen. Vor allem weil das Alibi, das wir dir verschafft haben, um der Außenwelt zu erklären, warum du weg warst, eben leider nicht ganz dicht war – besonders nachdem dein älteres Ich sich dann in Luft aufgelöst hat …»

Lisa blickte nachdenklich zu Boden. Es war wirklich vertrackt! Dass Zac und sein Vater wegen ihr so viel auf sich nahmen, war definitiv nicht in ihrem Sinne.

«Ich verstehe es einfach nicht! Wenn ich ins Jahr 1990 zurückgehe, bin ich doch wieder dort, und ihr müsst somit im Jahr 2018 gar keine Rückreise organisieren, denn ich bin ja dann in meiner Zeit, werde dort zusammen mit euch allen älter, und alles ist gut. Hab ich recht?»

«Stell es dir vor wie einen ewigen Kreislauf. Ohne Rückreise in die Vergangenheit gibt es keinen Neustart und keine Existenz in der Vergangenheit. Beides bedingt sich gegenseitig. Ohne dass wir dich zurückschicken, gäbe es ja gar keine Möglichkeit, dass du zurückkehrst und alles wieder sozusagen ‹normal› wird. Deine Rückreise von 2018 nach 1990 wird in allen Zeitlinien stattfinden, so oder so. Hier überschneiden sich die Zeitlinien sozusagen. Höchstwahrscheinlich wirst du also im Jahr 2018 für kurze Zeit als 45-Jährige und als 16-Jährige existieren.»

Lisa rauchte schon wieder ganz arg der Kopf.

«Da beißt sich eben die Katze in den Schwanz», sagte Zac. «Ich kann dir nicht sagen, wie die Zeitlinie das reparieren wird, um uns vor einer Zeitschleife zu bewahren. Aber es spielt auch keine Rolle. Wir haben diese Aufgabe, und die müssen wir zu Ende führen. Was nachher passiert, das tut nichts zur Sache. Allerdings …»

«Was?»

«Ich versuche herauszufinden, ob wir nicht noch anderswo ein Wurmloch öffnen können oder ob das tatsächlich nur bei der Brücke möglich ist. Die Brücke selbst hat ja physikalisch gesehen rein gar nichts mit dem Wurmloch zu tun, aber durch den perfekten Brückenbogen stimmt der Einfallswinkel genau, in dem du das Wurmloch durchschreiten musst. Mein Dad sagt deswegen immer, dass dieses Wurmloch ein Geschenk des Schöpfers ist.

Aber rein theoretisch könnte es auch noch andere Wurmlöcher geben. Nur hab ich bislang keine gefunden. Es würde uns natürlich das Leben enorm vereinfachen, wenn wir noch eine andere Möglichkeit hätten. Eine denkbare Alternative wäre es, ein Wurmloch künstlich herzustellen, aber für so eine umfangreiche Forschung bräuchte es eine Unmenge finanzieller Mittel, und über die verfügen wir nicht.»

Zac förderte aus seinem Rucksack einen Laptop zutage. Lisa staunte wirklich, was Zac darin alles die Felswand hochgeschleppt hatte. Er verband den Time Transmitter via Kabel mit dem Computer und überprüfte die Stromanzeige. Die Batterie des Time Transmitters war noch halb voll.

«Den Blitz brauchen wir aber immer noch?», fragte Lisa.

«Das Gewitter brauchen wir so oder so, Lee. Weil nur bei diesen Wetterverhältnissen die Voraussetzungen für das Wurmloch gegeben sind.» Mit diesen Worten klappte Zac die zwei Antennen raus.

«Und funktioniert das immer noch genauso wie damals, oder hast du es weiterentwickelt?»

Statt einer Antwort drückte Zac auf einen winzigen Knopf neben der Linse. Ein schwacher blauer Strahl, im Tageslicht kaum sichtbar, schoss heraus. Im Sonnenlicht hätte man ihn wohl überhaupt nicht gesehen. Jetzt verstand Lisa, warum Zac unbedingt dieses trübe Wetter haben wollte.

«An der Art und Weise hat sich nichts geändert», meinte Zac nun. «Nur dass ich die Technologie dank des Fortschritts verfeinern konnte.»

«Und wie funktioniert denn nun das Reisen in die Vergangenheit? Bis jetzt kenne ich ja nur das Zeitreisen in die Zukunft.»

Zac grinste ein wenig. «Das, was du damals gesagt hast, von wegen das Band rückwärtsspulen, das war gar nicht so schlecht. Das war zwar nicht die Lösung, aber das Stichwort ‹rückwärts› hat mich auf die richtige Idee gebracht: Man muss einfach von der anderen Seite über die Brücke gehen.

Allerdings müssen dabei die Gewinde des Photonenstrahlers in die entgegengesetzte Richtung laufen. Dass genau diese beiden Komponenten *zusammen* nötig sind und nicht nur eine davon, hat mich sage und schreibe mehrere Jahre gekostet. Es war fast zu simpel, um wahr zu sein. Und nun muss ich deine Masse einlesen, Lee. Stell dich mal dort auf diesen Stein.» Er zeigte auf einen runden Felsbrocken neben dem Höhleneingang.

«Warum?», fragte sie.

«Damit ich den Time Transmitter auf deine Masse eichen kann. So kriege ich eine Warnung, falls deine Masse während der Zeitreise aus irgendeinem Grund überschritten werden sollte.»

«Du meinst, falls außer mir noch jemand anders durch die Zeit reisen würde, so wie vermutlich Professor Ash?», kombinierte Lisa.

«Goldrichtig. Wie froh wären Dad und ich, wenn wir dieses Feature schon damals eingebaut hätten, aber früher hab ich halt alles noch von Hand ausgerechnet. Denn dann wüssten wir, ob Professor Ash mit dir durch die Zeit gereist ist oder nicht. Außerdem kann die Größe der Masse unter Umständen den Zeitstrahl beeinflussen. Du weißt ja, dass Raum, Zeit und Materie zusammenhängen. Ach, übrigens, hast du in der Schule irgendwas über Professor Ash erfahren können?»

«Nein, aber sie haben aus seinem alten Büro ein Archiv gemacht», berichtete Lisa, während sie auf den runden Stein kletterte. «Möglicherweise sind alle seine alten Bücher noch da drin. Es ist allerdings verschlossen. Vielleicht finde ich eine Möglichkeit, mich darin umzusehen.»

«Tu das», bat Zac, während er die Linse des Time Transmitters wie einen Fotoapparat auf sie richtete. «Ich glaub, das würde uns enorm weiterbringen.»

Lisa versprach, sich gleich nächste Woche darum zu kümmern.

Sie wartete geduldig, bis Zac sie mit dem blauen Strahl fertig gescannt hatte, der ihr mit sanfter Wärme um die Ohren summte und ihr bewusst machte, dass in diesem silbrigen, unschuldig wirkenden Würfel eine enorme Kraft steckte. Zac musste eine Dimension der Wissenschaft gesprengt haben, die kaum jemandem sonst zugänglich war. Wenn nicht mal Doc Silverman wirklich Einblick hatte, wie dieser Time Transmitter funktionierte …

Sie schaute zu, wie Zac auf dem Display LISA eingab und alles mit einem erneuten Tippen bestätigte. Dann steckte er ein weiteres Verbindungskabel von seinem Laptop in den Time Transmitter und gab ein paar Dinge mit der Tastatur ein.

«Was machst du da?» Lisa hüpfte wieder von dem Stein herunter.

«Die Daten deiner Masse auf den PC transferieren, damit ich zuhause gewisse Berechnungen erstellen kann. Ich hab ein kleines Programm geschrieben, mit dem ich deine Zeitreise zumindest virtuell simulieren kann.»

Lisa wartete geduldig, während Zac sich in seine Arbeit vertiefte. Er prüfte die Leuchtdioden am Time Transmitter und nahm noch ein paar weitere Messungen und Einstellungen vor. Lisa sah hochkomplizierte Codes über den Bildschirm rattern, die von unendlich viel Arbeit zeugten.

«Zac?»

«Ja?»

«Hast du … in den letzten 29 Jahren deine ganze Zeit damit verbracht, an diesem Time Transmitter zu arbeiten?» Sie hatte irgendwie ein schlechtes Gewissen, weil sie den Verdacht hatte, dass ihr bester Freund sein Leben dafür opferte, um sie, Lisa, wieder nach Hause zu bringen …

Zac hob seine Schultern. «Was hätte ich sonst tun sollen?»

«Hast du … denn kein Studium gemacht oder so?»

Er schüttelte den Kopf. «Dafür war keine Zeit. Als mein Dad im Knast war, wollte ich einfach alles tun, um die Sache wieder in Ordnung zu bringen. Außerdem … Nun ja, ich wusste ja schon fast alles in Physik und Informatik. Was hätte ich denn da noch studieren sollen …?»

«Und …» Sie wusste nicht, ob sie die nächste Frage stellen konnte. Nämlich die, ob es in Zacs Leben denn nie eine andere Person gegeben hatte. Er hatte außer Lisa nie andere Freunde gehabt, doch bevor sie in die Zukunft verschwunden war, hatte es offensichtlich ein klein wenig zwischen ihm und ihrer besten Freundin Britt gefunkt. War da nie mehr draus geworden?

Sie kaute auf ihrer Unterlippe rum und schaute Zac noch eine Weile zu. Wenn er in seine Arbeit vertieft war, konnte neben ihm wahrhaftig die Welt untergehen, und das hatte sich auch in den letzten drei Jahrzehnten kaum geändert. Er war so sehr mit seinen Apparaten und Maschinen beschäftigt gewesen, dass er wohl nie so richtig an romantische Liebe gedacht hatte. Ganz anders als Doc Silverman, der ja mal verheiratet gewesen war.

«Zac … sag mal … gab es denn nie jemanden … den du … geliebt hast?»

Zac zuckte wieder mit den Schultern, war aber zu sehr in seine Berechnungen vertieft.

«Mein Traum wäre es ja, dass wir eines Tages mit einem portablen

Time Transmitter reisen könnten», sinnierte er, ohne Lisa überhaupt zu beachten. Wahrscheinlich hatte er sie nicht mal gehört.

Lisa gab es auf. Zac hatte nur das Experiment im Kopf.

«So, ich bin fertig. Wir können zusammenpacken», sagte er etwas später, klappte den Computer zusammen, setzte den Time Transmitter zurück in die Metallkiste und verschloss alles wieder so, wie es gewesen war. Lisa wartete draußen, während er die Kiste zurück in die Höhle brachte, und half ihm danach, den Eingang wieder mit den kleinen Felsbrocken zu verschließen.

Der Abstieg mit dem Seil war, da Lisa nun wusste, dass sie Zac vertrauen konnte, kein allzu nervenaufreibendes Unterfangen mehr. Und als sie im Anschluss mit dem Auto wieder durch das scheußliche Wetter hindurch zurück zu Silvermans Haus im Nirgendwo brausten, blieb Lisa viel Zeit, um noch einmal über alles nachzudenken, was Zac ihr eben gesagt hatte.

Kapitel 6
Professor Ashs Archiv

Den ganzen Montag über lungerte Lisa in jeder freien Minute in der Nähe des Archivs herum, um eine Gelegenheit zu erhaschen, es irgendwann offen vorzufinden. Doch das war leider nie der Fall, ja, es sah ganz danach aus, als ob dieses Archiv so gut wie nie genutzt werden würde. Die einzig logische Schlussfolgerung war, dass sie irgendwie an einen Schlüssel gelangen musste.

Am Dienstagnachmittag hatte Lisa zum ersten Mal Sport bei Mr. Fletcher. Ihr war ziemlich mulmig zumute, Nathan als fast dreißig Jahre älteren Ausgabe zu begegnen. Sie hatte sich ja noch nicht einmal so richtig an die älteren Ausgaben von Zac und Doc gewöhnen können. Hoffentlich würde Nathan sie am Ende nicht wiedererkennen. Doch sie beruhigte sich damit, dass es ziemlich viel Fantasie brauchte, um bei ihrem Anblick auf die Idee zu kommen, sie sei eine Zeitreisende. Die Wahrscheinlichkeit, dass sie eine Art Doppelgängerin von jemandem war, den er früher einmal gekannt hatte, war viel größer.

Sicherheitshalber nahm sie die Brille mit, die sie sich bis jetzt geweigert hatte zu tragen, doch im Sportunterricht würde sie damit sowieso nicht viel anfangen können.

Die Turnhalle sah immer noch genauso aus wie vor fast dreißig Jahren. Nathan Fletcher hingegen hatte natürlich optisch eine größere Veränderung durchgemacht, was Lisa bereits anhand des Fotos auf der Informationstafel der Schule festgestellt hatte. In seinem Vollbart sprossen auch schon die ersten grauen Härchen. Hätte sie nicht gewusst, wer er war, hätte sie ihn allerhöchstens an seinem Lächeln erkannt.

Sie fragte sich, ob sie sich überhaupt jemals an diese bizarren Situationen würde gewöhnen können und wem sie noch alles begegnen würde, den sie aus ihrer Zeit kannte. Nach wie vor kam ihr das alles vor wie ein verrückter Traum, aus dem sie irgendwann aufwachen würde.

Und nicht nur das: Kurz zuvor hatte sie schon mit Steven Kendalls Sohn angebandelt, jetzt stand auch noch einer von Morgans ehemaligen besten Freunden vor ihr. Sie schüttelte fassungslos den Kopf. Momos Leben schien sie irgendwie von allen Seiten einkreisen zu wollen ...

Mr. Fletcher, der offenbar ein recht enges Verhältnis zu Kyle hatte, beauftragte ihn gleich zu Beginn der Stunde, zwei Mannschaften für einen kleinen Basketballwettkampf aufzustellen. Kyle machte sich, ohne mit der Wimper zu zucken, an die Arbeit, als wäre das sein täglich Brot. Ganz offensichtlich war er in die Fußstapfen seines Vaters getreten und ähnlich wie Steven ein Mannschaftskapitän.

Lisa erinnerte sich an die Basketball-Spiele von 1989. In ihrer Klasse hatten nur Beatrice und Nathan wirklich etwas auf dem Kasten gehabt. Vielleicht noch Paul, Louie und Carol. Der Rest der Klasse war in Sachen Sport ein ziemlich unbrauchbarer Haufen gewesen.

Momo war im Gegensatz zu seinem berühmten Bruder keine Sportskanone gewesen. Außerdem hatte er im Sport meistens gefehlt, weil er öfter krank gewesen war. Britt und Zac waren beide jämmerliche Sport-Katastrophen. Britt hatte sich einfach nicht für Ballsport interessiert.

Lisa selbst war dank ihrer Größe und Wendigkeit zwar recht gut, aber ihre Tätigkeit hatte hauptsächlich darin bestanden, auf Zac aufzupassen, der regelmäßig über seine offenen Schnürsenkel gestolpert war. Und manchmal auch auf Momo, der häufig von Beatrice gefoult wurde. Maddox hatte den Ball nicht von einer Banane unterscheiden können, und die Blondies waren meistens kreischend davongerannt, wenn die Lederkugel auch nur in ihre Nähe kam.

Einmal hatten sie am alljährlichen Sporttag sogar den Preis für die schlechteste Klasse aller Zeiten gewonnen. Carol und Beatrice waren natürlich furchtbar sauer gewesen, doch Britt, die irgendwie meistens über den Dingen stand, hatte darüber nur gelacht.

Lisa musterte ihre neuen Mitschüler, während sie darauf wartete, dass Kyle sie einteilte. Die meisten sahen aus, als hätten sie etwas mehr Durchblick als diese verrückten Vögel aus ihrer 1989er-Klasse. Sie konnte allerdings voraussagen, dass Angela mit ihren manikürten Fingernägeln wohl keine Sportskanone war.

«Komm schon, Lee Butterfly», lächelte Kyle und packte sie sanft am Arm. «Du bist bei mir und Banjo in der Gruppe.»

Ein angenehmes Kräuseln wirbelte durch Lisas Magen, was jedoch gleich wieder verflog, als Kyle mit demselben Lächeln auch noch ein asiatisches Mädchen namens Xia und eine deutsche Austauschschülerin namens Anja in seine Gruppe zog.

«Hey, Kendall, pickst dir wieder die Hübschesten raus, was?», schmunzelte Riley, dessen gewaltige Oberarme zu Lisas Schrecken mit enormen Tätowierungen verziert waren. Gehörte Riley etwa zu irgendeiner gefährlichen Gang?

Kyle boxte ihm nur grinsend in die Rippen und ging weiter, um noch ein paar weitere Leute einzusammeln. Nur Angela blieb wie erwartet auf der Spielerbank sitzen und fotografierte sich selbst in ihrem enganliegenden Turndress, wobei sie die üppigen Lippen zu einer Schnute spitzte.

Lisa war schon aufgefallen, dass sich die Leute im Jahr 2018 extrem oft selbst fotografierten. Anscheinend war das hier Mode.

Als das Spiel begann, stellte Lisa rasch fest, dass Kyle wirklich extrem nach seinem Vater kam. Er wirkte zwar nicht so muskulös wie Banjo und Riley, aber er war sehnig und wendig und äußerst geschickt im Ballwerfen. Er traf den Korb fast jedes Mal. Auch Nathan Fletcher lobte ihn immer wieder. Lisa fand es gar nicht mal so schlecht, zur Abwechslung nicht auf Zac oder Momo aufpassen zu müssen.

«Hast dich ja gut gemacht, Lee Butterfly», lobte Kyle sie am Ende des Spiels und klopfte ihr zufrieden auf die Schulter. Lisa hatte immerhin zwei Körbe geworfen und somit vier Punkte für ihre Mannschaft erzielt.

«Danke», sagte sie und wusste, dass sie nun endgültig ihren Spitznamen weghatte.

Als sie später aus der Mädchengarderobe trat, sah sie Kyle mit einer Kiste voller platter Bälle und anderen kaputten Sportgeräten in Richtung Schule wandern. Sie holte ihn ein. Er wandte sich zu ihr um und strahlte sie an.

«Oh. Lee Butterfly. Wie nett. Du warst wirklich gut!»

«Danke.»

«Ich muss nur schnell die Sachen hier ins Archiv bringen. Magst du nachher mit mir zusammen Cheyennes Klobürstensitzung schwänzen? Wir könnten die Freistunde für was Besseres nutzen, finde ich.» Er grinste so breit, dass seine Ohren förmlich wackelten.

Das, was Kyle «Klobürstensitzung» nannte, war eine von Cheyennes unzähligen Schülerbesprechungen, bei denen man über so triviale Sachen diskutierte wie, ob man den Aufräumdienst lieber im Wochen- oder im Monatsrhythmus tauschte und ob die Pflanzen im Unterrichtszimmer rechts oder links neben der Tür stehen sollten. Cheyenne liebte es, über jede Kleinigkeit eine Abstimmung einzuberufen, weil dies das Gemeinschaftsgefühl und somit den *Klassengeist* stärkte.

Einmal hatten sie gemäß Kyles Schilderungen eine geschlagene Stunde darüber diskutiert, ob man die Klobürsten auf den Toiletten einmal pro Woche ersetzen sollte oder ob einmal im Monat reichte. Seither nannte Kyle diese Veranstaltungen «Klobürstensitzungen».

Lisa hatte auch herzlich wenig Lust auf so eine Klobürstensitzung. Allerdings war sie nach Zacs Bericht über die Konsequenzen ihres Verschwindens noch mehr darauf bedacht, sich den Wunsch der beiden Wissenschaftler zu Herzen zu nehmen und sich, wenn immer möglich, abzusondern. Sie wollte ihren Freunden keine zusätzlichen Schwierigkeiten bereiten.

Doch Kyle hatte da soeben etwas gesagt, das ihre Aufmerksamkeit noch mehr erregt hatte als seine Frage nach dem gemeinsamen Schwänzen der Klobürstensitzung.

«*Wo* musst du diese Sachen hinbringen?», forschte sie nach.

«Nur ins Archiv. Sind ein paar alte Bälle, bei denen die Luft raus ist. Ich weiß nicht, was Mr. Fletcher damit machen will, aber der stopft immer alles, was er nicht mehr benutzen will, ins Archiv, und dort bleibt es dann bis in alle Ewigkeit.»

«Kann ich mitkommen?»

«Sicher. Wenn du magst.» Seine Augen leuchteten. Offensichtlich deutete er ihre Absicht ein wenig anders. Sie hatte fast ein schlechtes Gewissen, weil sie Kyle nur benutzte, um an Informationen zu kommen.

Gespannt wartete sie, bis er die Tür zum Archiv aufgeschlossen hatte. Der Gedanke daran, dass dies einmal Professor Ashs Büro gewesen war und dass sie in ihrer Zeitrechnung erst wenige Wochen zuvor noch knieschlotternd vor dieser Tür gestanden hatte, um mit Momo zusammen zum Nachsitzen zu gehen, jagte ihr jähe Schauer über den Rücken.

Kyle, der natürlich keine Ahnung von der grauenhaften Vorzeit dieses Raumes hatte, öffnete frohgemut die Tür und stellte die Kiste auf der erstbesten halbwegs freien Fläche ab – was allerdings gar nicht so einfach war, da sich das Archiv als wahre Rumpelkammer entpuppte: Kaputte Stühle, ausrangierte Tische und Schränke, überholtes Unterrichtsmaterial, ein ausgedienter Hellraumprojektor, milchig angelaufene Reagenzgläser, weitere armselige Bälle ohne Luft und sogar ein Skelett, dem ein Arm fehlte, waren bis in die hintersten Winkel reingepresst worden und versperrten die Sicht auf die monumentalen Bücherregale im hinteren Teil des Raumes, die nur da und dort hervorschauten. Offensichtlich stopften die Lehrer wirklich alles wahllos hier rein, was sie nicht mehr brauchten.

Lisa war überrascht, dass der penetrante Geruch nach alten Büchern und vergammelten Ratten, der den Raum deutlich dominierte, sich in den verflossenen 29 Jahren kaum verändert hatte. Höchstens, dass er mit noch etwas mehr neumodischem Staub vermischt war.

«Das stinkt hier immer so.» Kyle rümpfte die Nase. «Die Bücher da hinten sind schon jahrzehntealt, glaub ich. Die könnten die Dinger echt mal recyceln, find ich.»

«Das kannst du ja Cheyenne mal als Diskussionsthema vorschlagen», sagte Lisa prompt.

Kyle lachte. «He-he, Bingo!» Er quetschte die schiefstehende Kiste noch etwas weiter nach hinten, damit sie nicht durch den Hellraumprojektor, mit dem sie die allzu schmale Tischfläche teilen musste, zum Absturz gebracht würde.

«So. Die steht hier gut, glaub ich. Lass uns Mr. Fletcher die Schlüssel zurückbringen.»

Lisa packte Kyle am Arm. «Warte … könnte ich mich nicht ein wenig umsehen hier?»

«Hier drin? Was willst du dir denn hier drin ansehen?»

«Na ja, ich dachte, die alten Bücher … die interessieren mich irgendwie …»

«Diese alten Schinken?»

«Tja …»

«Wenn du meinst. Ich kann ja Mr. Fletcher mal fragen, ob ich den Schlüssel erst nach der Freistunde abliefern kann. Das erlaubt der uns sicher.»

«Meinst du?»

«Klar. Mr. Fletcher ist voll in Ordnung. Er ist ein guter Freund von

Dad. Ich kann so ziemlich alles von ihm haben, was ich will. Na ja ... fast alles ...»

«Ein Freund deines *Vaters*?» Nathan war doch Morgans Freund gewesen!

«Na ja, eigentlich war er mal mit meinem Onkel befreundet, aber mein Onkel ist ja ziemlich abgesoffen. Ich weiß nicht mal, ob die überhaupt noch Kontakt haben. Aber Dad und Mr. Fletcher treffen sich manchmal zum Tennis.»

Er tippte auf seinem Smartphone herum, legte es ans Ohr und wartete auf Antwort. In kurzen Worten erklärte er Nathan Fletcher sein Anliegen, und der hatte offensichtlich keine Einwände, denn das Gespräch dauerte nicht mal eine Minute.

«Wie ich gedacht habe. Absolut kein Problem», meinte Kyle zufrieden. «Wir können hier so lange stöbern, wie wir wollen. Er kommt dann nach der Freistunde gleich selber vorbei, um den Schlüssel zu holen.»

«Cool!», sagte Lisa.

«Bei dir ist irgendwie alles cool», grinste Kyle. «Meine Mum benutzt dieses Wort auch ständig.»

«Ach ja?», murmelte sie etwas verlegen.

«Wie auch immer, jedenfalls ist das hier das *perfekte* Versteck vor dem Klassengespenst.» Seine Mundwinkel wanderten wieder schelmisch bis zu den Ohren. Lisa ertappte sich dabei, dass sie das ziemlich süß fand und ihn gern in die Wange gekniffen hätte.

Sie verwarf den Gedanken jedoch schnell wieder und begann über den ganzen Trödel zu steigen, um sich zu den Bücherregalen durchzukämpfen. Das war gar nicht so leicht zu bewältigen, und vor allen Dingen ging es nicht, ohne ein paar Spinnweben an den

Kleidern aufzulesen. Erst als sie den Weg fast geschafft hatte, konnte sie hinter einer lädierten Trennwand sehen, dass sogar der Schreibtisch von Professor Ash immer noch da war. Sie erkannte ihn sofort an dem dunkel gemaserten Holz und dem süßlichen Geruch, den er verströmte.

«Buh!», machte Kyle auf einmal und schüttelte das Skelett, so dass ein paar Spinnen im Raum herumflogen. «Hässliches Ding!»

Lisa stutzte, als sie auf einmal in einer Ecke das kleine Zweierpult entdeckte, an dem sie und Morgan vor fast dreißig Jahren gesessen und ihre Strafaufgabe geschrieben hatten. Das Pult, das sie einander wieder nähergebracht hatte …

Vorsichtig trat sie hinzu und strich mit den Händen fast ehrfürchtig über die Tischplatte, die nun als Abstellfläche für einen vergilbten Computermonitor diente.

Auch an diesem kleinen Pult hatte der Zahn der Zeit genagt.

Kyle amüsierte sich immer noch mit dem Skelett.

«He, damit könnten wir das Klassengespenst erschrecken. Buhuuuuuuu! Die beiden könnten doch heiraten!» Wieder rasselte er mit der Plastikhand. «He, wie wollen wir ihn nennen?»

«Nenn ihn Archibald», sagte sie beiläufig und bewältigte den nächsten Kistenberg, um sich nun einen Weg zu dem großen Schreibtisch zu bahnen.

«Archibald! Das passt!» Kyle war begeistert.

Und wie das passt!, ergänzte Lisa in Gedanken. Immerhin lautete so Professor Ashs Vorname.

Endlich hatte sie es geschafft und war zum Tisch vorgedrungen. An den Kanten sah sie die zahlreichen Kerben. Wie viele Lineale hatte Professor Ash hier wohl zerbrochen? Sachte zog sie eine der

Schubladen auf. Sie war leer. Nur ein paar Krümel und ein zerbrochener Bleistift lagen darin. Sie überlegte. Hatte Professor Ash denn nicht seinen Papierkram in den Schubladen aufbewahrt? Sie riss auch die zweite Schublade auf. Nichts. Nur gähnende Leere.

Sie dachte weiter nach. Wenn sie sich einer Sache sicher war, dann dass Professor Ash eine Menge Papierkram besessen hatte. Derselben Überzeugung war ja auch Doc Silverman. Irgendjemand musste diese Papiere nach Professor Ashs Verschwinden also tatsächlich weggenommen haben.

Sie schob einige der verstaubten Büro-Utensilien auf der Tischfläche beiseite. Ob das Foto von Professor Ashs verstorbener Frau, das 1989 auf dem Tisch stand, noch irgendwo vorhanden war?

Aber so sehr sie auch danach stöberte, auch dieses Bild war unauffindbar. Sie zog noch ein letztes Mal die Schublade auf und hielt auf einmal den Knauf in der Hand.

Na so was, dachte sie. Wie konnte der so spielend leicht abbrechen? Erst als sie ihn wieder einsetzen wollte, bemerkte sie, dass in den Knauf ein Schloss integriert war. Jemand hatte offenbar durch das Herausbrechen des Knaufs versucht, sich Zugang zum weggeschlossenen Schubladeninhalt zu verschaffen. Auch der Knauf von Schublade Nummer zwei hatte dran glauben müssen. Er war ebenfalls locker und ließ sich leicht aus seiner Verankerung lösen.

Hier war in den vergangenen Jahren eindeutig etwas gestohlen worden.

«Was machst du da eigentlich?», rief Kyles Stimme hinter dem Skelett hervor. «Ich dachte, du wolltest Bücher angucken?»

Lisa hatte fast vergessen, dass er ja auch noch da war.

«Eh … ja … ich bin nur grad hier etwas hängen geblieben.»

Schnell schob sie die Schublade endgültig zu und zog das erstbeste Buch aus dem anliegenden Regal. Ein paar tote Käfer, die darauf gelegen haben mussten, fielen ihr vor die Füße.

Kyle trat achselzuckend hinter dem Skelett hervor und zog sein Smartphone aus der Hosentasche.

Während Lisas Augen auf dem vergilbten Physikbuch weilten, trieben ihre Gedanken in eine ganz andere Richtung davon.

Kann es sein, dass Professor Ash selber hier eingebrochen ist und seine Sachen geholt hat?, überlegte sie. So, wie Doc Silverman bereits vermutet hatte?

Sie stellte das Buch wieder zurück und zog ein anderes hervor, wühlte hier und dort noch ein bisschen herum, doch im Grunde genommen war sie sich sicher, die Antwort bereits gefunden zu haben. Nun blieb nur noch eine Frage zu klären: *Wann* waren diese Schubladen aufgebrochen worden? *Wann* war Professor Ash hier gewesen?

Etwas später kam Mr. Fletcher. Die Freistunde war zu Ende.

«Na, habt ihr gefunden, was ihr sucht?»

«Nur ein paar Chemiebücher», brummte Kyle. Er hatte sich mittlerweile rücklings unter einem Tisch auf eine Turnmatte gelegt und seine langen Beine irgendwo zwischen einem alten Turnbock und dem Skelett platziert. «Und dieses hübsche Knochengestell da ...» Er schrieb dabei eifrig auf seinem Smartphone weiter.

«Was du nicht sagst.» Nathan Fletcher grinste.

«Ja. Lee hat es Archibald genannt.»

«*Archibald?*» Mr. Fletcher zog seine Augenbrauen zusammen. «Warum ausgerechnet Archibald?»

«Weiß nicht. Müssen Sie Lee fragen.» Kyle wischte zügig mit seinem Daumen über das Smartphone-Display.

«Wir hatten mal einen Physiklehrer namens Archibald Ash», meinte Mr. Fletcher. «Dem gehörten all diese Bücher hier. Dein Onkel musste da drin immer seine Strafarbeiten schreiben. Das war ein ganz furchtbarer Lehrer. Er sah in der Tat aus wie ein Gespenst.»

«Ja-ha, hat Dad mir auch erzählt ...», murmelte Kyle abwesend.

Mr. Fletchers Blick wanderte nun zu Lisa und blieb eine Spur zu lange auf ihr haften.

«Du bist neu hier, was?»

«Ja, aber nur temporär ... für fünf Monate ...»

«Irgendwie kommst du mir wahnsinnig bekannt vor. Das hab ich schon vorhin im Sportunterricht die ganze Zeit gedacht. Ich weiß nur nicht, woher ...»

«Ach, viele sagen mir, dass ich eine Doppelgängerin habe», rettete Lisa sich schnell aus der Affäre. «Ich bin ja blond und blauäugig – wie viele andere Mädchen auch.»

Nathan Fletcher lachte und hielt das offenbar für einen guten Witz. «Auch wieder wahr. Na, wenn ihr fertig seid, werde ich mal wieder abschließen.»

Kyle rappelte sich auf und versetzte dem Skelett einen letzten Stoß. Es antwortete mit einem gruseligen Klappern.

«Seit hier mal vor ein paar Jahren eingebrochen wurde, müssen wir immer zuschließen», erklärte Mr. Fletcher beiläufig, als sie etwas später im Flur standen und ihm zusahen, wie er den Schlüssel im Schloss herumdrehte. «Obwohl es meiner Meinung nach da eigentlich nicht viel zu klauen gibt.»

«Eingebrochen? Wann denn?» Lisa war nicht sehr geschickt darin, ihre Stimme belanglos klingen zu lassen, doch Mr. Fletcher schöpfte offenbar keinen Verdacht.

«Hm, wann war das? Vor fünf Jahren etwa.»

So lange ist das her?, überlegte Lisa. Professor Ash konnte doch unmöglich schon so viele Jahre hier sein? Oder etwa doch? Na, sollte Doc Silverman sich mit dieser Frage auseinandersetzen.

Kyle spielte immer noch an seinem Smartphone herum. Lisa wunderte sich wirklich, was der immer alles an seinem Telefon zu tun hatte.

«Na, Kylian, du hast ja bald Geburtstag, was?» Nathan klopfte ihm väterlich auf die Schulter. «Gibt's wieder die jährliche Riesenfete bei dir?»

«Ja, ich hab gerade eine neue Gruppe erstellt und versende die Einladung per WhatsApp», grinste Kyle. «Ruben hab ich auch zu dieser Gruppe hinzugefügt. Ich hoffe, er kommt.»

«Bestimmt. Mein Sohnemann ist doch immer dabei, wenn es irgendwo was zu feiern gibt. Ich hoffe aber, es gibt keinen Alkohol?»

«Hmmmm.» Kyle senkte seinen Blick. «Lässt sich wohl kaum ganz vermeiden ...»

«Denkt daran, ihr seid noch minderjährig», mahnte Nathan sanft. «Aber ... na, du bist ja um einiges vernünftiger, als dein Vater es in deinem Alter war.» Er zwinkerte. Doch dann wurde sein Gesichtsausdruck wieder ernst.

«Übrigens, wie geht es eigentlich deinem Onkel? Wieder mal was von ihm gehört?»

«Phhh, nein», sagte Kyle. «Wir hören nicht viel von ihm.»

Lisa stellte für einen Moment das Atmen ein.

«Schade.» Nathan runzelte die Stirn. «Aber ... weißt du, ob es ihm wieder besser geht? Arbeitet er irgendwas? Trinkt er immer noch? Es ist schon Jahre her, seit ich mit ihm gesprochen habe. Wir waren ja mal gut befreundet, aber leider haben wir uns ziemlich aus den Augen verloren ...»

«Ich müsste Dad mal fragen. Der telefoniert ab und zu mit ihm.»

«Schon gut. Ich sollte mich ja längst selbst mal bei Morgan melden. Aber ich hab halt immer viel am Laufen mit der Familie und der Arbeit. Wenn du ihn mal siehst, grüß ihn doch von mir.»

«Klar», meinte Kyle.

Nachdem Mr. Fletcher gegangen war, ließ Kyle sich auf eines der roten Sofas im Flur fallen und parkte seine Füße auf der Seitenlehne. Noch immer hielt er sein Multifunktionsteil in der Hand, das ständig irgendwelche Töne von sich gab.

«Was machst du eigentlich dauernd an deinem Smartphone?», fragte Lisa, die das allmählich nervte.

«Hab ich doch grad gesagt: Ich hab die Einladung für meine Geburtstagsparty verschickt. Solltest sie eigentlich auch bekommen haben.»

«Hab ich das?»

«Guck doch mal auf deinem Smartphone nach.»

«Ah ...» Lisa suchte nach ihrem Gerät, aber sie wusste nicht mal, in welcher Tasche sie es hatte. Schließlich zog sie ihren Rucksack ab und fand es in einer Seitentasche. Oben blinkte ein grünes Licht, doch sie kapierte nicht so richtig, wie sie diese Einladung finden sollte. Sie starrte angestrengt auf das Display.

«Hast du's?», fragte Kyle.

Sie schüttelte kleinlaut den Kopf.

«Du willst mir doch nicht sagen, dass du nicht schnallst, wie man WhatsApp benutzt?» Er schaute sie verwundert, jedoch nicht herablassend an.

«Doch. Genau das will ich sagen», gab sie patzig zur Antwort. Dieses *Millennial-Kid* sollte bloß nicht glauben, sie sei dumm, nur weil sie aus der Vergangenheit kam!

«Na, dann zeig schon her», meinte er in versöhnlichem Tonfall und nahm seine Beine vom Sofa, damit sie sich neben ihn setzen konnte. Er nahm ihr das Gerät sanft aus der Hand.

«Manchmal kommst du mir echt vor wie meine Großmutter, weißt du das?», feixte er. «Die kapiert auch nie was.»

«Ja, danke auch!» Lisa schnaubte.

«He! Ich mach nur Spaß!» Er lehnte sich etwas näher zu ihr und hielt ihr das Display unter die Nase. Seine Schulter berührte die ihre dabei ganz leicht. So wie schon vor einigen Tagen in der Bibliothek. Fast kam es ihr vor, als mache er das absichtlich.

«Da, guck mal. Ganz oben ist der Gruppenchat mit der Einladung zu meiner Geburtstagsparty. Vierzehnter April. Ist zwar noch etwas über drei Wochen hin, aber man kann es ja nie früh genug ankündigen. Sind ja immer alle so beschäftigt.»

Lisa nahm das Smartphone etwas unbeholfen in die Hand und scrollte sich durch den Text:

Hi peops, am 12. April werde ich siebzehn – also nur noch ein Jahr bis zur Volljährigkeit! Meine Eltern sind so nett und überlassen mir das Haus am Samstagabend, den 14. April. Kommt, kommt und feiert mit mir! Wie jedes Jahr: Westhill Avenue 14. Bringt Freund oder Freundin und vor allen Dingen gute Stimmung mit. Je mehr wir sind, desto lustiger. See ya, KYLE (ohne I!!!!...) 😊 😊 😊

«Du kommst doch hoffentlich?» Kyle stieß sie sanft in die Seite.

Doch Lisa hatte nur Augen für die Adresse:

Westhill Avenue 14.

Alle ihre Körperhaare richteten sich auf. Kyle wohnte tatsächlich im selben Haus, in dem Momo seine Jugend verbracht hatte!

«Ich ...», schluckte sie. Sie wäre liebend gern hingegangen! Doch sie wusste natürlich, dass Doc Silverman ihr das nie im Leben erlauben würde. Überhaupt, dass sie hier so dicht mit Kyle *Kendall* auf einem Sofa saß, war schon weit jenseits der Grenze des Erlaubten.

«Ich kann nicht», sagte sie leise.

«Och.» Kyle hielt seine Enttäuschung nicht zurück. «Was hast du denn so Dringendes, was wichtiger sein könnte als meine Party? Du musst auch überhaupt keine Geschenke mitbringen. Einfach kommen!»

«Ich muss ... was erledigen.» Ach, sie war einfach ungeschickt im Lügen! Wie gern hätte sie ihm einfach die Wahrheit gesagt.

Aber die hätte er ihr mit Sicherheit nicht geglaubt.

Kapitel 7
Besuch einer alten Freundin

Lisas Neuigkeiten, was das Archiv betraf, hatten Doc Silverman und Zac in ziemliche Aufruhr versetzt, und die beiden Wissenschaftler steckten ihre Köpfe zusammen und berieten sich ausgiebig.

Lisa lungerte währenddessen gelangweilt im Labor herum und hoffte, bald über die nächsten Beschlüsse aufgeklärt zu werden. Sie fand es allmählich grässlich eintönig, außerhalb der Schule – wo sie ja rein theoretisch mit niemandem reden durfte – ausnahmslos in diesem Labor rumhängen zu müssen. Wie sollte sie das bis Juli durchhalten?

Doch unerwartet kam Hilfe in Form einer Überraschung, die Doc Silverman am kommenden Wochenende für sie vorbereitet hatte.

Als Lisa am Samstag nach dem Aufstehen ins Labor hinunterging, hörte sie, dass der Doc sich dort angeregt mit jemandem unterhielt. Für den Bruchteil einer Sekunde glaubte sie, dass er und Zac eine Diskussion hatten, doch dann fiel ihr ein, dass Zac ja bereits am frühen Morgen ins Valley zum Time Transmitter aufgebrochen war.

Als sie zögernd das Labor betrat, erhielt sie die Antwort darauf, mit wem der Doc so lebhaft sprach: Es war eine kleingewachsene, zierliche Frau mittleren Alters mit graumeliertem Haar und einer randlosen Brille, die Lisa so unheimlich bekannt vorkam, dass sie fast rücklings an die Wand geflogen wäre.

Als die Frau Lisas Anwesenheit wahrnahm, drehte sie sich sofort zu ihr um, riss die Augen auf, lachte und winkte ihr zu.

Lisa blieb wie angewurzelt stehen; ihr ganzer Körper fing an zu zittern.

Britt! Du meine Güte! Das war ihre beste Freundin Britt!

Lisa schaffte es nicht, sich von der Stelle zu rühren; das Beben in ihrem Körper wurde noch stärker.

«Lee!» Britt kam auf sie zu und wedelte ihr mit der Hand vor dem Gesicht rum.

«He. Ich bin es, *deine Britt*. Schau mich nicht so kariert an! Ich weiß, es muss ein Schock für dich sein, mich als reife Lady zu sehen, aber wir werden alle mal älter.»

Ehe Lisa einen Piep sagen konnte, hatte Britt ihre Arme um sie gelegt und sie fest an sich gedrückt. Lisa schluckte, als sie etwas Feuchtes an ihrer Schulter fühlte.

«Entschuldige.» Britt löste sich wieder von ihr, um sich verstohlen die Tränen abzuwischen, die sich unkontrolliert aus ihrem Auge gestohlen hatten. «Es ist nur so unheimlich schön, dich wiederzusehen. Nach fast dreißig Jahren … ich hab dich so vermisst! Und dann war ich auch noch beruflich unterwegs und konnte dich nicht in Empfang nehmen, als du ankamst.»

Lisa war immer noch zu platt, um irgendetwas zu erwidern. Ihre beste Freundin Britt – nun eine reife Dame? Natürlich war ihr klar gewesen, dass Britt genauso wie alle anderen 29 Jahre älter geworden war, aber Britt war nicht irgendjemand, sondern war ihr 1989 nähergestanden als irgendwer sonst.

Sie auf einmal in ihrer gealterten Version zu sehen, ging ihr ganz schön an die Nieren. Sie empfand dies sogar noch als viel extremer als die Erfahrung, dem eigenen 45-jährigen Ich gegenüberzustehen.

Einmal mehr versuchte Lisa sich vorzustellen, wie es wohl war, wenn für ihr Gegenüber ein so großer Zeitabstand zwischen dem letzten Treffen lag, während es für sie nur ein paar wenige Wochen her war.

Britt zog noch ein paarmal die Nase hoch, lächelte Lisa nun aber tapfer an. Trotz des markanten Altersunterschieds war sie offenbar immer noch die alte Britt, die sich keinerlei Gefühlsduseleien hingeben wollte. Lisa wusste, dass ihre nüchterne Freundin niemals an Zeitreisen geglaubt hätte, wenn sie es nicht mit eigenen Augen gesehen hätte.

«Immerhin sind wir nun quitt.»

«Quitt?» Lisas Stimmbänder fühlten sich eingerostet an.

«Nun ja, ich musste doch 1989 denselben Schock verkraften, als dein zukünftiges Ich als 45-jährige Misses Whitfield aufgetaucht ist!»

«Schön, dass ihr jetzt wiedervereint seid», meinte Doc Silverman herzlich. «Immerhin ist Britt ja in alles eingeweiht. Ihr habt euch sicher einiges zu erzählen.»

Lisa erwachte jetzt allmählich aus ihrer Starre. Britts Anwesenheit verbreitete trotz allem eine wohlige Atmosphäre von Geborgenheit und Vertrautheit. Zum ersten Mal fühlte sie sich ein bisschen wie zuhause.

Endlich wagte sie, ihre nun so viel ältere Freundin ausgiebiger zu betrachten. Für eine Lady mittleren Alters sah Britt immerhin echt gut aus: Außer dem mittlerweile ergrauten Haar, ein paar Falten im

Gesicht und einer anderen Brille als damals hatte sie sich rein optisch gar nicht so stark verändert; sie war auch immer noch genauso schlank wie früher. Nur aus ihren Augen funkelte die reife, gestandene Persönlichkeit, die aus ihr geworden war. Die jugendlichen Züge waren restlos verschwunden.

Da Lisa immer noch nicht wusste, was sie sagen sollte, war sie froh, dass Britt das Fragen übernahm. Sie nahmen auf dem schwarzen Ledersofa Platz.

«Lee, sag mir: Wie ist es dir ergangen? Erzähl! Wie ist es, einfach so mir nichts dir nichts 29 Jahre in die Zukunft zu reisen?»

«Merkwürdig», konnte Lisa nur antworten. «Sehr, sehr merkwürdig.»

«Das kann ich mir denken. Aber gewiss auch spannend? Du müsstest ja von dem technischen Fortschritt geradezu überwältigt sein. Wir haben zwar immer noch keine fliegenden Autos, aber das Internet dürfte dich ja ziemlich begeistern.»

«Ich darf es nicht benutzen.» Lisas Augen suchten Doc Silverman, doch der hatte sich inzwischen in eine andere Ecke des Labors verzogen. Eigentlich war *sie* es, die eine Menge Fragen an Britt hatte, aber sie wusste einfach nicht, wie sie mit einer so erwachsenen Frau sprechen sollte. Britt wirkte so überlegen.

«Du darfst es nicht benutzen?» Britt zog die Augenbrauen hoch. «Wieso denn das?»

«Tja, Doc Silverman hat Angst, dass ich mich einer Gefahr aussetzen könnte oder so was in der Art. Er und Zac sind ja selber nicht ans Internet angeschlossen.»

Genau genommen war sie froh, dass Britt als Erstes ein technisches Thema angeschnitten hatte, das ohne großen emotionalen

Aufwand zu beantworten war. So hatte sie noch etwas Zeit, sich an den neuen Anblick ihrer Freundin zu gewöhnen.

«Ach. Diese beiden überbesorgten Herren!» Britt schnaubte, und dies nahm Lisa ein bisschen von ihrer Befangenheit.

«Du musst das Internet doch in der Schule benutzen, oder nicht?»

Lisa überlegte, ob sie Britt verraten sollte, dass Kyle sie mit dem Smartphone längst an das WLAN-Netz der Schule angeschlossen hatte und sie auch mobile Daten empfangen konnte, doch sie behielt es besser für sich.

«Mal ehrlich: Jetzt bist du im Jahr 2018 und darfst nicht mal das Internet benutzen? Wie stellen sich unsere beiden Herren Wissenschaftler das eigentlich vor? Fast unser ganzes Leben besteht doch mittlerweile aus dem Internet. Lee, es würde dich umhauen, wenn du wüsstest, was heutzutage alles möglich ist!»

Das war für Lisa noch ein Grund mehr zum Staunen: Dass das ausgerechnet ihre beste Freundin sagte, die 1989 mit der Technik nichts am Hut gehabt hatte, war fast so krass wie Britts optische Veränderung.

«Passen dir eigentlich die Kleider, die ich dir gekauft habe? Und wie läuft es mit der Schule? Hast du ein paar Leute getroffen, die du wiedererkannt hast?»

Das waren gleich drei Fragen auf einmal, und Lisa wusste nicht, welche sie zuerst beantworten sollte. Bis jetzt hatte Doc Silverman sie immer noch nicht danach gefragt, mit wem sie zur Klasse ging, und Lisa machte sich tatsächlich manchmal Sorgen, dass der Doc im Alter etwas vergesslich geworden war.

Sie zögerte. Ob sie Britt von Kyle erzählen sollte? Und von Cheyenne, Angela und Nathan?

«Schon gut.» Britt schien sofort zu verstehen. «Wir wollen Doc Silverman nicht unnötig beunruhigen.» Sie zwinkerte Lisa hinter ihren Brillengläsern zu.

«Und du?», fragte Lisa nun vorsichtig. «Was ist aus dir geworden?» Sie wusste immer noch nicht so richtig, wie sie mit Britt als einer nun erwachsenen Frau sprechen sollte.

«Ich?» Britt strich sich eine Haarsträhne hinters Ohr. Sie trug sogar noch dieselbe Frisur wie damals.

«Ach, viel gibt es da gar nicht zu erzählen. Ich bin Chefsekretärin bei einem stinklangweiligen Rechtsanwalt und verdiene immerhin so gut, dass ich mir ein hübsches kleines Häuschen mit einem Gärtchen leisten kann. In meiner Freizeit nähe ich am liebsten und versorge den Garten. Klingt nach einem tristen Leben, was?» Sie lachte, und ihre Augen funkelten dabei fröhlich. «Aber weißt du, was? Mir gefällt's. Ich war nie der Karrieretyp. Ich liebe es ruhig und bescheiden.»

Lisa wagte es, ein wenig zu schmunzeln. Ja, das passte ganz zu ihrer besten Freundin: Hirngespinste waren nie Britts Ding gewesen.

«Aber ... warum hast du denn keinen Mann und keine Kinder?» Die Frage kam ihr nicht leicht über die Lippen, doch sie brannte ihr auf dem Herzen, weil ihr wieder eingefallen war, dass es zwischen Britt und Zac eine kleine Romanze gegeben hatte.

«Das war kein Thema.» Britt schüttelte den Kopf. «Ehrlich gesagt wollte ich nie heiraten ...»

«Und was ist mit Zac?» Lisa senkte ihre Stimme zu einem Flüstern, damit der Doc sie nicht hörte. «War da nicht mal was zwischen euch?»

«Ach, weißt du», sagte Britt mit einem Schmunzeln. «Das hätte wahrscheinlich gar nicht geklappt mit uns. Zac ist ein liebenswerter Tüftler, aber er lebt in seiner eigenen Welt. Ich weiß nicht, ob ich die Geduld aufgebracht hätte.»

Auch wenn in Britts Stimme eine gewisse Unbeschwertheit lag, so betrübte es Lisa dennoch, dass ihre Freundin weder Mann noch Kinder hatte. Musste sie sich nicht schrecklich allein fühlen?

«Aber du hast ihn ... mal geliebt?» Es war Lisa etwas peinlich, Britt so was zu fragen, aber sie hatte sich wirklich vorgestellt, dass Britt eines Tages eine Familie gründen und glücklich werden würde. Und ebenso hätte sie sich sehr für Zac gefreut, wenn sich zumindest *eine* Frau mal für ihn interessiert hätte.

Britt überlegte eine Weile. «Ich glaube, das mit dem Verliebtsein war nie so mein Ding», sagte sie nüchtern. «Ich mochte ihn, und es war eine Weile lang auch ein bisschen aufregend und prickelnd, aber letztendlich musste ich mir eingestehen, dass ich wohl nicht der Typ bin für Familie und Kinder. Weißt du, für gewisse Menschen ist es besser, wenn sie als Single durchs Leben gehen. Dazu gehöre definitiv auch ich. Die ganze Gesellschaft will dir zwar weismachen, dass du allein nicht glücklich werden kannst, aber ganz ehrlich: Ich bin sehr zufrieden.»

Sie grinste ein wenig. Offenbar machte es ihr wirklich nicht so viel aus.

«Außerdem hab ich einige Freundinnen, die mir ständig ihr Liebesleid klagen. Probleme mit ihrem Partner, Streitereien hier, Fremdgehen dort. Das Internet macht das Ganze auch nicht besser. Irgendwann hab ich mir dann geschworen, dass ich dieses Theater nicht will und mein eigenes Ding mache. Weißt du, da ist keiner, der mir sagt, wann ich am Sonntagmorgen aufstehen muss, was ich anzuziehen habe, was ich kochen muss und überhaupt, wie ich meinen Tag gestalten soll. Ich glaube, ich funktioniere besser allein. Vielleicht gelte ich damit als egoistisch und unsozial, aber ich mag's lieber ehrlich.»

Das war eine lange Erklärung gewesen, und es hatte fast den Anschein, als hätte Britt das Bedürfnis gehabt, ihren Lebensstil zu verteidigen. Offensichtlich hatte sie schon einige Kritik dafür einstecken müssen.

Lisa dachte an Carter Whitfield, ihren zukünftigen Ehemann aus der ersten Zeitlinie. Diesen streng aussehenden Mann, dessen heutiges Gesicht sie nur vom Foto auf der Informationstafel kannte und der ihr glücklicherweise bis jetzt in der Schule nicht über den Weg gelaufen war.

Sie hatte bis heute nicht begriffen, wie sie sich in Zeitlinie eins in so einen Kerl hatte verlieben können.

Hin und wieder wünschte sie sich inständig, sie könnte ihr älteres Ich noch einmal treffen und ihr all die Fragen stellen, die bis heute ungeklärt waren.

Dank dem Gedanken an diese gescheiterte Ehe konnte sie immerhin nachvollziehen, was Britt meinte.

Doch dann wanderten ihre Gedanken für einen flüchtigen Moment zu Momo. Seine schönen Augen tauchten vor ihr auf, und die Zärtlichkeit, die sie dabei empfand, ließ sie tief aufseufzen.

Sie tickte vermutlich ein wenig anders als Britt.

«Na ja, wenn du glücklich dabei bist …» Mehr wusste Lisa nicht zu erwidern. Sie kam sich mit ihren sechzehn Jahren so unwissend vor neben ihrer fast 45-jährigen Freundin.

«Weißt du, Lee, wenn du mal über vierzig bist, dann siehst du die Dinge aus einem anderen Blickwinkel. Du weißt einfach, wie die Welt tickt. Und du findest dich mit vielem ab.»

Uff. Jetzt hörte Britt sich auch schon so abgestanden an wie die Erwachsenen aus ihrer Zeit! Ob man einfach so wurde, wenn man mal über vierzig war?

Lisa kratzte sich nachdenklich an der Nase, während sie Britt musterte und immer noch versuchte, sich an die kleinen Fältchen um die Augen und die Mundwinkel ihrer Freundin zu gewöhnen. Wie hätte ihre Freundschaft sich wohl entwickelt, wenn sie zusammen gealtert wären?

Ihr älteres Ich, Mrs. Whitfield, war manchmal ein wenig belehrend gewesen. Doch immerhin hatte sie ihr – pardon: sie sich selbst – mitgeteilt, dass sie ihrem Herzen folgen und nicht aufhören sollte, an die Liebe zu glauben. So was in der Art jedenfalls. Vielleicht gab es ja doch eine Möglichkeit, das Erwachsenwerden irgendwie zu umgehen …

«Dein älteres Ich war übrigens damals ziemlich geheimnisvoll, als ich sie ein bisschen mehr über deine Zukunft ausgefragt habe», erzählte Britt nun, als könnte sie Lisas Gedanken lesen.

«Ich hatte das Vorrecht, ein bisschen Extra-Zeit mit ihr zu verbringen, als wir versucht haben, dir ein Alibi zu verschaffen. Sie verschwand nämlich erst etwa zwei Wochen nachdem du in die Zukunft gereist bist. Das hat Doc Silverman dir ja sicher alles erklärt: dass sie quasi aus der Zeitlinie gelöscht wurde, weil du nicht mehr aus der Zukunft zurückgekehrt bist. – Kompliziert, nicht? Aber es war tatsächlich so.

Als sie plötzlich fort war, hatten wir schon den Verdacht, dass irgendwas nicht stimmen kann, und Doc Silverman hat uns auf ein mögliches Desaster vorbereitet.

Warum sie erst zwei Wochen nach deiner Abreise verschwunden ist und nicht gleich sofort oder gar erst am 14. Februar 1990 ... das wissen wir bis heute nicht. Aber das sind eben diese leidigen ungeklärten Mysterien des Raum-Zeit-Kontinuums. – Was ich mir darüber schon den Kopf zerbrochen habe!

Immerhin hatten wir so noch genug Zeit, zusammen mit deinem 45-jährigen Ich einiges vorzubereiten für dein Alibi – auch wenn es letztendlich leider nicht ganz gehalten hat. Während dieser Zeit versuchte ich sie mit ein paar Fragen über deinen zukünftigen Werdegang zu löchern.

Sie meinte jedoch, es sei nicht gut, wenn ich zu viel über deine Zukunft wüsste. Alles, was ich aus ihr rausgekriegt habe, war, dass du als IT-Spezialistin im Tomsbridge Science Research Center arbeitest und nebenher Computerspiele produzierst – jedenfalls hast du das in deiner ersten Zeitlinie getan, die ja nun laut Doc Silverman überschrieben wurde.»

Also doch! Da war tatsächlich was mit diesem Forschungszentrum gewesen! Ihre Eindrücke hatten ihr keinen Streich gespielt.

Ganz unterwartet trat Doc Silverman auf einmal wieder zu ihnen.

«Du musst ihr unbedingt die Sache mit Morgan erzählen, Britt», sagte er ernst.

«*Morgan?*» Dieses Zauberwort stellte wieder irgendwas mit Lisas Körperfunktionen an.

«Ach ja, stimmt», sagte Britt. «Nur ist das leider alles schon so lange her. Ich erinnere mich selber gar nicht mehr so richtig daran.»

«Erzähl!»

«Er hat nach dir gesucht an dem Abend, an dem du verschwunden bist. Du hattest, soweit ich mich erinnere, diese Auseinandersetzung mit ihm, weil er mit dieser … wie hieß sie noch mal? … Ericsson …»

«Camilla.»

«Genau, weil er dich nach dem Ball einfach sitzen gelassen und mit dieser Camilla Ericsson angebandelt hat. Mensch, ist das lange her. Ich erinnere mich nur noch, wie er auf einmal völlig verzweifelt unten am Fluss aufgetaucht ist, nachdem du bereits durchs Wurmloch verschwunden warst, und irgendwas davon gestottert hat, dass er sterben würde … wir wissen nicht genau, was er damit meinte. Er war völlig fertig mit den Nerven und nass bis auf die Knochen. Ich war mir nicht mal sicher, ob er nicht sogar betrunken war, denn er hatte einen starken Zungenschlag beim Sprechen … na, ich weiß auch nicht.»

Lisa hing gebannt an den Lippen ihrer Freundin und wartete begierig darauf, dass diese weitererzählte.

«Dein älteres Ich wusste natürlich mehr als ich und hat ihn getröstet. Sie hat mich dann später gebeten, mich um ihn zu kümmern, aber …» Britt brach ab. Sie wirkte beschämt.

«Doc Silverman und Zac kamen mit dem Gesetz in Konflikt, dein zukünftiges Ich löste sich nach zwei Wochen quasi in Luft auf, und so blieb nur ich. Und … du weißt ja, die Chemie zwischen Morgan und mir stimmte nie so ganz. Er und ich, wir lebten in zwei verschiedenen Welten … für mich war er immer ein bisschen zu … lahm. Ein verwöhnter reicher Bengel. Sorry … ich weiß, dass du ihn gern hast, aber ich konnte nie so viel mit ihm anfangen.»

Britts unverblümte Ehrlichkeit ließen Lisas Erinnerungen zu ihren Kindertagen schweifen. Sie hatte mit Momo fantasiereiche Dinge wie Zeit- und Raumschiffreisen gespielt. Manchmal hatten sie auch zusammen gebastelt oder gemalt. Mit Britt hatte sie andere Dinge unternommen, Schwimmen zum Beispiel, Wandern oder Rollschuh laufen. Hin und wieder hatten Britts Eltern sie auch auf einen Familienausflug mitgenommen.

Aber Britt hatte immer sehr viele Verpflichtungen gehabt, im Gegensatz zu Momo. Sie war ein Einzelkind, und ihre ehrgeizigen Eltern hatten sie in mindestens drei Vereine gesteckt. So hatte Britt viel weniger Zeit gehabt als Momo, den Lisa fast jeden Nachmittag getroffen hatte. Er hatte gewöhnlich ohne Voranmeldung bei ihr geklingelt, und wenn Britt gerade bei Lisa zu Besuch gewesen war, war er einfach wieder heimgegangen und am nächsten Tag wiedergekommen. Er hatte irgendwie Angst gehabt vor der resoluten Britt.

«Trotzdem. Ich hab versucht, ihn anzusprechen. Dir zuliebe», fuhr Britt fort. «Aber was hätte ich allein für ihn tun können? Er wollte auch nicht mit mir reden. Er ist ja ohnehin sehr schweigsam. Ich glaube, er konnte genauso wenig mit mir anfangen wie ich mit ihm. Und ich war zugegebenermaßen auch etwas sauer auf ihn, weil er dich nach dem Ball einfach so kaltherzig abserviert hatte. Trotzdem hat er mir auch oft leidgetan, besonders weil Professor Ash ihn immer so fertiggemacht hatte. Aber der war ja dann weg, und Morgan bekam die beiden letzten schlechten Noten in Physik gestrichen.»

«Und dann?»

«Er blieb bis Ende Trimester. Und dann … tja, ich weiß es auch nicht mehr so genau. Er war, soweit ich mich erinnere, wieder mal mehrere Wochen krankgeschrieben und ging schließlich für etwa zwei Jahre nach Amerika. Später, als er zurückkehrte, fuhr er mit einem dicken Schlitten rum, und dann hatte ich sowieso Skrupel, ihn anzusprechen. Es hieß auch, dass er sich total verändert habe. Es tut mir wirklich leid, Lee. Ich hab wohl versagt ...»

Sie räusperte sich.

«Das haben wir alle», warf Doc Silverman ein, der sich gegenüber auf das braune Sofa gesetzt und dem Gespräch zugehört hatte. «Wir hätten uns besser um ihn kümmern sollen, aber ehrlich gesagt wollte ich den Jungen nicht noch mehr in diese Sache mit hineinziehen. Ich hatte Angst, dass sein Vater, der Besitzer der Kendall Automotive Company, uns sonst auch noch Schwierigkeiten machen würde. Wir haben fest damit gerechnet, dass du, Lee, am 14. Februar 1990 wieder zurückkommen würdest. Dann wären die Dinge ja automatisch wieder in Ordnung gekommen. Aber dann bist du nicht aufgetaucht, und wir haben Morgan aus den Augen verloren.»

Lisa schaute Britt und Doc Silverman abwechselnd an und wusste nicht, ob sie wütend, schockiert oder beglückt sein sollte.

Momo hatte nach ihr gesucht ... und sie hatte bis jetzt nichts davon gewusst ... das war ein starkes Stück!

«Ich weiß, ich hätte zumindest später mal mit ihm Kontakt aufnehmen sollen, aber ich hab's nicht über mich gebracht», redete Britt weiter. «Man kam auch so schwer an ihn ran. Und Facebook und Instagram und all dieser Krempel interessieren mich persönlich nun mal nicht. Wahrscheinlich hätte ich ihn dort finden können. Ich hab irgendwann mal aufgeschnappt, dass er ziemliche Depressionen hatte. Und dass Ross Gallagher – du weißt schon, der damalige Freund von Beatrice – angefangen hat, sich um ihn zu kümmern, weil er irgendwie gesehen hat, dass Morgan nicht mehr ganz zurechtkam mit sich und immer tiefer in eine Alkoholabhängigkeit geriet.»

«Und wo hast du das aufgeschnappt?» Lisa verspürte tatsächlich ein ganz kleines bisschen Wut auf ihre Freundin.

Britt überlegte. «Ich glaub, das war Sandra Hudgens aus unserer ehemaligen Klasse, die mir das mitgeteilt hat. Ich hab sie mal in einem Malkurs getroffen, vor etwa drei, vier Jahren. Bei der Gelegenheit haben wir ein wenig geplaudert und kamen per Zufall auf Morgan zu sprechen. Da hat sie mir das erzählt. Sie wusste es wohl von Kimberley Hanson, die seit der Schule in Kontakt mit Morgan geblieben ist …»

Lisa schnaubte. Ausgerechnet Kimberley! Die hatte sie nie leiden können, fast noch weniger als Carol Sanders und Beatrice Evans. Wie die sich immer an Momo rangeschmissen hatte!

«Camilla ist irgendwann zurück nach Schweden gegangen», berichtete Britt weiter. «Zwischen ihr und Morgan war es ziemlich schnell wieder aus, und nachdem du nicht mehr da warst, fand Kimberley wohl, dass sie freie Bahn hätte. Aber er hat sie wohl ziemlich abgewimmelt, denn sie sind allem Anschein nach nur Freunde geblieben. Doch laut Sandy versucht Kimberley noch heute, sich an ihn ranzuschmeißen.» Sie schmunzelte ein wenig. «Er ist natürlich trotz allem keine schlechte Partie, wenn man es auf Geld und Luxus abgesehen hat.»

Lisa knurrte in sich hinein. Sie ärgerte sich, dass Britt Momo auf Geld und Luxus reduzierte. Und Kimberley sollte sich bloß von ihm fernhalten! Das galt sowohl für 1989 als auch für 2018, fand sie.

Doch was sie nach wie vor am meisten beunruhigte, war, dass das Foto von Morgans Grab immer noch vorhanden war. Sie hatte den

Gedanken daran insofern verdrängt, weil ja auch ihr Smartphone und das Computerspiel noch existierten, obwohl diese streng genommen in Zeitlinie zwei gar nicht mehr da sein dürften. Aber hin und wieder beschlich sie doch die Sorge, was wohl wäre, wenn dieser Unfall am 7. Juni auch in Zeitlinie zwei stattfinden würde und sich an Momos Schicksal nichts geändert hatte – zumal sein Leben ja in Zeitlinie zwei nicht besser aussah als in Zeitlinie eins, wovon ihr älteres Ich ihr berichtet hatte.

Sie schaute auf, und ihr Blick traf direkt den von Doc Silverman. Er hatte ihr offenbar angesehen, worüber sie gegrübelt hatte.

«Hör zu, Lisa», sagte er behutsam. «Was deinen Freund Morgan angeht – wir möchten nicht, dass du irgendwas unternimmst, geschweige denn mit ihm hier im Jahr 2018 Kontakt herstellst. Das könnte unsere ganze Mission arg gefährden.»

«Aber das Foto von seinem Todestag … es ist immer noch vorhanden …», kam Lisa nicht umhin zu flüstern, obwohl sie eigentlich mit niemandem darüber hatte reden wollen – weil sie genau geahnt hatte, dass der Doc so was sagen würde. «Der 7. Juni …»

«Ich weiß, Lisa. Es tut mir leid. Aber ich denke …»

«Ich verstehe sowieso nur Bahnhof», warf Britt ein. «Ich hab nur mitgekriegt, dass Morgan an einem bestimmten Tag sterben soll, aber …»

«Lisas älteres Ich hatte Informationen aus der Zukunft», erklärte Doc Silverman. «Sie wird dir wahrscheinlich absichtlich nichts gesagt haben, und das ist auch besser so. Lee, ich verstehe, dass du dir Sorgen um Morgan machst. Aber ich glaube, was immer in dieser Zeitlinie passieren wird, überlassen wir am besten seinen eigenen Entscheidungen. Es hat keinen Zweck, diese Geschichte jetzt anzurühren und womöglich noch mehr Chaos im Raum-Zeit-Kontinuum zu veranstalten.

Eigentlich hätten wir dir gar nichts davon sagen sollen, aber es ist wichtig, dass wir die Sache in der Vergangenheit ausbügeln und uns im Jahr 1989 beziehungsweise 1990 besser um Morgan kümmern – in Zeitlinie drei halt, die bei deiner Rückkehr beginnen wird. Wir tun ja schließlich alles, um dich zurückzuschicken. Dort kannst du den Kontakt zu Morgan wieder aufnehmen und kannst ihm alles erklären. Was immer geschieht – lassen wir hier im Jahr 2018 erst mal alles seinen natürlichen Verlauf nehmen und konzentrieren uns auf unsere wichtigste Mission: dich nach Hause zu schicken. Okay?»

Lisa wollte protestieren, doch Doc Silverman ließ sie gar nicht ausreden.

«Vermutlich ist das Foto auch nur ein Fehler in der Zeitlinie», fuhr er fort. «Es ist vermutlich, wie dein Computerspiel, nur ein Überbleibsel aus der ersten Zeitlinie. Wahrscheinlich hat es nicht mal was zu bedeuten. Denn immerhin ist Morgan ja nun gewarnt und kann rein theoretisch seinen Tod verhindern.»

Damit sprach er genau das aus, was Lisa insgeheim hoffte.

Britt nickte eifrig.

«Ich denke, Doc Silverman hat recht», sagte sie. «Das wird schon gut werden mit Morgan, wenn du wieder zurückkehrst. Denk daran, was für ein großes Vorrecht du hast: Du kannst einfach die Zeit zurückdrehen.»

Trotz all dieser einleuchtenden Argumente blieb ein leiser Zweifel in Lisas Herzen zurück. Doch da in diesem Moment Zac von draußen hereingeschneit kam, verschob sie ihre Grübeleien auf später.

Bis zum 7. Juni waren es ja noch über zwei Monate hin. Genug Zeit also, um sich etwas auszudenken ...

Zac steckte in einer klatschnassen Regenjacke, und sein schütteres Haar war feucht und klebte an seinen Ohren. Lisa bemerkte erst jetzt, dass es draußen wie aus Kübeln goss. Wahrscheinlich hatte dieses scheußliche Wetter Zac nach Hause getrieben. Auf den Armen schleppte er eine schmutzige Kiste mit lauter Schrottteilen darin. Er schien abgrundtief in seinen Formeln versunken zu sein, denn er bemerkte nicht mal Britts Anwesenheit, sondern verzog sich sogleich in seine Arbeitsecke und ließ seine Finger wie wild über die Tastatur tanzen.

Sein Vater gesellte sich zu ihm. Da saßen sie nun beide nebeneinander, Vater und Sohn, und man konnte nur ihre Hinterköpfe mit den Halbglatzen sehen, die fast identisch aussahen, nur dass der eine einen weißen und der andere einen cremefarbenen Haarkranz hatte.

«Jemand müsste denen dringend mal wieder die Haare schneiden», murmelte Britt. «Das sieht ja aus! Nächstes Mal komm ich mit einer Haarschere, da können die Gift drauf nehmen.»

Unwillkürlich musste Lisa lachen. Sie war zwar immer noch ein bisschen verstimmt wegen Morgan, doch sie war trotz allem glücklich, dass Britt bei ihr war. So langsam entspannte sie sich in der Gegenwart ihrer so viel älteren Freundin, auch wenn sie definitiv noch viel Zeit brauchen würde, um das alles zu verdauen.

«Und, was hast du noch alles erlebt, hier in der Zukunft?», nahm Britt den Gesprächsfaden wieder auf. «Was sagst du zu unserem Tomsborough Square? Der hat sich ja enorm verändert in den letzten dreißig Jahren, nicht wahr?»

«Keine Ahnung. Ich war noch nicht im Stadtzentrum.»

«Wie bitte? Du warst noch gar nie in der Stadt?»

«Nein ...»

«Das kann ich ja nicht glauben. Lassen dich diese beiden überbesorgten alten Macker nicht mal raus?» Britt sah aus, als wolle sie gleich jemandem an die Gurgel springen.

«Nein. Ich soll mich ja auch von allen Leuten absondern in der Schule ...» Lisa erschrak selbst darüber, wie der ganze Unmut plötzlich aus ihr herauspurzelte.

«Aber das geht doch nicht. Hallo? Das sind ja noch vier Monate bis Ende Juli. Sollst du hier draußen in dieser Pampa versauern? Doc!» Britt stand energisch auf und steuerte schnurstracks auf Doc Silverman zu.

Der drehte sich zu Britt um. Zac tüftelte unbeirrt am Computer weiter.

«Hören Sie, Doc, soll Lee die ganze Zeit hier draußen in der Walachei sitzen und sich zu Tode langweilen?»

«Was sollen wir sonst machen?», meinte Doc Silverman. «Hier ist sie in Sicherheit. Immerhin darf sie ja zur Schule gehen. Das ist ja eigentlich schon ein Schritt zu viel.»

«Aber das ist doch nichts für ein junges Mädchen!» Britt stemmte forsch die Hände in die Hüften und schaute die beiden großen Wissenschaftler streng an. «Bei zwei weltabgewandten zerstreuten Herren wohnen? Kann sie nicht in die Stadt ziehen? In eine Wohngemeinschaft oder so was?»

Jetzt wandte sogar Zac seinen Kopf. Beide, er und sein Vater, sahen Britt durch ihre Brillengläser hindurch an, und Britts Augen funkelten durch die eigenen zurück.

«Britt ... ich weiß, du meinst es gut, aber das ist schlicht und einfach zu gefährlich», seufzte Doc Silverman.

«Was soll denn daran so gefährlich sein? Was kann sie denn schon *anstellen?* Und gefährlicher als die Schule ist es allemal nicht.»

«Nun, rein theoretisch ...»

«Jetzt hört mir mal zu.» Britt trat noch einen Schritt näher auf die Wissenschaftler zu. Lisa beobachtete die Szene gespannt. Die kleine, resolute Britt! Ja, sie war tatsächlich immer die Kleinste der Klasse gewesen, doch sie konnte kämpfen wie eine Löwin, wenn es sein musste.

«Jetzt macht euch mal nicht dauernd in die Hose vor lauter Angst, dass Lee *irgendwas* in der Zeitlinie durcheinanderbringen könnte. A – haben wir so oder so schon ein Schlamassel, und B – wird Lee wieder in die Vergangenheit zurückkehren, und dann wird ja sowieso die ganze Chose hier noch mal umgeschrieben, wenn ich eure physikalischen Theorien richtig verstanden hab. Sprich: Alles, was Lee jetzt hier tut und sagt und anfasst, ist eh für die Katz, weil ja sozusagen alles auf Zeitlinie drei wieder überspielt wird. Also, was soll dann das ganze Theater?»

«Hm.» Doc Silverman strich sich über das Kinn, dachte lange über Britts Worte nach und wechselte dann einen Blick mit Zac.

«‹Für die Katz› ist nicht ganz korrekt, Britt. Die Zeitlinie ist ein empfindsames System. Man kann einfach nicht wissen, was passiert. Jede Korrektur kann Konsequenzen haben, Spuren hinterlassen, kann die Zeitlinien verändern, paradoxe Phänomene schaffen. Wir haben ja den sichtbaren Beweis dafür mit den Überbleibseln aus Zeitlinie eins. Sie beweisen, dass die Zeitlinien sich auch überschneiden können. Daher ist und bleibt die Sache heikel ... nicht wahr, Zachary, oder was meinst du?»

Zac strich sich mit der gleichen Handbewegung übers Kinn wie sein Vater und versank ebenfalls für eine Minute ins Grübeln.

«Hm ... ich verstehe, was Britt meint», konkludierte er schließlich. «Lee ist ja jetzt in der Gegenwart, was für sie Zukunft ist, und wenn sie wieder zurück in die Vergangenheit reist, was dann für sie wieder Gegenwart sein wird, wird das, was jetzt Gegenwart ist, wieder Zukunft sein und ist damit noch nicht geschrieben.»

«Hä?» Lisa runzelte die Stirn.

«Ich frage mich, *wann* wir überhaupt sind», murmelte Britt kopfschüttelnd. «Sind wir jetzt in der Vergangenheit, Gegenwart oder in der Zukunft?»

«Existiert eigentlich alles gleichzeitig auf der Zeitachse?», fragte Lisa, doch niemand ging darauf ein.

«Wie auch immer, es spielt doch eigentlich gar keine Rolle, oder?», meinte Britt. «Ich finde einfach, dass Lee etwas mehr rauskommen sollte. Ihr beide seid ja so oder so zu beschäftigt, um euch um sie zu kümmern.»

«Na gut, du hast recht. Was schlägst du denn vor?», gab sich Doc Silverman geschlagen. «Könnte sie bei dir wohnen?»

«Da würde sie vom Regen in die Traufe kommen, da ich, wie ihr ja wisst, auch recht weit außerhalb der Stadt wohne und die Busverbindungen zur Schule nicht gerade ideal sind. Und ein Auto hab ich nicht. Sowieso denke ich nicht, dass Lee da zwischen all meinen Stricksachen wohnen möchte. Aber wie wär's mit einer Wohngemeinschaft für junge Mädchen?»

«Eine Mädchen-WG?» Lisa starrte Britt entsetzt an.

«Richtig», entgegnete Britt trocken. «Ich weiß, wie sehr dir das zuwider ist, aber genau *das* würde dich ja vor der Gefahr bewahren, dich auf nähere Beziehungen oder gar Liebesdramen einzulassen. Ganz, wie die Herren Wissenschaftler es wünschen.» Sie grinste.

Bei dem Wort «Liebesdramen» flitzte Lisa für einen kurzen Moment ein Gedanke an Kyle durch den Kopf – Kyle, der sich so verdächtig oft in ihrer Nähe aufhielt ...

«Es gibt doch bestimmt Studentinnen, die ihr Zimmer für ein paar Wochen an andere verleihen, weil sie im Ausland sind. Ist ja schick heutzutage. Wenn ihr Internet hättet, würde ich gleich jetzt nach einer Möglichkeit suchen, aber da ihr ja von der Welt abgeschnitten seid, werde ich mich zuhause darum kümmern müssen.»

«Na schön. Dann mach das und gib uns Bescheid», sagte Doc Silverman.

«Wegen der Miete braucht ihr euch auch keine Sorgen zu machen. Die drei Monate übernehme ich schon. So teuer ist ein Zimmer in einer WG nun auch wieder nicht», meinte Britt in versöhnlichem Tonfall. «Ich kenne eure prekäre finanzielle Lage ja. Und ich werde Lee auch mit Lebensmitteln und allem, was sie sonst noch braucht, eindecken und mich um ihr Wohlbefinden kümmern. Alles kein Problem.»

«Das können wir später noch eingehender besprechen», meinte Doc Silverman. «Wichtig ist, dass du was Geeignetes für Lee findest. Ich möchte ja nun wirklich auch nicht, dass sie hier bei uns unglücklich ist.»

Je länger Lisa über diese Idee nachdachte, desto besser gefiel sie ihr. Vielleicht würde ihr dies sogar die Möglichkeit eröffnen, doch irgendwie an Kyles Geburtstagsparty teilnehmen zu können. Doch das war ihr eigenes kleines Teenager-Geheimnis, das sie nicht mal Britt anvertrauen würde.

Als Britt gegangen war, verzog Lisa sich hinauf in ihr Zimmer. Weil es draußen immer noch so ungastlich grau und nass war, mummelte sie sich in ihre Decke ein und setzte ihre Gedankenkette fort.

Sehr, sehr behutsam begann sie die Erinnerung an Momo wieder zuzulassen. Erlaubte sich, ein paar Minuten lang vorsichtig von ihm zu träumen, sah seine wunderschönen braunen Augen in Gedanken vor sich, streichelte durch sein seidenweiches Haar und stellte sich sein Lachen vor, das stets wie klingende Glocken durchs Haus gehallt hatte.

Er hatte nach ihr gesucht! Warum auch immer er das getan hatte – es spielte im Moment gar keine so große Rolle. Die Tatsache allein ließ ihr Herz schon fast überfließen.

Wenn sie nur ein einziges Mal wieder in seinen Armen liegen dürfte, würde ihr Glück schon fast vollkommen sein …

Kapitel 8
Das Tor zu einer neuen Welt

Britt hatte Doc Silverman noch am selben Abend angerufen und ihm mitgeteilt, dass sie etwas Geeignetes für Lisa gefunden hätte: ein freies Zimmer in einer Mädchen-WG im Stadtteil East River, das vom 7. April bis Ende Juli zur Vermietung stand.

East River war die etwas ärmere Gegend von Tomsborough, wo Lisa in der Vergangenheit mit ihrem älteren Bruder Thomas und dessen Freundin Fanny gelebt hatte.

Wenige Tage später war die Sache in trockenen Tüchern, und so fuhr Zac Lisa mit dem Auto am übernächsten Sonnabend in die Stadt. Lisas wenige Habseligkeiten, die lediglich aus den paar Klamotten, die Britt ihr gekauft hatte, der Schuluniform, ein paar Toilettenartikeln und den Schulbüchern bestanden, hatten in einer Sporttasche Platz.

Zac hatte noch einen Tracking-Chip in Lisas Smartphone eingebaut und es so mit seinem eigenen verbunden, dass er sie jederzeit orten konnte – für den Fall, dass ihr irgendetwas zustoßen sollte. Doc Silverman hatte diese Vorsichtsmaßnahme gewünscht. Zum Glück hatte Lisa inzwischen herausgefunden, wie sie das WLAN der Schule und die mobilen Daten ausschalten und nur nach Bedarf wieder aktivieren konnte, so dass Zac keine unangenehmen Fragen gestellt hatte. Vermutlich wäre er in seiner Zerstreutheit sowieso nicht auf die Idee gekommen, sie habe sich über das Internetverbot hinweggesetzt.

Zudem hütete sie noch ein besonderes Geheimnis, das sie heimlich mit Britt ausgeheckt hatte: Britt hatte ihr nämlich versprochen, ihr ihren Laptop bis Ende Juli auszuleihen, so dass Lisa wenigstens ein bisschen Bekanntschaft mit dem Internet machen konnte. Britt sah nämlich immer noch nicht ein, weshalb die computerbegeisterte Lisa nicht die größte technische Errungenschaft des 21. Jahrhunderts ein bisschen genießen sollte.

Unterwegs in die Stadt bekam Lisa endlich ein kleines bisschen mehr von Tomsborough zu sehen, aber die Veränderungen waren nicht so frappierend, wie sie es sich erhofft hatte. Das Spektakulärste, was sie zu sehen bekam, war ein Güterzug mit der Aufschrift «Kendall Automotive Company», der wohl gerade die neuste Produktion auslieferte. Die untergehende Sonne spiegelte sich in der glattpolierten Oberfläche der funkelnagelneuen Limousinen. Lisa hatte schon aufgeschnappt, dass die Firma unter der Leitung von Steven Kendall enorm expandiert hatte.

Das Apartment, in das Lisa einziehen sollte, lag gar nicht so weit entfernt von der Straße, in der sie im Jahr 1989 gewohnt hatte. Es befand sich in einem einfachen Reihenhaus, das direkt an einer ziemlich lauten Straße lag. Alle paar Meter gab es eine asiatische, pakistanische oder indische Fressbude.

Britt hatte wieder einmal alles perfekt geregelt. Sie war wirklich geschickt darin, Alibis zu erschaffen. Sie hatte für Lisa den Mietvertrag für vier Monate ausgehandelt und war wie immer gekonnt den aufdringlichen Fragen der Vermieterin ausgewichen. Lisa wusste nur, dass sie mit zwei jungen Studentinnen zusammenleben sollte, und eine von ihnen öffnete ihnen nun die Wohnungstür.

Die junge Frau war mittelgroß, etwas stämmig und pausbäckig. Ihr dunkles, ziemlich borstiges und gewelltes Haar hatte sie jeweils mit einer dicken Klammer hinter den Ohren befestigt.

«Ah, du bist Leonor Whitfield?», sagte sie mit einem beflissenen Lächeln. In ihren vollen Wangen zeigten sich Grübchen. «Ich bin Chloe, deine Mitbewohnerin. Rea ist schon abgereist, aber sie hat alles für dich bereitgemacht.»

Lisa nickte und bemühte sich, Chloes Lächeln zu erwidern. Irgendetwas in dieser mädchenhaften Stimme richtete ihre Nackenhaare auf, aber sie wollte sich jetzt nicht schon wieder von Vorurteilen beherrschen lassen.

Chloe ist bestimmt ganz in Ordnung, sagte sie sich.

Zac reichte ihr die Tasche und verabschiedete sich hastig, da er entweder schleunigst wieder zurück zu seinen Formeln wollte oder weil irgendetwas an Chloes abwartender Körperhaltung ihn nervös machte. Chloe hatte die Fäuste auf die Hüften gestützt und wippte dezent mit ihren zierlichen Füßchen auf und ab.

Als Zac gegangen war, scannte sie Lisa von oben bis unten, als wolle sie eine Sicherheitskontrolle vornehmen. Ihr Blick blieb schließlich an Lisas schmutzigen Turnschuhen haften, die aus dem Jahr 1989 stammten.

«Ach, es wäre nett, wenn du die Schuhe ausziehen würdest. Wir ziehen hier *immer* die Schuhe aus. Das ist ganz *wichtig,* sonst schleifen wir den Dreck in die Wohnung. Du kannst sie hier auf die Ablage stellen. Ich hab extra ein wenig Platz für dich freigemacht.»

Lisa stieg gehorsam aus den Schuhen und stellte sie neben Chloes winzige Schühchen, die im Vergleich zu Lisas Latschen wirkten wie zwei kleine Bötchen neben zwei Riesenschiffen.

Wie in einem Reflex tippte Chloe sie sachte mit ihrem großen Zeh an, um sie etwas gerader zu rücken. Dann wirbelte sie beschwingt voraus in die Küche und hieß Lisa, ihr zu folgen.

«Dein Zimmer liegt gleich hier neben der Küche», sagte sie fröhlich. «Es ist das Schönste von allen, und du hast sogar einen kleinen Balkon. Deine Vorgängerin hat es frisch gewienert und geputzt. Es wäre nett, wenn du dein Zimmer ebenfalls einmal in der Woche reinigen würdest. Wir haben immer am Samstag unseren großen Putztag. Jede übernimmt ein Amt. Hier hängt die Liste.»

Sie trippelte zum Kühlschrank und deutete auf eine Liste, die mit drei bunten blumenförmigen Magneten sorgfältig an der Kühlschranktür befestigt war. Die Liste war in drei Kolonnen aufgeteilt, und über jeder stand in allerschönster Handschrift je ein Name: Chloe, Zara und Rea.

«Du übernimmst natürlich die Spalte mit Reas Namen. Wie du siehst, bist du nächsten Samstag mit der Küche dran. Ich werde dir dann alles ganz genau zeigen. Es ist ganz *wichtig,* dass wir uns alle an diesen Plan halten. Schließlich wollen wir doch alle zu einem gemeinsamen Miteinander beitragen.» Sie lächelte Lisa eifrig an.

Gemeinsames Miteinander? Lisa konnte sich ein Grinsen nicht verkneifen. Zuletzt hatte sie solche merkwürdigen Wortkombinationen von ihrem Bruder Thomas gehört.

Chloe zeigte Lisa nun ihr Zimmer. Rea hatte das Bett frisch bezogen und eine Schublade in der Kommode für sie freigemacht. Chloe erklärte ihr *ganz genau*, wie sie die Jalousien runterzulassen hatte und wie häufig sie die paar Topfpflanzen, die auf dem Balkon standen, zu gießen hatte. Dann führte sie sie durch den Rest der Wohnung, zeigte ihr Bad und Wohnzimmer und gab ihr etliche Tipps mit, was sie alles zu beachten hatte.

Lisa fand schnell heraus, dass Chloes Lieblingsausdrücke *ganz wichtig* und *ganz genau* waren.

«Bei der Dusche ist es *ganz wichtig*, immer die Haare zu entfernen. Sonst verstopft nämlich der Abfluss. Du und Zara, ihr habt beide langes Haar, also müsst ihr *ganz genau* darauf achten.

Die Heizung muss nachts immer zurückgedreht werden. Das ist *ganz wichtig*, weil sonst die Heizkosten zu hoch werden. Also bitte immer *ganz genau* darauf achten, ja? Bei über fünfzehn Grad draußen schalten wir sie auch tagsüber nicht an.

Nach dem Kochen bitte immer die Induktionsplatten hier mit diesem Mittel reinigen. Das ist *ganz wichtig*. Sonst brennt der Schmutz ein, und man kriegt ihn kaum mehr raus.»

Sie tippte mit ihrem Zeigefinger auf die Platten und kratzte ein wenig daran. «Siehst du? Zara vergisst es leider jedes Mal, und das gibt große Probleme. Deswegen muss man immer *ganz genau* darauf achten, dass nach dem Kochen keine Rückstände zurückbleiben.»

Lisa beugte sich näher über den Herd, um den Schmutz sehen zu können, doch irgendwie war sie einfach blind für Schmutz, wie sie zu ihrem eigenen Leidwesen schon öfter festgestellt hatte.

«Der Mülleimer muss jeden Tag geleert werden. *Jeden* Tag, hörst du? Das ist *ganz wichtig*, weil sonst die Fliegen kommen.»

Lisa lag es schon auf der Zunge zu fragen, um welche Uhrzeit denn die Fliegen kämen, doch sie riss sich zusammen und fragte lediglich: «Wann? Abends oder morgens?»

Chloe, offenbar entzückt, dass Lisa es so genau wissen wollte, fuhr strahlend fort: «Am besten immer morgens, bevor man aus dem Haus geht. Aber es macht auch nichts, wenn es mal ein wenig später wird. So streng nehmen wir es hier selbstverständlich nicht. Alles ganz locker.»

Lisa schwirrte hinterher richtig der Kopf. Sie war nie gut darin gewesen, Haushaltsregeln einzuhalten, weil sie sie schlicht und einfach vergaß. Beim Doc und bei Zac war es allerdings so chaotisch, dass man den Schmutz schon gar nicht mehr fand. Da konnte man zumindest nichts falsch machen.

Aber sie wollte nicht klagen. Immerhin öffneten ihr diese Wohngemeinschaft und damit auch Chloe die Pforte zu einer neuen, aufregenden Welt. Und mit etwas Glück sogar zu Kyles Geburtstagsparty …

Britt kam etwas später am Abend vorbei und brachte ihr den versprochenen Laptop mit.

«Ich kann es einfach nicht zulassen, dass meine technikbegeisterte Freundin nicht einmal das Internet richtig kennen lernen darf», meinte sie mit einem Augenzwinkern, als sie Lisa zeigte, wie man den Laptop an das WLAN anschloss, den Browser öffnete und Google bediente.

Britt benahm sich, als gehöre es für sie längst zum Alltag, dass ihre beste Freundin eine Zeitreisende war, aber sie hatte ja auch fast dreißig Jahre Zeit gehabt, sich auf dieses Wiedersehen vorzubereiten. Lisa hingegen hatte die Begegnung immer noch nicht wirklich verdaut. Die nun so viel ältere Britt kam ihr irgendwie immer noch fremd vor.

Außerdem musste sie zu ihrem Beschämen zugeben, dass ihre Freundin, die früher mit Technik wenig am Hut gehabt hatte, ihr nun haushoch überlegen war.

«Brauchst du deinen Computer denn gar nicht?», wunderte sie sich.

«Ach, ich kann ihn gut ein paar Wochen entbehren», winkte Britt ab. «Ich hab Internet bei der Arbeit und auf meinem Smartphone. Das genügt. Du weißt ja, mich hat die Technik nie fasziniert. Ich schalte den Computer nur an, wenn ich unbedingt muss.»

Etwas später, nachdem Britt wieder gegangen war, saß Lisa in ihrem Zimmer vor dem Bildschirm. Britt hatte ihr ein wenig erklärt, wie sie mit Google umgehen musste und dass sie damit alles herausfinden konnte, was sie wissen wollte.

Alles …

Eine Weile starrte sie einfach nur diese weiße Fläche mit der bunten Schrift und dem rechteckigen Kästchen an.

Echt einfach alles? War so etwas möglich?

Sie hatte in der Schule natürlich beobachtet, wie die anderen Schüler mit ihren Laptops gearbeitet und dieses Google benutzt hatten. Aber sie war nie in den Genuss gekommen, selber einmal an so einem Wunderding sitzen zu dürfen, da sie ja den Medienkurs wegen einer möglichen Begegnung mit Carter Whitfield geflissentlich umgangen hatte.

An Zacs Computer durfte sie auch nicht gehen. Und wen hätte sie sonst fragen sollen? Kyle hätte dumm aus der Wäsche geguckt, wenn sie ihn gefragt hätte, ob sie ein bisschen an seinem Laptop herumspielen dürfte – ihm hatte sie ja sowieso schon genug Anlass zu Verwunderung gegeben.

Und nun hatte Lisa einen dieser wunderbaren Computer der Zukunft ganz für sich allein, und das Tor zum Internet stand sperrangelweit für sie offen!

Was sollte sie überhaupt eingeben? Unter all den tausend und abertausend Möglichkeiten fiel ihr die Entscheidung alles andere als leicht.

Drei Stunden später lag Lisa auf ihrem neuen Bett, und ihr war regelrecht schwindlig von all den Eindrücken. Die Abermillionen an Farben und das gestochen scharfe Bild des Computers hatten sich in ihre Netzhaut eingebrannt. Alles, was sie aus ihrer Zeit kannte, war das flimmernde, zweifarbige Bild der Systemoberfläche ihres alten Commodore 64, den ihr damals Doc Silverman vermacht hatte. Bei Spielen und einigen anderen Programmen hatte er es auf sage und schreibe sechzehn Farben geschafft.

Doc Silverman hatte mit seiner Warnung gar nicht so falsch gelegen: Das Internet überwältigte sie schier. Sie hatte sich nicht mal im Traum eine Vorstellung von dieser Vielfalt gemacht!

Sie hatte die halbe Stadt Tomsborough ausgeforscht, sich etliche Fotos und Filme angesehen und wusste dennoch, dass sie noch nicht mal einen Bruchteil von dieser gigantischen Internetwelt entdeckt hatte.

Doch mehr verkraftete sie momentan nicht. In ihr drehte sich sowieso schon alles. Es war, als ob Millionen von Computercodes wie Irrlichter durch ihren Kopf rasen würden. Bilder, Farben und Formen blitzten wie Feuerwerke auf, ihr Hirn kam einfach nicht zur Ruhe.

Wie schafften es die Menschen von 2018 nur, sich so viele Informationen auf einmal reinzuziehen und dabei nicht durchzudrehen?

Es war nur möglich, wenn man die Dinge nicht so nah an sich heranließ. Das war die einzige Antwort, die sie darauf fand.

Aber hatte das nicht zur Folge, dass man grässlich abstumpfte? Was war das bloß für eine Welt, dieses 2018?

Was wohl Kyle darüber dachte?

Kyle …

Sie setzte sich abrupt in ihrem Bett auf und zog ihr Smartphone hervor. Wenn sie alles richtig verstanden hatte, musste sie doch ihr Smartphone auch an das WLAN hier drin anschließen können. Der Zettel mit der WLAN-Verbindung und dem Passwort lag ja immer noch auf ihrem Pult.

Rasch stand sie auf und holte ihn, tippte sich auf dem Smartphone zu den Einstellungen durch und bekam tatsächlich nach einer kleinen Weile die Verbindung hin. Sie unterdrückte einen Freudenjauchzer.

Schnell öffnete sie WhatsApp und suchte Kyles Einladung.

Sie stutzte, als sie die unzähligen Antworten sah. Zusagen, Absagen, einige «Vielleicht» – Kyle musste ja mehrere hundert Leute eingeladen haben! Wie konnte man überhaupt so viele Leute kennen? Schon bei Steven damals hatte sie sich gewundert, aber Kyle übertraf ja seinen Vater bei weitem.

Sie suchte sich durch die verschiedenen Nachrichten und blieb an einer Meldung von Kyle hängen, die er vor noch gar nicht langer

Zeit geschrieben hatte. Darin fragte er, ob jemand Zeit hätte, ihm am Samstag beim Aufblasen der Ballons und bei den Vorbereitungen für die Party zu helfen. Sie suchte unter den Antworten, ob sich jemand dafür bereiterklärt hatte, doch keiner hatte darauf reagiert.

Seltsam. Dabei war Kyle doch anscheinend so beliebt? Und die Party war ja schon in einer Woche!

Sie zögerte. Zeit hatte sie. Mehr als genug.

Das einzige Problem war, dass sie in der *falschen* Zeit war und aufpassen musste, nichts Dummes anzurichten.

Sei's drum, dachte sie. Sie wollte zu dieser Party. Auf Biegen und Brechen. Sie wollte sehen, wie man in der Zukunft Feste feierte. Und sie wollte unbedingt wissen, wie es im Haus der Kendalls fast dreißig Jahre später aussah.

«Ich komme!», fügte sie in einer neuen Message hinzu.

Sie würde Kyle am nächsten Montag in der Schule mündlich mitteilen, dass sie ihm bei den Ballons und den Vorbereitungen helfen würde, wenn bis dahin niemand positiv geantwortet hatte.

Kapitel 9
Im Haus der Kendalls

Lisa stand wie damals vor 29 Jahren vor der Westhill Avenue, der breiten, von großen weißen Villen und Einfamilienhäusern gesäumten Hauptstraße, die direkt auf den Bonzenhügel Westhill führte. Hier lebten die Reicheren und die Besseren der Stadt, die Banker, die Ärzte, die Richter, die Manager und Geschäftsführer.

Und hier hatte Momo gelebt und lebte nun auch Kyle.

Sie war eigentlich ziemlich erschöpft. Chloe hatte sie und Zara Punkt zehn Uhr vormittags zum Putzen beordert. Samstag war ja der berüchtigte Putztag. Zara war eine Spanierin, die nicht viel redete und am liebsten ihre Ruhe hatte und daher Chloes Instruktionen widerstandslos über sich ergehen ließ. Im Gegensatz zu Lisa, die fand, dass Chloes ausschweifende Erklärungen, in welchem Verhältnis sie Wasser und Putzmittel zu mischen hatten, etwas übertrieben waren. Doch um so schnell wie möglich mit der Sache fertig zu werden, hatte sie sich schließlich, wie Zara, gefügt.

Aber damit war Chloe nicht zufrieden, die offenbar wollte, dass man zum Putzen auch noch das richtige Gesicht machte.

«Nun zeigt doch mal ein bisschen gute Laune, ihr beiden! Schließlich tragen wir hier zum *gemeinsamen* Wohl bei.»

Irgendwas an dem Wort «gemeinsam» ließ Lisa erschauern, doch sie wollte der Sache besser nicht intensiver nachgehen. Sie stellte sich lieber vor, was Kyle wohl zu dieser Prozedur gesagt hätte. Er hätte gewiss auch einen witzigen Namen für Chloe erfunden. Bei dem Gedanken musste sie sogar kichern.

Lisa war froh, dass es bei Kyle im Gegensatz zu Steven damals keinen Dresscode gab und man in ganz normalen Alltagsklamotten kommen durfte, wenn man wollte. Kyle hatte ihr Angebot, etwas früher zu erscheinen und ihm bei den Vorbereitungen zu helfen, dankbar angenommen, doch dadurch hatte sie nach der ganzen Putzaktion lediglich noch knapp Zeit gefunden, sich zu duschen und saubere Jeans und ein frisches T-Shirt anzuziehen. Immerhin hatte sie ihr Haar über Nacht geflochten und einen Teil ihrer Frisur oben am Kopf mit dem neonpinkfarbenen Haargummi zusammengebunden, den sie noch von 1989 in ihrer Jackentasche gefunden hatte. Sie hoffte, dass es genügte – wenn nicht, würde sie sich eben einmal mehr blamieren.

Sie wollte, wie sie es oft zu tun pflegte, wenn sie nervös war, die Uhr ihrer Mutter umklammern, doch sie fasste ins Leere. Sie hatte sich immer noch nicht daran gewöhnt, sie nicht ständig zu tragen. Doch es war zu riskant, mit dieser Uhrenkette ausgerechnet im Haus der Kendalls aufzukreuzen. Es konnte ja durchaus sein, dass sie Steven über den Weg lief. Und Steven hätte die Uhr vielleicht wiedererkannt und eine Menge unnötiger Fragen gestellt.

Also ohne Uhr. Sie gab sich einen Ruck und ging die Westhill Avenue hoch, und bei jedem Schritt schlug ihr Herz heftiger.

Das Haus – oder eigentlich besser gesagt: die Villa – der Familie Kendall sah noch fast so aus wie damals. Sie hatte lediglich einen neuen Anstrich bekommen sowie eine neue Veranda und eine zusätzliche Garage. Der Garten wirkte weit weniger geschniegelt als damals, an einigen Stellen wucherte sogar Unkraut. Das Messingschild mit der Aufschrift KENDALL hing immer noch an der Tür und war mittlerweile an den Seiten etwas rostig.

Als Lisa den Klingelknopf drückte, erschallte zu ihrer Überraschung ein Geburtstagssong im Innern des Hauses. Gleich darauf polterte jemand die Treppe herunter.

Wieder hätte sie sich am liebsten an ihre Uhr geklammert. Was, wenn plötzlich Momo vor ihr stehen würde? Aber sie wusste, dass dieser Einfall ziemlich abstrus war, da Kyle ja nicht gerade eine innige Beziehung zu seinem Onkel hatte.

Ein ziemlich verstrubbelter Kyle öffnete ihr. Bevor er überhaupt einen Ton rausbrachte, gähnte er herzhaft.

«Hast du bis jetzt geschlafen?», fragte Lisa verwundert.

Ein zerknirschtes Grinsen erschien auf seinem Gesicht. «Ich hatte schon heute früh Rugby-Training. Musste noch ein bisschen Schlaf nachholen.»

«Happy Birthday!» Lisa umarmte ihn. Eigentlich hatte er zwei Tage zuvor Geburtstag gehabt, aber es schadete ja nichts, ihm noch mal zu gratulieren.

«Danke. Schön, dass du kommen konntest.»

«Ihr habt aber eine witzige Türglocke», stellte sie fest.

«Ja, was? Mum hat heute extra die Geburtstagsmelodie einprogrammiert.» Wieder gähnte Kyle und sperrte seinen Mund dabei etwa so weit auf wie ein Krokodil.

«Ich hab leider kein Geschenk ...», meinte Lisa kleinlaut. Sie hatte beim besten Willen keine Ahnung gehabt, woran ein Jugendlicher aus dem 21. Jahrhundert Spaß haben könnte. Außerdem hatte sie gar kein Geld für so etwas.

«Hey, ist doch kein Thema. Ich hab doch gesagt, dass du kein Geschenk mitbringen musst. Ich krieg mehr als genug von meinen Eltern. *Kendall*, weißt du ... gutsituierte Family und das ganze Blabla und so.» Er winkte ab und musterte Lisa.

«Süß siehst du aus. Fast ein wenig *retro*.»

«Retro?»

«Na ja ... mit diesem neonpinkfarbenen Haardings da. Ähnlich wie meine Mum, als sie jung war.»

«Oh ...» Lisa wurde ein wenig rot. Schon wieder so ein «zeitlicher Fauxpas».

«Mir gefällt's.» Kyle lächelte sie an und berührte ganz kurz ihr Haar. Einen Augenblick lang glaubte Lisa, seine Augen würden sie verschlingen, so intensiv war ihr Strahlen. Wieder nahm sie dieses Kräuseln in ihrem Magen wahr, und ihr wurde etwas schummrig, als Kyle den Arm um sie legte und sie ins Haus führte.

Er war Steven so ähnlich.

Just in diesem Moment wandte Kyle seinen Kopf in Richtung Wohnzimmer.

«Dad!», rief er. «Willst du meine neue Schulkameradin kennen lernen? Sie ist hier, um mir bei den Vorbereitungen zu helfen.»

«Ja, es wird auch Zeit, dass du endlich damit anfängst!», kam eine Stimme aus dem Wohnzimmer; eine Stimme, die Lisa sehr, sehr bekannt vorkam, wenngleich sie auch stattlicher und voller klang, als sie sie in Erinnerung hatte.

Wer ihnen da aus dem Wohnzimmer entgegentrat, war niemand anderes als eine 29 Jahre ältere Ausgabe von Steven Kendall.

Lisa machte einen Satz rückwärts, um sich an der Wand festhalten zu können. Auf so eine schnelle Begegnung mit Steven war sie nicht vorbereitet gewesen!

Als er nun direkt vor ihr stand, stellte sie fest, dass sie ihn nicht auf Anhieb wiedererkannt hätte, wenn sie ihm nur flüchtig auf der Straße begegnet wäre.

Die jungenhaften, lebenslustigen Gesichtszüge des einst zwanzigjährigen Hallodris waren verschwunden. Stattdessen stand ein am Leben gereifter, seriöser Geschäftsmann um die fünfzig vor ihr, mit Brille und einer Spur zu viel Volumen unter dem spitzen Kinn. Die welligen hellbraunen Haare, die er sich 1989 noch keck in die Stirn gekämmt hatte, waren ergraut und streng nach hinten gekämmt, wahrscheinlich um die lichte Stelle oben am Kopf zu kaschieren.

Lisas Blick glitt langsam an ihm abwärts. Über dem Gürtel seines teuer aussehenden Anzuges wölbte sich ein kleiner Wohlstandsbauch.

Der nächste Gedanke folgte unweigerlich: Wenn Steven sich so verändert hatte – wie sah dann Morgan aus?

«Das ist Lee», holte Kyles Stimme sie wieder in die Wirklichkeit zurück. «Wie gesagt, sie geht in meine Klasse.»

«Grüß dich!» Steven streckte ihr freundlich die Hand entgegen.

Lisa besann sich und hörte auf, ihn anzustarren. Sie würde sich später mit dieser krassen Veränderung auseinandersetzen.

«Guten Tag ... Mr. Kendall.» Sie hoffte, dass ihre Stimme sich einigermaßen normal anhörte.

Nun war Steven an der Reihe, sie zu mustern. Seine Augen waren immer noch voller Ausdruckskraft. Zweifelsohne war er ein sehr dominanter und selbstbewusster Mann. An seinen Augenbrauen, die sich überrascht zusammenzogen, konnte sie erkennen, dass er sie offenbar irgendwo in seinen Erinnerungen einzuordnen versuchte. Sie hätte vielleicht doch besser die Brille angezogen, aber ehrlich gesagt hatte sie wenig Lust gehabt, mit einer Brille bei Kyles Party aufzukreuzen ...

«Na, da hat mein Sohn sich ja wieder etwas Hübsches angelacht», sagte Steven schließlich, nachdem es ihm offenbar nicht gelungen war, sie in seine Gedankenablage einzuordnen.

«Nun denn, pass mir ein bisschen auf meinen Racker auf. Nicht, dass der wieder zu wild feiert. Wir kommen nämlich erst nach Mitternacht wieder nach Hause. Und nichts Hochprozentiges, Kylian, ist das klar?», wandte er sich an seinen Sohn. «Ich hab keine Lust, ein ganzes Lazarett an Alkoholleichen aufsammeln zu müssen, wenn wir heimkommen.»

«Quatsch, Dad. Mach ich doch sowieso nicht!», versicherte Kyle. «Wir trinken höchstens ein paar Bier.»

«Ich hab *ganz* genau nachgezählt, was alles in der Hausbar ist! Und ich wäre froh, wenn du deine Gäste etwas kontrollieren würdest, bevor du sie reinlässt – nicht, dass sie irgendwelche Partydrogen anschleppen!»

Lisa hatte Steven noch nie mit so einem strengen Gesicht gesehen. Vor allen Dingen nicht, wenn es um Alkohol und Drogen ging.

«Ja, Dad. Easy. Ich mach schon nichts Dummes.»

«Na dann. Mum hat dir in der Küche alles bereitgestellt. Nur die Ballons müsst ihr halt noch selber aufblasen. Mum ist bereits mit Elly los, ich muss noch kurz in die Firma, aber wir sind nachher ja bei Brookstones beim Dinner, falls was ist. Dann feiert mal schön, aber denk dran: Um Mitternacht ist Schluss, sonst kriegen wir Ärger mit den Nachbarn!»

«Dad muss ja gerade mal was sagen», knurrte Kyle, nachdem Steven sich verabschiedet hatte. «Er und Onkel Morgan hatten ja damals die fettesten Partys in der ganzen Gegend hier. Alle kamen zu ihnen, wenn sie feiern wollten. Aber die hatten natürlich auch ständig sturmfreie Bude, im Gegensatz zu mir.»

«Wirklich?», fragte Lisa vorsichtig.

«Ja. Mich nervt bloß, dass Dad immer so tut, als sei früher alles harmloser gewesen, aber das stimmt überhaupt nicht. Das weiß ich nämlich von Mister Fletcher. Der hat mir erzählt, dass mein Onkel sogar einmal im Vollrausch vom Tisch gefallen ist und ins Krankenhaus eingeliefert werden musste, weil er eine Alkoholvergiftung hatte, und da war er noch nicht mal sechzehn!»

«Uff», machte Lisa, die sich natürlich an alles genau erinnerte. Diesen Abend würde sie nie mehr vergessen.

«Onkel Morgan war sowieso der Schlimmste von allen. Der war nach jeder Party so sternhagelvoll, dass er nicht mehr stehen konnte», maulte Kyle noch ein bisschen weiter. «Mister Fletcher hat erzählt, dass sie den jedes Mal irgendwo in der Zimmerecke auflesen und ins Bett bringen mussten. Kein Wunder, dass der heut so ein Alki ist. Dad soll jetzt echt mal nicht so tun. Gegen Onkel Morgan bin ich jedenfalls ein braves Lämmchen!»

Es tat Lisa weh im Herzen, das zu hören. Sie hätte ihm jetzt gern erzählt, dass sein Onkel von Kyles Dad öfter zum Trinken animiert worden war. Doch sie schwieg und war froh, dass er gerade wieder von seinem Smartphone abgelenkt wurde. Sie folgte ihm in das riesengroße Wohnzimmer und sah sich um, während Kyle sich auf die Couch fallen ließ und seine Nachrichten beantwortete.

Der Wohnraum samt Theke und der supermodernen Einbauküche hatte eine Komplettsanierung hinter sich. Der Marmorboden war aufgefrischt und das ganze Mobiliar ausgetauscht worden. Auf der Theke standen schon die Ballons bereit, sowie ein Berg Chips-Tüten, ein Riesenkuchen und mehrere Sechserpackungen Limonadeflaschen.

Doch Lisas Blick fiel erst einmal auf den gigantischen Fernseher. Es war schließlich das erste Mal, dass sie in einem modern eingerichteten Privathaushalt von 2018 war. In ihrer WG gab es nur ein älteres Gerät, das noch aus dem Jahr 2009 stammte. Und Silvermans besaßen überhaupt keinen Fernseher. Aber das hier war wirklich unglaublich – ein halbes Kino im Wohnzimmer! Der Begriff «Flimmerkiste» gehörte hier eindeutig der Vergangenheit an …

Da Kyle offensichtlich wieder mal alle Hände voll zu tun hatte mit seinem Smartphone, wanderte sie schließlich rüber zum Kamin, dorthin, wo immer noch die Familienfotos standen. Das war so ungefähr die einzige Ecke im ganzen Raum, die noch so aussah wie vor 29 Jahren.

Einige der Fotos, die sie von 1989 kannte, waren sogar noch vorhanden. Das Hochzeitsfoto von dem jungen William Kendall zum Beispiel, mit seiner ersten Frau Melissa, der Mutter von Morgan und Steven. Lisa drehte es um, damit sie das Datum ablesen konnte: 28. August 1968. Das war etwa ein Jahr vor Stevens Geburt gewesen.

Das andere Hochzeitsfoto von William Kendall mit seiner zweiten Frau war verschwunden, dafür hatte sich nun das Hochzeitsfoto von Steven selbst dazugesellt. Seine Frau kam Lisa so bekannt vor, dass sie einen überraschten Schrei ausstieß und das Bild in die Hände nahm.

Das war doch Beverly Lancaster! Die 1989 mit Nathan zusammen zum Ballkönigspaar gekürt geworden war! Doch, eindeutig: Beverly! Diese zierliche Schönheit mit den feenhaften grünen Augen, den rehbraunen Haaren und dem liebenswerten, breiten Lächeln. Na klar, woher sonst sollte Kyle diese Fähigkeit, die Mundwinkel bis zu den Ohren hinaufzuziehen, geerbt haben?

Beverly hatte immer als eines der schönsten und freundlichsten Mädchen der Schule gegolten. Sie war das, was man schlicht und einfach als bezaubernd bezeichnen musste. Fast alle Jungen waren in sie verliebt gewesen. Bei der Party von Steven hatte Lisa sie allerdings nicht gesehen, aber Beverly war, so viel sie wusste, nie ein Party-Girl gewesen. Wie und wann sie wohl später mit Steven zusammengekommen war?

Lisa drehte auch dieses Bild um, um dann das Datum abzulesen: 13. Juli 1996. Steven hatte also mit 27 Jahren geheiratet.

Dahinter standen einige Familienbilder mit Steven und Beverly und den Kids: der kleine Kyle, der, wie Lisa feststellte, als Dreikäsehoch fast genauso ausgesehen hatte wie sein Vater, nur ohne diesen ollen Siebzigerjahre-Rundhaarschnitt, und seine schätzungsweise etwa zwei Jahre jüngere Schwester, die mit ihren weit auseinanderstehenden Augen ihrer Mutter recht ähnlich sah.

Dann gab es noch ein Bild mit allen drei Generationen: William Kendall, mittlerweile mit *sehr* dickem Bauch und fast vollständiger Glatze, und daneben sein Sohn Steven und sein Enkel Kyle.

Und dann, ziemlich weit hinten auf dem Kaminsims, stand da noch ein altes Kinderfoto von Steven und Morgan. Es war dieses eine Bild, auf dem der ungefähr zweijährige Morgan auf dem Schoß seines sechsjährigen Bruders saß und mit seinen kleinen Milchzähnchen herzhaft in die Kamera grinste. Steven hatte diesen fürchterlichen ockerfarbenen Rundschnitt, während Morgans dunkelbraune Haare in einem geraden Pony direkt über seinen Augen geschnitten waren und die Haarspitzen sich nach allen Seiten hin lustig nach außen bogen.

Lisa nahm das Bild behutsam in die Hände und vertiefte sich darin. Sie hätte es einfach stundenlang anschauen können. Ihr Herz glühte, wenn sie den kleinen Momo sah, der ihr so viel bedeutet hatte und es immer noch tat.

Wie gern hätte sie ihn wieder mal fest an sich gedrückt. Ihn gehalten und vor dieser düsteren Zukunft bewahrt ...

«Du stehst ja echt auf Retro-Sachen. Guckst du dir die alten Familienbilder an?» Kyle stand auf einmal grinsend hinter ihr und hauchte sie mit würzigem Atem an. Offensichtlich hatte er von den Chips genascht.

Lisa zuckte zusammen. Beinahe wäre ihr der Bilderrahmen dabei aus der Hand gefallen.

«Tja, das sind mein Dad und mein Onkel, als sie klein waren.»

«Ich sehe es», sagte sie leise. «Ich finde, dein Onkel Morgan war echt süß als Kind.»

Kyle grinste. «Ja, das sagen alle. Allerdings meint mein Dad auch, dass Onkel Morgan oft mit einem Mädchen verwechselt wurde, weil er so klein war und so lange Wimpern hatte. Das fand der nicht so witzig, glaube ich.»

«Hm.» Lisa stellte das Bild wieder hin, direkt neben das Hochzeitsbild von Steven und Beverly.

«Mum grinst genau wie Julia Roberts», bemerkte Kyle. «Findest du nicht auch?»

Julia Roberts? Lisa kramte angestrengt in ihren Gedankenschubladen. Wer zum Geier war Julia Roberts? Hatte sie den Namen nicht schon mal irgendwo aufgeschnappt?

«Krass, wie Opa sich verändert hat, was?» Kyle deutete auf das erste Hochzeitsbild von William Kendall aus den 60er-Jahren, wo er noch ein fescher schlanker Mann mit Koteletten gewesen war, und dann auf das Drei-Generationen-Bild mit ihm als altem, dickbauchigem Mann mit Glatze.

«Ich will nie so aussehen, wenn ich mal alt bin. Aber meine Karten sind nicht gut: Diese Gene scheinen irgendwie in der Familie zu liegen. Mein Dad hat ja auch schon ziemlich wenig Haar oben und kriegt langsam, aber sicher eine Wampe.»

«Tja ...» Lisa fragte sich erneut beklommenen Herzens, wie dann Morgan wohl aussehen musste. Allem Anschein nach gingen allen Kendall-Männern irgendwann die Haare aus ...

«Nur Onkel Morgan ist davon verschont geblieben», fügte Kyle eben hinzu. «Der ist irgendwie der Einzige, der seine Haare noch hat. Ich hoffe, ich hab auch mal so Glück wie er, aber ich fürchte, ich bin zu sehr nach Dad gekommen. Wenigstens hab ich noch keine Speckringe.» Er klopfte sich zufrieden auf seinen Waschbrettbauch.

Lisa unterdrückte einen erleichterten Seufzer. Sie hätte es irgendwie schwer verkraften können, wenn Momo seine schönen Locken verloren hätte.

«Wie findest du ihn eigentlich? Deinen Onkel?» Lisa sah Kyle von der Seite an. Sie wollte herausfinden, ob es denn gar nichts Gutes über Morgan zu sagen gab. «Ich meine …»

Kyle zuckte mit den Schultern. «Ehrlich gesagt, ich hab noch nie wirklich ein Wort mit ihm gesprochen. Er kommt ja auch so selten zu uns. Manchmal an Weihnachten, weil Mum darauf besteht. Aber bei Familienanlässen ist er fast nie dabei. Mein Großvater will ihn auch gar nicht sehen. Er sagt immer, er schäme sich für ihn. Onkel Morgan ist irgendwie so das schwarze Schaf in der Familie. Mein Großvater wollte ihn sogar enterben, aber mein Dad hat sich extrem dagegen gewehrt.»

«Wirklich?»

«Tja.» Kyle rückte die Fotos wieder gerade. «Grandpa behauptet einfach, dass Onkel Morgan faul sei und nicht arbeiten will. Dad hingegen meint, es sei wegen seines Sprachfehlers. Genaueres weiß ich aber auch nicht.»

Lisa fragte sich, ob Morgan wohl für Kyle etwa das war, was ihr Onkel Bob für sie war: ein schweigsamer, knurriger Mittvierziger in der Midlife-Crisis. Sie konnte sich beim besten Willen nicht vorstellen, dass Onkel Bob vielleicht auch mal ein netter, gutaussehender Junge mit Träumen gewesen sein mochte. Überhaupt hatte sie bis jetzt wenige Gedanken daran verschwendet, ob ihr Onkel und ihre Tante im Jahr 2018 überhaupt noch lebten …

«Übrigens wohn ich in seinem ehemaligen Zimmer», fügte Kyle hinzu. «Willst du es sehen? Wir sind ja eigentlich noch recht früh dran.»

«Gern», sagte Lisa aufgeregt.

Kyle führte sie hinauf in den ersten Stock, aber sie hätte den Weg natürlich auch im Schlaf gefunden. Oben zweigte der Flur in zwei Gänge ab. Morgans ehemaliges Zimmer war in dem rechten Gang.

An der Tür hingen nun keine Poster mehr mit Rockstars aus den 80er-Jahren, sondern Bilder von Rugby- und Fußball-Stars. Kyle öffnete die Tür und ließ Lisa eintreten.

«Es ist das größte und schönste Zimmer, finde ich», sagte er.

Lisa kannte die anderen Räume in dem Haus zwar nicht, aber Morgans ehemaliges Zimmer bot wirklich viel Platz. Sie drehte sich um ihre eigene Achse, um jeden Winkel in Augenschein zu nehmen. Kyle hatte es komplett anders eingerichtet als sein Onkel damals. Das Bett stand nun genau an der entgegengesetzten Wand, und es gab nur wenige Poster an den Wänden.

Überhaupt besaß Kyle längst nicht so viele Sachen wie Morgan, und er hatte nicht mal einen eigenen Fernseher. Dafür entdeckte sie in einem Extraschrank, dessen Türen weit offenstanden, eine Menge Sportutensilien und Sportklamotten, und etwas weiter hinten in einer Nische zu ihrer großen Freude sogar ein Skateboard.

«Du fährst Skateboard?», fragte sie überrascht.

«Ja. Hin und wieder.» Kyle war dicht hinter sie getreten.

«Ich auch.» Sie drehte sich zu ihm um.

«Echt jetzt?» Seine Augen stoben fast Funken vor Begeisterung.

Sie nickte und versuchte, den heimlichen Gedanken sofort wieder einzufangen, der sich da einfach davonschlängeln wollte.

«Hey, dann müssen wir unbedingt zusammen skaten gehen! Beim Square kann man wunderbar Skateboard fahren, da müssen wir auf alle Fälle mal hin», sprudelte es aus Kyle heraus, während er seine Augen nicht von ihr ließ.

Zu spät. Doc Silvermans Ermahnung, keine Bande zu knüpfen,

war damit längst mehr als überschritten. Diese Idee war zu verlockend, um ihr widerstehen zu können.

«Gern», entfuhr es ihr. Doch da fiel ihr ein, dass sie ja ihr Skateboard gar nicht dabeihatte. Das lag zuhause in ihrem Zimmer im Jahr 1989. Die letzte Chance, sich aus der Affäre zu ziehen ...

«Ich hab mein Skateboard nicht hier ...»

«Oh, du kannst eins von mir ausleihen», sagte Kyle. «Ich hab noch zwei andere im Keller rumstehen.»

Na klar. Die gut begüterten Kendall-Jungs besaßen immer alles in mehrfacher Ausführung. Wie hatte sie das bloß vergessen können?

Lisa merkte nicht, dass Kyle sie immer noch anstarrte. Zum ersten Mal stellte sie sich vor, wie schön es wäre, in ihrer Zeit so einen Freund zu haben wie ihn. Mit dem sie all die Abenteuer weiterleben konnte, die sie mit Momo verloren hatte.

Zu schade, dass Kyle nicht in ihrer Zeit lebte.

Ein sanftes Glitzern an den Wänden fesselte auf einmal ihre Aufmerksamkeit. Ganz schwache Lichtpunkte, die wie kleine Sterne durch das Zimmer tanzten, wurden von irgendwas an die Wände projiziert. Automatisch wanderte ihr Blick zur Decke hinauf, und dort oben sah sie Morgans alte Spiegelkugel in dem schräg durchs Fenster einfallenden Sonnenstrahl glitzern.

«Oh, das Teil ist uralt», sagte Kyle, der ihrem Blick gefolgt war. «Sie lag auf dem Dachboden rum. Ich fand sie ziemlich stylisch, also hab ich sie mit runtergenommen und aufgehängt.»

Lisa wollte etwas sagen, doch sie brachte keinen Ton hervor.

«Oh, Mist, ich glaub, wir sollten uns langsam beeilen», meinte Kyle nach einem Blick auf seinen Digitalwecker. «Wir müssen ja noch die ganzen Ballons aufblasen. Uff! Ganz schön viel Arbeit ...

Und ich sollte noch ein bisschen Duft auflegen, bevor hier alle auftauchen.»

Er griff nach einem Parfümfläschchen auf seinem Nachttisch, entfernte den Deckel und zog den Kragen seines T-Shirts nach vorne. Dann besprühte er seine Brust und stellte die Flasche schwungvoll wieder ab. Der Verschluss landete achtlos daneben.

Kyles angenehmer Duft war Lisa schon am ersten Schultag aufgefallen. Er roch fast so gut wie Momo, dessen geheimnisvoller Geruch nach Tannenzapfen sie seit ihrer Kindheit begleitet hatte und von dem sie sich immer gefragt hatte, woher er eigentlich stammte.

Neugierig betrachtete sie den seltsam geformten Flakon von Kyles Parfum: Er sah aus wie ein Quader, bei dem jemand eine Ecke abgeschnitten hatte, so dass er sich in futuristischer Schräglage befand. Komisch, dass das Fläschchen nicht umkippte …

«Was ist denn das für ein Parfum?», fragte sie.

«Sag bloß, du kennst Bruno Banani nicht? Ich hab das ‹About Men›, aber da gibt's ja noch viele andere», meinte Kyle betont lässig, während er einen Blick in den Spiegel auf der Innenseite seiner Schranktür warf und an seiner Frisur zupfte.

«Doch, klar, Bruno Banani, kenn ich natürlich …», murmelte Lisa verschämt und schwor sich, in Zukunft mit ihren Fragen vorsichtiger zu sein. Kyle dachte doch sowieso schon, sie wäre vom Mond … In den Achtzigern hatten viele Jungs das damals brandneue «Cool Water» von Davidoff benutzt. Das kannte heute wahrscheinlich gar keiner mehr … Maddox hatte sich wohl jeweils täglich mindestens eine halbe Flasche davon angesprüht und wie ein ganzer Parfumladen gestunken. Aber «Cool Water» hörte sich trotzdem immer noch besser an als «Bruno Banani» – das klang ja wie ein Witz, dieser Bananen-Bruno!

Nachdem Kyle für den letzten Schliff noch einen teuer aussehenden Ledergürtel aus seinem Schrank gefischt und angezogen hatte – er meinte, er müsse doch zur Abwechslung schon mal ein bisschen den noblen «Kendall-Boy» raushängen lassen –, flitzten sie die Treppe hinunter in das sonnendurchflutete Wohnzimmer. Kyle riss eine Packung Luftballons auf, die auf der Theke bereitlagen, und reichte Lisa eine Handvoll davon.

Sie pusteten um die Wette, und als sie fast fertig waren, klingelten schon die ersten Gäste an der Haustür.

Kapitel 10
Retro-Girl

«Da sind ja schon die Ersten. Lee, hast du Lust, die Chips in die Schalen zu verteilen? Und den Kuchen anzuschneiden? Ich muss noch schnell eine Playlist auf dem iPad erstellen. Oder willst du die lieber machen?»

«Nein, ich halte mich lieber an die sicheren Beschäftigungen», sagte sie. «Ich fürchte, meine Playlist würde zu *retro* werden.»

Die Pointe saß. Kyle lachte und sauste zur Haustür, um die Gäste hereinzulassen.

Es waren Banjo, Riley und ein paar andere Jungs. Lisa füllte schnell die Schalen mit Chips und verteilte sie auf der Theke, dem Couchtisch und dem Esstisch. Die Jungs stürzten sich sofort wie ausgehungerte Wölfe darauf. Riley lief zum Kühlschrank, um ihn mit den Bierdosen zu füllen, die er mitgebracht hatte.

«Wieder mal typisch Kylie. Alles im allerletzten Augenblick vorbereiten», grinste Banjo mit chipsbeladenem Mund und klopfte Kyle auf den Rücken.

«Mach du lieber mal die Playlist hier anstatt Sprüche zu klopfen, Alter», sagte Kyle und schob Banjo an die Theke. «Vielleicht hast du ein paar gute Dschungel-Songs aus deiner Heimat. Und ich kann mich um die Gäste kümmern. Muss ja aufpassen, dass die nicht zu viel Alk und Drugs anschleppen, sonst krieg ich Ärger mit Dad. Und wie oft soll ich dir sagen, dass ich Kyle ohne ‹i› heiße?»

Banjo lachte. «Alles klar, *Kyle ohne i*. Ich mach hier ein bisschen Dschungelstimmung.» Er stellte sich breitbeinig vor das Computer-Tablet, das Kyle auf der Theke platziert hatte, und begann mit lässigen Fingerbewegungen auf dem Display zu wischen, zu tippen und zu schieben.

Bald schon erklangen dumpfe Bässe aus den goldenen Lautsprechern, die weit von der Theke entfernt beim Fernsehtisch und dem Kamin standen und die zu Lisas Erstaunen nicht mal mit einem Kabel verbunden waren. Auch das Licht über der Theke ließ sich mit wenigen Handgriffen via Computer-Tablet steuern. Kyle hatte die Leuchte extra so programmiert, dass sie laufend die Farbe wechselte.

Lisa starrte das bunte Licht so lange fasziniert an, bis Kyle in amüsiertes Gelächter ausbrach und wieder einmal mehr über sie schmunzeln musste.

Überhaupt, dass man hier einfach innerhalb weniger Sekunden alle Songs, sie man hören wollte, per Knopfdruck in eine Liste einfügen konnte, war für sie immer noch das größte Wunder. Wenn sie an die mühselige, manchmal wochenlange Arbeit dachte, die sie sich immer gemacht hatte, um nur eine einzige Kassette zusammenzustellen ... und wenn sie Pech hatte, hatte sie nur das halbe Lied drauf, weil der Radio-Moderator dauernd dazwischengequatscht hatte ...

«Umpf-da, umpf-da», machte Kyle und wippte mit seinen Hüften im Takt dazu auf und ab.

«Hey, Lee, irgendeinen Musikwunsch?», rief Banjo ihr zu. «Wir müssen doch schließlich unsere Ladys hier auch berücksichtigen. Was hörst du denn so? ‹One Direction›? Ariana Grande? Katy Perry?»

Madonna. Cyndi Lauper. Michael Jackson. Kim Wilde, zählte Lisa in Gedanken auf.

«Sie steht auf alles, was retro ist», kam Kyle ihr zu Hilfe.

«Ah, das ist eine coole Idee», sagte Banjo heiter. «Wie wär's mit ein paar Songs aus den Neunzigern? ‹Spice Girls›? ‹Nirvana›? ‹Red Hot Chili Peppers›?»

«Eher Achtziger», sagte Lisa. Die Neunziger waren für sie immer noch Zukunft.

«Okay», schmunzelte Banjo, während seine Finger munter weiter über das Display glitten. «Warum auch nicht? Oldies sind immer gut. *Back to the Eighties. Back to the Future* … Oder besser gesagt: *Back to the Past.* Da …» Er fand irgendwo eine fixfertige Playlist mit Hits aus den Achtzigern. «‹Foreigner› … Tina Turner … Nik Kershaw … Michael Jackson. So was in der Art?»

Lisa nickte. Das war ihr vertraut. Banjo tippte «The Riddle» von Nik Kershaw an und überließ dann die Musik sich selbst.

Inzwischen waren weitere Leute eingetrudelt, dieses Mal ein ganzes Geschwader von kichernden Mädchen. Mit dem ganzen Mädchenpulk war auch Cheyenne eingetroffen, deren Buschtrommel-Stimme sich sehr deutlich von den anderen abhob.

«Das Klassengespenst ist auch schon da», murmelte Banjo. «Jetzt wird's lustig.»

Da stiefelte Cheyenne, die deutliche Mühe hatte, mit ihren langen Gliedern die Balance auf ihren High Heels zu halten, auch schon ziemlich ungelenk in den Raum. Sie hatte offenbar wieder einmal versucht, ihren krausen Haarbusch mit allen Mitteln zu bändigen, denn es glitzerte und funkelte nur so auf ihrem Schopf vor lauter Klammern und Haarspangen.

Die Musik hatte zu dem Song «West End Girls» von den «Pet Shop Boys» gewechselt, und das Erste, was Cheyenne machte, war, schnurstracks zur Theke zu schreiten.

«Was soll denn das? Wir brauchen anständige Musik!» Sie tippte hektisch auf dem Display herum, und bald darauf erfüllte Musik den Raum, die Lisa nicht kannte. Beat und Rhythmus klangen so völlig anders, als sie es gewohnt war. Sie stahl sich zum Computer-Tablet, um den Song abzulesen. Es konnte nicht schaden, sich mit der Musik von heute etwas vertraut zu machen.

«Don't Let Me Down», las sie, von einer Band namens «The Chainsmokers». Der Song war, wie sie auf der Liste sah, allerdings schon etwa zwei Jahre alt.

Sie sah sich nach Kyle um, doch der war vollauf damit beschäftigt, die Neuankömmlinge zu begrüßen. Immer mehr Leute strömten ins Wohnzimmer; es mussten mittlerweile schon an die dreißig, vierzig Partygäste sein, und die Zahl stieg laufend. Ein paar von ihnen hatte Lisa schon an der Schule gesehen, doch die meisten waren ihr fremd. Sie wunderte sich über die vielen tätowierten Arme und Beine und Rücken. Einige trugen sogar so etwas wie Ohrringe durch die Lippen. Oder durch die Nase. Oder durch die Augenbrauen. Dass Kyle so viele Punks kannte, überraschte sie. Oder war das irgendwie normal im Jahr 2018?

Ansonsten waren jedoch die Klamotten der Partygäste weit weniger schrill und verrückt als zu ihrer Zeit. Mit einem Anflug von Belustigung überlegte sie, was die Leute auf dieser Party wohl zu den

Schulterpolstern, Puffärmeln, glitzernden Taillengürteln und zu den neonpinkfarbenen Leggins aus den Achtzigerjahren sagen würden.

Schließlich beschloss sie, genau das zu machen, was im Grunde genommen ihre Aufgabe war: sich im Hintergrund zu halten und möglichst mit niemandem anzubandeln. Immerhin hatte sie die einmalige Gelegenheit, eine Party der Zukunft zu beobachten. Was wollte sie mehr? So was war ja auch nicht jedem gegeben.

Zumindest war es nicht schwer, in diesem großen Wohnzimmer irgendwo in einer Nische unterzutauchen. Sie setzte sich in die kleine Sitzecke hinter dem Kamin, wo sie vor den meisten Blicken verborgen war, nachdem sie sich von der Theke eine Cola geholt hatte.

Das Bild von Morgan und Steven auf dem Kaminsims gab ihr einen vertrauten Ankerpunkt. Sie hatte es extra zuvorderst hingestellt, so dass der kleine Momo sie anlächelte.

Eine ganze Weile saß sie einfach nur da und beobachtete die tanzenden, plaudernden und trinkenden Gäste um sich herum. Sie hoffte inständig, dass diese Party nicht im Desaster enden würde so wie damals Stevens Party.

Immer stärker nahm sie eine aufkommende Müdigkeit in sich wahr. Sie hatte nicht viel geschlafen, und die dämliche Putzerei am Vormittag hatte sie ziemlich angestrengt …

Auf einmal standen zwei Paar Mädchenbeine in glänzenden Strumpfhosen vor ihr.

«Wen haben wir denn da?», sagte eine säuselnde Stimme über ihr, doch Lisa nahm darin sofort einen leicht hämischen Unterton wahr. Ihre Augen wanderten die Beine hinauf bis zu den Miniröcken und dann noch weiter, bis sie in die Gesichter von zwei kräftigen, stark geschminkten Mädchen mit bunten Haarfarben und dick nachgemalten Augenbrauen blickte.

Etwas weiter hinten stand, um einiges zierlicher als die beiden und in einem pastellfarbenen Glitzerkleidchen steckend, Angela Cox.

Sofort war Lisa auf den Beinen. Sie hatte keine Lust, dass diese beiden wuchtigen Zicken derart auf sie herabschauen konnten. Immerhin war sie selbst so groß wie die beiden, und als sie auf ihren Füßen stand, konnte sie ihnen zumindest auf Augenhöhe begegnen.

«Na, wer bist du denn?», fragte die mit den kirschroten Haarspitzen gönnerhaft.

«Kennt ihr mich denn nicht?», gab Lisa schnippisch zurück. «Ich bin an derselben Schule wie ihr! Mein Name ist Lee.»

«Sie ist in meinem Jahrgang», sagte Angela und klammerte sich mit ihren lackierten Fingern an ihrer Flasche fest. Sie trank als Einzige «Cola Zero», während die beiden anderen sich eine Wodkaflasche teilten. Hatte Kyle die zwei beim Einlass nicht kontrolliert?

«Oh!» Die Kirschrothaarige tat, als sei sie peinlich berührt. «Entschuldige bitte. Dann haben wir dich wirklich noch nie gesehen.»

«Du siehst halt auch aus wie viele andere», fügte das Mädchen mit der pflaumenfarbigen Haargardine hinzu, und ihre Stimme triefte förmlich vor Mitleid.

«Was für eine Turnschuhmarke ist das denn?», fragte die Kirschrote mit einem unschuldigen Augenaufschlag und tippte mit ihrer goldenen Schuhspitze Lisas abgewetzte Turnschuhe aus den Achtzigern an. «Die Marke kenn ich ja gar nicht.»

Lisa hatte keine Ahnung, was das für eine Marke war. Irgendeine

Billigmarke, die vermutlich heute gar nicht mehr existierte. Für «Nike» und «Adidas» hatte sie ja kein Geld gehabt.

«Du bist so blass. Warum benutzt du kein Make-up?», fragte die Pflaumenfarbige und hörte sich an, als würde sie mit einer Schwerkranken sprechen.

«Weil ich auch ohne Make-up gesund bin.» Das war die erstbeste Antwort, die Lisa einfiel. Der wahre Grund war, dass sie damit einfach nicht zurechtkam und hinterher jedes Mal aussah, als hätte sie sich Kleister ins Gesicht geschmiert.

Die beiden Mädchen lachten schallend los. Nur Angelas Gesicht war zu der üblichen steinernen Maske erstarrt, aber die besaß vermutlich nicht mal irgendwelche Gesichtsmuskeln, wie Lisa schon ein paarmal bei sich gedacht hatte.

«Bist du auf Instagram?», fuhr die Kirschrote fort.

«Nein», log sie.

«Snapchat?», fragte die Pflaumenfarbige.

«Auch nicht.»

Die Mädchen tauschten einen verdutzten Blick und brachen dann wieder in amüsiertes Gelächter aus.

Lisa hatte wirklich keinen Bock, sich mit diesen beiden Zicken auf Social Media zu verbinden. Und noch weniger Bock hatte sie auf diese langweilige Unterhaltung.

«Wenn ich dir noch einen Tipp geben darf», sagte die Pflaumenfarbige nun mit gönnerhafter Stimme, «es gibt von ‹Syoss› eine ganz neue Haarpackung. Die solltest du mal benutzen. Die würde dein Haar kräftiger machen. Dann würde es weniger ... elektrostatisch wirken.»

Jetzt reichte es aber! Was hatten denn auch immer alle an ihren

Haaren rumzumeckern? Das war schon in der Vergangenheit immer der Fall gewesen – Maddox Cox hatte sie aus unerfindlichen Gründen immer «Soufflé» genannt, wenn er einmal eine Abwechslung zu «Miss Lollipop» gesucht hatte.

«Falls euch meine Haare irgendwie und auch nur in entferntester Form an ein Soufflé erinnern, könnt ihr es mir gerne jetzt mitteilen!», fauchte sie. «Und du ...», sie wandte sich an die starr dreinblickende Angela, «... grüß deinen Dad vom Soufflé-Haarmonster!»

Damit rauschte sie davon. Sie hatte eindeutig die Schnauze voll von diesen dämlichen Bemerkungen über ihr Aussehen. Wieso konnte man sie nicht einfach mal in Ruhe lassen? Hinter sich hörte sie die Mädchen dröhnend lachen.

Zugegeben, sie fühlte sich allmählich ein wenig verloren unter all den «Digital Natives», wie Britt diese Generation einmal genannt hatte.

Im nächsten Moment erblickte sie Banjo. Er stand ganz in ihrer Nähe, und sie steuerte erleichtert auf ihn zu. Er empfing sie mit einem Limoglas und prostete ihr zu.

«Na, haben diese Weiber dich geärgert?», fragte er.

«Irgendwie schon. Sie können es wohl nicht verstehen, dass ich keinen Lidschatten benutze und mich nicht auf Snapgram und auf Instachat mit ihnen verbinden will», schnaubte sie und merkte dabei nicht, dass sie die beiden Namen vermischt hatte.

Da fing Banjo schallend an zu lachen.

«Jetzt fängst du auch noch an?», grollte sie.

«Ganz ehrlich: Du bist schon ein bisschen speziell. Kein Wunder, dass Kylie dich Retro-Girl nennt.»

Lisa schüttelte genervt den Kopf. Banjo klopfte ihr aufmunternd auf die Schulter.

«Hey, lass dich nicht ärgern von diesen Zicken. Die sind sowieso schon ziemlich betrunken.»

«Wieso hat Kyle die eigentlich eingeladen?», knurrte sie. «Er mag die doch gar nicht.»

«Ach, komm schon, der gute Junge mag doch alles, was langes Haar und zwei Beine hat», grinste Banjo. «Er macht da nicht so einen Unterschied. Hauptsache, seine Party läuft.»

Lisa konnte nur ein erneutes Schnauben von sich geben. Ein weiteres Merkmal der Kendall-Sippe war wohl, dass sie sich nie für *ein* Mädchen entscheiden konnten.

«Es wird gar nicht lange dauern, und diese beiden Weiber werden sich an unseren Gastgeber ranschmeißen», fuhr Banjo schmunzelnd fort. «Ich hoffe bloß, er kann sich beherrschen.»

«Wieso?»

«Tja, der gute Junge verliert manchmal ein bisschen den Fokus, wenn er ein paar Bier zu viel hatte. Ist eben noch etwas grün hinter den Ohren ... lässt sich leicht um den Finger wickeln.»

Kyle schien genau so ein Luftikus zu sein, wie sein Vater Steven es gewesen war, stellte Lisa verärgert fest. Banjo wirkte dagegen um einiges reifer, aber er war auch schon ein Jahr älter als Kyle.

«Komm, lass uns zum Pool rausgehen», schlug Banjo vor. «Suchen wir mal unseren Birthday-Boy.»

Kyle stand draußen bei einer Gruppe älterer Schüler, von denen Lisa einige vom Sehen kannte. Trotz des windigen Wetters hielt sich ein Großteil der Gäste auf der Terrasse auf. Der Berg an leeren Bierflaschen und Bierdosen unter dem Gartentisch war schon reichlich gewachsen.

«He, *Kyle ohne i*, lass uns mal einen Song für unser Retro-Girlie spielen», sagte Banjo.

Kyle wandte sich zu ihnen um. Lisa versuchte, den Alkoholpegel in seinen Augen abzulesen, aber er schien noch recht nüchtern zu sein. Nahm sie zumindest an.

«Da bist du ja», sagte er und legte ihr ungeniert den Arm um die Schultern. «Na, dann schauen wir mal.»

Er führte Lisa zurück ins Wohnzimmer und direkt zur Theke. Ein paar johlten hinter ihnen her. Irgendwie kam ihr diese Szene unglaublich bekannt vor. Hatte sie nicht etwas Ähnliches vor 29 Jahren erlebt?

«Was möchtest du denn hören?», fragte Kyle, den Arm immer noch um sie geschlungen, und tippte auf seinem Computerbrett herum.

Während Lisa noch überlegte, wie sie diese Gelegenheit optimal ausnutzen sollte, kam Banjo ihr zuvor.

«Ich weiß was», sagte er. «Meine Mum liebt den Song über alles. Darf ich mal?»

Kyle trat bereitwillig zur Seite, und Banjo fummelte an dem Display herum. Bald darauf klangen die in Lisas Ohren wohlbekannten Klänge von «I Want to Know What Love is» von «Foreigner» durch den Raum.

Das ließ ihr Herz sofort höher schlagen. Sie hatte diesen Song immer geliebt, und einer ihrer größten Wünsche war, dazu einmal mit Momo tanzen zu dürfen.

Die tanzenden Gäste schauten etwas irritiert angesichts des abrupten Musikwechsels.

«Was soll denn das?», maulten einige.

«Oldies but Goldies», rief Banjo. «Stilwechsel. Zeitreise in die Vergangenheit. Nur für ein paar Songs.»

Die Leute zuckten mit den Schultern und verstreuten sich in alle Winde.

«Na los», sagte Banjo und schob Kyle und Lisa zusammen.

Kyle legte ihr etwas unsicher die Arme um den Rücken. Lisa fühlte, dass er genauso unbeholfen war wie sie.

Mist! Wäre sie ein normales Mädchen gewesen, hätte sie gewusst, wie man einen Jungen verführte. Aber sie war eben nicht normal. Punkt wie viel auf ihrer *Nichtnormal-Liste* war das eigentlich? Punkt zwanzig ungefähr?

Sie wusste nicht, wie man sich bei einem Jungen anstellte.

Schließlich schlang sie ihre Arme ebenfalls um ihn und lehnte ihren Kopf an seine Schulter. Immerhin war er ein ganzes Stück größer als sie, so dass sie dieses Mal nicht in die Knie gehen musste.

Allerdings konnte Kyle im Gegensatz zu Momo überhaupt nicht tanzen und trampelte ihr ständig mit seinen Latschen auf die Füße. Er schien auch ein wenig unerfahrener mit Mädchen zu sein, als sein Onkel und vor allen Dingen sein Vater es in seinem Alter gewesen waren; sie konnte spüren, dass er nicht richtig wusste, was er mit seinen Händen anstellen sollte. Dafür war er nur etwa halb so betrunken wie Morgan damals auf der Party.

Und jetzt, da sie mit Kyle zu einem ihrer Lieblingssongs tanzte, hatte sie trotz des tollpatschigen Tanzes auf einmal das Gefühl, ein ganz klein wenig für das, was Momo ihr nicht hatte geben können oder wollen, entschädigt zu werden.

Banjo machte sich wieder an der Musik zu schaffen, und bald

schon hallte ein neuer Song durch den Raum, eine Ballade, die Lisa nicht kannte, die ihr aber sofort gefiel. Sie löste sich ein wenig von Kyle und sah sich um, doch Banjo drückte sie sofort wieder in Kyles Arme zurück.

Just stop your crying
It's a sign of the times
Welcome to the final show
Hope you're wearing your best clothes

Ein bisschen unbeholfen und eckig schaukelten sie sich auch durch diesen Song. Fast schien es, als wären einige der Worte wieder mal auf sie gemünzt. Sie nahm sich vor, nachher unbedingt nachzuschauen, von wem dieses Lied stammte.

Just stop your crying
Have the time of your life
Breaking through the atmosphere
And things are pretty good from here
Remember everything ...

Ungeachtet der etwas ungelenken Situation überkam sie eine regelrechte Euphorie. Fast verspürte sie Lust, ihre Arme in die Luft zu werfen und bis in alle Ewigkeit zu tanzen – und nie mehr in irgendeinem anderen Zeitfenster zu leben und zu sein als gerade hier in dieser Zeit.

Wenn sie Glück hatte, würde sogar diese Party glimpflich und ohne Katastrophe zu Ende gehen.

Als die letzten Töne des Songs langsam verklangen, löste sie sich von Kyle und rannte zum Computer. Kyle hatte das Tablet nicht verschlüsselt – sie brauchte nur mit dem Finger darüberzuwischen, und schon war sie im Musikprogramm drin.

Der Song hieß «Sign of the Times» und war von einem gewissen Harry Styles. Die Zeichen der Zeit – ja, was hätte auch besser gepasst?

Der nächste Song war «Burning Bridges» von Ayosha und eignete sich nicht mehr für einen Pärchentanz. Der flotte Rhythmus lockte die Leute wieder auf die Tanzfläche, und dadurch verlor Lisa Kyle aus den Augen. Auch Banjo war plötzlich weg.

Lisa war wieder allein, doch sie trug es mit Fassung. Sie würde mit wertvollen Erinnerungen in ihre Zeit zurückkehren – was wollte sie mehr?

Auf einmal stachen ihr die beiden Superzicken wieder ins Auge. Sie standen immer noch beim Kamin, in ihren glänzenden Strumpfhosen und Miniröcken, und die Pflaumenfarbige hielt sich ihr Smartphone vors Gesicht, als ob sie etwas filmen würde. Die Kirschrote hielt sich kichernd an ihrer Freundin fest und schwankte bedrohlich.

Die zwei waren reichlich betrunken, wie Lisa mit einem Anflug von Unmut feststellte. Ob da doch noch ein Fiasko auf sie warten würde? Sie ging ein wenig näher, und dabei fiel ihr Blick auf den zerbrochenen Bilderrahmen vor dem Kamin. Das Foto von Stevie und dem kleinen Momo lag auf dem Boden, und unachtsame Füße trampelten beim Vorbeigehen darauf herum.

Sofort stürzte sich Lisa darauf, um das Bild vor dem nächsten achtlosen Fuß zu retten. Behutsam legte sie es auf den Kamin zurück, hinter die anderen Familienbilder, wo es in Sicherheit war. Ihr Herz hämmerte schneller, erregt vor Wut. Wo war Kyle? Der sollte dringend besser auf seine Gäste aufpassen!

Just in dem Moment brachen die beiden bunthaarigen Mädchen in schrilles, trunkenes Gelächter aus. Lisa wirbelte sofort herum, bereit, sich von denen nichts gefallen zu lassen, doch sie stellte rasch fest, dass die beiden Girls gar nicht wegen ihr lachten. Aber irgendetwas war da los!

Vorsichtig schlich sie näher und lugte um die Ecke des Kamins, und da, in der Sofanische, wo sie vorher selber gesessen hatte, bot sich ihr ein erbärmlicher Anblick: Angela lag quer über der Couch, die Arme schlaff herunterhängend, und vor ihr auf dem weichen Stoff und dem Fußboden war eine Lache Erbrochenes.

Igitt, dachte Lisa und hielt die Luft an. Nicht schon wieder!

Sie versuchte zu erfassen, worum es hier ging, und drei Fakten waren ihr auf Anhieb klar.

Erstens: Hier ging es definitiv nicht mit rechten Dingen zu. Wieso standen diese beiden Zicken einfach da und machten Fotos von Angela, anstatt ihr zu helfen? Sie waren doch ihre Freundinnen?

Zweitens: Hier musste jemand eingreifen, und sie war die Einzige, die in der Nähe stand und Zeugin dieses Schauspiels war – und noch nüchtern dazu.

Drittens: Sie konnte die eingebildete Angela Cox zwar nicht leiden, dachte aber an Maddox und daran, dass er trotz der Macke, ihr dämliche Spitznamen zu geben, doch im Grunde genommen ganz nett zu ihr gewesen war.

Da sie nicht viel Zeit zum Nachdenken hatte, schritt sie kurzerhand auf die beiden wuchtigen Mädchen zu.

«Was macht ihr denn da?», säuselte sie im arglosesten Tonfall, den sie aufbringen konnte. Die Kirschrote wandte sich sogleich zu ihr um, und auf ihrem Gesicht erschien ein verzücktes Strahlen.

«Oh, süße Lee, da bist du ja! Wir haben dich soooo vermisst!»

Und schon versank Lisa in einem Paar schweißnasser Arme. Ehe sie sich's versah, bekam sie auch noch einen klebrigen Lippenstiftschmatzer auf die Wange gedrückt.

Noch mal igitt. Lisa machte sich angewidert von ihr los.

«Ich hab dich ja soooo lieb», lallte die Kirschrote, die ohne Lisas Halt nicht mehr so sicher auf den Beinen stand und drohte, auf ihren High Heels umzuknicken. «Du bist so ein liebes Mädchen. So süß! Und ich hab dich wirklich so lieb!», brabbelte sie weiter.

«Ja. Ich dich auch», sagte Lisa trocken. «Was habt ihr denn da Schönes gefilmt? Darf ich mal sehen?» Sie streckte ihre Hand zu der Pflaumenfarbigen aus, die immer noch mit dem Smartphone auf Angela hielt.

Die Pflaumenfarbige lächelte Lisa an und legte ihr das teure, goldfarbene Smartphone vertrauensselig auf die offene Handfläche. Während die Kirschrote immer noch an ihr hing und ihr weitere feuchtfröhliche Küsse auf die Wange drückte, scrollte Lisa sich konzentriert durch die Bilder.

Da! Die Pflaumenfarbige hatte gleich eine ganze Serie Fotos von der armen Angela gemacht, sogar Nahaufnahmen. Hatte die noch alle Tassen im Schrank? Was musste bloß in diesem betrunkenen Hirn abgehen? Nicht mehr viel Brauchbares, vermutete Lisa, wenn sie daran dachte, wie leichtfertig ihr die Pflaumenfarbige das teure Smartphone überlassen hatte. Es hatte wirklich enorme Vorteile, nüchtern zu bleiben, fand sie.

Sie suchte nach dem Delete-Button – mittlerweile war sie mit den Funktionen eines Smartphones ziemlich vertraut – und löschte kurzerhand ein Bild nach dem anderen. Die beiden Mädchen waren zu beduselt, um zu bemerken, was vorging, und als Lisa der Pflaumenfarbigen ihr Gerät zurückgab, lächelte diese sie nur träge hinter ihrer Wolke von Alkoholdunst an.

Ehe die Kirschrote sie ein weiteres Mal umarmen konnte, schlüpfte Lisa unter ihrem verschwitzten tätowierten Arm hindurch und huschte hinüber zum Sofa, wo Angela immer noch in ihrem Rausch dalag. Der Geruch von dem Erbrochenen drehte Lisa fast den Magen um. Kein Wunder, dass sich da keiner drum kümmern wollte, und sie selbst hatte auch herzlich wenig Lust, schon wieder die Kotze einer anderen Person aufwischen zu müssen.

Aber irgendeiner musste es ja machen …

Lisa packte Angela behutsam am Arm und richtete sie auf. Das Mädchen stöhnte jämmerlich und klammerte sich an Lisas Schulter, während Lisa versuchte, sie auf die Beine zu stellen.

Wenn nur Banjo oder Kyle mal wieder auftauchen würden! Lisa schaute sich verzweifelt nach jemandem um, der ihr helfen konnte. Dabei fiel ihr Blick auf Cheyenne, die gerade in der Nähe war, doch die sonst so strebsame und pflichtbewusste Klassensprecherin saß auf dem Schoß eines dürren Jungen, der einiges kleiner und vermutlich auch jünger war als sie, und ließ sich von ihm den Hals abknutschen.

Also allein. Lisa beschloss, Angela zuerst mal irgendwie aus der Schusslinie zu schaffen und dafür zu sorgen, dass sie viel Wasser trank. Diese Party geriet tatsächlich langsam, aber sicher aus den

Fugen, doch das hatten Partys offenbar sowohl 2018 wie auch 1989 an sich ...

«Was ist passiert? Brauchst du Hilfe?» Auf einmal stand ein fremder Junge mit kaffeebrauner Haut und schwarzem Lockenschopf vor ihr. Wieder hatte Lisa das bizarre Gefühl, dass der Junge irgendwas an sich hatte, das ihr vertraut vorkam.

«Gern», sagte sie.

Der Junge ergriff Angelas anderen Arm und half Lisa, das betrunkene Mädchen Richtung Toilette zu führen. Dort hielten sie ihr das Gesicht erst mal unter den geöffneten Wasserhahn, ungeachtet dessen, dass die ganze Schminke in dem kalten Nass zu einer farbigen Lache zerfloss. Dann setzten sie Angela behutsam auf der Toilette ab und füllten ein herumstehendes Zahnputzglas mit Wasser.

Lisa stützte Angela, während diese das Glas in langsamen Schlucken austrank. Mit einem leisen Wimmern sank sie hinterher wieder in sich zusammen und lehnte ihren Kopf an Lisas Schulter.

«Bist du in Kyles Klasse?», fragte der Junge und sah Lisa an.

«Ja. Ich heiße Lee.»

«Ruben. Freut mich. Mein Dad gibt an eurer Schule Sport.»

Ruben Fletcher also. Daher das Déjà-vu-Gefühl. Lisa musterte ihn kurz und so unauffällig wie möglich. Trotz der dunklen Haut waren einige Züge seines Vaters in seinem Gesicht deutlich erkennbar, besonders das freundliche Lächeln.

«Wir sollten mal Kyle finden», meinte sie. «Der ist irgendwie wie vom Erdboden verschluckt.»

«Ich suche ihn. Warte mal hier.» Und schon eilte Ruben davon. Dafür standen jetzt vor dem Klo zwei Mädchen, wovon eines in seiner Not stöhnend von einem Fuß auf den anderen trat.

Ruben tauchte zum Glück recht schnell wieder auf, mit Banjo im Schlepptau.

«Uff», meinte Banjo nach einem Blick auf die leichenblasse Angela, die mit elender Miene das Waschbecken anstarrte. «Das sieht übel aus. Sorry, ich war draußen beim Pool. Es war so stickig drinnen. Ich hab gar nicht mitbekommen, was hier passiert ist. Na, wir bringen sie am besten erst mal ins Bett.»

Die beiden Jungs griffen Angela unter die Arme und halfen ihr auf die Beine.

«Wie kommt das denn?», wunderte sich Banjo. «Die Cox trinkt doch sonst nie Alkohol. Verträgt ihn nicht, glaub ich.»

«Ich weiß es nicht, aber ich fürchte, die beiden Mädchen mit den bunten Haaren haben da irgendwas gemauschelt.» Rasch schilderte Lisa, was sich vorhin beim Kamin zugetragen hatte.

«Miranda und Cherish. Diese fürchterlichen Weiber», sagte Banjo, während sie Angela an den Gästen vorbei durch den Flur schleusten. «Die sorgen jedes Mal für Ärger. Ich hab Kyle ja gesagt, er soll die nicht einladen, aber er will halt immer sozial und lieb zu allen sein. Die beiden wurden sogar schon mal mit Ecstasy erwischt ... Bin ich froh, dass wir sie gefilzt haben, bevor sie reinkamen. Ich trau denen nicht über den Weg. Die würden es fertigbringen und der armen Angela K.-o.-Tropfen in den Drink mixen, damit sie sie in Vollnarkose fotografieren können. Würd ich denen voll zutrauen.»

K.-o.-Tropfen? Was war denn das schon wieder Seltsames?, fragte Lisa sich verwirrt. Langsam konnte sie ein Wörterbuch füllen mit all den Begriffen, die ihr im 21. Jahrhundert unbekannt waren!

Doch das war jetzt nicht so wichtig. Sie mussten handeln.

«Können wir die nicht irgendwie rausbefördern? Bevor sie noch mehr Dummheiten anstellen», meinte Lisa, während sie überlegte, wer von beiden Miranda und wer Cherish war. Sie entschied, dass die Kirschrote Cherish sein musste.

Ruben nickte zustimmend.

«Das wäre wirklich das Beste, ja.» Banjo sah sich suchend um und heftete seinen Blick auf zwei Mädchen, die ziemlich reif und schon recht erwachsen wirkten. Er überließ Angela für einige Augenblicke Ruben und Lisa, ging zu den Mädchen hin und unterhielt sich kurz mit ihnen. Die beiden hörten ihm aufmerksam zu und nickten dann zustimmend.

«Ich hab denen jetzt gesagt, sie sollen dafür sorgen, dass Miranda und Cherish die Party verlassen. Die kennen die beiden. Die kümmern sich drum», erklärte er, nachdem er von seiner Kurzmission zurück war.

Angela gab ein klägliches Stöhnen von sich.

«Also, ab ins Bett», kommandierte Banjo, und er und Ruben schleppten Angela die Treppe hinauf in den ersten Stock. Lisa folgte ihnen und fragte sich immer noch, wo Kyle die ganze Zeit abgeblieben war.

Vor Kyles Zimmertür machten die Jungs mit Angela halt.

«Legen wir sie erst mal auf Kyles Bett. Kyle wird schon nichts dagegen haben», meinte Banjo und machte die Tür auf.

Das Erste, worauf ihre Blicke fielen, war ein Knäuel nackter Arme und Beine, das ineinander verschlungen auf Kyles Bett lag.

«Tzzzzz», machte Banjo, als sich aus der zerwühlten Bettdecke ein struppiger, karamellbrauner Haarschopf und eine schwarzhaarige asiatische Schönheit schälten.

«Sieh mal einer an», brummte Banjo.

«Oha», gluckste Ruben.

Lisa brachte gar nichts heraus. In ihrem Innern verkrampfte sich gerade etwas ziemlich ungemütlich. Die asiatische Prinzessin war niemand anders als Xia, die auch in ihrem Jahrgang war.

«Hallo Leute.» Kyle wurde rot bis zu den Ohren und sah aus wie ein kleiner Junge, den man bei einem Streich ertappt hatte.

«Stören wir?», fragte Banjo sarkastisch.

«Äh …» Kyle kratzte sich unschlüssig an seinem Strubbelkopf. Xia begann sofort, flink ihre Klamotten einzusammeln, als ob solche Aktionen bei ihr an der Tagesordnung wären. Es war ziemlich eindeutig, wer hier wen verführt hatte.

Lisa fühlte, wie in ihrer Brust irgendetwas ziemlich eng wurde und sie Kyle am liebsten gepackt, geschüttelt und angeschrien hätte.

Aber was hatte sie auch erwartet? Er hatte achthundert Freunde auf Facebook und fast tausend Follower auf Instagram. Er war ein *Kendall,* und Kendall-Jungs waren *hip* und von Frauen umschwärmt wie ein Bienenstock.

Doch wie sie es auch drehte und wendete, sie konnte diesen schmerzhaften Stich nicht aus ihrem Innern entfernen: Sie hatte den ewig verstrubbelten, manchmal etwas pflichtvergessenen Sohn von Steven Kendall wirklich und wahrhaftig in ihr Herz geschlossen.

«He, *Kyle ohne i,* du musst jetzt hier mal Platz machen, wir haben nämlich einen Notfall.» Banjo zerrte den immer noch verdutzten Kyle am Arm hoch. Der ließ es widerstandslos geschehen. Er suchte nach seinem T-Shirt und zog es sich schnell über den nackten Oberkörper.

«Deine Party mündet gerade in einem Chaos, falls es dich interessiert», sagte Banjo etwas streng. «Wenn ich du wär, würde ich mal nach unten gehen und sehen, dass deine Gäste keinen Mist anstellen. Wir hatten einiges aufzuräumen.»

Wie der Blitz stürmte Kyle nach draußen. Xia richtete kurz ihr zerzaustes Haar und folgte Kyle mit erhobenem Haupt, ohne die anderen eines Blickes zu würdigen.

«Dümmer als ein kleiner Schuljunge manchmal», brummte Banjo ärgerlich. Vorsichtig legten er und Ruben die immer noch stöhnende Angela auf das ungemachte Bett und deckten sie sorgfältig zu. Ihr zartes Gesicht verschwand unter einem Vorhang von pastellfarbenem Haar.

«So. Hier kann sie den Rausch erst mal ausschlafen. Irgendwann kommt Daddy Cox sie bestimmt abholen», sagte Banjo.

Lisa brachte immer noch keinen Ton heraus. Sie wusste nicht, ob der Raum so dermaßen bebte – oder ob sie selbst es war.

Als sie wieder unten im Wohnzimmer waren, hatte sich die Anzahl der Partygäste fast um die Hälfte reduziert. Kyle stand mit beschämter Miene bei einer Gruppe und ließ sich offenbar erklären, was passiert war. Anscheinend hatte die Geschichte schon fleißig die Runde gemacht. Lisa vermied es, ihn anzusehen.

Sie sah auf der großen Digitaluhr hinter der Theke, dass es kurz vor Mitternacht war. Die Geburtstagsmelodie der Hausglocke trällerte durch das Haus. Da niemand darauf reagierte, lief Lisa schließlich hinaus in den Flur und öffnete die Tür.

Kapitel 11
Ein schwieriger Fall

Draußen stand ein stattlicher Mann in einem Lammfellmantel mit glänzendem Seidenkragen, weißen Handschuhen und einem goldbestickten Hut mit tief in die Stirn gezogener Krempe.

Der starke Duft eines teuren Herrenparfums strömte Lisa direkt in die Nase. Der Mann zog die Hutkrempe hoch, und Lisa blickte in zwei blassblaue, wohlbekannte Augen. Ein korrekt gestutzter, gepflegter Dreitagebart zierte sein Kinn.

Maddox Cox.

«Guten Abend. Ich möchte gern meine Tochter abholen», sagte Maddox' mit seiner Fistelstimme.

Lisa senkte ihre Augen. Sie hatte absolut keine Lust, diejenige zu sein, die ihrem ehemaligen Schulkameraden gestehen musste, was mit seiner Tochter passiert war. Aber es blieb ihr natürlich keine andere Wahl.

Maddox Blick ruhte erwartungsvoll auf ihr.

«Ihrer Tochter geht es … äh … nicht so gut.»

«Wie bitte?» Maddox zog seinen Hut nun ganz aus. Sein blondes, kurzgeschorenes Haar war immer noch dasselbe wie vor fast dreißig Jahren, genau wie sein Gesicht, außer dass er ein paar Lachfältchen um die Augen hatte. Ihn hätte Lisa definitiv auf Anhieb wiedererkannt, im Gegensatz zu Steven Kendall.

Sie schluckte. Maddox forderte eine Erklärung von ihr, und seinem ungeduldigen Blick nach zu schließen eine ziemlich gute.

«Ich fürchte, sie hat etwas zu viel Alkohol erwischt», stammelte sie. «Wir haben sie ins Bett gebracht …»

«Seid ihr noch bei Trost?» Maddox reckte seinen Hals und schob Lisa einfach beiseite, um an ihr vorbei in den Flur zu schreiten. Dann besann er sich offenbar eines Besseren und wandte sich zu ihr um.

«Wer hat ihr Alkohol zu trinken gegeben? Meine Angela darf doch keinen Alkohol trinken. Sie verträgt ihn nicht!»

Das bestärkte Lisa in ihrem Verdacht, dass womöglich Miranda und Cherish Angela den Alkohol ins Getränk getan hatten – aus welchen Gründen auch immer. Doch sie besaß nicht genug niederträchtiges Gedankengut, um sich eine plausible Erklärung für so eine Tat ausdenken zu können.

Sie zuckte nur mit den Schultern und ließ hilflos die Arme sinken. Maddox' Augen funkelten sie voller Zorn an, als sei sie die Schuldige.

«Ist Steven Kendall hier?», fragte er scharf.

Nein, wollte Lisa gerade erwidern, als sie ein Auto vor dem Haus vorfahren hörte.

«Ich glaub, das sind die Kendalls», meinte sie kleinlaut.

«Ich möchte zuerst meine Tochter sehen. Wo ist sie?»

Maddox schaute sie wieder erwartungsvoll an. Lisa hätte alles dafür gegeben, sich aus der Affäre ziehen zu können, doch es blieb ihr nichts anderes übrig, als Maddox die Treppe hinauf zu Kyles Zimmer und zu der schlafenden Angela zu führen, die leise vor sich hin schnarchte.

Maddox drängte Lisa einfach zur Seite und stürzte zu seiner Tochter ans Bett. Fast schon panisch rüttelte er sie wach.

«Angela? Kleine? Hallo? Aufwachen! Dein Daddy ist hier. Es wird alles gut. Wir gehen jetzt nach Hause.»

Angela murmelte schlaftrunken und drehte sich wohlig auf die andere Seite. Der friedliche Anblick schien Maddox immerhin etwas zu besänftigen. Kurzerhand beugte er sich zu seiner Tochter runter und hob sie auf seine Arme.

Lisa huschte ihnen hinterher, als Maddox seine Tochter wie das schlafende Dornröschen auf seinen Armen die Treppe hinuntertrug. Im Flur kreuzte sich ihr Weg gerade mit dem von Steven und Beverly und einem etwa vierzehnjährigen Mädchen, das Kyles Schwester sein musste.

«Maddox», grüßte Steven aufgeregt. «Was ist passiert?»

«Das frage ich *dich*, Steven. Meine Tochter hat aus irgendeinem Grund Alkohol getrunken. Das ist verheerend für sie. Sie ist so empfindlich. Warum hat keiner aufgepasst?»

«Zeig mal her.» Nun trat Beverly heran und strich Angela das Haar zur Seite. Lisa betrachtete das Szenario aus sicherer Entfernung. Hier waren eindeutig zu viele Leute anwesend, die sie unter Umständen hätten erkennen können.

«Elly, geh schon mal rauf», trieb Beverly ihre Tochter an.

Beverly ...

Lisa betrachtete die Frau von ihrem entfernten Posten aus. Sie hatte sich kaum verändert. Sie strahlte immer noch dieselbe wohltuende Anmut aus wie vor rund dreißig Jahren.

Während Elly sich trollte und Steven die letzten Gäste aus dem Wohnzimmer scheuchte, nahm Beverly Angelas blasse Hand und maß ihren Puls.

«Ich denke, sie ist okay. Sie scheint nicht sehr viel Alkohol abgekriegt zu haben, aber ja, wenn sie ihn nicht verträgt, genügt schon eine kleine Menge. Das Einzige, was sie tun kann, ist, ihren Rausch auszuschlafen. Bring sie am besten gleich ins Bett und gib ihr viel Wasser zu trinken, Maddox. Morgen wird sie sich vermutlich noch etwas elend fühlen, aber das wird wieder. Vertrau mir. Ich hab früher als Pflegefachfrau gearbeitet. Ich hab Erfahrung mit solchen Dingen.»

«Ich möchte unbedingt wissen, wer dafür verantwortlich ist, dass meine Tochter überhaupt Alkohol abgekriegt hat», beharrte Maddox, nachdem er Angela etwas später vorsichtig auf den Rücksitz seiner Luxuslimousine gebettet hatte. Lisa war ihnen kurzentschlossen nachgeschlichen, damit ihr nichts von dem Szenario entging, und verbarg sich nun in einer kleinen Nische direkt hinter der Haustür, wo sie alles im Blick hatte.

«Das hier war doch eine Party für Jugendliche, nicht wahr? Wie kommt es denn, dass überhaupt Alkohol ausgeschenkt wurde?»

«Wir werden der Sache nachgehen, Maddox ...» Beverly, die den aufgeregten Vater vor die Haustür begleitet hatte, hob beschwichtigend ihre Hände. «Bitte entschuldige das alles ...»

«Hör zu, Beverly, es ist *fahrlässig*, diese Jugendlichen einfach sich selbst zu überlassen. Wenn meine Angela einen Schaden davonträgt, werde ich euch anzeigen!» Maddox fuchtelte wild mit seinem behandschuhten Zeigefinger vor Beverlys Nase herum.

«Man kann die Jugendlichen ja nicht dauernd überwachen», verteidigte sich Beverly etwas kleinlaut. «Man muss ihnen doch auch ein bisschen Freiheit lassen. Aber ich werde mit unserem Sohn selbstverständlich ein ernstes Wörtchen reden.»

«Ich hab ihm jedenfalls verboten, harte Sachen aufzutischen!» Mit diesen Worten rauschte Steven an Lisa vorbei und betrat die Szene vor der Haustür. «Ich werde die Hausbar überprüfen. Wenn er sich nicht daran gehalten hat, dann ...»

Das war für Lisa das Stichwort, ihren Posten ebenfalls zu verlassen.

«Kyle hat keinen Alkohol ausgeschenkt», schaltete sie sich ein, ehe sie überhaupt richtig nachgedacht hatte. Etwas schüchtern trat sie auf die Erwachsenen zu. «Die Gäste haben ihren Alkohol einfach mitgebracht!»

Sie wusste selbst nicht, warum sie das sagte. Eigentlich war sie ja so sauer auf Kyle, dass sie ihn am liebsten immer noch geschüttelt hätte. Aber ihr Gerechtigkeitssinn fand es einfach nicht in Ordnung, dass Kyle für etwas beschuldigt wurde, das er gar nicht getan hatte.

Maddox, Beverly und Steven sahen Lisa nun an.

Sahen sie sogar sehr intensiv an.

«Irgendwie ist mir, als würde ich dich von irgendwoher kennen», sagte Maddox.

«Ja, mir auch», meinte Beverly.

«Mir ebenso», bekräftigte Steven. «Das hab ich schon bei der Begrüßung gedacht ...»

«Ich geh mit Angela und Kyle in die Klasse», erklärte Lisa.

«Hmm.» Die Erwachsenen, die einst ihre Schulkameraden gewesen waren, lösten ihre Blicke immer noch nicht von ihr. Lisa bereute sofort wieder, dass sie sich eingemischt hatte. Wenn Doc Silverman das wüsste ...

«Ich ... ich ... sollte wohl langsam nach Hause», murmelte sie und trat rasch ein paar Schritte zurück.

Steven nickte. «Alles klar. Danke dir, Mädchen. Doch wer auch immer schuld war: Mein Sohn hätte definitiv besser aufpassen müssen!»

Damit hatte er hingegen recht. Lisa wünschte sich allerdings, Steven hätte dieselbe Einstellung schon vor dreißig Jahren gehabt und besser auf seinen Bruder Momo aufgepasst.

Beverly folgte ihr ins Haus, warf ihr beim Vorbeigehen einen weiteren Blick zu und verschwand ins Wohnzimmer.

«Kylian?», hörte Lisa sie rufen.

Vor dem Haus diskutierten Maddox und Steven immer noch weiter.

Obwohl Lisa dringend hätte verschwinden sollen, kam sie doch nicht umhin, sich noch einmal hinter die Haustür zu schleichen, um auch den Rest noch mitzukriegen.

«Ich versichere dir noch einmal, Maddox, dass ich ein sehr ernstes Wörtchen mit meinem Sohn reden werde», beteuerte Steven abermals. «Das hätte wirklich nicht passieren dürfen!»

«Meine Angela ist hochsensibel», meinte Maddox, und nun klang seine Stimme fast weinerlich. «Das arme Kind hat so viel durchgemacht. Du weißt ja, meine Frau hat mich vor drei Jahren verlassen. Das war einfach zu viel für das Kind. Sie leidet ja schon so lange unter Depressionen und muss dagegen Medikamente nehmen. Deswegen ist Alkohol absolut tabu für sie.»

«Es tut mir wirklich aufrichtig leid», versicherte Steven, der so forsch aussehende Geschäftsmann, etwas hilflos. «Maddox, wenn ich irgendetwas tun kann ...»

«Ich muss mich ganz allein um mein Mädchen kümmern», fuhr dieser mit tränenerstickter Stimme fort. «Das ist oft schwierig wegen meiner Arbeit. Ich führe ja das Mode-Unternehmen meines Vaters, wie du weißt. Und meine Angela hat kaum Freundinnen. Sie ist halt ein ganz spezielles Kind, hochsensibel und hochbegabt. Die Party sollte für sie etwas Schönes sein. Sie war so erfreut, als sie von deinem Sohn eingeladen wurde. Dass das jetzt so bitter für sie enden musste ... Sie wird wieder in eine neue Depression fallen ... Mein armes Mädchen ...» Nun wischte sich Maddox tatsächlich über die Augen.

«Es tut mir wirklich aufrichtig leid, Maddox ... Mein Sohn hatte gewiss keine schlechten Absichten ... nun, wir werden herausfinden, wer daran schuld ist, das verspreche ich dir.»

«Ich werde auf jeden Fall Anzeige erstatten.» Maddox' Stimme hatte nun einen so hohen Tonfall angenommen, dass sie sich fast überschlug.

«Mein Bruder arbeitet als Sicherheitsbeauftragter. Der hat Beziehungen zur Polizei!»

«Ja, natürlich», sagte Steven erschöpft. «Tu das, Cox.»

Lisa verwarf den kurzen Gedanken, der in ihr aufgekommen war, nämlich, dass sie Maddox eigentlich unbedingt etwas von Miranda und Cherish sagen müsste. Doch das, was Maddox da eben von sich gegeben hatte, ließ sie innehalten. Wenn sein Zwillingsbruder Louie Cox tatsächlich bei der Polizei arbeitete und sie am Ende noch als Zeugin auf der Wache aussagen musste, würde sie damit noch tiefer in die Geschichte verstrickt werden, als es gut für das Raum-Zeit-

Kontinuum war. Nein, sie musste sich jetzt endgültig aus der Szenerie zurückziehen – je schneller, desto besser.

Steven wirkte erleichtert, als Maddox endlich in seinen Wagen stieg und in Richtung Bonzenhügel davonfuhr. Wie Lisa wusste, war die Villa Cox mit dem Auto nicht einmal fünf Minuten entfernt. Trotzdem waren die Kendalls und die Familie Cox offensichtlich nie enge Freunde geworden, was sich schon 1989 hätte voraussagen lassen.

Steven atmete hörbar aus, schüttelte gedankenvoll den Kopf und kam dann in Richtung Haustür.

Rasch verließ Lisa ihre Nische und huschte ins Wohnzimmer, um ihre Jacke zu suchen, die sie irgendwo liegen gelassen hatte. Beverly stand ganz allein in der Küche hinter der Theke und füllte die Spülmaschine. Kyle hatte sich offenbar ins Bett verzogen, bevor seine Eltern mit ihm schimpfen konnten. Die allerletzten Gäste schlenderten eben noch via Terrasse am Swimmingpool vorbei und durch den Garten in Richtung Straße.

Na toll, dachte Lisa. Und keiner hatte sich auch nur im Entferntesten am Aufräumen beteiligt. Das Chaos, das die Partygäste hinterlassen hatten, war ein ziemlich genaues Abbild der Party von 1989.

Lisa sah sich etwas unschlüssig um, obwohl sie sich eigentlich hatte verdünnisieren wollen. Aber man konnte doch Beverly nicht einfach allein in diesem wüsten Durcheinander stehen lassen!

Kurzerhand begann sie, ein paar leere Gläser einzusammeln, und brachte sie Beverly.

«Das ist aber nett von dir», meinte diese freundlich. Sie schaute Lisa mit ihren gütigen feengrünen Augen an. Ihr zartes Gesicht war von extrem vielen kleinen Fältchen durchzogen, doch sie war für ihr Alter immer noch eine Schönheit, grazil wie eh und je, mit vollem braunem Haar, das nun rötlich schimmerte.

«Aber hör zu, du brauchst das nicht aufzuräumen. Du hast schon so viel getan. Mein Sohn kann mir dann morgen helfen. Du musst doch sicher langsam nach Hause.»

«Ach ...» Lisa hob die Schultern.

«Soll ich dir ein Taxi bestellen? Oder möchtest du lieber gleich im Gästezimmer übernachten? Ich weiß natürlich nicht, was du mit deinen Eltern ausgemacht hast ...»

Lisa überlegte. Irgendwas in Beverlys Blick hielt sie fest. Zog sie regelrecht an und brachte sie dazu, ihr Vorhaben erneut zu verwerfen. Sie war längst zu weit gegangen. Von dem Augenblick an, als sie sich entschieden hatte, zu dieser Party zu gehen, wusste sie, dass sie damit etwas entfacht hatte, was nicht mehr rückgängig zu machen war.

Fast schon automatisch nickte sie. «Wenn ich hier übernachten darf ... gerne ...»

«Ich zeige dir nachher das Gästezimmer. Irgendwo findet sich bestimmt noch ein T-Shirt von Kyle oder Elly, das du als Schlafshirt benutzen kannst.»

Das war typisch Beverly. Zuvorkommend und unkompliziert. Lisa hatte nie viele Worte mit ihr gewechselt, aber Beverly war immer zu allen sehr offen und freundlich gewesen, selbst zu den Außenseitern.

«Ich sehe nur noch mal rasch nach meinem leichtfertigen Sohn», sagte sie mit einem Augenzwinkern. «Er hat wohl Angst vor Schelte. Hat er viel getrunken?»

«Ein paar Bier, denke ich», sagte Lisa und hoffte inständig, dass Beverly ihrem Sohn wenigstens die Ohren langziehen würde.

Während Beverly nach oben ging, lief Lisa rasch zur Toilette. Sie hatte eigentlich schon längst den Drang verspürt, ihn jedoch immer unterdrückt.

Sie stoppte, als sie Stevens erregte Stimme im Flur hörte. Offenbar telefonierte er gerade mit jemandem.

«Nein, Morris, ich kann dir nicht schon wieder einen neuen Sportwagen geben. Die nächste Produktion ist erst im Herbst. Dann fällt wieder das eine oder andere Testmodell ab. Außerdem hast du doch immer noch den anderen ... wie viele Autos brauchst du denn überhaupt? Du kannst ja von Glück sagen, dass du deinen Führerschein noch hast ... Eigentlich müsstest du den längst los sein, nachdem du deine Karre im Suff zu Schrott gefahren hast ... Du bist ja wirklich glimpflich davongekommen ... Nein, das hab ich nicht ... Sieh mal, ich gebe dir wirklich mehr als genug Geld. Das ist auch überhaupt kein Thema. Du sollst ja nicht darben. Du bist schließlich mein Bruder und Miteigentümer der Firma, und dir steht so oder so die Hälfte des Vermögens zu. Aber ich kann dir jetzt nicht ...»

Lisa hatte den Atem angehalten.

Morris. Das war Stevens Spitzname für Morgan.

Steven telefonierte mit Morgan!

Sie presste sich an die Wand und versuchte, sowohl ihre Atemstöße als auch das ansteigende Herzklopfen zu unterdrücken, damit ihr ja kein Fetzen von dieser Unterhaltung entging.

«Ja, das ist mir alles schon klar. Schau, ich hab dir immer alles gegeben, aber dieses Mal kann ich nicht ... Ja, aber dann geh endlich zum Psychiater mit dieser Geschichte, wenn sie dich so beschäftigt. Ich kann dir da nicht helfen. Sorry, ich hab wirklich mehr als genug Arbeit. Immerhin bin *ich* es, der die Firma am Laufen hält, und ich schufte für drei, während du eine ruhige Kugel schiebst ... Ich mache dir ja keinen Vorwurf, Morris, wirklich nicht, aber ich möchte, dass du auch mal ein bisschen an mich denkst ... Ich hab immerhin noch eine Familie ... Ja ... Ist schon gut ... Das weiß ich doch ... Komm doch am besten einfach mal wieder bei uns vorbei, ja? Wir würden uns riesig freuen. Bye!»

Steven nahm das Smartphone vom Ohr und seufzte tief. Er blieb eine Weile auf dem Hocker sitzen und vergrub mit bebenden Schultern den Kopf in seinen Händen. Offenbar merkte er nicht, dass er beobachtet wurde.

Lisa blieb nichts anderes übrig, als in sein Blickfeld zu treten.

Sofort blickte Steven auf.

«Tschuldigung ...», murmelte Lisa. «Ich wollte nicht ...»

«Schon gut ...» Steven erhob sich. «Ich hatte nur gerade ein schwieriges Telefonat mit meinem Bruder. Es tut mir leid, dass du das mitbekommen hast.»

Er blieb aus irgendeinem Grund stehen und sah Lisa an, als wartete er auf irgendetwas.

«Kann ich ... kann ich irgendwie helfen?», fragte sie vorsichtig.

«Ach!» Steven besann sich und wandte sich zum Gehen. «Ich fürchte, da kann man nicht so viel helfen. Mein Bruder ist ein ziemlich schwieriger Fall ...» Wieder hielt er inne. Er drehte sich zu Lisa um und sah sie an, diesmal noch viel intensiver als zuvor.

Lisa hielt seinem Blick stand und betrachtete seine ergrauten Schläfen.

«Also, es ist wirklich verwunderlich ...»

«Was denn?»

«Nichts weiter. Hat ... meine Frau dir ein Taxi bestellt? Oder bleibst du über Nacht hier? Darfst du gerne, wir haben genug Zimmer.»

«Was ... wollten Sie vorher sagen? Was ist verwunderlich?», beharrte Lisa. Wenn es nur eine klitzekleine Info über Momo gab, wollte sie diese haben.

Steven gab sich einen Ruck. «Nun, es mag etwas merkwürdig klingen, aber ich hab vorhin nur daran gedacht, wie sehr du einem Mädchen ähnlich siehst, das mein Bruder mal geliebt hat. Wie, sagst du, war dein Name?»

«Lee ... Leonor.»

«Eigenartig. Also wenn ich es nicht besser wüsste, nämlich dass sie seit bald dreißig Jahren tot ist, könnte man glatt meinen, du seist ihre Doppelgängerin.»

Lisa brachte ihre ganze Willenskraft auf, um die Beherrschung nicht zu verlieren. «Was war das denn für ein Mädchen?»

«Es war ein Mädchen aus der Nachbarschaft, mit dem mein Bruder als Kind immer gespielt hatte. Er ist nämlich vier Jahre jünger als ich, und da konnte ich nicht so gut sein Spielkamerad sein. Das Mädchen war seine beste Freundin, doch dann haben sie sich leider aus den Augen verloren. Erst später in der Schulzeit haben sie sich wieder getroffen.»

Lisas Herz wummerte so heftig gegen ihre Brust, dass sie glaubte, Steven müsste es hören.

Doch der schüttelte gedankenversunken den Kopf. «Wenn sie doch nur nicht verunglückt wäre! Sie ist bei einem Experiment ums Leben gekommen. Er war todunglücklich deswegen. Vermutlich hat das noch einiges dazu beigetragen, dass er sich in diese Alkoholprobleme gestürzt hat und schlussendlich unter Depressionen litt.»

Lisa blickte auf die Sorgenfalten, die sich in den letzten 29 Jahren auf Stevens Stirn eingegraben hatten.

Sie nahm ihren ganzen Mut zusammen.

«Wie ... meinen Sie das genau?»

Steven seufzte. «Interessiert dich das wirklich?»

«Ja, bitte. Vielleicht kann ich ... helfen?»

«Das ist wirklich nett von dir, Mädchen.» Er setzte sich wieder auf den Hocker und fuhr sich mit seiner Hand über sein geglättetes Haar. Ein weiterer Seufzer kam über seine Lippen.

«Ich will dich nicht mit unseren Familienproblemen belasten. Das ist ohnehin alles viel zu kompliziert. Kurz gesagt, ich fürchte, dass ich mitschuldig bin an der Situation meines Bruders. Ich hab ihn indirekt in die Alkoholabhängigkeit getrieben, auch wenn ich das nie wollte.»

Lisa presste fest die Lippen zusammen. Sie hätte Steven ja am liebsten schon 29 Jahre zuvor die Leviten gelesen.

«Ich hab ihn oft zum Trinken verleitet», fuhr Steven fort. «Er war ... nun ja, sagen wir: etwas zart besaitet, und ich wollte ja nur, dass er endlich ein rechter Kerl wird, mehr aus sich herauskommt, stärker wird. Jugendsünden halt. Ich hatte doch gar keine Ahnung, dass er gar nicht stabil genug war, um mit dem Alkohol umgehen zu können. Ich hab mir ja auch viel hinter die Binde gekippt, als ich jung war, aber bei mir war das nie ein Problem. Ich konnte locker damit umgehen. Er hingegen ...»

Steven hatte das alles mehr seinen Knien erzählt als Lisa, doch jetzt blickte er auf.

«Wir können von Glück sagen, dass wir keine Geldsorgen haben. Er braucht ja nicht zu arbeiten. Ich bin froh, dass er sich wenigstens um Mutter kümmert. Sie lebt in einem Pflegeheim wegen ihrer Schizophrenie. Aber er stand ihr nun mal näher als ich.»

Steven erhob sich mit einem Ächzen. «Und nun ruft er mich in letzter Zeit öfter an. Er hat irgend so einen Spleen und träumt ständig davon, dass er am 7. Juni dieses Jahres sterben wird. Ich weiß nicht, woher er das hat. Manchmal fürchte ich, dass er die Schizophrenie unserer Mutter geerbt hat. Vielleicht kommt das aber auch vom Alkohol. Ich hoffe, er geht endlich zum Psychiater mit diesem Problem. Was bin ich froh, wenn dieser 7. Juni endlich vorbei ist!»

Lisa wollte etwas erwidern, aber Steven ging an ihr vorbei und steuerte das Wohnzimmer an. Doch dann drehte er sich ein letztes Mal zu ihr um: «Tut mir leid. Ich wollte dich nicht mit unseren Familienproblemen belasten. Ich weiß gar nicht, warum ich dir das überhaupt erzählt habe. Ich erzähle das sonst eigentlich niemandem, aber vielleicht liegt das daran, dass du mich tatsächlich stark an dieses Mädchen erinnerst, das mein Bruder damals geliebt hat. Danke jedenfalls fürs Zuhören.

Ich wünschte manchmal, ich könnte mit einer Zeitmaschine zurück in die 80er-Jahre zu meinem jüngeren Ich reisen und ihm sagen, dass er sich mehr um seinen kleinen Bruder kümmern soll. Aber du möchtest jetzt sicher schlafen gehen. Meine Frau wird dir das Gästezimmer zeigen.»

Als Steven sich entfernt hatte, blieb Lisa noch eine kurze Weile im Flur zurück. Dass sie aufs Klo gehen wollte, hatte sie mittlerweile wieder komplett vergessen. Sie nahm sich vor, dass sie, wenn sie wieder zurück in ihrer Zeit war, mit dem jungen Steven noch ein ernstes Wort reden würde. Dafür war eine Zeitmaschine schließlich da!

Vor der Treppe stieß sie mit Beverly zusammen, die auf dem Weg zurück ins Wohnzimmer war.

«Der junge Mann hat's mal wieder total übertrieben», meinte sie. «Na, man hat ja nur einmal im Jahr Geburtstag.»

«Hast du mit ihm über die Sache mit der Tochter von Maddox geredet?», fragte Steven, der wieder aus der Tür trat.

«Das machen wir morgen», sagte Beverly.

«Ungeschoren darf er mir aber dieses Mal nicht davonkommen», meinte Steven. «Er trug schließlich die Verantwortung. Ich hab genug Fehler gemacht in meiner Jugend, die braucht er nicht zu wiederholen.»

Beverlys Blick glitt hinüber zu Lisa. «Bist du denn nun die feste Freundin von unserem Sohn? Ich hab ganz vergessen, dich danach zu fragen.»

«Nein, ich hab nur bei den Vorbereitungen geholfen», sagte Lisa.

«Findest du nicht, sie sieht dem Mädchen unheimlich ähnlich, mit dem mein Bruder mal zusammen war?», fragte nun Steven.

«Ja, ich überlege schon die ganze Zeit, warum sie mir so bekannt vorkommt, aber ich komme nicht darauf. Du musst mir auf die Sprünge helfen, Schatz.» Beverlys grüne Augen ruhten so fest auf Lisa, dass diese fürchtete, ihr Geheimnis nicht mehr länger wahren zu können.

«Na, sie ging doch in seine Klasse. Lisa Lambridge. Sie war eine Klasse unter dir.»

«Ach ja!» Beverly schlug sich auf die Stirn. «Stimmt. Die ging in dieselbe Klasse wie Morgan. Ich hab nie mit ihr geredet, aber ich erinnere mich an sie. War sie nicht auch auf dem Ball mit Morgan? Doch, klar. Jetzt fällt's mir wieder ein! Das war der schönste Tanz, den ich je gesehen habe! Ich hatte nicht mal gewusst, dass dein Bruder so tanzen kann. Aber ...» Jetzt runzelte sie die Stirn. «War sie nicht auch das Mädchen, das in derselben Nacht nach diesem Ball tödlich verunglückte?»

«Doch, wenn man den Medien glauben will», sagte Steven. «So genau weiß man es ja nicht, weil das Unglück erst hinterher ans Tageslicht kam. Seltsamerweise wurde ihr Verschwinden erst ein paar Monate später bekannt. Offiziell sei sie ein paar Tage nach dem Ball ins Internat abgereist, aber dann hieß es auf einmal, sie sei verschollen. Ganz komische Geschichte, ich hab da nie so richtig durchgeblickt.»

«Tragische Geschichte.» Beverly schüttelte den Kopf. «Das hat Morgan ziemlich mitgenommen, glaube ich.»

«Ich hab Lee vorhin ein bisschen von unserem Familiendrama erzählt», sagte Steven. «Sie hat mein Telefonat mit ihm gehört.»

«Hat er angerufen?»

«Ja, wegen seines Sportwagens, den er zu Schrott gefahren hat. Aber er muss jetzt warten, ich kann ihm erst im Herbst wieder einen der Testwagen geben, wenn die neue Produktion draußen ist. Er soll jetzt mal mit dem zufrieden sein, was er hat.»

Beverly schüttelte nur den Kopf und sah Lisa wieder an.

«Aber die Ähnlichkeit mit diesem Mädchen ist wirklich erstaunlich. Jetzt, wo du es sagst, sehe ich es selbst. Sie hat sogar einen ähnlichen Vornamen. Sachen gibt's. Komm, ich zeige dir das Gästezimmer, Lee.»

Lisa folgte Beverly die Treppe hinauf, erleichtert, dass die beiden nicht tiefer in ihr Geheimnis vorgedrungen waren. Das Gästezimmer lag im anderen Korridor, gleich neben dem Zimmer, das früher Steven gehört hatte und in dem jetzt vermutlich Elly wohnte.

Als hätte Beverly ihre Gedanken gelesen, legte sie den Zeigefinger an ihre Lippen. «Pssst. Elly schläft schon. Wir müssen etwas leise sein.»

Sie gab Lisa ein altes T-Shirt von Kyle plus Zahnbürste und was sie sonst noch brauchte, zeigte ihr, wo das Badezimmer war – es gab sogar ein eigenes Bad für Gäste –, und ließ sie dann allein. Lisa war froh, endlich ins Bett sinken zu können.

Sie hatte eine ganze Menge zu verdauen.

Sie machte im Dunkeln kurz ihr Smartphone an und scrollte durch die Fotogalerie bis zu dem Foto mit Momos Grabstein.

Er war immer noch da. Unwiderruflich.

Sie zweifelte je länger, je mehr daran, dass das Foto nur ein Fehler der Zeitlinie war.

Kapitel 12
Familienbande

Lisa wachte gegen neun Uhr auf. Im ersten Moment war ihr nicht klar, wo sie war. Erst als sie die weiche, duftende Daunendecke an ihrer Haut fühlte und die großen Fenster mit den Seidenvorhängen sah, kam ihr die Erinnerung.

Sie war im Haus der Kendalls der Zukunft.

Und es war Sonntag. Ob schon jemand wach war?

Vorsichtig stieg sie aus dem Bett und öffnete die Zimmertür. Sie konnte hören, dass unten in der Küche schon jemand am Hantieren war. Rasch schlüpfte sie in ihre Klamotten. Die Dusche würde sie zuhause nachholen. Sie hatte nämlich vor, *jetzt definitiv* so schnell wie möglich von hier zu verschwinden. Sie wollte keine zusätzlichen Verwirrungen mehr schaffen. Außerdem fühlte sie immer noch die Wut wie Rauchschwaden in sich aufsteigen, wenn sie an Kyles Aktion vom Abend zuvor dachte. Sie hatte herzlich wenig Lust, ihm zu begegnen.

Doch kaum hatte sie den Wohnraum betreten, um ihre Jacke zu holen, die immer noch dort über einem Stuhl hing, drehte sich Beverly zu ihr um. Sie trug Reithosen und hatte ihr Haar zu einem buschigen Pferdeschwanz hochgebunden, so dass ihr bildschönes Gesicht von ein paar luftigen Strähnen umrahmt wurde. Alle Spuren der Party waren restlos beseitigt; das Wohnzimmer glänzte wie neu.

Lisa betrachtete fasziniert den ferngesteuerten Mini-Staubsauger, der leise summend seine Runden drehte. Beverly hatte gerade die letzten Gläser in die Spülmaschine gestellt. Na, das war aber nett von ihr, fand Lisa. Das hatte dieser Grünschnabel von einem Sohn nun echt nicht verdient. Beverly war viel zu gut …

«Oh, du bist schon wach? Möchtest du gern mit uns zusammen frühstücken?» Beverly lächelte Lisa auf so eine einladende Art an, dass Lisa das Angebot nicht ausschlagen konnte.

Mist. Ihre Pläne, endlich von hier zu verschwinden, waren damit schon wieder durchkreuzt.

«Ja … gern», stammelte sie, ehe sie überhaupt richtig nachgedacht hatte.

Dieses Haus ließ sie einfach nicht los.

«Es wird allerdings noch mindestens eine Stunde dauern, bis es was zu beißen gibt. Ich muss erst warten, bis meine Langschläfer wach sind. Die stehen am Sonntag nicht so früh auf wie du.»

«Kein Problem», erwiderte Lisa. Na, Kyle und Elly hatten es ja wirklich gut. Tante Sally hatte Lisa und Thomas meistens um acht Uhr aus den Federn geholt, auch an Sonntagen.

«Du kannst dir die Zeit vertreiben, wie du möchtest», meinte Beverly. «Du kannst dir auch gern was im Fernsehen anschauen oder dir in unserer Filmbibliothek einen Film aussuchen. Wir haben eine große Auswahl, sogar in 3D. Ich kann dich einloggen, wenn du möchtest.»

Lisa betrachtete den riesigen Flachbildschirm. Es wäre verlockend gewesen, sich darauf einen 3D-Film in der hochaufgelösten

Qualität von 2018 anzusehen. Doch da sie keine Ahnung hatte, wie man so eine Filmbibliothek bediente, lehnte sie dankend ab.

Zum Glück, denn sogleich fiel ihr Blick auf die Bücherwand. Unter einer Reihe von dicken Wälzern über einen Typen namens Harry Potter, von dem sie noch nie gehört hatte, entdeckte sie etwas, das ihr bis jetzt noch gar nicht ins Auge gefallen war, sie aber mehr interessierte als alles andere.

In der untersten Reihe standen Fotoalben. Lisa ging näher, um die Beschriftungen an den Buchrücken zu lesen: 1969–1972. 1973–1980. 1981–1989. 1990–1996. Bei 1996 hörte es auf.

Ob man von da an auch aufgehört hatte, Fotos in Alben einzukleben?

Sie wandte sich zu Beverly um. Durfte sie einfach um Erlaubnis fragen, sich die Alben anzusehen? Würde Beverly das seltsam finden?

Aber wann würde sie je wieder diese Möglichkeit haben?

«Darf ich mir die Fotoalben angucken?», fragte sie sehr schüchtern.

«Die Fotoalben?» Beverly warf ihr einen Blick über die Schulter zu. Wie befürchtet lag ein gewisses Maß an Erstaunen über diese Frage auf ihrem Gesicht.

«Ja ... äh ... ich finde so alte Bilder immer sehr spannend ... weiß nicht, warum ... nur, wenn ich darf ...», stammelte Lisa und hoffte, dass sie damit nicht allzu neugierig wirkte.

Aber auch dieses Mal drang Beverlys Offenheit durch. Sie zuckte gleichmütig mit den Schultern und lächelte.

«Sicher. Es sind vor allem Kinderbilder von meinem Mann und seinem Bruder Morgan. Aber wenn du das so spannend findest, kannst du dir das gern anschauen. Warum auch nicht?» Nun lachte sie. «Meine Kids haben da nicht ein einziges Mal reingeguckt, fürchte ich. Die interessiert so alter Kram nicht.»

Lisas Herz klopfte. Ganz vorsichtig zog sie das 1969er-Album hervor, setzte sich auf die Couch und begann darin zu blättern. Doch hier gab es nur die Babybilder von Steven. Damals war Morgan noch gar nicht auf der Welt gewesen. Da Lisa fürchtete, dass die Zeit bis zum Frühstück nicht für alle Alben reichen würde, stellte sie es zurück und nahm das von 1973 raus.

Gleich auf der ersten Seite hatte jemand sehr sorgfältig, ja geradezu liebevoll Morgans Namen und sein Geburtsdatum hineingeschrieben: *Morgan William Kendall, 27. September 1973.*

Das konnte niemand anders als seine Mutter gewesen sein. Es folgten eine Menge gelbstichiger Bilder mit der jungen Melissa Kendall und dem kleinen Morgan in ihren Armen. Lisa hatte Momos Mutter nur vom Sehen her gekannt, wenn sie Momo manchmal am Abend nach dem Spielen bei ihnen abgeholt hatte, aber sie erinnerte sich daran, dass diese Frau immer sehr freundlich, aber auch sehr zart und zerbrechlich gewirkt hatte.

Auf den Bildern sah sie zweifelsohne sehr glücklich aus. Es stand außer Frage, dass der kleine Momo ihr Ein und Alles gewesen sein musste. Viel mehr als Steven. Aber Momo war auch zum Anbeißen süß gewesen als Kind. Vermutlich hatte er mit seinem Lachen die Herzen im Sturm erobert.

Was musste nur in dieser Frau abgegangen sein, dass sie ihren geliebten Sohn später einfach im Stich gelassen hatte? Das hatte Lisa bis auf den heutigen Tag nie verstanden. Wie konnte eine Mutter nur so etwas Schreckliches tun?

Sie dachte daran, dass sie selbst nur sehr wenige Fotos von sich und Thomas aus ihrer Kinderzeit besaß. Tante Sally und Onkel Bob waren ja sogar zu geizig gewesen, um Filme für die Kamera zu kaufen. Ab und zu hatte Onkel Bob im Urlaub ein paar Fotos gemacht, und Tante Sally hatte sie der Ordnung wegen dann lieblos in ein Album eingeklebt.

Aber bei den Kendalls war offensichtlich nicht an Filmmaterial gespart worden, und bestimmt hatten die sich auch die teuersten Fotoapparate geleistet. Die zahlreichen Urlaubsfotos, die in den nächsten Alben folgten, verrieten, dass sie sich nicht hatten lumpen lassen. Erstklassige Hotels, schicke Mietautos, teure Restaurants, Urlaub auf der Yacht, und Steven und Morgan in ständig neuen Markenklamotten.

Es war für Lisa immer sehr langweilig gewesen, wenn Momo in den Urlaub gefahren war.

Beverly kam vorbei, um ein paar Blumenvasen dorthin zu stellen, wo sie eigentlich hingehörten. «Na, ist es interessant?»

«Sehr», sagte Lisa.

«Süßer Kerl, dieser Morgan, was?» Beverly warf einen Blick auf die aufgeschlagene Seite mit dem Foto, auf dem Momo braungebrannt vor einer Sandburg stand und fröhlich in die Kamera grinste. «Richtig niedlich, der Kleine. Man möchte ihn am liebsten knuddeln.»

«Ja ...» Lisa dachte daran, dass sie ihn früher tatsächlich oft geknuddelt hatte. Momo war so extrem anhänglich gewesen und hatte sich beim Spielen gern an sie geschmiegt, und manchmal hatten sie zum Spaß miteinander gerauft und einander ausgekitzelt.

In dem Moment kam Elly die Treppe heruntergetrottet. Sie hatte ein mürrisches Langschläfer-Gesicht aufgesetzt und trug ein Nachthemd mit einer Katze darauf. Ihr ockerfarbenes Haar war zu einem losen Zopf geflochten, der lang über ihre Schulter herabbaumelte. Für ihre ungefähr vierzehn oder fünfzehn Jahre war sie recht groß, wie Lisa feststellte. Genau wie Kyle. Beide hatten offenbar, was den Körperwuchs anging, die Gene von Steven geerbt.

«Na, das erste Schlaftier ist wach», empfing Beverly ihre Tochter heiter. Elly knurrte nur und tappte gähnend zum Kühlschrank.

«He Elly, willst du nicht zuerst unseren Gast begrüßen?» Beverly schubste ihre Tochter sanft beiseite, um selber Platz am Kühlschrank zu haben und ein paar Dinge fürs Frühstück herauszunehmen.

«Hi», brummte Elly, ohne sich umzudrehen.

«Elly! So begrüßt man doch keine Gäste.»

Elly drehte sich um, rollte mit den Augen und schlenderte zu Lisa, um ihr artig die Hand zu geben. In der anderen Hand hielt sie ihr Smartphone. Lisa hatte bereits auf den Fotos gesehen, dass sie Kyle recht ähnlich sah, bis auf die grünen Feenaugen, die sie definitiv von der Mutter geerbt hatte.

«Hi. Ich bin Eleanora.»

«Lee», sagte Lisa. «Eigentlich Leonor.»

«Oh, dann heißen wir ja fast gleich», grinste Elly.

Nur dass ihr Name die hübschere Version war, fand Lisa.

«Was guckst'n da an?» Elly beugte sich über sie.

«Alte Fotoalben.»

«Ah …» Das Mädchen zuckte gelangweilt die Schultern, ließ sich neben Lisa auf die Couch plumpsen und begann mit ihrem Smartphone zu spielen. Lisa blätterte das Album rasch zu Ende und holte sich das Nächste. Sie bereute es, nicht länger bei jedem einzelnen Bild verweilen zu können, doch sie wollte unbedingt alle vor dem Frühstück noch durch haben. Sie war gerade im Jahr 1983 angelangt, was ungefähr zu der Zeit gewesen sein musste, als Morgans Mutter weggegangen war.

Sie konnte es deutlich an Momos Blick sehen. Es gab kein einziges Foto mehr, auf dem er lachte. Sein spitzes Gesicht wirkte eingefallen, blass und ausdruckslos, so wie sie ihn oft in der Schule erlebt hatte. Auf einer Nahaufnahme, die vermutlich Steven von ihm gemacht hatte, hatte sie stark den Eindruck, dass er in seinem Herzen weinte, es aber nicht zeigen wollte. Seine braunen Augen glänzten unnatürlich stark in dem schräg hereinfallenden Licht.

«Immer noch bei den Fotoalben?», fragte Elly nach einer Weile.

«Ja.»

«Findest du das so spannend? Wer ist das eigentlich?» Sie beugte sich über die Fotos.

«Dein Onkel Morgan.»

«Och der. Onkel Morgan ist doof», maulte Elly. «Der stinkt immer nach Schnaps. Und lispelt auch so komisch beim Reden.»

«Elly! Das ist nicht sehr nett!», tadelte Beverly, während sie den Couchtisch mit einem Lappen abwischte. «Dafür kann er doch nichts.»

«Für den Schnaps schon.»

«Das ist eine andere Geschichte. Aber für das Reden kann er nichts. Stell dir vor, *du* hättest eine Behinderung. Könntest zum Beispiel nicht gehen. Oder hättest nur eine Hand. Das fändest du auch nicht sehr lustig.»

«Trotzdem.» Elly rümpfte die Nase. «Onkel Morgan ist eklig.»

«Also bitte! Das ist jetzt aber wirklich maßlos übertrieben, Eleanora! Natürlich sah er mit sechzehn besser aus, aber das taten wir doch alle!» Zum ersten Mal klang Beverlys Stimme ernsthaft streng. Lisa hatte sich schon gefragt, ob sie überhaupt irgendwann mal mit ihren Teenagern schimpfte. Aber was meinte Elly mit «eklig»? Was rechtfertigte so eine Aussage? War aus dem schönen Morgan irgendwie ein hässlicher, bierbäuchiger Kerl geworden oder so was in der Art? Bei der Vorstellung lief es ihr eiskalt über den Rücken.

«Ich finde ihn hübsch», sagte sie und schaute sich nun ein Bild an, auf dem Morgan in seiner berühmten Jeansjacke mit den vielen Buttons, die Steven ihm vermacht hatte, auf dem Tomsborough Square stand.

«Ja, er war immer voll trendy», sagte Beverly.

«Ne doofe Frisur hatte er», motzte Elly mit Blick auf Morgans Haar, dessen lockige Spitzen sich auf diesem Foto über ein Stirnband kringelten und ihm bis auf den Kragen fielen.

«Ach, Elly! Wir hatten eben damals solche Frisuren. Das war halt modern.»

«Bah. Voll abgestanden.»

«Ja, wir hatten früher eben keinen Justin Bieber. Oder Justin Timberlake. Oder Justin Irgendwas. Sondern Michael Jackson und Nik Kershaw und ‹Duran Duran›. Damals hatten die Männer noch waschechte Vokuhilas und Fönfrisuren. Das war eben *cool*.»

«Voku-was?»

«Vorne kurz, hinten lang. Oder mit viel Gel aufgepeppt.»

«Schrecklich! Bin ich froh, dass ich nicht damals gelebt hab.»

«Ja, und ich bin wirklich wahnsinnig froh, dass ich heute kein Teenager mehr sein und mir eure grässliche Musik reinziehen muss», konterte Beverly. «Ihr Jugendlichen tut mir manchmal wirklich leid. Das ist ja nun echt keine Musik mehr, was ihr euch da anhören müsst.»

«Oh, Mum, du hast doch einfach keine Ahnung.» Elly rollte mit den Augen. «Du mit diesen alten Schnulzen, die du dir da dauernd anhörst. – Was magst *du* denn so für Musik, Lee?»

«Hmm … äh … Harry …» Mist, wie hieß noch einmal der Typ, der das schöne Lied gesungen hatte, zu dem sie mit Kyle getanzt hatte? Harry irgendwas … irgendein Harry auf jeden Fall …

«Potter? Harry Potter?» Das war es doch gewesen, oder?

«Hä?» Elly starrte Lisa perplex an.

Oh, oh, das war wohl ein Schuss in den Ofen gewesen.

«Sign of the Times!», fiel ihr zum Glück der Titel des Lieds wieder ein.

«Ach, du meinst Harry Styles?» Elly riss die Augen auf.

«Äh ja, genau … Styles …», sagte Lisa zerknirscht und versuchte, nicht zu erröten.

Doch damit hatte sie offenbar mitten ins Schwarze getroffen. Wie von Zauberhand war Ellys schläfrige Miene wie weggewischt, und ihre hellgrünen Augen sprühten nun vor Eifer.

«Echt jetzt? Ich bin ein Riesenfan von dem. Nur schade, dass sich ‹One Direction› getrennt hat. Aber, oh mein Gott, Harry ist so süß!» Ihre Stimme überschlug sich regelrecht vor Begeisterung.

«Muuuuum, hast du das gehört? Sie mag auch Harry Styles!» Nun war Ellys Sympathie für Lisa offenbar nicht mehr zu bremsen.

«Also, der hat aber auch keine bessere Frisur», stichelte Beverly.

«Ja, aber eine bessere als Onkel Morgan», sagte Elly mit einem verächtlichen Blick auf das Foto.

«Elly», tadelte ihre Mutter. «Noch ein schlechtes Wort über deinen Onkel, und ich ...»

«Ja, ist ja gut, Mum.» Elly verdrehte die Augen. «Aber wegen dem gibt es doch ständig ein Drama.»

«Elly, Onkel Morgan mag seine Probleme haben, aber er ist trotz allem ein sehr liebenswerter Mensch. Er hatte es oft nicht leicht. Du weißt, was mit deiner Großmutter passiert ist.»

«Jaaa, ich weiß. Oma ist in der Klapsmühle.»

Lisa sah zwischen Beverly und Elly hin und her, als würde sie einem Tennisspiel zuschauen. Beverly seufzte.

«Eigentlich breiten wir solche Familiengeschichten ja nun wirklich nicht vor jedermann aus», sagte sie. «Aber aus irgendeinem Grund kommt es mir fast so vor, als gehöre Lee schon zur Familie.» Sie lächelte Lisa gewinnend an und dachte dann eine Weile nach, als würde sie in Gedanken abwägen, ob sie das Folgende erzählen sollte. Schließlich erklärte sie:

«Die Mutter von Morgan und Steven ist eines Tages einfach abgehauen. Keiner weiß, was sie dazu getrieben hat, aber sie leidet an Schizophrenie. Jahrelang ging das offenbar gut, doch auf einmal ist die Krankheit wieder ausgebrochen. Und Morgan war damals erst neun oder zehn Jahre alt. Er hat viel mehr unter dem Verlust seiner Mutter gelitten als Steven, der ja schon ein paar Jahre älter war. Aber das wussten wir ja alles nicht, weil Morgan nie mit jemandem darüber gesprochen hat.»

Die Geschichte kannte Lisa zwar längst, doch das konnte Beverly schließlich nicht wissen.

«Aber Opa hat gesagt, dass Onkel Morgan immer faul war und nur gefeiert hat. Und an den Wochenenden betrunken heimgekommen ist und auch nicht arbeiten wollte», wusste Elly, die sich wieder ihrem Smartphone zugewandt hatte.

«Dein Großvater hat ihn nicht immer sehr gerecht beurteilt, Elly. Er hat Morgan oft gescholten, weil er so sensibel war, und das ist nicht in Ordnung, weil jedes Kind in seiner Persönlichkeit einzigartig ist. Der arme kleine Kerl hat sich einfach in seinem Zimmer verkrochen, weil er neben deinem erfolgreichen Dad und deinem – sorry für den Ausdruck – ziemlich herrischen Großvater überhaupt kein Selbstvertrauen aufbauen konnte. Ich finde, du dürftest ruhig etwas mehr Verständnis für ihn aufbringen.»

Beverly hatte sich offenbar viele Gedanken zu Morgan gemacht. Lisa kam nicht umhin zu vermuten, dass sie vielleicht, wie viele andere Mädchen, auch einmal heimlich in ihn verliebt gewesen war. Und umgekehrt konnte es ebenso der Fall gewesen sein. Beverlys Charme hatte sich ja kaum ein Junge entziehen können. Lisa fühlte ein ungemütliches Piksen in ihrem Herzen.

«Pah», machte Elly, ganz in ihr Smartphone versunken.

Lisa betrachtete das etwas jüngere Mädchen. Sie war offensichtlich noch nicht reif genug, um solche Dinge zu begreifen.

Doch was war eigentlich passiert, nachdem die Mutter gegangen war? Wer hatte da auf Momo und Steven aufgepasst? Diese Frage hatte Lisa sich schon öfter gestellt. William Kendall war selten zuhause gewesen. Es hatte eine Haushälterin gegeben, so viel wusste Lisa. Und dann die Stiefmutter, aber Momo hatte sie nie erwähnt.

Vermutlich hatte ganz einfach Steven auf seinen kleinen Bruder aufgepasst, und vielleicht war Morgan deswegen auch oft nach der Schule mit seinen Freunden in der City umhergezogen, weil keiner zuhause gewesen war. Wieso hatte sie nie daran gedacht, ihn all das zu fragen? Sie hätten einander so viel zu erzählen gehabt ...

«Und übrigens sind sehr viele Mädchen auf ihn abgefahren», fügte Beverly hinzu. «Er war wirklich ein sehr schöner Junge. Er hatte sogar richtige Groupies. Er hat nie viel gesagt, aber er war freundlich zu allen. Ich konnte ihn sehr gut leiden.»

«Wenn du meinst ...», brummte Elly, ohne von ihrem Smartphone aufzusehen.

«Gib mir mal das Album. Ich will dir was zeigen.» Beverly nahm Lisa das Fotoalbum sanft aus der Hand und blätterte darin. «Nein, das ist das falsche. Ich brauch das von 1996.» Sie ging zur Bücherwand und zog es hervor. Sie schaute es flüchtig durch und legte es dann offen vor Lisa und Elly hin.

«Seht euch das an.»

Lisa verschlug es fast die Sprache.

Es war ein Bild von Morgan, wie es schöner nicht hätte sein können. Ein junger Mann in Designerjeans und Cowboystiefeln stand mit angewinkeltem Bein an eine Wand gelehnt, den Kopf leicht zur Seite geneigt und das dunkelbraune gelockte Haar aus dem Gesicht gekämmt und hinten zusammengebunden. Nur ein paar verspielte Strähnen ringelten sich in sein Gesicht. Das Licht stand genau im richtigen Winkel, so dass es seine Gesichtszüge perfekt modellierte: dunkle, klar gezeichnete Augenbrauen und volle, sinnliche Lippen, dazu sanfte, tiefbraune Augen, in denen ein Hauch von Traurigkeit lag.

«Sieht er da nicht aus wie ein echter Prinz?», meinte Beverly schmunzelnd.

Elly riss die Augen auf. «Ist *das* Onkel Morgan?»

«Ja, das kann man wohl sagen.»

«Wie alt war er da? War der mal Model?»

«Etwa 23. Nein, er war kein Model», sagte Beverly. «Na ja, dazu wäre er wohl auch zu klein. Er ist ja nur etwa einssiebzig. Als Model müsste er größer sein. Und ich glaube, das wäre auch gar nicht sein Ding gewesen. Dazu ist er viel zu schüchtern. Schade eigentlich. Er hätte so viel mehr aus sich machen können.»

Sogar Elly musste zugeben, dass Morgan damals sehr hübsch ausgesehen hatte. Doch sie hatte keine Lust, länger als nötig bei den Fotoalben zu verweilen, und zerrte Lisa am Arm.

«Los, komm mit. Ich will dir meine Harry-Styles-Sammlung zeigen», drängelte sie.

«Aber wir essen gleich», sagte Beverly. «Und eigentlich wäre es an dir, Elly, den Tisch zu decken. Ich muss noch Rühreier machen.»

Elly murrte. Im selben Augenblick kam auch Kyle gähnend ins Wohnzimmer getorkelt. Die Haare standen ihm senkrecht zu Berge. Er brummelte irgendwas Unverständliches, das wohl so was wie «Guten Morgen» heißen sollte.

«Na? Kater?», sagte Beverly, als sie ihren müden, verstrubbelten Sohn sah.

Kyle ließ sich auf einen Stuhl fallen und streckte alle Viere von sich.

«Wir haben Lee eingeladen, die Nacht hier zu verbringen, nachdem du dich einfach aus dem Staub gemacht hast», sagte Beverly mit einem sanften Tadel in der Stimme.

«Gediegen», gähnte Kyle.

Lisa fand eigentlich, dass nun eine zünftige Zurechtweisung angebracht wäre, doch Beverly machte sich frischfröhlich daran, die

Eier in einer Schüssel aufzuschlagen. Hallo? Die war aber viel zu nachgiebig! So etwas hätte es bei Tante Sally nie gegeben. Da hätte sich Lisa mindestens noch zwei Tage hinterher Vorwürfe anhören müssen. Sogar den Tisch deckte Beverly schließlich selbst, da Elly irgendwo zwischen Küche und Esstisch hängen geblieben war.

Schließlich stand Lisa auf, um zu helfen.

Steven rauschte herein. Er steckte in seinem Geschäftsanzug und wedelte mit einer Zeitung in der Hand herum.

«Guten Morgen, Schatz. Hi, Kids. Alle gut geschlafen?»

«Willst du heute noch ins Geschäft?» Beverly drehte sich zu ihrem Mann um.

«Ich muss. Wir haben Montag einen wichtigen Deal. Ich muss noch ein paar Mails erledigen.» Steven setzte sich mit einem Ächzen auf seinen Stuhl und knallte die Zeitung auf den Tisch.

«Ich dachte, du kommst später mit uns raus zu den Pferden.»

«Beverly ... Es tut mir leid. Aber wenn dieser Deal platzt ...»

«Schatz, immerhin ist heute Sonntag. Jetzt genieß erst mal dein Frühstück.»

«Du hast ja recht.» Steven strich sich über sein lichtes Haar und seufzte. Er sah nicht danach aus, als hätte er besonders viel geschlafen.

Etwas später stand ein reichhaltiges Frühstück mit Eiern, Bohnen, Speck, Würstchen, Orangensaft, Kaffee und allem, was das Herz begehrte, auf dem Tisch. Lisa hatte schon seit einer halben Ewigkeit kein so üppiges Frühstück mehr genossen. Bei Silvermans hatte es praktisch jeden Morgen Haferflocken und Toastscheiben mit Marmelade gegeben, und zuhause in der WG hielten sie es bis dahin ebenfalls recht einfach.

«Na, dann guten Appetit allerseits», sagte Steven. «Reicht mir mal einer die Würstchen? Hattest du ein schönes Fest, Kylian?»

Kyle nickte gähnend. Er lümmelte immer noch mit hängenden Schultern auf seinem Stuhl herum und klatschte sich eine Riesenportion Rührei auf den Teller, so dass die Hälfte daneben auf dem Tisch landete.

«Über die Sache mit der Maddox-Tochter müssen wir allerdings später noch reden, wenn ich von der Arbeit zurück bin. Sonst macht mir ihr Vater die Hölle heiß! Du weißt, wie hysterisch der werden kann.» Er schaute Kyle streng an und wandte sich dann an Lisa: «Und du, bleibst du noch eine Weile hier, Lee?»

«Ich denke ... ich gehe nach dem Frühstück», meinte sie vage und fragte sich, ob Steven den Ernst dieser Geschichte mit Angela doch noch nicht so ganz begriffen hatte oder einfach keine Zeit dafür hatte.

«Von uns aus kannst du gern bleiben, solange du möchtest», sagte Beverly freundlich. «Elly und ich fahren später zu den Pferden raus. Wenn du magst, bist du herzlich willkommen, uns zu begleiten. Und wie es aussieht, hat meine Tochter eine Verbündete gefunden.»

Es stimmte, Elly hielt Lisa dauernd das Smartphone mit neuen Bildern von Harry Styles unter die Nase, so dass Lisa kaum dazu kam, eine Gabel zum Mund zu führen. Elly musste ja total in diesen Kerl verschossen sein.

Lisa staunte, wie unkompliziert es bei Kendalls zuging. Vielleicht lag es an Beverly, die sie behandelte, als gehörte sie schon ewig zur Familie, oder daran, dass kaum über Tischmanieren geredet wurde. Hier aß jeder so, wie es ihm passte, und nicht mal Steven moserte darüber, dass immer noch ein Stück Rührei an Kyles Mundwinkel klebte.

Da war Momo um einiges besser erzogen gewesen. Er hatte ab und zu nach dem Spielen bei Lisa zum Abendessen bleiben dürfen, und Tante Sally war ja so entzückt gewesen von seinen einwandfreien Tischmanieren, während es bei Lisa auf dem Teller jeweils ausgesehen hatte, als hätte sie Krieg mit ihrem Essen.

Doch Momo hatte jedes Mal aus voller Kehle gelacht, wenn ihr wieder mal beim Schneiden das Messer abgerutscht und Onkel Bob das Steak um die Ohren geflogen war, und genau dieses Lachen hatte Lisa oft vor Schlimmerem bewahrt, denn nicht einmal Tante Sally hatte sich seinem Charme entziehen können. Im Gegenteil, ihre Tante hatte Momo sogar richtig gern gehabt und war froh gewesen, wenn Lisa mit ihm beschäftigt war.

Doch umgekehrt war Lisa fast nie bei Momo zuhause gewesen. Auch dann nicht, als sie noch in derselben Straße gewohnt hatten. Aus irgendeinem Grund, den sie nie hinterfragt hatte, war Momo immer zu ihr gekommen. Somit hatte Lisa auch nie bei Kendalls gegessen. Doch nun dachte sie darüber nach, dass es bei Kendalls damals vielleicht gar nicht so oft ein gemeinsames Abendessen gegeben hatte …

«Alles klar mit dir, Lee?», riss Beverlys Stimme sie aus ihren Tagträumen. Der warme, besorgte Unterton stellte irgendwas Unheimliches mit Lisas Eingeweiden an, dem sie besser nicht näher auf die Spur gehen wollte. Sie spürte einen lästigen Klumpen im Magen, der langsam ihre Kehle heraufkroch und sich in ihren Tränendrüsen niederließ.

Sie würde doch jetzt nicht weinen? Hallo?

Mit einer fahrigen Handbewegung strich sie sich über die Augen und räusperte sich. Sie fühlte beinahe so etwas wie Wut in sich aufsteigen – Wut auf Kyle und Elly, weil die beiden Teenager eine richtige Familie hatten und dies als völlig selbstverständlich hinnahmen.

Sie riss sich zusammen und straffte ihren Rücken.

«Alles in Ordnung», antwortete sie mit gespielter Heiterkeit. «Ich hab nur nachgedacht.»

«Das sollten wir alle hin und wieder tun», lächelte Beverly, und als wäre dies das Stichwort, blitzte es in ihren Augen auf. Sie wandte sich an ihren Mann: «Übrigens, Schatz, ich hab vorhin darüber nachgedacht: Wir sollten Morgan wieder öfter einladen. Von selbst kommt er ja nicht. Wir müssen häufiger die Initiative ergreifen. Gerade jetzt, wo es ihm psychisch wieder nicht so gut geht.»

«Ja, du hast schon recht», meinte Steven abwesend, mit einem Auge auf seine Zeitung schielend. «Ich sag ihm ja dauernd, er könne jederzeit vorbeikommen, aber ich hab momentan so viel um die Ohren, dass ich mich nicht noch mehr um ihn kümmern kann ... ich gebe ihm ja wirklich alles, was er will, aber ...»

«Aber Morgan könnte dir doch sicher was helfen in der Firma?»

«Ach, Schatz», seufzte Steven. «Hilfsarbeiter hab ich genug. Was ich bräuchte, wäre jemand, der mir einen Teil dieser Verhandlungen abnehmen könnte. Aber das kann ich Morgan mit seinen Sprachstörungen nicht zumuten. Ich bin ihm nur schon dankbar, dass er sich wenigstens um Mutter kümmert.»

«Schatz, ich glaube, du unterschätzt deinen Bruder manchmal», sagte Beverly bestimmt. «Sonst werde *ich* Morgan anrufen und ihn einladen. Ich werde ihn fragen, ob er mir hilft, die Hecken zu stutzen. Das macht er sicher. Er hilft immer, wenn man ihn fragt, aber man muss ihn eben fragen.»

«Ach, Bev, ich kann doch einen Gärtner bestellen. Warum krampfst du dich denn mit all dem ab? Du brauchst mir doch nur Bescheid zu sagen, dann besorg ich dir Haushaltshilfen und Gärtner und alles, was du benötigst.» Steven stellte seine Tasse ab und schaute auf die Uhr.

«Ich hab dir schon zu Beginn unserer Ehe gesagt, dass ich gern ein normales Leben führen und so wenige Bedienstete wie möglich haben will, erinnerst du dich?», antwortete Beverly. «Ich will auch nicht, dass meine Kinder verwöhnte reiche Gören werden. Von denen haben wir ja genug hier in der Gegend.»

«Schon gut, Schatz. Da bin ich ja auch voll und ganz dafür. Du machst das schon gut. Ich muss nun los. Bitte entschuldigt mich.» Er stand energisch auf und schüttelte Lisa schwungvoll die Hand: «Auf Wiedersehen, Lee. Ich hoffe, du kommst bald wieder vorbei.»

Und schon war er draußen.

Beverlys Blick wanderte von Lisa zu ihren beiden Kids. Beide, Kyle und Elly, waren hingebungsvoll mit ihren Smartphones beschäftigt.

«Also, Manieren haben diese zwei», sagte sie kopfschüttelnd. «Du benutzt dein Smartphone nicht sehr viel, Lee? Das ist echt selten für ein Mädchen in deinem Alter.»

Erst jetzt fiel Lisa ein, dass sie nicht mal wusste, wo sie ihr Smartphone gelassen hatte.

«Stimmt», sagte sie.

«Tja, als Dad und ich in eurem Alter waren, gab es noch keine Smartphones und kein Internet», sagte Beverly. «Das könnt ihr euch wohl gar nicht mehr vorstellen.»

«Och, Mum, hör doch auf mit dem Kram», stöhnte Elly. «Das haben wir doch alles schon tausendmal gehört. Das muss ja furchtbar gewesen sein. Bin echt froh, dass ich nicht zu der Zeit gelebt hab.»

Kyle sagte gar nichts. Er hatte schon während der ganzen Mahlzeit das Essen mit griesgrämiger Miene in sich hineingeschaufelt. Nach dem Essen verzog er sich aufs Sofa und schaltete den Fernseher ein. Er wirkte immer noch dösig und spürte offenbar, dass Lisa nicht mit ihm reden wollte. Beverly warf ihm einen skeptischen Blick zu, ließ ihn aber in Ruhe.

Elly zerrte an Lisas Hand und wollte sie unbedingt mit in ihr Zimmer schleifen, um ihr die Harry-Styles-Sammlung zu zeigen.

Lisa zögerte. Sie dachte wieder einmal daran, dass sie hier eigentlich schon längst von der Bildfläche hätte verschwinden müssen. Doch vorher hatte sie noch eine ganz dringende Frage an Beverly, obwohl sie wusste, dass diese sehr gewagt war.

«Ich dachte, ich helfe deiner Mutter beim Abwaschen», sagte Lisa und schüttelte Ellys Hand ab.

«Das ist nett von dir, aber das brauchst du nicht», sagte Beverly. «Wir haben schließlich eine nagelneue Hightech-Küche.» Sie öffnete die Klappe und stellte ein paar Teller in die Spüle. In der Tat, in dieser Küche war alles mit dem Feinsten ausgestattet.

«Außerdem wäre es – wennschon, dennschon – an meinem Fräulein Tochter, mir zu helfen. Aber so, wie ich die Lage einschätze, kann sie es kaum erwarten, dich mit ihrem Harry-Styles-Virus zu infizieren. Geh du lieber mit ihr ins Zimmer. Mein Sohn ist immer noch unbrauchbar, so wie es aussieht.»

«Mich ... äh ... beschäftigt diese Geschichte von ... äh ... Morgan», begann Lisa schüchtern. «Dass er dieses Mädchen verloren hat, das mir so ähnlich sieht, und nun ... so traurig ist ...»

«Ja, das ist auch eine tragische Sache», meinte Beverly ernst.

«Hat er ... denn dieses Mädchen ... sehr geliebt?» Lisas ganzer Körper befand sich in einem Zustand elektrischer Hochspannung.

«Ich denke schon. Ich weiß nicht viel darüber. Aber ich hab sie zusammen an diesem Herbstball gesehen. Das muss ...», sie rechnete nach, «1989 gewesen sein. Das war mit Abstand das Schönste, was ich je gesehen habe. Cinderella ist direkt ein Abklatsch dagegen. Sie war mit einem prächtigen türkisfarbenen Kleid da, und er im dunkelblauen Smoking, und sie sahen beide so ... Wie kann ich das nur beschreiben?

Man hat eine innige Vertrautheit gespürt. Sie waren beide wirklich wunderschön, aber es war mehr als das. Es klingt kitschig, ich weiß, aber ich hab während des Abends einmal gedacht, die zwei würden sicher für alle Zeiten zusammen durchs Leben tanzen. Es hat mir unendlich leidgetan für Morgan, als wir vom Tod dieses Mädchens erfahren haben. Ich glaube, es hat sein Herz gebrochen ...»

Lisa hätte sich gern all den aufkommenden Emotionen hingegeben, die sie zu überwältigen drohten, doch sie musste Ellys Drängen nachgeben, wenn sie nicht wollte, dass diese ihr den Arm ausriss.

«Na schön, ich komme ja. Ich such nur mein Smartphone.»

Sie machte sich von Elly los, eilte voraus die Treppe hoch und lief in das Gästezimmer, in dem sie übernachtet hatte. Das Smartphone lag auf dem Nachttisch. Sie stutzte, als sie das grüne Licht blinken sah. Wer hatte ihr denn da eine Nachricht gesandt?

Sie machte den Bildschirm an und sah sofort, dass Zac mehrmals angerufen hatte. Ach du grüne Neune. Sie war es einfach nicht gewohnt, das Smartphone ständig bei sich zu tragen. Schnell tippte sie auf Rückruf und wartete, bis Zac sich meldete.

Zac war ganz außer sich.

«Wo warst du, Lee?», fragte er hektisch. «Ich hab mehrmals versucht, dich zu erreichen. Ich sehe auf meiner Ortungs-App, dass du gar nicht in der WG bist. Wir waren in großer Sorge um dich. Was machst du an der Westhill Avenue?»

«Eh ... ich bin ...»

«Ist alles in Ordnung?»

«Es war ein Geburtstagsfest ... Ich hab nur ... Zac ...?»

«Schon gut. Schon gut. Dad meint nur, du sollst nicht ... warte, ich gebe ihn dir gleich selbst.»

Gleich darauf vernahm sie Doc Silvermans sonore Stimme am anderen Ende.

«Lee? Hör zu, ich möchte nicht mit dir streiten, aber ... dass du im Haus der Kendalls bist, ist extrem gefährlich für die Zeitlinie. Und auch für dich.»

«Ich weiß, Doc, ich ... habe nur ... der Sohn von Steven Kendall geht doch in meine Klasse ... Tut mir leid, dass ich nie was davon gesagt habe ... Und außerdem, ich gehe ja wieder zurück in der Zeit, und dann wird die Geschichte sowieso wieder umgeschrieben. Alles, was ich jetzt tue, findet doch dann gar nicht mehr statt ... das hat Britt jedenfalls gesagt ...» Sie verhedderte sich wieder mal komplett in ihrer Geschichte.

«Lee», sagte der Doc nun mit warmer Stimme. «Es ist nicht allein deswegen. Es geht in erster Linie auch um *dich* und um deine Gefühle. Bedenke: Wir haben es hier trotz allem mit *echten* Gefühlen und *echten* Menschen zu tun. Ich weiß, dass es dich zu den Kendalls hinzieht. Sie scheinen eine spezielle Rolle in deinem Leben zu spielen. Aber deine Zeit ist noch nicht gekommen. Denn vergiss nicht,

Lee: Du musst dich hinterher wieder von all diesen Menschen, die dir jetzt ans Herz wachsen, trennen. Du wirst deine Erinnerungen an sie mitnehmen. Die Zeitlinie kann vieles reparieren, aber nicht dein Herz.»

Lisa war auf einmal klar, was der Doc meinte.

Sie hatte tatsächlich das Gefühl, dass nicht nur sie mit der Familie Kendall eine innige Verbundenheit empfand, sondern auch umgekehrt.

Nur war die Zeit dafür eigentlich gar nicht da.

Und tatsächlich, je mehr sie über Doc Silvermans Worte nachdachte, umso deutlicher nahm sie diesen unerforschten Abgrund in ihrem Herzen wahr, der von einer brennenden Sehnsucht zeugte. Von etwas, das sie ihr Leben lang vermisst hatte.

Zum ersten Mal wusste sie nicht mehr so richtig, ob sie überhaupt wieder in ihre eigene Zeit zurückkehren wollte.

Sie seufzte tief auf.

Der Doc hatte recht. Sie musste jeglichen Kontakt zu den Menschen hier im Jahr 2018 unterbinden.

Sie gehörte nicht als Sechzehnjährige in diese Zeit.

Sie gehörte überhaupt nicht hierher.

Denn das alles würde nicht in erster Linie ein Desaster in der Zeit anrichten, sondern in ihrem Herzen.

Betrübt ging sie schließlich zurück zu den Kendalls. Elly war immer noch unten und klagte gerade über irgendeine kleine Ermahnung, die sie offenbar soeben von ihrer Mutter bekommen hatte.

«Ich muss leider los. Mein Onkel hat grad angerufen. Ich sollte eigentlich schon längst zuhause sein», unterbrach Lisa den Disput.

«Selbstverständlich», nickte Beverly. «Wir haben gar nicht gefragt, wo du eigentlich wohnst. Entschuldige bitte. Soll ich dich schnell nach Hause fahren?»

«Nein, ist schon gut. Ich ... ich werde an der Westhill Mall abgeholt.» Das war gelogen, aber es war die einzige Möglichkeit, auf eine höfliche Art Distanz zu schaffen.

«Och.» Elly war enttäuscht. «Wann kommst du wieder? Wir können uns zusammen die YouTube-Videos von Harry angucken.»

«Na ja ... irgendwann ...»

«Wann ist irgendwann?» Elly sah Lisa bettelnd an.

Irgendwann in der Zukunft, dachte Lisa.

Fragte sich nur, in welcher Zukunft ...

Kapitel 13
Gefallener Instagram-Engel

Ab Montag tat Lisa alles, um jeglichen Kontakt zu ihren Mitschülern zu vermeiden. Sie nahm extra einen früheren Bus und blieb so lange in der Bibliothek sitzen, bis es zur Stunde klingelte. Dass sie dazu noch einen guten Grund hatte, sauer auf Kyle zu sein, kam ihr gerade recht. Denn als der sie auf dem Weg ins Unterrichtszimmer abfangen wollte, schüttelte sie nur barsch seine Hand ab und stelzte davon, ohne ihm Beachtung zu schenken.

Es fiel ihr absolut nicht leicht, sich derart wie eine Zicke zu benehmen. Aber jedes Mal, wenn sie nachgiebig werden wollte, rief sie sich die Bettgeschichte mit Kyle und Xia ins Gedächtnis, und das genügte, um die Wut erneut zu entfachen, die sie so dringend brauchte, um Abstand zu wahren.

«Lee, warte mal ...» Kyle versuchte es schon wieder.

«Lass mich!», fauchte sie.

Doch er war schneller und packte sie am Arm. «Ich weiß, dass du böse bist auf mich ... aber ehrlich gesagt, ich verstehe nicht ganz ...»

Auch das noch! Er hatte zu allem Überfluss auch noch eine lange Leitung. Doch als sie ihn mit einem verächtlichen Blick bestrafen wollte, hielt sie inne. Er sah aus wie ein zerknautschter Lausbub, der zwar wusste, dass er etwas Dummes angestellt hatte, aber keine Ahnung hatte, was genau.

Sie seufzte. Sie fühlte sich wahrhaftig ganze dreißig Jahre älter als er.

«Warum wohl? Wegen deiner blöden Aktion in deinem Zimmer mit Xia!»

«Du meinst ... weil ich sie geküsst hab?»

«Was denn sonst? Herrje, bist du schwer von Begriff?»

Zu dem gesamten Wutpaket kam auch noch, dass sie mittlerweile echt keine Lust mehr hatte, sich ständig von diesen Kendall-Jungs, die nicht wussten, was sie wollten, auf der Nase herumtanzen zu lassen.

«*Sie* hat angefangen ... Aber da war eigentlich nichts dabei ...» Kyle ließ hilflos die Arme hängen.

«Genau. Warum machst du es dann?»

«Ich verstehe nicht ...»

«Warum küsst du sie denn, wenn *nichts* dabei ist?»

Kyle kam irgendwie nicht ganz mit.

«Man küsst doch nicht einfach so planlos in der Gegend rum, wenn *nichts* dabei ist», knurrte sie ihn an.

«Aber das machen doch alle ...»

Wie bitte? In was für einem Zeitalter lebte der eigentlich? Oder war sie selbst so altmodisch? Ach, egal ...

«Na und? Ist das ein Grund, es *auch* zu tun?» Lisa stellte zufrieden fest, dass seine Aussage sie gleich noch mehr in Rage gebracht hatte. Vielleicht, weil der Kuss, den sie damals von Momo bekommen hatte, anscheinend eben auch *nichts* bedeutet hatte.

Nichts.

Oder doch?

Kyle sah Lisa mit so belämmerter Miene an, dass sich das blöde Mitleid wieder einstellen wollte. Mit aller Kraft schüttelte sie es ab.

«Ganz einfach: Man entscheidet sich zuerst, ob man bereit ist, eine Person auch *wirklich* zu lieben, bevor man sie küsst!», rutschte es aus ihr heraus, und damit drehte sie sich auf dem Absatz um und stiefelte davon. So einen gekonnten Abgang hatte sie wahrhaftig noch nie hingekriegt.

Als Nächstes wurde sie von Banjo abgefangen.

«Lee! Da bist du ja. Die ganze Geschichte ist in ein Drama ausgeartet!»

«Welche Geschichte?»

«Angela Cox.» Banjo hielt ihr sein Smartphone unter die Nase.

Lisa runzelte die Stirn und versuchte zu begreifen, was Banjo meinte, während sie auf das Foto starrte, das sie zu gut kannte und das Angela mit sterbenselender Miene auf dem Sofa zeigte, mit besonders gutem Einfallswinkel auf das Erbrochene neben ihr.

«Wie kommt denn das Foto auf dein Smartphone?», fragte sie verstört. Sie hatte doch alles auf Mirandas Gerät gelöscht … wie kam denn Banjo dazu …?

«Das ist auf Instagram», erklärte Banjo. «Irgendjemand hat einen Fake-Account gemacht und dieses Bild gepostet. Siehst du? ‹Laradance55›. Wer auch immer das ist.»

«Aber ich hab doch alle Fotos gelöscht?» Lisa begriff das immer noch nicht ganz.

«Mag sein, aber offensichtlich haben sie es längst weitergeschickt, bevor du die Bilder gelöscht hattest.»

So schnell? Diese Welt von 2018 drehte sich wirklich wie ein rasanter Wirbelsturm, fand Lisa.

«Hm. Und jetzt?»

«Nichts. Wir können nicht viel machen. Aber vielleicht müssen wir die beiden Gören zumindest anzeigen oder der Schulleitung melden. Das ist ein schwerer Fall von Cybermobbing.»

«Cybermobbing» nannte man das also. *Das* hörte sich nun wirklich futuristisch an. Wenigstens gab es diese Probleme 1989 nicht.

«Können wir dieses Bild nicht einfach von Insta-Dings löschen?», fragte sie. «Uns in diesen Account hacken und das dann entfernen?» *Zac könnte das sicher*, dachte sie. Der konnte alles. Der hatte sich früher in sämtliche Verzeichnisse von Forschungseinrichtungen eingehackt.

Banjo sah sie an, als hätte sie nicht mehr alle Tassen im Schrank. «Lee ... du bist mir vielleicht ein Retro-Girl. Das Bild hat doch schon längst die Runde im Netz gemacht und ist bestimmt schon mehrfach kopiert worden. Die Cox hat ja genug Hasser. Was einmal im Netz ist, kannst du nie mehr entfernen.»

Das klang unheimlich, fand Lisa. Das Internet war ja tatsächlich gefährlich. Als hätte eine Riesenspinne dieses Netz gewoben. Und war man mal in ihren Fängen drin, so hatte man sich für immer verheddert.

Doc Silverman hatte *schon wieder* recht gehabt.

Arme Angela ...

«Wo ist sie eigentlich?» Lisa sah sich um, doch Angela saß nicht auf ihrem Platz. Dafür sah sie Kyle, der sich kleinlaut auf seinen Stuhl gesetzt hatte und immer noch aussah wie ein geprügelter Hund.

«Sie war kurz da, aber ist dann heulend wieder rausgerannt», wusste Banjo. «Offenbar wurde das erst heute früh gepostet. Die dummen Weiber mussten wohl am Sonntag erst ihren Rausch von Samstagabend ausschlafen. Schätze mal, sie ist auf der Toilette und weint sich die Augen aus. Ihre Sachen liegen ja immer noch da ...»

Instinktiv vermutete Lisa, obwohl sie nicht viel über diese sozialen Medien wusste, dass das Foto absichtlich erst an diesem Vormittag gepostet worden war, um Angela vor den Augen der ganzen Klasse bloßzustellen. Sie dachte an das Gespräch zwischen Steven und Maddox, das sie mitgehört hatte. Irgendwie fühlte sie immer noch, dass sie Maddox einen Gefallen schuldig war.

«Ich geh sie suchen», beschloss sie. Zeitlinie hin oder her.

«Mach das. Ich geh nächste Pause zur Schulleitung und melde das denen mal», sagte Banjo.

Lisa warf noch einen letzten Blick auf Kyle, ehe sie das Klassenzimmer verließ. Sollte dieser verwöhnte Grünschnabel ruhig noch ein wenig schmollen und seine Lektion daraus ziehen.

«He, wo willst du hin?» Cheyenne stellte ihre langen Glieder direkt in Lisas Weg, als diese Richtung Klo stürmen wollte. «Der Unterricht geht doch gleich los!»

«Notfall», murmelte Lisa und stieß Cheyenne beiseite.

Vor der nächstbesten Toilette machte sie Halt. Der Vorraum war leer, doch sie sah auf Anhieb, dass eine der Kabinentüren abgeschlossen war.

«Angela.» Zaghaft trat sie näher und pochte leise an die Tür.

«Geh weg», jammerte eine Stimme, der man das Weinen anhörte.

«Ich bin's, Lee. Ich wollte dir nur sagen, dass ich ziemlich sicher weiß, wer dieses Fotos von dir gemacht und hochgeladen hat.»

Von Angela kam nur ein herzzerreißendes Schluchzen.

«Ich hab versucht, die Fotos von Mirandas Smartphone zu löschen», fuhr Lisa etwas verzweifelt fort. «Aber es war wohl schon zu spät. Sie muss es weitergeschickt haben. Ich konnte leider nichts mehr tun. Bitte komm raus, Angela. Ich versuch dir zu helfen, die Dinge in Ordnung zu bringen.»

Doch Angela schniefte nur.

«Angela …»

«Du kannst *nichts* in Ordnung bringen. Das Foto ist sicher schon um die halbe Welt gegangen. Mein Name wurde getaggt. Ich hab zwanzigtausend Follower. Viele haben das gesehen. Was meinst du, wie viele hässliche Kommentare ich bereits bekommen hab? Ich bin total ruiniert. Wertlos. Ein Stück Dreck …»

Es fiel Lisa immer noch schwer, sich dieses Ausmaß vorzustellen. Zwanzigtausend Follower aus aller Welt … die sich einfach nur die Fotos anguckten, die man postete. Das waren Dimensionen, die ihr Fassungsvermögen überstiegen.

«Du bist kein Stück Dreck, Angela», sagte sie langsam. Eigentlich wusste sie überhaupt nicht, was sie sagen sollte, also redete sie einfach weiter. «Komm raus! Es hilft nichts, wenn du dich verkriechst. Du kannst ja nicht ewig da drin bleiben … es ist doch egal, was die Leute denken … Über mich denken sie auch immer viel Mist … bitte …»

Schließlich wurde das Schloss mit einem vorsichtigen Klacken herumgedreht. Die Tür ging auf, und Angela streckte den Kopf heraus. Aber sie sah übel aus! Die Schminke lief in bunten Bächen über ihr Gesicht, und mit ihren sonst so sorgfältig frisierten und gepflegten Haaren sah sie aus wie ein gerupftes Huhn.

«Soll ich deinen Dad anrufen?», bot Lisa an.

Da flossen erneut Tränen aus Angelas Augen. «Nein … bloß das nicht! Ich will nicht, dass er sich aufregt … Er kann so hysterisch werden! Ich will nicht, dass das alles noch dramatischer wird, als es eh schon ist.»

Angela war nun ganz zu ihr herausgetreten. Lisa legte ihr die Hand auf die Schulter und führte sie zum Waschbecken. Angela schluckte noch ein paarmal und begann dann, ihr Gesicht unter fließendem Wasser zu säubern. Lisa stellte sich wie ein Wachhund hinter sie, um sie, falls nötig, vor neugierigen Blicken abzuschirmen.

Schließlich war Angela einigermaßen so weit, dass sie sich wieder im Spiegel anschauen konnte.

«Ich hab meine Schminke im Klassenzimmer gelassen …», sagte sie leise. «Ich kann so nicht unter die Leute.»

«Klar kannst du das. Ich bin ja auch ungeschminkt.»

«Nein. Die lachen mich alle aus …»

«Sollen sie. Wenn dich einer auslacht, kriegt er es mit mir zu tun. Überhaupt, wieso soll man denn jemanden auslachen, nur weil er gerade nicht geschminkt ist? Das ist doch absolut bescheuert.»

Da lächelte Angela ein wenig. Zum ersten Mal.

«Aber ich seh scheußlich aus … blass und krank …»

Angela hatte zwar eine sehr helle Hautfarbe, aber Lisa konnte beim besten Willen nicht finden, dass sie krank aussah.

«Du siehst lediglich aus wie jemand, der geweint hat», sagte sie.

Wieder entschlüpfte Angela ein Lächeln. Lisa fand eigentlich, dass sie sogar viel netter aussah ohne diesen ganzen Make-up-Kleister.

«Vielleicht solltest du einfach nach Hause gehen, Angela. Dich ausruhen und so.»

«Nein», widersprach das Mädchen leise. «Zuhause bin ich ja doch nur allein. Es ist niemand da. Nur meine Nanny. Aber ich mag sie nicht! Ich will doch eigentlich überhaupt kein Kindermädchen haben ...»

Das konnte Lisa ziemlich gut nachvollziehen.

«Hallo, ich bin fast siebzehn! Aber mein Dad findet ...» Sie seufzte und sah Lisa mit ihren Puppenaugen an. Sie hatte wunderschöne Augen, stellte Lisa gerade fest. Sie waren von einem sehr hellen, glasklaren Eisblau, genau wie die von Maddox, umrahmt von blonden Wimpern, die auch ungeschminkt lang und dicht waren.

«Sollen wir uns ein bisschen nach oben in den Eingangsbereich der Bibliothek setzen?», schlug Lisa vor. «Dort gibt es einen Kaffee-Automaten und bequeme Sessel.»

«Aber willst du nicht in den Unterricht?» Angela blickte auf ihre teure Armani-Uhr.

«Ich kann ruhig eine Stunde schwänzen», meinte Lisa. Das war das Praktische am Zeitreisen: Es spielte überhaupt keine Rolle, ob sie die Examen bestehen würde oder nicht.

Angela sah Lisa an und nickte schließlich. «Danke. Das ist sehr nett von dir», sagte sie leise.

Die Bibliothek war um die Uhrzeit fast leer. Es gab nur wenige, die gerade eine Freistunde hatten und vor dem Unterricht in die Schule gekommen waren. Trotzdem steuerte Lisa die hinterste Sesselgruppe an und sank in das weiche Polster. Angela, die ihr Gesicht hinter einem Haarvorhang versteckt hatte – aus Angst, dass jemand ihr ungeschminktes Antlitz sehen könnte – nahm ihr gegenüber Platz. Sie schniefte immer noch ein bisschen.

«Soll ich uns Kaffee holen?», schlug Lisa vor.

Doch Angela schüttelte entschieden den Kopf, klappte das Etui ihres Smartphones auf und zog eine goldene Kreditkarte hervor.

«*Ich* hole welchen.» Ehe Lisa protestieren konnte, war sie schon aufgestanden und kam wenige Minuten später mit zwei dampfenden Cappuccino-Bechern zurück. Sie drückte Lisa einen davon in die Hand.

«Danke», sagte Lisa überrascht. Angela setzte sich wieder, und die Mädchen schlürften ihren Kaffee und sahen sich dabei stumm über den Becherrand hinweg an. Lisa studierte das filigran gemalte Muster und die Glitzersteinchen auf Angelas sorgfältig zurechtgemachten Fingernägeln, die regelrecht kleine Kunstwerke darstellten.

«Hast du diese Nägel selber gemacht?», fragte sie, um das Schweigen zu brechen.

Angela nickte.

«Wie machst du das?», wollte Lisa wissen. Nein, eigentlich wollte sie es nicht wirklich wissen, sie wollte nur irgendwas aus Angela rausbekommen.

«Viel Übung. Das ist mein Hobby. Ich hab nicht so viel anderes zu tun. Dad gerät ja in Panik, wenn ich mich mal außer Haus bewege. Er will immer ganz genau wissen, wo ich bin. Irgendwie hat er ständig Angst, dass mir was zustoßen könnte, weil ich so hypersensibel bin. Tja. Und nun ist mir tatsächlich was passiert …»

Maddox, dachte Lisa kopfschüttelnd. Offenbar hatte er einen Mutterkomplex, weil er selber von seiner Mum so verhätschelt worden war.

«Liege ich richtig mit meiner Vermutung, dass Miranda und Cherish dir Alkohol ins Getränk getan haben, um diese hässlichen Bilder von dir zu machen?»

Angela nickte langsam. «Ja, ich denke, so war es. Es ist nun mal so, dass ich Alkohol überhaupt nicht vertrage. Auch wegen der

Medikamente, die ich nehmen muss. Ich reagiere so empfindlich darauf, dass nur schon eine kleine Menge genügt. Das wussten die ...»

«Aber ich dachte immer, sie sind deine Freundinnen? Ich hab dich jedenfalls ständig mit ihnen zusammen gesehen.» Lisa hatte immer noch Mühe, so viel Niedertracht nachzuvollziehen.

Doch Angela schüttelte bekümmert den Kopf. «Ich hab eigentlich gar keine Freundinnen.»

«Aber du bist doch so berühmt auf diesem Insta-Ding?» Irgendwie konnte sie sich einfach den Namen dieser App nicht merken.

«Berühmt zu sein heißt noch lange nicht, dass man auch Freunde hat», sagte Angela sehr leise. «Im Gegenteil. Man hat viele Neider.»

«Du meinst, Miranda und Cherish sind neidisch?»

Angela hob ihre schmalen Schultern. «Ich weiß es nicht. Sie haben sich von Beginn weg an mich gehängt, weil ich die Tochter des bekannten Modeschöpfers Cox bin. Ich hab schon gespürt, dass sie hinterhältig sind, aber ich hatte sonst niemanden, der meine Freundschaft wollte, also hab ich es zugelassen. Es war besser, als allein zu sein ...»

«Verstehe ...»

«Ich bin nun mal ziemlich exzentrisch veranlagt», fuhr Angela fort, nun plötzlich redselig. «Das hab ich von meinem Dad. Der ist auch so. Er läuft immer in ziemlich ausgefallenen Klamotten rum. Du kennst ihn ja sicher, oder? Er ist oft in den Zeitungen. Letzthin hatte er einen ganz fürchterlichen geblümten Anzug an. Ich konnte gar nicht hingucken.»

Angelas Mundwinkel zuckten ein wenig, als müsse sie ein Schmunzeln verbergen.

Lisa hingegen schaffte es nur mit Mühe und Not, einen Lachanfall zu unterdrücken. Maddox' komischer Kleidergeschmack war schon 1989 ein Thema gewesen. Die Vorstellung, ihn in einem geblümten Anzug zu sehen, ließ ein Blubbern in ihrer Kehle entstehen, das schließlich in Form von zischender Luft ihrem Mund entwich.

Doch sie verstand ziemlich genau, was Angela durchmachte.

«Meistens werden diejenigen ausgeschlossen, die etwas anders sind als die anderen», sagte sie weise. «Ich kenne das.»

«Du? Aber das stimmt gar nicht. Du bist beliebt. Kylian Kendall ist doch sehr von dir angetan!»

«Ach was ... sieh mal, in meiner alten Schule war ich so eine Art Außenseiterin», begann Lisa zu erzählen. «Mein bester Freund war der größte Freak der Klasse, ein richtiges Physikgenie, und meine beste Freundin ... nun, sie tickte ziemlich anders als der Rest der Klasse. Sie strickte sogar im Unterricht. Und der Junge, den ich liebte, wollte mich nicht ... wahrscheinlich, weil ich ein paar Zentimeter größer war als er. Und ich hatte sogar meine persönliche Liste mit ungefähr zwanzig Punkten, warum ich nicht normal bin wie alle anderen. Tja ... und bevor ich hierherkam, wurde ich auch noch von der Klassensprecherin gemobbt, weil ich angeblich gegen verschiedene Klassenregeln verstoßen hatte.»

Angela sah Lisa mit ungläubigem Blick an.

«Erzähl weiter», bat sie.

«Nein, erzähl du», meinte Lisa.

«Es gibt nicht so viel zu erzählen.» Angela zog ihre Schultern zusammen, als ob sie frieren würde.

Eine Weile wusste keine etwas zu sagen. Lisa starrte aus dem Fenster, von wo aus man direkt den Innenhof mit dem Biotop überblicken und etwas weiter hinter den Schuldächern sogar das eckige Gebäude des Forschungszentrums sehen konnte.

«Warum machst du denn eigentlich dauernd Fotos von dir und tust sie aufs Internet?», nahm sie etwas später den Gesprächsfaden wieder auf. «Ist nicht *das* der Hauptgrund, warum sie dich überhaupt hänseln?»

«Endlich fragt mich das mal jemand», sagte Angela.

«Wie meinst du das?»

«Weil die meisten mich einfach verurteilen, ohne überhaupt zu fragen.» Angela strich sich eine pastellfarbene Haarsträhne aus dem Gesicht. «Die meisten beurteilen mich einfach nur nach meinem Äußeren. Sie sehen meine Haare, meine aufgespritzten Lippen, mein Make-up, meine Glitzernägel. Und ja, das stimmt auch alles. Ich hab ein paar Schönheitsoperationen gemacht. Ich bin mit einem Dad aufgewachsen, der in der Modebranche arbeitet.

Ich weiß auch, dass ich einen hochmütigen Gesichtsausdruck hab. Und ich weiß auch, dass ihr mich alle *Bitchface* nennt. Und ich weiß ebenso, dass ich den Mund zu einem Schmunzeln verziehen kann, ohne dass meine Augen mitlächeln. Aber was niemand weiß, ist…»

Sie richtete ihren Blick fest auf Lisa.

«… dass ich auch eine Seele habe. Und ein Herz, das schlägt. Und dass ich auch denken kann. Mein Vater mag ziemlich crazy sein. Deswegen hat Mum ihn auch verlassen. Ich sehe sie einmal die Woche, aber ich kann mit ihr nichts anfangen – und sie nichts mit mir. Ich kann nicht mit ihr reden. Sie hört mir nicht zu. Sie sieht mich nicht mal an. Sie hat nur ihr eigenes neues Leben im Kopf und ihren neuen Boyfriend, den sie alle zwei Monate wechselt. Das ist alles, was ich über sie sagen kann. Mehr will ich auch nicht sagen.

Ich poste all diese Bilder von mir auf Instagram, weil ich süchtig bin nach Likes. Weil es meine einzige Möglichkeit ist, ein bisschen Anerkennung zu kriegen. Weißt du, wenn du ein Foto von dir postest, und du kriegst dann mehrere tausend Likes von deinen Fans aus aller Welt ... dann wird derselbe Stoff in deinem Gehirn freigesetzt, wie wenn du Drogen genommen hättest: Dopamin. Es macht dich glücklich. Und abhängig. Und ...» Sie lächelte Lisa etwas hilflos an.

Lisa hatte Angela zugehört, ohne sie zu unterbrechen. Sie schaute das Mädchen an und wartete, ob noch mehr kam.

«Ich werde dich nicht weiter mit meinen Problemen zutexten», sagte Angela. «Danke, dass du mir zugehört hast.»

«Keine Ursache», meinte Lisa. «Ich muss ehrlich zugeben, dass auch ich dich für die größte Zicke der Welt gehalten hab. Aber das bist du nicht. Im Gegenteil ...» Sie schämte sich richtig für ihre Gedanken.

«Ich kann es nachvollziehen. Mach dir keine Sorgen», winkte Angela ab.

Lisa betrachtete das Mädchen erneut, und sie sah Maddox vor sich. Maddox, der sich zwar immer wie ein Hampelmann benommen hatte, aber in Wirklichkeit gar nicht so dumm gewesen war ... nur etwas hyperaktiv ...

«Aber nun sehe ich, dass du in Wahrheit ... sehr intelligent bist.» Irgendwie fühlte Lisa, dass sie mit dem Wort *intelligent* den Nagel auf den Kopf getroffen hatte.

«Ich hab einen IQ von 148», sagte Angela. «Ich gelte als hochbegabt. Und ich feile im Unterricht meine Nägel und spiele an meinem Smartphone rum, weil ich alles, was wir lernen, schon längst kapiert habe. Englisch, Naturwissenschaften, Mathe – das alles bereitet mir keine Mühe. Ich nehme die Dinge so intensiv wahr, dass ich deswegen auch diese Medikamente nehmen muss. Ich käme sonst mit all diesen Eindrücken gar nicht mehr zurecht. Mir schießen jede Sekunde unzählige Gedanken durch den Kopf. Ich springe deswegen oft von einem Thema zum nächsten.»

«Das wusste ich nicht», sagte Lisa überrascht.

«Das wissen die meisten nicht», lächelte Angela. «Sie wundern sich nur, warum ich ständig ein ‹A plus› schreibe, und meinen, dass mein Vater die Schule mit seinem Geld bestochen hat, mir gute Noten zu geben.»

«Unglaublich …»

«Ich möchte sehr gern an dieser Schule bleiben. Deswegen will ich auch nicht, dass mein Dad von dieser Geschichte mit dem Foto erfährt», fuhr Angela fort. «Er würde mich sonst vermutlich sofort von der Schule nehmen.»

Ehe Lisa etwas erwidern konnte, gab ihr Smartphone ein leises Piepen von sich. Es war selten, dass sie elektronische Post bekam, und sie zog das Smartphone mit leicht besorgter Miene aus der Jackentasche ihrer Schuluniform. Sie hatte sich seit Sonntag vorgenommen, das Telefon wie eine normale Jugendliche aus dem Jahr 2018 ständig mit sich herumzutragen.

Es war eine SMS von Kyle.

> Hey. Was immer ich verbockt hab, tut mir aufrichtig leid. Kannst du mir endlich verzeihen? Ich mag dich gern. Möchte mit dir auf dem Square Skateboard fahren gehen. Hast du Lust? K

«Ist das von Kyle?», fragte Angela.

Lisa blickte auf. «Woher weißt du das?»

«Weil du ganz rote Wangen hast.»

War das so? Lisa fühlte tatsächlich, dass ihr Gesicht ganz heiß war. Aber wieso eigentlich? Es gab doch hier überhaupt nichts zu erröten!

«Du solltest ihn daten», sagte Angela schlicht. «Ihr würdet gut zusammenpassen. Ihr tickt im selben Takt.»

Lisa schaute Angela verblüfft an. Was meinte sie damit?

«Vertrau mir», sagte Angela. «Ich hab eine gute Intuition. Kyle ist ein guter Typ. Er mag etwas oberflächlich sein, aber er musste eben noch nie so untendurch wie du und ich. Er schreitet sozusagen auf einem roten Teppich durchs Leben. Aber er ist in Ordnung. Und wenn er sich für dich interessiert, würde ich die Chance ergreifen.»

Lisa zweifelte immer noch.

«Mein Dad mag übrigens genau solche Mädchen wie dich», sagte Angela unwillkürlich. «Starke Mädchen, die sich selber treu bleiben!»

Stark. Lisa hatte noch nie so richtig überlegt, ob sie stark war. Sie hatte einfach nur versucht, sich irgendwie durchzuschlagen.

Sie atmete tief ein, was schon eher wie ein Seufzer klang. Am Square zu skaten klang nach dem absolut perfekten Plan. Sie hatte nie jemanden gehabt, mit dem sie ihre Vorliebe fürs Skateboardfahren hatte teilen können. Und ob sie, wenn sie wieder zurück im Jahr 1990 war, je wieder so eine Gelegenheit erhalten würde, bezweifelte sie.

Aber es ging nicht. Das wusste sie.

Sie musste sich jetzt *endgültig* aus allem hier raushalten, wenn sie ihr Herz nicht für immer brandmarken wollte.

Kapitel 14
Zacs Wettermaschine

Dass die Examenszeit nun in vollem Ausmaß ausbrach, kam Lisa gerade recht. Das lieferte ihr erstens eine gute Entschuldigung, sich noch mehr abzusondern, und war zweitens ein guter Vorwand, um Kyles Anfrage zum Skateboardfahren aus dem Weg zu gehen – wenn auch mit sehr schwerem Herzen.

Kyle, der zwar nicht verstehen konnte, warum sie sich so strebsam der Lernerei widmen wollte, maulte ein bisschen rum, gab sich dann jedoch fürs Erste geschlagen. Er hatte selbst ganz schön viel auf dem Plan mit seinem Rugby-Training und anderen außerschulischen Aktivitäten. Zudem machte das Wetter dem April alle Ehre und peitschte einem fast jeden Tag feuchtkalten Regen um die Ohren. Überhaupt kein Wetter zum Skateboardfahren …

Nicht dass es für Lisa wahnsinnig wichtig gewesen wäre, die Prüfungen zu bestehen. Sie hatte ohnehin keine Chance. Der Lehrplan von 2018 entsprach überhaupt nicht mehr dem von 1989, und zudem wurde ja vorausgesetzt, dass die Schüler das Internet und sämtliche elektronischen Medien beherrschten. Trotz täglicher Fortschritte war Lisa immer noch in vielen Dingen unsicher.

Dennoch vergrub sie sich wie noch nie zuvor in ihre Schulbücher, einerseits, weil der Unterrichtsstoff der Zukunft wirklich faszinierend war – besonders der Geschichtsunterricht, durch den sie herausgefunden hatte, dass Ende 1989, kurz nach ihrer Abreise in die Zukunft, der Eiserne Vorhang tatsächlich endgültig gefallen war und mittlerweile eine sogenannte «Europäische Union» existierte –, und andererseits, um schlicht und einfach die Langeweile zu überbrücken.

Britt rief sie regelmäßig an und machte ab und zu nach der Arbeit einen Abstecher zu Lisa, um ihr ein paar Sachen zu bringen und ein wenig zu plaudern, aber es war gar nicht so einfach, mit ihrer nun erwachsenen besten Freundin auf Augenhöhe zu tratschen, zumal Lisa spürte, dass Britt dem, was sie beschäftigte, längst entwachsen war.

Es war ein wenig ungemütlich, sich neben ihrer besten Freundin wie ein naives Kind zu fühlen. Britt war ihr, obwohl sie ihr von Kindesbeinen an vertraut war, nun doch auch fremd geworden.

Was Angela betraf, so hielt sie sich seit ihrem Gespräch dezent in Lisas Nähe auf, akzeptierte aber offenbar ihr Bedürfnis, allein zu sein. Cheyenne hingegen machte es Lisa sehr schwer, für sich zu bleiben, denn sie zeterte beinahe täglich, dass Lisa den Klassengeist gefährde, wenn sie sich nicht mindestens einer Lerngruppe anschließe, und im Gegensatz zu Kyle gab sie auch nicht auf. Lisa wunderte sich allmählich über diese Ausdauer und musste sich immer bessere Ausreden ausdenken.

Wegen der Eintönigkeit ihres Alltags kam es ihr sehr gelegen, dass Zac und Doc Silverman sie eines Sonntags Anfang Mai frühmorgens zu einem größeren Projekt beorderten, bei dem sie ihre Hilfe brauchten. Die beiden holten sie mit dem Land Rover ab. Es war an diesem Tag zur Abwechslung einmal trocken draußen, ja, hie und da riss die Wolkendecke sogar ein wenig auf und ließ ein paar Sonnenstrahlen durch.

Das Experiment, das sie vorhatten, war äußerst gewagt, denn sie mussten es unten bei der Tomsbridge vornehmen – direkt vor den Kameralinsen des Forschungszentrums. Zac hatte am Telefon nicht verraten wollen, worum es ging, aus Angst, dass jemand ihre Gespräche mithören könnte.

Lisa schaute neugierig auf das mit Tüchern verpackte, unförmig aussehende Etwas, das neben ihr auf dem Rücksitz stand und mit dem Sicherheitsgurt befestigt war. Das war jedenfalls nicht der Time Transmitter ...

«Was ist denn das für ein Ding?», fragte sie.

«Mein neues Wettermessgerät», erklärte Zac, während er den Wagen Richtung Tomsbridge School lenkte. «Jetzt im Mai könnte es im Tomsbridge Valley zu den ersten Gewittern kommen. Wir werden in nächster Zeit ziemlich heftige Temperaturschwankungen haben. Deswegen möchte ich die Wettermaschine schon jetzt dort auf dem Felsen platzieren, wo später auch der Time Transmitter stehen wird.

Das wird ein etwas schwierigeres Unterfangen, weil wir dabei natürlich nicht gesehen werden dürfen. Sonntagvormittag ist die beste Zeit dafür, weil da weniger Leute arbeiten, doch die Kameras laufen rund um die Uhr. Wir müssen also äußerst vorsichtig sein.»

«Ah», sagte Lisa. «Aber wozu ein Wettermessgerät? Wir wissen doch, dass das Gewitter am 26. Juli sein wird?»

«Wir wollen gut vorbereitet sein», übernahm Doc Silverman das Reden. «Es könnte sein, dass wir schon vorher ein brauchbares Gewitter auf den Radar kriegen und dich gegebenenfalls vor dem

26. Juli heimschicken können, sollte die Lage auf einmal brenzlig werden. Ich hab mittlerweile einige Vermutungen zu Professor Ashs Verbleib.»

«Außerdem kann es durchaus sein, dass sich in unserer jetzigen Zeitlinie, also der Zeitlinie zwei, bezüglich des Wetters noch irgendwas verändert», fügte Zac hinzu. «Was wir zwar nicht glauben, da deine Anwesenheit ja das Wetter kaum beeinflussen wird. Aber um auch diesen Faktor auszuschließen, nämlich dass es vielleicht aus irgendwelchen unerfindlichen Gründen am 26. Juli *doch nicht* zu einem Gewitter kommt, wollen wir auf Nummer sicher gehen. Nicht dass wir dann vergebens bei der Brücke aufkreuzen und die einzige Chance verspielen, die uns bekannt ist.»

«Okay, verstehe», sagte Lisa. Professor Ash hatte sie in dem ganzen Trubel ziemlich vergessen. Aber sie hatte nun einmal auch absolut keine Lust, mehr Gedanken als nötig an ihren ehemaligen Physiklehrer zu verschwenden.

Mittlerweile waren sie bei der Tomsbridge School angelangt, von wo aus eine gewundene Straße direkt zum Valley führte. Zac lenkte den Wagen so weit wie möglich vom Forschungszentrum weg, um an einer Stelle den Hang ins Tal hinunterfahren zu können, die nicht im Blickfeld der Kameras lag. Das bedingte allerdings, dass sie den Felsvorsprung, auf dem der Time Transmitter bald für die Zeitreise platziert werden sollte, von seiner Rückseite her ansteuerten – der Seite, die *nicht* der Brücke und somit dem Forschungszentrum zugewandt war.

Zac parkte den Wagen hinter einer besonders großen Ansammlung von Schilfgras.

«Und was passiert jetzt?», wollte Lisa wissen.

Die vertraute Szenerie, die sich hier vor ihren Augen ausbreitete – der Fluss, der Felsvorsprung und dahinter die Brücke –, ließen sie unwillkürlich erschaudern. Dieser Ort war untrennbar mit ihrem Schicksal verbunden.

«Wir müssen das Wettermessgerät auf den Felsen hinaufbringen», erklärte Zac. «Außerdem müssen wir ein paar Fotos von der topografischen Beschaffenheit dort oben machen. Ich muss ja millimetergenau ausmessen können, wo ich den Time Transmitter aufstellen kann. Wir werden an jenem Abend, an dem wir dich zurückschicken, keine Zeit mehr dazu haben. Dann wird das alles sehr, sehr schnell gehen müssen.»

Lisa schaute hinüber zu dem buschbewachsenen Felsvorsprung, der etwa dreißig Meter von ihnen entfernt lag, während Zac damit beschäftigt war, seine kuriose Wettermaschine aus dem Wagen zu holen und an einer einigermaßen geeigneten Stelle auf dem grasüberwucherten Boden zu platzieren. Sie fragte sich gerade, was für eine Rolle sie eigentlich bei dieser Mission spielte, als Zac ihr auch schon die Antwort darauf gab.

«Das ist der Grund, warum wir dich hier brauchen, Lee», erklärte er. «Du musst nämlich auf den Felsvorsprung klettern und das Wettergerät dort oben positionieren.»

«Ich?» Lisa schaute zweifelnd zu dem von kleinen Büschen bewachsenen Felsen, der bis über die Hälfte des Flusses ragte. Von der anderen Seite – der Vorderseite, die dem Forschungszentrum und der Brücke zugewandt war – wäre es kein Problem gewesen, den Felsen zu erklettern, aber das ging ja nicht wegen der Kameras.

Bloß, wie sollte sie es schaffen, auf der viel glatteren und steileren Rückseite hochzukraxeln? Glücklicherweise war hier im Gegensatz zum Jahr 1989 kein Unterholz mehr, das einem den Weg hinauf versperrte, doch die Kletterpartie schien ihr trotzdem ziemlich gewagt zu sein.

Bevor sie noch etwas sagen konnte, meinte Zac: «Keine Sorge. Ich hebe dich auf meinen Schultern hoch und reiche dir dann das Wettergerät, wenn du oben bist. Aber ich selbst bin viel zu groß, um mich da oben auf dem Felsen genügend hinter dem niedrigen Buschwerk verbergen zu können. Mich würden die Kameras sofort erfassen. Und Dad kann in seinem Alter natürlich nicht mehr klettern. Aber du bist kleiner und wendiger als wir. Du kannst durchs Dickicht robben, ohne dass dich jemand sieht.»

«Na dann», meinte Lisa. Das klang nach einem Plan.

Während Zac begann, die Wettermaschine aus den Tüchern zu befreien, hatte Doc Silverman es sich auf einem Stein bequem gemacht. Sein Blick war schon die ganze Zeit auf das Forschungszentrum gerichtet, das hinter der kleinen Flussbiegung lag und von hier aus nur zur Hälfte sichtbar war. Er wirkte, als wäre er tief in Gedanken versunken.

«Doc!» Lisa trat zu ihm. «Was ist denn jetzt mit Professor Ash? Wo ist er?»

«Das ist eben immer noch die große Frage, Lee», antwortete Doc Silverman. «Die Tatsache, dass jemand vor ein paar Jahren in das Archiv eingebrochen und offensichtlich Professor Ashs Unterlagen entwendet hat, bestätigt mir, dass meine Theorie wahr sein muss, nämlich dass er aus irgendwelchen Gründen früher aus dem Wurmloch gekommen ist als du und jetzt wieder nach einem Weg sucht, um wie du zurück nach 1989 zu gelangen.»

«Aber ... *wo* ist er?», hakte Lisa nach, weil der Doc eine Pause einlegte und wieder hinüber zum Forschungszentrum blickte, das gerade von ein paar sich durch die Wolken kämpfenden Strahlen der Morgensonne beschienen wurde und sich dadurch kupfergolden von dem grauen Himmel abhob.

Doch anstatt ihre Frage direkt zu beantworten, holte Doc Silverman etwas weiter aus.

«Du erinnerst dich sicher besser als ich daran, wie ich dir mal erzählt habe, dass Professor Ash an einem künstlichen Wurmloch geforscht hat», begann er. «Du weißt, dieser Versuch, der damals schiefgegangen ist und der seiner Frau und seinem Sohn das Leben gekostet hat. Da seine Unterlagen, die er aus dem Archiv geholt hat – und ich gehe davon aus, dass er dies getan hat –, bestimmt auch Aufzeichnungen über dieses künstliche Wurmloch enthalten, komme ich zu dem Schluss, dass er an diesem Experiment weiterarbeiten möchte.»

«Aha», sagte Lisa, die mit einem Ohr gelauscht hatte, während sie sich gleichzeitig darüber wunderte, wieso Zac auf einmal anfing, Steine und Äste vom Boden aufzulesen.

«Er will also, vermute ich, diese Forschungen weitertreiben, um mithilfe eines künstlichen Wurmlochs wieder nach Hause zu kommen. Das Einzige, was ihm jedoch fehlt, ist ein Time Transmitter, um das Wurmloch steuern zu können. Ohne Time Transmitter kann er keine Zielzeit einstellen und würde gemäß Zufallsprinzip irgendwann in die Zeit katapultiert werden, vermutlich irgendwohin in eine ferne Zukunft, da es einer gewissen Manipulation des Wurmlochs bedarf, um in die Vergangenheit reisen zu können.»

«Das bedeutet, dass er es auf unseren Time Transmitter abgesehen hat», schlussfolgerte Lisa.

«Richtig, aber nicht nur das. Wo, denkst du, ist der geeignetste Ort, um an einem künstlichen Wurmloch weiterzuforschen?» Der Doc richtete seinen Blick fest auf Lisa.

«Im Forschungszentrum», hauchte sie.

«Präzise», sagte Doc Silverman.

«Sie meinen also, dass er dort ist?»

«Mit ziemlich großer Wahrscheinlichkeit», erwiderte der Doc. «Es ist der einzige Ort weit und breit, der ihm die Forschung an einem Wurmloch ermöglichen kann.»

«Aber wie will er da drin ein Wurmloch herstellen? Braucht man da nicht viel mehr Platz …?» Lisa sah zweifelnd hinüber zu dem viereckigen Glasbau. Er war zwar großflächig, aber ziemlich flach; er bestand nur aus drei Stockwerken.

«Der Hang, Lee. Du hast keine Vorstellung davon, wie tief das Gebäude in die Erde hineingebaut wurde. Diese drei Etagen, die du siehst, sind nur die Spitze des Eisbergs. Aber unter der Oberfläche geht es sage und schreibe acht Stockwerke in die Tiefe.»

Lisa blieb vor Erstaunen kurz der Mund offen stehen.

«Aber was wird denn jetzt passieren?», fragte sie gleich darauf. «Wie will er uns den Time Transmitter klauen … er ist doch gut versteckt? Und er kann doch gar nicht wissen, dass es am 26. Juli hier im Valley gewittern wird, oder? Diese Informationen haben wir ja von meinem zukünftigen Ich …»

«Du weißt, dass Archibald Ash schlau wie ein Fuchs ist. Er weiß ziemlich sicher, dass du hier bist. Er wird jeden Tag die Aufzeichnungen angeschaut haben, seit er im Forschungszentrum arbeitet – ja, ich bin mir fast so sicher, wie ich hier sitze, dass er dort arbeitet –, und dort wird er auf den Tag deiner Ankunft gewartet haben. Er wusste ja, dass du auf der Brücke landen würdest. Und nun wartet er darauf, dass wir dich zurücksenden werden. Sobald auch nur der geringste Verdacht eines Gewitters aufkommt, wird er sich bereithalten und in Erscheinung treten. Vom Forschungszentrum aus ist er schneller an der Brücke, als wir bis drei zählen können.»

«Aber dann ...» Auf einmal ging ihr ein Licht auf. «Dann haben wir ja gar keine Chance. Dann wird er auftauchen und uns wieder überfallen, genau wie letztes Mal. Und wir werden gar nichts dagegen tun können.»

«Das ist eben die Herausforderung, die wir meistern müssen», sagte Doc Silverman. «An einer Lösung für dieses Problem arbeite ich die ganze Zeit.»

«Wieso kann dieser blöde Typ mich denn nicht einfach erst nach Hause reisen lassen?», grollte Lisa. «Warum muss der einem denn das Leben auch dauernd schwer machen?»

«Weil er sich genau ausrechnen kann, dass wir den Time Transmitter zerstören werden, wenn wir das Malheur in der Zeitlinie bereinigt und dich zurückgeschickt haben», erklärte Doc Silverman ruhig.

«Aber warum zerstören?»

«Lee – sieh mal, der Menschheit ist es normalerweise nicht gegeben, durch die Zeit zu reisen. Was dir und Zac da zuteilgeworden ist, ist ein besonderes Geschenk, und das müssen wir mit Verantwortung behandeln. Die Wahrscheinlichkeit, dass diese Geschichte und der Time Transmitter irgendwann an die Öffentlichkeit geraten, ist zu groß und damit auch viel zu gefährlich. Wir wollen nicht riskieren, dass irgendwann einfach jeder frischfröhlich durch die Zeit reisen wird, wie es ihm beliebt. Darum werden wir, sobald du sicher im Jahr 1990 bist, den Time Transmitter zerstören.»

Lisa dachte an die Geschichte, die Zac ihr erzählt hatte. Von den Schwierigkeiten, die daraus folgen würden, weil nämlich so oder so die ganze Zeitreise auf Video aufgezeichnet werden würde. Doc Silvermans dezentes Schweigen deutete ihr an, dass sie in die richtige Richtung dachte.

Sie schaute Zac zu, der die Wettermaschine, die irgendwie aussah wie ein merkwürdig verdrahteter Wetterhahn, mit Zweigen und Ästen einkleidete. Was machte er da eigentlich?

«Die einzige Möglichkeit, die wir also haben, dich wieder nach Hause zu schicken, ist die, vorher mit Professor Ash zu verhandeln, damit er uns bei unserem Zeitreisevorhaben nicht erneut mit einer Horde Polizisten überfällt», fuhr Doc Silverman fort.

Lisa drehte sich zu ihm um. Mit Professor Ash verhandeln? Wenn sie etwas aus eigener Erfahrung wusste, dann das, dass sich mit Professor Ash garantiert *nicht* verhandeln ließ.

«Wie soll das gehen?», fragte sie etwas schnippisch.

«Schau, Lee, Archibald Ash hat trotz allem noch eine verletzbare Seite», sagte der Doc nun mit deutlich erschöpfter Stimme. «Die Seite nämlich, die seiner verlorenen Familie gilt. Vielleicht könnten wir auf dieser Ebene mit ihm verhandeln. Ich möchte auf alle Fälle gern mit ihm reden. Ich möchte herausfinden, was er mit der Zeitmaschine wirklich will. Denn wenn er nur seine Familie retten will, dann werden wir uns überlegen, ob wir mit ihm nicht diesen Deal machen können.»

Lisa verzog zweifelnd ihr Gesicht.

«Lee … ich weiß, was du denkst. Ich fürchte auch, dass Professor Ash nicht verhandeln, sondern die totale Kontrolle über Raum und Zeit haben will. Aber wir müssen es versuchen. Außerdem – wir sollen nie aufhören, an das Gute in jedem zu glauben. Auch in Archibald Ash kann noch ein Funken Gutes stecken ...»

«Nie im Leben!», widersprach Lisa. «Professor Ash ist ein gemeiner Mensch! Wenn Sie erlebt hätten, wie er Momo ... Morgan immer fertig gemacht hat! In dem *kann* doch gar nichts Gutes mehr sein.»

«Ich weiß, Lee ... aber wir müssen es trotzdem probieren. Es ist die einzige Möglichkeit, ihn daran zu hindern, uns am 26. Juli zu überwältigen.»

«Und wenn es uns nicht gelingt? Bedeutet das, dass ich dann nicht nach Hause kann?» Wieder meldete sich dieser vage Anflug des Wunsches, hierzubleiben, doch sie unterdrückte ihn sofort mit aller Macht.

«Lee, wie ich dir schon sagte: Zac und ich werden alles daransetzen, dich wieder nach Hause zu schicken. Wenn Professor Ash nicht verhandeln will, werden wir einen anderen Weg finden müssen. Aber eine saubere und faire Aussprache wäre die beste Lösung für alle.»

Lisa seufzte und blickte wieder zu Zac. Dieser hatte das Wettermessgerät mittlerweile komplett in einen Busch verwandelt. Offensichtlich sollte das eine Tarnung sein.

«Aber Doc ...» Lisa war schon der nächste Gedanke durch den Kopf geschossen. «Wie sollen wir denn mit Professor Ash Kontakt aufnehmen? Dazu müssten wir doch in dieses Forschungszentrum reinkommen, seh ich das richtig? Oder ...»

Eine weitere Idee ploppte in ihr auf. Im Jahr 2018 konnte man schließlich sämtliche Informationen der Welt per Knopfdruck abrufen.

«Können wir nicht im Internet etwas über ihn rausfinden?»

Doch Doc Silverman schüttelte den Kopf. «Archibald Ash wird mit aller Wahrscheinlichkeit sehr vorsichtig mit dem Internet umgehen, genau wie wir», meinte er. «Er wird es wenn immer möglich vermeiden, Spuren zu hinterlassen. Vermutlich besitzt er nicht mal ein Smartphone. Das sähe ihm jedenfalls ähnlich. Du weißt, er liebt es, sich von der Umwelt abzuschotten. Nein, wir müssen tatsächlich, wie du sagst, in dieses Forschungszentrum reinkommen.»

«Und wie soll das gehen?»

«Daran arbeite ich gerade», gestand Doc Silverman. «Fakt ist, dass weder Zac noch ich zu Professor Ash durchgelassen würden. Sobald er unsere Beschreibung erhält – und selbst die beste Maskerade könnte weder Zac noch mich bei unserer Statur und Körpergröße unkenntlich machen –, würde er uns mit Sicherheit den Zutritt verweigern, ehe wir überhaupt die Chance erhalten, mit ihm zu reden und ihm unseren Vorschlag zu unterbreiten. Nein … wir müssten jemanden hinschicken, der ihm einen Brief von mir überreicht.»

«Mich etwa?», fragte Lisa mit gerunzelter Stirn.

«Nein, Lee, auf keinen Fall. Außerdem kämst du da ja gar nicht rein. Unbefugte haben da nicht so einfach Zutritt, schon gar keine sechzehnjährigen Schüler. Die machen seit der Bombendrohung vor zwei Jahren strenge Sicherheitskontrollen. Nein, wir brauchen jemanden, der dort arbeitet, und die einzige Möglichkeit, die ich sehe, ist, dass vielleicht jemand aus deiner Schule Beziehungen hat.»

«Ich könnte unseren Physiklehrer Doktor Pataridis mal fragen», sagte Lisa sofort.

«Genau das wäre meine Bitte», sagte Doc Silverman. «Dass du irgendwie herausfindest, ob und wie wir an eine Person gelangen könnten, die dort Zugang hat. Da wäre euer Physiklehrer wahrscheinlich eine gute Ansprechperson. Aber lass uns noch bis Juni warten. Ich will damit nicht zu früh auf die Bildfläche treten. Warte, bis ich dir Bescheid gebe.»

«Geht klar», sagte Lisa. Das klang zumindest nach einer ziemlich einfachen Aufgabe. «Was entwickeln die Forscher dort überhaupt?», fragte sie weiter.

«Technologien der Zukunft, unter anderem», sagte Doc Silverman. «Einige der Projekte sind ziemlich geheim.»

Lisa spähte wieder zu dem Forschungszentrum hinüber. Sie dachte daran, was Britt ihr erzählt hatte, nämlich, dass sie, Lisa, als 45-Jährige in ihrer ersten Zeitlinie dort gearbeitet hatte. Nur schade, dass man damit jetzt nichts mehr anfangen konnte.

Es musste zudem hochinteressant sein, sich dort einmal ein wenig umzusehen und all die neuen Technologien auszukundschaften. Schade, dass diese Möglichkeit offenbar nicht bestand ...

Auf einmal stand Zac vor ihnen. Er deutete auf den ausladenden Busch, unter dem kein Mensch mehr eine Wettermaschine vermutet hätte.

«Ich bin fertig. Können wir das Ding nun auf den Felsen bringen?», fragte er.

«Wirklich ganze Arbeit, Zachary», lobte Doc Silverman. «Da muss man schon sehr genau hinschauen, wenn man darin eine Maschine erkennen will.»

Lisa trat näher, um die Konstruktion zu betrachten. Nur zwei haarfeine Antennen ragten aus dem Gestrüpp, aber die würde man wohl kaum sehen.

«Und das ist jetzt also eine Wettermaschine?»

«Richtig», strahlte Zac. «Damit kann ich Gewitter mit 99,9-prozentiger Sicherheit 24 Stunden im Voraus vorhersagen – und sogar auf die Minute genau berechnen, wann ein Unwetter seinen Höhepunkt erreicht und wann die entsprechenden Blitze kommen. Zudem weiß ich – durch Zuhilfenahme von Wettermodellen und weltweiten Messdaten auf meinem Computer – etwa drei Tage vorher mit zuverlässigerer Sicherheit als die allgemeinen Wetterprognosen, wie sich Luftströmungen, Druckgebiete sowie Temperatureinwirkungen, die Luftfeuchtigkeit und die Wolkenbildung verhalten werden ...»

«Äh ... was ist dieses kleine runde Teil da?», unterbrach Lisa, ehe Zac sich wieder in seinen ellenlangen technischen Ausschweifungen verlor. Unter all dem Geäst war eine winzige runde Öffnung sichtbar, die aussah wie eine Linse.

«Eine Kameralinse», erklärte Zac. «Ich hab in das Wettergerät eine kleine Kamera eingebaut. So kann ich mir regelmäßig via Mobilfunk Aufnahmen aufs Smartphone schicken lassen. Dann bekomme ich immer mit, was hier draußen geschieht, und falls mit dem Gerät etwas passieren sollte, bin ich sofort darüber informiert.»

«Genial ...» Lisa staunte. Dass Zac neben dem Time Transmitter auch noch so ein präzises Wettergerät erfinden konnte, was nicht einmal die renommiertesten Wetterforscher fertigbrachten, grenzte echt an ein Wunder. So einen begnadeten Erfinder gab es wohl kaum ein zweites Mal ...

«Tja, ich hab fast dreißig Jahre an all diesen Dingen geforscht, Lee», sagte Zac schlicht. «Deine Aufgabe ist es nun, dieses Wettergerät so sicher und unsichtbar wie möglich oben auf dem Felsen unterzubringen. Schließlich muss es da jetzt einige Wochen stehen. Außerdem möchte ich, dass du mir mit meinem Smartphone von dort oben ein paar Aufnahmen machst. Ich muss den Time Transmitter auf Anhieb richtig platzieren können und werde am 26. Juli keine Zeit haben, erst alles auszumessen. Ich muss mich daher auf die Messungen und Aufzeichnungen verlassen, die ich noch von 1989 habe. Aber da sich bestimmt ein paar Sträucher und Bodenformationen geändert haben in den letzten 29 Jahren, brauch ich ein paar Bilder.»

«Geht klar», sagte Lisa. «Soll ich dann also einfach ein paar Fotos schießen, oder wie?»

«Genau. So viele du kannst, von jedem Winkel und von jeder Ecke, die du findest. Aber achte darauf, dass du mit deinem Kopf dicht am Boden bleibst, damit dich die Kameras des Forschungszentrums nicht filmen. Ich würde ja am liebsten eine Drohne da raufschicken, aber auch die würde man leider entdecken.»

«Eine Drohne?»

«So nennt man kleine ferngesteuerte Fluggeräte mit Kameras. Mittlerweile käuflich in jedem Elektronikladen. In ein paar Jahren werden uns diese Drohnen vermutlich überall um die Ohren schwirren, so lange, bis sie verboten werden.»

Fliegende Kameras. Lisa schüttelte den Kopf. Was es nicht alles gab …

Zac trug das Gebilde aus Ästen und Sträuchern zum Fuß des Felsens, und Lisa folgte ihm.

«Wenn du auf meine Schultern steigst, kann ich dich da hochhieven», meinte Zac und ging sogleich in die Hocke. Er blickte Lisa erwartungsvoll über seine Schulter hinweg an.

Lisa zögerte, dann setzte sie vorsichtig einen Fuß nach dem anderen auf Zacs Schultern und stützte sich mit den Händen an der glatten Felswand ab. Während Zac sich langsam aufrichtete, robbte sie sich Zentimeter für Zentimeter aufwärts und bemühte sich, genau wie Zac, das Gleichgewicht nicht zu verlieren.

Als Zac aufrecht dastand, konnte Lisa sich mit ihren Händen an die Felskante klammern und auf den Vorsprung hinaufhangeln. Auf dem Bauch robbte sie vorwärts und drehte sich dann, so dass sie Zac zugewandt war.

Sie streckte ihre Arme aus, und Zac hielt sich den Apparat so weit über den Kopf, dass sie ihn gerade noch erfassen konnte.

Sie war überrascht, wie leicht er war, so dass sie ihn mühelos hochheben konnte – obwohl die tarnenden Äste um ihn herum ganz schön piekten. Sie stellte ihn behutsam neben sich auf den Felsboden, wobei sie aufpasste, dass die kostbare Tarnung nicht verrutschte, und wartete auf weitere Anweisungen.

«Platziere ihn in der Nähe von dem Ort, wo der Time Transmitter stehen wird – du erinnerst dich sicher daran, welche Stelle das war, oder? –, und binde ihn, so gut es geht, an den Sträuchern fest», sagte Zac und reichte ihr eine Rolle Schnur, eine Schere sowie sein Smartphone hinterher. «Aber denk dran, deinen Kopf nicht zu weit aus dem Dickicht zu strecken. Und vergiss die Fotos nicht.»

Es war ein nicht ganz einfaches Unterfangen, bäuchlings mit einem hochsensiblen Gerät über die spitzen Steine und durch die zwickenden Äste des buschüberwachsenen Felsens zu kriechen, um zur anderen Seite der Klippe zu gelangen, wo der Time Transmitter zu stehen hatte, damit sein Strahl den Brückenbogen treffen würde. Sie kam nur Zentimeter für Zentimeter vorwärts und war erleichtert, als sie den besagten Platz endlich erreicht hatte, wo eine kleine Lücke zwischen den Sträuchern war, durch die sie eine direkte Sicht auf die Brücke hatte.

Bei dem Anblick der alten Basaltbrücke mit ihrem perfekten Bogen, der mit der Spiegelung des Wassers zu einem vollkommenen Kreis verschmolz, kriegte sie richtig Gänsehaut. Besonders da ein kleiner Sonnenstrahl, der durch die Wolkendecke drang und kleine Lichtkristalle auf das Wasser zeichnete, für ein äußerst schönes Schauspiel sorgte.

Sie robbte noch ein bisschen weiter vorwärts, so weit, wie es gerade ging, um vom Forschungszentrum aus nicht gesehen zu werden. Sie fand die sandige Stelle, in die Zac vor 29 Jahren eine kleine Kuhle gegraben hatte, um den Time Transmitter darin platzieren zu können. Von der Kuhle war zwar nichts mehr übrig, doch neben dem sandigen Untergrund befand sich eine kleine Ansammlung von Gesteinsbrocken, die einen guten Halt für die Wettermaschine boten und zudem noch von kleinen Büschen umgeben war.

Die Maschine an den Sträuchern zu befestigen, erforderte allerdings ziemlich viel Fingerspitzengefühl, besonders da die Äste ihr immer wieder entglitten. Einige hatten schmerzhafte Stacheln, und Lisa schimpfte auf den undankbaren Job, den Zac ihr zugeteilt hatte.

Doch schließlich hatte sie es geschafft und betrachtete ihr Werk zufrieden. Das würde garantiert halten, und kein Mensch würde auf die Idee kommen, dass dieser zusätzliche Strauch ein elektronisches Gerät in seinem Innern beherbergte.

Kaum war sie fertig, erklang ein leichtes Sirren aus dem Innern des Geästs. Zac musste die Wettermaschine via Fernbedienung eingeschaltet haben. Hoffentlich war er zufrieden mit dem Standort.

Dann machte sie sich an ihre zweite Aufgabe, nämlich Fotos von der Lage hier oben zu schießen. Das war weitaus einfacher und verhältnismäßig schnell erledigt. Sie musste sich allerdings selber ermahnen, nur ja genug Fotos zu schießen. Die Vorteile der digitalen Technik waren immer noch nicht ganz bei ihr angekommen. Hier musste man ja kein Filmmaterial mehr sparen. Mit über hundert Fotos im Speicher kroch sie schließlich wieder zu Zac zurück, der immer noch unten am Fuß des Felsens stand und auf sie wartete.

«Gut gemacht. Die Position der Wettermaschine ist perfekt!», lobte er. Lisa reichte Zac Smartphone, Schnur und Schere nach unten und richtete ihren Oberkörper vorsichtig ein bisschen auf.

Zac streckte seine langen Arme nach ihr aus.

«Wenn du dich mit den Beinen voran runterrutschen lässt, kann ich dich runterziehen», sagte er.

Lisa drehte sich um ihre eigene Achse und ließ sich mit den Füßen voran bäuchlings von der Felskante gleiten. Zac umschlang ihre Beine und zog sie vorsichtig und sicher wieder auf die Erde.

Lisa staunte wieder einmal. Zac mochte zwar keine Sportskanone sein, aber vom Klettern verstand er etwas.

Zusammen gingen sie zu Doc Silverman zurück, der immer noch auf dem Stein saß und auf sie wartete.

Zac machte sein Smartphone an und scrollte sich kurz durch die Fotos. Sein zufriedenes Gesicht verriet Lisa, dass sie ihm genug Bildmaterial geliefert hatte.

«Mission erfüllt», sagte er. «Lasst uns zurückkehren.»

Da spürte Lisa ein Vibrieren in ihrer Hosentasche. Ihr eigenes Smartphone meldete sich zu Wort.

Während Doc Silverman und Zac zum Auto zurückgingen, warf Lisa einen kurzen Blick auf ihr Display.

Es war eine SMS, und sie war von Kyle.

> Hi. Ich weiß zwar, dass du mit ziemlicher
> Sicherheit Nein sagen wirst, aber hab das zweite
> Skateboard aus dem Keller geholt. Würde immer noch
> gern mit dir skaten. See ya, K

Lisa seufzte. Er hatte einen erneuten Vorstoß gewagt.

Aber irgendwie gefiel es ihr, dass ein Junge sie umwarb. Das war ihr bis jetzt noch nicht so oft passiert – außer bei Maddox, aber den zählte sie da irgendwie nicht ganz dazu.

Sie ging zum Wagen zurück und warf einen Blick auf die beiden Wissenschaftler, als sie einstieg. Doch die waren gerade in eine Diskussion über die topografischen Verhältnisse hier im Valley vertieft.

Ein kurzer Moment, während dem Zac und Doc Silverman über Büsche und Sträucher redeten, reichte gerade, um schnell «Okay» zurückzuschreiben.

Kapitel 15
Skateboards und Regenbogen

Kyle war überglücklich, dass Lisa wieder mit ihm redete, auch wenn das Wetter sich gegen jegliche Ausflugspläne sträubte und Tomsborough mit einem kunterbunten Mix aus Regen, Sonne, Wärme und Kälte bedachte – ganz wie Zacs Wettermaschine es vorausgesagt hatte. Es kam durch den Temperaturwechsel tatsächlich ein, zwei Mal zu einem kleinen Gewitter.

Leider fielen die sonnigen Tage nie auf jene Wochentage, an denen Kyle frei von jeglichen Sportverpflichtungen war. So fanden sie erst gegen Ende Mai einen freundlichen, wenn auch recht windigen Mittwochnachmittag, an dem man sich mit dem Skateboard auf den Square wagen konnte, ohne vom Regen durchtränkt zu werden.

Lisa schämte sich zwar für diese Gedanken, doch sie hatte sich eine kleine List überlegt, ihren Extra-Ausflug zum Square vor Doc Silverman und Zac geheim zu halten: Sie ließ ihr Smartphone auf ihrem Pult im Zimmer zurück, so dass es für Zacs Ortungs-App so aussah, als würde sie wie immer zuhause sitzen und ihre Nase in die Bücher stecken.

Die Tatsache, endlich einen Verbündeten zu haben, mit dem sie ihre Vorliebe fürs Skateboardfahren teilen konnte, bedeutete ihr so viel, dass sie ausnahmsweise entschlossen war, zu einem solchen Vertuschungsmanöver zu greifen. So eine Gelegenheit konnte sie einfach nicht ungenutzt verstreichen lassen. Außerdem war sie im Jahr 2018 bisher nie am Square gewesen – sie hatte es nicht gewagt, nachdem ihr klargeworden war, dass Zac offenbar jeden ihrer Schritte mit seiner App verfolgen konnte.

Auf dem Weg ins Stadtzentrum verdrehte sie daher den Kopf nach allen Seiten, damit ihr ja nichts von den Veränderungen der letzten 29 Jahre entging, doch das war kaum möglich, denn der Square hatte sich wirklich komplett verändert. Sie hatte natürlich schon eine Menge Fotos davon im Internet gesehen und auch eingehend studiert, doch die Wirklichkeit war viel eindrucksvoller.

Ein neuer Tower hatte den alten Turm des «Tomsborough Telegraph», der größten Zeitung von Tomsborough, vollkommen ersetzt und ragte wie ein gläsernes Prisma in die Höhe, größer, mächtiger und so futuristisch, wie man sich das fürs Jahr 2018 vorstellen mochte. Eine noch knalligere Datumsanzeige als die von 1989 wanderte als Leuchtschrift über die Glasfenster und verkündete stolz den 23. Mai 2018.

Wie ihr älteres Ich ihr bereits erzählt hatte, war auf dem Square eine völlig neue Grünanlage entstanden, die Erholung versprach und offensichtlich ein beliebter Treffpunkt für Skater war. Die Grünfläche war nämlich mit sternförmig angelegten Wegen aus feinstem Asphalt durchzogen, die sich in der Mitte in einem großflächigen runden Platz trafen, in dessen Zentrum sich das alte Rondell mit der Statue befand, das Lisa noch von 1989 kannte. Die Skulptur stand in der Mitte des kreisförmigen Blumenbeets, welches seinerseits durch eine Mauer vor den vier- und zweibeinigen Gästen des Parks geschützt wurde.

Durch das sonnige Wetter war auf dem Square recht viel los. Die Cafés ringsherum waren von Studenten bevölkert, die mit ihren Laptops draußen an den Tischen saßen und lernten.

Eine Gruppe junger bärtiger Männer, die Stofftaschen über den Schultern trugen, schlenderte diskutierend und lachend an Lisa vorbei. Sie hatte sich schon darüber gewundert, dass im Jahr 2018 so viele junge Männer Bärte trugen. Ein Bart, das war in ihrer Vorstellung immer etwas für ältere Männer und Lehrer gewesen, aber nicht für zwanzigjährige Jünglinge. Die einzige Ausnahme hatte Ross Gallagher gebildet. Aber wie die Zeiten sich änderten, änderte sich offenbar auch die Mode …

Lisa flanierte weiter über den Platz und schaute Richtung Himmel, um die regenbogenfarbene Glaskuppel des Towers zu bewundern. Außer dem Tower gab es ein paar Straßen hinter dem Square noch weitere neue Hochhäuser, die Lisa aus ihrer Zeit nicht kannte; offenbar luxuriöse Wohnkomplexe, die nun wohl mit zu den höchsten Gebäuden von Tomsborough gehörten.

Da entdeckte sie Kyle. Er thronte oben auf der Mauer des Rondells und winkte ihr mit breitem Grinsen munter zu. Auf seinem T-Shirt prangte stolz die Aufschrift «King Power LC 1884», und darunter stand: «Premier League Champions 2016». Das musste wohl seine Lieblings-Fußballmannschaft oder etwas in der Art sein. Und vor ihm auf dem Boden lagen zwei identisch aussehende Skateboards.

Als Lisa bei ihm ankam, hüpfte Kyle mit einem so frohen Lächeln von seinem «Thron» herunter, dass ihr richtig warm ums Herz wurde. Gerade jetzt sah er Steven wieder extrem ähnlich.

«Hi», grüßte er und hob vorsichtig die Arme, ließ sie dann jedoch wieder sinken, fast als würde er sich nicht trauen, sie zu umarmen. Er schien, was Mädchen anging, trotz seinem Status als «Kendall» schüchterner zu sein als sein Vater. Er deutete mit einem Kopfnicken auf die beiden Bretter neben sich auf dem Boden.

«Welches möchtest du? Das linke ist ein wenig neuer, aber du kannst gern damit fahren, wenn du willst.»

«Ich nehm schon das alte», meinte Lisa, denn «alt» war für eine Zeitreisende immer noch «neu».

Kyle sprang sogleich mit einem Satz auf sein Brett und kurvte elegant über den Platz, als würde er den lieben langen Tag nichts anderes machen. Lisa, die eigentlich vorgehabt hatte, ihn zu beeindrucken, fuhr gleich als Erstes einen Passanten über den Haufen und landete in hohem Bogen im Gras.

Mist. Die Skateboards der Zukunft liefen anscheinend besser und geschmeidiger als ihr eigenes. Sie hatte die fehlende Reibung der Räder völlig unterschätzt.

Grimmig stand sie auf und rieb sich den Allerwertesten.

«Kannst du nicht aufpassen?», schimpfte der Mann, dem sie fast das Hosenbein abgesägt hatte und der vermutlich Mitte vierzig und damit im Grunde genommen genauso alt war wie Lisa. «Also ehrlich, die heutige Jugend! Zu meiner Zeit hat man noch aufeinander Rücksicht genommen!»

Wer's glaubt, wird selig, dachte Lisa.

Kyle kam angerannt und erkundigte sich bei Lisa, ob alles in Ordnung sei.

«Das war eine Bruchlandung par excellence», sagte sie zerknirscht. «Ich muss mich zuerst an dieses Brett gewöhnen. Es fährt etwas schneller als meins …»

«War doch gut für den Anfang. Ich kenne ehrlich gesagt wenige Mädchen, die sich auf ein Skateboard trauen.»

«Tja. Und ich kenne wenige Mädchen, die gleich einen Passanten über den Haufen fahren», stöhnte sie.

«Das ist eben der Nachteil bei schönem Wetter», meinte Kyle. «Hängen einfach zu viele Leute hier rum. Aber bei Wind und Regen lässt's sich nun mal nicht skaten.»

Doch schon nach ein paar Runden hatte Lisa sich an das neue Brett gewöhnt und genoss dessen Wendigkeit. Und tatsächlich warf Kyle ihr nun mehrere anerkennende Blicke zu.

«Hey, du fährst erstaunlich gut. Kannst du einen ‹Ollie›?»

Nein, Tricks hatte Lisa sich nicht beigebracht. Sie beherrschte das Fahren und schaffte, wenn sie den «Tail» mit dem einen Fuß runterdrückte, eine fast komplette Drehung mit dem Brett, aber sie hatte niemanden gekannt, der ihr weitere Tricks gezeigt hätte. Sie hatte ab und zu heimlich ein wenig bei den Jungs in ihrer Straße abgekupfert, es aber nicht gewagt, sich ihnen anzuschließen. Außerdem hatte Tante Sally jedes Mal in allen Tonlagen gewettert, wenn sie wieder mit einem weiteren Riss in ihrer Jeans heimgekommen war.

Kyle führte ihr den «Ollie» vor, und für die nächste halbe Stunde war Lisa damit beschäftigt, von Kyle zu lernen, wie man auf den «Tail» trat, den Überstand hinten am Brett, um mitsamt dem Board vom Boden abzuheben und es dann mit dem vorderen Fuß wieder nach unten zu drücken.

«He, du lernst wirklich schnell», war Kyle zufrieden, als Lisa ihren ersten «Ollie» schaffte, ohne auf dem Hintern zu landen.

Etwas später setzten sie sich auf die Mauer des Rondells, damit Lisa sich ein wenig von ihren Blessuren erholen konnte, die überall an ihrem Hintern und ihren Beinen zwickten.

«Eigentlich müssten wir jetzt mit den Schulbüchern draußen sitzen und pauken», stöhnte Kyle. «Ich darf gar nicht dran denken.»

Lisa zuckte mit den Schultern. Wie gut, dass sie damit keinen Stress hatte. Sie würde zum ersten Mal an Examen teilnehmen, bei denen es keine Rolle spielte, was für eine Note sie schrieb.

«Wo hast du eigentlich das Skateboardfahren gelernt?», fragte Kyle.

«Ich wollte immer Skateboard fahren können ... so wie Marty McFly aus ...» Sie verstummte. Kannte man diesen Film im Jahr 2018 überhaupt noch?

«Der Typ aus ‹Zurück in die Zukunft›? Oh, der Film ist super. Mein Dad liebt den über alles. Das war sein Lieblingsfilm als Jugendlicher. Ich find ihn ebenfalls toll, selbst wenn er schon so alt ist. Ist ja auch echt lustig, wie die sich damals das Jahr 2015 vorstellten, was? Hydrierte Pizzen, fliegende Autos, automatische Schnürsenkel ... nur schade, dass es diese Hoverboards noch nicht wirklich gibt.»

Lisa lächelte bei dem Gedanken, dass der zweite Teil, wenn sie zurück nach 1990 käme, wohl schon herausgekommen sein würde. Erst dann konnte sie wissen, wie man sich zu ihrer Zeit das Jahr 2015 vorstellte.

«Überhaupt schade, dass man nicht *wirklich* durch die Zeit reisen kann, so wie im Film», sinnierte Kyle. «Ich würde ja gern mal sehen, wie es in dreißig Jahren hier auf dem Square aussieht. Im Jahr 2048 oder so. Da springen uns dann vermutlich Hologramme von den Reklamesäulen an ...»

«Mhmm ...» Lisa schmunzelte leise in sich hinein.

«Ich hab früher mit einer Kartonschachtel Zeitreisen gespielt», sagte sie. «Mit ... äh ... einem Freund aus der Nachbarschaft. Die Kartonschachtel war unsere Zeitmaschine.»

«Klingt lustig», sagte Kyle. «Schade, dass wir nicht zusammen aufgewachsen sind. Mit dir hätte das Spielen bestimmt mehr Spaß gemacht als mit Elly. Die war immer so zimperlich. Ach, übrigens: Mum lässt dich grüßen. Sie sagte, du sollst ruhig mal wieder vorbeikommen. Elly drängelt auch schon die ganze Zeit.»

«Elly?»

«Ich glaub, du hast ein paar tausend Punkte bei ihr gesammelt, weil du Harry Styles magst.» Kyle verdrehte die Augen.

Lisa konnte nur einen leisen Seufzer ausstoßen. Die Sehnsucht, die sie bei Kyles Einladung überkam, erfasste sie so stark, dass sie hoffte, sich für den Rest des Nachmittags beherrschen zu können.

Etwas später fuhren sie noch eine zweite Runde. Dieses Mal war es Kyle, der ein paarmal auf dem Hosenboden landete, und Lisa war es, die sich ausschütten durfte vor Lachen.

Es war nicht nur die Familie Kendall, die in ihr diese unerklärliche Sehnsucht auslöste. Dasselbe Gefühl überkam sie auch, wenn sie mit Kyle auf dem Skateboard über den Square flitzte.

Fast kam es ihr vor, als würde sie ihn schon ewig kennen, ja, als sei sie in irgendeiner fernen Vergangenheit mit ihm zusammen aufgewachsen. Ob es daran lag, dass Kyle mit Momo verwandt war? Irgendwie wurde ihr immer mehr klar, dass Kyle anfing, das zu ersetzen, was sie mit Momo verloren hatte.

Denn als Kyle genau in derselben Sekunde verkündete, dass er einen Bärenhunger habe, als ihr eigener Magen ebenfalls zu knurren anfing, war ihr klar, dass Angela recht gehabt hatte: Sie tickten wirklich und wahrhaftig im selben Takt.

Kyle schlug eine thailändische Imbissbude vor, die gutes Essen zu günstigen Preisen anbot. Den wohlhabenden Jüngling sah man ihm jedenfalls überhaupt nicht an, was sicher Beverlys Bescheidenheit zu verdanken war. Lisa, die außer durch die Schulkantine noch nicht so mit der asiatischen Küche vertraut war, ging neugierig auf seinen Vorschlag ein. Zu ihrer Zeit hatte es am Tomsborough Square allenfalls Fish&Chips-Buden und McDonald's gegeben.

Sie entschied sich für ein Gericht namens «Gaeng Panaeng Nuea» – ein Rindfleischgericht mit einer flammend scharfen, orangeroten Currysauce –, und Kyle hatte exakt das Gleiche im Kopf. Mit ihren Tüten bewaffnet, setzten sie sich wieder auf die Rondell-Mauer und machten sich über das Essen her.

«Wie wär's mit einem Nachtisch?», schlug Kyle hinterher vor.

Lisa, die bereits an eine leckere Zimtrolle aus dem «Cinnamon Coffee House» gedacht hatte, nickte eifrig. Sie musste doch wissen, ob ihr Lieblingsnachtisch im Jahr 2018 immer noch gleich schmeckte wie 1989.

Ehe sie den Gedanken ausgesprochen hatte, schoss Kyle wie aus der Pistole hervor: «Ich hätte Lust auf eine Zimtrolle im ‹Cinnamon Coffee House›!»

«Sag mal, kannst du meine Gedanken lesen?», fragte sie verblüfft.

«Nein, wieso?» Kyle schaute sie so treuherzig an, dass sie fast gleichzeitig losprusteten.

«Das wird ja langsam unheimlich», sagte er. «Bist du sicher, dass wir nicht verwandt sind?»

Lisa war sich nicht mal mehr sicher, in welche Zeit sie eigentlich gehörte.

Sie klemmten ihre Skateboards unter den Arm und gingen Richtung Flaniermeile. Oder das, was mal die Flaniermeile von Tomsborough gewesen war, denn mehr als die Hälfte aller Läden, die Lisa gekannt hatte, war verschwunden. Angeblich waren die jetzt alle im Tower. Dafür gab es nun umso mehr Restaurantketten, Büros und Computerläden.

Doch das «Cinnamon Coffee House» war noch da und schien nach wie vor eine Kultstätte zu sein. Das hässliche orange Schild mit dem verwitterten Schriftzug hatte einem modernen roten Logo Platz gemacht.

Zu ihrer Überraschung stellte Lisa fest, dass die Inneneinrichtung des Cafés immer noch fast genau dieselbe war wie vor rund dreißig Jahren. Sogar die alte Jukebox mit den Schallplatten stand noch da, doch sie schien wohl nur noch selten in Betrieb zu sein.

«Willkommen im Café der Hipster», sagte Kyle.

Hipster. Wieder dieses Wort. Waren das diese Studenten mit den Bärten und den Stofftaschen? Von denen saßen hier einige, aber auch eine Menge junge Frauen mit Hornbrillen und am Hinterkopf zusammengeknoteten Haaren. Irgendwie schien die ganze Stadt voller Studenten zu sein …

«Was studieren die denn alle so?», fragte Lisa.

«Selbstverwirklichung», grinste Kyle.

Lisa krauste die Stirn. Sie hatte irgendwo aufgeschnappt, dass es eine riesige Auswahl an Studienlehrgängen gab, bei denen sie nicht mal mehr den Anflug einer Ahnung hatte, was das alles sein mochte.

Aber «Selbstverwirklichung»? Was für einen Notendurchschnitt brauchte man wohl für diese Fachrichtung?

Umso erleichterter war sie, dass ihr Lieblingsnachtisch immer noch genauso schmeckte wie 29 Jahre zuvor, und es wunderte sie nicht im Geringsten, dass auch Kyle zu der Zimtrolle «Orange Tea» bestellte.

Später gingen sie auf Lisas Wunsch hin im Einkaufszentrum des Towers ein wenig bummeln. Kyle meinte, dass gerade die Nachmittagssonne die schönsten Lichtspiele im Tower erzeugen würde.

Wie zufällig legte er den Arm um ihre Schultern, als sie zusammen die Rolltreppen hochfuhren, die ein einziges Labyrinth bildeten und von oben wie ein Riesennetz aussahen.

Die Fenster des Towers, die alle verschieden groß und unregelmäßig angeordnet und zudem unglaublich dick waren, verteilten durch die Lichtbrechung ihre Regenbogenmuster überall an den Wänden und auf dem Boden. So ein faszinierendes Lichtspiel hatte Lisa noch nie gesehen.

Auf einmal durchzuckte sie der Gedanke, wie es wohl wäre, wenn sie auf einmal Momo begegnen würde – Momo, der ja ebenfalls hier lebte, der bestimmt auch schon mit diesen Rolltreppen gefahren und das Regenbogenschauspiel betrachtet hatte …

Ob er es mochte? Ob er sich dabei an das alte Planetenmobile erinnerte, das sie zusammen als Kinder gebastelt hatten?

Auf einmal musste sie wieder daran denken, dass der 7. Juni langsam in greifbare Nähe rückte …

«Kein Wunder, dass es alle das ‹Regenbogenkaufhaus› nennen», holte Kyles Stimme sie aus ihren Gedanken. Sie waren im obersten

Stockwerk angelangt, direkt unter der Kuppel. Ein Restaurant, das in einem 360-Grad-Kreis innerhalb der ganzen Kuppel verlief, bot einen fantastischen Blick über die Stadt und war dementsprechend gut besetzt.

«Wenn du hier essen willst, musst du etwa drei Monate vorher einen Tisch reservieren», wusste Kyle zu berichten. Er führte Lisa zu der runden Grünanlage in der Mitte des Stockwerks, die mit ihren hochragenden Pflanzen ein wenig an einen überdimensionalen Blumentopf erinnerte. Daneben informierte eine Tafel die Besucher darüber, zu welchen Jahres- und Uhrzeiten die schönsten Lichtspiele stattfanden. Im Mai fiel der Zeitraum ziemlich exakt auf die Minuten rund um vier Uhr nachmittags, also genau auf den gegenwärtigen Moment.

Sie lehnten ihre Skateboards an die Mauer des Riesenblumentopfs, und Kyle sprang sofort mit einem federnden Satz auf dessen Mauerrand.

«Komm auch», forderte er Lisa auf. «Von hier oben aus musst du mal den Kopf in den Nacken legen.»

Lisa folgte seiner Aufforderung, stieg zu ihm hinauf, stellte sich neben ihn und blickte nach oben. Durch die leicht getönten Fenster schien der Himmel noch blauer zu sein, als er in Wirklichkeit war, und die Metallfassungen, in denen die Fensterscheiben saßen, glitzerten und reflektierten das Sonnenlicht in allen Farben. Lisa kam nicht umhin, sich einen Augenblick lang vorzustellen, irgendwo in einer ganz anderen Galaxie zu sein.

Wie die Architekten so etwas wohl hingekriegt hatten?

«Wünsch dir was», sagte Kyle.

«Hm ...»

«Sag schon: Was ist dein größter Wunsch?», beharrte er.

Lisa schloss die Augen. Hinter ihren Lidern sah sie nun lauter orange- und grünfarbene Muster.

Ihr größter Wunsch? Eigentlich hatte sie zwei. Den ersten konnte sie allerdings vor Kyle nicht aussprechen, da dieser seinen Onkel betraf.

Und der zweite war wohl unerfüllbar ...

«Dass meine Eltern noch leben», sagte sie schließlich.

«Du hast keine Eltern?» Sie spürte durch die geschlossenen Lider, dass Kyles Blick intensiv auf ihr ruhte.

«Nein.»

«Das hast du mir nie gesagt.»

«Ich weiß ...»

«Aber du hast doch gesagt, deine Eltern seien irgendwie verreist. Deshalb wohnst du doch hier bei deinem Onkel, oder hab ich das falsch in Erinnerung?»

Sie staunte, dass er sich das so genau gemerkt hatte.

«Ja, das hab ich gesagt ... Weißt du, ich hatte keine Lust, darüber zu reden ...»

Eigentlich hatte sie auch jetzt noch keine Lust, aber es war nun mal die ehrliche Antwort auf Kyles Frage nach ihrem größten Wunsch gewesen.

«Hm ...», machte Kyle.

Sie spürte, dass er betroffen war, und das war ihr unangenehm. Sie mochte es nicht, bemitleidet zu werden.

«Und ...»

Sie spürte, dass Kyles Finger nun vorsichtig nach den ihren tasteten, während er nach Worten suchte. Sie standen mittlerweile ganz nah beieinander.

«… Du musst im Sommer wieder zurück, hab ich recht?»

«Ja, genau. Am 26. Juli.» Sie blinzelte. Kyles Finger umschlangen ihre Hand.

«Hm. Schade. Sehr schade …»

«Ich weiß.»

«Ich hoffe, wir bleiben in Kontakt?»

«Das geht leider nicht …»

«Wieso nicht? Wir können doch skypen? Oder lebst du irgendwo draußen in der Pampa ohne Internet? Bist du deswegen so ein Retro-Girl?» Es sollte eigentlich ein Witz sein, doch sie konnte seiner Stimme anhören, dass er ziemlich verwirrt war.

«Ich gehöre … eigentlich nicht hierher. Nicht in diese Zeit», sagte sie, ohne selbst zu wissen, was sie dazu brachte, mit dieser delikaten Wahrheit einfach so herauszurutschen.

«Nein?»

«Ich bin eine … Zeitreisende.»

Sie hörte, wie er mit einem bitteren Unterton lachte. «Ja, klar, *den Eindruck* hab ich manchmal auch.»

«Das ist kein Witz.»

«Schon gut.» Er rempelte sie versöhnlich, aber immer noch deutlich betrübt an, während er weiterhin ihre Hand festhielt.

Natürlich glaubte er ihr nicht. Wie sollte er denn auch?

«Und was ist *dein* größter Wunsch?», fragte sie zurück.

«Hm.» Er dachte nach. «Gar nicht so einfach.»

«Wieso? Hast du gar keine Wünsche?»

«Doch, klar. Aber nicht so was … Wichtiges wie du.»

«Was denn?»

«Herrje ... ich hab doch alles, was ich brauche, und noch viel mehr. Aber ja, ich möchte gern mal eine Weltreise machen ...»

«Ich auch», sagte sie.

«... und ...» Er drückte ihre Finger.

«Was?»

«Nein, das kann ich dir wohl schlecht sagen, wenn du ja gar keinen Kontakt mehr mit mir halten willst ...»

«Sag schon!»

«Lieber nicht.» Er ließ ihre Hand wieder los.

Ein unangenehmes Schweigen blähte sich zwischen ihnen auf. Kyle tänzelte ein wenig auf dem Mauerrand hin und her. Lisa spürte seine Nervosität.

«Los, komm, Blickduell», sagte er plötzlich, offenbar entschlossen, die angespannte Stimmung wieder zu brechen. «Wer zuerst lachen muss!»

Lisa folgte seiner Aufforderung. Sie wandten sich einander zu. Ihre Nasenspitzen berührten sich beinahe, als sie sich in die Augen starrten. Sie genoss es, dass sie ihren Kopf dabei leicht anheben musste.

Es war Kyle, der zuerst lachen musste und das Spiel verlor. Er taumelte auf dem Mauerrand und klammerte sich kurz an Lisa fest. Offenbar hatte er seine gute Laune bereits wiedergefunden. Lisa selbst musste ebenso lachen, als er verzweifelt eine Umdrehung auf seinem rechten Bein vollführte, um die Balance wiederzuerlangen und nicht vornüber von der Mauer oder rückwärts in die Pflanzen zu stürzen.

Genau so hätte sie es sich gewünscht, das Weiterspielen mit Momo.

Sie und Momo mochten im Jahr 1989 zwar längst zu alt gewesen sein, um in einer Karton-Zeitmaschine Captain Kendall und Captain Lambridge zu spielen, aber auch als Teenager hätte es noch so vieles zu entdecken gegeben.

Zusammen in das Blau des Himmels starren. Träumen. Sich gegenseitig Wünsche abfragen. Blickduelle. Rollschuhfahren. Schwimmen. Zimtrollen essen. Und von ihr aus sogar ab und zu mal zusammen fernsehen.

Sie hätten noch so unendlich viel miteinander erleben können, wenn Momo sich nicht entschieden hätte, so schnell erwachsen zu werden und den Coolen zu spielen.

Kyle dagegen machte keine Anstalten, erwachsen zu werden. Ganz im Gegenteil.

«Was hast du eigentlich für eine Augenfarbe?», fragte sie, nachdem es ihr immer noch nicht gelungen war, das wirklich herauszufinden.

«Undefinierbar.» Er grinste. «Dad nennt es ‹Grüngrau›, aber ich nenn es ‹Undefinierbar›.» Er brachte sein Gesicht etwas näher an sie heran. «Aber *du* hast schöne Augen», sagte er. «Blau wie … na, wie der Himmel halt …»

Ihre Nasenspitzen streiften einander erneut. Sie fühlte seinen warmen Atem an ihrer Stirn.

Und dann, ehe sie sich's versah, bekam sie den zweiten Kuss ihres Lebens, ganze 29 Jahre später und doch nur drei Monate nach ihrem ersten.

Kyle hatte ebenso weiche und sanfte Lippen wie Momo, und sie versuchte tief in sich hineinzuhorchen und zu diagnostizieren, ob sie bei Kyles Kuss ebenso viel fühlte, wie sie bei Momo empfunden hatte.

Aber es war fast unmöglich, es zu wissen.

Denn es war ein weiterer Kuss, der eigentlich nicht sein durfte. Und dieses Mal standen nicht lächerliche fünf Zentimeter Größenunterschied zwischen ihr und einem Jungen, sondern ganze 29 Jahre.

Wie so oft dudelte just in diesem Augenblick Kyles Smartphone in seiner Hosentasche. Sofort löste er sich von Lisa und tastete danach. Lisa fand es schon ein wenig gewöhnungsbedürftig, dass man in der Zukunft nicht einmal ungestört küssen konnte, ohne von einem Smartphone unterbrochen zu werden.

Aus irgendeinem Grund verlor Kyle endgültig das Gleichgewicht, als er das Smartphone aus der Hosentasche zog. Er rettete sich mit einem Sprung von der Mauer und stieß dabei eins der Skateboards an. Es fuhr auf eigene Faust los und donnerte mit einem lauten Krachen in eine Wand. Der Aufschlag hallte in der ganzen Kuppel wider und schreckte sämtliche Besucher auf.

«Oha», murmelte Kyle.

«Was macht ihr hier auf der Mauer?», schimpfte ein aufgebrachter Mann. «Sofort runter da! Skateboards sind verboten hier.»

Lisa sprang ebenfalls auf den Boden, und Kyle hechtete dem ausgebüxten Skateboard hinterher. Trotz der misslichen Situation konnte sie sich das Kichern nicht verkneifen, als Kyle mit einem superbreiten Grinsen und dem Skateboard unter dem Arm zu ihr zurückkehrte.

«Endlich ein Mädchen, mit dem man richtig Spaß haben kann», sagte er fröhlich. «Das nicht so schnell erwachsen werden will!»

«Dasselbe hab ich auch gerade gedacht.» Lisa beschloss, nicht weiter über den Kuss zu reden.

«Ja, wirklich. Warum wollen denn immer alle so schnell erwachsen werden? Man ist doch noch sein ganzes Leben lang erwachsen …» Kyle legte den Arm um Lisa.

Etwas später bummelten sie mit ihren Skateboards unter dem Arm zum Square zurück. Der Feierabend hatte eingesetzt. Der Platz war voll mit Menschen, die nichts anderes wollten, als nach einem stressigen Arbeitstag nach Hause zu kommen.

Lisa und Kyle setzten sich wieder auf die Mauer des Rondells. Kyle wirkte ziemlich abwesend. Offenbar ging ihm der Kuss ebenso nach wie ihr. Lisa wünschte sich inständig, ihm alles erklären zu können. Es tat ihr leid, ihn ungewollt verletzen zu müssen.

Immer besser verstand sie nun, warum der Doc sie unbedingt vor diesem Dilemma hatte bewahren wollen. Mehr und mehr begann sie sich zu wünschen, sie hätte auf ihn gehört.

Wieder dudelte es in Kyles Hosentasche.

Wahrscheinlich war es derselbe Anrufer, der es vorhin schon mal vergeblich versucht hatte, als Kyle von der Mauer gestürzt war, vermutete Lisa.

Kyle verzog das Gesicht, als er den Namen auf dem Display sah. «Dad», stöhnte er genervt.

Während er mit seinem Vater telefonierte, begann Lisa schnell in Gedanken eine Liste mit all den Gemeinsamkeiten zwischen ihr und Kyle anzufertigen. Nur so. Sie wollte es einfach wissen.

Erstens: Sie fuhren beide gern Skateboard.

Zweitens: Sie wollten beide nicht erwachsen werden.

Drittens: Sie mochten beide denselben Nachtisch.

Viertens: Sie wollten beide durch die Zeit reisen. Mit dem einzigen Unterschied, dass *sie* es wirklich getan hatte ...

Und fünftens: Sie hatten beide drei gleiche Initialen in ihrem Namen. Nur schade, dass sie ihm das nie würde erzählen können ...

Sie seufzte tief.

«Bah, ich muss nach Hause», maulte Kyle, als er fertig war. «Ich hab Dad versprochen, ihm beim Reinigen des Pools zu helfen. Der will das noch machen, bevor der Sommer ausbricht.»

«Find ich gut.»

«Was?» Er schaute sie an.

«Na ja ... dass du zuhause helfen musst. Obwohl ihr euch ja locker Angestellte leisten könntet ...» Sie merkte plötzlich, dass sie sich wie eine Erwachsene anhörte, und verstummte sofort.

Kyle zuckte mit den Schultern. «Klar. Ist schon gut, auf dem Boden zu bleiben. Ich will ja schließlich nicht werden wie Onkel Morgan. Aber ich wäre gern noch ein wenig länger mit dir zusammengeblieben.»

Er sprang von der Mauer und reichte Lisa die Hand, um ihr auf die Füße zu helfen. «Denn so, wie ich dich kenne, können wir ein zweites Date ja nicht so schnell vereinbaren ...»

Auf dem Weg zur Bushaltestelle schwiegen sie. Die Sonne war hinter den Hochhäusern verschwunden; dadurch war es kühler und windiger geworden. Lisa machte den Reißverschluss ihrer Jacke zu.

Kyle würde natürlich den Bus Richtung Westhill nehmen, während Lisa gen Osten musste.

Die elektronische Zeittafel zeigte an, dass Kyles Bus in zwei Minuten und Lisas Bus in fünf Minuten kommen sollte. Den Luxus, Abfahrtszeiten so genau aufgelistet zu bekommen, würde sie schon sehr vermissen ...

Ein Bus der Linie 21 hielt direkt vor ihnen. Mehrere Leute stiegen aus. Ein Mann in einem Mantel huschte rasch und mit gesenktem Blick an ihnen vorbei. Lisa bemerkte ihn nur, weil er sie im Vorbeigehen versehentlich leicht streifte.

«He, ich glaub, das war eben Onkel Morgan», sagte Kyle auf einmal.

«Wo?» Lisas Blick schnellte herum. Sie konnte nur noch das lockige Haar des Mannes erkennen, das unter einer Mütze hervorschaute, als er auch schon um die Ecke verschwand.

«Im Ernst? War er das?»

«Ja, sah ganz danach aus. Er wohnt ja in einem dieser Hochhäuser dort drüben, ganz oben in einem Penthouse.»

«In einem Penthouse?» Lisas Unterkiefer klappte runter. Sie richtete ihren Blick auf die Gebäude, die sich hoch hinter dem Square auftürmten.

Dort *oben* wohnte Momo?

«Na ja, mein Dad hat es mal gekauft ... aber er hat es, soweit ich weiß, meinem Onkel überschrieben.» Kyle hob ein wenig verlegen die Schultern, als müsse er sich für den Wohlstand seiner Familie rechtfertigen.

Lisa starrte Kyle wieder an.

Sie hatte vergessen, ihren Mund zu schließen.

«Also ... du kannst Onkel Morgan ja auf Facebook adden, wenn du dich *so* für ihn interessierst», meinte er, und Lisa glaubte, einen leicht sarkastischen Unterton in Kyles Stimme herauszuhören.

«Er ist auf Facebook?», fragte sie.

«Die Älteren sind fast alle auf Facebook», feixte Kyle.

Diese Idee hatte sich zwar schon vage einen Weg in ihr Bewusstsein gesucht, doch Lisa hatte sie stets energisch verdrängt. Sie hatte Momo so wenig mit Computern in Verbindung gebracht wie sich selbst mit Stöckelschuhen und Make-up. Aber Momo lebte ja nun im Jahr 2018 und hatte wie alle anderen mit der Technik Schritt halten müssen.

«Ich kann ihn dir ja zeigen.» Kyle zückte sein Smartphone.

«Oh nein.» Lisa wehrte erschrocken ab. «Nein. Ist schon okay, Kyle. So genau muss ich das doch gar nicht wissen. Ich dachte nur … ich, weißt du, ich …» Sie schüttelte den Kopf. «Ist schon gut.»

Kyle zuckte mit den Schultern und verstaute sein Smartphone wieder, und da kam auch schon sein Bus. Er berührte Lisas Arm zum Abschied, und als sie ihm schüchtern zulächelte, schloss er seine Finger um ihre rechte Hand.

«Bis morgen», sagte er. «War schön mit dir.»

«Ja», erwiderte sie. «Das war es.»

Sie hielten sich so lange an den Händen fest, bis sich die Tür des Busses anfing zu schließen. Gerade im letzten Moment steckte Kyle seinen Fuß zwischen die Tür, um sie erneut zu öffnen, und erst da glitten ihre Finger langsam wieder auseinander.

Kapitel 16
Wiedersehen im Chat

Nun hatte sie das Chaos.

Ihr ganzes Gemüt war in Aufruhr. Nicht nur wegen Kyle, sondern noch viel mehr wegen Momo.

Die Tatsache, dass sie Momo einen magischen Moment lang so nahe gewesen war, dass sie sein Leben für eine kurze Sekunde gestreift hatte, hinterließ ein weiteres Brandmal in ihrem Herzen. Kyles Kuss hin oder her.

Über diesen Kuss hatten sie und Kyle nicht mehr geredet, und sie hatte beschlossen, dem nicht mehr allzu viel Bedeutung zuzumessen – zumal sie bei Kyle immer noch nicht so sicher war, ob er wirklich wusste, was ein Kuss bedeutete. Vor allen Dingen aber, weil Momo immer noch den weit größeren Platz in ihrem Herzen einnahm.

Mehrmals hatte sie seit dem Nachmittag mit Kyle nun schon vor ihrem Computer gesessen und den Bildschirm angestarrt, nicht weit davon entfernt, Morgan auf Facebook zu suchen.

Doch sie hatte es nicht gewagt. Sie fürchtete sich ganz einfach davor, zu sehen, wie er sich in den letzten 29 Jahren verändert hatte. Wenn sie sämtliche Fakten, die sie über ihn gehört hatte, zusammenzählte, kam dabei nichts Gutes heraus.

Doch ihr wurde auch immer mehr bewusst, dass der 7. Juni sich mit rasenden Schritten näherte.

Doc Silverman mochte gewiss recht haben, dass sie, wenn sie zurück nach 1990 kommen würde, Momo helfen könnte, sein Leben in die richtigen Bahnen zu lenken, so dass sein Tod am 7. Juni gar nicht stattfinden würde.

Aber was, wenn sie tatsächlich *nicht* zurückreisen konnte?

Wenn das, was ihre Rückkehr zu verhindern drohte, tatsächlich geschehen würde? Hatte der Doc sich das denn nie überlegt?

Dann würde Momo am 7. Juni 2018 ums Leben kommen, und dies würde nie, nie mehr rückgängig gemacht werden können.

Denn dass das Foto nur ein wertloses Überbleibsel aus Zeitlinie eins war, daran glaubte sie schon längst nicht mehr.

Und da war noch etwas, das sich tief in ihrem Innern regte, etwas, das sie insgeheim immer gewusst, aber bis jetzt nicht hatte wahrhaben wollen: Sie war 1989 in der Schicksalsnacht ihrer Zeitreise nicht nur auf die Brücke geklettert, um ihrem älteren Ich das Smartphone zurückzugeben. Nein, da war noch irgendetwas anderes in ihr drin gewesen, das sie dazu antrieb, sich in jene Gefahr zu begeben: der verzweifelte Wunsch, Momo an Ort und Stelle zu retten.

Sie erinnerte sich an ein paar vage Sekunden, in denen etwas in ihr regelrecht gehofft hatte, dass der Zeitstrahl sie erfassen und in die Zukunft katapultieren würde, damit sie selbst in jener verheerenden Stunde, am 7. Juni 2018, bei Momo sein würde – fast so, als ob sie ihrem älteren Ich nicht zugetraut hätte, dass es das fertigbrachte. Es mochte verrückt sein, aber in ihrem Herzen wusste sie, dass es tatsächlich so war.

Sie musste also etwas tun. Und die einzige Möglichkeit, etwas zu unternehmen, war, mit Morgan Kontakt aufzunehmen.

Je mehr sich der Mai dem Ende zuneigte, umso häufiger öffnete sie daher Facebook in ihrem Browser, drauf und dran, Morgans Profil zu suchen und das Geheimnis um ihn zu lüften. Nur wenige Klicks, und sie konnte etwas über ihn erfahren.

Sie konnte sehen, wie er aussah.

Wer er geworden war.

Doch immer, wenn ihre Finger die Maus umklammerten und mit dem Cursor um die Suchleiste kreisten, hielt sie wieder inne.

Sie brachte es einfach nicht über sich.

Doch an einem Dienstagabend, zwei Tage vor Ende des Monats Mai, setzte sie sich dann doch mit zitternden Händen vor den Computer. Irgendwie wusste sie, dass sie es dieses Mal hinkriegen würde.

Der Cursor blinkte abwartend in der Suchleiste. Es war das erste Mal, dass sie es überhaupt geschafft hatte, ihn dort zu platzieren.

Sehr, sehr vorsichtig tippte sie das *M* auf ihrer Tastatur an.

Dann das *o*. Dann *r*. Dann *g* ...

Mit jedem Buchstaben erschien eine neu generierte Namensliste unter der Suchleiste, und jedes Mal wurden die Resultate präziser. Und dann, als sie den allerletzten Buchstaben eingegeben hatte, das letzte *L* seines Nachnamens, erschien er zuoberst in der Liste.

Sie erkannte ihn sofort. Sie erkannte ihn, weil er als Profilbild das schöne Foto von 1996 eingesetzt hatte, das Beverly ihr gezeigt hatte. Und weil unter seinem Foto stand, dass sie einen gemeinsamen Freund hatten – Kylian Kristopher Kendall.

Es gab keinen Zweifel. Das war er.

Das war Momo.

Sie wagte nicht, einen weiteren Atemstoß zu machen, als sie auf das kleine Thumbnail-Foto klickte und eine Sekunde später seine ganze Profilseite vor sich hatte.

Eine Weile saß sie nur da und starrte die Seite an. Als Hintergrundbild hatte er das MTV-Signet gewählt. Das passte zu einem, der 1989 sein ganzes Zimmer mit Musikstars volltapeziert hatte und jeden Songtext auswendig wusste.

Erneut klickte sie auf das Profilfoto, um es in Großformat anschauen zu können. Sie hatte damals bei Beverly längst nicht genügend Zeit gehabt, um es in Ruhe betrachten zu können, denn für so ein Foto musste man ihrer Meinung nach mehrere Stunden zur Verfügung haben. Es war so atemberaubend, und er hatte auch über dreihundert Likes dafür bekommen. Mittlerweile hatte sie begriffen, wie wichtig diese Likes in der Zukunft waren und dass man offenbar umso populärer war, je mehr man davon bekam.

Zu den Likes gab es auch jede Menge Kommentare unter dem Foto. Die meisten waren von Frauen, ein paar aber auch von Morgan selbst, der einige dieser Bemerkungen kommentiert hatte.

Shauna Glee: Wow <3
Fiona S. Miller: Nice hair
Dorothee Dewer: Nice guy Morgan Kendall
Morgan Kendall: Tnx Dee
Dennis Hooper: Hey what's up Morgan?
Dennis Hooper: xtrmetimer?
Morgan Kendall: sure
Kimberley Hanson: uuuh Morgan <3

Morgan Kendall: uuuuuh Kim!
Jasmin O'Neill: old pic?
Morgan Kendall: from 1996
Jennifer Adam: amazing!

Alles, was Lisa daraus entnehmen konnte, war, dass Morgan offenbar eine Menge Freunde hatte und sehr beliebt zu sein schien. Was waren denn das für Geschichten von wegen, er lebe zurückgezogen und rede mit niemandem? Und diese Kimberley Hanson geisterte tatsächlich immer noch in seinem Leben herum! Unwillkürlich ballte Lisa die Faust. Na, mit der würde sie noch ein Wörtchen reden, wenn sie zurück nach 1990 kam!

Doch das war auch schon alles, was sie von ihm zu sehen bekam. Wenn sie mehr über ihn erfahren wollte, musste sie ihm schon eine Freundschaftsanfrage senden.

Sie lehnte sich in ihrem Stuhl zurück. Saß lange da und starrte auf das Bild, unfähig, eine Entscheidung zu treffen. Starrte auf diesen schönen Mann, den sie seit ihrer Kindheit liebte. Der einst jeden Tag mit ihr gespielt hatte.

Eine Träne stahl sich aus Lisas Augenwinkel, und sie fing den salzigen Tropfen mit der Zunge auf. Ihre zitternde Hand umklammerte die Maus; der Cursor wanderte langsam Richtung «Freund hinzufügen»-Button.

Und dann sandte sie die Freundschaftsanfrage ab.

Als sie es getan hatte, wagte sie sich kaum zu rühren, fast als hätte sie die Befürchtung, Morgan könnte sie durch den Bildschirm hindurch beobachten.

Nur wenige Minuten später kam bereits die Bestätigung, dass er ihre Anfrage angenommen hatte. Vorbehaltlos. Scheinbar ohne sich zu fragen, wer sie war. Ob er deswegen so viele Facebook-Freunde hatte, weil er einfach alle Anfragen wahllos akzeptierte? Auf seiner Freundesliste stand nämlich, dass er über 1400 Freunde hatte.

Oder war er einfach neugierig auf den Namen *Lee Butterfly* gewesen? Konnte er damit irgendetwas in Verbindung bringen?

Aber für ihn war es ja fast dreißig Jahre her, seit er mit ihr in seinem Zimmer auf dem Bett gelegen hatte. Wie konnte er sich da noch daran erinnern, dass er mal zu ihr gesagt hatte, sie rieche nach Schmetterlingen?

Endlich hörten ihre Hände auf zu zittern und ihr Puls ging wieder langsamer. Jetzt war sie mit Momo verbunden.

Und jetzt konnte sie alle seine Fotoalben anschauen.

Nun würde sie sehen können, wie er im Jahr 2018 aussah.

Doch das schaffte sie nicht auf Anhieb. Sie brauchte erst einmal eine Runde frische Luft. Und ein Glas Milch. Sie klappte den Laptop zu und ging in die Küche, die zum Glück leer war. Chloe und Zara schienen beide ausgegangen zu sein. Sie holte die Milch aus dem Kühlschrank, füllte ein Glas und trank es in langsamen Schlucken leer. Dann kehrte sie in ihr Zimmer zurück.

Sollte sie es wirklich tun?

Doch anstatt zurück an den Computer zu gehen, nahm sie den Bademantel vom Haken und stahl sich damit ins Badezimmer. Sie stellte sich unter die Dusche, seifte sich gründlich ein und ließ warmes Wasser auf ihren Körper prasseln. Sie schäumte auch ihr Haar ein, obwohl sie es erst am Vormittag gewaschen hatte.

Sie verstand selber nicht, warum sie das alles machte.

Als sie etwas später mit feuchten Haaren am Computer saß und sich erneut einloggte, blickte Morgan sie sogleich wieder mit seinen sanften Augen an.

Durch die Milch und die Dusche gestärkt, führte sie den Mauszeiger Richtung Fotos und klickte dann kurzentschlossen darauf.

In all den Wochen des einsamen Lernens hatte sie zwischendurch immer wieder auf Facebook herumgesurft und sämtliche Funktionen ausprobiert, so dass sie mittlerweile genau wusste, wie man auf verschiedene Arten durch Fotoalben navigieren konnte. Und darüber war sie froh, da sie bei Momo nämlich mit dem ältesten Bild anfangen und sich dann langsam bis in die heutige Zeit durchklicken wollte. Sie erwartete, dass sie der Schock dann vielleicht nicht so unvermittelt treffen würde.

Da Facebook jedoch vorschrieb, mit den neusten Bildern zu beginnen, musste sie erst ein paar Extraklicks machen, um ihren Ausflug in Momos Leben mit dem ältesten Bild seines Foto-Albums zu beginnen.

Das erste Bild war das schöne Profilfoto, welches er im Jahr 2008 – also ziemlich genau vor zehn Jahren – auf Facebook hochgeladen hatte. Dann klickte sie eins nach dem anderen an. Zuerst erschien eine ganze Reihe Partybilder, und sie musste Morgan unter den vielen Menschen erst einmal ausfindig machen.

Immerhin fiel er recht schnell durch seine braunen lockigen Haare auf. Die Bilder waren nach wie vor aus dem Jahr 2008, und damals war er noch Mitte dreißig gewesen. Auf einigen Bildern war er von Frauen umgeben, und meistens hielt er einen Drink in der Hand.

Sie seufzte. Das verhieß nicht viel Gutes.

Sein Gesicht hatte sich jedoch seit dem schönen Bild von 1996 nicht groß verändert, und das ließ sie Hoffnung schöpfen. Seine

Haare trug er entweder fast schulterlang oder am Hinterkopf zusammengebunden. Es stand außer Frage, dass er auch mit 35 immer noch sehr gut aussah, außer dass er wie Steven ein leichtes Doppelkinn bekommen hatte. Zweifelsohne hatte er etwas zugenommen, aber das fand sie zu ihrer eigenen Überraschung gar nicht einmal so schlimm. Nur seine Augen wirkten ein bisschen verklärt, fand sie. Ob es damit zu tun hatte, dass er auf vielen Bildern leicht bis mittelschwer betrunken war?

Immerhin handelte es sich bei den meisten Fotos um Partybilder, auf denen jemand anders ihn getaggt hatte und die er vermutlich nicht mal selbst hochgeladen hatte.

Sie klickte sich vorwärts durch die Zeit und landete schließlich beim allerletzten Foto. Es war von 2017.

Auf dem Bild waren die Kendall-Brüder zu sehen, Steven und Morgan, beide in ihren Vierzigern. Hinter ihnen war das Tor der «Kendall Automotive Company» erkennbar, und Morgan, immer noch mindestens einen halben Kopf kleiner als Steven, hatte seinen Arm fest um seinen großen Bruder geschlungen und lächelte mit zusammengekniffenen Augen in die Kamera. Seine Haare waren tatsächlich immer noch voll, doch mittlerweile von den ersten grauen Strähnen durchzogen.

Das war das letzte Foto, danach kamen keine mehr.

Morgan hatte ansonsten kaum Dinge von sich und seinem Privatleben gepostet, nur ab und zu ein paar Links zu wichtigen politischen und gesellschaftlichen Themen wie dem Brexit, zur nuklearen Bedrohung und zu Thesen über einen dritten Weltkrieg. An anderer Stelle fand Lisa etwas zur Wirtschaft und einen Link zu einem Artikel über den Klimawandel – Dinge, von denen sie zwar einiges aus den Schulbüchern von 2018 mitbekommen, die sie jedoch mehr oder weniger außen vor gelassen hatte, weil sie ihr Angst machten und es ihr unheimlich schien, schon im Voraus zu wissen, was in 29 Jahren alles auf die Welt zukommen würde. Und auch, weil sie sich noch gar nicht erwachsen genug fühlte, um bei solchen Themen überhaupt mitreden zu können.

Aber Momo war erwachsen geworden. Er war ein Mann von fast 45 Jahren, der sich offensichtlich eine Menge Gedanken zum Weltgeschehen machte.

Erst jetzt fiel ihr auf, dass sie eine Nachricht im Chat bekommen hatte. Sicher von Kyle oder von Cheyenne, die immer noch nicht aufgehört hatte, sie mit Nachrichten zu spammen und sich darüber auszulassen, warum sie denn nicht endlich an einer Lerngruppe teilnehmen wollte.

Umso mehr schmiss sie vor Schreck fast die Maus vom Tisch, als sie sah, dass die Nachricht von Morgan war.

Das konnte doch nicht sein!

Er schrieb ihr einfach so?

Morgan: Hi. Kenne ich dich?

Er hatte sich offenbar doch gefragt, wer diese komische *Lee Butterfly* war. Und da es unhöflich gewesen wäre, ihm nicht zu antworten, überlegte sie kurz und tippte dann:

Lee: Ja, ich glaube wir kennen uns.

Morgan: ?

Lee: Wir sind uns in der Vergangenheit begegnet.

Morgan: Ach ja? 😊 Wo?

Lee: Tomsbridge School

Morgan: So?

Lee: Ja

Morgan: Wann? Welches Jahr?

Sie zögerte. Sie zögerte sehr, sehr lange. Sie wusste eigentlich, dass sie keinen Schritt weiter gehen durfte.

Lee: 1989

Eine Pause folgte. Lisa sah, dass er online war, doch er schrieb nicht zurück. Offensichtlich musste er diese Information erst einmal verdauen. Erst nach einer sehr langen Weile kam wieder eine Antwort von ihm.

Morgan: Ich auch

Sie hatte keine Idee, was sie darauf antworten sollte. Sie war längst wieder viel zu weit gegangen. Sie hätte ihm niemals eine Freundschaftsanfrage senden sollen. Vielleicht sollte sie den Chat besser einfach schließen und nie wieder öffnen …

Sie stellte fest, dass er immer noch online war und auf sie wartete. Wo er wohl gerade war? Saß er zuhause am Computer? War er irgendwo unterwegs und schrieb von seinem Smartphone aus? War er allein? War eine Frau bei ihm? War er gerade betrunken?

Und dann sah sie in der Chatanzeige, dass er wieder etwas geschrieben hatte:

Morgan: Wann geboren?

Also betrunken wirkte das eigentlich nicht, was er schrieb. Er wollte es wirklich wissen. Ihr Verstand schrie zwar Zeter und Mordio, doch ihre Finger taten einfach, was sie wollten:

Lee: 1973

Morgan: Ich auch

Nun war es endgültig zu spät.

Morgan: Dein richtiger Name?

Natürlich war ihm klar, dass Lee Butterfly nur ein Pseudonym war. Kein Mensch hieß Lee Butterfly.

Sie konnte nicht mehr weitermachen. Sie konnte ihm nicht einfach sagen, wer sie war. Das würde ja bestimmt ein riesengroßes Chaos im Raum-Zeit-Kontinuum verursachen. Doc Silverman würden die Haare zu Berge stehen. Jedenfalls die, die er noch hatte.

Verärgert über ihr eigenes Vorgehen, schalt sie sich: Sie musste zwar etwas für Morgan tun, doch sie hätte niemals so planlos vorgehen dürfen! Sie hätte sich zuerst eine vernünftige Strategie ausdenken sollen. Andererseits hatte sie ja nicht damit gerechnet, dass er sie gleich anschreiben würde.

Lisa starrte auf ihren Bildschirm, spürte, dass Morgan auf ihre Antwort wartete.

Sie schüttelte den Kopf und fuhr den Computer zurück in den Standby-Modus. Sie musste zuerst darüber nachdenken, wie sie weiter vorgehen wollte.

Noch lange saß sie mit klopfendem Herzen da und starrte auf den schwarzen Bildschirm.

Kapitel 17
Ein schwieriger Entschluss

Das Erste, was sie am Donnerstagmorgen tat, war, endlich Dr. Pataridis in seinem Büro aufzusuchen, denn Doc Silverman hatte ihr ja grünes Licht gegeben, ab Juni ihr Glück bei ihrem Physiklehrer zu versuchen, damit er ihnen Zugang zum Forschungszentrum verschaffte.

«Leonor Whitfield?» Dr. Pataridis ließ sie herein. «So früh hier? Hast du denn so ein dringendes Anliegen? Setz dich bitte.»

Lisa hatte den unangenehmen Verdacht, dass sie ihn gerade bei seiner ersten Kaffeepause störte, denn er wirkte etwas ungeduldig, wie er ihr da an seinem Schreibtisch gegenübersaß. Dabei hatte sie sich gar nicht so richtig überlegt, wie sie ihre Frage überhaupt vortragen sollte. Sie war einfach nicht gut darin, ihre Reden bis in die Details vorzubereiten.

«Ich wollte nur fragen, ob ... äh ... Sie wissen schon, das Forschungszentrum. Ob es eine Möglichkeit gäbe, da mal reinzugehen?»

Mist, das hörte sich nicht gerade wie ein sorgfältig durchdachtes Anliegen an.

«Das Forschungszentrum?» Dr. Pataridis gähnte und lehnte sich im Stuhl zurück. «Da waren wir letztes Jahr schon. Ich weiß nicht, ob die Klasse Lust hat, noch mal dieselbe Führung zu machen.»

«Führung?»

«Ja, sie bieten jährlich ab Juni Führungen für Schulen an», sagte er. «Na, ich weiß nicht. Frag mal deine Klassensprecherin. Wenn deine Kameraden Lust haben, ein weiteres Mal dasselbe zu machen, kann ich gegebenenfalls einen Termin buchen.»

Eine Führung durchs Forschungszentrum – das war ja besser, als sie und Doc Silverman es erwartet hatten! Sie musste nur noch Cheyenne überzeugen, doch das würde vielleicht gar nicht so schwierig sein … wenn sie das Zauberwort «Klassengeist» nur oft genug in ihre Sätze einflocht …

«Geht klar», sagte sie. «Ich rede mit Cheyenne!»

«Na, gebt mir Bescheid, sobald ihr euch entschieden habt», sagte Dr. Pataridis mit desinteressierter Stimme. «Übrigens kann man mir auch Nachrichten schreiben.»

Der spitze Unterton erinnerte Lisa wieder einmal mehr daran, dass sie die Gepflogenheiten des Jahres 2018 immer noch nicht ganz begriffen hatte. Natürlich. Heutzutage ließ sich ja alles bequem elektronisch erledigen … Sie würde sich wohl nie ganz daran gewöhnen.

Sie trollte sich, um Kyle zu suchen. Er hing mit Banjo vor dem Unterrichtssaal herum und amüsierte sich über irgendeinen Witz auf seinem Handy. Als er Lisa erblickte, blitzten seine Augen sofort auf.

«Da bist du ja, Retro-Girl», grinste er. «Du warst heute gar nicht im Bus?»

«Ich bin einen Bus früher gekommen. Ich wollte mit Doktor Pataridis sprechen.»

Auf Kyles und Banjos fragende Blicke hin erklärte sie kurz, worum es ging.

«Das Forschungsinstitut?» Leider war Kyles Reaktion nicht gerade überwältigend. «Da waren wir letztes Jahr schon.»

«Ich weiß. Aber ich würde extrem gern mal da reingehen», sagte Lisa. «Die Technologien der Zukunft sehen und so ...»

«Ja, das ist schon recht spannend», meinte Kyle. «Aber dass wir die anderen noch mal dafür begeistern können, bezweifle ich ...»

«Du musst einfach das Klassengespenst davon überzeugen», grinste Banjo. «Wenn die einsieht, dass es den Klassengeist stärkt, dann trommelt sie ihre Schäfchen schon zusammen!»

«Ich würde gerne noch mal dahingehen», meldete sich auf einmal Angelas leise Stimme aus dem Hintergrund. «Ich fand es letztes Mal ziemlich interessant.»

Lisas Kopf flog herum. Angela war seit ihrem Freundschaftsbruch mit Cherish und Miranda wie ein unauffälliger Schatten an ihrer Seite.

«Dann sag Cheyenne, dass schon drei aus der Klasse dafür sind», sagte Kyle augenzwinkernd.

In der großen Pause wappnete Lisa sich für ihre Mission und fing Cheyenne noch vor der nächsten Stunde ab.

«Ich hätte eine Idee für eine gemeinsame Klassenaktivität», begann sie und hatte mit diesen Worten sogleich Cheyennes Aufmerksamkeit.

«Her damit!», sagte Cheyenne.

Doch ihr Gesicht wurde, wie erwartet, lang und noch länger, als Lisa ihr den Vorschlag unterbreitete.

«Och, nicht schon wieder das Forschungszentrum», stöhnte sie.

«Da waren wir schon letztes Jahr. Da will ja kein Schwein mehr hin.»

«Doch», sagte Lisa mit Nachdruck. «Ich hab rumgefragt. Wir sind schon mindestens vier, die hinwollen. Außerdem entwickeln sie gerade eine spannende neue Technologie, hab ich mir sagen lassen.» Ob das stimmte, wusste sie zwar nicht, aber sie fand, dass das ziemlich beeindruckend klang.

Doch Cheyenne ließ sie mit einem Schnauben stehen. Wenn etwas nicht nach ihrem Geschmack verlief, konnte man es vermutlich glatt vergessen!

«Das kriegen wir schon hin», heiterte Kyle sie auf, als sie ihm entmutigt von ihrem Misserfolg berichtete. «Überlass das mir.» Er grinste mit einer vielsagenden Miene, die ihr verriet, dass er bereits etwas ausgeheckt hatte.

In der Mittagspause wanderten Kyle und Banjo mit einem Zettel in der Kantine herum und machten fleißig Propaganda für einen Ausflug ins Forschungszentrum. Lisa saß neben Angela, die schweigend ihr Essen löffelte, und schaute den Jungs gespannt zu, die offenbar Erfolg hatten.

Auf einmal vibrierte ihr Smartphone in der Rocktasche. Das war immer noch so ungewohnt für sie, dass sie vor Schreck zusammenzuckte. Weder Angela noch Kyle konnten ihr eine Nachricht geschrieben haben, und Cheyenne saß mit ein paar anderen am Nebentisch und fuchtelte gerade wild mit ihrem Löffel herum, weil sie sich über irgendetwas ereiferte.

Überrascht zog sie ihr Handy hervor und hätte es beinahe in ihren

Teller voll Tomatensuppe fallen lassen, als sie sah, dass die Nachricht von Morgan war.

Morgan: Hi

Das war alles. Ein kurzes «Hi». Was bezweckte er damit?

Sie starrte die Message an und wusste nicht, wie sie angemessen darauf reagieren sollte. Ihr fiel nichts Besseres ein, als es ihm gleichzutun.

Lee: Hi

Seine Antwort kam postwendend:

Morgan: Verrätst du mir nun, wie du wirklich heißt?

Sollte sie ihm vielleicht doch die ganze Wahrheit sagen? Wie viel wusste er tatsächlich von der Zeitreisegeschichte? Immerhin hatte er ihr zukünftiges Ich getroffen, und er war gemäß Britts Schilderungen ganz nah mit den Geschehnissen in der Nacht der Zeitreise in Berührung gekommen. Und nicht zuletzt hatte Lisa ihm ja das für 1989 futuristische Smartphone mit dem Foto von seinem zukünftigen Grabstein gezeigt. Wie groß war die Möglichkeit, dass er ihr sogar glauben würde?

Aber die Angelegenheit war dennoch zu heikel und delikat, zumal sie ja schon wieder gegen ein Verbot von Doc Silverman verstieß, der sie in weiser Voraussicht gebeten hatte, bezüglich Morgan nichts zu unternehmen.

Lee: Leonor

Sie sah, dass er ihre kurze Antwort sogleich gelesen hatte. Sie wartete angespannt, was als Nächstes kam, doch es passierte nichts weiter, außer dass er wieder offline ging.

Immerhin hatte sie ihm gerade die halbe Wahrheit gesagt, und die musste er offenbar erst verdauen.

«Lee?» Kyle knallte stolz den Zettel vor ihre Nase auf den Tisch. «Fünfzehn Unterschriften. Damit ist die Sache geritzt!»

Sofort schreckte sie aus ihren Gedanken auf. «Oh, klasse! Danke, Kyle!»

«Mit wem chattest du gerade?» Er hatte gesehen, dass sie die Messenger-App von Facebook offen hatte, und zog ziemlich neugierig seine Augenbrauen hoch, denn dass Lisa überhaupt chattete, war eine Seltenheit.

«Äh ... mit niemandem.» Schnell verstaute sie das Smartphone wieder in der Rocktasche.

«Mit niemandem?» Kyle zog die Stirn kraus. «Wie kann man denn mit *niemandem* chatten?»

«Ich chatte eben mit einem Geist», sagte Lisa und hatte die Lacher auf ihrer Seite.

«Na los, sag schon.» Kyle puffte sie in die Seite. «Heimlicher Verehrer?» Sie hörte einen leichten Missmut in seiner Stimme.

«Nein, nur ...»

Dein Onkel, fügte sie in Gedanken hinzu.

«... ein ... Verwandter von mir ...», sagte sie.

Kyle legte seinen Kopf schief. Er schien zu merken, dass irgendetwas los war.

«Na, dann», meinte er achselzuckend. «Jedenfalls hast du nun genug Unterschriften, um das Klassengespenst zu überzeugen.»

Und so war es auch. Sie benötigte allerdings dennoch etwas Überredungskunst, da es Cheyenne offenbar nicht gefiel, dass eine Idee einmal nicht von ihr war. Erst als Lisa ihr klarmachte, dass sie den Klassengeist *arg* gefährden würde, wenn sie der Mehrheit widersprach, fand Cheyenne kein Gegenargument mehr.

Am Freitag nach der Schule fuhr Lisa mit dem Zug hinaus nach Blossombury. Sie würde das Wochenende bei Doc und Zac verbringen.

Doc Silverman strahlte richtig, als er Lisa begrüßte, so dass ihr schlechtes Gewissen sie plagte, weil sie ihn schon wieder hintergangen hatte. Denn natürlich wusste der Doc weder von ihrem Ausflug mit Kyle zum Tomsborough Square noch von ihrem Chat mit Morgan.

Doc Silverman servierte Lisa stolz eine Schüssel Jelly Pudding, den er selbst gemacht hatte und der furchtbar schmeckte. Lisa würgte ihn tapfer hinunter.

«Und, Lee? Hast du schon rausfinden können, ob es einen Zugang oder eine Verbindungsperson zum Forschungszentrum gibt?» Doc Silverman nahm ihr gegenüber Platz und schöpfte sich ebenfalls etwas von dem schwabbeligen Pudding in eine Schüssel.

Wenigstens konnte Lisa ihm stolz von ihrem Erfolg berichten.

«Wir machen am 21. Juni einen Schulausflug dorthin. Unser Physiklehrer hat einen Besichtigungstermin organisiert.»

Cheyenne hatte ihr an diesem Vormittag mitgeteilt, dass die Sache klargehe. Die Begeisterung der Klasse hatte sich zwar in Grenzen gehalten, da Kyle die meisten Mitschüler fast schon zu ihrer Unterschrift genötigt hatte, doch Dr. Pataridis hatte tatsächlich umgehend einen Termin vereinbart. Wenn Cheyenne sich mit ihrer hartnäckigen Art erst mal in Gang gesetzt hatte, entwickelten sich die Dinge erstaunlich schnell.

Wie zu erwarten, strahlte der Doc vor Freude. «Aber das ist ja hervorragend! Viel besser, als ich es mir gedacht habe! Und ich brauche mir erst recht keine Sorgen um dich zu machen, weil du ja in guter Obhut bist. Lass mich überlegen – vielleicht könnte ich dir sogar einen persönlichen Brief an Archibald Ash mitgeben ...»

«*Ich* soll Professor Ash einen Brief bringen?» Der Gedanke, das totenkopfähnliche Gesicht ihres Physiklehrers wiedersehen zu müssen, widerstrebte Lisa.

«Natürlich nicht. Aber du kannst ihn möglicherweise irgendwo für ihn hinterlegen lassen. Es ist vermutlich unsere einzige Chance, Lee.»

«Wieso schicken Sie ihm den Brief denn nicht einfach per Post dorthin?», fragte Lisa und wunderte sich, ob das eine einfältige Frage war.

«Weil ich das schon versucht habe und die Briefe als ‹unzustellbar› zurückgekommen sind. Ich vermute, er will seine Identität geheim halten. Aber wenn es dir irgendwie gelingt, das herauszufinden, kannst du mein Schreiben möglicherweise tatsächlich für ihn hinterlegen lassen. Je schneller er es bekommt, desto besser.»

«Na, dann», sagte Lisa.

Etwas später, als Doc Silverman sein wohlverdientes Nickerchen machte, ging Lisa rüber zu Zac, der wie immer fast mit seinem Computer verschmolz, und schaute ihm über die Schulter. Er war gerade dabei, Daten von einer Wetterstation herunterzuladen. Die Brille war ihm mittlerweile fast bis zur Nasenspitze gerutscht und so verschmiert, dass Lisa sich wunderte, wie er damit überhaupt noch etwas sehen konnte.

«Das sieht alles sehr gut aus, Lee», meinte er, nachdem er Lisas Anwesenheit endlich bemerkt hatte. «Der Wettermaschine geht es hervorragend an ihrem Standort, und sie zeigt mir sogar an, dass es demnächst zu Gewitterbildung kommen könnte.»

«Und was heißt das genau?»

«Nun, Luftdruck und Luftfeuchtigkeit stehen im idealen Verhältnis zur baldigen Hitzewelle, die in zwei Wochen über uns kommen wird. Noch lässt sich das zwar erst mit 85-prozentiger Wahrscheinlichkeit voraussagen, aber die hiesigen Wetterprognosen sind auch nicht genauer. Ob dann definitiv ein Gewitter auftreten wird, weiß ich erst einen Tag vorher. Aber 24 Stunden sind genug, um alles vorzubereiten.»

«Verstehe», sagte Lisa. Sie blieb eine Weile hinter Zac stehen und schaute ihm zu, wie er weltweite Wetterdaten herunterlud, sie auswertete, Diagramme erstellte und hochkomplizierte Formeln berechnete. Lisa konnte sich beim besten Willen nicht vorstellen, was es da alles zu kalkulieren gab.

«Zac», sagte sie unwillkürlich. «Was würde eigentlich passieren, wenn ich hierbleiben würde?»

«Hier, im Jahr 2018?» Zac wandte sich zu ihr um.

Sie nickte.

Er überlegte. «Dein Körper ist Materie, der nicht in dieses Raum-Zeit-Gefüge gehört. Nicht in dieser Molekularstruktur jedenfalls. Die

Zeitlinie wird vielleicht versuchen, es zu reparieren. Ich bin mir nicht sicher. Es gibt verschiedene Theorien.»

«Zum Beispiel?»

«Zum Beispiel, dass *Chronos* versucht, deinen Körper der Zeit anzupassen. Das bedeutet, dass du schneller altern könntest und bald schon den Körper einer 45-Jährigen haben wirst.»

«Was?»

«Ich weiß es nicht, Lee. Das ist nur eine Theorie. Vielleicht passiert auch gar nichts.»

Lisa hielt sich entsetzt den Rücken ihrer rechten Hand vor die Augen. Doch ihre Haut war zart wie eh und je. Keine Spur von Alterserscheinungen. Oder? Sie tastete ihr Gesicht ab.

«Zac. Sehe ich irgendwie älter aus?»

Er sah sie an und runzelte die Stirn. «Eigentlich nicht.»

Ob Zac so etwas überhaupt beurteilen konnte? Sie musste sich unbedingt später genauer im Spiegel untersuchen – sofern das in den halbblinden Spiegeln von Silvermans überhaupt möglich war.

Doch dann hielt Zac einen weiteren Moment inne. Seine Augen musterten Lisa erneut, und zwar so aufmerksam wie noch selten zuvor. Es kam etwa alle Jubeljahre einmal vor, dass Zac sich etwas dermaßen genau anschaute, was *nicht* mit Physikformeln zu tun hatte.

«Du siehst nicht älter aus, Lee. Das ist das Erstaunliche. Ehrlich gesagt glaube ich wenn, dann hätte so ein Alterungsprozess bei deiner Zeitreise passieren müssen, als du durchs Wurmloch geschleust worden bist. Du hättest dann gleich als 45-Jährige hier im Jahr 2018 rauskommen müssen. Das würde für mich am meisten Sinn machen. Dann hätte aber dein älteres Ich damals ja auch jünger werden sollen bei seiner Zeitreise in die Vergangenheit, und das ist nicht geschehen – Gott sei Dank, kann man sagen, sonst wärst du 1989 zweimal als Sechzehnjährige anwesend gewesen, und damit hatte die Zeitlinie wohl ein Problem, also …»

«Meinst du, es gäbe somit eine Möglichkeit für mich, eventuell hierzubleiben?», unterbrach sie ihn, bevor er wieder in seine komplizierten Theorien abschweifen konnte.

«Wieso? Möchtest du nicht nach Hause?» Er sah sie aufmerksam an.

Lisa schwieg. Das war es ja eben. Da war irgendetwas in ihr drin, was sie sich selbst nicht erklären konnte.

Zac seufzte.

«Besprich das lieber mit meinem Dad», sagte er. «Vom wissenschaftlichen Aspekt her kann ich dir nur sagen, dass es vermutlich nicht ganz unproblematisch für die Zeitlinie wäre, aber auch nicht völlig unmöglich. Nur hab ich dafür keine Garantie. Du gehörst nicht als Sechzehnjährige in diese Zeit, und ich weiß nicht, wie lange die Zeitlinie dich akzeptiert. Was vom ethischen Standpunkt her, sprich: moralisch gesehen, richtig wäre, da kann dir mein Dad sicher besser helfen.»

«Schon gut», sagte sie. «War nur so'n Gedanke.»

Zac nickte und wandte sich wieder seinen Kalkulationen zu. Doc Silverman schlief immer noch auf seinem Sofa. Weil sie keine Beschäftigung mehr fand, ließ Lisa sich schließlich auf einen alten Gummireifen fallen und zog ihr Smartphone hervor.

Sie hatte gar kein Vibrieren in der Hosentasche gespürt, aber die Facebook-Messenger-App zeigte mit einer kleinen roten «1» auf dem Icon an, dass sie eine Nachricht erhalten hatte. Sie hatte vergessen, den mobilen Datenempfang auszuschalten …

Aber nun schnarchte Doc Silverman leise vor sich hin, und Zac war mindestens zweihundertprozentig in seine Arbeit vertieft, also würde wohl keiner der beiden etwas davon mitkriegen.

Sie öffnete den Messenger. Fast unbewusst hatte sie es schon geahnt.

Es war Morgan. Schon wieder.

> **Morgan:** Hi, ich bin's noch mal …

Sie konnte es kaum glauben. Er konnte ja richtig hartnäckig sein! So kannte sie ihn gar nicht …

Sie sah an dem grünen Punkt neben seinem Namen, dass er online war. War er eigentlich dauernd online? Da sah sie an den drei herumhüpfenden Punkten unter der Message, dass er noch am Schreiben war, und wartete, bis auch diese Nachricht durchkam.

> **Morgan:** Sorry, wenn ich dich noch mal belästige.
> Ich möchte nur gerne etwas wissen.

Er war so höflich und vorsichtig. Und es wäre einfach nicht in Ordnung gewesen, ihm nicht zu antworten.

> **Lee:** Was ist denn?

Er brauchte dieses Mal ziemlich lange, um die Antwort zu formulieren. Dementsprechend bekam sie auch eine etwas längere Nachricht von ihm:

> **Morgan:** Könnte ich dich vielleicht in den nächsten Tagen treffen? Sorry, kommt etwas direkt. Habe keine bösen Absichten, falls du das denkst. Möchte nur etwas wissen. Was Persönliches.

Lisas Herz klopfte so mächtig, dass sie meinte, es würde Doc Silverman gleich aufwecken. Ihr war klar, dass sie um ein Treffen mit ihm nicht herumkommen würde, wenn sie ihn vor dem Tod bewahren wollte. Aber ihr war immer noch nicht klar, wie sie es anpacken sollte. Es schien ihr weiterhin unklug zu sein, ihm ihre wahre Identität preiszugeben.

> **Lee:** Ich glaube, ich muss mich bei dir entschuldigen. Ich bin erst sechzehn. Du hast vielleicht geglaubt, ich sei so alt wie du?

Es blieb lange ruhig auf seiner Seite.

> **Lee:** Es tut mir wirklich leid.

> **Morgan:** Okay

Dann passierte eine Weile nichts.
Und doch kam es ihr vor, als würden sie einander durch das Display anstarren.
Sie spürte, dass die Unterhaltung noch nicht beendet war. Und ebenso fühlte sie, dass sie nun Nägel mit Köpfen machen musste.

Lee: Wir können uns aber trotzdem treffen.

Wieder Pause. Doch er war immer noch online.

Morgan: Dir ist klar, dass ich fast 45 bin?

Lee: Ja

Morgan: Uns trennen 29 Jahre. Was möchtest du junges Girl von so einem alten Knacker wie mir?

Morgan: Warum hast du mich überhaupt auf Facebook geaddet?

Lee: Ich wollte einfach mit dir reden.

Morgan: Reden? Mit mir? Worüber?

Lee: Einfach so.

Morgan: Aber du kennst mich doch gar nicht?

Sie schlug sich die Hände vors Gesicht. Hoffentlich würde Doc Silverman nicht gerade jetzt aufwachen! Sie hatte sich wieder mal komplett verheddert. Wie so oft. Sie konnte einfach nicht gut schwindeln …

Morgan: Frag erst mal deine Eltern.

Morgan: Ich will mich da nicht in eine dumme Sache verstricken.

Und noch immer schaffte sie es nicht, eine durchdachte Strategie zu verfolgen oder überhaupt erst mal zu entwickeln. Ihre Finger schrieben einfach unkontrolliert weiter:

Lee: Ich hab keine Eltern.

Wieder eine lange Pause.
Er schien sich wohl sehr gut zu überlegen, was er schreiben wollte, im Gegensatz zu ihr.

Morgan: Okay.

Morgan: Dann scheinst du wohl niemanden zu haben, mit dem du über deine Probleme reden kannst. Das erklärt einiges.

Ihr wurde klar, wofür er sie hielt:
Für ein ziemlich verwirrtes Teenagermädchen, das nicht so recht wusste, was es tat.
Vielleicht war es gar nicht so dumm, diese Schiene weiterzufahren. Zumal sie sich momentan wirklich wie ein ziemlich dummes, planloses, verwirrtes Mädchen fühlte.
Langsam reifte ein Plan in ihr.
Während sie noch darüber nachdachte, kam schon die nächste Nachricht von ihm.

> **Morgan:** Ich kann dir gerne zuhören, wenn du möchtest. Allerdings weiß ich nicht, ob ich dir auch helfen kann.
>
> **Lee:** Ich glaube schon. Ich hab sonst wirklich niemanden, der mir zuhört.

Und noch während sie die letzten Worte schrieb, wusste sie auf einmal, dass es *genau so* war.
Dass es keine Lüge war, sondern die bittere Wahrheit.
Es gab niemanden, der je zum tiefsten Kern ihres Wesens durchgedrungen war. Der die Geduld dafür aufgebracht hatte. Nicht mal Britt. Auch nicht Doc Silverman.
Niemand hatte sie bisher je *wirklich* erfasst.
Nicht mal sie selbst.

> **Morgan:** Alright. Wenn es dir hilft, können wir uns gern treffen.
>
> **Lee:** Ja, gern. Wann?
>
> **Morgan:** Sag du.

Lisa öffnete den Kalender auf ihrem Smartphone und scrollte bis zum 7. Juni 2018 vor. Welcher Wochentag war das überhaupt?
Sie erstarrte. Der 7. Juni 2018 war ein Donnerstag! Ausgerechnet ein Donnerstag! Das war doch mal wieder typisch! Mit diesem Wochentag hatte sie bis jetzt noch keine gute Erfahrung gemacht …

Morgan würde an einem *Donnerstag* ums Leben kommen. Das war echt zu viel!

Lee: Nächsten Donnerstag? 7. Juni?

Diesmal dauerte es außerordentlich lange, bis eine Antwort von ihm kam. Ihr war sehr wohl klar, was das Datum für ihn bedeutete.
Doc Silverman räkelte sich auf dem Sofa. Lisa wartete ungeduldig.

Morgan: Okay. Donnerstag, 7. Juni. Abends um halb neun im Gastro-Pub Gary&Evans?

Morgan: Ist ganz in der Nähe vom Tomsborough Square, falls du dich nicht auskennst. Ich lad dich zum Essen ein, wenn du magst.

Gastro-Pub Gary&Evans? Was verband sie bloß mit diesem Namen?

Lee: Okay, abgemacht. Danke.

Morgan: ☺

Sie holte tief Luft.
Jetzt war es nicht mehr rückgängig zu machen.

Kapitel 18
Mission Morgan

Es war nicht leicht, ihre Anspannung vor Doc Silverman und Zac zu verbergen. Nun hatte sie ein Date mit Morgan, und davon durfte natürlich keiner etwas wissen.

Lisa war froh, als sie am Sonntagabend wieder in ihre WG zurückkehren konnte. Vier Tage hatte sie nun Zeit, um ihren Abend mit Morgan zu planen. Sie hatte sich definitiv entschieden, das verwirrte Teenagermädchen raushängen zu lassen. Dazu musste sie gar nicht mal so sehr schauspielern …

Doch wie immer das Treffen auch verlaufen würde: Ihre Aufgabe war es, den Donnerstagabend mit ihm zu verbringen und dafür zu sorgen, dass dieser Unfall nicht stattfinden würde.

Sie hatte daher beschlossen, ihre Mission mit einem kleinen Ritual einzuläuten. Aus ihrem Schulheft hatte sie eine leere Seite herausgerissen und sich damit und mit einem Kugelschreiber an den Schreibtisch gesetzt. Wie sehr vermisste sie nun ihren Füller aus dem Jahr 1989, um die Worte, die ihr so wichtig waren, auf dieses Papier zu bringen. Doch der popelige Kugelschreiber war alles, was sie hatte. Kein Mensch schien heutzutage mehr einen Füller zu benutzen!

Es waren wenige Sätze, die für niemanden bestimmt waren als nur für sie selbst, doch sie wollte sie unbedingt festhalten.

Für den Fall, dass ihr Plan scheitern würde.

Für den Fall, dass Momo diesen Tag nicht überleben würde.

Zudem hatte Lisa den Entschluss gefasst, sich für diesen Abend ein bisschen mehr als sonst herzurichten. Einerseits, um der Gefahr, dass er sie erkennen würde, vorzubeugen – doch andererseits auch, weil sie schlicht und einfach hübsch für ihn aussehen wollte. Egal, wie alt er nun war – er war immer noch *ihr* Momo …

Sie hatte sich ein wenig Rouge und Eyeliner gekauft und versuchte damit ihr Glück. Dazu hatte sie die schönste Bluse angezogen, die sie unter den Klamotten fand, die Britt für sie ausgesucht hatte. Dann band sie ihre Haare zu einem Dutt hoch, wie sie es von den 2018er-Mädchen gelernt hatte. Ein Dutt! In ihrer Vorstellung trugen nur alte Frauen einen Dutt, aber im Jahr 2018 war das offenbar der letzte Schrei.

Und zu guter Letzt zog Lisa schweren Herzens die Brille an.

Nun sah sie wirklich aus wie eine alte Tante!

Oder eben wie so ein Hipster-Mädchen.

Ay. Völlig uncool für 1989. Carol und Beatrice hätten sich bestimmt das Maul zerrissen, wenn sie das gesehen hätten! Maddox auch. Das Blondie-Trio erst recht.

Ob Momo das doof finden würde?

Sie zuckte mit den Schultern.

Doch immerhin beugte sie dadurch der Gefahr vor, dass er sie zu leicht erkennen würde.

Zu sagen, dass sie aufgeregt war, wäre untertrieben gewesen!

Sie war mehr als das. Als sie im Bus in Richtung Stadt saß, fühlte sich ihr Magen an wie eine dieser glitschiggrünen «Slime»-Massen, mit denen sie als Kind gespielt hatte.

Lisa hatte immer noch nicht ganz herausgefunden, was es mit diesem Gastro-Pub Gary&Evans auf sich hatte und was ihr daran so bekannt vorkam. Morgan hatte ihr nur mitgeteilt, dass er unmittelbar beim Square lag. Googeln konnte sie es nun auch nicht mehr, da sie ihr Smartphone wegen Zacs Überwachungsmöglichkeiten zuhause auf dem Pult gelassen hatte.

Als sie aus dem Bus stieg, regnete es. Sie konnte sich kaum vorstellen, dass laut Zacs Wetterprognosen tatsächlich eine Hitzewelle im Anmarsch war. Eine Hitzewelle in England, und das schon im Juni?

Vorläufig goss es jedoch in Strömen, und als sie in den Gastro-Pub Gary&Evans trat, war sie trotz Regenschirm ziemlich nass. Sie ließ den Schirm in den Ständer gleiten und schaute sich um, ehe sie ihre Jacke an die Garderobe hängte und zögernd ins Innere des Lokals ging.

Das rustikale Ambiente des schwach erleuchteten Gastro-Pubs umhüllte Lisa sofort mit einer eigenartigen Vertrautheit. Vielleicht hing das mit dem Wissen zusammen, dass Momo irgendwo hier sitzen musste.

Das Lokal war gar nicht so voll, wie sie es erwartet hatte. Schritt für Schritt drang sie weiter ins Innere vor, ließ ihren Blick über jeden einzelnen Gast schweifen. Irgendwie ahnte sie, dass Morgan ganz hinten sitzen musste.

Und dann sah sie ihn. Ziemlich verborgen in einer Nische. Ein Mittvierziger mit sanften Gesichtszügen, einem spitzen Kinn und einem dunkelblauen Hemd mit Manschettenknöpfen. Es bestand kein Zweifel, dass er es war. Er war so leicht zu erkennen an seinem Haar, das er am Hinterkopf zusammengebunden hatte und von dem ihm eine lockige Strähne ins Gesicht fiel.

Er blickte sofort auf, als er Lisa entdeckte. Hätte sie ihn nicht an seinen Haaren erkannt, dann spätestens jetzt an seinen unverkennbaren Augen.

Doch er war nicht allein. Ein älterer kahlköpfiger Mann mit einem weißen Vollbart saß bei ihm. Beide Männer hatten ein dunkles Bier vor sich stehen.

Lisa war stehen geblieben und traute sich keinen Schritt weiter.

Sie wusste nicht, ob sie sich in einem surrealen Traum befand oder ob das hier Wirklichkeit war.

Morgan sah sie an und lud sie mit einer sanften Geste ein, näherzutreten.

Sehr, sehr schüchtern trat Lisa zu den beiden Männern. Der andere, der Weißbärtige, betrachtete sie ebenfalls mit einem neugierigen und wachen Ausdruck in seinen Augen.

«Ist das dein Date, Morgan?»

Die tiefe Stimme dieses Mannes kam Lisa irgendwie bekannt vor.

Morgan schüttelte den Kopf. «Kein Date, Ross. Das Mädchen, das mich treffen will.» Er nickte Lisa auffordernd zu. «Setz dich doch. Hab keine Angst.»

Seine weiche, leise Stimme nahm ihr einen Teil ihrer Anspannung. Sie ließ sich auf dem freien Stuhl nieder, den der weißbärtige Mann ihr zurechtrückte, so dass sie Morgan direkt gegenübersaß.

«Ich lasse euch beide gleich allein», sagte der Weißbärtige. «Ich trinke nur rasch mein Ale fertig.»

Morgan musterte Lisa eingehend und streckte ihr höflich die Hand hin.

«Ich bin Morgan. Das weißt du ja.»

Lisa nahm seine Hand und fühlte die Wärme darin.

«Lee», sagte sie mit belegter Stimme.

«Möchtest du was essen?» Er ließ ihre Hand vorsichtig wieder los und schob ihr die Karte zu. «Bestell dir, was immer du magst.»

Doch Lisa konnte sich nicht auf die Speisekarte konzentrieren. Ihre Aufmerksamkeit galt einzig und allein dem Mann, der ihr gegenübersaß und der einst ihr Jugendfreund gewesen war. Ihr Blick glitt über sein Gesicht und erforschte jedes Detail, als würde sie eine Landkarte lesen.

Selbst in dem schummrigen Licht waren die weißen Strähnen, die sein braunes Haar durchzogen, gut sichtbar. Durch das Dunkelgrau, das sich daraus ergab, hatte es ein bisschen von seinem Glanz eingebüßt. Sein Gesicht, erstaunlich faltenlos, war genau, wie die Fotos es gezeigt hatten, ein wenig voller geworden, wie auch seine ganze Statur.

Ein gepflegter Dreitagebart zierte sein spitzes Kinn, und obwohl Lisa Bärte sonst nicht mochte, musste sie zugeben, dass er ihm erstaunlich gut stand.

Der kleine Leberfleck, der ihr so vertraut war, prangte unverändert auf seiner rechten Wange. An seinem blauen Hemd glänzten Goldknöpfe – es sah fast danach aus, als hätte auch er sich an diesem Abend extra in Schale geworfen. Allerdings hatte er immer Wert auf gute Kleidung gelegt, das wusste Lisa.

Von Ellys Aussage «eklig» war jedenfalls nicht die Spur zu sehen. Im Gegenteil, Morgan war durchaus ein attraktiver Mittvierziger, auch wenn er nicht mehr so schlank war wie früher. Und die Alkoholprobleme hätte Lisa ihm nicht angesehen – nicht an diesem Abend jedenfalls. Er wirkte nüchtern. Und sie war erstaunt, dass sie nicht einmal schockiert war, ihrem geliebten Momo als 45-Jährigem zu begegnen – was wohl damit zu tun hatte, dass sie sich innerlich so lange auf diesen Augenblick vorbereitet hatte.

Aber es war nicht nur das: Sie wusste auf Anhieb, dass sie sein älteres Ich mochte.

Er bemerkte, dass sie ihn anschaute, und gewährte ihr die Zeit.

«Bestell einfach alles, worauf du Lust hast», wiederholte er geduldig. «Es geht alles auf meine Rechnung.»

Sie konnte deutlich hören, dass er sich enorm anstrengte, um gut verständlich und fehlerfrei zu sprechen.

«Ich kenne keinen großzügigeren Menschen als ihn», bemerkte der weißbärtige Mann mit einem verschmitzten Lächeln. «Du solltest von diesem Angebot Gebrauch machen, Mädchen. Der Junge hier hat genug Kohle.»

Morgan lächelte vage.

«Soll ich Beatrice nicht gleich sagen, dass sie das Dreigangmenu auftischen soll?», stichelte der Mann weiter.

«Wenn Lee es haben möchte, darf sie es selbstverständlich gern bestellen», sagte Morgan. «Du übrigens auch, Ross.»

«Danke. Ich weiß dein Angebot zu schätzen. Aber ich muss gleich los …» Der Mann namens Ross blickte auf seine Uhr. «Wo ist Beatrice? Sie soll die Rechnung bringen.»

Lisas Augen wanderten zwischen Morgan und dem Weißbärtigen hin und her.

Ross? Beatrice? Moment mal …

Und da klingelte es endlich.

Natürlich! Dieser Mann war Ross Gallagher! Beatrices damaliger Freund, der sich viel um Morgan gekümmert hatte. Vor 29 Jahren noch dunkelhaarig und vollbärtig, jetzt komplett weißhaarig und kahlköpfig. Nur der Bart war geblieben. Einen Augenblick war sie so verdattert, dass die beiden Männer ihr Schweigen falsch deuteten.

«Ich meine es ernst, Lee», sagte Morgan. «Du kannst dir wirklich bestellen, was du möchtest.»

«Trau dich ruhig, Mädchen», sagte Ross. «Wie gesagt: Dein Date hier ist ein ziemlich reicher Mann.»

«Sie ist nicht mein Date, Ross.»

«Wer ist sie dann?»

Morgan richtete seine Augen fest auf Lisa. Das tiefe Dunkelbraun darin hatte eine enorm beruhigende Wirkung auf sie, wie sie feststellte.

«Das versuche ich herauszufinden», sagte er leise.

«Vielleicht solltest du sie über dein … Handicap aufklären?», schlug Ross mit sachter Stimme vor.

«Über meine *zwei* Handicaps, meinst du?» Morgan sah seinen Freund mit offenem Blick an.

«Das entscheidest du selbst.» Ross trank sein Glas leer.

Morgan nickte und nahm wieder Lisa ins Visier.

«Du hörst, dass ich Mühe habe beim Sprechen, nicht wahr?», fragte er leise.

Lisa konnte nicht anders, als zu nicken.

«Dieses Problem hab ich seit meiner Kindheit. Ich werde versuchen, langsam zu sprechen, damit du mich verstehen kannst. Aber manchmal werde ich müde, weil ich mich so arg konzentrieren muss. Ich brauche ab und zu eine Pause. Also hab Geduld, wenn ich dir nicht immer gleich sofort antworte. Doch das heißt, dass *du* vor allem reden musst, okay?»

Wieder nickte sie.

«Wenn du dich deswegen lieber wieder zum Gehen entscheiden möchtest, dann bist du frei, das zu tun. Ich werde es dir nicht übelnehmen. Du bist ein sechzehnjähriges, sehr hübsches Mädchen, und ich bin ... bin ein fünfundvierzigjähriger Mann, der immer noch nicht herausgefunden hat, was du von ihm willst. Aber wenn du bleiben möchtest, werde ich mein Bestes tun, um dir zuzuhören.»

Das war eine lange Rede für ihn gewesen, und dieses Mal hatte er ein Stocken nicht ganz vermeiden können. Seine Augen hatten Lisa keine Sekunde losgelassen. Erkannte er sie wirklich nicht? Oder spielte er das Spiel einfach mit?

«Er ist ein sehr guter Zuhörer», sagte Ross mit wohlwollender Stimme. «Also, wenn du dich zum Bleiben entscheidest, kannst du gewiss sein, dass deine Geheimnisse bei ihm sicher sind. Ich würde meinen, du hast dir sogar instinktiv den Richtigen ausgesucht, um dein Herz auszuschütten.»

«Danke», sagte Lisa heiser. «Ich bleib gern hier.»

Morgan trank sein Bier ebenfalls aus und winkte dann die Kellnerin heran. Eine kräftige Frau mit stumpfem, rötlich gefärbtem Haar trat zu ihnen.

Lisa musste zweimal, wenn nicht gar dreimal hingucken, ehe sie die Frau erkannte. Von allen weiblichen Personen, die sie bis jetzt wiedergetroffen hatte, war *sie* es, die die größte optische Veränderung durchgemacht hatte.

«Na, was darf ich euch bringen?» Ihre Stimme war noch um einiges kratziger als 29 Jahre zuvor, ihr Gesicht von Falten durchzogen, und ihre Zähne waren gelblich verfärbt. Sie war keine Schönheit, doch sie lächelte freundlich.

Beatrice Evans.

Na klar: Gary&Evans. Ihren Eltern hatte dieser Gastro-Pub schon vor drei Jahrzehnten gehört. Darum war Lisa der Name gleich so bekannt vorgekommen! Meine Güte ... Beatrice sah um einiges älter aus als 45 Jahre ...

«Bringst du mir eine Cola? Und für das Mädchen ...» Morgan zog fragend die Augenbrauen hoch, und Lisa wusste, dass sie sich endlich für irgendetwas entscheiden musste.

«Auch eine Cola», sagte sie schnell.

«Sonst gar nichts?» Er sah sie eindringlich an. «Nichts zu essen? Was ist mit einem Eis? Du kannst dir alles bestellen, was du möchtest. Wirklich alles.»

«Danke.» Lisa schüttelte den Kopf. Ihr aufgeregter Magen hätte keinen Bissen aufgenommen. Morgan bat Beatrice trotzdem, ein paar Snacks zu bringen.

«Tja, ich muss wie gesagt eigentlich los.» Ross sah erneut auf seine Uhr. «Kommst du klar, Morgan? Du hast ja jetzt nette Gesellschaft.»

Morgan antwortete mit einem knappen Nicken, doch sein Blick war gesenkt.

Ross blieb sitzen. Er schien sich doch nicht sicher zu sein, ob er gehen sollte.

Beatrice brachte die Getränke und die Snacks, setzte sich zu ihnen und schaute Morgan besorgt an.

«Meistens treffen diese Voraussagen doch gar nicht ein», sagte sie sanft – sofern es möglich war, mit dieser rauen Stimme sanft zu sprechen. «Ich hab eine Freundin, die vor langer Zeit mal bei einem Wahrsager war, und der hat ihr auch prophezeit, sie würde an einem bestimmten Tag sterben. Aber es ist überhaupt nichts passiert. Sie lebt immer noch und ist gesund und munter. Ich würd mir an deiner Stelle nicht allzu viele Sorgen machen.»

«Es wird schon alles gut, Junge.» Ross tätschelte Morgans Unterarm. «Oder denkst du, wir lassen dich einfach so unter die Erde kommen?»

Beatrice warf einen kritischen Blick auf Lisa. «Vielleicht solltest du deiner jungen Freundin erklären, was heute los ist. Sie wirkt ein bisschen erschrocken.»

Lisa glättete ihre Gesichtszüge sofort. Ihr war gar nicht bewusst gewesen, dass sie mit offenem Mund dagesessen hatte.

Morgan schien einen Moment lang abwesend zu sein. Seine Hände spielten mit seinem Glas.

«Ich kann es übernehmen, wenn du möchtest?», bot sich Ross an und wartete auf ein bestätigendes Kopfnicken von Morgan.

Ross wandte sich an Lisa. «Er hat vor vielen Jahren einmal eine Art Vorhersage gekriegt, dass er genau heute durch einen Unfall oder irgendwas in der Art sterben soll. Das macht ihm jetzt ein bisschen zu schaffen. Aber wir sind uns sicher, dass die Vorhersage sich nicht erfüllt.» Wieder tätschelte er Morgans Arm. «Leider können Beatrice und ich nicht bis Mitternacht bei ihm bleiben, aber vielleicht kannst du ihn ein bisschen aufheitern. Es passt ja perfekt, dass er heute dieses Date mit dir hat, Mädchen.»

«Sie ist aber noch keine achtzehn, oder?» Beatrice sah Lisa an.

Lisa schüttelte den Kopf.

«Uhhh, Kendall. Da hast du dir aber junges Gemüse angelacht. Na, ich weiß nicht.» Sie runzelte die Stirn. «Sie ist ja noch minderjährig. Was sagen ihre Eltern denn dazu? Wo habt ihr euch kennen gelernt?»

«Ich hab doch gesagt, sie ist kein Date», sagte Morgan und umklammerte sein Glas fester. «Sie kennt meinen Neffen Kylian.»

«Ist schon gut. Wir fragen nicht mehr weiter. Du bist ja alt genug, um zu wissen, was du tust.»

Ross erhob sich und nahm seine Jacke vom Stuhl. «So, nun muss ich aber endgültig los. Ich bin um halb zehn verabredet. Es tut mir leid, dass diese Verabredung ausgerechnet an diesem Abend sein muss, aber Josephine hat die Karten für das Konzert schon lange bestellt. Hätte ich davon gewusst, hätte ich dafür gesorgt, dass sie die Tickets auf einen anderen Tag bestellt. Du weißt, ich hätte dich gern nach Hause begleitet und bis Mitternacht ein paar Bier mit dir hinter die Binde gekippt, bis dieser Tag vorüber ist. Aber meine Freundin wollte mich nun mal überraschen.»

«Schon gut, Ross», sagte Morgan und holte etwas aus der Tasche seiner Lederjacke, die über der Stuhllehne hing. Lisa schaute genauer hin. Es war ein kleiner Flachmann. Morgan schraubte den Deckel auf und schüttete verstohlen einen Schluck davon in seine Cola.

«Danke trotzdem.»

«Auch ich muss dieses Mal pünktlich um elf los», krächzte Beatrice mit ihrer heiseren Stimme. «Ich kann meine Tochter nicht jeden Abend so lange allein lassen. Ich arbeite sowieso schon viel zu viel. Das ist das Übel in der Gastronomie-Branche. Aber ich bin überzeugt, ich seh dich morgen putzmunter wieder, Morgan.

Du kannst so lange hier bleiben, bis wir fertig aufgeräumt haben. Meine Angestellten wissen Bescheid. Du bist nicht allein. Und du hast ja nette Gesellschaft.» Sie warf Lisa einen wohlwollenden Blick zu.

«Genau. Und ich ruf dich morgen an und freue mich darauf, deine Stimme zu hören.» Ross schlüpfte in seine Jacke und forderte Beatrice mit einem Kopfnicken Richtung Theke auf, ihm die Rechnung zu stellen.

Beatrice erhob sich und wandte sich zum Gehen, doch Morgan hob seine Hand, um sie zu stoppen.

«Das übernehme ich nachher alles.»

«Du bist einfach zu gütig», seufzte Ross. «Also, wir sehen uns. Aber trink nicht zu viel, Junge. Vielleicht solltest du das deiner kleinen Freundin auch noch erklären.»

«Mach ich alles nachher, Ross.»

Ross drehte sich noch mal zu Lisa um und tätschelte kurz ihre Schulter. «Hab keine Angst vor ihm, Mädchen. Er ist schwer in Ordnung. Du kannst ihm vertrauen.»

Und dann war Lisa mit Morgan allein. Er hielt sein Glas immer noch fest und sah sie an, offenbar darauf wartend, dass sie etwas sagte.

«Sind das deine Freunde? Die beiden?», wollte sie wissen. Natürlich waren ihre Erinnerungen daran, dass Morgan und Beatrice in der Schule nie Freunde gewesen waren, nur allzu frisch.

«Ja. Ich kenne sie von der Schule. Sie haben mich unterstützt, als es mir nicht so gut ging. Ross ist so was wie mein Mentor. Das hier ist mein zweites Handicap.» Er deutete auf das Glas mit Cola, in das er vorher seinen Schnaps hineingeschüttet hatte.

Lisa schaute ihn an und dann das Glas. Sie wusste nicht, was sie dazu sagen sollte.

«Aber du brauchst wirklich nichts zu befürchten», versicherte er ihr. «Ich hab mich im Griff. Ich will dir zuhören. Erzähl mir, was immer dich beschäftigt.»

Lisa hatte keine Ahnung, wie sie beginnen sollte. Die Tatsache, ihm gegenüberzusitzen, überwältigte sie immer noch.

Er spürte offenbar ihre Unsicherheit.

«Wie bist du auf mich gekommen?», half er ihr. «Ich hab auf Facebook gesehen, dass du meinen Neffen Kylian kennst?»

Sie nickte. «Ja. Ich gehe mit ihm in die Klasse.»

«Ah, dann gehst du also doch auf die Tomsbridge School», sagte er. «Das erklärt einiges.»

Er musterte sie wieder so gründlich, dass sie sich wirklich anfing zu wundern, ob er sie denn tatsächlich nicht erkannte. Aber offensichtlich kaufte er ihr das schlechte Schauspiel ab.

Bis jetzt jedenfalls.

«Hat dir Kylian denn von mir erzählt?»

«Ein bisschen.»

«Wahrscheinlich nicht viel Gutes. Der versoffene Onkel, der nicht arbeiten will und seinen Sportwagen zu Schrott gefahren hat?»

Lisa zögerte.

«Keine Angst. Ich weiß schon, was sie über mich denken. Sie haben leider nicht ganz unrecht. Das mit dem Wagen war auch keine Glanzleistung von mir.» Er schaute hinunter auf sein Glas, von dem er immer noch keinen Schluck genommen hatte. Wahrscheinlich versuchte er es sich zu verkneifen, so gut er konnte.

«Ich hab deine Fotoalben gesehen», sagte sie endlich. «Ich dachte, du siehst so nett aus. Ich wollte dich kennen lernen.»

«Uuh. Und jetzt bist du vermutlich enttäuscht. Damals sah ich wesentlich besser aus. Aber da war ich auch viel jünger ...»

«Das tut nichts zur Sache ...», murmelte sie.

«Ich sehe, du bist ziemlich schüchtern», sagte er und schob ihr die Schale mit den Chips zu. «Du kannst mir alles erzählen. Von mir aus jeden Unsinn. Was immer du möchtest. Ich höre dir zu.»

Lisa fühlte, wie sich eine eigenartige Wärme in ihr ausbreitete, fast als würde jemand sie fest umarmen. Dennoch ließ sich ihre Hemmschwelle nicht so einfach überwinden.

«Lass dir Zeit», sagte er sanft. «Du musst auch gar nicht reden, w-wenn du nicht möchtest. Bei mir muss man nicht die ganze Zeit reden. Ich bin s-selber froh, wenn ich nicht dauernd reden muss.»

Hier stolperte er über ein paar Silben. Sie nahm seine Erschöpfung wahr. Vielleicht tat ihm eine Pause wirklich gut ...

Sie wartete ein paar Minuten und ließ ihm Zeit, sich zu erholen, doch dann war er es, der das Gespräch wieder aufnahm:

«Bist du mit Kylian gut befreundet?»

«Ja, ich hab deine ganze Familie kennen gelernt. Sie sind unglaublich nett. Vor allem Beverly ...»

«Ja, sie ist eine großartige Frau», bestätigte er. «Ich mag sie sehr gern. Mein Bruder hat ein Riesenglück mit ihr. Ich hoffe nur, er gibt ihr, was sie braucht.»

«Tut er das nicht?»

Er hob als Antwort seine Schultern.

«Es geht mich nichts an.»

«Wieso hast *du* eigentlich keine Familie?»

Es war so viel einfacher, *ihn* Dinge zu fragen, als selber von sich erzählen zu müssen.

Er zeigte ein schiefes Grinsen. «Reden wir jetzt über *dich* oder über *mich*?»

«Über uns beide?», schlug sie vor.

Er lächelte. «Nah. Ich bin ziemlich langweilig. Aber ich hab das Gefühl, dass du viel auf dem Herzen hast», sagte er und nahm nun einen Schluck von seinem Cola-Schnaps-Gemisch.

«Weißt du, nur weil ich normalerweise nicht so viel rede, heißt das noch lange nicht, dass ich nicht beobachte», sagte er leise.

War das so?

Sie war es überhaupt nicht gewohnt, dass jemand sich die Mühe machte, sie so intensiv anzuschauen, wie er es nun tat. Fast hatte sie das Gefühl, als würde er selbst die Haare auf ihrem Kopf zählen. Obwohl er eine ganze Weile lang schwieg, war ihr, als würde er dennoch zu ihr sprechen. Dabei hatte sie ihm noch gar nichts von sich erzählt. Und doch hatte sie das merkwürdige Gefühl, als könne er mitten in den Abgrund ihres Herzens blicken, der sich da in letzter Zeit ein paarmal auf eine neue und erschreckende Weise aufgetan hatte.

Hilfe!, dachte sie. Was würde er alles aus diesem Abgrund herausholen? Dinge, vor denen sie selbst eine Riesenangst hatte und die sie immer, so gut es ging, unterdrückt hatte ...

Jetzt wusste sie, was Ross damit gemeint hatte, dass er ein guter Zuhörer war. Er kommunizierte allein in der Art, wie er sie ansah. Und seltsamerweise war es wohltuend, zusammen mit ihm zu schweigen. Und vor allen Dingen sicher. Denn wenn sie jetzt auch nur ein einziges Wort sagen würde, würde sie garantiert losheulen.

«Darf ich dich noch etwas fragen?», begann er nach einer sehr langen Weile.

«Ja ...»

«Wieso hast du mir gesagt, du seist Jahrgang 1973?»

Sie hielt die Luft an. Mit dieser direkten Frage hatte sie nicht gerechnet.

«Ich dachte ... du würdest mich nicht ernst nehmen, wenn ich dir sage, dass ich erst sechzehn bin. Und ich wusste, dass du 1973 geboren bist.»

Er nickte, aber sie ahnte, dass er ihr nicht glaubte.

«Und dein Name ist wirklich Leonor?»

Sie bejahte. Er lehnte sich ein wenig zurück.

«Warum fragst du das?», wollte sie wissen.

«Ich kannte ein Mädchen, das dir ähnlich sah und sich auch Lee nannte», sagte er. «Aber sie ist ums Leben gekommen.»

Lisas Herz begann stärker zu klopfen.

«War sie eine Freundin von dir?», fragte sie mit bebender Stimme.

«Ja.»

«Eine gute Freundin?»

Er antwortete mit einem Nicken. «Vielleicht die beste, die ich je hatte. Sie war wie eine Schwester ...»

Ihr Herz hatte gefühlt das Tempo eines Presslufthammers angenommen. Ihre Wangen brannten vor Hitze. Sie musste bestimmt feuerrot angelaufen sein. Wenn er sie jetzt nicht erkannte ...

Ein paar Sekunden lang dachte sie, Raum und Zeit stünden still.

«Nimm mal die Brille ab», bat er.

Sie senkte den Blick und gehorchte. Jetzt war es so weit. Er war der Wahrheit definitiv auf der Spur. Er hatte sie definitiv erkannt. Nun beugte er sich etwas vor und sah ihr tief in die Augen.

«Du hast sehr schöne Augen», stellte er jedoch nur fest. «Genau wie sie.»

Na, so was. Erkannte er sie denn tatsächlich nicht?

Er lehnte sich wieder zurück und nahm einen weiteren Schluck von seinem Getränk. Lisa erinnerte sich ebenfalls daran, dass sie noch ein Glas Cola vor sich stehen hatte.

Er schob ihr auch die Schale mit den Nüssen zu.

«Bedien dich doch. Möchtest du denn wirklich immer noch nichts essen?»

Sie schüttelte den Kopf. Ihr Magen hatte sich zu einem undefinierbaren Klumpen verformt.

«Frag mich … irgendwas», bat sie leise, weil sie einfach nicht wusste, was sie sagen sollte.

«Möchtest du über deine Eltern reden? Was mit ihnen passiert ist?» Er nahm sich selber ein paar Nüsse, während er die Augen nicht von ihr ließ.

Sie schüttelte den Kopf. «Besser nicht.» Sie hätte ihm eine Lügengeschichte auftischen müssen, und das schaffte sie nicht – nicht, wenn es um ihre Eltern ging.

«Dann was anderes. Hast du einen festen Freund?»

Sie verneinte.

Er lächelte. «Aber sicher eine Menge Verehrer?»

Sie dachte an Kyle. Und an Maddox. Das waren so ziemlich die einzigen beiden, die ihr einfielen.

«Nicht so viele …», gab sie zu.

«Hm.» Er schmunzelte ein wenig. «Jede Wette, mein Neffe Kylian würde dich mögen.»

«Das ... tut er tatsächlich», sagte sie, verblüfft darüber, wie gut er die Lage einschätzen konnte.

«Hab ich mir fast gedacht. Du würdest zu ihm passen», sagte er.

«Hast *du* denn eine Freundin?», fragte sie zurück.

«Zurzeit bin ich Single.» Er trank wieder einen Schluck von seinem Mix-Getränk.

«Aber du hattest jemanden?» Sie war sich nicht ganz sicher, ob sie das wirklich wissen wollte.

Er ließ sich wieder sehr lange Zeit mit der Antwort, und sie wartete geduldig, wie sie es ausgemacht hatten.

«Meine Freundin hat vor ein paar Wochen mit mir Schluss gemacht», sagte er, nachdem schon fast zehn Minuten verstrichen waren. «Aus lauter Wut hab ich meinen Sportwagen zu Schrott gefahren. Immerhin waren wir fast sechs Jahre zusammen.»

Sechs Jahre. Sofort dachte sie darüber nach, was das für eine Frau gewesen sein mochte, die ihn in- und auswendig gekannt haben musste. Warum hatte sie die Beziehung mit ihm abgebrochen? Was hatte sie an ihm gestört? Ob sie ihn das fragen durfte?

Doch er konnte die Fragen bereits ihrem Gesicht ablesen.

«Ich hab nicht gerade die beste Zeit hinter mir», sagte er und deutete mit einem fast unmerklichen Nicken auf sein Glas. «Wir hatten jedoch schon vorher Auseinandersetzungen.»

Auseinandersetzungen – mit Momo? Mit Momo konnte man sich doch gar nicht wirklich streiten. Wenn jemand das wusste, dann war sie es, Lisa. Es hatte nur ein einziges Mal gegeben, wo sie sich mit ihm gestritten hatte, und das war, als sie ihm das Foto von seinem Grabstein gezeigt hatte.

«Auseinandersetzungen?»

Er strich sich über seinen kleinen Bart am Kinn, während er sie anschaute und seine Antwort sorgfältig abzuwägen schien. «Darüber möchte ich lieber nicht reden», entschied er schließlich.

«Okay ...»

«Schau, wenn du jemand bist, der das Glück hat, etwas vermögender zu sein als der Durchschnitt, dann kommt es leicht vor, dass die Leute genau das ausnützen», sagte er vage.

«Das heißt, sie hat dich nur des Geldes wegen geliebt? Und nicht um deinetwillen?», fragte sie geradeheraus. *Was war denn das für eine dumme Gans?*, dachte sie.

Er legte seinen Kopf schief. «Beziehungen sind nun mal eine komplizierte Sache, Mädchen», sagte er.

«Aber du bist so lieb ... und fürsorglich ... wie konnte sie dich denn einfach verlassen? Nur weil es dir nicht so gut ging?»

«Lange Geschichte.» Er schüttelte den Kopf.

«Aber man sollte doch füreinander da sein, in guten Zeiten wie in schlechten Zeiten», meinte sie weise, an die Worte ihres älteren Ichs denkend, die sie ihr damals mitgeteilt hatte.

Er nickte sachte. «Du bist klug für eine Sechzehnjährige. Es wäre schön, wenn wir danach leben würden. Aber ich fürchte, die meisten von uns sind bereits zu abgestumpft für die Liebe.»

«Abgestumpft? Wie meinst du das?»

Er dachte lange nach. Vielleicht musste er sich auch nur ein bisschen erholen. Er wirkte ziemlich müde. Sie überlegte, ob sie ihm wieder eine Pause gönnen sollte.

Der Anzeigetafel bei der Theke entnahm sie, dass es schon fast zehn Uhr war. Die Zeit war wie im Flug vergangen, und sie hatten einen Großteil davon geschwiegen.

Als Lisa schon fast nicht mehr daran glaubte, dass er ihre Frage noch beantworten würde, sagte er langsam: «Weil wir heute zu viele Möglichkeiten haben. Es ist so leicht, sich per Knopfdruck einen neuen Partner zu suchen, wenn der alte nicht mehr passt.»

Er schloss kurz die Augen, um sich noch einmal zu sammeln, und fuhr dann mit leiser Stimme fort:

«Warum sollten wir ein Opfer für die Liebe bringen, wenn es noch tausend andere Angebote gibt? Dabei vergessen wir, dass jedes Mal, wenn eine Beziehung zerbricht, das Herz wieder ein Stück mehr stirbt. Du kannst dir nicht vorstellen, wie verletzt und enttäuscht viele Leute heutzutage sind.»

Lisa konnte kaum glauben, das von ihm zu hören. Woher hatte er das alles? Zweifelsohne hatte er in den vergangenen 29 Jahren eine Menge Lebenserfahrungen gesammelt.

Auf einmal begann er leise zu singen:

> *Love hurts, love scars, love wounds and mars*
> *Any heart not tough or strong enough*
> *To take a lot of pain, take a lot of pain*
> *Love is like a cloud, holds a lot of rain*
> *Love hurts … ooh, ooh love hurts*

Fast abrupt brach er wieder ab.

«Entschuldige», sagte er. «Das ist nur ein uralter Song, der dich wahrscheinlich nicht interessiert. Ich hab einen Spleen, dass mir zu jeder Situation der passende Songtext einfällt.»

Lisa konnte sich ein Lächeln nicht verkneifen.

«Ich hab so viele Liebesdramen mitgekriegt während meiner Partyzeit», erzählte er. «Ich war ja bis vor wenigen Jahren noch dauernd in Clubs unterwegs. Viele sind zu mir gekommen und haben mir ihr Herz ausgeschüttet. Wenn man, so wie ich, Mühe mit dem Sprechen hat, lernt man vielleicht dafür besser zuzuhören. Ich glaube, wahre Liebe ist nicht einfach zu finden, und wenn man sie findet, darf man sie nicht mehr aufs Spiel setzen. Ich … entschuldige, bitte.»

Er fasste sich an die Stirn und massierte seine Schläfe.

«Was ist? Fehlt dir was?»

«Nein. Nur Kopfschmerzen. Das passiert, wenn ich mich beim Reden überanstrenge. Ich rede selten so viel wie jetzt gerade mit dir, Lee.»

«Aber du musst dich wegen mir nicht so zusammenreißen», sagte sie. «Das mit deinem Sprachfehler stört mich überhaupt nicht.»

Er antwortete nicht darauf, sondern deutete auf ihr Glas, das sie inzwischen leergetrunken hatte.

«Deine Cola ist alle. Soll ich dir noch eine bestellen? Oder möchtest du etwas anderes?»

Lisa wählte einen Orangensaft. Morgan bestellte gleich zwei davon und schüttete wieder etwas von dem Schnaps in sein Glas. Lisa überlegte, ob sie ihn mehr über sein Alkoholproblem fragen sollte, unterließ es dann aber. Das Thema anzuschneiden, schien ihr nicht sehr taktvoll zu sein.

«Ich lasse mich erst dann gehen mit dem Sprechen, wenn ich jemanden wirklich gut kenne», erklärte er. «Wenn ich ganz *sicher* bin, wen ich vor mir habe.»

Er lehnte den Kopf ein wenig an die Wand hinter sich und schloss die Augen. Lisa nippte an ihrem Orangensaft und ließ ihn sich ausruhen.

Auf einmal brach jemand über ihnen in schallendes Gelächter aus. Lisa blickte hoch und sah Beatrice, die ihnen mit amüsierter Miene zuschaute.

«Na, pennt er schon wieder?», fragte sie mit ihrer rauen Stimme.

Morgan blinzelte und stieß die Luft aus.

«Das Sprechen macht ihn müde …», sagte Lisa, und die altbekannte Empörung flammte in ihr auf, wie jedes Mal, wenn Beatrice sich in der Vergangenheit über Morgan lustig gemacht hatte.

«Das weiß ich doch», sagte sie, nun wieder ungewöhnlich ernst und verständnisvoll. «Aber schweig sie nicht die ganze Zeit an, Morgan», mahnte sie. «Sonst wird ihr bald langweilig mit dir. Du weißt, die Jugend von heute will unterhalten werden.»

«Sie ist jederzeit frei zu gehen, wenn sie möchte», sagte Morgan, immer noch mit geschlossenen Augen. «Sie braucht nicht hierzubleiben, wenn sie nicht will.»

«Ich möchte aber gerne bei dir bleiben», versicherte Lisa.

«Das ist nett. Aber du hast doch bestimmt Schule morgen?» Jetzt öffnete er die Augen und sah sie an.

«Schon, aber nicht so früh.» Das stimmte zwar nicht, doch sie würde keine Minute vor Mitternacht von ihm weggehen, so viel war jedenfalls klar.

«Nah, ich denke, du solltest besser beizeiten ins Bett. Ich kann dir Geld für ein Taxi geben.»

«Nein.» Sie schüttelte entschieden den Kopf. «Ich bleibe, bis du auch gehst.»

Er besann sich. «Na gut», meinte er.

Beatrice schmunzelte ein wenig. «Nimm es ihm nicht übel», sagte sie. «Weißt du, er hat schon damals in der Schule ständig gepennt. Im Unterricht, in den Pausen, überall. Ich dachte immer: Wie kann man nur so viel schlafen?!»

«Ich hab nicht gepennt», entgegnete Morgan. «Ich wollte nur nicht reden.»

«Ist mir schon klar. Ich ziehe dich doch nur auf, Morgan. Hör zu, ich muss bald los. Meine Angestellte weiß Bescheid, dass ihr nach der Schließung noch hierbleibt. Ihr könnt so lange sitzen bleiben, bis sie mit dem Aufräumen fertig sind, ja?»

Sie wollte sich wieder entfernen, doch Morgan winkte sie zurück. Er zückte seinen Geldbeutel und drückte Beatrice ein paar Scheine in die Hand.

«Spinnst du? Das kannst du doch nicht machen», wehrte sie ab.

«Jetzt nimm schon. Als Dank, dass ihr immer für mich da seid und ich euer Stammgast sein darf. Und ihr braucht es wirklich dringender als ich.»

«Du bist unverbesserlich», sagte Beatrice schließlich und nahm die Scheine mit einem dankbaren Seufzer.

«Sie ist ein wenig zynisch, aber sonst schwer in Ordnung», sagte Morgan, nachdem Beatrice sich endgültig verabschiedet hatte. Selbst Lisa musste zugeben, dass Beatrice eine erstaunliche Wandlung vollzogen hatte.

«Sie und Ross waren auch mal ein Paar, aber das ist lange her», fügte Morgan hinzu.

Wieder folgte ein sehr langer Moment der Stille.

«Bist du denn oft hier?», brach Lisa das Schweigen wieder.

«Fast jeden Abend. Mein zweites Zuhause. Ich wohne ja nicht weit von hier. Nur fünf Minuten zu Fuß.»

Der Unfall, dachte sie. *Er geht von der Kneipe nach Hause, und dann geschieht der Unfall.* Zu dumm, dass sie ihr Smartphone nicht dabeihatte. Sie hätte so gern nachgesehen, ob das Foto mit Momos Grabstein darauf sich verändert hatte.

Das Restaurant leerte sich nun ziemlich schnell. Lisa und Morgan beobachteten die Gäste, die einer nach dem anderen bezahlten, aufstanden und gingen. Um halb zwölf schloss die Kellnerin die Tür ab.

«Sollen wir auch gehen?», fragte Morgan.

«Ich dachte, wir bleiben bis Mitternacht?»

«Wenn du magst, können wir noch einen kleinen Spaziergang um die Häuser herum machen», schlug er vor. «Ich brauche ein wenig frische Luft.»

Lisa überlegte. Jetzt war sie ja bei ihm. Sie würde schon auf ihn aufpassen, dass er nicht vor ein Auto rannte. Und so betrunken war er ja gar nicht. Offensichtlich hatte ihre Gegenwart ihn einigermaßen vom Trinken abgehalten. Sein Glas mit dem Orangensaft, in das er vorhin eine weitere Portion Schnaps geschüttet hatte, hatte er jedenfalls kaum angerührt.

Also nickte sie.

Morgan winkte die Kellnerin heran, bezahlte alles mit seiner goldenen Kreditkarte und gab ihr dazu noch ein saftiges Trinkgeld. Dann erhob er sich, nahm seine Lederjacke vom Stuhl und ging voraus zur Garderobe. Lisa folgte ihm. Er wandte sich zu ihr um.

«Welche ist deine Jacke?»

Sie zeigte darauf. Er nahm sie vom Bügel und half ihr beim Anziehen. Sogar den Regenschirm zog er für sie aus dem Ständer. Lisa musste zugeben, dass sie selten so aufmerksam behandelt worden war.

Die frische Luft, die ihnen draußen entgegenschlug, tat gut. Es hatte aufgehört zu regnen. Nur die Straßen waren noch nass.

Als Morgan sich zu Lisa umdrehte und sie zum ersten Mal so nah bei ihm stand, konnte sie den leichten Geruch nach Alkohol aus seinem Mund riechen. Als hätte er ihre Gedanken erkannt, warf er schnell ein Pfefferminzbonbon ein. Dann schaute er auf seine ziemlich teuer aussehende Armbanduhr.

«Wie spät ist es?», fragte Lisa.

«Zwanzig vor zwölf.»

«Sollen wir bis Mitternacht noch ein wenig um die Häuser spazieren? Und ich begleite dich dann bis vor die Haustür. Dann können wir beide sicher sein, dass du den 7. Juni überlebt hast», schlug sie vor.

Er lachte ein wenig. «Du bist reizend. Na schön. Wenn du magst?»

Gemeinsam schlenderten sie Richtung Square, schweigend natürlich. Ihre Schultern berührten einander, so dass sie leicht feststellen konnte, dass er immer noch ein wenig kleiner war als sie. Das würde immer so bleiben. Daran ließ sich nun mal nichts ändern.

Sie dachte an Mrs. Whitfield, ihr älteres Ich. Wie hätten sie und Morgan zusammen als Paar funktioniert? Sie vermisste ihr älteres Ich wirklich. Sie hätte ihr gerne ein paar tausend Fragen gestellt.

Die Straße öffnete sich vor ihnen, und gleich darauf standen sie auf dem Square mit all seinen blinkenden Lichtern – viel mehr als im Jahr 1989. Lisa fand dieses bunte Gefunkel richtig faszinierend. Der Square wirkte so viel heller und gepflegter als damals.

Morgan folgte ihren Blicken, bemerkte offenbar, dass sie am Staunen war.

«Gefällt es dir hier?», fragte er.

«Ja, sehr.»

«Hm. In den Achtzigerjahren hatte dieser Platz allerdings viel mehr Charme», meinte er. «Damals gab es noch einen Plattenladen. Den vermisse ich. Ich hab immer mit meinen Freunden dort abgehangen. Ich glaube, die Ladenbesitzer haben mit mir das Geschäft ihres Lebens gemacht …»

Ja, dort, wo einst der berühmte Record Store gewesen war, war nun ein Handyladen. Doch Lisa wusste nicht, ob sie den Record Store überhaupt vermisste. Sie hatte ja sowieso nie genug Taschengeld gehabt, um sich Schallplatten und CDs zu kaufen. Außerdem fand sie es hundertmal praktischer, dass man im Jahr 2018 per Knopfdruck Zugriff auf sämtliche Musik der Welt hatte. Auch das würde sie im Jahr 1990 dann extrem vermissen …

Als hätten sie sich abgesprochen, blieben sie gleichzeitig beim Blumenrondell stehen.

«Tja, dort oben wohne ich», sagte Morgan und deutete mit einem Kopfnicken in die Höhe, wo die hell erleuchteten Hochhäuser sich vor dem schwarzen Nachthimmel wie goldene Türme abzeichneten. «Ich hab ein Penthouse im 38. Stock.»

«Wow!» Sie fand allein schon die Vorstellung, da oben zu wohnen, atemberaubend.

«Mein Bruder hat es extra für mich gekauft. Es ist nicht sehr groß, aber man hat eine fantastische Aussicht über die ganze Stadt.»

«Das ist sicher teuer», sagte sie.

Wieder lachte er leise. «Ross hat dir doch gesagt, dass ich ein gut betuchter Junge bin.»

«Ich weiß …»

Natürlich hatte Lisa immer gewusst, dass Momo ziemlich reich war, aber es war ihr, wenn sie als Kinder miteinander gespielt hatten, nie wichtig gewesen. Ihre Tante hatte zwar ständig damit geprahlt, dass eine der wohlhabendsten Familien von Tomsborough in ihrer Straße wohnte, aber wenn Momo in seinen einfachen Latzhosen zu Lisa gekommen war, sich ständig in seinen Worten verhaspelt hatte und sie zusammen mit ihrer einfachen Kartonkiste durch Raum und Zeit gereist waren, war davon nicht viel durchgedrungen.

Nur manchmal, allerdings eher selten, hatte er eines seiner teuren Spielzeuge zu ihr mitgebracht, wie zum Beispiel seine Deluxe-Buntstiftschachtel mit den 180 Farben.

Erst viel später war Lisa bewusst geworden, dass Morgan ein anderes Verhältnis zu Geld hatte als sie, die von ihren geizigen Verwandten sehr streng erzogen worden war. Das war nachdem das Vermögen von Morgans Vaters dafür gesorgt hatte, dass die Familie in eine wohlhabendere Gegend zog. Ab dieser Zeit lief er nur noch in teuren Markenklamotten herum und brachte die Klasse mit Dingen wie seinem Taschenfernseher zum Staunen.

«Ich würde dich gern mit raufnehmen und dir das Penthouse zeigen, aber ich fürchte, das wäre ein wenig unschicklich», meinte er. «Ich kann als fast 45-jähriger Mann nicht ohne Weiteres eine Sechzehnjährige mit in meine Wohnung nehmen.»

Lisa verstand das, obwohl sie fast alles dafür gegeben hätte, Momos Wohnung zu sehen. Doch es war besser so, das war ihr klar. Ihre Mission war ja bald erfüllt ...

Sie blickte hinüber zur Datumsanzeige des Towers und sah, dass es zehn vor zwölf war. Bald hatten sie es geschafft. Bald würde diese grässliche 7.-Juni-2018-Geschichte vorbei sein, und Morgan würde frei von seiner Angst leben können ...

«Ich finde, du bist überhaupt nicht so, wie deine Familie dich beschreibt», sagte sie plötzlich.

«Nein?»

«Nein. Du bist ... extrem nett und klug ...»

Genau genommen hatte sie sogar den Eindruck, dass auch ihr älteres Ich ihn in ihrer ersten Zeitlinie gar nicht richtig gekannt hatte.

Er winkte ab. «Nah. Ich bin nur mittlerweile ein bisschen besonnener geworden. Älter und reifer halt. Ich hab ziemlich schlimme Zeiten hinter mir. Hab meiner Familie viel Kummer bereitet.»

«Deine Familie kennt dich gar nicht richtig, glaube ich.»

«Das ist ein anderes Kapitel», sagte er nur. «Lassen wir das jetzt. Es ist schon spät.»

«Wenn ich deine Freundin gewesen wäre ... ich hätte dich bestimmt nicht verlassen.» Sie musste ihm das einfach sagen.

Um seine Mundwinkel zuckte es, als wolle er etwas erwidern, doch er unterließ es.

Stattdessen berührte er kurz ihre Schulter.

«Sag mir, wenn du irgendwas benötigst», meinte er leise. «Klamotten, Smartphone oder was ein sechzehnjähriges Mädchen sonst noch braucht. Ich werde nämlich den Eindruck nicht los, dass sich keiner so richtig um dich kümmert.»

Lisa fragte sich verwundert, ob sie wirklich so verwahrlost wirkte, doch ihr wurde schnell klar, dass es nicht das war, was Morgan meinte.

Nein, es war sein Wunsch, für sie zu sorgen, denn er sah, dass sich bis jetzt kaum jemand die Mühe gemacht hatte, ihre Bedürfnisse wirklich wahrzunehmen. Tante Sally und Onkel Bob hatten keinen Penny mehr als nötig für sie und ihren Bruder Thomas ausgegeben. Sie hatte sich mit einem funktionsuntauglichen Walkman, der ihr das Kassettenband ständig herausnudelte, und vier Schallplatten begnügen müssen, hatte sich als Kind ihr Spielzeug selbst gebastelt und war mit ihrer Lieblingsflickenjeans und ein paar T-Shirts zufrieden gewesen. Sie hatte gelernt, mit wenig auszukommen. Es gab einfach nicht mehr für sie. So war das eben.

Doch es war nicht der Wunsch nach mehr materiellem Wohlstand, der sich in ihr regte. Es war schlicht und einfach die Sehnsucht danach, dass sich jemand um sie kümmerte, die sie auf einmal mit einer ungewollten Heftigkeit überwältigte.

«Danke», brachte sie mit enger Kehle über die Lippen.

Dann, nur ein paar Sekunden später, vernahmen sie das leise Schlagen der Turmuhr. Morgans Augen wanderten langsam zu der großen Datumsanzeige am Tower. Sie folgte seinem Blick.

Und in der nächsten Sekunde sprang das Datum um:

```
Donnerstag, 7. Juni 2018
```

```
Freitag, 8. Juni 2018
```

Lisa und Morgan sahen einander an.

«Hast du gesehen? Wir haben den 8. Juni», stieß sie hervor.

«Good heavens! ...» In seine Augen trat ein verhaltenes Strahlen. Es war das Strahlen eines Mannes, der jahrelang unter Todesfurcht gelitten hatte und nun von einem einzigen Augenblick auf den anderen davon frei geworden war.

«Es ist vorbei», flüsterte er. «Es ist endlich vorbei ...»

«Und du lebst ...»

«Tatsächlich.» Er lachte, erst zaghaft, dann lauter. Lisa vernahm denselben klingenden Unterton in seinem Lachen wie damals in ihrer Kinderzeit. Sein Lachen, das sie immer so glücklich gemacht hatte ...

Und da beugte er sich vor, nahm sie fest in die Arme und drückte sie an sich. Seine Haare kitzelten ihre Nase, und sie atmete seinen Duft ein.

Meinte sie das nur, oder roch sein Haar tatsächlich immer noch nach Tannenzapfen?

«Danke», sagte er leise. «Du hast mir heute Abend sehr geholfen.»

Fast wünschte sie, er würde sie nie mehr loslassen.

«Ich hoffe, ich sehe dich wieder ... irgendwann in der Zukunft», sagte er, als er sich doch wieder von ihr löste.

Oder in der Vergangenheit ..., dachte Lisa.

«Dort drüben ist der Taxistand. Ich begleite dich dorthin, ja?» Er fasste sie sanft am Arm.

Die letzten gemeinsamen Meter legten sie wieder schweigend zurück. Der Taxifahrer öffnete schon bereitwillig die Tür, als er seine potenzielle Kundschaft erblickte.

Morgan schenkte Lisa noch einmal eine kurze Umarmung und drückte ihr dann vier Fünfzigerscheine in die Hand.

«Für das Taxi.»

«So viel?» Lisa riss die Augen auf. Das war doch verrückt!

«Behalt den Rest. Kauf dir was Schönes.»

Sie konnte nichts weiter tun, als sich bei ihm zu bedanken. Allerdings wusste sie nicht, was sie sich überhaupt kaufen sollte – sie konnte ja gar nichts mit nach 1990 nehmen ...

Er hielt ihr die Tür auf und wartete, bis sie eingestiegen war und sich angeschnallt hatte.

«Mach's gut ... Momo ...», stieß sie hervor, als der Fahrer den Motor startete.

Morgan stand da und schaute sie an.

Und im selben Moment wusste sie, dass er es die ganze Zeit gewusst hatte. Doch er hatte ihr Spiel behutsam mitgespielt ...

Noch im Taxi liefen ihr die Tränen über die Wangen.

Zuhause rannte sie als Erstes in ihr Zimmer und öffnete das Fotoalbum auf ihrem Smartphone.

Der Grabstein war verschwunden.

Ausgelöscht aus der Zeitlinie.

Auf dem Foto war nur noch eine Rasenfläche zu sehen.

Kapitel 19
Neue virtuelle Welt

Die Hitzewelle, die Zacs Wettergerät vorausgesagt hatte, war tatsächlich eingetroffen. Lisa hatte in ihrem Leben noch nie so hohe Temperaturen in Tomsborough erlebt. Da sie bis jetzt keine richtigen Sommerklamotten besaß, kaufte sie sich welche von Morgans Geld. Wenigstens in der Freizeit konnte sie sie tragen, in der Schule hingegen war Schwitzen in der Schuluniform angesagt.

Kyle maulte und stöhnte über die Hitze und fand, dass sie eigentlich hitzefrei oder verkürzten Unterricht kriegen sollten, so wie die Schüler in Deutschland. Und kühl war es in den Klassenzimmern auch nicht gerade, allein in den «Katakomben» herrschten angenehme Temperaturen. Das Lernen ging so zäh voran, dass die Klasse langsam, aber sicher begann, sich auf den Besuch im Forschungszentrum zu freuen, das mit seinen modernen Klimaanlagen eine angenehme Abkühlung versprach.

Allerdings mischte sich in Lisas Vorfreude eine Menge Aufregung. Für sie würde der Ausflug ins Forschungszentrum kein pures Vergnügen sein. Sie hatte eine Mission zu erfüllen.

Doc Silverman hatte ihr heute, am Tag des Ausflugs, einen Brief für Professor Ash mitgegeben, den sie ihm irgendwie zustellen musste.

Hochverehrter Professor Archibald Ash, hatte der Doc geschrieben. *Nun sind Sie also in der Zeit gestrandet, herzliche Gratulation. Da uns Ihr Aufenthalt nicht verborgen geblieben ist, sowie die Ankunft von Lisa Lambridge in der Zukunft Ihnen wohl auch nicht entgangen ist, gehe ich sicher richtig in der Annahme, dass Sie nach wie vor bestrebt sind, sich unseren Time Transmitter unter den Nagel zu reißen. Nun, gerne werden wir Sie an unserem Experiment beteiligen.*

Wie Ihnen sicherlich nicht entgehen wird, werden wir Miss Lambridge bei entsprechender Gewitterbildung wieder zurück in die Vergangenheit schicken. Wenn Sie sich daran beteiligen möchten, sind Sie herzlich eingeladen, dem Experiment beizuwohnen. Wir haben die Möglichkeit, auch Sie wieder nach Hause zu schicken und Ihnen gegebenenfalls sogar die verlorenen Lebensjahre zurückzugeben.

Sollten Sie weitere Zeitreiseexperimente aufgrund Ihrer Familie in Erwägung ziehen, sind wir bereit, mit Ihnen über diese Sache zu verhandeln. Ich schlage daher ein friedliches Treffen bei entsprechender Gewitterbildung an der Tomsbridge vor und bitte Sie, die Rücksendung von Miss Lambridge in die Vergangenheit nicht zu vereiteln. Ansonsten würden Sie dem Raum-Zeit-Kontinuum erheblichen Schaden zufügen.

Hochachtungsvoll,
Dr. Prof. Levi Gideon Silverman

Lisa beschloss, Doc Silverman zu vertrauen. Er wusste schon, was er tat.

Ihre Gedanken waren immer noch vollkommen von der Begegnung mit Morgan erfüllt. Ständig musste sie an ihn denken, und sie hatte das Gefühl, dass auch er an sie dachte. Ab und zu guckte sie verstohlen auf ihr Smartphone, weil sie insgeheim hoffte, dass er ihr eine Nachricht schrieb, doch es kam nichts von ihm. Seltsamerweise hatte sie tatsächlich keine Mühe mit seinem älteren Ich, im Gegensatz zu der älteren Ausgabe von Britt. Sie konnte nicht sagen, woran es lag – jedenfalls fühlte sie sich in seiner Gegenwart so wohl wie eh und je.

Sie hätte Kyle am liebsten erzählt, wie zuvorkommend sein Onkel in Wirklichkeit war und dass er vielleicht sein Bild von ihm ändern sollte, doch natürlich kam das nicht in Frage. Ihr Treffen mit Morgan musste ein Geheimnis bleiben, so viel war ihr klar.

Lisa trug den Brief an Professor Ash in der Rocktasche ihrer Schuluniform bei sich. Die Klasse war mit Dr. Pataridis erst nach dem Mittagessen in Richtung Forschungszentrum losgezogen, aber es lag ja auch nur wenige hundert Meter von der Schule entfernt.

Die Gruppe wurde in der Eingangshalle von einer jungen blonden Wissenschaftlerin mit streng nach hinten gebundenem Haar und sehr routinierter Miene in Empfang genommen. Sie stellte sich als Dr. Watson vor.

Lisa war einen Moment lang angst und bange, als sie erkannte, dass alle sich zuerst einem Ganzkörperscan unterziehen mussten, bevor sie ins Innere des Zentrums vorgelassen werden konnten, doch das Stück Papier in ihrer Tasche erregte glücklicherweise kein Aufsehen.

Da die meisten aus der Klasse schon mal hier gewesen waren, war Lisa so ziemlich die Einzige, die bereits im Foyer staunend ihren Kopf nach allen Seiten verdrehte.

Das supermoderne Hightech-Gebäude sah ihrer Meinung nach

aus wie ein gläserner Science-Fiction-Palast. Wie sie schon von außen gesehen hatte, bestand das Zentrum, ähnlich wie der Tower am Square, vorwiegend aus Fenstern, durch die man einen geradezu verheerend guten Blick auf das Tomsbridge Valley und die Brücke sowie den besagten Felsvorsprung hatte.

Die Etagen des Komplexes waren um eine Galerie herum angeordnet, die von Brücken und Rolltreppen durchzogen war, so dass man direkt vom Foyer aus den azurblauen Himmel durch die Deckenfenster sehen konnte. Lisa wollte sich lieber gar nicht ausmalen, was für einen unverstellten Ausblick auf den Schauplatz ihrer Zeitreise man erst von den oberen Räumen aus haben musste.

«Das Gebäude hier war ein langjähriger Traum des Wissenschaftler-Verbandes und wurde im Jahr 2000 fertiggestellt», leierte Frau Dr. Watson mit ausdrucksloser Miene herunter, als hätte sie jedes Wort auswendig gelernt. «Es wurde vom selben Architekten entworfen, der auch den neuen Tomsborough Tower konzipiert hat.

Wir entwickeln in den drei oberirdischen Etagen unter anderem hochwertige neue Computer- und Biotechnologien, während wir in den unterirdischen Etagen Forschungen in Quantenphysik und Nanotechnologie betreiben. Kommen Sie, ich nehme Sie erst mal mit auf einen Rundgang, bevor wir dann später auch ein paar der einzelnen Abteilungen besuchen werden.»

Sie winkte die Schüler und Dr. Pataridis steif herbei und führte sie in einen Hörsaal. Dort erklärte sie ihnen anhand eines Lageplans, der via Beamer auf einer Projektionsfläche zu sehen war, die einzelnen Abteilungen.

Das war ein bisschen viel Blabla, fand Lisa. Sie wollte endlich etwas Interessantes sehen, nicht tausend nichtssagende Dinge und Lagepläne erklärt kriegen.

«Misses Schlaftablette hier will mit ihrem vielen Geplapper nur die Zeit füllen», raunte Kyle ihr ins Ohr. «Das haben sie letztes Mal schon gemacht. Wir dürfen nämlich nicht alle Abteilungen sehen. Einige der Forschungen hier sind streng geheim.»

Endlich holte Dr. Watson ihr Mobiltelefon hervor und erkundigte sich bei einem Typen namens Joshua, ob sie nun mit den Schülern hinaufkommen dürfe.

Offenbar durfte sie, denn sie hieß die Gruppe mit einem weiteren Winken, ihr zu folgen, und lotste sie zu den Aufzügen.

«Die Fahrstühle dürfen aus Sicherheitsgründen nur in Begleitung eines Mitarbeiters oder einer Mitarbeiterin des Instituts benutzt werden», erläuterte sie. «Deswegen sind diese nur per Daumenscan eines Befugten bedienbar. Wenn Sie ohne Führung unterwegs sind, sind Sie angewiesen, die Rolltreppen zu benutzen.»

Sie legte demonstrativ ihren Daumen auf den kleinen runden Sensor neben dem Fahrstuhl. Der Scanner piepte kurz und bestätigte den Zugang mit einem grünen Blinken. «Aufzug aktiviert», verkündete gleich darauf eine Computerstimme, die sich etwa so monoton anhörte wie die von Dr. Watson. Die Fahrstuhltür glitt auf.

Die Schüler und Dr. Pataridis quetschten sich in die Kabine. Lisa stand ganz nah bei Kyle, der sie neckisch am Haar ziepte.

«Na, Retro-Girl, zufrieden? Ganz futuristisch, das Ganze hier, was?»

Lisa lächelte etwas gedrückt. Sie hätte viel dafür gegeben, den Ausflug sorglos genießen zu können, ohne diese doch recht schwierige Mission ausführen zu müssen. Zum gefühlt hundertsten Mal legte sie ihre Hand auf ihre Rocktasche, um zu prüfen, ob der Brief noch da war.

Sie fuhren in das zweite Stockwerk und trotteten der Wissenschaftlerin gehorsam hinterher, die sie durch mehrere Galeriegänge führte, bis sie vor einer offenen Tür standen, aus der ein junger Mitarbeiter mit dunkelblondem Haar schon erwartungsvoll hervorlinste.

«Ah», sagte er erfreut. «Da seid ihr ja. Sehr gut. Kommt rein!» Er hatte einen starken, deutsch klingenden Akzent.

«Hier wird eine besondere Technik der Zukunft entwickelt», sagte Dr. Watson, und nicht mal jetzt gab es ein paar spannungsgeladene Nuancen in ihrer Stimme. Lisa fragte sich insgeheim schon, ob sie in Wahrheit ein Roboter war.

«Diese Technik nennt sich ‹Virtual Telepresence›. Joshua wird es euch erläutern.»

Die Schüler stellten sich im Halbkreis um den jungen Wissenschaftler, dessen Augen, die fast so stahlblau waren wie die von Zac, nur so Funken sprühten vor Begeisterung, als er ihnen sein Projekt in allen Farben schilderte.

«Das Gegenteil einer Schlaftablette», flüsterte Kyle.

«Hier werde ich euch zeigen, wie wir Menschen in Zukunft miteinander kommunizieren werden. Virtual Reality ist sicher vielen von euch bereits ein Begriff. Mithilfe von Virtual-Reality-Brillen und 360-Grad-Kameras sind wir mittlerweile in der Lage, echte dreidimensionale virtuelle Welten zu erzeugen. Nun, wir entwickeln diese Technik hier weiter, und wenn ihr einen Moment lang Geduld habt, werdet ihr gleich was zu sehen bekommen. Addie hat den Ring schon vorbereitet, und alles, was wir brauchen, ist eine Testperson!»

Joshua führte die Gruppe zu dem sogenannten «Ring», einem aus vier ringförmig angeordneten Säulen bestehendem Gebilde, das mit Neonröhren, Kameras und einer Menge Kabel umwickelt war. In der Mitte auf dem Boden war ein großer blauer Punkt.

«Uhh», sagte Lisa.

«Sieht aus, als könnte man damit jemanden irgendwohin beamen», meinte Kyle.

«Nicht ganz, aber fast», lächelte Joshua. «In diesem Ding hier, das wir intern eben ‹den Ring› nennen, kann eine Person als sogenanntes 3D-Modell rekonstruiert werden. Vierzehn Kameras, die ihr hier an verschiedenen Stellen der Säulen montiert seht, nehmen die Person komplett von allen Seiten auf, so dass ihre ganze Oberfläche erfasst wird. Pro Sekunde liefern diese Kameras dann etwa dreißig Bilder an den Computer, der mithilfe dieser Daten ein 3D-Modell der gefilmten Person errechnet.»

Ein paar träge «Ahs» und «Ohs» kamen aus den Mündern einiger besonders müder Schüler.

«Ergibt das dann so was wie ein Hologramm?», fragte Riley.

«Nicht ganz. Wir benötigen nach wie vor eine Fläche, auf die wir das Bild projizieren können. So weit wie in ‹Zurück in die Zukunft› mit dem Hologramm-Hai sind wir noch nicht – aber mit der Virtual-Reality-Brille können wir einen ähnlichen Effekt erzielen. Ich werde es euch am besten vorführen, dann könnt ihr das Ganze gleich live miterleben», strahlte Joshua. «Wer möchte sich in den Ring stellen?»

Niemand meldete sich. Offenbar waren alle zu schüchtern.

Schließlich machte Lisa einen entschiedenen Schritt nach vorne. Wann würde sie wohl jemals wieder in den Genuss solch moderner Technologie kommen?

«Keine Angst, ich beame dich nicht ins Weltall oder in eine andere Zeit», lächelte Joshua. «Du wirst nur gefilmt. Stell dich auf den blauen Punkt hier in der Mitte.»

Erst zu spät merkte sie, dass es vielleicht nicht gerade günstig war, gefilmt zu werden und damit sicherlich im Filmarchiv des Forschungszentrums zu landen. Doch gleichzeitig vertraute sie Joshua, und außerdem kam es darauf vermutlich auch nicht mehr an.

Lisa stellte sich auf den blauen Punkt, während Joshua einem seiner Mitarbeiter, der ganz hinten an einer Computeranlage saß, ein Handzeichen gab. Mit einem leisen Summen erwachten die Kameras zum Leben.

«Die Kameras filmen nun eure Mitschülerin», erklärte Joshua. «Beweg dich doch mal ein bisschen – wie war dein Name?»

«Lee.» Lisa wunderte sich gerade darüber, dass alle diese Kameras drei Linsen hatten. Sie kam sich echt vor wie in einem Science-Fiction-Film.

«Tanz mal ein bisschen, Lee», forderte Joshua sie auf. «Beweg dich, mach irgendwas Lustiges.»

«Tanzen ...?»

«Ah, du brauchst natürlich Musik!» Kyle begann mit der Zunge den Takt von «Billie Jean» zu schnalzen, und Lisa legte eine ziemlich schlechte Imitation von Michael Jacksons Moonwalk hin, so dass selbst die Schlafmützen in der Gruppe lachten. Nur Cheyenne warf Kyle einen entnervten Blick zu.

Doch Joshua war sehr zufrieden.

«Wunderbar», sagte er. «Nun müssen wir leider erst mal warten. Der Computer braucht eine gewisse Zeit, bis er aus den Daten ein komplettes Abbild von Lee generiert hat.»

«Wieso haben diese Kameras eigentlich drei Linsen?», platzte Lisa heraus.

«Weil wir zu jeder normalen Farbkamera noch eine Tiefenkamera verwenden. Die Farbkamera liefert die entsprechende Farbe pro Pixel, während die Tiefenkamera eine gewisse Distanz pro Pixel berechnet und diese Distanz in verschiedenen Helligkeitsstufen anzeigt. Somit erhält der Computer genügend Informationen für eine korrekte 3D-Rekonstruktion der aufgenommenen Person.»

Lisa versuchte das Ganze zu verstehen. Ihre erste Bekanntschaft mit einem Pixel hatte sie in Form eines farbigen Punktes gehabt, der über den Bildschirm ihres Commodore 64 gehüpft war.

Ein paar begannen wieder zu gähnen, weil der Transfer so lange dauerte.

«Na, so erging es euren Eltern, wenn sie warten mussten, bis das Modem sich ins Internet eingewählt hatte», versuchte Dr. Pataridis seine Klasse aufzuheitern. «Oder noch früher dauerte es etwa so lange, bis ein Computer überhaupt mal hochgefahren war.»

Allerdings, dachte Lisa und fragte sich, was wohl Zac zu all dem gesagt hätte.

Und dann war die Datenübertragung endlich fertig. Die Schüler formierten sich im Halbkreis um den Bildschirm herum, auf dem nun eine winzige virtuelle Lisa den Moonwalk tanzte.

«Nicht schlecht», murmelte Banjo.

«Süß», schmunzelte Kyle. Auch Angela lächelte.

Lisa drängte sich staunend ein wenig näher an den Bildschirm. Das war tatsächlich sie, in Kleinformat und wie eine lebensecht gezeichnete Comicfigur.

«Leider liefern die vierzehn Kameras jeweils nur ein punktiertes

Bild, so dass der Computer die Zwischenräume selbst berechnen muss. Daher wirkt das Ganze noch etwas matt. Aber wenn in Zukunft unsere Rechner noch schneller und besser werden, werden wir eines Tages ein lebensechtes Abbild erstellen können. Aber das Beste kommt erst noch. Robo!»

Joshua sauste hinüber zu einem zweiten Programmierer, der mit einer Art Taucherbrille vor einer Reihe Bildschirmen saß. Der Programmierer namens Robo übergab die klotzige Brille Joshua, der damit wieder zu der Gruppe zurückkam.

«Das kennen ja sicher einige von euch mittlerweile. Das ist ein Virtual Headset, oder einfach ausgedrückt: eine Videobrille. Seit etwa zwei Jahren ziemlich im Kommen.»

«Wir haben mehrere davon zuhause», quatschte Kyle dazwischen. «Mein Dad und meine Schwester sind ziemlich begeistert davon. Meine Schwester spielt fast die ganze Zeit damit Videogames auf ihrer Spielkonsole. Und Dad will die Brillen auf seiner Arbeit für die Planung der neuen Aeromobile einführen. Ist ziemlich abgefahren, man hat echt das Gefühl, live in dieser Welt drin zu sein. Mum hingegen hasst die Dinger. Sie meint, bald können wir die reale Welt nicht mehr von der virtuellen Welt unterscheiden.»

«Das hat schon was», meinte Joshua geduldig. Er hielt Lisa lächelnd das Monstrum von einer Brille hin. «Na, möchtest du mal deinem digitalen Selbst begegnen?»

«Ich?», stotterte Lisa.

«Natürlich. Nur zu.»

«Wie muss ich das Ding überhaupt anziehen?», murmelte sie, nachdem sie sich die Ohren zwischen Gummiband und Bügel eingeklemmt hatte.

Schon war Kyle zur Stelle und ordnete das Durcheinander auf ihrem Kopf.

Lisa stand nun erst mal im Dunkeln. Beinahe hätte sie einen panischen Schrei ausgestoßen, als es jäh um sie herum hell wurde.

Blauer Himmel leuchtete über ihr auf, und sie stand auf der farbenprächtigsten Blumenwiese, die sie je gesehen hatte.

Nun stieß sie den Schrei doch aus, doch diesmal vor Überraschung. Wo war sie? *Wann* war sie? Wo hatte Joshua sie hingebeamt? Sie machte einen erschrockenen Satz rückwärts, und erst als sie Gelächter rings um sich hörte, begriff sie, dass sie sich in einer dreidimensionalen virtuellen Welt befinden musste.

«Vorsicht», hörte sie Kyles Stimme an ihrem Ohr. «Nicht über das Kabel stolpern.»

«Ah … Kabel … wo …» Lisa tastete mit der Hand in der Luft herum. Natürlich sah sie keine Kabel. Sie sah nur Blumen, Wiesen und Himmel.

«Und? Siehst du dein digitales Ich?», hörte sie Joshua reden.

«Nein …»

«Dann dreh dich mal um.»

Lisa wandte sich um ihre eigene Achse und stand auf einmal sich selbst gegenüber. Ihrem eigenen Ich in Lebensgröße, das gerade in einem immer wiederkehrenden Loop den Moonwalk tanzte und so real aussah, dass Lisa unwillkürlich die Hand danach ausstreckte.

Doch natürlich fasste sie ins Leere.

«Was … wie … ist so was möglich …?» Vorsichtig ging sie ein paar Schritte um ihr virtuelles Ebenbild herum – ja, sie konnte zu ihrer Verblüffung tatsächlich darum herum gehen – und betrachtete es von allen Seiten. Es war wirklich und wahrhaftig ein dreidimensionales Abbild von ihr selbst. Nur am linken Ohr sah es aus, als hätte es ein Geschwür.

«Das ist ...», schluckte sie.

«Das ist die Zukunft», vernahm sie Joshuas Stimme. «Allerdings ist das erst der Anfang der neuen virtuellen Realität. In wenigen Jahren werden wir Menschen uns in virtuellen Welten bewegen, als wäre es das Normalste überhaupt. Wir werden virtuell miteinander sprechen, virtuell miteinander ausgehen, ja sogar virtuell an verschiedene Orte der Welt reisen, ohne je ein Flugzeug besteigen zu müssen. Wir werden Freunde und Familien, die am anderen Ende der Welt leben, in ihrer virtuellen Form treffen können, wann und wo immer wir wollen, und es wird fast so sein wie in echt. Die Welt wird vernetzter sein als je zuvor. Wir stecken mit dieser Technik noch in den Kinderschuhen, aber warte ein paar Jahre, bis sie so ausgereift und unsere Rechner so schnell sind, dass selbst diese Pixelfehler, die du jetzt noch siehst, dann der Vergangenheit angehören werden!»

Pixelfehler – aha, daher das «Geschwür» am linken Ohr.

Lisa fühlte auf einmal, wie jemand ihre Hand nahm, und im nächsten Augenblick wurde es erneut stockfinster um sie herum. Jemand half ihr, das Ungetüm wieder vom Kopf zu nehmen, und als das Computerlabor mit den etwa sechzehn sie anstarrenden Augenpaaren wieder Umrisse annahm, war ihr einen Moment lang ziemlich schwindlig. Zum Glück hielt Kyle ihre Hand fest.

«Aber wer stellt sich denn so ein riesiges Ding überhaupt ins Wohnzimmer?», fragte Banjo skeptisch und zeigte auf den Ring.

«Natürlich niemand», erklärte Joshua schlicht. «Aber in fünf bis zehn Jahren werdet ihr mit euren Smartphones eine Person scannen und damit 3D-Bilder in die ganze Welt versenden können. Da bin ich mir ziemlich sicher.»

Lisa hatte sich immer noch nicht ganz von ihrer Fassungslosigkeit erholt, als sie ein wenig später weitergingen und sich die nächste Abteilung vorknöpften. Doch alles, was die nachfolgenden Abteilungen zu bieten hatten, kam für sie nicht im Geringsten an das heran, was Joshua ihnen vorgeführt hatte.

Sie wusste nicht, welche Begegnung irrealer gewesen war: die Begegnung mit ihrem älteren Ich im Jahr 1989 oder die mit ihrem virtuellen Ich hier im Jahr 2018.

Beides war verblüffend.

Was würde das für eine Zukunft sein, wenn man sich durch sein virtuelles Abbild bald auf der ganzen Welt begegnen konnte? Der Gedanke daran war schwindelerregend und unheimlich.

In der Planungsabteilung der Quantenphysik, die sich im Gegensatz zu den dazugehörigen Laboratorien in den oberirdischen Etagen befand, übergab Dr. Watson die Klasse einer anderen Wissenschaftlerin namens Dr. Tess, die ihnen verschiedene Theorien erläuterte. Unter anderem ging es im Vortrag um Hypothesen rund ums Thema Zeitreise und um Wurmlöcher. Lisa war natürlich ganz Ohr, doch die kleine Vorlesung war sterbenslangweilig, weshalb sie es nicht verhindern konnte, dass ihre Gedanken sich irgendwo anders im Raum-Zeit-Kontinuum umhertrieben.

Aber dann auf einmal erwähnte Dr. Tess etwas, das Lisa auf einen Schlag mental in die Gegenwart zurückkriss: «Es gibt Gerüchte, dass hier bei der Brücke im Tomsbridge Valley durch Naturphänomene Wurmlöcher entstehen können. Nun, ich bin keine Anhängerin dieser Theorie, doch einige Forscher in unserem Institut befassen sich ausschließlich mit dieser These.»

Dr. Tess trat nun an die Fensterfront, die wie geahnt eine allzu perfekte Sicht auf den Fluss und die Brücke bot.

Angesichts dieser klaren Aussicht verstand Lisa Doc Silvermans Bedenken. Denn nun konnte sie definitiv nachvollziehen, wie genau man ihre Ankunft von hier aus beobachtet haben musste. Wenn da einfach so mir nichts, dir nichts ein Mädchen aus dem luftleeren Raum auf der Brücke erschien, und das alles noch mit supermoderner Videoqualität aufgezeichnet – nun, das musste hier im Forschungszentrum ziemlich für Furore gesorgt haben.

Sie war nun hellwach und passte auf wie ein Schießhund, damit ihr kein Wort entging.

«Wie ihr wahrscheinlich wisst, verschmilzt der Brückenbogen mit seinem Spiegelbild zu einem perfekten Kreis. Man ist sich nicht sicher, ob man damals im achtzehnten Jahrhundert die Brücke absichtlich so gebaut hat, weil man hier ein seltenes Naturphänomen – also Wurmlöcher – vermutete, oder ob dies schlicht und einfach Zufall ist.

Nun, ihr habt sicher von diesen Legenden gehört, dass Menschen auf unerklärliche Weise bei dieser Brücke verschwunden sind. Man weiß nicht, ob die Vermissten einfach ertrunken oder etwa in einem Erdloch versunken sind. Deswegen wird die Brücke im Volksmund ja auch oft ‹Todesbrücke› genannt.

Nach der Veröffentlichung der Relativitätstheorie kam dann vor allem in den Zwanziger- und Dreißigerjahren des vorigen Jahrhunderts die These mit den Wurmlöchern auf. Ein Wurmloch ist ja nichts anderes als ein Portal in eine andere Raum-Zeit-Dimension.

Wenn man über die Brücke geht, könnte man rein theoretisch durch so ein Wurmloch gelangen. Allerdings braucht es dazu eine Art Zeitsender, einen Time Transmitter, der die Zeitinformation in dieses Wurmloch senden kann.»

Lisa hatte die Luft angehalten.

Woher wusste diese Dame das alles? Wer hatte ihr diese Informationen gegeben? Das mit dem Time Transmitter war doch allein Zacs Erfindung, und soweit ihr bekannt war, wusste sonst niemand davon.

Es sei denn …

Ihre Hand schoss in die Höhe. Dr. Tess nickte ihr zu.

Jetzt oder nie …

«Ich hab gehört, dass vor etwa dreißig Jahren einmal ein Mädchen bei der Brücke verschwunden ist. Man weiß nicht, ob sie durch die Zeit gereist oder ob sie tödlich verunglückt ist», sagte Lisa und konnte das Zittern in ihrer Stimme nicht verbergen.

«Davon hab ich auch gehört», sagte Kyle. «Mein Vater hat mir davon erzählt. Mein Onkel ging sogar mit der in dieselbe Klasse.»

«Mein Dad auch», ließ sich Angela vernehmen.

«Ja, diese Geschichte ist bekannt», sagte Dr. Tess. «In den Achtzigerjahren haben zwei verrückte Wissenschaftler heimlich und ohne Bewilligung ein paar Experimente bei der Todesbrücke ausgeführt und dabei angeblich versucht, ein Mädchen in die Zukunft zu schicken. Leider ist dieses Mädchen mit sehr großer Wahrscheinlichkeit dabei ums Leben gekommen.»

«Woher weiß man denn, ob sie ums Leben gekommen ist?», warf Kyle dazwischen. «Was, wenn sie tatsächlich in die Zukunft geschickt worden ist und auf einmal hier auftaucht? Vielleicht macht es irgendwann ja einfach ‹Plopp›, und sie taucht bei der Brücke wieder auf?»

Alle lachten bei der Vorstellung.

Bis auf Lisa, die zur Salzsäule erstarrt war.

«Nun …» Dr. Tess schien ein wenig aus dem Konzept zu geraten. «Ich persönlich halte nicht so viel von dieser Idee und denke eher, dass dies eine Fata Morgana wäre; allerdings versuchen einige unserer Wissenschaftler, die Theorie des Time Transmitters weiter zu erforschen. In den unterirdischen Etagen wird daher unter anderem ein künstliches Wurmloch entwickelt. Wie ihr sicher wisst, befindet sich der größte Teil des Tomsbridge Science Research Centers quasi unter der Erde. Wir haben – ja?»

Lisas Hand war schon wieder hochgeschnellt.

«K-können wir … können wir dieses Wurmloch anschauen?», fragte sie, während ihr der Schweiß aus allen Poren brach.

«Leider nein», sagte Dr. Tess mit unerwartet barscher Stimme, die Lisa regelrecht zusammenfahren ließ. «Die Besichtigung der unterirdischen Etagen ist Besuchern strikt untersagt. Da geht es unter anderem um hochgefährliche radioaktive Strahlungen.»

Doch Lisa hatte ihre Antwort auch so. Wer außer Professor Ash, der vor langer Zeit Zacs Notizen geklaut hatte und selbst durch die Zeit katapultiert worden war, wusste von einem Time Transmitter? Es gab nicht mehr den geringsten Zweifel: Professor Ash musste hier sein!

Etwas später, als sie wieder draußen in den Gängen waren und Lisa immer noch am ganzen Leib schlotterte, drehte Angela sich auf einmal zu ihr um.

«Mein Onkel arbeitet übrigens zurzeit in den unterirdischen Etagen als Sicherheitsbeauftragter», meinte sie. «Er ist dort für die elektronische Sicherungsanlage zuständig.»

«Wirklich?» Stimmt, jetzt erinnerte Lisa sich daran, dass Maddox erwähnt hatte, dass sein Zwillingsbruder Louie irgendwas mit Sicherheit und Polizei zu tun hatte. Schon merkwürdig, wie verschieden diese beiden Zwillinge waren …

Doch nun war erst mal Snackpause angesagt. Alle stoben hungrig in die Cafeteria in der dritten Etage. Kyle, Angela, Lisa und Banjo setzten sich zusammen an einen runden Tisch direkt am Fenster. Lisa spähte durch die Fensterfront hinüber zur Brücke und zum Felsen, während die anderen zur Theke stürmten, um sich mit Getränken und Kuchen einzudecken.

Es war geradezu erschreckend, wie genau man ihr geplantes Zeitreiseexperiment von hier aus würde verfolgen können. Kein Wunder, dass sie nur einen einzigen Versuch hatten …

Lisa überlegte, ob sie Zac eine SMS schreiben sollte, dass sie Professor Ash auf der Spur war, doch in dem Moment kam Kyle mit zwei Kaffees und zwei Kuchenstücken zurück.

«Für dich», meinte er. «Was ist eigentlich los mit dir? Du starrst dauernd Löcher in die Luft.» Er folgte ihrem Blick und merkte offenbar, worauf ihre Aufmerksamkeit gerichtet war.

«Diese alte Brücke», meinte er. «Das ist schon echt unheimlich, die Sache mit dem Mädchen. Vielleicht ist sie ja tatsächlich in die Zukunft gereist und gar nicht umgekommen, wie alle glauben?»

«Möglich», sagte Lisa ausweichend.

«Ja, das könnte durchaus sein», mischte sich Dr. Pataridis ein, der sich zu Lisas Missfallen gerade zu den Schülern hinzugesellte. Sie wollte jetzt wirklich nicht mehr Leute als nötig um sich haben, wenn sie nun gerade so fieberhaft dabei war, einen Plan zu ersinnen.

«Ich persönlich hab den Gedanken auch schon ein paarmal weitergesponnen», fuhr Dr. Pataridis heiter fort. «Das Mädchen könnte doch rein theoretisch wirklich in die Zukunft gereist sein. Man hat ja die Leiche nie gefunden.»

Lisa erschauderte bei der Vorstellung von sich als Leiche.

«Wär schon noch witzig, wenn sie auf einmal hier auftauchen würde», warf Kyle ein. «Die wär wahrscheinlich ziemlich platt von der ganzen Technik. So wie du manchmal, Lee.» Er kraulte sie neckisch im Nacken.

«Wo du recht hast …», murmelte Lisa mit gesenktem Kopf.

«Ich würd ja wirklich gern mal 'ne Zeitreise machen», sagte Kyle.

«Und wo willst du hinreisen?», grinste Banjo. «Ins Jahr 1884, um bei der Gründung deines ach so tollen Clubs mit dabei zu sein?»

«Haha», ächzte Kyle. «Musst du immer auf Leicester rumreiten?»

Lisa hatte schon bemerkt, dass das Thema Fußball bei Banjo und Kyle ein Reizthema war. Mittlerweile wusste sie dank der Online-Enzyklopädie «Wikipedia», dass der Schriftzug «King Power LC 1884», der ihr beim Skaten auf Kyles Shirt aufgefallen war, für den Fußballclub Leicester stand, den es seit 1884 gab und der 2016 sensationell Premier-League-Champion geworden war.

«Komm schon, Alter, wer jahrelang Manchester-United-Fan ist und dann 2016 *urplötzlich* zum Leicester-Fan wird, muss sich eben ein paar Witze gefallen lassen!» Banjo boxte Kyle freundschaftlich auf die Schulter.

«Ich hab dir tausendmal gesagt, dass ich vor allem wegen Jamie

Vardy zum Leicester-Fan geworden bin! Das ist einfach ein Top-Stürmer!»

Lisa verstand nur Bahnhof, aber Kyle hatte seinen Ärger schnell runtergeschluckt und sprach schon wieder vom Zeitreisen:

«Also, ich würde gerne in beide Richtungen reisen können. Ich würde riesig gern mal zurück in die Achtzigerjahre. Wäre sicher interessant zu sehen, wie mein Dad so gelebt hat. Ohne Internet und all das. Und ob er wirklich so ein wilder Hecht war, wie alle sagen.»

«Ja, so ein Ausflug in die Vergangenheit wäre wirklich mal interessant», ließ sich Angela vernehmen, die wie so oft in Lisas Nähe saß. «Allerdings könnte ich mir ein Leben ohne Internet und Handy gar nicht vorstellen.»

«Ja, *du* sowieso nicht», ätzte Cheyenne, die schon den ganzen Tag ziemlich verstimmt war. Vermutlich, weil die Idee für diesen Ausflug nicht auf ihrem Mist gewachsen war und sie ausnahmsweise mal nicht die Kontrolle über eine Sache haben konnte.

Kyle öffnete den Mund und wollte offenbar etwas an Angelas Stelle erwidern, unterließ es dann aber und beschloss, Cheyenne einfach zu ignorieren.

«Ich mir auch nicht», sagte er stattdessen, an Angela gewandt. «Stell dir vor, eine Zeit, in der man sich nur Briefe schreiben konnte und von einer Telefonzelle aus anrufen musste, wenn man später nach Hause kommen wollte. Und wo man die Musik auf Kassette aufnehmen musste. Vor allen Dingen möchte ich mal wissen, wie es war in der Zeit, als meine Eltern zur Schule gingen. Ob es da im Kellergeschoss wirklich so gruselig war.»

«Wenn etwas gruselig war, dann waren es die Frisuren», stöhnte Cheyenne. «Meine Mum hatte einen Riesenbusch auf dem Kopf.»

Lisa hätte trotz ihrer Angespanntheit am liebsten laut gelacht.

«Mein Dad sah auch ziemlich bescheuert aus», sagte Angela mit einem schüchternen Lächeln. «Er hatte immer furchtbar viel Gel im Haar. Mein Onkel war etwas normaler. Nun ja, das ist ja heute immer noch so.»

«Meine Mum ging ja mit denen in die Klasse. Sie sagt, dein Dad hat immer dazwischengeschwatzt im Unterricht», nörgelte Cheyenne.

Auch wenn Cheyenne damit offensichtlich nur ihre schlechte Laune ablassen wollte, musste Angela zu jedermanns Erstaunen doch lachen. «Ja, das kann ich mir denken!», schmunzelte sie.

«Mr. Fletcher war auch mit denen in der Klasse», warf Kyle ein. «Das weiß ich von meinem Dad. Und mein Onkel natürlich. Der war ja sogar mit Mr. Fletcher befreundet.»

«Ja, das muss eine verrückte Zeit gewesen sein», sagte Dr. Pataridis. «Ich selbst bin ja 1989 geboren und kann mich noch ein klein wenig erinnern. Allerdings nicht an die Achtziger, aber an die Neunziger. Ich musste mir ständig ‹New Kids on the Block› anhören als Kleinkind, weil meine Mutter so ein Riesenfan von denen war. Das war sozusagen meine Wiegenmusik.»

«Och, meine Mum war Fan von so einem Typen namens Jason Donovan», stöhnte Cheyenne. «Sie hatte das ganze Zimmer mit Postern vollgehängt.»

Und ihre Schulhefte damit eingebunden, ergänzte Lisa in Gedanken.

«Mein Onkel war auch der totale Musikfreak», ließ sich Kyle vernehmen. «Der muss mehrere tausend Schallplatten und CDs von damals besitzen. Mein Dad sagte mal, dass der alle Songtexte auswendig kann.»

«Vergiss es», stöhnte Cheyenne. «Wer kann sich denn so viel merken?!»

«Ich weiß nicht so genau, wie es bei meinen Eltern war. Ich bin ja adoptiert», erklärte Banjo. «Meine richtigen Eltern kommen aus dem Kongo. Aber meine Adoptivmutter ist ein großer Fan der Achtzigerjahre.»

«Nun, so eine Reise zurück in der Zeit wäre schon spannend», überlegte Dr. Pataridis. «Aber auch eine Reise vorwärts in die Zukunft wäre interessant.»

«Ja, so nach 2045 oder so», meinte Kyle. «Uuuh, dann bin ich schon 44. Fast so alt wie meine Mum.»

Und ich 72, rechnete Lisa aus.

«Wie es dann wohl hier aussieht?», grübelte Angela.

«Wahrscheinlich haben wir dann Computer aus Glas», sagte Kyle. «Alles besteht dann aus Computerflächen: Die Fensterscheiben, der Kühlschrank, der Tisch ... wahrscheinlich kann ich dann direkt an meiner Fensterscheibe chatten.»

«Ich hoffe immer noch auf Hologramme», meldete sich Riley zu Wort.

«Mal schauen, ob das was wird mit dieser Virtual-Telepresence-Sache», sagte Banjo. «Dann kannst du dich mit deinem besten Freund auf der anderen Seite der Welt verabreden und ihn virtuell zu einem Chat treffen.»

«Ja, und zusammen in die virtuellen Ferien gehen. Auf die Art und Weise musst du nicht mal mehr verreisen.» Kyle grinste seinen Freund an.

«Wahrscheinlich kriegen wir dann einen Chip irgendwo ins Handgelenk oder in die Stirn implantiert mit all unseren Daten», meldete sich Angela wieder zu Wort. «Personalien, Bankkonten, Schlüsselkarten, Gesundheitsdaten, alles findet sich auf diesem Chip, und ohne diesen Chip kommst du überhaupt nirgends mehr rein.»

«Boa, das wäre dann die totale Überwachung», murrte Kyle. «Ohne mich! Ich will kein Cyborg werden.»

«In Schweden machen sie ja schon solche Versuche», wusste Angela. «Dort bezahlt kaum noch einer mit Bargeld, und hierzulande sind wir ja auch schon bald so weit. Außerdem *haben* wir bereits die totale Überwachung durch die Handys.»

«Und das sagst ausgerechnet *du*, die niemals ohne das Teil leben könnte», stichelte Kyle.

«Tja. Das eine schließt das andere leider nicht aus», meinte Angela. «Ich frage mich nur, *ob* wir überhaupt eine Zukunft haben – oder ob der Dritte Weltkrieg nicht doch noch irgendwann ausbricht!»

«Apokalypse pur.» Kyle verdrehte die Augen. «Darüber will ich lieber gar nicht erst nachdenken …»

«Man kann nie wissen», sagte Angela. «Meistens geschieht es, wenn wir es am wenigsten erwarten. Es ist auf alle Fälle sicher klug, sich vorher ein paar Fragen über das Leben zu stellen …»

Doch als das Gespräch in so ernste Gefilde abdriftete, erlosch bei den meisten das Interesse daran, und die Gruppe zerstreute sich nach und nach.

Lisas Gedanken rotierten inzwischen weiter. Eine zweite Möglichkeit, ins Forschungszentrum zu gelangen, würde sich wohl nicht mehr so leicht ergeben. Sie musste also ganz dringend hier und jetzt einen Plan ersinnen, Professor Ash zu finden beziehungsweise ihm den Brief zu übermitteln. Doch wie sollte sie das anstellen? Weder Dr. Watson noch Dr. Tess machten den Anschein, als könnte sie von ihnen irgendeine Auskunft erwarten. Ob sie zurück zu Joshua sollte? Der war ihr freundlich erschienen. Doch vermutlich hatte der herzlich wenig mit Professor Ash zu tun. Aber vielleicht war es doch einen Versuch wert …

Sie biss nervös auf ihrer Unterlippe herum und sah auf die Uhr an der Wand. Sie zeigte bereits Viertel vor drei. Die Pause würde bald vorüber sein, und danach würde sie vielleicht keine Gelegenheit mehr haben.

Blitzschnell wob ihr Hirn einen Plan zusammen.

«Ich muss rasch zur Toilette», murmelte sie und stahl sich davon, ehe jemand sie aufhalten konnte.

Im Flur hielt sie kurz inne. Musste sie nun nach links oder nach rechts abbiegen? Die «Virtual Telepresence Technology» war im zweiten Stock gewesen, das war alles, was sie noch wusste. Sie setzte sich in Bewegung und lief in die Richtung, in der sie die Rolltreppen vermutete. Wieso war das hier auch alles nur so verschachtelt? Womöglich hatten die Erbauer es darauf angelegt, dass etwaige unerwünschte Besucher sich in diesem Labyrinth verirrten.

Ganz unverhofft stand sie auf einmal vor den Aufzügen. Der Daumensensor schimmerte ihr hellblau entgegen. Obwohl ihre Zeit eigentlich knapp bemessen war, trat sie dennoch neugierig näher. So einen Daumenscanner sah man ja nicht alle Tage – was wohl passieren würde, wenn sie einfach ihren Daumen darauf legen würde? Ob da gleich ein Alarm losging?

Doch ihr Finger war wieder mal schneller als ihre Vernunft.

Ehe sie sich's versah, berührte sie mit dem Daumen die runde Platte und zuckte zusammen, als sogleich grünes Licht auf dem Sensor aufleuchtete.

«Fahrstuhl aktiviert», verkündete die Computerstimme zu ihrem allergrößten Erstaunen.

Lisa zog erschrocken den Daumen weg und machte einen Schritt rückwärts. Wie bitte? Das konnte doch nicht sein!

Doch der Fahrstuhl surrte heran und öffnete einladend seine Tür. Niemand achtete auf sie, als sie hineinspazierte. Der Fahrstuhl verschluckte sie und schloss sich genauso geräuscharm wieder.

Drinnen begutachtete Lisa das hochmoderne Touch-Display mit den angezeigten Stockwerken. Die drei oberirdischen Stockwerke waren mit Grün gekennzeichnet, die unterirdischen mit Rot.

Es war kein Märchen gewesen: Es ging sage und schreibe ganze acht Stockwerke in die Tiefe!

Der Lift wartete darauf, dass Lisa sich entschied, wo sie hinwollte.

Zögernd berührte sie mit dem Daumen die Acht minus, obwohl sie eigentlich überhaupt nicht dorthin wollte. Es kam ihr fast vor, als ob sie von einer unsichtbaren Macht gelenkt würde.

Der Sensor bestätigte ihre Eingabe, und der Fahrstuhl glitt langsam und lautlos in die Tiefe hinab.

Lisa griff in ihre Jackentasche und umfasste den Brief von Doc Silverman. Sie wusste bis zu diesem Augenblick immer noch nicht, warum sie diesen waghalsigen Versuch überhaupt auf sich nahm. Vielleicht weil sie instinktiv ahnte, dass sie niemanden in dieser ganzen Forschungseinrichtung finden würde, der bereit war, ihr zu helfen.

Sie versuchte die in sich aufsteigende Panik zu ignorieren. Sie brauchte ja nur irgendetwas zu finden – irgendeinen Hinweis, der auf Professor Ash hindeutete, um ihm den Brief vielleicht irgendwie unterjubeln zu können. Vielleicht konnte sie ihn auf ein Pult legen oder unter einer Tür durchschieben oder sonst was …

Als sich der Fahrstuhl wieder öffnete, fand sie sich in einem dürftig beleuchteten Schacht wieder, der sie an das Innere einer Militärbasis aus einem Kriegsfilm erinnerte. Ein riesiges Eisengitter mit gelbschwarzen Warnmarkierungen links und rechts baute sich direkt vor ihrer Nase auf, so dass sie daran gehindert war, weiterzugehen.

«Identifikation bitte», schnarrte eine weibliche Computerstimme. Ein kleines rotes Kästchen mit einem weiteren Daumenscanner und einem Bildschirm, nicht größer als ein Smartphone, war an der Wand neben dem Eisengitter befestigt. Der Apparat blinkte wartend.

Auch wenn jede Zelle ihres Körpers Lisa mitteilte, dass sie sich hier in einer absoluten Gefahrenzone befand, legte sie den Daumen auf den Sensor. Dieser leuchtete grün auf, und wieder ertönte die Computerstimme: «Whitfield, Lisa Leonor. Geburtsdatum 11. August 1973. Zugang erlaubt. Bitte passieren.»

«Was?», entfuhr es Lisa, während sie im selben Moment sah, wie auf dem kleinen Monitor ein Bild von Lisa Whitfield – ihrem zukünftigen Ich! – eingeblendet wurde.

Das kann doch nicht sein!

Doch das Gitter, das, wie Lisa feststellte, ein Klapptor war, hob sich mit einem eisernen Rattern in die Luft und ließ sie vorbehaltlos passieren. Kaum war sie durch, rasselte es mit einem schrillen Metallgeräusch wieder runter und schnitt ihr den Rückweg ab.

Lisa fuhr vor Schreck zusammen. Ihr war klar, dass sie soeben in ein Hochsicherheitssystem eingedrungen war. Aber wie war das möglich? Es gab im Prinzip nur *eine* Erklärung dafür: Sie hatte es mit einem dieser rätselhaften Überbleibsel aus ihrer alten Zeitlinie zu tun. Der Name und der Daumenabdruck ihres zukünftigen Ichs waren immer noch im System gespeichert, und die Zeitlinie hatte es nicht gelöscht. Und da der Daumenabdruck sich bekanntlich nicht ändert, hielt der Computer sie nun für die ältere Lisa Whitfield!

Verblüfft über diese glückliche Fügung, die ihr Zugang zu dieser verbotenen Abteilung verschafft hatte, ging Lisa trotz mulmiger Gefühle weiter den düsteren Tunnel entlang. An den Decken zogen sich eine Leitung und diverse Rohre hin, in denen es ungemütlich dröhnte und vibrierte. Der ganze Gang war nur durch ein paar dumpfe Leuchtstoffröhren erleuchtet. Einen unheimlicheren Ort konnte Lisa sich kaum vorstellen. Die Panik in ihrer Brust schwoll an.

Vielleicht fühlte die Hölle sich etwa so an.

Gruselig. Dunkel. Verlassen. Und sehr, sehr einsam.

Und dann erblickte sie auf einmal das Ende des Ganges. Etwa fünf Meter vor ihr war eine Wand, in die eine schwere Metalltür eingebaut worden war, die wie eine Aufzugstür aussah. Ein Eisenschild hing daran, dessen eingemeißelte Aufschrift in dem Dämmerlicht von dieser Distanz aus nicht erkennbar war. Ein weiterer roter Scanner stand daneben, der jedoch außer Betrieb zu sein schien, da kein Blinken von ihm ausging.

Sie musste noch ein paar Meter näher herantreten.

Und dann, als sie nur noch etwa einen Meter davorstand, gewannen die Buchstaben an Kontrast.

DR. PROF. A. ASH

Ein eiskalter Schauer ließ ihre Glieder erstarren.

Ihre Hand klammerte sich an dem Brief in ihrer Rocktasche fest und zerknüllte das Papier.

Wie von Geisterhand glitt die Schiebetür auf, und vor ihr stand, weiß wie ein Gespenst und um Jahre gealtert, Professor Ash.

Kapitel 20
Acht Stockwerke unter der Erde

«Soso, Miss Lambridge», schnarrte Professor Ash. «Was für ein Wiedersehen. Oder soll ich lieber sagen: Misses Whitfield?»

Lisa versuchte, das Klappern ihrer Zähne zu unterdrücken. Die eisige Kälte hier unten in diesem Schacht schien ihre Knochen fast auffressen zu wollen. War es vielleicht sogar Professor Ash, der sie ausstrahlte?

Der Professor, immer noch groß und hager, stand vor ihr und blickte durch seine dicken Brillengläser auf sie herab. Dadurch, dass sein Gesicht nun fahlweiß war und nicht mehr grau, sah er einem Totenkopf noch ähnlicher als je zuvor.

«Da ist meine Zeitreisekollegin also. Ihre Ankunft vor ein paar Monaten konnten wir im Forschungszentrum ja wunderbar auf unseren Videoaufzeichnungen mitverfolgen. Und nun haben Sie mich also auch gefunden.»

Lisa starrte auf die gespenstische Gestalt des Professors. Sie schlotterte noch mehr, als sie sah, wie er irgendeinen Apparat hinter der Tür betätigte. Mit einem dumpfen Knall schnappte eine weitere Klapptür dicht hinter ihr zu.

In dem Moment war ihr endgültig klar, dass sie einen entsetzlichen Fehler gemacht hatte.

Nun gab es keinen Weg mehr zurück.

Nur noch nach vorn.

«Hören Sie, ich muss Ihnen eine Nachricht von Doc Silverman überbringen», wisperte sie mit dünner Stimme und zog den Brief aus ihrer Tasche. «Er schlägt Ihnen einen Deal vor.»

«Einen Deal. Soso.» Der Professor trat einen von einem eiskalten Lufthauch begleiteten Schritt näher zu Lisa.

«Kann Doc Silverman denn nicht selber herkommen? Ah nein, das kann er natürlich nicht. Levi Silverman. Tja, bedauernswert, dass er sich damals diesen Fehler geleistet hat.»

Lisa hielt ihm stumm den Brief entgegen, innerlich flehend, dass er ihn einfach nehmen und sie wieder gehen lassen würde. Doch sie wusste gleich, dass sie sich das abschminken konnte.

«Er hat sich ja selbst so sehr in Verruf gebracht mit seiner Fahrlässigkeit. Ja, Verantwortungslosigkeit war schon immer seine Achillesferse. Das Manko in seinem ach so vorbildlichen Charakter, das ihn schließlich ins Gefängnis gebracht hat.»

Lisa wusste nicht, was sie darauf antworten sollte. Sie versuchte verzweifelt, einen Blick auf den Apparat hinter der Tür zu erhaschen, mit dem Professor Ash eben die Klapptür hinter ihr geschlossen hatte. Ihr blieb nichts anderes übrig, als dazu noch einen weiteren Schritt auf Professor Ash zuzumachen. Denn so, wie sie die Lage einschätzte, war dieser Apparat der einzige Schlüssel, um die Tür wieder zu öffnen und entwischen zu können.

«Kommen Sie doch erst mal in mein Labor. Ich hab Ihnen einige Dinge zu zeigen, die Sie als Zeitreisende bestimmt interessieren dürften», sagte der Professor, und Lisa sah das altbekannte listige Grinsen auf seinem Gesicht aufleuchten.

Sie wollte alles andere als zu Professor Ash ins Labor. Aber die einzige Möglichkeit, an den automatischen Türöffner zu gelangen, bestand nun einmal darin, durch die Tür zu treten.

Und da der Weg zurück ja versperrt war, blieb ihr sowieso keine andere Wahl.

Also folgte sie seiner Aufforderung und versuchte, ihre Panik einigermaßen in Schach zu halten, was angesichts der Tatsache, dass Professor Ash nun auch die Metalltür seines Labors hinter ihr schloss, eine ziemlich große Herausforderung war.

Dafür war sie dem roten Kästchen mit dem Daumenscanner, auf den Professor Ash eben die Finger gelegt hatte, so nah, dass sie nur noch die Hand hätte danach ausstrecken müssen. Allerdings hatte dieser Scanner mehrere Bedienfelder – die Chance, dass sie auf Anhieb das richtige erwischen würde, war nicht groß. Sie musste den Professor irgendwie ablenken …

Fieberhaft sah sie sich um. Das Labor war riesig, es schien sich dabei um eine weitläufige bunkerartige Halle zu handeln.

«Nur keine Hektik», grinste Professor Ash, der ihre Absicht offenbar durchschaute. «Der Scanner funktioniert nur mit *meinem* Daumenabdruck. Sie brauchen sich also überhaupt nicht zu beeilen. Wir haben alle Zeit der Welt.»

Lisas Augen weiteten sich vor Schreck, als ihr klar wurde, dass sie ein für alle Mal in der Falle saß. Das ohnehin schon hämische Grinsen des Professors wurde noch einen Tick fieser.

«Und jetzt schickt Silverman Sie also her, um mir eine Nachricht zu hinterlassen. Wie allerliebst. Und denkt nicht mal daran, dass er

Sie damit wieder mal in große Gefahr bringt. Wie ich sagte: grobe Fahrlässigkeit. Jaja, die Wissenschaft war ihm immer wichtiger als alles andere. Wichtiger als seine Familie.»

«Sie sind aber auch nicht besser», entfuhr es Lisa. «Sie haben genauso Ihre Familie aufs Spiel gesetzt!»

Zu oft hatte sie sich mit Professor Ash im Unterricht angelegt. Es war ihr fast schon zur Gewohnheit geworden, ihm zu widersprechen, trotz der Angst.

«Was geht Sie das an, Lambridge?», fauchte Professor Ash.

Lisa zwang sich, die Nerven nicht zu verlieren. Furcht würde ihr nicht weiterhelfen. Ihre Augen scannten fieberhaft die Halle nach einer weiteren Fluchtmöglichkeit ab, während sie weitersprach: «Es geht mich insoweit etwas an, dass Doc Silverman Ihnen deswegen einen Deal vorschlagen möchte. Er ... er will Ihnen helfen, Ihre Familie zurückzuholen.»

Ihre Stimme hörte sich zwar pergamentartig dünn an, aber immerhin war ihr die passende Antwort eingefallen.

«Ha!» Der Professor langte hinüber zu einem riesigen Arbeitstisch, auf dem sich ein Computerbildschirm und mehrere Bücherstapel befanden, und zog ein Lineal unter einem der Büchertürme hervor, das er nun in der Hand wog. «Und woher wollen Sie das wissen, Lambridge?»

«Es steht in dem Brief.» Lisa streckte erneut die Hand mit dem Schreiben aus, doch Professor Ash machte keine Anstalten, ihn entgegenzunehmen, sondern tätschelte stattdessen mit dem Lineal auf der Tischkante herum. Lisa wich stumm einen Schritt zurück. Hatte er diese Marotte mit dem Lineal immer noch?

«Und das soll ich glauben? Jaja. Levi Silverman. Der Gutmensch.

Der ach so gottesfürchtige naive Mann. Weiß zwar über das Buch der Bücher Bescheid und über Chronos und Äon, aber hat keine Ahnung von Liebe. Und der glaubt zu wissen, was mir und meiner Familie widerfahren ist?»

Liebe? Das Wort «Liebe» aus Professor Ashs Mund zu hören mutete etwa so verkehrt an, wie eine Katze bellen zu hören. Dass das Wort überhaupt Teil seines Vokabulars war, wunderte sie beinahe.

«Er weiß sicher mehr über Liebe als Sie», entfuhr es ihr, während sie ihren Blick weiter durch die Halle streifen ließ – immer auf der Suche nach einem Fluchtweg. Es gab mehrere Leitern, die auf eine Galerie im oberen Bereich der Halle führten, doch sie konnte nicht erkennen, was sich dort oben befand. Ganz weit hinten im Raum war eine zweite Schiebetür mit einem weiteren roten Kästchen sichtbar.

«So? Nun, dann schauen Sie sich doch seinen Sohn an.»

«Wie meinen Sie das?» Nur durch schiere Willenskraft gelang es ihr, sich weiter auf das Gespräch zu konzentrieren, während sie gleichzeitig fieberhaft nachdachte.

«Was ich meine? Nun, sehen Sie sich Zachary Silverman doch mal genauer an: ein Produkt seiner Nachlässigkeit, zwischen Maschinen und Apparaten groß geworden; ein IQ von fast 180 zwar, aber kann sich nicht mal selbst seine Schuhe binden. Ein armes, bedauernswertes Wesen.»

Lisa begann zu kochen. So respektlos hatte keiner über Zac zu reden! Und Zac konnte sehr wohl seine Schuhe binden. Und zudem die steilsten Felswände hochklettern!

«Zac ist einer der bemerkenswertesten Menschen, die ich kenne!», konterte sie zornig. «Und *Sie* sind nicht weniger bedauernswert als er. Immerhin haben Sie zwanzig Jahre in einem Kellerloch gehaust!»

Sofort schlug sie sich auf den Mund. Sie wünschte manchmal wirklich, sich bei Professor Ash mehr zurückhalten zu können. Aber ihre jahrelang genährte Wut auf ihren Ex-Physiklehrer war so groß, dass sie einfach aus ihr herauspolterte, egal, ob sie Angst hatte oder nicht.

Der Professor lächelte amüsiert. «Soso, immer noch der gleiche Hitzkopf, was, Lambridge? Nun, im Gegensatz zu dem jungen oder mittlerweile nicht mehr ganz so jungen Silverman hab ich immerhin eine Ahnung davon, was draußen in der Welt vor sich geht.»

Lisa versuchte klar zu denken und trat noch einen Schritt zurück. Es hatte ja doch keinen Sinn, mit Professor Ash zu streiten. Sie sollte sich das endlich hinter die Ohren schreiben! Sie hob beschwichtigend die Hand mit dem Brief in die Höhe.

«Hören Sie ... ich will gar nicht mit Ihnen diskutieren. Bitte lesen Sie einfach den Brief und lassen Sie mich gehen. Es geht lediglich darum, dass wir Sie wieder zurück in die Vergangenheit schicken können. Nach 1989.»

Ein fieses Lächeln kräuselte die Lippen des Professors.

«Wer sagt, dass ich nach 1989 will?»

«Wohin denn sonst? Außerdem ... wollten Sie nicht ... Ihre Familie retten und so ...?»

«1989.» Der Professor spuckte die Zahl verächtlich aus. «Diese vorsintflutliche Zeit. Nein! Nein, hier im Jahr 2018 hab ich endlich all die technischen Möglichkeiten, die ich mir immer erträumt habe. Oder denken Sie, ich will von einem Wurmloch da unten bei der

Brücke abhängig sein, das nur bei Gewitterbildung erzeugbar ist? Da hab ich bessere Pläne!»

Er nahm eine Fernbedienung vom Tisch und legte seinen Daumen darauf, und die zweite Metalltür hinten im Raum öffnete sich. Hinter ihr erschien ein kreisförmiger Tunnel.

«Kommen Sie!» Der Professor winkte Lisa heran, doch sie blieb stehen.

«Was zaudern Sie denn so? Sie haben das exklusive Vorrecht, Zeugin eines der geheimsten Projekte hier im Tomsbridge Science Research Center zu sein. Jeder andere würde sich die Finger danach lecken, auch nur einen winzigen Blick darauf werfen zu dürfen. Und vergessen Sie nicht: Der Weg zurück ist versperrt. Also, warum kommen Sie nicht einfach näher und sehen sich das an?»

Lisa wusste, dass ihr letztendlich keine andere Wahl blieb. Mit zitternden Beinen trat sie näher.

Durch den Tunnel gelangte man nach einigen Metern zu einem Steg, der mitten durch ein mannshohes rundes, metallenes Portal führte, das von zischenden Dampfschwaden umgeben war. Kälte, ein seltsamer Wind, Gravitation – unheimliche Kräfte schienen von diesem Portal auszugehen.

Mit jedem Schritt, den Lisa auf den Tunnel zumachte, wurde der Sog stärker. Ihr Haar trieb fast waagrecht vor ihrem Gesicht her. Sie blieb wieder stehen. Sie wollte nicht in dieses Loch gezogen werden!

«Haben Sie mal den Film ‹Stargate› gesehen? Den mit den Toren, durch die man zu entfernten Planeten kommt? Ach nein, das haben Sie vermutlich nicht, weil es den 1989 noch gar nicht gegeben hat. Nun, die Idee vom Wurmloch hatte ich schon, bevor diese Filmemacher überhaupt geboren waren. – Ha! Was sagen Sie nun?»

Lisa schnappte nach Luft. Das war also das künstliche Wurmloch, von dem diese Dr. Tess gesprochen hatte!

«Gehen Sie ruhig noch näher», schmeichelte der Professor. «Nur keine Angst. Es kann Ihnen nichts passieren, solange ich keinen Zeitsender habe, um Zeitinformationen in das Portal zu senden.»

Außer dass ich von der Gravitation zermalmt werde, dachte Lisa grimmig und blieb stehen, wo sie war.

«Na los. Jetzt zaudern Sie nicht so. Ich hab Ihnen gesagt: Was mir fehlt, ist ein Time Transmitter.»

Professor Ash stellte sich nun dicht hinter sie und zwang sie damit, weiter vorwärts zu gehen. Die kalten Rauchschwaden, die von dem Portal ausgingen, fühlten sich an, als würde sie einen Tiefkühler betreten.

«Und? Fühlen Sie die Anziehungskraft?»

Was für eine überflüssige Frage! Der Sog zog sie mittlerweile regelrecht ein paar Meter vorwärts, so dass sie taumelte und wild mit den Händen rudern musste, um nicht vornüber auf die Nase zu fallen. Sie war nur noch wenige Schritte von dem Steg entfernt, doch sie würde sich weigern, auch nur einen Fuß darauf zu setzen.

«Da staunen Sie, nicht wahr, Lambridge? Im hochoffiziellen Namen der Forschung wurde mir dieses Projekt anvertraut – da ich nämlich neben Silverman und dem berühmten Stephen Hawking der Einzige im Lande bin, der über das entsprechende Fachwissen verfügt. Es war eine glückliche Fügung, dass das Wurmloch mich bereits im Jahr 2013 ausspuckte – also fünf Jahre vor Ihnen. Genau zu dieser Zeit wurde nämlich nach einem Forscher gesucht, der die Leitung dieses Projekts übernehmen konnte. Und da ich direkt vor ihren Monitoren auftauchte, haben sie mich gleich geschnappt und die Sache vor der Öffentlichkeit geheim gehalten.

Und nun, wenn ich einen Zeitsender hätte, also einen *Time Transmitter*, dann könnte ich hier eine neue Zeitreisestation bauen. Besser und vor allem unabhängig von jeder Witterung. Zumal die alte Tomsbridge irgendwann abgerissen und durch eine neue, verkehrstaugliche Brücke ersetzt werden soll.»

Lisas Nackenhaare sträubten sich. Allmählich ging ihr ein Licht auf, was Professor Ashs Plan war! Sie ging wieder ein paar Schritte rückwärts, um der Anziehungskraft des Portals zu entkommen, und landete beinahe in den Armen des Professors, der immer noch hinter ihr stand.

«Hören Sie, Lambridge, ich brauche Silvermans so nett gemeinte Hilfe nicht», knarzte der Professor dicht an ihrem Ohr. «Ich hab mein eigenes Wurmloch. Ich brauche nur den Time Transmitter. Das ist alles, was ich will. Oder denken Sie, ich will nach der Pfeife von diesem Silverman tanzen? Mich von ihm dirigieren lassen, was ich darf und was nicht?»

Lisa zog angewidert ihren Kopf zurück. Der muffige Geruch von Professor Ash, der sich auch nach all den Jahren nicht verändert hatte, drang ihr penetrant in die Nase.

«Was wollen Sie denn wirklich mit dem Time Transmitter? Wenn Sie nicht zurück nach 1989 wollen?», fragte sie. Sie durfte ihre Schwäche nicht zeigen. Wenn sie eins wusste, dann, dass Professor Ash mit seiner sadistischen Veranlagung geradezu von Angst herausgefordert und angespornt wurde. Davon hatte Momo in der Vergangenheit ein Lied singen können. Außerdem hatte sie immer mehr die Vermutung, dass es Professor Ash nicht nur um seine Familie ging ...

«Was ich will? Oh, davon haben Sie natürlich keine Ahnung, Lambridge. Sie wissen ja nicht, was für Möglichkeiten uns nun offenstehen. Nicht nur Reisen durch die Zeit, nein, auch in andere Dimensionen. Chronos zu durchbrechen ... bis in den Äon zu reisen ... einen Blick darauf zu werfen, was uns erwartet, wenn unsere eigene Zeit, unser Chronos, abgelaufen ist. Wer würde das nicht gern wissen wollen?»

Lisa runzelte die Stirn. «Kann man das denn?»

«Oh, wenn Silverman Ihnen wohl *eins* nicht gesagt hat, dann dies, dass man nämlich nur innerhalb seiner eigenen Lebensspanne durch die Zeit reisen kann. Sie wissen, die Materie, Lambridge. Sie können nicht einfach unbeschadet an einen Punkt reisen, an dem Sie materiell noch gar nicht existiert haben. Sie sehen es doch an mir: Als ich aus dem Wurmloch wieder rausgekommen bin, sind auch gleich meine eigenen Lebensjahre mit verflossen.» Er hielt ihr seine verschrumpelte Hand vors Gesicht. «Aber das macht nichts. Das nehme ich alles in Kauf. Sobald ich Herr der Zeit bin, kann ich mit meiner Zeit machen, was ich will.»

Lisa starrte den Professor verständnislos an. Irgendetwas hatte sie kapiert, aber noch nicht ganz alles.

«Ach, Sie verstehen mich nicht, Lambridge? Aber Sie sind doch so unsagbar intelligent? Begreifen Sie nicht? Reisen Sie an einen Zeitpunkt über Ihren Tod hinaus, werden Sie aus der Zeitlinie verschwinden. Sie werden in die nächste Dimension treten: in den Äon.»

War das so? Sie schüttelte fassungslos den Kopf.

«Sie glauben mir nicht, Lambridge?»

«Ich weiß nicht. Ist es denn das, was Sie wollen? In den Äon? Aber warum dorthin?»

«Möchten Sie denn nicht wissen, was Sie dort, in der Ewigkeit, erwartet?», fragte Professor Ash mit leiser Stimme. «Ist Ihnen Ihr Leben so wenig wert, dass Sie sich nicht darum scheren, was eines Tages mit Ihnen passiert, wenn Ihre Zeit abgelaufen ist?»

«Doch», sagte Lisa. «Aber … das kann ich doch gar nicht beeinflussen. Das werde ich dann sehen, wenn ich dort bin …»

«Und was, wenn Sie dort etwas erwartet, womit Sie nicht gerechnet haben? Was ist, wenn Sie vielleicht hier … im Chronos … einige Entscheidungen für die Ewigkeit treffen müssen?»

Lisa sah den Professor unsicher an. Irgendetwas war da in seinem Blick, etwas, das sie bisher noch nicht gekannt hatte. Ein Ausdruck, den sie nicht deuten konnte, weil er nicht in sein Gesicht passte. War es etwa Angst?

Nein, sie konnte sich nicht vorstellen, dass Professor Ash vor irgendetwas Angst hatte.

«Aber aus dem Äon können Sie doch gar nicht mehr zurückreisen?», bemerkte sie.

«Schlaues Mädchen», sagte Professor Ash. «Aber ich kann jemanden dorthin schicken und wieder zurückholen. Jemanden, der anscheinend das Privileg von der Zeitlinie bekommen hat, einfach 29 Jahre zu überspringen, ohne zu altern.»

Der Professor brachte sein Gesicht ganz nah an ihres heran. Er nahm ihre Hand in seine und tätschelte mit dem Finger ihren Handrücken. Lisa glaubte, sich gleich übergeben zu müssen.

«Tatsächlich: keine einzige Alterserscheinung», flüsterte er. «Wirklich erstaunlich.»

Lisas Augen weiteten sich vor Schreck, als sie endlich begriff, was der Professor vorhatte.

«Normalerweise sollte es Ihnen so ergangen sein wie mir, dessen Lebensjahre gnadenlos mit durchs Wurmloch geschleust wurden. Aber irgendwas scheint in Ihrem Fall dafür gesorgt zu haben, dass dies nicht geschehen ist und Sie immer noch sechzehn sind.»

Lisas Lippen bebten.

«Dieses Privileg hatte ich leider nicht», bellte der Professor verbittert. «Nein, 24 Jahre meiner Lebensspanne hab ich verloren, ja, geopfert. Aber nun, ich werde es wettmachen. Sobald ich den Time Transmitter habe und den Äon ausgeforscht habe, bin ich frei, dorthin in meine Vergangenheit zu reisen, wo ich will, und meine Lebensjahre zurückzuholen. Und zwar *ohne* dass Silverman mir sagt, was ich machen soll!»

Lisa fühlte, wie ihre Brust immer enger wurde. Sie hätte gern ihr Smartphone gezückt und irgendjemandem einen Hilferuf gesendet, doch das war natürlich ganz unmöglich unter Professor Ashs Augen.

Er ging weiter um sie herum und schlug mit dem Lineal an eine Wand. Das Lineal zerbrach.

«Verraten Sie mir eins, Lambridge!», bellte er. «Wie konnte Silverman anno 1989 mit einem schäbigen Kassettenrekorder und nur mit manueller Steuerung einen so präzisen Zeitstrahl in ein Wurmloch transferieren? Wie konnte er das so minuziös berechnen? Das ist eigentlich unmöglich, wissen Sie das?»

Lisa hatte keine Ahnung, wie Zac das gemacht hatte.

«Ja, dieser Silverman ist wahrhaft ein Genie», schnaubte Professor Ash. «Ich muss leider anerkennen, dass er mir rein technisch überlegen ist. In all den Jahren hab ich es nicht geschafft, so ein Ding zu reproduzieren.» Er machte mit der Hand eine ausschweifende Bewegung in Richtung Schreibtisch.

Lisa folgte seinem Blick und entdeckte eine Menge Aufzeichnungen und Pläne, die an der Wand hingen. Selbst von Weitem konnte sie die Kopie von Zacs Schulheft aus dem Jahr 1989 erkennen – sein Gekritzel und die Skizzen vom Time Transmitter waren unverkennbar. Doc Silvermans Vermutung war also richtig gewesen: Professor Ash hatte die Notizen aus dem Archiv gestohlen, um an dem Projekt weiterarbeiten zu können.

«Hören Sie ... lesen Sie den Brief von Doc Silverman. Es ... würde sicher eine diplomatische Lösung geben. Er ist bereit, Ihnen zu helfen ... vielleicht kann er Ihnen den Time Transmitter leihen. Ich möchte einfach nur zurück nach 1990, und dann ... können Sie sicher eine gemeinsame Lösung mit Doc Silverman finden», versuchte sie erneut ihr Glück.

«Zurück nach 1990?» Der Professor lächelte gemein. «Warum wollen Sie zurück nach 1990? Gefällt es Ihnen denn nicht viel besser hier? Hier haben Sie all die technischen Annehmlichkeiten, die Sie damals nicht hatten. Was erwartet Sie denn im Jahr 1990? Eine Familie, die Sie verstoßen hat. Ein Versager, der Ihnen das Herz gebrochen hat. Geben Sie es doch zu: Eigentlich wollen Sie viel lieber hierbleiben, hab ich recht?»

Lisa schloss die Augen. Die Worte des Professors stachen wie Lanzen in ihrem Herzen. Doch sie durfte sich keinesfalls anmerken lassen, wie richtig er mit seiner Behauptung lag.

«Und bedenken Sie doch noch eins», schnurrte er wieder ungemütlich nah an ihrem Ohr. «Sie wollen Ihre Eltern wiedersehen, nicht wahr? Nun, Sie dachten bislang, dass Sie dafür in die Vergangenheit reisen müssten. Aber das würde erneut ein riesiges Paradoxon verursachen, da Sie dann wieder zweimal in der Zeitlinie anwesend wären: einmal als Ihr jetziges Ich und einmal als Baby. Sie haben ja nur zwei Jahre zur Verfügung, in denen sich Ihre Lebensspanne mit der Ihrer Eltern überschneidet, da Ihre Eltern ja bereits 1975 – zwei Jahre nach Ihrer Geburt – ums Leben gekommen sind.

Sie sehen selbst, was Sie bereits für ein Chaos angerichtet haben, indem Sie als 45-jährige zurück nach 1989 gereist sind. Und in eine Zeit vor Ihrer Geburt können Sie nicht reisen, weil Sie vor 1973 schlicht und einfach nicht auf der Zeitlinie existiert haben. Nein, wenn Sie Ihre Eltern treffen möchten, dann sollten Sie besser in den Äon reisen, in die Ewigkeit, und ich kann Ihnen dabei helfen!»

Nein!, schrie sie in ihrem Innern. *Aufhören!* Er durfte kein weiteres Wort mehr sagen, sonst würde sie durchdrehen.

Sie begann erneut, sich in der Halle umzusehen. Was für Möglichkeiten zur Flucht gab es denn noch?

Natürlich bemerkte der Professor das Umherschweifen ihres Blicks.

«Bemühen Sie sich nicht, Lambridge. Wie ich Ihnen schon gesagt habe: Der Daumensensor ist nur auf mich eingestellt. Und wen sollte ich denn sonst als Versuchskaninchen für Zeitreisen benutzen, wenn nicht Sie? Sie, die Sie ja anscheinend dagegen immun sind.»

Lisa schaute ängstlich auf das von Dampfschwaden umgebene Portal, das nur wenige Meter vor ihr lag. Allein die Vorstellung, wieder durch so ein wirbelndes Wurmloch hindurchzumüssen, erfüllte sie mit jäher Panik.

«Moment!» Auf einmal fiel ihr der Logikfehler auf.

«Wenn ich bei einer Zeitreise gar nicht altere, könnte ich meinen Todestag doch hinausschieben, soweit ich will, denn je weiter ich in die Zukunft reise, desto weiter entfernt ist auch mein Todestag! Wenn ich heute zum Beispiel ins Jahr 2080 reise, sterbe ich erst im 22. Jahrhundert! Wie wollen Sie es also anstellen, mich an einen Zeitpunkt nach meinem Tod zu senden? Den Zeitpunkt meines Todes kennen Sie doch gar nicht!»

«Wie ich sagte: Sie sind einfach zu schlau, Miss Lambridge.» Er lächelte siegessicher. «Ihr Körper ist trotz des Phänomens, dass die Zeitreisen Ihr Alter nicht beeinflusst haben, nicht unsterblich. Er ist Materie, und Materie ist dem Verfall unterworfen. Außer Sie wären ein überirdisches Wesen, doch das sind Sie nicht! Das Phänomen, dass Sie bei der Zeitreise nicht gealtert sind, muss auf ein Zeitparadoxon zurückzuführen sein, aber seien Sie gewiss: Eines Tages werden auch Sie sterben, und der Tag Ihres Todes steht bereits im Universum fest, genau wie der Tag Ihrer Geburt! Wenn ich Sie in den Äon schicken will, brauche ich daher nur ein Datum zu wählen, das weit nach der Zeit Ihrer voraussichtlichen Lebensspanne liegen wird – und wenn dies erst in hundert Jahren sein sollte.»

Lisa blieb entsetzt der Mund offen stehen. Meinte der Professor das wirklich ernst, oder wollte er sie damit nur einschüchtern? Sie suchte fieberhaft nach einem weiteren Argument, das sie ihm entgegenschleudern konnte, doch in ihrem Kopf herrschte gerade ein ziemliches Blackout.

«Entspannen Sie sich, Miss Lambridge. Ich tue Ihnen ja nichts. Vorläufig kann ich gar nichts tun, denn ich habe gar keinen Time Transmitter. Ich werde Ihnen gleich erst einmal einen Kaffee holen, dann können Sie es sich gemütlich machen. Genießen Sie doch einfach Ihren Aufenthalt hier. Sie haben die heiligen Hallen betreten. Nur wenigen der Mitarbeiter dieses Instituts ist dieser Zugang gewährt. Ich nehme an, Sie müssen in Ihrer ersten Zeitlinie ein hohes Tier hier gewesen sein. Vermutlich waren Sie die Chefin der Informatikabteilung und für das ganze Computersystem des Instituts zuständig.»

Lisa hätte das wirklich zu gern gewusst, aber ihr älteres Ich hatte ihr das alles ja verschwiegen. Alles, was sie an Erinnerungen besaß, waren ein paar verschwommene Eindrücke.

«Wirklich jammerschade, dass durch dieses Missgeschick Ihre erste Zeitlinie und Ihre vielversprechende Karriere zerstört worden sind. Aber nun, ich hab Sie ja immer gewarnt. Doch Sie wollten nicht auf mich hören. Eine Frau wie Sie – obwohl ich ja immer noch der Meinung bin, dass Frauen nicht in die Wissenschaft gehören – mit so viel Scharfblick und Intelligenz sollte sich mit Ihresgleichen befassen und sich nicht mit notorischen Losern abgeben.

Sie wissen genau, von wem ich spreche, nicht wahr? Ihre große und offenbar einzig wahre Liebe, Mister Kendall. Seinetwegen haben Sie schließlich angefangen, durch die Zeit zu reisen, sehe ich das richtig? Seinetwegen haben Sie all dies», er beschrieb mit seinem Arm einen ausschweifenden Bogen durch die Halle, «aufgegeben. Sie haben Ihre wirklich bemerkenswerte Karriere wegen dieser großen Null aufs Spiel gesetzt.»

Lisa japste nach Luft. Woher wusste der Professor das alles? Wie schaffte er es bloß, immer alles herauszufinden?

«Und was hat es Ihnen gebracht?» Er lachte fies auf. «Ich musste mir wirklich ins Fäustchen lachen, als ich erfuhr, was aus dieser fernsehsüchtigen Pfeife geworden ist: nichts! Genau, wie ich vorausgesagt habe: nutzlos. Hängt an der Flasche. Hätte ich Ihnen alles prophezeien können. Der arme reiche Junge. Der alles hatte, seine Möglichkeiten aber nicht genutzt hat.»

Lisas Zorn flammte zu seiner Höchstform auf, als sie Professor Ash so abwertend über Morgan reden hörte.

«Mister Kendall ist einer der liebenswertesten Menschen, die mir je begegnet sind!», brüllte sie den Professor an. «Alle tun ihm unrecht, weil keiner ihn wirklich kennt! Außerdem haben *Sie* ihn immer grundlos fertiggemacht! Sie sind mit schuld an dem, was aus ihm geworden ist! Er hat Ihnen nie was getan! Sie haben ihn ohne Grund gehasst und fertiggemacht, nur weil Sie so verbittert sind. Sie hatten doch überhaupt keinen Anlass, ihn so zu verabscheuen!»

Sie hatte sich diese Worte so laut aus der Brust geschrien, dass Professor Ash sogar kurz zusammengezuckt war.

«Oh doch, Lambridge. Oh doch», sagte Professor Ash, nachdem er sich wieder gefangen hatte, mit tieferer Stimme als gewöhnlich. «Es gibt mehr als genug Grund, ihn zu hassen.»

«Und warum?», fauchte sie.

«Weil dieser Junge zu dumm war, um zu verstehen, was für fantastische Möglichkeiten ihm unverdient in die Wiege gelegt worden sind. Sohn des Multimillionärs William Kendall und Erbe eines der bedeutendsten Unternehmen hier in Tomsborough – eines Unternehmens, das noch eine große Zukunft vor sich hat.

Wissen Sie, Lambridge, was es heißt, während des Kriegs geboren worden zu sein und verzweifelt von etwas zu träumen, was Sie nie erreichen können, weil Sie die finanziellen Mittel dazu nicht haben? Oh, nun denken Sie gewiss, ich sei auf Geld aus, aber glauben Sie mir: Gewisse Dinge lassen sich nur mit finanziellen Mitteln erreichen. So funktioniert diese Welt nun mal. Dieser Junge hatte diese Mittel! Er hatte alles, wovon andere nur träumen können. Er hätte jede Schule machen können, hätte alles erreichen können, was immer er nur wollte. Aber dieses Weichei taugt nichts. Psychisch total verweichlicht. Konnte es nicht mal aushalten, wenn man ihn ein bisschen härter anpackte. Pah!»

«Er hat seine Mutter verloren ...», knurrte Lisa.

«Er hat seine Mutter verloren? Oh, das hab ich auch. Und Sie – *Sie* haben ja sogar Ihre beiden Elternteile verloren. Aber weder Sie noch ich haben uns in Alkohol und Krankheiten geflüchtet, sind im Bett geblieben oder haben uns pausenlos törichte Videoclips angesehen. Nein, was mich betrifft: Ich hab mich auf den Hosenboden gesetzt und gelernt, auch wenn ich manchmal nur hartes Brot zum Beißen hatte. Aber dieser Nichtsnutz hatte alles. Mehr als das! Sogar Liebe!» Das letzte Wort hatte der Professor regelrecht gebellt.

«Dann glauben Sie also *doch* an die Liebe?», konterte Lisa.

«Liebe? Was glauben *Sie* denn, was Liebe ist? Sie ist doch nichts weiter als ein chemischer Prozess, der die Seele verrückt macht. Ihnen brauche ich das ja nicht zu erzählen, Lambridge. Wenn jemandem die Liebe die Sinne verblendet hat, dann sind Sie ja das beste Beispiel dafür.»

Er betätigte wieder die Fernbedienung, und die Metalltür schob sich zu Lisas Erleichterung wieder zwischen sie und das Portal. Sofort hörte der Sog auf, an ihr zu zerren, und die Luft wurde wieder etwas wärmer.

«Nein, Miss Lambridge, glauben Sie mir: Ich hab andere Pläne, als Silverman sie hat», fing Professor Ash wieder an. «Sie werden jetzt erst mal hierbleiben. Setzen Sie sich ruhig auf mein Sofa.» Er deutete auf einen schwarzen Zweiersitz neben dem Arbeitstisch. «Ich hole Ihnen einen Kaffee.»

«Wie bitte?» Lisa starrte Professor Ash entgeistert an.

«Sie haben richtig gehört: Sie sind mein Gast!» Der Professor schritt mit seinem abscheulichen Grinsen im Gesicht zu seinem Arbeitstisch, hinter dem sich eine kleine Küchenzeile mit Wasserhahn und Kaffeemaschine befand. Bald darauf kam er mit einem Becher voll dampfendem schwarzem Kaffee zu Lisa zurück.

«Nicht, dass man mir nachsagt, ich würde meine Gäste nicht gut behandeln. Amüsieren Sie sich gut, Lambridge. Lesen Sie ruhig ein wenig in meinen Formeln. Ich hab jetzt Feierabend. Spätestens morgen in aller Frühe komme ich wieder und hole Sie ab. Bis dahin hab ich eine bessere Unterkunft gefunden, wo Sie so lange bleiben werden, bis Silverman mir den Time Transmitter aushändigt. Aber vorerst müssen Sie eben hiermit Vorlieb nehmen. Immerhin haben Sie hier sogar fließendes Wasser, und da drüben ist eine Toilette.»

«Nein!» Sofort rannte Lisa auf die Tür zu, durch die sie vorhin in die Halle eingetreten war, doch die war ja geschlossen. Ihr Hirn suchte fieberhaft nach einer Lösung.

«Zac Silverman wird mich hier finden! Er kann mein Smartphone orten! Er wird wissen, dass ich hier bin, und wird die Polizei verständigen! Und meine Klasse wird mich auch vermissen! Die werden ja merken, dass ich nicht mehr zu ihnen zurückkehre. Und dann? Dann sind *Sie* in Schwierigkeiten!»

«Oh!» Der Professor legte seinen Kopf schief und lächelte hinterhältig. «Das ist nun aber wirklich dumm, dass Sie mir das verraten haben!»

Lisa biss sich auf die Lippen. Verflixt, das war wirklich dumm gewesen. Sie hatte den Professor lediglich einschüchtern wollen, aber der Schuss war nach hinten losgegangen.

«Unglücklicherweise haben Sie hier unten gar keinen Empfang, Lambridge. Niemand wird Sie orten können. Aber damit sich Silverman keine Sorgen machen muss, werden Sie mir Ihr Smartphone selbstverständlich übergeben. Dann werde ich Silverman selbst benachrichtigen, dass Sie bei mir bestens aufgehoben sind!»

«Nein!» Lisa umklammerte ihr Handy in der Jackentasche.

«Aber, aber, Miss Lambridge. Das Smartphone nützt Ihnen doch gar nichts. Ich sagte doch, Sie haben hier gar keinen Empfang!»

Trotzdem. Auch wenn sie hier keinen Empfang hatte, war das Handy dennoch irgendwie ihre einzige Verbindung zur Außenwelt. Denn dass sie vermutlich die Nacht hier würde verbringen müssen, wurde ihr je länger, je mehr klar.

«Fassen Sie mich nicht an!», schrie sie, als der Professor näherkommen wollte.

«Wenn Sie nicht wollen, dass ich Sie anfasse, dann müssen Sie es mir freiwillig übergeben.» Der Professor kam noch einen drohenden Schritt näher. Sie wich entsetzt einen weiteren Schritt zurück. Wenn er sie auch nur ein bisschen anfassen würde, würde sie sich endgültig übergeben!

Fast widerstandslos legte sie schließlich das Smartphone auf den Arbeitstisch. Alles – wirklich *alles* – war besser, als von diesem widerlichen Kerl angefasst zu werden!

«Es ist Ihnen doch sicher recht, wenn ich Ihrer Klasse und Silvermans eine Nachricht zukommen lasse und ihnen mitteile, dass alles in Ordnung ist?», sagte Professor Ash mit vor Falschheit triefender

Stimme, während er das Smartphone mit einem triumphierenden Grinsen an sich nahm.

Lisa schwieg. Es gab ja doch kein Entrinnen. Sie war in dieser Hölle gefangen.

Der Professor aktivierte das Display von Lisas Smartphone. «Oh, ein Code?»

Der Code! Na klar. Lisa atmete erleichtert auf. Ohne den Code würde das Handy Professor Ash herzlich wenig nützen. Wenigstens das.

Doch da flammte es in seinen Augen so stark auf, dass man es selbst hinter den dicken Brillengläsern erkennen konnte.

«Ein Code, der natürlich sehr einfach zu entschlüsseln ist. Sind mir doch die Irrungen und Wirrungen Ihres Herzens nicht gänzlich unbekannt. Wie gut, dass ich immer noch weiß, dass Mister Kendalls Geburtstag der 27. September ist!»

So war auch diese letzte Hoffnung gestorben. Professor Ash gab noch mal ein heimtückisches Lachen von sich, peitschte mit dem Linealrest siegesgewiss auf die Tischkante und wandte sich mit dem Smartphone in der Hand zum Gehen.

«Ach ja. Den Brief von Silverman können Sie mir auf den Tisch legen. Wenn ich dazu komme, werde ich ihn irgendwann lesen. Auf Wiedersehen, Miss Lambridge. Amüsieren Sie sich gut in meinen heiligen Hallen!»

Lisa stellte sich sprungbereit hin, um vielleicht doch noch durch die Schiebetür entwischen zu können, während diese offen war. Doch der Professor, der ihre Absichten wieder einmal durchschaute, zog einen großen Schlüssel aus der Tasche seines Arbeitskittels und steckte ihn in ein Schloss an der Seite der Schiebetür. Er legte einen

Hebel um, der die Tür mechanisch genau so weit öffnete, dass er selbst gerade durch den kleinen Spalt hindurchschlüpfen konnte.

Ehe Lisa sich rühren konnte, war die Tür schon wieder ins Schloss geschnappt, und sie konnte nur noch das Echo von Professor Ashs Schritten hören, als er durch den Schacht davonging.

Und dann war sie allein. Mutterseelenallein.

Ihr erster Impuls war, zur Tür zu rennen und den Hebel umzulegen, wie sie es gerade bei Ash gesehen hatte, aber natürlich fehlte ihr dafür der Schlüssel. Ohne große Hoffnung legte sie ihren Daumen auf den Scanner.

«Kein Zutritt», schnarrte die Computerstimme, und der Scanner blinkte dieses Mal rot.

Lisa rüttelte an der Tür, auch wenn sie genau wusste, dass es nichts brachte.

Sie war hier definitiv gefangen. Und somit Professor Ash komplett ausgeliefert.

Sie ging hinüber zum Arbeitstisch und riss die Schubladen auf, aber darin fand sich nichts, was ihr hätte dienlich sein können: Die Schubladen waren bis auf ein paar Krümel leer.

Sie kletterte erwartungsvoll eine der Leitern hinauf, die auf die Galerie im oberen Bereich der Halle führten. Doch oben sah sie nur eine Reihe Metallfässer mit Warnhinweisen darauf, also stieg sie wieder runter und suchte verzweifelt weiter nach einem Fluchtweg, bis ihre Beine vor Kälte und Anspannung einknickten.

Schließlich kroch sie geschlagen hinüber zu dem schwarzen Zweiersitz und ließ sich erschöpft darauf fallen. Hatte sie es vorhin noch einigermaßen geschafft, ihre Angst zu unterdrücken, so kroch diese jetzt wie eine züngelnde Schlange in ihr hoch und nahm jedes ihrer Glieder in Besitz, bis sie regelrecht von ihr gelähmt war.

So hatte sie sich das nicht vorgestellt.

Selbst Doc Silverman hatte Professor Ash unterschätzt.

Das Fehleinschätzen von Katastrophen war in der Tat seine Achillesferse. Wie wahr. Entweder war er zu vorsichtig oder zu nachlässig.

Und ihre eigene Schwachstelle war ihr unüberlegtes Handeln.

Sie hatte es komplett vermasselt.

Sie zitterte eine Weile vor sich hin. Der Kaffee, der noch auf dem Schreibtisch stand, wo Professor Ash ihn abgestellt hatte, war ja bestimmt noch warm, doch sie rührte ihn nicht an.

Oben an der Wand tickte eine Uhr, und sie konnte darauf sehen, dass es vier Uhr war. Vier Uhr – die Klasse ging nun wohl nach Hause.

Aber Kyle würde sie doch sicher vermissen und nach ihr suchen, oder? Und Angela ebenfalls! Bestimmt hatten sie ihr längst eine besorgte Meldung geschrieben und sich nach ihr erkundigt. Sie hatte die Nachricht natürlich in diesem unterirdischen Verlies nicht empfangen können. Und nun hatte Professor Ash ihr Smartphone … Es würde ihm ein Leichtes sein, einfach eine Meldung an Kyle oder Angela zu schreiben und ihnen zu versichern, dass mit ihr, Lisa, alles in Ordnung sei.

Bis zum nächsten Tag würde er ihr Umfeld dadurch vermutlich irgendwie ablenken können. Und bis dahin hatte er sie ja längst wieder hier abgeholt und an irgendeinen anderen unbekannten Ort gebracht. Was dann geschah, wollte sie sich lieber nicht ausmalen.

Sie kauerte sich zusammen, umfasste die Knie und senkte den Kopf. Es war so kalt hier unten. Bitterkalt. Und es blieb ihr nichts anderes übrig, als die nächsten Stunden vor Kälte, Angst und Einsamkeit vor sich hinzuschlottern.

Sie legte den Kopf auf ihre Knie und dachte an den kurzen warmen Moment, in dem Morgan sie in die Arme genommen hatte.

Kapitel 21
Angelas Plan

«Warum antwortet sie denn nicht?», wunderte sich Angela und starrte auf ihr Smartphone. Kyle hatte sich über sie gebeugt. Die anderen waren schon aufgestanden. Die Pause war vorbei. Einige gingen zur Kasse, um sich noch schnell einen Snack zu gönnen.

«Wo ist sie denn überhaupt hin?» Kyle zückte sein eigenes Handy.

«Sie hat etwas von Toilette gemurmelt», meinte Angela. «Aber das ist jetzt fast eine Viertelstunde her.»

«Ob sie den Weg zurück nicht mehr findet?» Kyle wählte Lisas Nummer und hob sich sein Smartphone ans Ohr.

«Hm», machte er nach einer Weile, mit tausend Fragezeichen im Gesicht.

«Ich hab ihr schon vor fünf Minuten eine Nachricht geschrieben», sagte Angela.

«Vielleicht ist ihr Akku leer. Ach, sie wird doch bestimmt wieder auftauchen. Weit kann sie ja eigentlich nicht sein …» Kyle kratzte sich an seinem Strubbelkopf.

«Vielleicht guck ich doch besser mal nach!» Angela erhob sich, steckte ihr Smartphone in ihr glitzerndes Handtäschchen und entfernte sich auf klappernden Absätzen, die so gar nicht zur Schuluniform passten.

«Ich komme mit!» Kyle rannte ihr hinterher.

Sie liefen an der Galerie entlang auf die andere Seite der dritten Etage, wo die Toiletten waren. Angela schlüpfte hinein, während Kyle draußen wartete.

«Lee? Lee, bist du hier?», rief sie in den Vorraum.

Doch nur das dumpfe Echo ihrer Stimme hallte von den Wänden wider.

«Lee?» Angela klopfte an jede Klotür, obwohl sie auf einen Blick erkennen konnte, dass keine davon abgeschlossen war.

«Komisch. Hier ist Lee nicht», meinte sie, als sie wieder herauskam.

«Gibt es noch andere Toiletten?» Kyle zückte erneut sein Handy.

«Unten in der Vorhalle. Aber wieso sollte sie so weit gegangen sein?»

«Lass uns trotzdem nachsehen», meinte Kyle, nachdem Lisa wieder nicht auf seinen Anruf reagiert hatte.

Sie fuhren mit der langen Rolltreppe nach unten ins Foyer. Unterwegs begegneten sie nur wenigen Leuten; es schien, als seien die meisten Forscher in ihren eigenen Laboratorien schwer beschäftigt.

Direkt neben dem Sicherheitscheck beim Eingang waren weitere Toiletten vorhanden. Angela verschwand darin und kam nach einer halben Minute kopfschüttelnd wieder heraus.

«Fehlanzeige. Langsam mache ich mir Sorgen», seufzte sie.

«Ach was. Sie ist bestimmt irgendwo. Vielleicht hat sie jemanden zum Quatschen gefunden», schlug Kyle als Lösungsansatz vor.

«Nein.» Angela blickte ans andere Ende des Foyers, wo die Fahrstühle waren. «Irgendwas ist hier faul.»

«Faul? Wie meinst du das?»

«Sie ist nicht zur Toilette gegangen. Sie hatte was anderes vor.»

«Meinst du?» Kyle zuckte mit den Schultern.

Angela rieb sich die Nase, um besser nachdenken zu können. Wieder heftete sie ihren Blick auf die Fahrstühle und ging ein paar Schritte. Kyle tappte ihr mit fragender Miene hinterher.

«Erinnerst du dich, wie merkwürdig sie reagiert hat, als Dr. Tess von diesen unterirdischen Etagen erzählt hat?», meinte Angela auf einmal. «Und sie war auch ganz komisch, als sie vorhin angeblich auf die Toilette ging. Ihr Gesicht war total rot.»

«Wirklich?» Kyle zog die Stirn kraus.

Angela schnaubte. «Merkst du so was eigentlich nicht? Ich dachte, ihr seid zusammen?»

«Ich weiß nicht, ob wir zusammen sind», brummte Kyle ärgerlich. «Sie tut ja dauernd so geheimnisvoll und unnahbar.»

«Genau. Sie hat ein Geheimnis. Das hab ich schon lange gemerkt. Die Art, wie sie sich immer absondert und so. Das ist nicht Schüchternheit. Schüchtern ist sie nämlich nicht …»

Angela machte noch ein paar Schritte und stand schließlich direkt vor den Aufzügen.

«Sie wollte doch unbedingt diese unterirdischen Etagen sehen», überlegte sie. «Ihr Interesse an diesem Wurmloch-Projekt war irgendwie … ungewöhnlich groß.»

«Meinst du?» Kyle hatte ebenfalls aufgeholt. «Ich meine, sie ist sowieso sehr wissbegierig und interessiert sich für die unmöglichsten Dinge. Sie hat sich zum Beispiel stundenlang die Kinderfotos von meinem Onkel angesehen und wollte so gut wie alles über den wissen. Über meinen Onkel! Hallo? Das ist so ziemlich der uninteressanteste Typ der Welt. Aber das ist irgendwie auch der Grund, warum ich sie mag: Weil sie eben so durchgeknallt ist!»

Angela runzelte die Stirn und schien weiter nachzugrübeln.

«Onkel Louie hat mir mal erzählt, dass dieser Lift hier acht Stockwerke in die Tiefe fährt. Mein Onkel arbeitet ja da unten als Sicherheitsbeauftragter.»

«Na und? Da kommt doch kein Schwein runter.» Kyle wurde allmählich ungeduldig. «Die Aufzüge sind für uns tabu, die kann man nur mit Daumenabdruck bedienen.»

«Das ist eben die Frage. Vielleicht hat sie jemanden gebeten ...»

«Ach, meinst du nicht, dass du dir da ein bisschen zu viel zusammenspinnst?» Kyle tippte sich an die Stirn. «Sie wird wohl kaum jemanden gefunden haben, der sie da einfach so ins Untergeschoss lässt. Bei den strengen Sicherheitsvorkehrungen, die sie hier haben! Vielleicht wollte sie ja nur rasch im Foyer ein bisschen Luft schnappen und ist in derselben Zeit die Rolltreppe wieder hochgefahren, während wir hinuntergefahren sind. Vermutlich haben wir uns einfach verpasst. Und wahrscheinlich hat sie ihr Smartphone nicht gehört, oder der Akku ist leer. Lass uns zurückgehen. Bestimmt ist sie längst wieder oben bei den anderen!»

Doch Angela schüttelte mit leicht spöttischer Miene den Kopf. «Und warum soll sie im Foyer Luft geschnappt haben?»

«Pfff ... was weiß ich?»

«Nein. Irgendwas war faul. Sie war definitiv komisch.»

«Quatsch, *du* bist komisch!»

«Ja, das bin ich tatsächlich, aber ...» Im selben Augenblick gab Angelas Smartphone einen Laut von sich. Hastig zog sie es aus ihrer Handtasche.

«Das ist von Lee!», stieß sie aufgeregt hervor.
«Na, Gott sei Dank.» Kyle seufzte erleichtert.

```
Alles in Ordnung. Ich melde mich morgen wieder.
Gruß, Lisa.
```

««Lisa›?» Angela runzelte die Stirn. «Seit wann nennt sie sich ‹Lisa›?»

«Ich dachte, sie heißt Leonor. Vielleicht ist Lisa ihr zweiter Name?» Kyle kratzte sich am Kopf.

«Es ist jedenfalls ihre Nummer …» Angela starrte auf das Display, dann tippte sie darauf herum und legte sich das Mobiltelefon ans Ohr. Doch nach dreißig Sekunden Warten gab sie auf.

«Sie geht wieder nicht ran. Also, irgendwas stimmt hier eindeutig nicht. Aber immerhin wissen wir jetzt, dass ihr Akku nicht leer ist.»

«Hm.» Kyle wusste selbst nicht recht, was er dazu sagen sollte.

«Erstens: Diese Nachricht klingt irgendwie mysteriös. Warum will sie sich erst morgen wieder melden? Und zweitens, warum unterschreibt sie mit ‹Lisa›?»

«Keine Ahnung. Vielleicht war die SMS für jemand anders gedacht?», meinte Kyle. «Jemand, der sie Lisa nennt. Und sie hat sie aus Versehen an dich geschickt.»

«Hm.» Angela dachte wieder eine Weile nach. «Theoretisch möglich, aber warum antwortet sie *uns* dann nicht? Und warum geht sie nicht ans Telefon? Und was meint sie damit, sie melde sich morgen wieder – für wen immer das bestimmt war?»

«Tja … vielleicht ist sie einfach nach Hause gegangen?» Kyle hob etwas unschlüssig seine Schultern. «Vielleicht hatte sie einfach keine Lust mehr …»

«Keine Lust? Hallo – wie gut kennst du deine Freundin eigentlich? Gerade hast du mir doch erzählt, wie wissbegierig sie ist! Und *sie* war es ja, die das Institut unbedingt besuchen wollte. Sie ist ja so fasziniert von der Technologie.»

«Stimmt», murmelte Kyle kleinlaut. «Okay … dann … musste sie vielleicht was Dringendes erledigen?»

«Aber dann müsste sie doch zumindest einem von uns Bescheid geben. Ich meine, wir sind doch ihre Freunde!», beharrte Angela. «Und wenn nicht uns, dann zumindest Doktor Pataridis.»

«Vielleicht hat sie das inzwischen ja getan? Oder es war ein Notfall, und sie musste ganz dringend weg und hat im Moment keine Zeit, uns zu antworten … oder …»

Doch Angela schüttelte langsam den Kopf. «Hör zu: Ich weiß, du hältst mich jetzt wieder für komplett verrückt, aber es kommt mir vor, als hätte jemand anders diese SMS an ihrer Stelle geschrieben. Ich glaube, das sind Fake News!»

«Tja, das klingt jetzt allerdings tatsächlich ziemlich verrückt.» Kyle rümpfte die Nase, weil ihm durch einen Luftzug von draußen gerade eine besonders starke Parfumwolke von Angela ins Gesicht wehte. «Wieso sollte jemand anders diese SMS geschrieben haben?»

«Ich weiß es nicht. Ich hab nur so eine Ahnung.»

«Puuuuh. Frauen und ihre Ahnungen immer …»

«Machst du dir denn überhaupt keine Sorgen um Lee?»

«Klar mach ich das. Aber immer gleich das Schlimmste zu befürchten, ist nicht mein Ding …» Kyle zuckte mit den Schultern.

«*Du* bist ja auch ungefähr so sensibel wie ein Teekessel», fauchte Angela.

«Danke auch!», maulte Kyle.

«Pass auf: Ich weiß, dass ich ziemlich abgespaced bin, aber du musst mir vertrauen. Ich hab eine ausgezeichnete Intuition. Wenn ich was fühle, trifft es meistens auch ein. Ich muss sogar Medikamente nehmen wegen meiner Hypersensibilität, weil ich sonst all die Eindrücke gar nicht verarbeiten könnte.»

«Echt jetzt?», fragte Kyle in versöhnlichem Tonfall.

«Ich mache keine Scherze. Ich war sogar in der Klinik deswegen. Aber behalt das bitte für dich. Mal ganz ehrlich: Ich glaube, mit Lee stimmt was nicht.»

«Okay …» Kyle zögerte. «Und … woran denkst du? Dass ihr was zugestoßen ist?»

Angela schürzte die Lippen und dachte angestrengt nach.

«Das hört sich jetzt wahrscheinlich auch wieder etwas abgedreht an, aber …»

«Schieß schon los!», drängte Kyle.

«Die Legende von diesem Mädchen, das vor etwa dreißig Jahren verschwunden ist … das bei einem Zeitreiseexperiment ums Leben gekommen sein soll …»

«Ja?»

«Lee hat doch Dr. Tess danach gefragt. Sie war irgendwie aufgeregt, als es um dieses Thema ging.»

«Hm …»

«Und du weißt, mein Dad ging mit diesem Mädchen in die Klasse …»

«Ja, ich weiß. Mein Onkel doch auch.»

«Eben. Und weißt du, was? Mein Dad meinte sogar, dass Lee diesem verschwundenen Mädchen sehr ähnlich sehe … er hat Lee ja auf deiner Party getroffen.»

«Hm. Stimmt. Jetzt, wo du's sagst ... Mein Dad hat mit Mum auch darüber gesprochen. Daran erinnere ich mich noch. Er sagte, sie sehe dem Mädchen ähnlich, mit dem Onkel Morgan befreundet war. Und ... he! Sogar Mister Fletcher kam sie bekannt vor. Der ging ja auch mit meinem Onkel und deinem Dad in die Klasse!»

«Also?»

«Willst du damit sagen ...?»

«Ich weiß es nicht, aber ... sie sagten doch, die Leiche wurde nie gefunden. Was, wenn das Mädchen eben *doch* eine Zeitreisende war? Das hast du doch sogar selber noch gesagt!»

«Hab ich aber eher als Scherz gemeint ...»

«Aber jetzt denk mal nach!» Angela packte Kyle aufgeregt am Arm und bohrte ihre langen Fingernägel in seine Haut. Kyle jaulte entsetzt auf und riss sich los.

«Würde das alles nicht total zu ihr passen? Sie hinkt doch so furchtbar hinterher in Sachen Technik, nicht wahr? Ich hab ihr zugesehen, wie sie das Handy bedient. Das kann ja sogar mein Dad besser, und der hat nun wirklich zwei vollkommen linke Hände, was die neuzeitliche Technik angeht ...»

«Wow!», sagte Kyle, als hätte er eben eine Erleuchtung gehabt. «Also, du meinst, sie ist eine Zeitreisende, die irgendwie aus den Achtzigerjahren kommt? Und die in Wahrheit so alt wäre wie meine Mum und mein Onkel und dein Dad?»

Angela neigte leicht ihren Kopf. «War es nicht so, dass sie bei deiner Party ständig die Hits der Achtziger hören wollte?»

«Doch ... deswegen nenne ich sie ja dauernd Retro-Girl ... ich wundere mich nämlich schon die ganze Zeit, warum sie ... ah!» Er schlug sich an den Kopf. «Meinst du, dass sie vielleicht *deswegen* dauernd die Fotos von Onkel Morgan angucken wollte? Weil sie mit dem früher dick befreundet war?»

«Könnte ja sein, oder?» Angela hob ihre schmalen Schultern.

«Wow. Wow. Wow. Das ist ja krass.» Kyle kreiste mehrmals um Angela herum wie ein Planet um die Sonne und zerzauste sich dabei das Haar noch mehr, falls das überhaupt möglich war. «Lee – eine Zeitreisende …?» Auf einmal stoppte er abrupt und starrte Angela mit offenem Mund an.

«Sie hat … tatsächlich etwas davon gesagt! Als wir zusammen am Square skaten waren. Aber ich hielt das für einen Scherz!»

«Siehst du …» Angela lächelte.

«Aber ist das nicht alles ziemlich abgefahren? Ich meine … Zeitreisen … das ist doch eigentlich unmöglich, oder? Das gibt es doch nur in Filmen …»

«Da ist noch etwas anderes», sagte Angela.

«Nämlich?»

«Ich hab da streng vertrauliche Infos von meinem Onkel. Wie ich bereits sagte, ist er in den unterirdischen Etagen als Wächter für das Sicherheitssystem zuständig. Er sagte mir, dass da unten ein ganz böser, wenn auch genialer Wissenschaftler arbeite, der früher mal sein und Dads Physiklehrer gewesen ist … ein Typ, der zwanzig Jahre lang an unserer Schule Physik unterrichtete …»

«Hä? Dieser gruselige alte Kerl, von dem auch mein Dad mir erzählt hat? Der da Leichen seziert haben soll und so? Aber der ist doch längst tot …»

«Glaubt man. Aber mein Onkel sagt was anderes. Dieser Physiklehrer ist ja am selben Tag wie jenes Mädchen bei diesem Experiment beim Fluss unten verschwunden, und auch *seine* Leiche wurde nie gefunden, genauso wenig wie die des Mädchens. Man hat einfach beide für tot erklärt. Doch mein Onkel sagt, dass dieser Physiklehrer in Wahrheit noch lebt und da unten an einem Wurmloch forscht. Ich darf das eigentlich nicht weitererzählen, aber ...»

«Wurmloch?» Kyle starrte Angela an.

«Also, wenn du Physikaufgaben gemacht hast, dann weißt du, dass Wurmlöcher eine Art Tunnel durch die gekrümmte Raumzeit sind ... Einsteins Relativitätstheorie und so weiter. Womit man rein theoretisch durch die Zeit reisen kann.»

Kyle wollte es immer noch nicht glauben.

«Je länger ich drüber nachdenke, desto mehr bin ich mir sicher: Deswegen wollte sie in dieses Untergeschoss. Irgendwie haben sie und dieser Professor was miteinander zu tun ... irgendwie sind sie mit derselben Geschichte verbunden ... mit einer Zeitreisegeschichte ...»

«Puuuh.» Kyle stieß nervös die Luft aus. «Meinst du nicht, dass wir da ein bisschen zu viele Spekulationen anstellen? Wir denken uns da eine abstruse Fantasy-Story aus, dabei war ihr vielleicht einfach nur übel nach dieser ganzen Virtual-Telepresence-Geschichte, und sie wollte nach Hause ...»

«Und warum geht sie dann nicht ans Telefon?» Angela schaute Kyle herausfordernd an. «Damit sind wir nämlich wieder bei denselben Überlegungen wie vorhin!»

«Vielleicht weil sie schläft?»

«Kyle, ihr war *nicht* übel. Sie wirkte ganz fidel.»

In dem Augenblick meldete sich Angelas Telefon schon wieder. Aufgeregt zog sie es aus der Tasche und hielt es sich ans Ohr.

«Oh … Doktor Pataridis.» Ihr Blick wurde ziemlich lang. «Ja? Nein, wir haben bloß Lee gesucht … sie ist irgendwie verschwunden. Bei euch ist sie nicht, oder? Ja? Okay … wir kommen …»

Angela rollte mit den Augen, als sie das Handy wieder verstaute. «Wie ich ahnte: Sie hat sich auch bei Doktor Pataridis nicht gemeldet. Tja, und wir sollen zurück zu den anderen. Sie sind in der Abteilung für DNA-Chip-Technologie.»

«Hmm. Uns bleibt wohl nichts anderes übrig …» Kyle wandte sich zum Gehen.

«Nein.» Angela hielt ihn energisch zurück. «Ich will das jetzt rausfinden. Was ist, wenn sie in Schwierigkeiten steckt?»

«Ich verstehe immer noch nicht so ganz …»

«Bist du denn schwer von Begriff? Was, wenn dieser böse Professor ihr was antut? Nur weil sie beide mit der Sache zu tun haben, heißt das noch lange nicht, dass sie befreundet sind. Im Gegenteil. Dieser Professor soll ein ganz böser Mensch sein. Was ist, wenn er Lee irgendwo gefangen hält … und diese SMS geschrieben hat, um uns glauben zu lassen, dass alles in Ordnung ist …»

«Also, das ist jetzt aber ein bisschen sehr weit hergeholt, findest du nicht?» Kyle wollte allmählich wieder zurück zu den anderen. «Ich hab ja nichts gegen Hypersensibilität, aber neigt man da nicht ein bisschen zu sehr zu Hirngespinsten?»

Angela ging gar nicht darauf ein. «Du sagst, dein Onkel war sehr eng mit diesem Zeitreisemädchen befreundet?»

«Ja, angeblich. Es soll ihn ja ziemlich mitgenommen haben, als sie damals verunglückt ist.»

«Und du hast gesagt, dass sie sich ständig für ihn interessiert hat? Also für deinen Onkel?»

«Ja ...»

«Kannst du ihn anrufen?»

«Wen?»

«Deinen Onkel natürlich!»

«Onkel Morgan? Diesen versoffenen Kerl? Ich weiß nicht. Der ist doch so gut wie nie nüchtern ...»

«Egal. Ruf ihn an.»

«Warum?»

«Es wäre gut zu wissen, was er über dieses verschwundene Mädchen weiß.»

«Wozu?»

«Damit ich entscheiden kann, ob es richtig ist, meinen Onkel Louie dazu zu bringen, der Sache auf den Grund zu gehen. Denn wenn Lee wirklich zu diesem bösen Professor nach unten gegangen ist und unter Umständen in der Klemme steckt, dann ist Onkel Louie der Einzige, der uns helfen kann.» Angela kaute auf ihrer Unterlippe rum, während sie weiter überlegte. «Schau, sie hat mir geholfen. Ich bin ihr nun auch einen Gefallen schuldig.»

«Na schön. Wenn du meinst.» Kyle scrollte die Kontakte auf seinem Smartphone durch. «Okay. Da ist er. Morgan. Aber ich kann dir nicht versprechen, dass ich was aus ihm rauskriege. Er ist extrem wortkarg.»

«Jetzt ruf ihn schon an.»

Kyle klickte zögernd auf das grüne Anrufsymbol. Er hob das Mobiltelefon an sein Ohr, holte tief Luft und trat nervös von einem Bein aufs andere.

Es dauerte ziemlich lange, bis er ihn am Apparat hatte.

«Ja?», fragte eine leise Stimme.

«Onkel Morgan ... bist du's?»

«Ja.»

«Hier ist ... Kylian. Dein Neffe ...»

«Hi Kylian.»

«Hör zu. Ich hab eine ziemlich merkwürdige Frage. Es gab doch mal dieses Mädchen in deinem Leben, das bei einem Experiment tödlich verunglückt ist, nicht wahr?»

Kyle hörte am anderen Ende nur schweres Atmen.

«Onkel Morgan?»

«Ja. Ich höre dir zu.»

«Bist du ... nüchtern?»

«Was genau möchtest du wissen?»

«Ähm ...» Kyle wandte sich hilfesuchend an Angela.

«Frag ihn, um was für eine Art Experiment es sich da gehandelt hat», sagte Angela. «Ob es was mit einer Zeitreise zu tun hatte.»

«Äh ... also ja ... es klingt vielleicht komisch, aber ... äh ... könnte es sich um ein ... äh ... Zeitreiseprojekt gehandelt haben?»

Wieder hörte Kyle nur schwere Atemstöße am anderen Ende. Er verdrehte ungeduldig die Augen.

«Der ist sturzbetrunken», flüsterte er Angela zu.

«Erklär ihm die Sache mit dem Professor!», zischte Angela.

«Onkel Morgan? Bist du noch dran?»

«Ja.»

«Ihr hattet doch mal diesen bösen Physiklehrer?»

«Ja.»

«Mhm, also meine Schulkameradin meint, dass dieser Professor, der mal euer Physiklehrer war, im Forschungszentrum arbeitet und an einem Zeitreiseprojekt beteiligt ist, und dass ...»

«... dass dieses verschwundene Mädchen vermutlich nun in unserer Klasse ist und in Schwierigkeiten steckt!», soufflierte Angela.

Kyle wiederholte den Satz Wort für Wort.

Am anderen Ende war es still. Jetzt hatte sogar das Atmen aufgehört.

«Menno», stöhnte Kyle leise. «Das wird nix mit dem ...»

Doch da sagte Morgan mit erstaunlich klarer Stimme: «Professor Ash ist tot!»

«Hm, der Onkel meiner Schulkameradin meint aber, dass das nur ein Gerücht ist und dass dieser Professor Ash in Wahrheit immer noch lebt und da unten im Forschungszentrum an einem Wurmloch arbeitet.»

Wieder kam von Morgan keine Antwort. Kyle schaute Angela verzweifelt an. Es war so schwierig, mit seinem Onkel eine vernünftige Unterhaltung zu führen ...

«Frag ihn nach Lisa!», wisperte Angela.

«Sag mal, Onkel Morgan, sagt dir in diesem Zusammenhang der Name *Lisa* was? ...»

Das war anscheinend ein Volltreffer!

«Okay, warte mal.» Morgans Stimme klang nun sehr bestimmt. «Wo ist sie? Wo ist dieses Mädchen?»

«Wir sind eben nicht ganz sicher. Sie ist nämlich verschwunden. Deswegen rufen wir dich ja an. Wir wissen nicht, ob dieses Mädchen ... ob sie vielleicht da zu diesem Professor runtergegangen ist und nun in Schwierigkeiten steckt ... weil das ein ganz böser Kerl ist ... und dieses Mädchen könnte tatsächlich deine Freundin sein, die du früher mal hattest ... und die ... gar nicht tot ist, sondern durch die

Zeit gereist ist, wenn du verstehst, was ich meine ...» Kyle seufzte resigniert.

«Wo seid ihr genau?», wollte Morgan wissen.

«Im Forschungsinstitut. Wir machen gerade einen Ausflug mit der Schule. Und nun suchen wir eben Lee ... Lisa ...»

«Ich ruf dich nachher zurück, okay? Bleib, wo du bist, ja?» Und schon hatte Morgan aufgelegt. Kyle starrte auf sein Mobiltelefon.

«Und?» Angela sah Kyle an.

«Er muss irgendwas wissen, aber er rückt nicht raus mit der Sprache. Er meinte, wir sollen hier warten, er würde nachher zurückrufen.»

«Wann ist nachher?»

«Keine Ahnung. Das weiß man bei dem nicht. Vielleicht betrinkt er sich einfach und ruft gar nicht mehr an.»

«Aber er war nüchtern?»

«Ja ... scheint so.»

«Und hat er bestätigt, dass es sich um ein Zeitreiseprojekt handelt?»

«Er hat die Frage gar nicht beantwortet, aber er wollte wissen, wo das Mädchen ist und wo wir sind. Was machen wir jetzt?»

«Wir warten, bis dein Onkel zurückruft.»

In dem Moment klingelte Angelas Telefon. Wieder war es Dr. Pataridis. Sie klickte auf das rote «Anruf abweisen»-Symbol.

«Wir sollten wohl tatsächlich los», sagte sie. «Es ist ja schon vier Uhr. Die wollen bestimmt für Besucher schließen. Aber wir brauchen ja nicht hierzubleiben, um auf den Anruf von Morgan zu warten. Sobald ich mehr weiß, kann ich mit Onkel Louie reden. Ich glaube, ich hab schon einen Plan.»

«Na gut. Du bist der Boss.» Kyle rollte mit den Augen.

Angela grinste ein bisschen und steuerte mit ihren klappernden Absätzen den Ausgang an. Kyle folgte ihr.

Vor der Eingangstür stießen sie auf die Klasse und Dr. Pataridis. Der Lehrer schaute sich bereits nervös um.

«Endlich. Da seid ihr ja. Und wo ist Lee?»

Angela tauschte einen Blick mit Kyle und hieß ihn mit einer stummen Geste zu schweigen.

«Sie ist nach Hause gegangen. Ihr war übel. Wir haben eine SMS von ihr bekommen», sagte sie mit ruhiger Stimme.

«Musste sich wohl wieder mal absondern, was?», meckerte Cheyenne.

«Na, dann ist ja alles in bester Ordnung», meinte Dr. Pataridis fröhlich. «Nun denn, meine Herrschaften, ihr seid entlassen. Bis nächsten Donnerstag erwarte ich eine Reflektionsaufgabe über das, was ihr heute gelernt habt.»

«Also ...», setzte Kyle an, doch Angela trat ihm mit ihrem spitzen Absatz auf den Fuß.

«Au!»

Banjo gesellte sich zu ihnen.

«Und, was geht ab? Habt ihr Lee gefunden?»

«Sie ist zuhause», sagte Angela, ehe Kyle überhaupt Luft geholt hatte.

Kyle brummte irgendetwas Unverständliches von wegen «Zicke» und «Besserwisserin.»

Als sie ein paar Minuten später in Richtung Schule schlenderten, hielt Angela Kyle zurück.

«Wir sagen erst mal zu niemandem was, okay?»

«Und warum nicht, bitteschön?»

Kyle war ein bisschen sauer.

«Falls meine Vermutung mit der Zeitreise stimmt – denkst du, sie will, dass jeder davon erfährt?»

«Kannst du mal bitte aufhören, mich wie einen Schuljungen zu behandeln?»

«Jetzt sei doch nicht so empfindlich!»

«Ich? Du bist doch hier die Hochsensible!»

«Das ist was andres. Hör zu. Lass uns jetzt nicht streiten. Hast du irgendeinen Vorschlag?»

«Ich? Ich denke, du bist hier der Boss», murrte Kyle.

«Ist jemand bei dir zuhause?», fragte Angela geduldig.

«Ich glaub nicht, nein. Mum kommt erst um sechs vom Reiten zurück, und Dad arbeitet meistens bis acht oder neun. Höchstens meine Schwester, aber die verschanzt sich sowieso meistens in ihrem Zimmer vor der Playstation, wenn sie nicht gerade auf YouTube ihren Harry anschmachtet …»

Angela nickte. «Gut. Können wir zu dir fahren, während wir auf den Anruf von Morgan warten? Mein Chauffeur sollte eigentlich gleich kommen. Ich sag ihm, er soll uns bei dir absetzen. Und dann ruf ich meinen Dad an und sag ihm, dass ich mit Freunden unterwegs bin. Ich will nicht, dass der irgendwas von der Geschichte mitkriegt, sonst zetert er wieder rum.»

«Gebongt», meinte Kyle.

Schon bald traf der schwarze Mercedes ein. Der Chauffeur nahm Angelas Anweisung, sie bei Kendalls abzusetzen, ohne weitere Kommentare entgegen.

Glücklicherweise war tatsächlich keiner zuhause, als Kyle und Angela ins Wohnzimmer stürmten. Kyle ließ sich der Länge nach auf die Couch plumpsen, streifte seine Schuhe von den Füßen und schmiss sie in hohem Bogen in die nächste Ecke. Angela nahm einiges gesitteter auf dem anderen Sofa Platz und zog die Beine an.

«Ich hoffe, Onkel Morgan meldet sich bald», gähnte Kyle.

«Kannst du ihn noch mal anrufen?»

«Och ...»

«Sonst ruf *ich* ihn an.»

Doch kaum hatte Angela ausgeredet, klingelte auch schon Kyles Telefon. Es war tatsächlich Morgan.

«Okay, Kylian ...» Morgan stockte ein wenig. «Ich hab mit einer alten Schulfreundin gesprochen. Seid ihr immer noch im Forschungszentrum?»

«Nein, wir mussten nach Hause. Sie haben geschlossen. Wir sind nun bei mir und haben auf deinen Anruf gewartet.»

«Gibt es eine Möglichkeit, dort wieder reinzukommen?», fragte Morgan weiter.

«Angela meint, dass ihr Onkel irgendwas deichseln könnte. Der hat anscheinend überall Zugang.»

«Alright. Sie soll ihrem Onkel ausrichten, dass er nach dem Mädchen schauen soll. Und ihr wartet auf mich. Ich hole euch mit dem Auto ab.»

«Okay ... warte ...», rief Kyle, doch Morgan hatte schon wieder aufgelegt.

«Und jetzt?»

«Ach.» Kyle warf genervt sein Smartphone auf den Tisch. «Onkel Morgan ist echt der wortkargste Mensch, den ich kenne. Er erklärt mir überhaupt nichts. Er sagt nur, dass du deinem Onkel Bescheid geben sollst und dass er uns nachher holen kommt, aber sonst gar nix.»

Angela zuckte mit den Schultern. «Das reicht doch. Ich ruf jetzt Onkel Louie an.»

Kyle fuhr sich mit beiden Händen durch die Haare, während er ungeduldig darauf wartete, bis Angela ihrem Onkel die ganze Geschichte verklickert hatte. Offenbar stellte dieser eine ganze Menge unangenehmer Fragen, denn sie musste ihm eine ziemlich erfundene Story auftischen. Sie erklärte ihm, dass es eine Lücke im Sicherheitssystem gebe und dass sich dadurch offenbar ein Mädchen aus ihrer Klasse in das achte Untergeschoss verirrt hätte und nicht mehr rauskäme. Und dass Onkel Louie doch bitte mal so gut sein und nachgucken solle.

Endlich legte sie mit zufriedenem Gesichtsausdruck auf.

«Okay. Das war jetzt mal harte Arbeit. Aber das mit der Lücke im Sicherheitssystem hat ihn geködert. Er ist ja dafür zuständig und will seine Arbeit recht machen. Er hat Nachtwache ab neun Uhr und wird da unten nachgucken.»

«Sehr gut», sagte Kyle erleichtert.

«Kann ich mal zur Toilette?», fragte Angela etwas schüchtern. «Ich sehe sicher furchtbar aus. Ich muss mich mal ein wenig auffrischen.»

«Sicher. Die Toilette ist im Flur.» Kyle deutete in Richtung Tür.

Angela bedankte sich und verschwand.

Kaum eine halbe Stunde später stand Morgan an der Tür. Und nur wenige Minuten danach saßen sie in seinem Wagen und waren auf dem Weg zurück in die Stadt.

«Was ist denn nun genau der Plan?», wollte Kyle wissen, da sein Onkel bis jetzt wieder kaum ein Wort gesprochen hatte.

«Wir holen eine alte Schulkameradin von mir ab. Dann warten wir, bis Angelas Onkel sich meldet.»

Kyle versuchte die dürftigen Infos seines verschwiegenen Onkels zu einer Botschaft zusammenzusetzen. Er wechselte einen Blick mit Angela. So, wie es aussah, war nun eindeutig Morgan der Boss dieser Mission.

Kapitel 22
Befreiungsaktion

Lisa saß zusammengekauert da und schlotterte schon seit Stunden vor sich hin. Noch nicht mal Wasser aus dem Hahn traute sie sich zu trinken. Sie hatte versucht, mit ein paar rationalen Gedanken ihre Panik wenigstens auf ein Mindestmaß zu reduzieren, aber es war ihr nicht gelungen.

All die Nächte, in denen sie sich als kleines elternloses Mädchen vor Gespenstern gefürchtet und in denen niemand ihr Weinen gehört hatte, waren nur ein schwacher Abklatsch der abgrundtiefen Schwärze und Einsamkeit gewesen, die sie nun in ihrem Herzen empfand.

Sie sah, wie der Zeiger der Uhr an der Wand Stunde um Stunde vorrückte.

Wie es sechs Uhr wurde.

Sieben Uhr.

Und irgendwann acht Uhr.

Und sie hatte im schlimmsten Fall noch die ganze Nacht vor sich. Eine einsame Nacht voller Grauen, Angst und Schrecken. Wo würde Professor Ash sie hinbringen, wenn er sie am nächsten Morgen abholte? In ein anderes Verlies?

Der einzig rationale Trost, der ihr einfiel, war, dass Doc Silverman und Zac früher oder später von ihrem Verschwinden erfahren würden. Professor Ash wollte ja unbedingt den Time Transmitter. Aber was würden Doc und Zac machen? Würden sie ihm die Maschine einfach so aushändigen?

Das würde ja bedeuten, dass sie nicht mehr nach 1990 reisen konnte. Und was würde dann passieren? Würde Professor Ash sie freilassen? Oder sie tatsächlich als Versuchskaninchen für seine Zeitreisen missbrauchen?

Sie zog ihre Beine noch enger an sich heran und umschlang sie fest, um ihren Körper, so gut es ging, zu wärmen. Sie hörte das unfreundliche Rauschen der Wasserleitungen, das Ticken der Uhr, das unheimliche Surren eines Apparates, von dem sie nicht wusste, was es war, und sie wünschte sich dabei nichts sehnlicher, als dass einfach jemand hier wäre und sie in die Arme nehmen würde.

Sie wusste nicht, wie lange sie schon so ausgeharrt hatte. Längst hatte sie es aufgegeben, nach der Uhr zu sehen.

Sie schreckte auf, als sie das Rasseln eines Schlüsselbunds und dann das metallene Schnarren der Tür hörte. War es etwa schon Morgen?

Sie wollte gar nicht aufschauen und in die fiese Visage des Professors gucken. Am liebsten hätte sie diesen grässlichen Mann nie mehr in ihrem Leben gesehen …

Schritte hallten durch den Raum, die immer langsamer wurden und schließlich direkt vor ihr stehen blieben. Lisa blickte auf zwei schwarze Schuhe, doch es blieb ihr wohl nichts anderes übrig, als den Kopf zu heben, wenn sie vermeiden wollte, dass Professor Ash sie anfasste …

Doch statt in das blasse Totenschädelgesicht blickte sie in das Antlitz eines Security-Mannes, der ihr auf eigenartige Weise ziemlich bekannt vorkam. Der Mann hatte blondes kurzgeschorenes Haar und wässrig blaue Augen.

«Bist du Leonor Whitfield?», fragte der Mann.

Lisa nickte. Sie hatte sich mittlerweile so an den Namen Whitfield gewöhnt, dass sie automatisch darauf reagierte.

«Meine Nichte, die in deine Klasse geht, hat mich gebeten, nach dir zu suchen. Offenbar hast du dich hierher verlaufen. Wie ist das passiert? Wie bist du hier reingekommen?»

«Ich ...», krächzte Lisa. Ihre Kehle war ganz trocken, weil sie schon seit Stunden nichts mehr getrunken hatte.

Auf einmal registrierte ihr Hirn, wer dieser Mann war!

Hatte nicht Angela gesagt, dass ihr Onkel hier im Sicherheitsdienst arbeiten würde?

Na klar, vor ihr stand tatsächlich niemand anders als Louie Cox!

Sein Blick ruhte auf ihr und verlangte eine Erklärung. Sie zögerte. Sollte sie ihm die ganze Geschichte erzählen? Dass Professor Ash sie eingesperrt hatte? Aber das würde zu viele Wiesos und Warums nach sich ziehen, und es wäre gewiss nicht in Doc Silvermans Sinn, dass die Sache an die Öffentlichkeit drang.

Egal, sie wollte nur raus hier!

«Ich ...», setzte sie an.

«Sag mir: Wie bist du hier reingekommen? Ich muss das wissen. Offenbar gibt es da eine verheerende Lücke im Sicherheitssystem, und ich bin auf der Suche danach. Hier dürfte eigentlich keiner reinkommen, der nicht im System erfasst ist!»

Lisa entschloss sich, ihm zumindest die halbe Wahrheit mitzuteilen.

«Ich hab nur den Daumen an die Platte gehalten ... und da ging die Tür auf. Ich konnte einfach durchgehen.»

«Das würde ich gern überprüfen.» Louie Cox schaute sie immer noch an, nun mit gerunzelter Stirn. Vermutlich hatte er auch gerade ein Déjà-vu-Erlebnis und fragte sich, woher er sie kannte.

Lisa folgte ihm zum Scanner außerhalb des Labors. Louie stellte irgendwas daran um und bestätigte die Eingabe mit seinem eigenen Daumen.

«Gut. Jetzt leg deinen Daumen drauf.»

Lisa legte gehorsam ihren Finger auf den Sensor. Er leuchtete grün auf, und auf dem Bildschirm erschienen wieder das Foto der älteren Lisa und ihr Name samt Geburtsdatum:

```
Whitfield, Lisa Leonor, 11. August 1973
```

Louie zog die Stirn in noch mehr Falten, schaute den Bildschirm an und dann Lisa.

«Kannst du das bitte noch mal wiederholen?»

Lisa tat, was er verlangte.

«Hm. Merkwürdig. Äußerst merkwürdig. Wie kann das System dich überhaupt da drin haben? Du kannst doch *unmöglich* 1973 geboren sein?» Er starrte fassungslos auf Lisas junge Haut.

«Ich weiß es nicht ...», murmelte sie schwach.

«Habt ihr irgendwas gehackt?»

«Nein ...»

«Sicher nicht?»

«Nö ...»

«Hey. Nun mach dir nicht in die Hose deswegen, Mädchen. Ich verhafte dich doch nicht. Ich muss nur wissen, wie du da reingekommen bist, und diese Sicherheitslücke beheben. Das ist alles.»

Sie sah ihm an, dass er immer noch angestrengt versuchte, all die Einzelheiten zu einem vollständigen Bild zusammenzusetzen.

«Ich hab einfach aus Spaß den Finger auf den Scanner gelegt, und dann war ich drin. Zuerst im Lift, und dann hier unten. Ich war bloß neugierig, was es hier unten zu sehen gibt …»

Ganz gelogen war das ja nicht.

Louie seufzte. «Eigentlich müsste ich das schon melden. Du hast dieses Stockwerk unbefugt betreten. Aber meine Nichte sagte mir, dass du selbst ganz außer dir warst vor Angst, als du nicht mehr rausgekommen bist. Ich bring dich jetzt nach oben und lass dich gehn, aber ich muss vorher noch deine Personalien aufnehmen.»

Lisa wollte schon erleichtert aufatmen, doch dann stutzte Louie und fuhr mit etwas strengerer Stimme fort:

«Und vermutlich werden wir dich für einen weiteren Test und Fingerabdrücke einberufen müssen, um die Lücke im Sicherheitssystem zu finden. Denn das Ganze ist mir schon ziemlich schleierhaft. Vor allen Dingen, wie dein Name überhaupt in dieses System kommt. Also irgendwas ist hier eindeutig faul. Du hast Glück, dass ich meine Nichte als zuverlässiges Mädchen kenne, sonst hätte ich ernsthaft Schwierigkeiten, dir zu glauben.»

Er holte ein großes Smartphone hervor und sah Lisa an.

«Dein vollständiger Name ist also Lisa Leonor Whitfield?»

«Äh … ja», murmelte Lisa.

Louie zog eine Augenbraue hoch. «Hm. Merkwürdig …»

«W…, wieso?», stammelte Lisa, obwohl sie genau ahnte, was ihm im Kopf herumspukte.

«Es scheint mir, als hätte ich diesen Namen vor langer Zeit schon mal irgendwo gehört ...», brummte Louie kopfschüttelnd. Doch glücklicherweise sagte er nichts weiter dazu.

«Aber dein Geburtsdatum ist wohl kaum der 11. August 1973, oder?», fragte er mit leicht spöttischer Stimme.

«Nein, 27. September 2001», beeilte sich Lisa zu antworten.

«Na, das macht mehr Sinn.» Louie tippte Geburtsdatum, Telefonnummer, Adresse und alles, was sie ihm angab, in sein Smartphone ein. Als Adresse gab sie ihm ihre alte Wohnadresse von 1989 an, und die Telefonnummer erfand sie blitzschnell. Es spielte ja keine Rolle, sagte sie sich. Sie würde ja, wenn alles nach Plan lief, diese Zeit eh bald wieder verlassen.

Louie nahm alles kommentarlos entgegen. Falls er Verdacht schöpfte, dass sie schwindelte, so äußerte er sich jedenfalls nicht dazu.

«Gut. Ich begleite dich jetzt hinauf. Du wirst bereits erwartet.»

Erwartet? Wer wartete da oben auf sie? Hatte Doc Silverman irgendetwas eingefädelt, um sie zu befreien? Oder ... war es am Ende doch Professor Ash? War das alles eine Falle? Hatte Professor Ash Louie geschickt, um sie heraufzuholen und ihm zu überbringen? Bei dem Gedanken begannen ihre Knie wieder zu schlottern.

Sobald sie aus dem Gebäude traten, schlug ihr wohltuende warme Luft entgegen. Der Abend war freundlich und mild, die Sonne noch nicht ganz untergegangen. Lisa war unendlich dankbar dafür, noch ein bisschen Tageslicht abzukriegen.

Louie entließ sie, und sie rannte die Straße entlang – in die Freiheit, wie sie hoffte. Dort, auf den Parkplätzen, die zum Forschungsinstitut gehörten, stand eine dunkelblaue Luxuslimousine und wartete auf sie. Abrupt hielt sie inne.

Das war jedenfalls nicht Doc Silverman!

Das Herz sprang ihr fast aus der Brust vor Schreck.

Man hatte ihr eine Falle gestellt!

Das war Professor Ash, der sie holen kam!

Da glitt die Fahrertür auf, und ein Mann streckte den Kopf zur Tür heraus. Er trug eine Hornbrille und eine Wollmütze, trotz des schwülen Wetters. Unter der Wollmütze ringelten ein paar Locken hervor. Er winkte sie heran.

Eine Welle von Glück und Frieden durchströmte sie, als sie ihn erkannte. Das war keine Einbildung, oder? Morgan war tatsächlich gekommen, um sie zu retten?

«Steig ein, Zeitreisemädchen», sagte er nur und machte ihr die Hintertür auf. Lisa war gleich noch verblüffter, als sie neben Morgan auf dem Beifahrersitz Britt erkannte und auf dem Rücksitz Kyle und Angela, die ihr alle voller Erleichterung zulächelten.

«Was machst du nur wieder für Sachen, Lee?» Britt drehte sich mit einem schiefen Lächeln um, während Lisa sich zu Kyle und Angela auf den Rücksitz quetschte.

«Lee!» Angela umarmte sie sofort, und sie versank in einer Wolke von süßem Parfüm.

«Hey Retro-Girl!» Kyle streckte seine Hand aus und zerzauste ihr neckisch das Haar. «Voll die Befreiungsaktion hier!»

«Angeschnallt, Captain Lambridge?» Morgan musterte sie im Rückspiegel.

«Was macht ihr denn alle hier?» Lisa schaute verwirrt von einem zum andern, während sie den Sicherheitsgurt aus der Halterung zog und ihn festmachte.

«Lange Geschichte», sagte Britt. «Erzählen wir dir später. Wir bringen dich jetzt erst mal in Sicherheit. Hier! Du bist sicher durstig.» Sie drückte ihr eine Wasserflasche in die Hand. «Sandwichs hab ich auch noch dabei, falls Bedarf da ist.»

«Bist du okay, Lee? Du zitterst ja!» Angela nahm ihre Hand in ihre kühlen ringbeschmückten Finger und versuchte, sie zu wärmen. Lisa hatte gar nicht gemerkt, dass sie trotz der wohligen Wärme hier im Wageninnern immer noch mit den Zähnen klapperte. Sie machte sich sanft von Angela los, um sich der Wasserflasche zu widmen. Sie hatte in der Tat brennenden Durst und kippte gleich den halben Inhalt der Flasche in sich hinein.

«Also, können wir los?», wandte sich Britt ungeduldig an Morgan. Er nickte, schraubte jedoch zuerst einen Flachmann auf. Gerade als er einen Schluck nehmen wollte, riss Britt ihm die Flasche aus der Hand.

«Sag mal, bist du wahnsinnig? Du kannst doch jetzt nicht saufen! Du musst fahren!»

«Hör zu, Britt», sagte Morgan müde, aber bestimmt. «Ich nütze euch rein gar nichts, wenn meine Hände zittern. Bitte gib mir die Flasche zurück.»

«Nein», sagte Britt. «Das kommt nicht in Frage.»

«Möchtest *du* lieber fahren?», fragte Morgan.

«Ich würde liebend gern, aber ich hab keinen Führerschein.»

«Also?» Morgan sah Britt ruhig an.

«Geben Sie ihm die Flasche, Britt», mischte sich Angela ein. «Einen Alkoholiker kann man doch nicht innerhalb einer Sekunde entwöhnen. Er braucht einen gewissen Alkoholpegel im Blut, sonst fängt er an zu zittern, und das können wir jetzt nicht gebrauchen. Er ist immerhin der Einzige von uns, der einen Führerschein hat. Jetzt vertraut ihm doch einfach.»

«So ist es», meinte Morgan leise.

Britt verdrehte die Augen und gab ihm die Flasche zurück. Er nahm den Schluck, den er brauchte, schraubte sie wieder zu und legte sie beiseite. Gerade als er den Motor startete, bog ein aschgrauer BMW um die Ecke. Zwei Männer, die mit ihren Hüten aussahen wie zwei unheimliche graue Agenten, saßen darin.

Lisa erkannte die dicken Brillengläser des einen Mannes auf Anhieb und schrie vor Schreck auf.

«Ist das dieser böse Professor?», fragte Kyle nervös.

«Und jetzt?», wisperte Angela.

Morgan fuhr schweigend los und bog in einer weiten Kurve um den Platz herum, um wieder zur Straße zu gelangen. Der graue BMW wendete ebenfalls.

«Hat er uns erkannt?», fragte Angela.

«Sieht so aus», murmelte Lisa ängstlich, denn der Wagen folgte ihnen tatsächlich.

«Ruf Silverman an», sagte Morgan zu Britt. «Frag ihn, was wir tun sollen. Ich fahr einfach mal in die Stadt rein.»

Britt wählte die Nummer, während Morgan konzentriert an der Schule vorbei die Straße hinunterfuhr. Lisa reckte ihren Kopf, um im Rückspiegel etwas erkennen zu können. Das graue Auto war ihnen wirklich auf den Fersen. Verflixt!

«Er verfolgt uns», wimmerte sie und hasste sich selbst dafür, dass sie sich so klein und ängstlich fühlen musste.

Britt hatte nun Doc Silverman am Apparat und redete mit ihm.

«Okay. Gut. Wir fahren einfach zu euch raus. Wir versuchen, ihn abzuschütteln. Okay … alles klar.»

Britt verstaute ihr Smartphone wieder.

«Okay, Morgan, du musst jetzt fahren, was das Zeug hält. Wir müssen unseren Verfolger um jeden Preis loswerden. Ich hoffe, du kriegst das hin, wir sind alle auf dich angewiesen.»

Morgan antwortete ihr nicht, sondern richtete seine volle Konzentration auf die Straße. Lisa fühlte, dass er sein ganzes Maß an Beherrschung dafür aufbrachte.

«Kann mir jemand die Adresse von Silverman ins Navi eingeben?», bat er schließlich, als sie auf der Hauptstraße Richtung Stadtzentrum waren. Das graue Auto verfolgte sie wie eine lästige Fliege.

«Uhh, keine Ahnung von diesem Hightech-Gerät», stöhnte Britt und wandte sich hilfesuchend nach Kyle um. Kyle lehnte sich vor und tippte mit Leichtigkeit die Adresse, die Britt ihm nannte, in das Navigationsgerät ein.

Lisa staunte. So ein Ding hatte Zac nicht im Auto. Auch Straßenkarten in Papierform brauchte man offenbar nicht mehr in der Zukunft …

«Kylian, kannst du mir eine Techno-Playlist abspielen?», war Morgans nächste Bitte.

«Techno? Das Zeug aus den Neunzigern oder wie?»

«Ja», sagte Morgan nur.

«Wozu denn das?», stöhnte Britt.

Morgan antwortete ihr wieder nicht.

Kyle suchte in seinem Smartphone nach einer passenden Playlist und verband sie via Bluetooth mit dem Auto-Player. Tranceartiger Elektrosound wummerte gleich darauf durch die Lautsprecher.

Die sensible Angela zuckte vor Schreck zusammen.

Britt hielt sich die Ohren zu. «Muss das unbedingt sein?»

«Ich kann mich so besser aufs Fahren konzentrieren», antwortete Morgan ruhig.

Lisa sah von der Seite, wie Britt die Augen verdrehte und sich am Sitz festklammerte, als Morgan fest aufs Gaspedal trat. Alle wurden von der Kraft des Antriebs in ihre Sitze gepresst. Angela kreischte laut und krallte ihre Finger in Lisas Unterarm.

«Wenn das nur gutgeht», murmelte Britt.

Lisa beobachtete Morgans braune Augen im Rückspiegel. Er schaute aufmerksam auf die Straße, doch ab und zu sah sie, wie sein Blick sie ganz kurz und fast unmerklich streifte.

Als sie sich dem Zentrum näherten, musste Morgan das Tempo wohl oder übel drosseln.

«Der Kerl ist immer noch hinter uns», stöhnte Kyle.

Lisa wandte sich kurz um und konnte durch die Windschutzscheibe den totenkopfförmigen Schädel und das hämische Grinsen von Professor Ash nur allzu deutlich erkennen. Sie hatte noch nie ein größeres Maß an Bosheit in einem Gesicht gesehen. Angewidert drehte sie sich wieder nach vorne. Wer wohl der andere Mann neben ihm war?

«Mist», meinte Britt, die ebenfalls einen kurzen Blick über die Schulter geworfen hatte. «Kannst du nicht irgendwas machen, Morgan? Ein paar Umwege fahren? Sie abhängen?»

Lisa sah im Spiegel, wie Morgan seine Lippen fest zusammenpresste. Seine Hände, die das Steuerrad umklammerten, zitterten merklich. Vermutlich hätte er dringend wieder einen Schluck aus seiner Flasche gebraucht. Er navigierte das Auto durch verschiedene Seitengassen, fuhr um mehrere Häuserblocks herum, bog mal links ab und dann wieder rechts. Die Stimme im Navigationsgerät kam gar nicht mehr mit und verbesserte sich ständig.

Lisa war mittlerweile übel vor lauter Richtungswechseln, und sie merkte langsam, dass in ihrem Magen gähnende Leere herrschte. Trotzdem hatte sie nicht den Nerv, jetzt in ein Sandwich zu beißen.

Doch trotz all dieser Wende- und Kurvenmanöver ließ sich der graue Wagen einfach nicht abschütteln.

«Mensch, kannst du denn nicht endlich *irgendwas* machen, Morgan?», stöhnte Britt. «Kannst du nicht noch mehr Saft aus deinem Schlitten rausholen?»

Morgan sah aus, als würde er gleich explodieren. Lisa hoffte, dass er nicht schlappmachen würde. Seine Hände klammerten sich noch fester um das Lenkrad, so dass die Knöchel seiner Finger weiß hervortraten.

Und dann auf einmal presste er den Zeigefinger fest auf den Lautstärkebutton seiner Musikanlage, so dass der Sound auf den allerhöchsten Pegel anschwoll, die das Gerät hergab. Dann trat er das Gaspedal durch, so fest er konnte.

Der Motor heulte auf, und der Wagen machte einen regelrechten Satz nach vorne, so dass dieses Mal nicht nur Angela kreischte, sondern die ganze Besatzung. Britt presste sich die Handflächen auf die Ohren. Das war so gar nicht ihre Musik, das wusste Lisa. Aber sie spürte, dass es Morgan offenbar dabei half, sich ruhiger zu fühlen und sich zu konzentrieren.

Atemberaubend schnell brauste der Wagen die Straße entlang und beschrieb einen weiteren Bogen um einen Häuserblock herum. Morgan riss das Steuer im allerletzten Moment herum und drehte mit einer haarnadelscharfen Kurve in eine kleine Seitenstraße ab, so dass die Felgen an der Kante des Bordsteins schliffen. Das Tempolimit hatten sie längst überschritten.

Schließlich befanden sie sich wieder auf der Hauptstraße.

«Er ist weg!», rief Angela. «Das graue Auto ist weg.»

«Tatsächlich!», jubelte Britt, die sich umgedreht hatte.

Auch Lisa wandte ihren Kopf, um sich zu vergewissern. Der graue BMW war tatsächlich nicht mehr hinter ihnen.

«Super gemacht, Onkel Morgan», lobte Kyle.

«Bravo», sagte auch Britt und streckte ihre Hand aus, um die Musik wieder leiser zu machen, bis sie auf einer akzeptablen Lautstärke war.

Morgan sagte nichts zu all dem. Er trat noch mal fest aufs Gaspedal und fuhr, so schnell es die Verkehrsverhältnisse erlaubten, Richtung Highway. Da die Stimme im Navigationsgerät aufgehört hatte zu plappern, war er nun offensichtlich auf dem richtigen Weg.

Langsam beruhigte sich auch die Stimmung im Wageninnern. Lisa war allerdings speiübel. Sie trank die andere Hälfte ihrer Wasserflasche aus und beugte sich dann ein wenig nach vorne, um ihren Kopf an die Rückseite des Fahrersitzes zu lehnen. Morgans Haar war nun ganz dicht an ihrem Gesicht, so dass sie seinen vertrauten Geruch in sich aufnehmen konnte. Sie ertappte sich dabei, dass sie am liebsten ihren Kopf auf seine Schulter gelegt hätte.

Er hatte sie gerettet.

Momo hatte sie tatsächlich gerettet!

«Dann also auf direktem Weg zu Silvermans», sagte Britt und stieß einen erleichterten Seufzer aus. «Hältst du das noch durch, Morgan? Es sind noch etwa zwanzig Minuten.»

Morgan nickte wieder, doch Lisa merkte, dass er hart an seine Grenzen stieß und seine letzten Kräfte aufbot. Allmählich ging es ihr wieder etwas besser, nicht zuletzt dadurch, dass die Rumkurverei endlich aufgehört hatte und das Auto sich nun auf dem Highway befand. Ein paar rotgefärbte Wolken am Horizont verabschiedeten das letzte bisschen Sonnenlicht.

«Wer war eigentlich dieser andere Mann?», fragte Angela auf einmal. «Der mit dem Professor im Auto saß?»

«Gute Frage», meinte Britt. «Ich wundere mich manchmal schon, woher der seine Komplizen immer hat …»

Als sie endlich am Ziel waren, war die Nacht ganz hereingebrochen. Morgan bog in die Einfahrt ein und hielt genau vor dem kleinen Gartentor, das zur Farm führte. Unter der kleinen Laterne neben der Haustür war die dunkle Silhouette eines großen Mannes sichtbar, der bereits ungeduldig auf sie wartete. Britt ließ das Fenster runter und winkte ihm zu.

«Das nennt man eine gelungene Rettungsaktion! Parkt am besten hinter dem Haus», rief Doc Silverman. «Nur für den Fall, dass unser Verfolger die Fährte wieder aufnimmt. Aber fürs Erste scheint er euch tatsächlich verloren zu haben. Das habt ihr gut gemacht!»

«Das haben wir Morgan zu verdanken», sagte Britt.

Morgan fuhr mit dem Auto um das Gebäude herum und hielt dort an. Dann nahm er die Brille ab, die er offenbar nur zum Autofahren brauchte, und steckte sie in ein Etui. Er blieb sitzen, holte seine Flasche hervor und nahm einen Schluck, während die andern ausstiegen.

Doc Silverman kam ihnen ums Haus herum entgegen.

«Nicht erschrecken, wir bringen noch zwei mehr mit. Aber die beiden hier waren maßgeblich an Lees Befreiung beteiligt», sagte Britt.

Doc Silverman nickte Kyle und Angela freundlich zu.

«Willkommen. Kommt herein.»

Lisa sah sich nach Morgan um, doch er blieb im Auto zurück.

Kapitel 23
Kairos – der rechte Zeitpunkt

Doc Silverman führte sie ins Haus. Als alle drin waren, wollte er die Tür wieder schließen, hielt jedoch inne.

«Wo ist Morgan?»

Da erst kam dieser um die Hausecke und trat dann vorsichtig in den Hausflur. Während sie ins Wohnzimmer traten, hielt er sich dicht hinter Lisa und blieb dort in einer Nische zurück. Als die ganze Crew auf der Sofagruppe Platz genommen hatte und Morgan sich immer noch nicht zu ihnen gesellt hatte, ging Doc Silverman wieder zurück zu ihm. Lisa folgte ihm mit ihren Blicken.

«Mister Kendall? Warum setzen Sie sich nicht zu uns? Die Bäuerin nebenan hat uns Lammeintopf gebracht. Ich nehme an, nach dieser Aktion seid ihr alle hungrig.»

«Ich brauch noch einen Moment für mich», sagte Morgan leise, mit der Flasche in der Hand. «Entschuldigen Sie bitte.»

«Sie brauchen sich nicht zu entschuldigen, Mister Kendall», sagte Doc Silverman.

«Nennen Sie mich Morgan.»

«Im Gegenteil. Wir müssen uns bei Ihnen entschuldigen, Morgan.

Wir haben Sie damals im Stich gelassen. Es ist alles aus dem Ruder gelaufen ...»

«Machen Sie sich keine Gedanken», murmelte Morgan. «Es ist fast dreißig Jahre her.»

Doc Silverman nickte. «Ruhen Sie sich aus, Morgan. Nehmen Sie sich alle Zeit, die Sie brauchen. Sie haben soeben eine reife Leistung vollbracht. Dank Ihnen sitzen jetzt all diese Menschen gesund und sicher auf meinen Sofas.»

Mit diesen Worten kam Doc Silverman wieder zurück und setzte sich. Lisa sah ihm an, dass auch er durch die Anspannung müde und erschöpft war. Das Alter machte ihm zwischendurch schon zu schaffen, obwohl er erstaunlich viel Energie für einen über Achtzigjährigen besaß.

Britt hatte inzwischen angefangen, von dem Eintopf, der in einem großen Pott auf einem herbeigezogenen Beistelltisch stand, zu schöpfen und zu verteilen. Lisa bekam natürlich zuerst einen Teller und machte sich hungrig über das Essen her. Britt nahm neben ihr Platz.

Es war eine Wohltat, endlich etwas in den Magen zu bekommen, wenn auch der Lammeintopf etwas fad schmeckte.

Offenbar hatte nicht nur Lisa Hunger, denn eine Weile sagte keiner ein Wort. Kyle schlang sein Essen herunter, als hätte er etwa drei Tage lang nichts mehr zu beißen gehabt. Nur Angela stellte ihren Teller schon nach ein paar Bissen wieder hin und tupfte sich mit einer Serviette sorgfältig die Lippen ab.

Doc Silverman hielt seine tausend Fragen offensichtlich bewusst zurück, bis alle sich gestärkt hatten. Schließlich trat auch Morgan langsam zu ihnen. Britt stand sofort auf und holte auch ihm einen

Teller. Er nahm ihn, schaute sich um und setzte sich dann vorsichtig auf den anderen freien Platz neben Lisa.

Doc Silverman räusperte sich. «Ist alles okay mit dir, Lee? Ich mach mir schon wieder so furchtbare Vorwürfe. Ich hab wie so oft alles unterschätzt. Hätte nicht gedacht, dass Professor Ash dich quasi kidnappen würde, um an den Time Transmitter zu kommen. Nicht mal ihm hätte ich so viel Schlechtigkeit zugetraut. Ihr müsst mir alles ganz genau erzählen!»

Sein Blick wanderte hinüber zu Kyle und Angela. «Ihr wart also mit an Lisas Befreiung beteiligt?»

Die beiden Teenager bejahten.

«Hm. Du bist der Sohn von Steven Kendall, nicht wahr?», sagte er zu Kyle und wartete dessen Bestätigung gar nicht ab. «Das sieht man gleich. Wie ist dein Name?»

«Kylian. Wie – Sie kennen meinen Vater?» Kyle sah sich hilflos nach einer Serviette um, da er auf sein T-Shirt gekleckert hatte. Britt reichte ihm eine.

«Ich hab früher mal für deinen Großvater ein paar Dinge entwickelt», sagte Doc Silverman. «Das ist lange her.»

Als Nächstes nahm er Angela ins Visier. «Und du …?»

«Ich bin die Tochter von Maddox Cox. Ich gehe auch in Lees Klasse.»

Doc Silverman nickte bedächtig. «Der Modeschöpfer Maddox Cox – ja, der ist mir auch ein Begriff. Der ist oft in der Zeitung. Nun denn. Willkommen in unserem hochgeheimen Projekt. Ihr dürft niemandem etwas davon erzählen. Das müsst ihr mir versprechen.»

Schließlich fasste Britt die Befreiungsaktion in wenigen Worten zusammen:

«Kyle und Angela hier hatten den Verdacht, dass unsere Lisa bei Professor Ash sein könnte und dass ihr dort Gefahr droht. – Wie ihr erraten habt, dass Lee eine Zeitreisende ist, müsst ihr uns später mal genau erzählen! – Sie haben jedenfalls Morgan kontaktiert, und der hat meine Nummer im Internet gefunden, rief mich an und fragte, ob ich etwas über Lee wüsste.

Natürlich hat er mir erzählt, was sein Neffe Kyle ihm über Lees Verschwinden im Forschungszentrum berichtet hatte, und dann war uns schnell klar, dass Lee in Schwierigkeiten steckt und Professor Ash es wieder mal auf die Zeitmaschine abgesehen hat.

Angela konnte Gott sei Dank ihren Onkel, der im Zentrum als Security-Mann arbeitet, darüber informieren, dass Lee vermutlich irgendwo eingesperrt ist. Und so war es ja. Er hat sie gefunden und rausgeholt. Morgan hatte uns in der Zwischenzeit alle mit seinem Wagen eingesammelt, und wir haben vor dem Forschungszentrum auf Lee gewartet.»

«Alle Achtung», sagte Doc Silverman und sah stolz von einem zum anderen. «Das war wirklich eine sensationelle Leistung.»

«Ich würde sagen, das meiste Lob haben Angela und Morgan verdient», sagte Britt. «Angela scheint ein sehr schlaues Mädchen zu sein. Sie hat das alles so haarscharf kombiniert – total erstaunlich!»

«Ich hab einfach nur gemerkt, dass da was nicht stimmt», meinte Angela bescheiden. «Und dann fiel mir ein, dass mein Onkel mal von diesem bösen Professor erzählt hat, der eigentlich für tot erklärt worden war, aber in Wahrheit nur untergetaucht sei und nun an einem hochgeheimen Projekt arbeite, und dass dieser Professor vor fast dreißig Jahren genau am selben Tag wie dieses Mädchen verschwunden ist …»

Angela verstummte und sah Lisa mit ihren schönen Augen an.

«Du bist also wirklich und wahrhaftig eine Zeitreisende?»

Lisa nickte. «Ich komm aus dem Jahr 1989. Ich wäre eigentlich so alt wie Britt und Morgan … und wie dein Dad …»

«Oh Mann. Ich fass das immer noch nicht …» Kyle, der bis jetzt nur mit aufgesperrtem Mund zugehört hatte, hatte endlich seine Sprache wiedergefunden. «Dann bist du … also, ich meine, du bist tatsächlich mit … Onkel Morgan zur Schule gegangen?» Sein Blick wanderte von Lisa zu seinem Onkel und wieder zurück.

Lisa bejahte.

«Und auch mit meinem Dad und Onkel Louie», ergänzte Angela.

«Und mit Britt natürlich», sagte Lisa.

«Und ihr erzählt hier echt keinen Quatsch?» Kyle hatte eindeutig mehr Mühe, diese Geschichte zu glauben, als Angela.

Als Antwort lehnte sich Doc Silverman mit einem Ächzen nach hinten und öffnete die Schublade einer Kommode aus Teakholz, in der er wichtige Dinge aufbewahrte. Zum Vorschein kam eine kleine Karte. Lisa erkannte, dass es ihr Schülerausweis aus dem Jahr 1989 war, den sie in ihrer Jackentasche mit ins Jahr 2018 transportiert hatte und den der Doc konfisziert hatte, weil er es für sicherer befunden hatte, wenn Lisa diesen Ausweis nicht bei sich hatte.

Wortlos überreichte er ihn dem fassungslosen Kyle. Dieser nahm ihn in die Hände und drehte und wendete ihn ehrfürchtig, während er mehrmals ungläubig nach Luft schnappte.

«Lisa Leonor Lambridge? Geboren am 11. August … 1973?! Dann ist das echt wahr?» Er hob den Blick und starrte Lisa an.

Diese nickte langsam.

«Lee … Moment mal … Lisa … Leonor … Lambridge … so heißt

du also in Wirklichkeit … du hast tatsächlich dreimal dieselben Initialen in deinem Namen? Genau wie ich?»

Wieder nickte Lisa, glücklich, dass er nun auf Umwegen doch noch von dieser besonderen Gemeinsamkeit erfahren hatte.

Kyle ließ seine Hand mit dem Schülerausweis sinken. Er schien komplett von der Rolle zu sein.

«Kann mich einer mal kneifen? Nur um sicher zu sein, dass ich wach bin …», stöhnte er.

«Du kannst es ruhig für bare Münze nehmen», sagte Britt trocken. «Ich hab es zuerst auch nicht für möglich gehalten, aber ich war schließlich Zeugin. Mir blieb nichts anderes übrig, als es zu glauben.»

Nur Morgan beteiligte sich nicht an dem Gespräch, doch Lisa ahnte, dass er sich seine Gedanken machte und sicher eine ganze Menge zu sagen hatte.

«Puuuh», machte Kyle und musterte Lisa von oben bis unten. «Und du hast auch meinen Dad gekannt … als er jung war?»

«Hab ich.»

«War er wirklich so wild?»

«Tja … ich würde sagen …» Lisa verstummte. Sie wollte Stevens Jugendsünden nicht unbedingt vor Morgans Ohren ausbreiten. Kyle übersprudelte zum Glück mit weiteren Fragen.

«Und dann … hast du auch Michael Jackson und all das gehört? Und Pacman gespielt? Und warst du auch so ein Fan von ‹Dirty Dancing› wie Mum? Und hast auch die Charts auf Kassetten aufgenommen, wie man das früher gemacht hat?»

Lisa nickte. «Ja, so in etwa.»

«Echt cool …», hauchte Angela.

«Tja, das erklärt definitiv das Retro-Girl», sagte Kyle und kratzte sich am Schädel.

Lisa lächelte matt. Sie merkte auf einmal, wie erschöpft sie eigentlich war. Sie hätte sich am liebsten auf dem Sofa zusammengerollt, um zu schlafen.

«Und wer genau hat jetzt eigentlich diese Zeitmaschine erfunden?», wollte Kyle wissen.

«Zac Silverman», antwortete Britt an Lisas Stelle und sah sich nach allen Seiten um. «Wo ist er überhaupt?»

«Er ist draußen bei der Höhle und holt den Time Transmitter. Es ist möglich, dass wir ein Gewitter auf dem Radar haben», sagte Doc Silverman.

«Ein Gewitter?», fragte Angela.

«Nachher. Erst will ich noch ein paar Dinge wissen.» Der Doc wandte sich wieder an Lisa.

«Was hat Archibald Ash dir gesagt? Was genau führt er im Schilde? Warum wollte er dich kidnappen? Und wie ist es überhaupt dazu gekommen? Ich muss alles ganz genau wissen! Und wo ist überhaupt dein Smartphone? Wir konnten es seit mehreren Stunden nicht mehr orten. Hast du es ausgeschaltet?»

Das waren eine Menge Fragen auf einmal. Lisa wusste gar nicht, welche sie zuerst beantworten sollte. Die Vorstellung, das ganze schauderhafte Gespräch mit Professor Ash noch mal wiedergeben zu müssen, jagte ihr furchtbares Grausen ein. Die Kälte und Einsamkeit da unten in dieser Halle waren so ziemlich das Schlimmste gewesen, was sie je gefühlt hatte.

Sie versuchte sich zusammenzureißen, doch sie wurde nicht mehr Herr über sich selbst.

«Das … Smartphone hat Professor Ash …», begann sie, doch sie brachte keinen weiteren Ton mehr heraus. Sie fühlte sich völlig überfordert. Stumm beugte sie sich vor und legte den Kopf auf die Knie.

«Ich kann nicht …»

«Lee», sagte Doc Silverman mit sanftem Nachdruck. «Bitte versuch es. Es ist von allergrößter Wichtigkeit … Was sagtest du eben? Professor Ash hat dein Smartphone?!»

«Sehen Sie nicht, dass sie erschöpft ist?», schaltete sich Morgan auf einmal ein und legte sachte seine Hand auf Lisas Rücken. «Können Sie sie nicht erst mal ausruhen lassen?»

Doc Silverman seufzte mitfühlend. «Das würde ich sehr gerne, Morgan. Sie haben auch recht. Trotzdem. Wir müssen jetzt eine sehr rasche Entscheidung treffen.»

«Kann sie da nicht erst mal darüber schlafen?», wandte nun auch Britt ein.

«Die Zeit drängt», sagte Doc Silverman. «Aber gut, wir machen es kurz. Ich erkläre euch meinen Plan, und Lee kann mir das Gespräch mit Archibald Ash dann morgen früh wiedergeben. Einverstanden, Lee?»

Lisa nickte, ohne hochzusehen. Morgans warme Hand massierte sanft und beruhigend ihren Nacken, während Doc Silverman seinen Plan ausbreitete.

«Da ich davon ausgehe, dass Ash nicht kooperieren will, haben wir keine andere Wahl, als das Risiko einzugehen und Lisa beim erstbesten Gewitter zurückzusenden. Da Professor Ash Lisas Smartphone hat, ist es eh nur noch eine Frage der Zeit, bis er uns hier draußen findet. Zac ist am Prüfen, ob die Wetterverhältnisse für morgen Abend geeignet sind, und macht noch ein paar letzte Tests. Wir warten nun auf ihn.»

«Sie meinen, dass morgen Abend ein passendes Gewitter für eine Zeitreise stattfinden könnte?», meinte Britt zweifelnd. Aber Lees älteres Ich hat doch nie von einem anderen Gewitter gesprochen als von dem am 26. Juli.»

«Nun, sie hat aber auch nie erwähnt, dass es *keines* gegeben hat. Außerdem stehen die Chancen für ein baldiges Gewitter bei dieser momentanen Hitzewelle ziemlich gut. Ich gehe davon aus, dass Lisas älteres Ich sich erst ab Juli zur Reise entschieden hat, nachdem …»

Sein Blick wanderte zu Morgan und blieb an ihm haften. Erst jetzt ging ihm vermutlich das Licht auf, dass Morgan seinen Todestag überlebt hatte.

«Lee, wie gesagt, du musst mir jetzt nicht dein ganzes Erlebnis mit Professor Ash wiedergeben, aber eine Frage hätte ich doch: Konntest du ihm wenigstens den Brief übergeben?»

«Ich hab ihn auf seinen Tisch gelegt», sagte Lisa mit matter Stimme. «Aber er wollte ihn nicht lesen …»

Britt stand schließlich auf, um noch mehr Eintopf zu holen. Morgan zog seine Hand von Lisas Nacken zurück und erhob sich ebenfalls. Er kam nicht mehr wieder. Lisa fühlte sich richtig kalt und leer ohne seine Nähe.

Da flog die Tür auf, und Zac stürmte herein. In den Armen hielt er, in eine Plane verpackt, den Time Transmitter. Er dachte nicht daran, erst die Gäste zu begrüßen, sondern stellte das Paket mitten auf den Boden, stürmte sofort zu seinem Computer und machte ihn an.

«Heureka!», rief er freudestrahlend. «Ich hab für morgen tatsächlich ein Gewitter auf dem Radar! Es ist stark genug, um Lee zurück in die Vergangenheit zu schicken.»

Doc Silverman erhob sich und ging zu seinem Sohn.

«Ist der Time Transmitter soweit klar?»

«Ich hab noch mal alles getestet, was ich testen konnte. Technisch gesehen sollte nichts schiefgehen.»

«Morgen schon?», fragte Lisa entsetzt. Warum musste immer alles so schnell gehen?

Zac gesellte sich schließlich auch zu der Gruppe. Er dachte nicht mal daran, seine verdreckten Klamotten zu wechseln.

«Können wir … die Zeitmaschine sehen?», bat Angela schüchtern. Kyle nickte heftig.

Doc Silverman überlegte kurz. «Bring sie her, Zachary», meinte er schließlich.

Zac lief wieder zur Mitte des Raumes und holte das quadratische Bündel. Vor den Augen der erstaunten Gruppe wickelte er die Zeitmaschine aus der Plane.

Nur Morgan fehlte immer noch. Lisa sah sich nach ihm um. Er stand wieder in der Nische neben der Tür im Halbschatten, beobachtete alles aus der Ferne und drehte den Flachmann in seiner Hand.

Kyle und Angela staunten, als Zac den Time Transmitter in Gang setzte und der blaue Strahl aus der Linse schoss und die gegenüberliegende Seite des Labors erleuchtete.

«Ist das …» Kyle kriegte den Mund nicht mehr zu.

«Wahnsinn», hauchte Angela.

Die Blicke der beiden wanderten zu Lisa.

«Das ist wirklich kein Fake, oder?», stammelte Kyle.

«Ist es nicht», sagte Britt nüchtern.

Doc Silverman stand auf und setzte sich auf den freigewordenen Platz neben Lisa. Er legte ihr väterlich die Hand auf die Schulter.

«Lee, ich möchte die Sache so schnell wie möglich in Ordnung bringen», sagte er behutsam. «Es ist womöglich unsere einzige Chance. Ich weiß nicht, was Ash als Nächstes vorhat, aber kooperieren will er nicht. Entweder er sucht uns hier draußen, oder er wird uns beim Forschungszentrum auflauern. Unser Vorteil ist, dass in der Wettervorhersage bislang nichts von einem Gewitter angekündigt ist, aber aufgrund der Hitzewelle wird er sich ausrechnen, dass die Wahrscheinlichkeit für Gewitter hoch ist. Doch wir müssen es riskieren. Wenn wir Glück haben, ändert er seine Pläne und lässt zu, dass wir dich zurück nach 1990 schicken. Vielleicht können wir dann den Time Transmitter hinterher gleich zerstören, so dass er ihn nie in die Hände bekommt.»

«Den Time Transmitter zerstören?», fragte Lisa entsetzt.

«Aber dafür hat doch Zac sein Leben lang gearbeitet», warf Britt ein. «Das wäre doch furchtbar für ihn.»

«Solange Professor Ash hinter der Zeitmaschine her ist, ist es zu gefährlich, dass sie überhaupt existiert», sagte Doc Silverman. «Wir haben eine Verantwortung. Wir können nicht zulassen, dass diese Erfindung in die falschen Hände kommt. Es ist besser, sie zu zerstören, wenn wir die Zeitlinie wieder in Ordnung gebracht haben.»

«Ist das aber nicht traurig für ihn?», sagte Britt und blickte mitleidig auf Zac, der schon wieder zwischen Computern und Apparaten hin- und herwuselte, ganz in seine Arbeit versunken.

«Zachary weiß schon lange darüber Bescheid», sagte Doc Silverman.

«Dann muss Lee also schon morgen gehen?», fragte Angela wehmütig. «Und wir werden sie nie mehr wiedersehen?»

«Ich werde ja als 45-Jährige wieder hier sein, wenn alles gutgeht», sagte Lisa leise. «Aber vielleicht wirst du dich gar nicht mehr an mich erinnern. Die Zeitlinie wird all das, was jetzt ist, wieder löschen und ganz neu schreiben, und dann wird vielleicht auch eure Erinnerung an mich ausradiert …» Sie wandte sich hilfesuchend an Doc Silverman.

«Was?» Kyle kam nicht ganz mit.

«Zerbrich dir nicht den Kopf, Kylian Kendall. Das mit dem Zeitreisen ist schwierig zu verstehen», sagte Doc Silverman verständnisvoll. «Vergesst eines nicht: Dass Lee ins Jahr 2018 reisen wird, steht trotz allem fest, nur wird, wenn wir die Vergangenheit ab 1990 wieder ausgebügelt haben, alles noch mal neu ablaufen. Wie es aussehen wird, kann ich euch nicht sagen. Wir wissen nicht, wie die Zeitlinie die Dinge reparieren wird, um uns und das Universum vor einer Zeitschleife zu bewahren. Es ist also durchaus möglich, dass ihr euch an Lee als Sechzehnjährige erinnern werdet.»

«Was ist die Zeitlinie überhaupt?», fragte Angela.

«Die Zeitlinie, Chronos, ist die messbare Zeit, die einen Anfang und ein Ende hat», erklärte Doc Silverman. «Vergangenheit, Gegenwart und Zukunft. Im Gegensatz zum Äon, der Ewigkeit, die jenseits von Zeit, Raum und Materie existiert.»

«Existieren denn Vergangenheit, Gegenwart und Zukunft gleichzeitig? Oder – anders gefragt: Warum muss Lee denn überhaupt zurück in die Vergangenheit?» Angela zog nachdenklich die Stirn in Falten. «Wieso kann sie nicht einfach dableiben?»

«Ich fürchte …», setzte Britt an, doch Doc Silverman schaute das

Mädchen mit wachem Interesse in seinem Blick an, und auch Zac unterbrach seine Arbeit und sah auf.

«Wie meinst du das, Angela?», fragte Doc Silverman freundlich.

«Sehen Sie … dieser böse Professor Ash ist doch auch in der Zeit gereist, oder? Aber sein Körper ist älter geworden. Mein Onkel sagte mir, dass der Mann jetzt ungefähr achtzig ist, und so sah er auch aus, als wir ihn im Auto gesehen haben. Und damals, als mein Dad und mein Onkel bei ihm zur Schule gingen, war er noch um die fünfzig. Das hab ich mir alles ausgerechnet. Sein Körper ist also bei der Zeitreise mit gealtert.

Aber Lee, die ist immer noch sechzehn, obwohl sie fast dreißig Jahre übersprungen hat. Hätte sie nicht auch altern müssen? Ich meine … wenn sie nun einfach dableiben würde, würde es vielleicht gar keine Komplikationen geben? Ich hab ein wenig das Gefühl, dass sie eigentlich gar nicht mehr zurückwill …»

Kyle hob mit einem Hoffnungsschimmer in den Augen seinen Kopf.

«Hm.» Doc Silverman strich sich nachdenklich übers Kinn. «Du bist ein unglaublich scharfsinniges Mädchen, Angela. Es stimmt. Aus irgendeinem Grund hat die Zeitlinie Lisa als Sechzehnjährige hier im Jahr 2018 akzeptiert. Das wäre natürlich die andere Möglichkeit …»

Lisa sah zuerst Doc Silverman und dann Zac an. Schließlich begriff sie.

«Ich könnte hierbleiben, stimmt's?», flüsterte sie. «Ich könnte mein Leben tatsächlich hier weiterführen. Und ihr könntet den Time Transmitter jetzt gleich zerstören und alles so lassen, wie es ist. Dann könnte auch Professor Ash nichts mehr ausrichten.»

«So ist es», musste Doc Silverman zugeben. «Es ist die einfachste Lösung … auch wenn ich vom moralischen Aspekt nicht ganz warm werde damit. Was ist mit deiner Familie? Die all die Jahre mit dem Wissen verbringen musste, dass du tot bist? Und mit deinen Freunden, Britt … und Morgan? Das müsste man sich sehr gut überlegen.»

«Tja …», sagte Britt.

«Meine Familie …», murmelte Lisa. «Ich weiß nicht mal, was aus meiner Familie geworden ist. Ich weiß nicht mal, ob … sie mich vermisst haben. Thomas … vielleicht ein bisschen.»

Sie dachte an ihren Bruder. Gewiss hatte Thomas sie geliebt. Auf seine Art halt. Aber er war nun mal immer vier Jahre älter gewesen. Vier Jahre Altersunterschied hatten ihre gemeinsame Kindheit gespalten. Und er war gewiss überfordert damit gewesen, 1989 für sie zu sorgen. Sie war damals irgendwie allen nur im Weg gewesen …

«Ich sage lediglich, dass man sich das gut überlegen sollte», sagte Doc Silverman. «Ich muss zugeben, dass ich tatsächlich der Versuchung erliegen könnte, dich hier im Jahr 2018 zu behalten, Lee. Allein schon deswegen, um die Zeitmaschine nicht in falsche Hände geraten zu lassen. Es sieht tatsächlich aus, als sei dir die freie Wahl geschenkt. Warum, weiß ich nicht genau.

Vielleicht liegt es daran, dass das Raum-Zeit-Kontinuum nicht mehr weiß, wie es auf den Fehler reagieren soll, dass dein 45-jähriges Ich bereits in die Vergangenheit gereist ist und ihr beide euch in der gleichen Zeit begegnet seid. Wahrscheinlich unterliegst du einem Zeitparadoxon, das dir nun irgendwie zugutekommt …

Wie auch immer, die Physik, die Schöpfung, sie bergen noch so viele ungelöste Geheimnisse … Und gewisse Dinge weiß nur unser Schöpfer. Gerade wird mir bewusst: Vielleicht richten wir mehr

Schaden an, wenn wir Lisa wieder zurücksenden und die Zeitlinie ein drittes Mal überschreiben, als wenn wir sie hierbehalten ...»

«Könntest du nicht bei uns bleiben, Lee?», bat Angela mit feuchten Augen. «Bitte. Ich hatte noch nie eine richtige Freundin ...»

«Ja, bitte», sagte auch Kyle, und Lisa sah ein verhaltenes Funkeln in seinen Augen aufleuchten. «Ich hab ... noch nie ein Mädchen getroffen, mit dem ich am Square skaten und so viel Quatsch machen kann. Und das wie ich drei gleiche Initialen im Namen hat. Das ist so krass, das kommt mir echt vor wie ein Zeichen! Außerdem ... Meine Mum mag dich. Sie hat gesagt, sie will dich so gern auf unseren nächsten Familienausflug mitnehmen. Und auch meine Schwester fragt ständig nach dir ... Du bist extrem gefragt in unserer Familie, Lee ...»

Lisas Blick wanderte von Kyle zu Britt.

«Tja», sagte Britt abermals. «Ich muss zugeben, dass ich dich wahnsinnig vermisst habe, nachdem du verschwunden warst. Ich wäre gern mit dir zusammen erwachsen geworden. Aber ich stehe dir nicht im Weg. Wir haben uns ja in den letzten 29 Jahren mit deinem Verschwundensein arrangiert. Ich meine ... wir können durchaus auch hier im Jahr 2018 Freundinnen bleiben, auch wenn ich vermutlich ein wenig zu alt für dich bin und mit Teenagerproblemen nicht mehr so viel anfangen kann ...»

Lisa zögerte. Der Gedanke war verlockend. Zumal die Erinnerungen an 1989 fast ausschließlich schmerzhaft waren. Ihre besten Freunde waren zwar alle älter geworden, aber sie waren immerhin noch da. Und mit den Kendalls hatte sie sogar eine Art Familie geschenkt bekommen. Und nicht zuletzt war da die ganze fortgeschrittene Technik, an die sie sich mittlerweile so gewöhnt hatte.

Da war nur ...

Sie hob den Kopf, und ihr Blick traf den von Morgan. Er sah sie schweigend an. Lisa wusste nicht, was er dachte. Seine braunen Augen ruhten auf ihr. Er hielt seine Flasche fest umklammert.

«Ich ... weiß nicht, was ich sagen soll ...», kam es schließlich hilflos von ihr.

«Tja, Lee», meinte Britt. «Ich kann dir die Entscheidung nicht abnehmen.»

«Es wäre sicherer für euch alle, was?», sagte Lisa. «Ihr würdet keine Strafe bekommen für ein weiteres unerlaubtes Experiment ... und ihr könntet den Time Transmitter gleich zerstören, und Professor Ash würde ihn nie in die Hände bekommen ... Nur, dann hätte Zac all die Jahre vergeblich gearbeitet, ist es nicht so?»

«Denk nicht an mich, Lee», sagte Zac, der die Arbeit mittlerweile hatte Arbeit sein lassen und zur Gruppe getreten war. «Ich muss den Time Transmitter ja so oder so zerstören. Das war mir all die Jahre klar. Und doch hätte ich nichts anderes tun wollen als das.»

«Ich denke, dass die Entscheidung ganz allein bei dir liegt, Lee», sagte der Doc. «Ich weiß ehrlich gesagt selbst nicht, was ich dir raten soll. Vielleicht muss man auch in Betracht ziehen, was aus deinem Bruder und seiner Familie geworden ist. Und aus deiner Tante und deinem Onkel. Ich hab nie mehr von ihnen gehört ... Aber ich fürchte, die Zeit, das auch noch in Erfahrung zu bringen, haben wir nicht ...»

«Soweit ich weiß, wohnt Thomas Lambridge mit seiner Frau Fanny und seinen Kindern außerhalb der Stadt», meinte Britt. «Aber auch ich hab seit Jahren keinen Kontakt mehr zu ihnen. Nun ja, die Kinder dürften mittlerweile in Lees Alter oder noch älter sein ... Und ihre Tante und ihr Onkel … also, ich denke nicht, dass die in der Entscheidung eine große Rolle spielen.» Die letzten Worte sagte sie mit einem sarkastischen Unterton.

«Sei's drum», sagte Doc Silverman. «Lisa muss die Entscheidung ganz allein treffen. Wir müssten natürlich eine neue Existenz für dich schaffen, wenn du bleiben würdest. Doch niemand zwingt uns, das jetzt im Detail anzuschauen. Allerdings musst du in den nächsten Stunden einen ziemlich schnellen Entschluss fassen, Lee … und dazu noch einen Entschluss, der dein ganzes zukünftiges Leben betreffen wird …»

Lisa schwieg. Auch keiner von den anderen sagte ein Wort.

«Schaffst du das, Lee?», fragte der Doc vorsichtig.

Wieder tauschte Lisa stumm einen Blick mit Morgan. Er drehte sich schließlich um und ging ganz aus dem Raum.

«Was hat er denn?», fragte Angela.

«Lasst ihn», sagte Doc Silverman. «Er ficht seinen eigenen Kampf aus. Aber nun kommt mir ein Gedanke …»

«Und das wäre?»

«Vielleicht ist *dies* der Grund, warum du seit 1989 verschwunden bist. Es ist kein technischer Defekt, der dich dran hindern wird, nach 1990 zurückzukehren. Es ist auch nicht Professor Ash. Es ist dein eigenes Herz, das hier im Jahr 2018 gestrandet ist.»

«Wie meinen Sie das, Doc?»

«Die Zeitlinie ist offenbar mit unseren Herzen verbunden. So sehr respektiert der Schöpfer den freien Willen des Menschen, dass er uns sogar die Verwaltung unserer Zeit geschenkt hat.»

«Aber wenn das so ist – wieso heißt es dann, dass unsere Zeit in seinen Händen steht?», wollte Lisa wissen.

«Nun, neben *Chronos* und *Äon* gibt es auch noch *Kairos* – der von Gott gegebene richtige Zeitpunkt für eine Sache oder eine Entscheidung. Den Zeitpunkt, den nur er kennt. Denn vergiss nicht: Gott existiert in einer anderen Dimension als Raum und Zeit und Materie. Chronos, Äon, Kairos – sie alle sind auf eine wunderbare Weise miteinander verbunden, und solange wir auf Erden sind, werden wir wohl nie alle diese fantastischen Geheimnisse verstehen können ...»

Doc Silverman sah Lisa mit seinen alten, aber immer noch strahlenden Augen an.

Lisa versuchte trotz Müdigkeit zu erfassen, was der Doc damit sagen wollte. Doch da drängte sich eine schauderhafte Erinnerung an etwas, was Professor Ash unten in der Tiefe der Erde von sich gegeben hatte, in ihr Bewusstsein.

«Ist es tatsächlich so, dass der Tag meines Todes irgendwie bereits im Universum festgelegt ist, so wie der Tag meiner Geburt? Was, wenn ich nun hierbleibe – werde ich dann überhaupt achtzig oder neunzig Jahre alt, oder werde ich jünger sterben? An dem Tag, der bereits für mich auf der Zeitlinie seit dem Tag meiner Geburt an – seit 1973 – vorherbestimmt ist?»

Doc Silverman dachte nach und schüttelte dann langsam den Kopf. «Ich glaube nicht, dass dieser Tag unveränderbar feststeht, Lee», sagte er.

«Meinen Sie?» Lisa schaute den Doc zweifelnd an.

«Ganz gewiss.» Der Blick des Docs erhellte sich plötzlich. «Haben wir nicht mit Morgan das beste Beispiel, den Beweis sozusagen? Er hat ja den 7. Juni überlebt!»

«Stimmt.» Lisa atmete erleichtert aus. Dass ihr das nicht gleich eingefallen war – damit hätte sie Professor Ash ziemlich gut kontern können!

Wieder hing betretenes Schweigen im Raum.

«Dann ist das also jetzt mein *Kairos,* ja?», durchbrach Lisa mit brüchiger Stimme die Stille. «Der Zeitpunkt, mich für eine Sache zu entscheiden, die den Rest meines Lebens bestimmen wird …»

«Lasst sie doch eine Nacht drüber schlafen», schlug Britt praktischerweise vor. «Das Gewitter findet ja erst morgen Abend statt, nicht wahr? Dann reicht es, wenn sie sich bis morgen früh entschieden hat. Sie ist doch jetzt wirklich zu müde dafür.»

Doc Silverman nickte schließlich. «Du hast recht, Britt. Warten wir mit der Entscheidung bis morgen.»

«Übrigens», sagte Britt, «es ist schon sehr spät. Sollten wir die beiden hier nicht langsam nach Hause bringen? Ihre Eltern machen sich sonst Sorgen …» Sie schaute Angela und Kyle an, die beide angefangen hatten, auf ihren Smartphones zu tippen.

«Richtig», seufzte Doc Silverman. «Das hab ich ganz vergessen. Ich werd langsam alt …»

«Ich hab Mum gerade Bescheid gesagt, dass ich noch bei Freunden bin», winkte Kyle ab. «Alles easy.»

«Ich bin gerade in einer Debatte mit Dad», sagte Angela. «Ich versuch ihn zu beruhigen, dass bei mir alles klar ist. Aber ja, ich sollte wohl wirklich langsam nach Hause.»

«Gut. Ich denke, wir brechen hier ab und legen uns zur Ruhe. Wo ist Morgan? Wir brauchen ihn jetzt.» Doc Silverman sah sich um. Lisa stand auf und ging hinüber zur Tür, wo sie Morgan hatte verschwinden sehen.

Sie fand ihn im kleinen Flur vor dem Wohnraum. Er stand an die

Wand gelehnt da und hatte die Augen geschlossen. Im Dämmerlicht sah es aus, als würde er schlafen.

«Momo?», fragte sie vorsichtig.

Er öffnete die Augen und sah sie an.

«Lee-Lee», sagte er nur.

«Du musst meine Freunde zurück in die Stadt fahren.»

Er nickte. «Ich komm gleich.» Er verstaute den Flachmann, den er immer noch in der Hand hielt, in der Innentasche seiner Jacke.

«Hast du ihn gefunden?», fragte Doc Silverman, als Lisa wieder zu den anderen trat. Sie bejahte.

«Gut. Er soll deine Freunde nach Hause fahren. Aber Lee … vielleicht solltest auch du irgendwo anders unterkommen. Das wäre am sichersten. Nur für den Fall. Unsere lotterige Farm ist nicht gerade ein Hochsicherheitstrakt. Ich weiß nicht, was Professor Ash unternimmt, um uns zu orten. Er hat ja meine und Zacs Nummern auf deinem Smartphone. Mit Hilfe der Polizei wäre es machbar, uns zu finden … und seltsamerweise hat er gute Beziehungen zur Polizei. Ich tippe allerdings eher darauf, dass er im Forschungszentrum auf unser Erscheinen warten wird, aber … ich will lieber auf Nummer sicher gehen, was dich betrifft, Lee …»

«Sie kann zu mir kommen», sagte Angela sofort.

«Oder zu uns», meinte Kyle.

«Ehrlich gesagt möchte ich nicht noch mehr Leute in diese Sache hineinziehen», sagte der Doc. «Ich möchte eure Familien draußen halten.»

«Ich kann sie mit zu mir nehmen», sagte Morgan, der wieder in den Raum getreten war. «Ich denke nicht, dass Professor Ash mich am Steuer erkannt hat. Und wenn – in mein Penthouse kommt so schnell keiner rein. Ziemlich einbruchsicher.»

Er zog seine Mütze aus, die er die ganze Zeit getragen hatte, und schüttelte sein fast schulterlanges lockiges Haar. Erst jetzt begriff Lisa, dass die Wollmütze Tarnung gewesen war.

«Das wäre eine gute Lösung», sagte Doc Silverman. «Für eine Nacht geht das sicher. Nehmen Sie Lisa mit zu sich, Morgan. Sie kann dann ihre Sachen morgen früh aus der WG holen – je nachdem, welche Entscheidung sie trifft.»

«Sollte sie nicht besser zu mir kommen?», meinte Britt mit einem diskreten Seitenblick auf Morgan. «Ich weiß nicht, ob das so eine gute Idee ist – ein sechzehnjähriges Mädchen bei einem 45-Jährigen zu lassen? Außerdem mache ich mir Sorgen wegen seiner Trinkerei. Bei mir wäre sie vielleicht besser aufgehoben.»

Doc Silverman sah Britt an und dann Morgan.

«Nein, ich glaube, wir können ihm vertrauen, Britt. Er scheint sich im Griff zu haben. Ich denke, sie ist gut aufgehoben bei ihm. Sie braucht jemanden, der ihr etwas Wärme und Geborgenheit vermitteln kann. Sie hat so viel durchgemacht. Morgans ruhige Art ist das, was sie jetzt braucht, glaube ich …»

«Wollen Sie damit sagen, dass ich kein warmherziger Mensch bin?», meinte Britt etwas beleidigt. «Nein, das bin ich nicht, ich weiß», fügte sie gleich darauf kleinlaut hinzu. «Ich bin zu rational, um liebenswürdig zu sein.»

«Britt, das steht nicht zur Diskussion», sagte Doc Silverman. «Du bist, wie du bist, und das ist gut so. Aber Lee hatte zu Morgan immer schon eine besondere Verbindung.»

«Schon klar», murmelte Britt.

«Sind Sie in der Lage zu fahren, Morgan?», fragte Doc Silverman. Morgan antwortete mit einem kurzen Nicken.

«Dann wirst du diese Nacht bei Morgan bleiben, Lee. Zac und ich werden heute Nacht noch die letzten Tests am Time Transmitter vornehmen. Sobald du dich entschieden hast, rufst du uns an. Bis spätestens morgen Mittag sollten wir es aber wissen.»

Lisa nickte müde.

Kyle, Angela, Lisa und Britt folgten Morgan hinaus zum Wagen. Doc Silverman begleitete sie. Angela drehte sich noch mal zum Doc um.

«Falls Lee morgen zurückkehren wird … dürfen wir dann dabei sein? Ich meine … ich würde ihr wenigstens gern auf Wiedersehen sagen.»

«Hm. Ich fürchte, das wäre zu gefährlich …», war Doc Silvermans zu erwartende Antwort.

«Wäre es nicht sinnvoll?», sagte auf einmal Morgan. «Wenn Professor Ash wirklich plant, die Zeitmaschine zu stehlen, wäre dann nicht jede Hilfe wertvoll? Je mehr wir sind, desto besser.»

«Sie haben schon wieder recht, Morgan», meinte der Doc. «So weit hab ich mir das noch gar nicht überlegt.»

«Wir möchten gerne mithelfen!», sagte Angela eifrig.

Kyle nickte. «Unbedingt!»

Doc Silverman versprach, darüber nachzudenken, und tauschte mit Morgan die Telefonnummern aus.

Lisa setzte sich wieder mit Kyle und Angela auf den Rücksitz, während Britt auf dem Beifahrersitz Platz nahm.

«Wir hoffen natürlich, du bleibst bei uns», sagte Angela leise und nahm Lisas Hand in ihre kühlen Finger.

«Das hoffe ich auch», murmelte Kyle.

Lisa war überfordert mit einer Antwort. Egal, für welche Zeit sie sich entscheiden würde, es würde so oder so zu einem Abschied von liebgewonnenen Menschen kommen. Dazu kam die Verantwortung für die Leben derer, denen sie durch ihr Verschwinden im Jahr 1989 extreme Probleme bereitet hatte …

Morgan setzte erst Angela zuhause ab, dann Kyle.

Lisa versprach beiden, ihnen Bescheid zu geben, sobald sie sich entschieden hatte. Sie schrieben ihr ihre Handynummern auf einen Fetzen Papier, weil Lisa ja nun kein Smartphone und somit auch keinen Zugriff auf ihr Adressverzeichnis mehr hatte.

Morgan wollte auch Britt nach Hause fahren, doch diese lehnte dankend ab.

«Ich wohne etwas außerhalb der Stadt. Es wäre viel zu weit. Ich nehme ein Taxi.»

In Wahrheit wollte Britt keine Sekunde länger als nötig mit einem leicht alkoholisierten Fahrer am Steuer verbringen, das war Lisa klar.

Als das Auto leer war, setzte Lisa sich nach vorne auf den Beifahrersitz zu Morgan. Beide schwiegen, während Morgan ins Stadtzentrum und in Richtung Square fuhr.

Kapitel 24
Die Nacht der Entscheidung

Morgan kutschierte seinen Luxusschlitten in die unterirdische Garage des Hochhauses und stellte ihn auf seinem Parkplatz ab. Er zog die Brille aus und verstaute sie im Etui.

«Bist du okay?», erkundigte er sich bei Lisa, als sie ausstiegen.

Sie nickte. Solange sie mit ihm zusammen sein konnte, fühlte sie sich geborgen.

Der Aufzug war nicht weit entfernt. Als sie ihn betreten hatten, zog Morgan einen Schlüssel aus der Tasche und steckte ihn in ein Schloss, das es einzig und allein für das 38. Stockwerk gab. Eine halbe Ewigkeit lang fuhr der Lift in die Höhe. Wie wohltuend das nach diesem grauenhaften Ausflug in die Tiefen der Erde war!

Als die Tür des Aufzugs sich öffnete, hatte Lisa das Gefühl, den Himmel zu betreten. Die vielen eingelassenen Lämpchen an der Decke empfingen sie mit einem sanften Schein. Sie stand direkt im Wohnzimmer – dem wohl größten Wohnzimmer, das sie je gesehen hatte. Es war mindestens so groß wie das Wohnzimmer der Kendalls und das von Doc und Zac zusammengenommen – wenn nicht noch größer.

Eine herrliche u-förmige weiße Couch, auf der mindestens eine

Fußballmannschaft Platz gehabt hätte, stand in einer Ecke, und gegenüber an der Wand hing ein Bildschirm, der einer Kinoleinwand Konkurrenz machte.

Eine Trennwand mit einem Kamin, der in Marmor gekleidete Liftschacht selbst und eine Theke unterteilten den Raum in verschiedene Nischen; die Theke separierte den Wohnraum von der modernen Einbauküche und dem Wintergarten.

Ein gigantisches Regal mit gefühlt Abertausenden von Schallplatten und CDs erstreckte sich der Wand entlang. Hinter dem Liftschacht führte eine Wendeltreppe in das obere Stockwerk.

Ansonsten waren nicht viele Möbel vorhanden, nur weiter, luftiger Raum und mehrere Fensterfronten, die einen atemberaubenden Blick hinaus auf das Lichtermeer von Tomsborough freigaben.

Lisa bestand nur noch aus aufgesperrten Augen und einem offenen Mund. Noch nie hatte sie so eine traumhafte Wohnung gesehen. Wenn sie vorher in der Hölle gewesen war, so war sie nun eindeutig im Himmel!

«Willkommen in meinem bescheidenen Heim», sagte Morgan mit einem leichten Schmunzeln. «Nicht schlecht für jemanden, der nicht mal arbeitet, was? Mein Bruder sorgt gut für mich.»

«Hat er es extra für dich gekauft?»

«Die Wahrheit ist: Als Kendall hat man so seine Beziehungen. Er kaufte es als Zweitwohnung und meinte, er wäre ganz froh, wenn ich darin wohnen und sie verwalten und pflegen würde. Letztes Jahr hat er sie auf mich überschrieben, seither gehört sie mir.»

«Wie viele Zimmer gibt es?»

«Im Grunde genommen nur zwei riesengroße Räume, mehrfach

unterteilt. Den hier und das Schlafzimmer oben. Plus zwei große Badezimmer: eins oben, eins unten.»

«Ah ...» Lisa konnte sich immer noch nicht einkriegen.

«Sieh dich ruhig um. Fühl dich wie zuhause. Möchtest du gern die Terrasse sehen?»

Das wollte Lisa riesig gern.

Morgan ging voraus zum Wintergarten und öffnete die Tür, und sie traten gemeinsam auf die herrliche Terrasse, die sage und schreibe rund um das ganze Penthouse verlief und wie die Wohnung selbst in gemütliche Nischen aufgeteilt war. Es gab den Wintergarten, eine gemütliche Lounge mit einer Korbliege und zwei Sesseln, dazu eine Hollywoodschaukel, und weiter hinten in der Ecke entdeckte Lisa sogar einen beleuchteten Swimmingpool.

Morgan führte sie einmal um das ganze Viereck herum, und Lisa fand keine Worte mehr für all diesen Luxus.

«Lee-Lee», sagte Morgan sanft, der ihr Staunen offenbar bemerkte. «Was mein ist, ist auch dein. Nimm ruhig Platz. Kann ich dir irgendwas bringen? Was möchtest du haben?»

«Wohnst du ... wirklich ganz allein hier?», stammelte Lisa anstelle einer Antwort. Sie lehnte sich an die Brüstung und schaute hinunter auf die Stadt. Direkt unter ihr konnte sie auf den Square mit all seinen blinkenden Lichtern und seinen sternförmig angeordneten Wegen und dem Rondell in der Mitte blicken, der sie von hier oben irgendwie an ein Spielbrett erinnerte. Der gläserne Tower war in goldene und hellgrüne Lichtreflexe getaucht und ragte als stolzes Wahrzeichen von Tomsborough in den dunklen Nachthimmel.

Morgan stellte sich neben Lisa.

«Seit meine Ex-Freundin ausgezogen ist, ja», antwortete er auf Lisas Frage. «Ich würde das alles gern mit jemandem teilen, aber nun ist es eben, wie es ist ...» Er zuckte mit den Schultern.

Lisa wagte gar nicht, sich vorzustellen, dass sie, wenn alles anders gekommen und sie vielleicht mit ihm zusammen gewesen wäre, nun mit Momo in diesem Himmelspalast wohnen würde. Allein schon von dieser Vorstellung wurde ihr schwindelig, und darum verdrängte sie sie auch gleich wieder. Wie konnte eine Frau, die all dies und dazu noch *ihn* bekommen hatte, das einfach wieder verlassen?

«Komm, setz dich, ich hole dir was zu trinken», sagte Morgan.

Lisa konnte sich gar nicht entscheiden, ob sie lieber in der Lounge oder auf der Hollywoodschaukel Platz nehmen sollte. Sie entschied sich für die Lounge, weil die Korbliegen so bequem aussahen. Die Sommerluft war sogar zu dieser späten Stunde noch mild, wenn der Wind hier oben auch stärker war.

Durch die Fensterscheiben hindurch konnte sie Morgan in der Küche hantieren sehen. Er füllte gerade zwei große Gläser mit Limonade. In das eine Glas goss er einen ordentlichen Schluck Whiskey.

Er kam wieder zurück und stellte die Gläser auf den kleinen Clubtisch – wohlweislich darauf achtend, dass Lisa das Glas ohne Alkohol bekam. Dann verschwand er wieder in der Wohnung und kam mit einer Schachtel voll Lachsbrötchen und einer Wolldecke zurück. Die Decke breitete er über Lisa aus.

«Ich sehe, dass du frierst», sagte er. Lisa wunderte sich, denn sie selbst war sich dessen gar nicht mehr bewusst gewesen.

Er nahm auf einem der Korbsessel Platz und schob Lisa die Schachtel mit den Lachsbrötchen zu.

«Nimm dir, so viele du magst», sagte er. «Ich muss leider etwas abnehmen …» Er sah ein wenig verlegen auf die kleine Wölbung seines Bauches.

Lisa griff in die Schachtel, obwohl sie gar nicht mehr so viel Hunger hatte. Er beobachtete sie und trank dabei einen Schluck.

«Du warst sicher ziemlich schockiert, als du mich gesehen hast, was?», meinte er leise. «Nach 29 Jahren sieht man wohl nicht mehr so gut aus. Bis etwa dreißig konnte ich essen, was ich wollte. Aber wir Kendall-Männer neigen alle ein bisschen zu Rundungen, wenn wir älter werden …» Ein leichtes, wehmütiges Lächeln umspielte seine Lippen.

Lisa spürte, dass er immer noch etwas gehemmt war wegen seines Sprachfehlers und nach wie vor sehr konzentriert sprach. Sie wünschte sich innig, er würde endlich aufhören, sich zu genieren.

«Du hast mich also wiedererkannt?», fragte sie vorsichtig und mummelte sich fester in die Wolldecke.

«Ja. Hab ich.»

«Und warum hast du nichts gesagt?»

«Weil ich nicht ganz sicher war, ob ich wirklich an diese Zeitreisegeschichte glauben sollte. Ich hab ja viele Jahre befürchtet, wie meine Mutter an Schizophrenie zu leiden. Aber allem Anschein nach tu ich das nicht.» Er überlegte, ob er noch mehr sagen sollte, schwieg dann aber, und Lisa ließ ihn wohlweislich in Ruhe.

«Du solltest dich bald schlafen legen», meinte er nach einer Weile. «Ich werde dir mein Bett oben frisch beziehen.»

«Dein Bett? Soll ich nicht auf dem Sofa schlafen?»

«*Ich* schlafe auf dem Sofa», bestimmte er. «Ich gucke eh meist noch bis in die frühen Morgenstunden fern. Außerdem siehst du dort oben den Sternenhimmel besser.» Er erhob sich und verschwand ohne weiteren Kommentar wieder im Inneren. Lisa schälte sich aus der Wolldecke und folgte ihm.

Während er im oberen Stock beschäftigt war, nahm Lisa den Wohnraum noch ein bisschen genauer in Augenschein. Ihre Erschöpfung war jetzt fast verflogen. Die wohltuende Atmosphäre, die sie hier bei Momo verspürte, hatte ihre Lebensgeister wieder geweckt.

Auf dem Clubtisch vor der riesigen Couch entdeckte sie mehrere Bücher. Sie hatte gar nicht gewusst, dass Momo las, aber in 29 Jahren konnte sich ja viel ändern. Sie setzte sich und nahm einen der Bände in die Hand. Es sah nach komplizierter Erwachsenenliteratur aus. Sie klappte es auf, doch schon nach ein paar wenigen Sätzen gab sie auf. Diese Art von Büchern verstand sie noch nicht.

Eins der Bücher lag aufgeschlagen auf dem Tisch. Lisa beugte sich darüber und erkannte, dass es eine Bibel war, das «Buch der Bücher», wie Doc Silverman es gerne nannte. Es enthielt anscheinend viele Informationen über den Schöpfer und über Chronos und Äon und Kairos und über «den größten Akt der Liebe, der jemals im Universum stattgefunden hat», womit Silverman meinte, dass der Sohn des Schöpfers sein Leben für die Menschen gegeben hatte.

Sie hatte Doc Silverman immer gern zugehört, wenn er von all diesen spannenden Mysterien erzählt hatte. Sie selbst hatte jedoch noch kaum gewagt, darin zu lesen, weil es so ein dickes Buch mit unheimlich kleiner Schrift war.

Morgan kam wieder zurück und warf einen Blick auf Lisa, die mit dem aufgeschlagenen Buch in der Hand dasaß. Er ging nach draußen, um die Getränke und die Lachsbrötchen wieder hereinzuholen, und setzte sich zu ihr aufs Sofa.

«Hast du das alles gelesen?», fragte Lisa.

«Ich bin gerade dabei.»

«Ich wusste nicht, dass du gerne liest.» Sie blätterte ein paar Seiten der Bibel um, die so hauchdünn waren, dass sie zwischen ihren Fingern knisterten.

«Ich auch nicht, bis ich damit angefangen hab. Jetzt ist es eine meiner Lieblingsbeschäftigungen und macht der Glotze regelrecht Konkurrenz.» Er grinste ein wenig.

«Ist das hier denn schwierig zu lesen? Die Bibel?» Lisa starrte immer noch auf die winzigen Buchstaben.

«Es geht so», meinte er. «Einige Stellen sind etwas schwierig, die überspringe ich. Ich war eigentlich nie besonders religiös. Aber … als der Gedanke, dass ich am 7. Juni dieses Jahres sterben würde, mich immer mehr verfolgte, wollte ich herausfinden, was nach dem Tod passiert …»

«Es ist alles meine Schuld», hauchte sie voller Entsetzen. «Ich hab dich in diese Verzweiflung hineingetrieben. Ich hätte dir nie …»

«Lee-Lee», sagte er beschwichtigend. «Jetzt hör auf, dir Vorwürfe zu machen. Vielleicht war es sogar gut, dass du es mir gesagt hast.»

«Ach ja?»

«Sonst hätte ich vielleicht nie angefangen, dieses Buch aufzuschlagen und nach Antworten zu suchen.»

«Hm.» So hatte sie die Sache noch nie gesehen. «Und – hast du Antworten gefunden?»

Morgan dachte nach. «Ich möchte zumindest gerne glauben, dass da mehr ist als das, was wir sehen. Und dass es nach dem Tod irgendwie weitergeht. Und dass irgendjemand da oben einen Plan hat mit uns. Sonst fände ich die ganze Sache hier nämlich ziemlich trist. Auf jeden Fall hat mir dieses Buch geholfen, wieder mehr Sinn im Ganzen zu sehen. Es ist ... es klingt merkwürdig, aber es hat eine eigenartige Kraft ... auch wenn ich längst nicht alles verstehe, so tut es mir irgendwie gut. Ich hab viel weniger Depressionen, wenn ich darin lese. Außerdem glaube ich, dass wir es bald brauchen ... dass bald eine Menge Dinge geschehen werden auf dieser Erde ...»

Lisa hörte, dass er allmählich seine Kontrolliertheit sein ließ und anfing, freier zu sprechen. Sein Sprachfehler drang nun deutlicher durch. Aber der hatte sie nie gestört. Sie hatte ihn genau so, wie er war, vom ersten Tag an und mit diesem Sprachfehler, ins Herz geschlossen.

«Meine Eltern haben das Buch auch gekannt», meinte sie leise. «Aber ich weiß zu wenig darüber ... doch ich glaube an das, was Doc Silverman immer wieder über den Schöpfer erzählt. Ich verstehe nur nicht so richtig, wie man mit ihm spricht. Doch er muss ja der sein, der Chronos und Äon und uns und die Welt geschaffen hat, nicht wahr? Vielleicht sollte ich auch lernen, mehr in diesem Buch zu lesen. Meine Eltern haben ja sogar einen Vers daraus in meine Uhr eingravieren lassen. Oh ...» Sie fasste sich an ihren nackten Hals. «Meine Uhr. Die ist noch in der WG ...»

«Wir holen sie morgen», sagte Morgan ruhig. «Und was die Bibel angeht: Mach das, Lee-Lee. Lies darin. Ich wünschte, ich hätte schon in meinen jungen Jahren damit angefangen, dann hätte ich mir einiges ersparen können. Dann hätte ich bestimmt mehr Sinn in dem Ganzen gesehen. Ich würde dir ja gern mehr erklären, aber ich stehe selber noch am Anfang ...»

Lisa blätterte noch ein wenig in dem Buch herum, während Morgan ein paar Schlucke von seinem Getränk nahm und nachdenklich zu dem Kamin hinüberstarrte, auf dem seine Familienfotos standen.

«Deine Eltern ...», begann er leise.

«Ja?» Lisa schaute ihn an.

«Ich hab viel darüber nachgedacht. Es muss schwierig für dich sein, sie nie gekannt zu haben.»

«Das ist es ...», gab Lisa kleinlaut zu.

«Hast du wenigstens Fotos von ihnen? Ich hab nie welche bei dir gesehen, wenn ich früher zu dir zum Spielen kam.»

«Ich hab nur ein Fotoalbum von ihnen», sagte sie. «Aber da sind nicht sehr viele Fotos drin. Und eins steht noch auf meiner Nachttischablage. Aber auf all diesen Bildern haben sie immer dasselbe Lächeln. Ich weiß nicht, wie sie aussahen, wenn sie traurig oder wütend waren.»

Morgan nickte bedächtig. Seine Augen waren geschlossen, in der Hand hielt er immer noch sein Glas, und in dieser Haltung blieb er eine ganze Weile lang sitzen.

«Vielleicht wirst du sie eines Tages in der Ewigkeit wiedersehen», sagte er, als Lisa schon glaubte, er hätte sich für den Rest des Abends in Stille gehüllt. «Im Äon ... bei Gott, oder bei Jesus, oder wie man ihn nennt ...»

Sofort erinnerte sich Lisa wieder an das Gespräch mit Professor Ash, und ihr schauderte. Er hatte dasselbe über ihre Eltern und den Äon gesagt. Aber natürlich nicht mit derselben Absicht.

Doch Morgan hatte recht, und irgendwie tröstete sie der Gedanke. Womöglich brauchte sie gar keine Zeitmaschine, um ihre Eltern wiederzusehen ...

«Vielleicht solltest du jetzt besser schlafen», meinte er. «Du hast eine große Entscheidung zu treffen, und das geht nur mit ausgeruhtem Kopf. Ich hab alles für dich vorbereitet.»

Er stellte sein Glas wieder hin, erhob sich und ging ihr voraus die Treppe hoch. Lisa folgte ihm. Ein ebenso herrlicher Raum erwartete sie, in dem sich ein riesiges Bett mit Nachtschränkchen, eine Kommode aus einer feinen, dunklen Holzart und ein begehbarer Kleiderschrank befanden. Und natürlich ein weiterer Riesenfernseher mit kompletter Soundanlage an der Wand gegenüber dem Bett. Und das Bett war mit einem hellblauen, frisch duftenden Satinbezug bekleidet.

Sogar ganz neue Handtücher, ein flauschiger Morgenmantel und Duschmittel lagen auf der Bettdecke bereit. Dazu ein Damennachthemd und eine Zahnbürste. Und alles vom Feinsten.

Lisa kam sich richtiggehend vor wie eine Prinzessin.

«Nicht ganz so perfekt, wie wenn die Haushälterin das macht», meinte Morgan. «Aber die kommt nur zweimal die Woche. Ich hoffe, es ist okay so. Das sind noch Sachen, die ich für meine Ex gekauft hab, aber sie hat sie nie benutzt. Ist also alles neu. Du kannst auch gern duschen, wenn du möchtest. Oder ein Sprudelbad nehmen. Das Bad ist gleich dort drüben.» Er wies auf eine geschlossene Tür an der Wand gegenüber.

«Wenn du es gern dunkel hast, kannst du die Jalousie mit dem Knopf hier neben dem Bett runterlassen. Ansonsten guckst du in den Sternenhimmel. Mach einfach, wozu du Lust hast, ja? Und wenn waschist, bin unten, schlafe aufmSchofa …» Die letzten Silben schaffte er nicht mehr, ordentlich auszusprechen. Auch er war eindeutig hundemüde.

«Danke», hauchte Lisa, aufs Neue überwältigt.

Obwohl das große edle Badezimmer mit der dreieckigen Sprudelwanne verlockend aussah, hatte das prächtige Bett doch eindeutig die größere Anziehungskraft. Duschen oder Baden konnte sie am Morgen immer noch.

Sie schlug die samtene Decke zurück und kuschelte sich fest darin ein. Ihre Tante hatte ihr und Thomas immer nur die alten kratzigen Laken gegeben, weil sie der Meinung war, dass Kinder sowieso alles kaputtmachten.

Sie sah auf Morgans Digitalwecker, dass es schon halb zwei Uhr morgens war. Zeit zum Schlafen …

Doch als sie in diesem wolkenweichen Bett lag, wollte der Schlaf trotz Müdigkeit einfach nicht kommen. Sie lag mit offenen Augen da und starrte zu den Sternen empor, die durch das Dachfenster wie kleine Diamanten funkelten. Sie hatte die Jalousien natürlich nicht geschlossen.

Sie knipste das Licht wieder an und schaute sich um. Neben dem Bett entdeckte sie auf einem der Nachtschränkchen ein Foto von einer Frau, die sie als Morgans Mutter erkannte. Sie nahm es in die Hände. Melissa Kendall. Ihr lockiges Haar war mittlerweile fast weiß, und in ihren braunen Augen lag ein leicht verwirrter Ausdruck. Morgan hatte offenbar irgendwann die Entscheidung getroffen, seiner Mutter zu verzeihen. Verzeihen, was sie ihm angetan hatte, als sie ihn einfach verlassen hatte …

Lisa stellte das Bild wieder hin. Nach einer Weile kapitulierte sie vor der Schlaflosigkeit und stand wieder auf. Vielleicht brauchte sie einfach noch ein wenig frische Luft. Vielleicht konnte sie sich draußen ein wenig auf die Hollywoodschaukel setzen. Wenn sie leise genug war, würde sie Morgan womöglich nicht mal wecken …

Doch als sie die Treppe runter ins Wohnzimmer tappte, sah sie, dass er noch wach war. Er lag auf der Couch und sah fern, mit Headphones auf den Ohren, um keinen Lärm zu machen. Neben sich hatte er ein Glas mit einem goldbraunen Drink auf dem Tisch. Als er Lisa sah, zog er sofort die Kopfhörer runter.

«Kannst du nicht schlafen?», fragte er.

«Nein.»

«Setz dich doch. Möchtest du noch mal was trinken? Im Kühlschrank ist noch frischgepresster Orangensaft.»

«Schläfst du auch nicht?»

«Ich schlafe selten um die Zeit. Ich bin ein Fernseh-Junkie.»

«Wie nüchtern bist du?», fragte sie angesichts seines halbvollen Glases und seiner etwas schweren Zunge.

«Nüchtern genug, um mit dir zu reden, wenn du möchtest.» Er stand auf, ging zum Kühlschrank und holte den Saft heraus.

«Fällt dir die Entscheidung schwer?», fragte er, als er mit zwei Gläsern Orangensaft zurückkam.

Lisa nickte matt.

«Wir können ein wenig auf die Terrasse gehen», meinte er. «Frische Luft hilft immer.»

Das entsprach genau Lisas Plänen. Die Entscheidung folterte sie, und sie musste dringend mit jemandem reden.

Morgan nahm die Wolldecke wieder mit nach draußen. Als hätte er geahnt, dass Lisa sich dieses Mal gern auf die Hollywoodschaukel setzen wollte, legte er die Decke darauf. Lisa kuschelte sich wieder darin ein und stellte ihren Orangensaft in den kleinen runden Halter neben der Schaukel, der wohl auch dafür gedacht war.

Morgan setzte sich behutsam zu ihr auf die Schaukel, allerdings ans andere Ende, um genügend Abstand zwischen ihnen zu wahren. Er stieß seine Beine ein wenig vom Boden ab, so dass die Schaukel leicht vor- und zurückschwang.

Lisa lächelte und sah, dass auch er schmunzelte. Sie hatten mittlerweile genug Übung darin, gemeinsam zu schweigen.

«Was fällt dir denn am schwersten bei dem Gedanken, wieder nach 1989 zurückzugehen?», ergriff er als Erstes das Wort.

Das war genau die richtige Frage. Trotzdem brauchte sie viel Zeit, um zu überlegen.

«Mein ganzes Leben im Jahr 1989 ist irgendwie verkorkst», sagte sie. «Meiner Familie bin ich eine Last. Mein Bruder ist überfordert mit mir. Sie wollen mich ins Internat abschieben. Ich soll da zwei Jahre bleiben. Ich hab überhaupt kein richtiges Leben dort – jedenfalls nicht die nächsten zwei Jahre.» Jetzt, da sie es aussprach, spürte sie, wie heftig das alles in ihrer Brust brannte.

«Stimmt, ich erinnere mich», sagte er.

«Und daran wird sich wohl auch nichts ändern, wenn ich zurückkomme», sagte sie bitter.

«Wer will dich denn ins Internat schicken? Deine Tante?»

«Es war Fannys Idee. Du weißt schon, die Freundin meines Bruders. Aber meine Tante war sofort entzückt davon. Für die war ich sowieso immer eine Plage. Im Gegensatz zu Thomas, der immer alles richtig macht …»

«Diese blöde Tante!» Morgan ärgerte sich. «An die kann ich mich noch gut erinnern. War sie eigentlich die Schwester deiner Mutter?»

«Ja, aber die haben sich nie gut verstanden, glaub ich. Die müssen wohl so verschieden gewesen sein wie Tag und Nacht. Genaueres weiß ich nicht, aber meine Tante hat immer verächtlich über den ‹religiösen Trip› meiner Mutter gesprochen und dass unsere Eltern sowieso durchgeknallt seien und lieber mal was Vernünftiges hätten arbeiten sollen. Sie waren Missionare ...»

«Als ob das was Verkehrtes wäre», meinte Morgan kopfschüttelnd. «Gab es denn sonst niemanden, der für euch hätte sorgen können? Großeltern zum Beispiel?»

«Auf der Seite meiner Mutter hat nur noch eine Großmutter gelebt, aber die war bei ziemlich schlechter Gesundheit. Und die Eltern meines Vaters sind nach Frankreich ausgewandert. Und die andere Tante, die wir noch hatten, also die Schwester meines Vaters, ging nach Amerika. Also blieben nur noch Tante Sally und Onkel Bob, und die haben auch nur eingewilligt, weil das Fürsorgeamt ihnen Geld dafür gezahlt hat. Sonst hätten wir ins Waisenhaus gehen müssen.»

«So eine Sauerei», schimpfte Morgan. «Als ob die nicht genug Kohle gehabt hätten, aber die waren ziemlich geizig, was? Das hab ich schon mitgekriegt. Du bist sicher froh, von ihnen weg zu sein ...»

«Tja.» Sie hob ihre Schultern. «Eigentlich ging es uns ja recht gut. Wir hatten unser eigenes Zimmer, genug zu essen, und sie ließen uns in Ruhe spielen. Wir wurden ja nicht geschlagen oder misshandelt oder so. Es war sicher zehnmal besser, als wenn wir im Waisenhaus gelandet wären. Das einzig Nervige waren das dauernde Gemecker von Tante Sally und die ewigen Streitereien zwischen ihr und Onkel Bob.»

«Ja, eine Meckertante war das im wahrsten Sinne des Wortes. Ich weiß noch, wie ich immer mit Absicht angefangen habe zu lachen, wenn sie mit dir schimpfen wollte. Ich hab gemerkt, dass ich sie damit um den Finger wickeln konnte.»

Lisa schaute ihn überrascht an.

«Das hast du getan? Hast du deswegen so oft gelacht?»

«Manchmal schon. Du hast mir jedes Mal leidgetan. Ich kenne das alles von meinem Vater. Dem war ich auch nie recht. Ich dachte, vielleicht kann ich dich vor ihr retten, wenn ich lache.» Er grinste ein bisschen.

Lisa war überrascht. Der kleine Momo, der kaum eine Silbe richtig hatte aussprechen können und den sie immer irgendwie hatte beschützen müssen. Nie hätte sie gedacht, dass auch er umgekehrt solche Gedanken gehegt hatte.

«Wie bist du eigentlich mit all dem klargekommen?» Er schaute sie nachdenklich an. «Daran musste ich nämlich oft denken. Du hast deine Eltern verloren und bist ohne Liebe aufgewachsen, bei Leuten, die nur ihre eigenen Interessen im Sinn hatten. Wie hast du das alles gemeistert, ohne durchzudrehen oder auf die schiefe Bahn zu geraten?»

Wieder musste sie gründlich nachdenken. Ja, wie eigentlich? Einen großen Teil ihrer Kindheit hatte er, Momo, eingenommen. Dazu kam wohl ihre Fähigkeit, Dinge, die ihr zu schwer waren, zu verdrängen und sich auf das zu konzentrieren, was sie gerade tat.

«Ich weiß es ehrlich gesagt nicht», gab sie zu. «Ich hab einfach versucht, nicht allzu viel darüber nachzudenken. Ich hab mich mit Dingen beschäftigt, die mir Spaß machten. Computer zum Beispiel. Skateboard fahren. Und dann waren da noch Zac und Doc Silverman und Britt … Ich hab mir einfach gesagt, dass eines Tages alles besser werden wird und dass ich, wenn ich erwachsen bin, alles tun und lassen kann, was ich will.»

«Hm.» Sein Blick ruhte fest auf ihr.

«Ich bewundere dich echt dafür, weißt du das?», sagte er. «Ich wünschte, ich wäre so stark gewesen wie du. Du bist so ein tolles Mädchen. Du hast eine erstaunliche Weitsicht für dein Alter.»

Lisa hatte nie darüber nachgedacht, ob sie ein tolles Mädchen war. Eigentlich hatte sie sich selber nie so richtig gemocht. Sie hatte sich nie für einen Sonnenschein gehalten, der alle mit einem herzlichen Lächeln bezaubern konnte, so wie Fanny zum Beispiel. Im Gegenteil – meistens hieß es ja über sie, dass sie mürrisch und rebellisch sei …

«Im Grunde genommen hab ich dir, glaub ich, wahnsinnig viel zu verdanken», sagte sie. «Du hast mir in meiner Kindheit so viel gegeben. Wenn ich dich nicht gehabt hätte …»

«Umgekehrt aber ebenso», sagte er ernst. «Ich hatte niemanden zum Spielen außer dir. Ich war immer sehr glücklich, wenn ich zu dir kommen konnte. Ich werde mich immer gern an unsere gemeinsame Kinderzeit erinnern.»

«Ich wünschte …», begann sie, verstummte aber gleich wieder. Sie hatte ihm in der Vergangenheit schon mehrmals vermittelt, wie traurig sie darüber gewesen war, dass er sich so früh erwachsen verhalten und sie und ihre gemeinsamen Spiele verlassen hatte.

Doch er wusste genau, was sie sagen wollte.

«Lee … es tut mir heute noch leid, dass ich dich damals im Stich gelassen und dich damit verletzt habe», sagte er aufrichtig. «Das war nie meine Absicht. Ich war ein dummer Teenager, der einen Haufen Probleme mit sich selber hatte. Das hatte alles überhaupt nichts mit dir zu tun. Im Nachhinein wünschte ich, ich wäre länger Kind gewesen, hätte länger diese Spiele mit dir geteilt und mich nicht darum geschert, was andere wohl von mir denken.»

Er hob sein Glas und trank einen Schluck. Lisa konnte riechen, dass er sich auch in den Orangensaft wieder etwas Hochprozentiges geschüttet hatte.

Schließlich fasste sie Mut.

«Warum hast du angefangen zu trinken?»

Er schaute in die Ferne und dachte lange nach. Lisa betrachtete ihn im Schein des Lichts, das vom Swimmingpool herüberschimmerte; seine langen Wimpern und die braunen Augen, die sie immer noch an den kleinen schönen Jungen von damals erinnerten. Er hätte es wirklich verdient gehabt, dass man auch für ihn besser gesorgt hätte, fand sie.

«Schwer zu sagen. Ich glaub, es hatte viel damit zu tun, dass meine Mutter weggegangen ist. Ich war mir nicht bewusst, wie sehr ich sie vermisste. Ich hab es verdrängt. Ich hatte niemanden, mit dem ich reden konnte, und ich wollte auch gar nicht, weil ich jedem beweisen wollte, dass ich ein ganzer Kerl war. Zudem weißt du ja, wie sehr mein Sprachfehler mich immer gehemmt hat. Nur wenn ich Alkohol getrunken hatte, traute ich mich, aus mir rauszukommen.

Und als ich in den Staaten war, habe ich meinen Kummer noch öfter als zuvor im Alkohol ertränkt und dadurch auch den High-School-Abschluss vermasselt. Ich kam mit leeren Händen nach Hause, sehr zum Missfallen meines Vaters.»

«Kummer?», fragte Lisa. «Du hattest also wirklich richtigen Kummer?» Beverly hatte demnach wirklich recht gehabt, als sie meinte, Morgan habe es oft nicht leicht gehabt.

«Ja, da gab es einiges, an dem ich zu nagen hatte», sagte er. Es klang ausweichend, fast so, als ob er ihr etwas nicht mitteilen wollte, um ihre Gefühle zu schonen.

«Die Abhängigkeit kam also schleichend, würde ich sagen. Dann waren da halt noch die langen Partynächte in all den Clubs der Stadt. Als Kendall wird man ja so ziemlich überallhin eingeladen, alle machen dir den Hof. Es hofft ja jeder, dass er ein bisschen von uns profitieren kann.

Ich hab ziemlich lange nicht gemerkt, dass ich eigentlich abhängig bin. Ich glaub, mir wurde das erst richtig bewusst, als ich ungefähr 35 war. Plötzlich merkte ich, dass ich ohne Drinks nicht mehr durch den Tag kam. Und dann hatte ich bis vor Kurzem eine ziemlich schwere Depression, eine Art Midlife-Crisis vermutlich. Ich kam nicht mehr aus dem Bett und habe mir mit der Trinkerei ein paarmal ordentlich die Kante gegeben, sehr zum Leidwesen meiner Familie und meines Bruders … die beiden Kids haben wohl kein gutes Bild von mir gekriegt …»

Das war eine lange Rede gewesen, und er lehnte sich erschöpft zurück.

«Stevie hat dich aber auch oft zum Trinken genötigt. Das weiß ich», warf Lisa ein.

«Die Wahl liegt immer bei einem selber», sagte er. «Er hat mich animiert dazu, aber nie gezwungen. Ich hätte Nein sagen können. Er hätte es respektiert.»

«Hm.» Darauf wusste Lisa keine Antwort.

«Möchtest du aufhören?», fragte sie nach einer kurzen Pause.

«Natürlich möchte ich. Ich weiß, dass ich so nicht weitermachen kann. Es ruiniert mir die Gesundheit.»

«Ist es schwierig?» Lisa hatte wenig Ahnung davon.

«Aufzuhören? Tja, wenn es einfach wäre, hätte ich es schon längst getan. Mir fehlt einfach eine richtige Aufgabe im Leben. Die müsste ich erst mal finden. Das würde mich von vielem ablenken. Ich beneide die Menschen, die so was wie eine Berufung haben … eine Leidenschaft für eine Sache, die sie antreibt … ich wünschte, ich würde so was auch endlich mal finden …»

«Gibt es denn gar nichts, was du besonders gern machst?», wunderte sich Lisa. Sie hatte sich das schon 1989 öfter gefragt. Irgendwie hatte Momo außer Fernsehen und Musik hören nie ein richtiges Hobby gehabt.

«Mir fällt nicht wirklich was ein. Ich hielt mich nie für sonderlich begabt. Ich hatte als Teenager mal phasenweise eigene Songtexte verfasst, aber ich weiß nicht, ob die was getaugt hätten. Wenn ich diesen Sprachfehler nicht hätte und ohne Anstrengung reden könnte, würde ich mich gern mehr mit Leuten unterhalten, interessante und tiefgründige Gespräche führen; über das Leben, über den Glauben, über das Weltgeschehen, aber das geht alles nicht mit diesem Handicap.»

Er sprach wie immer sehr ruhig, doch Lisa fühlte, dass er dieses Mal besonders viel Beherrschung dafür aufbringen musste.

«Warum arbeitest du denn nicht?», fragte sie vorsichtig. «Vielleicht würde dich das ja auch vom Trinken ablenken …?»

Wieder dachte er sehr lange über seine Antwort nach.

«Das hatte wohl viel mit meinen Depressionen zu tun. Ich war depressiv, seit ich ein Teenager war, aber das wusste ich damals nicht. Ich galt einfach als faul. Es gab Tage, da traute ich mich nicht mal, mein Bett zu verlassen, aus lauter Angst, sprechen zu müssen. Und so hab ich mich vorm Fernseher verschanzt. Mein Vater erwartete von mir, dass ich später mal mit Stevie zusammen die Firma leite, aber der Gedanke an all die Sitzungen, Verhandlungen und Telefongespräche war der blanke Horror für mich.

Nur Stevie nahm mich in Schutz. Er meinte, als bei mir gar nichts mehr ging, ich solle das Arbeiten lassen; er sei froh, wenn ich mich wenigstens um Mutter kümmere, und das tue ich – ich besuche sie zwei-, dreimal pro Woche und schaue, dass es ihr an nichts fehlt. Es gibt ja auch keinen Druck für mich, Geld verdienen zu müssen. Die Kendall Automotive Company setzt so viel ab, dass Stevie locker mehrere Familien ernähren könnte, und er zahlt mir jeden Monat einen stattlichen Betrag aus. Siehst du ja ...»

Er wies mit einer Handbewegung auf all den Luxus ringsherum. «Ich bin ja Miteigentümer der Firma, also meint Stevie, dass mir mein Anteil trotz allem zusteht. Und von dem Erbe unseres Vaters, das noch auf uns wartet, will ich gar nicht reden. Du siehst, Lee-Lee ...» Er brach ab, und es war ihr, als sei er ziemlich bedrückt.

Lisa kaute auf ihrer Lippe herum. Ihr schwirrte schon lange eine Frage durch den Kopf, die möglicherweise für ihren Entschluss entscheidend sein konnte.

«Hätte ich dich vor dem Trinken bewahren können, wenn ich bei dir geblieben wäre? Wenn ich nicht in der Zeit verschwunden wäre?»

In ihrem Hals kratzte es. Die Frage kam ihr nicht leicht über die Lippen.

Auch hier musste er erst wieder ausgiebig über die Antwort nachdenken.

«Vielleicht. Vielleicht auch nicht. Ich hätte mir sicher weniger hinter die Binde gekippt als Sechzehnjähriger, wenn ich eine richtig gute Freundin gehabt hätte. Aber spätestens, wenn die Beziehung auseinandergegangen wäre, wäre ich wieder in ein Loch gefallen. So oder so, es ist, wie es ist, und der Einzige, der was dagegen tun kann, bin ich.»

Lisa hatte das Gefühl, dass das nicht die ganze Wahrheit war. Er schien offenbar zu ahnen, worauf sie hinauswollte.

«Lee-Lee ...», sagte er leise. «Ich möchte nicht, dass du dich zu irgendwas verpflichtet fühlst oder deine Entscheidung wegen *mir* fällst. Ich kann mir denken, dass du im Jahr 2018 bessere Möglichkeiten hast. Obwohl – die Zeit zwischen 1989 und 2018 war im Großen und Ganzen eine gute Zeit, wir hatten keinen Weltkrieg und auch sonst keine kosmische Katastrophe, und du hast zumindest den Vorteil, mit dieser Gewissheit in deine Zeit zurückkehren zu können. Doch was ab jetzt kommt, wissen wir nicht. Für die nächsten dreißig Jahre hast du hier jedenfalls für nichts eine Garantie. Die Technik entwickelt sich so rasend schnell – es macht mir manchmal richtig Angst. Irgendwann wird das alles noch überborden, fürchte ich. Die Welt wird daran crazy werden. Ein Grund mehr, sich irgendwo einen Anker zu suchen. Etwas, worauf man vertrauen kann. Einen Felsen, der bis in alle Ewigkeit nicht wankt, egal, wie sehr es auf der Welt noch stürmen und toben wird.»

Lisa nahm Momos Worte fest in sich auf. Noch nie in ihrem Leben war ihr die Bruchstelle in ihrem Herzen so deutlich geworden wie in diesen letzten Stunden, und egal, für welche Zeit sie sich entscheiden würde: Sie ahnte, dass nicht nur in Momos Leben, sondern auch in ihrem eigenen eine zwingende Suche nach Antworten begonnen hatte. Aber noch schwebte diese eine ungeklärte Frage zwischen ihnen im Raum ...

«Stimmt es, dass du nach mir gesucht hast?», platzte sie heraus, entschlossen, direkt zum Kern der Sache durchzudringen. «Dass du ... mich nach dem Ball gesucht hast, um mit mir zu reden?»

«Das tut nichts zur Sache, Lee-Lee», wich er aus.

«Sag es mir.»

«Ich hab dich an dem Abend gesucht, ja. Ich wollte mich bei dir entschuldigen wegen der Sache mit Camilla Ericsson. Dann hab ich dich auf der Brücke verschwinden sehen, und Doc Silverman sagte mir, du würdest am 14. Februar 1990 wieder zurückkommen. Aber du bist eben nicht gekommen …»

«Was wäre passiert, wenn ich zurückgekommen wäre?», lauerte sie. Doch er antwortete nicht.

«Wäre jemals etwas aus uns beiden geworden?»

«Lee-Lee, ich hab dir gesagt, es spielt keine Rolle, was hätte sein können. Die Zeit kann man nicht zurückdrehen. Na gut, du bist die Einzige, die das kann. Aber in meiner Welt, in meiner Wirklichkeit, kann man es nicht.»

«Ich hab das Gefühl, dass du mir die Frage nicht beantworten willst.»

«Ich will dich nicht beeinflussen, das ist alles.»

«Du hättest mir also eine Chance gegeben …?»

Er schloss die Augen. «Ob ich dir eine Chance gegeben hätte oder nicht, spielt keine Rolle. Du weißt nicht, ob es mit uns geklappt hätte. Du hast auch keine Garantie, dass du mich vor der Trinkerei hättest bewahren können. Ich erinnere mich an dein zukünftiges Ich. An Misses Whitfield. Ich hab sie gesehen. Ich hab gesehen, was für eine wunderschöne, starke Frau aus dir wird. Und ich denke nicht, dass ich wirklich zu dir gepasst hätte.»

«Aber warum denn nicht?», fragte sie verzweifelt, weil er ihr einfach nicht die Antwort geben wollte, die sie so dringend brauchte.

«Weil du dich mit mir rasch gelangweilt hättest. Ich war nie ein Draufgänger, Lee-Lee. Jede Frau, mit der ich zusammen war, hat mir nach einer Weile dasselbe gesagt: dass ich langweilig sei und dass mit mir nichts los sei. Sie waren nur auf mein Geld aus, auf mehr nicht.»

«Dann hast du aber die falschen Frauen gewählt», sagte sie. «Wenn eine nicht sieht, wie unendlich lieb und fürsorglich du bist … und wie gut du zuhören kannst … dann ist sie meiner Meinung nach eine echt blöde Zicke!»

Er lachte ein bisschen, als sie das aussprach. Doch dann schüttelte er den Kopf. «Das ist lieb, dass du das sagst, Lee-Lee. Aber Frauen wollen heutzutage mehr als nur Fürsorge. Du brauchst jemanden mit etwas mehr Pep als mich. Mit Kylian hättest du bestimmt mehr Spaß als mit mir, und er ist wirklich ein guter Kerl. Noch etwas grün hinter den Ohren, aber das kommt schon.»

Eine Weile blickten sie gemeinsam in die Nacht hinaus, und Momo ließ die Schaukel sanft schwingen. Sie waren hoch im Himmel bei den Sternen, und unten glitzerte Downtown Tomsborough mit all seinen Lichtern und der Datumsanzeige, die den 22. Juni 2018 verkündete.

2018 …

Sie holte tief Luft.

«Du, Momo?»

Er lächelte, als sie seinen Kosenamen aussprach.

«Ja?»

«Ich weiß, es hört sich blöd an, aber falls ich hierbleibe … denkst du … könnte ich dann mit dir zusammen sein? Ich meine … könnten wir es nicht einfach versuchen? Du hast ja niemanden, und ich … habe eigentlich auch niemanden … und … ich kann mit dir besser reden als sonst mit jemandem auf dieser Welt …»

«Lee-Lee», unterbrach er sie sanft. «Das geht doch nicht. Bedenke, ich bin jetzt ganze 29 Jahre älter als du. Das sind Welten! Ich könnte vom Alter her dein Vater sein!»

«Ich weiß, aber ... das macht mir nichts aus. Du bist immer noch ... mein Momo. Du bist derselbe Mensch, nur einfach ... ein bisschen älter. Ich ...»

Und dann konnte sie es nicht länger zurückhalten.

«Ich liebe dich immer noch. Ich hab dich immer ... *so sehr* geliebt.» Eine Träne kullerte über ihre Wange. Mist ...

«Ich weiß, Lee-Lee. Ich weiß.» Er rutschte etwas näher an sie heran und strich ihr behutsam eine vom Wind verwehte Haarsträhne aus dem Gesicht. Seine Augen, die sie fest anschauten, waren erfüllt von Zuneigung. Er nahm noch mal seine ganze Kraft zusammen, um deutlich und fehlerfrei zu sprechen:

«Schau, meine Freundschaft hast du. Bedingungslos. So oder so. In der Gegenwart, in der Zukunft, und auch in der Vergangenheit. Ich hab dich unendlich gern. Wirklich ... *unendlich*. Aber das Timing für eine Beziehung ist uns nun mal nicht gegeben, Lee-Lee. Du hast einen anderen Weg als ich. Ich glaub auch, wir funktionieren als Freunde besser. Und ich möchte nicht, dass du mich bei deiner Entscheidung berücksichtigst. Ich kann dir nichts, aber auch *gar nichts* garantieren. Nimm die freie Wahl, die dir geschenkt ist, wirklich als ein Vorrecht an. Welcher Mensch kann sich schon zwischen zwei Zeiten entscheiden?»

Sie senkte den Blick und unterdrückte ein Schluchzen. Er legte ihr sanft den Arm um die Schultern und kraulte ihren Nacken. Sie konnte fühlen, dass auch er innerlich sehr bewegt war, es aber offensichtlich nicht zeigen wollte.

«Hör zu: Wenn du hierbleiben möchtest, dann werde ich mich auf *jeden Fall* um dich kümmern. Damit du das weißt. Du brauchst dir also um deine Existenz hier im Jahr 2018 keine Sorgen zu machen. Ausbildung, Wohnung, Klamotten, alles, was du brauchst, werde ich übernehmen.»

Sie konnte nicht verhindern, dass weitere Tränen aus ihren Augen tropften. Er war so gut zu ihr. Dennoch hätte sie sich mehr als alles andere gewünscht, dass auch er ihr nur ein einziges Mal gesagt hätte, dass er sie ebenfalls liebte. Aber irgendwie waren die Tränen heilsam. Sie spürte, dass sie schon lange auf sie gewartet hatte. Trotzdem wischte sie sie beschämt weg.

Doch ihr war klar, dass die Entscheidung in ihrem Herzen immer noch nicht vollständig gefällt war …

«Aber wärst du – ich meine, *du* im Jahr 1990 als Sechzehnjähriger – wenigstens ein ganz kleines bisschen glücklich gewesen, wenn ich zu dir zurückgekommen wäre?»

Sie hoffte immer noch so sehr auf irgendeinen Hinweis von ihm auf das, was sie sich inständig wünschte.

Er gab keine Antwort. Stattdessen begann er leise ein paar Zeilen zu singen. Er hatte eine schöne Stimme, sanft und voller Sehnsucht.

Lisa kannte den Song, er war sogar aus ihrer Zeit. Die Band hieß «Dire Straits» und das Lied «Brothers in Arms».

These mist covered mountains
Are a home now for me
But my home is the lowlands
And always will be
Someday you'll return to
Your valleys and your farms …

Er brach ab. «Geh nun lieber schlafen, Lee-Lee», sagte er sachte. «Du bist sehr müde, und ich denke, die Zeitreise wird dich anstrengen – falls du sie antreten wirst.»

Lisa dachte an ihre letzte Zeitreise, die Reise nach 2018. Allein schon die Erinnerung daran war der reinste Horror. Noch mal durch dieses elende Wurmloch, noch mal wie in einer Turbine herumgeschleudert zu werden … Die Grauenhaftigkeit des Trips war ein Grund, ihn gar nicht erneut anzutreten.

Und Momo hatte recht: Plötzlich überfiel die Müdigkeit sie so bleischwer, dass sie sich kaum noch wachhalten konnte. Ihr Kopf knickte einfach weg und landete auf Momos Schulter. Da wollte sie bleiben. Da wollte sie für immer schlafen …

Sie bekam kaum noch mit, dass Momo sie auf seinen Armen ins Bett trug und sie mit der samtweichen Decke zudeckte. Sie fühlte nur, dass sie auf einmal wieder auf einer Wolke lag und dass Momo da war und sie beschützte.

Kaum hatte er das Licht gelöscht und den Raum wieder verlassen, war sie schon weggedämmert.

Im Traum verfolgte sie der Song, den Morgan gesungen hatte, und vermischte sich mit all den Erinnerungen ihres Lebens zu einem Wirbelsturm aus Bildern und Satzfetzen. «Wohin willst du, Zeitreisemädchen?», geisterte eine Stimme durch ihren Kopf, während Lisa sich schweißgebadet im Bett hin und her wälzte.

Als der Tag anbrach, hatte sie ihre Entscheidung gefällt.

Kapitel 25
Begegnung mit der Vergangenheit

Morgan reichte ihr wortlos sein Smartphone, mit dem sie Doc Silverman anrufen konnte.

«Ich bin sehr froh, Lee, dass du dich so entscheidest», sagte der Doc, nachdem sie ihm ihren Entschluss mitgeteilt und ihm endlich auch ein bisschen was von ihrem Dialog mit Professor Ash wiedergegeben hatte.

«Du gehörst nun mal in deine Zeit. Wir werden das Ding schon irgendwie schaukeln. Professor Ash scheint momentan nicht im Forschungszentrum zu sein. Zac hat übrigens dein Handy plötzlich irgendwo außerhalb der Stadt geortet, aber es kann natürlich eine Falle sein. Kein Mensch weiß, ob Professor Ash dein Handy bei sich trägt und sich daher am selben Ort befindet, oder ob er es einfach nur irgendwo außerhalb der Stadt deponiert hat, um uns in die Irre zu führen. Doch wenn wir Glück haben, liegt er heute Abend tatsächlich nicht in seinem Bunker auf der Lauer.

Und die lokalen Wetterprognosen melden nach wie vor kein Gewitter. Wenn wir es klug anstellen, schaffen wir es, dich nach 1990 zu senden, ehe er zur Stelle sein kann. Ich hab mir auch schon einen ungefähren Plan zurechtgelegt.»

«Okay», sagte Lisa, der angesichts der bevorstehenden Zeitreise immer mehr angst und bange wurde.

«Kannst du heute tagsüber noch bei Morgan bleiben? Und kannst du ihn mir rasch ans Telefon holen? Ich möchte ihm noch ein paar wichtige Instruktionen geben.»

Lisa gab Morgan sein Handy zurück, und Morgan hörte Doc Silvermans Anweisungen aufmerksam zu.

Es war so viel, dass er schließlich aufstehen und einen Notizblock holen musste, um sich alles genau zu notieren.

«Alright. Mach ich alles.»

Lisa verbrachte den ganzen Tag in Morgans Penthouse, nahm ein Bad im Jacuzzi und später noch eins im Swimmingpool, während Morgan unterwegs war, um ein paar Sachen zu besorgen, die ihm Doc Silverman aufgetragen hatte.

Zurück kam er mit einer großen Plastiktüte aus einer Boutique für Freizeitkleidung und einem Riesenkarton voller japanischer Gourmetsnacks. Lisa staunte, als er all die Köstlichkeiten vor ihr auf dem Tisch ausbreitete: diverse Reisbällchen mit Fisch, die sich Sushi nannten, und frittiertes Hühnchen und Gemüse, eine beachtliche Auswahl an Suppen in Plastikdosen und zwei verschiedene Nudelgerichte. Es war so viel, dass sich daran eine ganze Armee hätte sattessen können, doch Morgan meinte, dass sie sich ordentlich stärken sollte für die bevorstehende Reise.

«1990 kannst du ja doch nur Fish&Chips oder Pizza von der Bude nebenan bestellen», sagte er mit einem Schmunzeln. «Da gibt es noch nicht diese immense Auswahl.»

Je weiter der Tag sich neigte, desto mulmiger war Lisa zumute. Die bevorstehenden Strapazen machten ihr Angst, doch es war nicht nur das. Der einzige Lichtblick waren die jüngeren Ausgaben ihrer Freunde von 1990, die froh sein würden, wenn sie zu ihnen zurückkehrte.

Doch nur allzu schnell wurde es Abend. Morgan fuhr mit Lisa zuerst in ihre WG, damit sie die Uhrenkette holen konnte. Er wartete im Auto, während Lisa nach oben ging und dabei inständig hoffte, niemandem zu begegnen.

Leise tappte sie durch die Küche in ihr Zimmer. Sie riss sich in Windeseile ihre 2018er-Klamotten vom Leib und zog ihre Klamotten von 1989 wieder an; die mittlerweile sehr ausgeleierten Flickenjeans, das Micky-Maus-T-Shirt und ihre alte Windjacke. Alles andere, was sonst von ihr im Zimmer rumlag, stopfte sie in eine Plastiktüte. Britt würde die Sachen später abholen.

Sie holte die Uhrenkette aus der Schreibtischschublade, legte sie sich um den Hals und drehte sie einen Moment lang nachdenklich zwischen den Fingern.

Die Uhr, die vor sehr langer Zeit ziemlich genau bei sieben Uhr stehen geblieben war.

Meine Zeit steht in deinen Händen.

Noch konnte sie ihre Entscheidung rückgängig machen und im Jahr 2018 bleiben. Ansonsten würde sie erst in 29 Jahren wieder hier sein. Der Gedanke mutete ziemlich verrückt an. Aber beinahe noch verrückter erschien es ihr, wieder in eine Zeit zurückzukehren, in der es noch kein Internet gab und in der sie ihre Songs wieder auf Kassetten aufnehmen musste.

Zwar würde, laut geschichtlichem Ablauf, das Internet nicht mehr allzu lange auf sich warten lassen, doch bis es auf dem Stand von

2018 war, würde es ja noch ewig dauern. Sie hatte über die altmodischen Modems aus den Anfangszeiten des Internets gelesen und über die elend langen Einwählzeiten. Das alles lag 1990 noch vor ihr.

Wie sollte sie sich bloß wieder an den Rückschritt auf die Situation von 1990 gewöhnen?

Sie stand einen Moment lang in ihrem Zimmer und überlegte.

Einen klitzekleinen Moment zu lange.

Denn im nächsten Augenblick hörte sie, wie ein Geschwader Füße in die Küche polterte, gefolgt von lautem Stimmengewirr und entzückten Ausrufen.

«Wie schön ihr es hier habt», flötete eine Frauenstimme, die Lisa außerordentlich bekannt vorkam. «Und so ordentlich. Wirklich ganz, ganz toll!»

Eine Männerstimme, die neben dem Gesäusel eher deprimiert klang, brummte etwas.

«Ach Schätzchen, mach doch das Fenster auf! Ein bisschen frische Luft tut so gut und ist ja so wichtig für die Gesundheit.» Das war schon wieder diese flötende Stimme.

«Wollt ihr Tee?» Nun redete Chloe.

«Danke, sehr gerne. Wer sind denn die beiden anderen, die hier wohnen? Plant ihr denn auch ein paar schöne *gemeinsame* Abendessen zwischendurch? Sicher habt ihr viele gute und wertvolle *Frauengespräche* untereinander!»

Lisa presste mit angehaltenem Atem ihr Ohr an die Tür.

Nein, oder?

«Mum, wann wird Dad denn nun operiert?», fragte Chloe mit leiser Stimme.

«In einer Woche, Schätzchen. Wenn alles gutgeht.»

«Sind das jetzt zwei Metastasen, die entdeckt worden sind?»

«Ja, zwei.»

«Aber die Chancen auf Heilung sind … recht gut, oder?» Chloes Stimme klang besorgt.

«Ach, Schätzchen …»

«Mum? Sag schon! Was hat Doktor Stewart gesagt?»

«Das spielt jetzt keine Rolle. Wir versuchen jetzt einfach, das Beste draus zu machen.» Auch die flötende Stimme klang nun etwas angeknackst. «Wir müssen das Leben einfach nehmen, wie es kommt.»

Metastasen? Das war Krebs, oder? Lisa erstarrte. Hatte etwa …?

«Mann. Wäre Dad doch nur früher zum Arzt gegangen», jammerte Chloe. Eine zweite Mädchenstimme, die bis jetzt noch nicht viel gesagt hatte, murmelte irgendwas, was Lisa nicht verstand. Sie lauschte noch angestrengter. Hier mussten mindestens vier Leute anwesend sein …

«Ich hab es ihm ja dauernd gesagt, aber er wollte nicht hören. Nicht wahr, Schatz? Ich sagte es dir ja schon lange.»

Wieder knurrte die Männerstimme etwas, und sie hörte sich fast ein bisschen an wie die von Onkel Bob.

«Hier ist der Tee», sagte Chloe, und Lisa hörte, wie Tassen auf den Tisch gestellt und Stühle gerückt wurden. Die würden da vorerst sitzen bleiben!

«Aber wirklich schön sauber ist es hier! Ganz, ganz hübsch!» Die Singsang-Stimme schwebte wieder wie eine klingende Glocke im Raum. «Wer wohnt denn in diesem Zimmer?»

Lisa hielt den Atem an.

Bitte nicht!

«Ach, die ist nur vorübergehend da. Lee heißt sie und bleibt nur bis

Juli», antwortete Chloe. «Aber man sieht nicht viel von ihr. Sie zieht sich dauernd zurück. Irgendwie erinnert sie mich ein bisschen an die verstorbene Tante Lisa ... so, wie sie auf den Fotos aussieht jedenfalls ...»

«Ja, das war schon eine sehr traurige Geschichte mit Lisa. Sie war in Valeries Alter, als dieser Unfall passierte. Ach ja, wie lange ist das nun her? Bald dreißig Jahre, nicht wahr, Thomas ...?»

Lisa traute sich nicht mehr, Luft zu holen. Wie sollte sie jetzt an diesen Leuten vorbeikommen, die sich da ausgerechnet direkt vor ihrer Nase in die Küche gepflanzt hatten?

Diese Leute. *Ihre* Familie ...

Aber es blieb ihr keine andere Wahl. Morgan wartete unten im Auto auf sie, und sie hatte kein Handy, um ihm mitteilen zu können, dass es ein ziemlich dickes Problem gab.

Ihr Blick fiel auf die Brille, die auf ihrem Schreibtisch lag. Auch wenn sie sie kaum benutzt hatte, war sie vielleicht die einzige Rettung ...

Rasch band sie ihr Haar am Hinterkopf zu einem Dutt zusammen, setzte die Brille auf, verstaute die Uhr unter dem T-Shirt und wagte, tief durchzuatmen. Jetzt oder nie! Die Familie war gerade in ein angeregtes Gespräch über Teesorten vertieft, das allerdings nur von den weiblichen Stimmen geführt wurde.

Lisa legte ihre Hand auf die Türklinke und versuchte, eine hektische Miene aufzusetzen, die andeutete, dass sie spät dran war und es *äußerst* eilig hatte.

Eins, zwei, drei, zählte sie in Gedanken und drückte die Klinke runter.

Das Erste, worauf ihr Blick fiel, war eine kugelrunde Frau mit grauem Kurzhaarschnitt und einer violetten Hornbrille. Fast hätte Lisa wieder einen Satz rückwärts in ihr Zimmer gemacht.

War das tatsächlich Fanny? Du meine Güte! Die hatte sich aber krass verändert! Vor allen Dingen hatte sie etliche Kilos zugelegt. Nur die für sie so typischen markanten Grübchen in den Wangen verrieten ihr, dass es wirklich Fanny war.

Lisa hatte eigentlich mit vollem Karacho durch die Küche stürmen wollen, doch nun war ihr Körper wie gelähmt.

Und dann fiel ihr Blick auf den vornübergebeugten bebrillten Mann, der am Küchentisch saß und in seine Teetasse starrte. Er hob seinen Kopf, und ihre Blicke begegneten sich. Seine Hand, die eben zu der Teetasse wandern wollte, blieb in der Luft hängen.

Fanny starrte sie ebenfalls an.

Auch die beiden Mädchen, Chloe und Valerie – Valerie war Fanny ebenfalls wie aus dem Gesicht geschnitten – starrten Lisa an, wenn auch mit einem anderen Gesichtsausdruck.

Fannys Blick glitt langsam an Lisa herab und blieb an ihrer Jeans hängen. Ihr Mund öffnete sich – verdutzt, verwundert.

Lisa sah an sich runter, ahnend, worauf Fannys Augen abzielten …

Die Flickenjeans. Ihre so typischen alten Flickenjeans, die Fanny schon etliche Male hatte wegwerfen wollen, weil sie ihr immer ein Dorn im Auge gewesen waren.

Kein Mensch außer Lisa besaß solche Flickenjeans.

Ihr Bruder Thomas, nun fast fünfzig, runzelte so fest die Stirn, dass ihm die Brille nach vorn rutschte. Er hatte kaum noch Haare, doch die wenigen Überbleibsel waren dunkel und wellig wie eh und je. Und er war blass. Sehr blass. Es ging ihm offensichtlich nicht gut. Er war nicht glücklich mit seinem Leben. Und er war krank.

Lisa zögerte.

Doch hier konnte sie nichts mehr tun, das wusste sie.

Und sie musste los. Die Zeit drängte.

Die Zeit …

«Tschuldigung», murmelte sie und stob an ihrer Familie vorbei aus der Küche und durch den Flur. Noch im Laufen purzelten ihr die Tränen aus den Augen.

«Wie, sagst du, heißt das Mädchen?», hörte sie Fannys Stimme im Rücken.

«Lee. Warum?»

Den Rest bekam Lisa nicht mehr mit. Sie schlug krachend die Wohnungstür hinter sich zu, stolperte die Treppen runter, raus aus der Haustür und auf Morgans Auto zu, wo er ihr schon von innen die Tür aufmachte. Sie war fast blind vor Tränen, als sie ins Auto hechtete und sich in Morgans Arme warf, die er sofort nach ihr ausgebreitet hatte. Er bettete ihren Kopf an seine Schulter, während sie einem regelrechten Heulkrampf erlag und sein Hemd mit ihren Tränen durchnässte.

Sie wollte eigentlich aufhören, wollte diese Tränen stoppen, aber sie hatte vollkommen die Kontrolle über sich selbst verloren. Es kamen einfach immer mehr, und sie wusste gar nicht, wo sie die alle hernahm.

Vielleicht hatten sie einfach immer in ihr dringesteckt, seit ihrer Geburt. Oder seit dem Tag, an dem sie ihre Eltern verloren hatte. Oder seit Momo sie verlassen hatte …

Sie konnte es nicht genau sagen.

Aber Momo war nun hier bei ihr, und er hielt sie fest, mit unendlicher Geduld hielt er sie fest, bis sie sich leergeweint hatte. Seine Schulter und das teure Lederpolster des Autos waren durchnässt, aber Momo wiegte sie in seinen Armen, bis der Schmerz nachgelassen hatte und ihr Atem wieder ruhig geworden war.

«Besser?», fragte er leise.

Sie nickte und fühlte, wie eine unglaubliche Befreiung und Erleichterung sie durchflutete. Sie wollte nicht, dass er sie losließ. Sie wollte eigentlich überhaupt nie mehr weg von ihm …

Doch es gab keine Umkehr.

Sie *musste* zurück nach 1990.

Wenn es noch einen letzten Zweifel daran gegeben hatte, war dieser nun endgültig beseitigt.

Sie musste auch etwas für ihren Bruder Thomas tun. Warum hatte ihr älteres Ich ihr das bloß nicht gesagt? Warum hatte sie ihr nicht gesagt, dass ihr Bruder schwer erkranken würde? Oder war er in Zeitlinie eins gar nicht krank gewesen? …

Dann, sehr, sehr behutsam, ließ Momo sie wieder los.

«Können wir losfahren?», fragte er sanft. «Oder brauchst du noch einen Moment Zeit?»

«Ich weiß nicht … du, Momo?»

«Ja?»

«Darf ich dich überhaupt Momo nennen?»,

«Ich werde doch immer dein kleiner Momo für dich bleiben, Lee-Lee», schmunzelte er. «Was möchtest du mir sagen?»

«Ich hab furchtbare Angst …», gestand sie.

«Kann ich verstehen.»

«Nein. Die Zeitreise. Es ist … furchtbar strapaziös. Schmerzhaft. Diese Gravitationswellen und all das. Ich hoffe, ich stehe das ein zweites Mal durch.»

«Das wirst du», sagte er und streichelte ihren Rücken. Er dachte eine Weile nach. «Ich denke …»

«Was?»

«Ich denke, du hast eher Angst, weil du nicht weißt, was dich daheim erwartet. Du hast eigentlich gar kein richtiges Zuhause mehr …»

«Stimmt …» Sie war verblüfft, wie genau er sie durchschaute.

«Hast du deine Uhr?», fragte er sachte.

Sie nickte und zog sie unter ihrem T-Shirt hervor. Morgan nahm sie vorsichtig in die Hand, studierte das goldene Schmuckstück, das er zuletzt vor 29 Jahren gesehen hatte, eine ganze Weile lang und legte dann seine Finger fest darum. «Lee-Lee …», sagte er zärtlich. «Mein Zeitreisemädchen …»

Schon wieder kamen ihr die Tränen hoch. Sie erinnerte sich nicht daran, jemals so viele Tränen vergossen zu haben wie in den letzten vierundzwanzig Stunden.

Er ließ die Uhr langsam wieder aus seinen Fingern gleiten, dachte sehr lange nach und ließ es zu, dass Lisa dabei ihren Kopf wieder auf seine Schulter legte. Lisa, die nicht wusste, ob er diese Nähe auch 1990 zulassen würde, hoffte, den Moment noch so lange wie möglich auskosten zu können.

Doch als von irgendwoher leise ein Song aus den Achtzigern dudelte, blieb ihr nichts anderes übrig, als sich von ihm zu lösen. Es war Morgans Handy, das sich meldete.

Am anderen Ende war Doc Silverman, der wieder eine Reihe Anweisungen parat hatte. Morgan hörte ihm geduldig zu. Das Gespräch dauerte fast zehn Minuten. Als er fertig war, setzte er sein Smartphone in die Halterung am Armaturenbrett und startete den Motor.

«Wir müssen los», sagte er. «Bist du bereit, Lee-Lee?»

Sie holte tief Luft und nickte.

Kapitel 26
Doc Silvermans Schlachtplan

Auf dem Weg in Richtung Westhill trocknete sie ihre letzten Tränen. Morgan hatte mit Doc Silverman ausgemacht, erst die beiden Teenager zu holen und dann direkt zum Tomsbridge Valley zu fahren.

Kyle und Angela schienen fast noch nervöser zu sein als Lisa. Angela hatte sich in ihre schicken Wanderklamotten geschmissen, um ihrer Meinung nach passend für das Ereignis gekleidet zu sein. Kyle hingegen sah ziemlich mufflig aus, als wäre er eben erst aufgestanden. Mit seiner Laune stand es nicht zum Besten.

Morgan wollte, dass Kyle sich neben ihn setzte, um ihm mit der Technik zu assistieren. Lisa wechselte daher auf den Rücksitz zu Angela, die ihr sofort um den Hals fiel und sie mit zwei Küssen bedachte, so dass Lisa die Luft anhalten musste. Angelas Parfum hätte wohl wieder mal die stärkste Eiche umgehauen.

«Bitte wähl mir die Nummer von Doc Silverman und stell ihn auf den Lautsprecher, Kylian», bat Morgan seinen Neffen, während er auf dem Parkplatz wendete und die Westhill Avenue wieder hinunterfuhr.

Kyle brummte nur. Offensichtlich ging es ihm gegen den Strich, Befehle von seinem Onkel entgegennehmen zu müssen.

«Muss mich aufs Fahren konzentrieren», erklärte Morgan geduldig.

Kyle hantierte an Morgans Smartphone herum und verband es mit dem Autoradio, und kurz danach hatten sie Doc Silverman am Apparat.

«Doc? Wir sind bereit», sagte Morgan.

«Seid ihr alle da? Hören mich alle?», drang Doc Silvermans Stimme aus dem Lautsprecher. Im Hintergrund war ein Sausen zu hören, das entweder das Rauschen des Flusses oder das Wispern der Bäume oder beides zusammen war.

«Hört ihr alle zu?», fragte Morgan seine Besatzung. «Ich bin froh, wenn ich das hinterher nicht alles noch mal erklären muss!»

Lisa und Angela bejahten mit lauter Stimme, während Kyle nur knurrte. Im Spiegel konnte Lisa sehen, dass er schmollend seine Lippen verzog. Ging ihm der Abschied so an die Nieren?

«Also, hört mir alle gut zu», schepperte Doc Silvermans Stimme aus der Anlage. «Ich hab einen Plan ausgearbeitet. Wir müssen, wie ihr wisst, stark damit rechnen, dass Ash mit seinen Konsorten auftauchen wird. Falls nicht, haben wir großes Glück, aber daran glaube ich weniger. Wir sind insgesamt sieben Leute, und jeder muss nun eine Aufgabe übernehmen.

Wir werden uns in zwei Gruppen aufteilen. Zachary, Britt und ich sind bereits beim Felsen. Natürlich auf der Rückseite, wo man uns vom Forschungszentrum aus nicht sehen kann. Den Wagen haben wir gut versteckt im Gebüsch geparkt.

Unser erstes Ziel ist es, so lange wie möglich unentdeckt zu bleiben, während wir die Vorbereitungen treffen. Aber dadurch, dass das Licht aus dem Forschungszentrum das Gelände ziemlich erhellt, ist besonders große Vorsicht geboten.

Wir brauchen einen Mann, der – ohne entdeckt zu werden! – den

Time Transmitter auf den Felsen bringen und ihn positionieren kann. Zachary ist zu groß, ihn würde man da oben viel zu früh entdecken; Britt ist zu klein, die kommt da gar nicht rauf. Der Einzige, der also dafür in Frage kommt, ist Kylian. Er ist nicht zu groß und sehr sportlich und wendig. Er kann sich gewiss sehr gut durchs Dickicht robben. Zachary hat die genaue Positionierung auf seinen Fotos berechnet und aufgezeichnet; alles, was Kylian machen muss, ist, den Apparat genau dort zu platzieren. Zachary wird dann erst im allerletzten Moment, kurz vor dem Blitz, auf den Felsen klettern und den Time Transmitter in Gang setzen.

Morgan, Sie bringen mir also zuerst Kylian runter. Ist so weit alles klar?»

«Ja», sagte Morgan.

«Sie, Morgan, fahren danach mit den beiden Mädchen auf die andere Seite des Flusses. Lee muss ja dieses Mal von der anderen Uferseite her über die Brücke laufen als das letzte Mal, damit die Rotation richtig funktioniert und sie in die Vergangenheit gelangt. Sie, Morgan, warten also dort mit den Mädchen, bis Zac das Zeichen gibt. Haben Sie die Regenkleidung besorgt?»

«Hab ich alles», meinte Morgan.

«Sehr gut. Laut der Wettermaschine meines Sohnes wird heftiger Regen erwartet, auch wenn in der offiziellen Wettervorhersage immer noch nichts davon steht. Jetzt kommt Teil zwei des Plans.»

Sie passierten gerade die Westhill Mall. Der Himmel hatte sich deutlich zugezogen; dicke, schwarze Wolken türmten sich am Horizont auf. Es war kurz nach halb zehn.

«Sollte Ash auftauchen, wird er bestimmt nicht allein kommen. Vermutlich werden sie in der Überzahl sein. Unsere Devise lautet daher: Zeit gewinnen. So viel Zeit wie möglich gewinnen. Unsere oberste Mission ist es, Lisa zurück in die Vergangenheit zu schicken. Alles andere ist zweitrangig. Seid ihr bereit, etwas dafür zu riskieren? Wenn einer aussteigen will, soll er es jetzt bitte melden.»

Morgan wandte sich mit hochgezogenen Augenbrauen zu Kyle und den Mädchen um.

Alle nickten mit angespannter Miene, dass sie bereit seien. Angela drückte Lisas Hand.

«Keine Angst, Zachary und ich werden für alles die Verantwortung übernehmen», sagte Doc Silverman. «Ich werde den Kopf für die Jugendlichen hinhalten. Wir brauchen einfach ein Ablenkungsmanöver.»

Im Lautsprecher knisterte und knackte es, und für einen Moment war die Verbindung weg. Angela klammerte sich noch mehr an Lisas Hand fest. Doch dann war die Stimme des Docs wieder voll da.

«Da Professor Ash in erster Linie auf den Time Transmitter aus ist, ist die Bewachung des Felsens unsere oberste Priorität. Sobald er den Time Transmitter auf dem Felsen platziert hat, soll Kylian wieder runterkommen, denn wir brauchen ihn noch für eine zweite Aufgabe. Hört mir also weiter gut zu!»

Morgan drehte den Lautstärkeregler noch höher.

«Wenn auch nur das kleinste Anzeichen in Sicht ist, dass jemand auftaucht, müssen wir unser Ablenkungsmanöver starten. Zachary bleibt hinter dem Felsen, ihm müssen wir den Rücken freihalten, damit er im richtigen Moment hinaufklettern und den Time Transmitter betätigen kann. Da etwaige Gegner mit Sicherheit von der Vorderseite angreifen werden – weil der Aufstieg dort ja erheblich leichter ist –, wird Britt also demnach dahin gehen und sich dort im Dickicht am Fuße des Felsens verstecken und Wache halten.

Wir werden ihr folgen, wenn der Time Transmitter oben verstaut ist.

Sobald sich der Gegner – in welcher Form auch immer – nähert, werde ich ihm zuerst entgegentreten und ihn so lange aufhalten, wie es geht. Danach wird Britt auf den Plan treten und die Leute mit ihrer Redekunst noch ein paar weitere Sekunden ablenken. Und Kylian, hörst du mich?»

«Ja», knurrte Kyle ins Mikrofon.

«Du wirst dich, sobald wir auf der Vorderseite sind, zum Brückenaufgang schleichen und dort hinter dem Schilfgras Wache halten. Vermutlich wirst du dabei ins Wasser stehen müssen, aber da es eh heftig regnen wird, werden deine Füße so oder so nass.»

«Und wie komm ich überhaupt zur Vorderseite des Felsens?», unterbrach Kyle den Doc.

«Das zeige ich dir dann. Wir müssen ja alle dorthin. Man kann den Felsen etwas weiter hinten Richtung Hang umlaufen. Dort ist man besser vor Blicken geschützt, allerdings ist das Dickicht recht widerspenstig. Ich werde mit dir kommen. Du wirst mir allerdings etwas helfen müssen, denn ich alter Mann bin nicht mehr so wendig. Doch ich möchte Professor Ash als Erstes gegenübertreten, wenn es hart auf hart kommt.»

«Verstehe», sagte Kyle. «Und weiter?»

«Es ist anzunehmen, dass jemand über die Brücke auf die andere Uferseite gelangen will, um Lisa aufzuhalten. Unser zweiter Auftrag ist es somit, Lee mit allen Mitteln zu beschützen. Du, Kylian, hältst also jeden auf, der auch nur irgendwie versuchen will, die Brücke von der Seite des Felsens aus zu überqueren.»

«Okay. Wie denn?»

«Spielt keine Rolle. Wenn wir einfach nur ein paar wertvolle Sekunden Zeit gewinnen, ist uns schon viel geholfen. Wie wir wissen, zieht die Gegend um die Brücke Blitze geradezu magnetisch an. Und sie werden hier aller Wahrscheinlichkeit nach ziemlich genau um zwanzig vor elf anfangen – wenn Zac alle Faktoren genau berücksichtigt hat, sollten gleich ein paar brauchbare dabei sein. Das ist in etwa fünfzig Minuten. Bis jetzt ist noch alles ruhig, daher bin ich mir fast sicher, dass es letzten Endes wieder um Sekunden gehen wird.

Sobald der Time Transmitter aktiviert ist, Kylian, musst du zusehen, dass du rechtzeitig wieder von der Brücke runterkommst, um nicht vom Zeitstrahl erfasst zu werden. Sobald Lisa in der Vergangenheit ist, haben wir gewonnen. Dann wird Zachary den Time Transmitter mit einer kleinen installierten Sprengladung zerstören, und das Spiel ist aus.»

Im Auto war es still. Alle schluckten leer.

«Nun zu Angela», fuhr Docs Stimme fort. Diese setzte sich aufrecht hin und beugte sich konzentriert vor. «Von dir brauche ich einen Extra-Einsatz. Bist du bereit dafür?»

«Ja», sagte Angela und drückte Lisas Hand erneut fest.

Lisa war dieses Händchenhalten ein bisschen unangenehm, doch sie wollte Angela nicht vergrämen.

«Du stellst dich erst mal an Lisas Stelle beim Brückenaufgang hin. Ihr habt ungefähr die gleiche Größe und beide helles Haar. In der Regenkleidung, die Morgan für euch besorgt hat, werdet ihr von weitem ziemlich identisch aussehen. Du, Angela, wirst also so tun, als seist du Lisa. Du wartest einfach beim Brückenaufgang.

Lisa wird an deine Stelle treten, sobald Zac vom Felsen aus das

Zeichen gibt. Falls Kylian den Gegner nicht von der Vorderseite der Brücke her aufhalten kann und jemand auf dich zugestürmt kommt, weil er dich für Lee hält, dann spiel das Spiel erst mal mit und lass dich gefangen nehmen. Wenn sie glauben, sie hätten das Zeitreisemädchen in ihren Händen, dann sind sie fürs Erste zufrieden.»

«Okay», sagte Angela mit dünner Stimme, aus der man ihre Angst deutlich heraushörte.

«Keine Sorge, Angela. Sie werden bald merken, dass du nicht Lisa bist, und dich wieder laufen lassen. Du bist nicht interessant für sie. Bedenke: Alles, was wir tun müssen, ist, Lisa nach Hause zu senden und den Time Transmitter danach zu zerstören. Wenn das geschafft ist, haben wir das Spiel quasi gewonnen. Zachary und ich übernehmen danach die volle Verantwortung für alles.»

«Alles klar», sagte Angela, nun mit kräftigerer Stimme.

«Jetzt zu Ihnen, Morgan», fuhr Doc Silverman fort. «Ihre Aufgabe ist es, auf Lee und Angela aufzupassen. Die Mädchen mit allen Mitteln zu beschützen. Wenn Angela auf der Brücke steht, soll Lee sich ganz dicht in Ihrer Nähe halten, und wenn Zac das Zeichen gibt, sorgen Sie dafür, dass Lee sicher auf die Brücke gelangt.»

«Mach ich», sagte Morgan.

«Dann ist jetzt alles klar? Also kommen wir zu dir, Lee … Lee, hörst du mich?»

«Ja, Doc», sagte Lisa.

«Du hältst dich an Morgan, egal, was passiert. Er passt auf dich auf und wird dich im rechten Moment zur Brücke bringen. Du musst dich im genau gleichen Abstand zur Brückenmitte hinstellen wie beim letzten Mal, nämlich ungefähr auf der Höhe des ersten Pfeilers, aber natürlich auf der entgegengesetzten Seite. Ich hoffe, du erinnerst dich, denn wir haben keine Möglichkeit, die Stelle mit einem weißen Stein zu markieren.

Der Time Transmitter wird zuerst dreimal grün aufblinken und dann noch ein viertes Mal, etwas länger. Bei diesem vierten Blinken läufst du los. Zac hat den Time Transmitter auf den 14. Februar 1990, zehn Uhr abends, gestellt. Du wirst damit eine Altersdifferenz von 34 Tagen haben, weil wir ein früheres Gewitter nehmen. Doch wir denken, nach all dem, was wir in den letzten Monaten gelernt haben, wirst du das verkraften.

Aber da unsere jüngeren Ichs über dieses Datum informiert sind und genau um diese Zeit bei der Brücke auf dich warten werden – besser gesagt, gewartet haben –, denke ich, dass es hilfreich ist, uns an den ursprünglichen Plan zu halten.»

«Okay», sagte Lisa.

«Tja, das wäre es auch schon», sagte der Doc. «Dann bleibt mir nur noch, euch allen viel Glück zu wünschen. Und dir, Lee, auf Wiedersehen zu sagen. Wir sehen uns in der Vergangenheit. Und wenn alles gut läuft, wirst du uns auch bald hier im Jahr 2018 als 45-Jährige wieder begegnen.»

Lisa wusste nicht, was sie darauf erwidern sollte. Das war ja wieder die reinste Informationsflut gewesen.

«Also, viel Glück, alle zusammen», wiederholte der Doc. «Möge der Schöpfer es uns gelingen lassen. Ach ja ...»

Alle beugten sich näher zum Autoradio. Das Brausen des Windes im Hintergrund von Docs Stimme hatte beträchtlich zugenommen.

«Wenn ihr euch noch von Lee verabschieden wollt, rate ich euch, das bald zu tun. Ihr werdet nachher kaum noch Gelegenheit haben. Wir haben die Zeit sehr knapp bemessen, um so lange wie möglich unsichtbar zu bleiben. Deswegen hab ich euch auch die ganzen Instruktionen jetzt schon gegeben. Sobald es hart auf hart kommt, ist es für die Abschiedszeremonie zu spät.»

Und dann war die Stimme des Docs auf einmal weg. Im Auto wurde es verdächtig still. Offenbar traute sich keiner, irgendetwas zu sagen. Erst nach einer Weile regte sich Kyle.

«Sag mal, Lee, wirst du Onkel Morgan heiraten, wenn du in deine Zeit zurückkommst?», platzte er auf einmal in die Stille.

Lisa sah Morgans Augen im Rückspiegel. Sie blickten sie direkt an, doch es war mittlerweile zu dämmrig, um eine Antwort darin zu lesen. Sie wusste daher nicht, wie sie Kyles Frage beantworten sollte.

«Das sehen wir dann», antwortete sie vorsichtig.

«Ich meine nur … falls … dann wirst du ja meine Tante sein …» Kyle wandte sich zu Lisa um und runzelte angestrengt die Stirn.

Lisa fand diesen Gedanken etwas beklemmend.

«Das wäre doch schön», schwärmte Angela. «Ich finde, Morgan ist so ein wundervoller Mensch. Und du auch, Lee, du bist auch so nett … ihr würdet so gut zueinander passen …»

Kyle brummte irgendetwas. Morgan schwieg wie üblich, aber Lisa glaubte, ein vages Lächeln auf seinen Lippen zu erkennen.

Schließlich waren sie an ihrem ersten Ziel. Vor der Tomsbridge School ließ Morgan Kyle aus dem Auto. Morgan stieg mit aus, um die Regenkleidung aus dem Kofferraum zu holen.

«Deine Aufgabe ist klar, Kylian, ja? Du gehst erst mal runter zum Felsen, aber etwas weiter hinten, damit du zur Rückseite gelangst. Doc Silverman wartet dort auf dich. Hier.» Morgan reichte seinem Neffen eine große Plastiktüte. «Die Regenanzüge für dich, Britt, Doc und Zac. Es wird ziemlich heftig regnen!»

Kyle riss die Tüte unwirsch an sich und schaute missmutig auf seinen Onkel runter, der einen halben Kopf kleiner war als er.

«Möchtest du dich noch von Lee verabschieden?», fragte Morgan geduldig.

«J-jetzt?»

«Hat der Doc doch vorhin gesagt», meinte Morgan.

«Mann ...», brummte Kyle.

Lisa stieg aus dem Auto, damit er sie umarmen konnte. Kyle fuhr sich mit der Hand verlegen durchs Haar.

«Tja ... es ist einfach wahnsinnig bescheuert. Da find ich mal ein Mädchen, mit dem ich mich so richtig verbunden fühle, und dann ist sie in der falschen Zeit geboren und ist eigentlich das Mädchen meines Onkels!» Er kickte wütend mit seinem Fuß einen Stein beiseite.

«Echt jetzt, Lee – wenn wir in der gleichen Zeit geboren worden wären, dann wärst *du* es gewesen! Du wärst *mein* Mädchen gewesen! Ich fass es einfach nicht ... du wirst schon 28 sein, wenn ich 2001 geboren werde!» Seine Stimme schwankte, es klang fast, als stände er kurz vor dem Heulen.

«Nun ja ...», sagte Lisa, die das Gefühl hatte, als würde gerade jemand ihr Herz mit einem Dolch entzweien. Sie hätte Kyle noch eine Menge zu sagen gehabt, aber dafür, das ahnte sie, war keine Zeit mehr. Sie musste es kurz machen. Sehr kurz ...

«Ich würde dich ja enorm gern mitnehmen in meine Zeit ...», sagte sie, und das stimmte auch. Das hätte sie wirklich liebend gern getan.

«Ja, könnte ich denn nicht einfach mitkommen?» Kyle sah sie hoffnungsvoll an. «Nur so ein paar Tage. Mal sehen, wie es so in der Vergangenheit aussieht. Dann würde ich Dad mal kurz Hallo sagen. Danach könnt ihr mich ja wieder zurückschicken ...»

«Ich fürchte, das geht nicht», sagte Lisa. «Das mit dem Zeitreisen ist eine ziemlich komplizierte Angelegenheit …»

Außerdem, wenn Professor Ash recht hatte mit seiner Behauptung, konnte man ja nicht an einen Zeitpunkt vor seiner Geburt reisen, und Kyle wäre ja 1990 noch nicht geboren …

«Schon klar. Verstehe. Also, dann …» Kyle sah Lisa nicht an und kickte wütend einen weiteren Stein fort.

«Na, dann! Tja … vielleicht wirst du ja meine Tante oder so werden …» Kyle warf einen Seitenblick zum Wagen. Morgan war schon wieder eingestiegen und hatte den Motor bereits gestartet.

«Ich … ich werde dich auf alle Fälle anrufen, wenn ich dann 45 bin», versprach sie. «Ich weiß deine Nummer auswendig. Ich werd sie mir notieren, wenn ich zuhause bin, damit ich sie nicht vergesse. Ich werd dich anrufen … ich werd dich genau am 22. Juni 2018 anrufen und dir sagen, dass alles in Ordnung ist. Oder na ja … vielleicht lieber einen Tag später, also von dir aus gesehen morgen …»

Die Zeitrechnungen, die man als Zeitreisende anstellen musste, waren immer noch verwirrend, fand sie.

«Gebongt», meinte Kyle und wandte sich ab, um sein Gesicht endgültig zu verbergen. Er lief los, Richtung Valley, und Lisa stieg wieder ins Auto.

Morgan fuhr mit Lisa und Angela wieder zurück in Richtung Stadt und bog auf den Highway ein, um die andere Seite des Valleys anzusteuern. Weil es nur außerhalb der Stadt eine befahrbare Brücke über den Fluss gab, dauerte es weitere zwanzig Minuten, bis sie schließlich an Ort und Stelle auf der anderen Seite des Flusses waren.

Morgan manövrierte den Wagen einen geeigneten Hang hinunter und stellte ihn hinter einer Ansammlung von Sträuchern ab, so dass sie sich etwa auf derselben Höhe wie Zacs Land Rover befanden, der auf der gegenüberliegenden Seite des Flusses hinter dem Felsen stand und damit gut vom Forschungszentrum abgeschirmt war.

Bis zu der Brücke waren es von hier aus gute zwanzig Meter.

Sie konnten erkennen, dass Zac gerade dabei war, den von einer Plane bedeckten Time Transmitter zum Felsen zu transportieren. Britt und Doc Silverman gaben Kyle offenbar ein paar Anweisungen. Der Himmel war inzwischen wegen der Wolkendecke schon fast dunkel, doch das sanfte Licht des Forschungszentrums erhellte das Gelände tatsächlich bis hierher, so dass sie einander recht gut sehen konnten.

Doc Silverman winkte ihnen und fragte mit Handzeichen, ob bei ihnen alles okay sei. Morgan hob als Antwort seine Hand und zeigte mit dem Daumen nach oben.

Die Windstärke hatte deutlich zugenommen. Lisa begann zu frösteln. Morgan, der sich die ganze Zeit zusammengerissen hatte, brauchte erst mal einen kräftigen Schluck aus seiner Flasche. Angela trat etwas nervös von einem Fuß auf den anderen.

Zac und Britt waren indessen auf der anderen Seite des Flusses dabei, Kyle und den Time Transmitter auf den Felsen zu hieven.

Der Wind nahm nun von Sekunde zu Sekunde zu. In der Ferne rumpelte leiser Donner. Die ersten deutlichen Anzeichen des Gewitters waren somit da ...

«Ob Professor Ash auftauchen wird?», grübelte Angela.

Morgan zuckte mit den Schultern. «Es ist anzunehmen.» Er ging zum Auto, um die restlichen Regenanzüge herauszuholen.

Drüben beim Felsen war Kyle gerade dabei, dessen Rückseite zu erklimmen. Dank seiner Beweglichkeit schaffte er das mühelos. Zac reichte ihm den Time Transmitter hoch. Während Kyle oben auf dem Felsen mit dem Gerät durch die Büsche krabbelte, konnte Lisa eine leichte Bewegung der Zweige ausmachen, die aber ebenso gut vom Wind hätte stammen können.

«Vielleicht sollte ich mich besser jetzt schon von Lee verabschieden», meinte Angela leise. «Wir haben wohl bald keine Zeit mehr …»

«Mach das», sagte Morgan, der gerade vom Auto zurückgekommen war, und wappnete sich mit einem weiteren Schluck für das bevorstehende Abenteuer. Danach setzte er sich auf einen Stein und wartete, bis die Mädchen ihre Abschiedszeremonie beendet hatten.

Angela schlang ihre Arme fest um Lisas Schultern und drückte sie an sich.

«Ciao», hauchte sie. «Es ist so furchtbar traurig, dass du gehst. Ich hatte noch nie so eine gute Freundin wie dich!»

Lisa musste überrascht feststellen, dass Angela ihr tatsächlich so was wie eine Freundin geworden war. Ausgerechnet Angela, um die Lisa anfangs einen großen Bogen gemacht hatte.

«Pass auf dich auf, Angela», sagte Lisa. «Ich hoffe, du findest noch andere gute Freundinnen.»

Angela lächelte zweifelnd.

«Ich wüsste nicht, wen. Ach ja …»

«Was?»

«Besuchst du mich dann als 45-Jährige? Wenn du magst? Wir können ja trotzdem Freundinnen sein. Das Alter spielt für mich keine Rolle …»

«Mach ich», versprach Lisa.

«Und hey! Pass auf meinen Dad auf, ja? Sag ihm, er soll nicht ständig im Unterricht dreinschwatzen.» Sie zwinkerte.

«Ich werde wohl gar nicht mehr mit ihm zur Schule gehen», sagte Lisa betrübt, die immer noch nicht wusste, wie es mit ihrer Zukunft in der Vergangenheit weitergehen sollte.

Als Angela sich von Lisa löste, spürten sie die ersten winzigen Regentropfen auf ihren Nasenspitzen.

Morgan erhob sich von dem Stein, auf dem er gesessen hatte. «Darf ich auch noch?», fragte er leise und streckte seine Arme nach Lisa aus.

«Ja, gern», sagte Lisa.

Morgan drückte sie sachte an sich. Sie legte den Kopf auf seine Schulter. Er roch gerade ziemlich nach Schnaps, weil er eben getrunken hatte, dennoch glaubte sie, auch seinen vertrauten Tannenzapfengeruch wahrnehmen zu können.

«Lee-Lee ...», flüsterte er in ihr Ohr. «Ich weiß nicht genau, was damals alles in mir abgegangen ist. Ich war ein dummer Grünschnabel, der nicht wusste, wo oben und unten ist. Aber eins weiß ich noch: Als du am Ball vor mir gestanden hast, in deinem türkisfarbenen Ballkleid, ist mir die Spucke weggeblieben. Ich werde den Anblick nie vergessen. Du warst das schönste Mädchen, das ich je gesehen hatte. Ich wollte dir das unbedingt sagen, für den Fall, dass meine jüngere Ausgabe das nicht auf die Reihe kriegt. Und ich hoffe wirklich, du kannst mir verzeihen. Ich wünsche es mir.»

Lisa nickte und vergrub ihr Gesicht an seinem Hals – auch wenn sie dabei ganz leicht in die Knie gehen musste. In seinen Armen war es warm und weich, und sie wollte nie mehr da weg. Sie zitterte noch stärker als bisher. Der Gedanke an ihre bevorstehende Reise durch das Wurmloch schnürte ihr fast die Kehle zu.

«Du schaffst es», flüsterte Morgan. «Und wenn du in der Vergangenheit ankommst, sag Doc Silverman und Zac, sie sollen dich zu mir bringen.»

«Hat Doc Silverman das gesagt?»

«Nein. Das sage *ich*», meinte er leise. «Du brauchst einen Ort, wo du dich erholen kannst. Mein jüngeres Ich soll sich um dich kümmern. Das wird er schon schaffen. Wir haben ja mehr als genug Platz. Mein Dad war zu der Zeit sowieso selten zuhause, und Stevie wird das nicht stören. Im Gegenteil. Der wird froh sein, wenn sein kleiner fauler Bruder endlich eine Aufgabe hat. Also, komm einfach zu uns, ja? Mein jüngeres Ich steht am 14. Februar 1990 an seinem Fenster und wartet auf dich. Aber seht zu, dass ihr noch vor Mitternacht bei mir seid – bevor ich mich vor Kummer halb besinnungslos betrinke …»

Er brach verlegen ab.

«Danke, Momo», murmelte Lisa. Sie war unsicher, wie sie auf seine letzte Aussage reagieren sollte. Was wollte er ihr damit sagen?

Dieses Mal war *er* es, der sie kaum mehr loslassen wollte.

Er hatte noch eine letzte schüchterne Bitte.

«Lee-Lee … wenn du zurückkommst … kannst du dann meinem jüngeren Ich bitte sagen, dass es die Finger vom Alkohol lassen soll, ja? Bitte …»

«Mach ich … aber … wird dein jüngeres Ich überhaupt auf mich hören?» Lisa dachte an die fruchtlosen Versuche von 1989, ihn vom Trinken abzuhalten.

«Gib diesem Idioten einen Tritt in den Hintern, wenn es sein muss. Schüttle ihn von mir aus. Mach einfach … irgendwas, ja?»

Sie hörte die verzweifelte Sehnsucht in seiner Stimme. Die Sehnsucht danach, dass auch *ihn* jemand retten möge.

Doch da war immer noch diese eine ungeklärte Frage, die in ihrem Herzen so sehr brannte und die sie für immer foltern würde, wenn sie keine Antwort darauf bekommen würde. Vielleicht war das nun ihre allerletzte Gelegenheit, es endlich von ihm zu hören. Diesen einen Satz, nach dem sie sich ihr Leben lang so sehr gesehnt hatte …

«Momo?», wisperte sie an sein Ohr.

«Ja?» Er streichelte ihr liebevoll übers Haar.

«Liebst du mich? Wenigstens … ein kleines bisschen …?»

«Lee-Lee …» Er zögerte.

«Sag es mir», flehte sie, und ihre Stimme wurde beinahe von einer heulenden Windbö verschluckt. «Bitte.»

«Lee-Lee … Wir sind eindeutig in der falschen Zeit für dieses Thema», sagte er sanft, aber bestimmt. «Besprich das mit meinem jüngeren Ich in der Vergangenheit.»

«Aber … du brauchst es mir doch nur zu sagen, ob …»

«Lee, was immer zwischen uns ist: Ich möchte einfach nur das Beste für dich, alright? Kannst du damit leben?»

Sie seufzte tief. Es blieb ihr wohl nichts anderes übrig. Auch er seufzte und drückte sie ein letztes Mal innig an sich. Die Wärme, die von ihm ausging, hüllte sie noch einmal für ein paar Sekunden ein.

Für ihn war wohl alles gesagt …

Inzwischen war der Regen schon stärker geworden. Sie ließen einander wieder los, und Morgan holte die Tüte mit den Regenanzügen hervor. Er verteilte je ein Paket an Lisa und Angela und behielt das letzte für sich selbst.

Hastig zogen sie Plastikkleidung über ihre Sachen. Morgan verstaute seinen Flachmann und eine kleine Wasserflasche in den Hosentaschen des Anzugs.

Drüben am Flussufer waren Doc Silverman, Zac, Kyle – der seine Mission auf dem Felsen beendet hatte – und Britt ebenfalls damit beschäftigt, in die Regenanzüge zu steigen. Lisa erkannte nur die vagen Umrisse ihrer Freunde, aber offenbar hatten sie drüben am anderen Ufer bislang alles im Griff.

Danach sah sie Britt im Dickicht verschwinden. Sie hatte sich auf den Weg gemacht, um zur Vorderseite des Felsens zu gelangen und dort Posten zu beziehen.

Als Lisa und Angela umgezogen waren, schob Morgan die beiden Mädchen sicherheitshalber hinters Auto und hinter die Ginsterbüsche. Sein Smartphone meldete sich aus den Tiefen seiner Tasche. Er nahm es hervor und hielt sich dabei mit der Hand das freie Ohr zu, da das Wettergetöse allmählich eine gewisse Lautstärke angenommen hatte. Es war wohl Doc Silverman, der ihn mit Instruktionen versorgte, denn Morgan nickte aufmerksam. Als er fertig war, stellte er den Timer auf seinem Handy ein.

«Noch sieben Minuten», verkündete er. «Der Countdown wird ab jetzt gezählt. Bei drei Minuten musst du zur Brücke, damit du zur Not früher lossprinten kannst, wenn doch schon vorher ein geeigneter Blitz einschlägt, hat Doc Silverman gesagt. Wir müssen nun unsere Plätze einnehmen. Ab jetzt haben wir wohl keine Zeit mehr für weitere Telefonate. Wir müssen das also allein hinkriegen. Ist eure Aufgabe klar? Angela?»

Angela nickte und wandte sich Richtung Brücke. Sie warf nochmals einen Blick über die Schulter, und Morgan nickte ihr zur Bestätigung zu. Dann lief sie davon, um sich am Brückenaufgang aufzustellen.

Fast gleichzeitig beobachteten sie, wie nun auch Kyle und der Doc im Gestrüpp untertauchten und sich auf den Weg zur Vorderseite des Felsens machten.

«Und du bleibst bei mir, Lee», sagte Morgan.

Lisa wollte nichts lieber als das.

Eine kurze Weile später sahen sie Kyle wieder auftauchen und geduckt auf seinen Posten auf der anderen Seite der Brücke zuschleichen, wo er sich hinter einer Ansammlung von Schilfgras verbarg. Der Doc musste irgendwo hinter einem Busch in der Nähe des Felsens geblieben sein.

Eine Sturmbö tobte um sie herum und warf sie fast zu Boden. Der erste Blitz zuckte am Himmel auf. Instinktiv suchte Lisa Morgans Hand und klammerte sich daran fest. Er drückte ihre Finger.

Ein weiterer Blitz zuckte auf.

Und dann kamen sie.

Auf der Treppe, die hinauf zum Forschungszentrum führte, erblickte Lisa auf einmal eine Gruppe von sechs, sieben Leuten. Etwa vier uniformierte Männer mit Taschenlampen trabten die Stufen herunter, und hinter ihnen tauchten zwei Leute mit Kameras auf.

Allen voran schritt ein großer alter Mann mit Hut.

«Alright», murmelte Morgan und drückte Lisas Hand fester. «Es geht los!»

Kapitel 27
Bye-bye und Godspeed

Lisas Augen waren geweitet vor Schreck. Auch wenn der Fluss noch zwischen ihnen war, hätte nur schon das Wissen, dass Professor Ash in der Nähe war, genügt, um ihr nacktes Grauen einzujagen. Die Vorstellung, dass diese Männer es auf sie und die Zeitmaschine abgesehen hatten, ließ ihr beinahe das Herz stillstehen. Sie glaubte, fast so viel Angst zu empfinden, wie sie es acht Etagen unter der Erde in Ashs Labor gefühlt hatte.

Noch waren die Männer weit weg, aber der Abstand schrumpfte von Sekunde zu Sekunde. Die Truppe marschierte wie eine Kampfeinheit Richtung Felsen und damit direkt auf Doc, Zac und Britt zu. Kyle hatten sie hinter dem Schilfgras offenbar noch nicht entdeckt.

Angela stand indessen wie eine reglose Säule auf ihrem Platz. Auch sie war vom Gegner noch nicht bemerkt worden, dessen erstes Ziel offenbar der Time Transmitter war. Einer der Männer hielt sich die Kamera vor die Augen und wandte sich in Richtung des Felsens. Ein anderer richtete den Lichtkegel seiner Taschenlampe direkt auf das Gestein.

«Reporter», murmelte Morgan. Er hielt Lisa dicht an seinen Körper gepresst. Der Regen prasselte nun erbarmungslos vom Nachthimmel auf sie nieder. Obwohl die Regenanzüge einen guten Schutz boten, begannen die Schuhe langsam ungemütlich nass zu werden.

Angela bewegte sich immer noch nicht. Nur ihre kleine Silhouette war aus der Distanz zu erkennen. Lisa hoffte, dass ihre Freundin nicht allzu große Angst hatte.

Auf der anderen Seite des Flusses konnte sie sehen, wie Zac sich anschickte, den Felsen zu erklimmen. Er würde nun den Platz beim Time Transmitter einnehmen.

Professor Ash und seine Truppe hatten jetzt fast die Stelle erreicht, an der Doc Silverman und auch Britt sich in etwa verborgen gehalten haben mussten. Und schon trat der Doc aus dem Schatten eines Strauches hervor und stellte sich den Männern breitbeinig in den Weg. Von Britt war noch keine Spur zu sehen.

Professor Ash ging auf Doc Silverman zu, und die beiden Männer standen sich Auge in Auge gegenüber. Regen und der Donner erlaubten leider nicht, das ganze Streitgespräch zu verfolgen, aber der Wind trug ab und zu einige wenige Fetzen herüber, vor allem weil die beiden Männer einander regelrecht anschrien, um das Wetter zu übertönen.

«… dieses Mal entwischen … können Sie nicht leugnen, Levi Silverman … die Öffentlichkeit wird Zeuge dieses Experiments werden und sehen, wie Sie dabei sind, ein Mädchen umzubringen! …»

«… das Mädchen nach Hause senden. Danach können Sie den Time Transmitter haben, Archibald …»

«… will den Time Transmitter *und* das Mädchen! … Habe der Polizei gemeldet, was hier … und wir sind hier, um das Mädchen vor Ihrem waghalsigen Versuch zu retten, Levi Silverman … da Sie völlig den Verstand verloren haben, werde ich …»

Lisa zwang sich zur Ruhe, um nicht vor Angst durchzudrehen. Ihr Atmen war in ein Keuchen übergegangen. Morgan drückte sie fester an sich.

Sie sah, dass Professor Ash ungeduldig auf Angela deutete, die er anscheinend inzwischen entdeckt hatte, und wie zwei der uniformierten Beamten – der Silhouette nach zwei jüngere Männer – sich von der Gruppe lösten und auf die Brücke zustrebten.

Kyle hielt sich hinter seinem Versteck in Bereitschaftsstellung und sah dabei aus wie ein Torwart, der einen Ball abwehren muss. Die Reporter hatten sich mittlerweile hinter einen Steinblock gestellt und filmten, was das Zeug hielt. Zwei helle Lichtkegel, die von ihren Taschenlampen ausgingen, umgaben sie.

Morgans Handy dudelte in seiner Jackentasche.

«Noch fünf Minuten», sagte er neben Lisas Ohr und drückte ihr die Wasserflasche in die Hand, die er in seinen Anzug gesteckt hatte.

«Trink jetzt noch so viel wie möglich», wies er sie an. «Anordnung vom Doc und Zac. Die Flüssigkeit im Körper wird dir helfen, die Reise durchs Wurmloch besser zu überstehen.»

Lisa öffnete die Flasche und fing an, in großen Schlucken zu trinken.

Inzwischen waren die beiden jungen Polizisten bei Kyle angelangt, der sich ihnen aus dem Schilfgras heraus in den Weg stellte. Lisa sah ihn wild mit den Armen gestikulieren. Sie verstand nicht, was er zu ihnen sagte, doch er schien die Beamten immerhin ein paar Sekunden lang aufhalten zu können.

Auf der anderen Seite beim Felsen kam nun Britt ins Spiel. Während Professor Ash immer noch mit Doc Silverman diskutierte, ging die zweite Fraktion der Beamten auf den Felsen und auf Britt zu, während die beiden Reporter immer noch fleißig filmten und fotografierten.

Die kleine Britt trat furchtlos aus dem Schatten des Gebüschs und stellte sich den beiden kräftigen Polizisten in den Weg. Sie debattierte erstaunlich lange mit ihnen und schaffte es dadurch, wertvolle Zeit zu gewinnen.

Lisa sah oben auf dem Felsen Zacs Kopf aufragen. Sehr gut! Er war beim Time Transmitter. Ein sehr heller Blitz zerteilte soeben den Himmel. Zac winkte zu ihnen herüber.

Morgans Timer piepte wieder.

«Vier Minuten», murmelte Morgan.

Lisas Nervosität stieg. Warum wurde das alles wieder so knapp? Noch eine Minute, und sie würde aus dem Schatten des Dickichts und damit aus Morgans Armen heraustreten müssen!

Einer der zwei jüngeren Polizisten hatte den wild um sich schlagenden Kyle inzwischen in die Mangel genommen, während der andere über die Brücke auf Angela zugestürmt kam. Angela hob abwehrend die Hände, blieb jedoch, wo sie war, bereit, sich auszuliefern.

Der Uniformierte – ein ziemlich kräftig aussehender Typ – ergriff sie und drehte ihr den Arm auf den Rücken.

«Ich hab sie! Ich hab das Zeitreisemädchen!», brüllte er über die Brücke und in die Nacht hinaus.

«Bringt sie sofort zu mir rüber!», schnarrte Professor Ashs erregte Stimme durch das Donnergrollen.

Der Beamte gehorchte und stieß Angela vor sich her über die Brücke zurück auf die andere Seite.

Kyle versuchte derweil immer noch verzweifelt, sich aus dem eisernen Griff des anderen jungen Polizisten zu befreien.

Da gab der Timer bereits das nächste Warnsignal von sich.

«Drei Minuten. Bereit, Lee-Lee?», flüsterte Morgan.

Lisa nickte und schluckte trocken.

Morgan umfasste mit beiden Händen sanft ihre Schultern und trat mit ihr aus dem Schatten ihres Verstecks. Gemeinsam legten sie die zwanzig Meter bis zur Brücke zurück.

Beim Brückenaufgang ließ Morgan sie los. Die Zeit des endgültigen Abschieds war da. Lisa wurde weh ums Herz.

«Viel Glück, Lee-Lee.»

Morgan lächelte wehmütig.

«Dir auch, Momo. Danke … für alles!»

Sie hätte sich am liebsten zurück in seine Arme gestürzt.

«Ich danke *dir!* Wir sehen uns im Jahr 1990! Bye-bye und … Godspeed!»

Lisa zögerte noch einen Moment. Aber als der nächste Alarmton aus Morgans Hosentasche kam, wusste sie, dass sie sich nun sputen musste. Noch zwei Minuten!

Schweren Herzens wandte sie sich von ihm ab, trat auf die Brücke und ging zaghaft bis zur Höhe des ersten Pfeilers. Dort stellte sie sich hin und wartete. Zac schaute zu ihr herüber und hob zufrieden den Daumen in die Höhe. Lisa sah, dass mittlerweile auch Britt hatte kapitulieren müssen und dass die älteren Polizisten nun dabei waren, den Felsen zu erklimmen. Es wurde verflixt eng! …

Sie bebte am ganzen Körper und wandte sich kurz nach Morgan um. Er stand immer noch an Ort und Stelle hinter ihr und nickte ihr zu; wies sie mit einem Handzeichen an, noch mehr aus der Flasche zu trinken. Sie gehorchte und schraubte den Deckel auf.

«Verflixt! Das ist die Falsche!», hörte sie im nächsten Augenblick

Professor Ashs Stimme von jenseits der Brücke. Der junge Polizist hatte Angela also mittlerweile zu ihm gebracht.

«Das ist das falsche Mädchen, du Armleuchter!», bellte Professor Ash abermals, und die dicken Brillengläser funkelten nun in dem Lichtstrahl der Taschenlampen über die Brücke in Lisas Richtung. Sein Zeigefinger richtete sich wie eine Pistole auf sie.

«Dort drüben steht sie! Wir wurden getäuscht! Holt sie sofort her! Sie darf uns nicht in der Zeit entwischen!»

Der junge Beamte stieß Angela grob von sich und kehrte sofort um. Und auch der zweite Jüngling, der Kyle immer noch festhielt, ließ diesen los und folgte seinem Kollegen über die Brücke. Die beiden Männer spurteten nun direkt auf Lisa zu und hatten nur noch wenige Meter zurückzulegen.

Lisa schaute sich panisch um. Stand Morgan immer noch in ihrer Nähe? Ja, da war er, nur wenige Meter hinter ihr.

Ihr Blick schnellte hinüber zum Felsen. Zacs Kopf ragte in die Höhe, und zwei dunkle menschliche Schatten hatten ihn umzingelt.

Oh nein! Jetzt hilft auch kein früherer Blitz mehr!

Die Angreifer waren nun fast bei Lisa angelangt. Sie hob abwehrend die Hände und stellte sich in Bereitschaftsposition.

Kyle stand unterdessen ungläubig am anderen Ende der Brücke, offenbar verblüfft über seine Freilassung. Er schaute sich hektisch um, als versuche er herauszufinden, was seine nächste Aufgabe war.

Leise, aber deutlich genug, hörte Lisa hinter sich das letzte Piepen von Morgans Smartphone. Noch eine Minute …

Der erste Polizist streckte nun außer Atem seine Hand nach Lisa aus und umklammerte ihren Oberarm. Sie ließ niedergeschlagen die Hände sinken, bereit, sich zu ergeben.

Es war zu spät ...

Doch plötzlich, ehe sie sich's versah, wurde sie grob zur Seite gestoßen und damit wieder aus dem Griff des Polizisten gerissen. Sie taumelte und wäre fast zu Boden gegangen, konnte sich aber wieder fangen.

Morgan hatte sich offenbar mit aller Kraft auf die beiden Männer geworfen und sie dadurch von ihr weggeschubst. Lisa sah wie in Zeitlupe, dass die drei auf dem glitschig nassen Untergrund ausrutschten und zu Boden fielen; Morgan schrie die Beamten an, dass sie schleunigst von der Brücke runtersollten, während Lisa auf einmal ihrer Bewegungsfreiheit gewahr wurde und erneut ihre Position am Brückenaufgang einnahm.

«Runter von der Brücke!», brüllte Morgan erneut. «Sonst verschwindet ihr alle in der Zeit!»

Die beiden Polizisten kamen prompt wieder auf die Beine, stürzten panisch an Lisa vorbei und sprangen hinter ihr von der Brücke in den Fluss, um sich in Sicherheit zu bringen. Nur Morgan schaffte es aus irgendeinem Grund nicht, aufzustehen, und suchte verzweifelt Halt an der Brüstung. Offenbar hatte er sich beim Sturz verletzt.

«Momo!», hauchte Lisa. Er musste nun dringend auch aus der Schusslinie, sonst würde er mit ihr in der Vergangenheit landen! Sofern Zac überhaupt noch etwas ausrichten konnte ...

Sie wagte ängstlich einen Blick hinüber zum Felsen. Zac wand sich verzweifelt im Griff der beiden anderen Polizisten, während er versuchte, mit seinem Fuß den Time Transmitter zu erreichen.

Vermutlich würde es gar keinen Zeitstrahl geben ...

«Los, ihr Memmen! Kommt aus dem Fluss raus und ergreift sie doch endlich!», donnerte Professor Ashs zornerfüllte Stimme durch die Gegend, die immer wieder von Blitzen erhellt wurde. «Was soll dieses Zaudern?»

Tatsächlich kletterten die beiden jungen Polizisten gerade wieder aus dem Fluss und näherten sich Lisa.

Und dann leuchtete das grüne Licht oben am Time Transmitter auf. Irgendwie hatte Zac es geschafft, den Knopf mit seinem Fuß zu betätigen! Um die Antennen zuckten kleine Blitze.

Einmal.

Lisa machte sich bereit und schaute besorgt zu Morgan runter, der immer noch verzweifelt versuchte, wieder auf die Füße und irgendwie von der Brücke zu kommen. Wenn sie ihm nur helfen könnte! Aber sie musste sich mit aller Kraft auf ihre eigene Mission konzentrieren, sonst wäre alles vergeblich gewesen …

Zweimal.

Da endlich setzte Kyle sich in Bewegung. Er raste wie eine Furie über die Brücke zu ihr herüber und zog seinen verletzten Onkel aus der Gefahrenzone.

Dreimal.

Morgan und Kyle stolperten übereinander und rollten, zu einem Knäuel verwickelt, die letzten Meter von der Brücke runter, wo sie im nassen Gras landeten – direkt den Polizisten vor die Füße, was die beiden Beamten einen klitzekleinen Augenblick lang davon abhielt, Lisa von hinten zu ergreifen.

Und dann kam das vierte, langgezogene Blinken – das Zeichen, dass sie nun losrennen musste.

Doch die beiden Beamten ließen sich nicht länger aufhalten.

Aber auch Kyle war wieder auf die Beine gekommen und erneut losgestürmt. Mit seinen langen sportlichen Beinen brauchte er nur drei Schritte, um Lisas Position zu erreichen und den beiden Polizisten seine Fäuste in die Brust zu stoßen, so dass diese für einen kurzen Moment abgelenkt waren. Das nutzte Kyle, um Lisa an der Hand auf die Mitte der Brücke zu zerren.

In dem Moment flammte ein sehr heller und langandauernder Blitz am Himmel auf. Für wenige Augenblicke war die Brücke in gleißendes Weiß getaucht. Fast gleichzeitig knallte der Donner.

Und dann war die Luft von einem blauen Lichtstrahl erfüllt.

Der bekannte Sog stellte sich ein, als das Wurmloch sich zu öffnen begann. Lisa schloss die Augen, bereit, sich der Gravitation auszuliefern, die sie in atemberaubender Rotation durch Raum und Zeit transportieren sollte – weg von 2018 und zurück nach 1990, in die Vergangenheit, in die Zeit, in die sie gehörte. Die Wirbel erfassten ihre Glieder und hoben sie sanft in die Lüfte, um sie durch die Zeit zu schleusen. Sie hielt die Luft an, verlor irgendwo im Zeitwirbel die leere Wasserflasche. Wenn ihr nur nicht wieder so übel werden würde wie beim letzten Mal … Sie versuchte, gleichmäßig zu atmen, und fühlte, wie es dadurch angenehmer wurde … ja, wie sie sich schon fast entspannte …

Momo, Angela, Kyle, Britt, Zac und Doc … sie alle tauchten vor ihrem inneren Auge auf und hauchten ihr ein stummes Lebewohl zu.

Was sie nun hinter sich ließ, gehörte eindeutig einer anderen Zeit an – einer fernen Zukunft, die erst in 29 Jahren wieder kommen würde.

Es ging nach Hause.

Es ging zurück ins zwanzigste Jahrhundert.

Doch irgendwie hatte sie das Gefühl, dass etwas schieflief.

Bildete sie sich das nur ein, oder drehte sich die Gravitationsspirale in die verkehrte Richtung? …

Epilog

Es war wieder dunkel.

Das Spektakel war vorbei. Die Luft roch wie nach einem Feuerwerk. Der Regen hatte so plötzlich aufgehört, wie er gekommen war, und nur noch ein paar vereinzelte Blitze zuckten über den Nachthimmel.

Das Gewitter war schon fast vorübergezogen.

Morgan lag immer noch vor der Brücke im Gras und versuchte mühsam, sich aufzurappeln. Sein Fuß schmerzte furchtbar und wollte ihm nicht mehr gehorchen.

Er tastete in seine Jackentasche und fand seinen Flachmann. Er genehmigte sich erst mal einen zünftigen Schluck und probierte danach erneut, aufzustehen. Wo war Kylian? Wo war sein Neffe? Er brauchte jemanden, der ihm half, auf die Beine zu kommen …

Er konnte sehen, wie die Menschengruppe sich drüben auf der anderen Seite der Brücke zusammenscharte. Einer der Polizisten führte Zac in Handschellen herbei; ein zweiter Beamter hielt den Time Transmitter in den Händen. Die Reporter wollten sich dazwischendrängen und weiterfotografieren, doch einer der Polizisten hob gebieterisch die Hand.

Doc Silverman und Professor Ash standen in der Mitte des Geschehens und hatten ihr Wortduell offenbar fürs Erste beendet. Britt kam ebenfalls herbeigerannt. Zac stand wie ein geprügelter Hund mit gefesselten Händen da. Angela trat nervös von einem Bein auf das andere.

Morgan blickte auf die Brücke hinauf. Lisa war nirgends mehr zu sehen. Offenbar hatte sie es tatsächlich geschafft. Er lächelte erleichtert, trotz seiner Schmerzen. Lee-Lee war auf dem Weg nach Hause. Das war einen verletzten Fuß wert gewesen.

Er warf einen Blick zurück – die beiden jungen Polizisten waren irgendwo hinter ihm im Gras gelandet und wirkten, als stünden sie unter Schock. Auch gut – so schenkten sie ihm, Morgan, wenigstens keine Beachtung.

Es blieb ihm wohl nichts anderes übrig, als auf allen vieren über die Brücke zu den anderen zu kriechen. Irgendwas in seinem Fußknöchel musste gebrochen sein. Das vermutete er jedenfalls.

Während drüben auf der anderen Seite wilde Diskussionen in Gang waren – die beiden Polizisten, die Zac festgenommen hatten, verlangten, dass die Reporter endlich verschwinden sollten –, krabbelte Morgan, so schnell er konnte, vorwärts, wobei ihm vor Schmerz fast die Tränen kamen. Hoffentlich hatte sein Neffe sich irgendwie in Sicherheit bringen können … mit seinen langen Beinen war er ja so wendig und schnell, dass er bestimmt irgendwo in Deckung gegangen war …

«Da sind Sie ja, Morgan», sagte Doc Silverman, als er die Gruppe endlich erreicht hatte. «Was ist mit Ihnen passiert?»

«Nichts weiter», wiegelte Morgan ab und biss die Zähne zusammen. Seine Mission hatte er erfüllt – das war alles, was ihm wichtig war.

Die Reporter packten mittlerweile ihre Ausrüstung ein, bald würden sie das Feld räumen.

Die Freunde wurden zwar von den beiden Polizisten und Professor Ash umzingelt, doch es herrschte trotz allem eine halbwegs zuversichtliche Stimmung unter ihnen. Professor Ashs gespenstisches Gesicht war allerdings vor Wut verzerrt.

«Ich verstehe gar nicht, worüber Sie so unzufrieden sind, Archibald», sagte Doc Silverman. «Sie haben ja, was Sie wollten: den Time Transmitter.»

«Das werden wir noch genau untersuchen», fauchte Professor Ash und wandte sich hilfesuchend an die beiden älteren Polizisten. Einer von ihnen – derjenige, der den Time Transmitter vom Felsen heruntergebracht hatte – schien der mit dem höchsten Rang zu sein, denn er hatte ein goldenes Abzeichen auf seiner Dienstkleidung. Nun warf er einen kurzen Blick auf den Time Transmitter, den er neben sich auf die Erde gestellt hatte. Ein leises, warnendes Piepen kam aus dem Innern des Geräts, und neben dem Display blinkte ein rotes Licht auf.

Der leitende Beamte wandte sich an Doc Silverman: «Wir müssen Sie leider ebenfalls festnehmen, Doktor Silverman!» Der leitende Beamte zog ein zweites Paar Handschellen aus der Tasche. Der Doc streckte gehorsam seine Arme aus, und die Fesseln schnappten um seine Handgelenke.

«Müssen Sie wirklich einen alten Mann in Handschellen legen?», fragte er matt.

Der Beamte ignorierte die Frage und befahl seinem Mitarbeiter stattdessen, eine Plane über den blinkenden Time Transmitter zu legen.

«So, Levi Silverman», schnaubte Professor Ash und baute sich wieder vor dem Doc auf. «Jetzt ist ein für alle Mal Schluss mit diesen illegalen Zeitreiseversuchen. Nun kommt diese Maschine in saubere

Hände und wird offiziell im Namen der Wissenschaft weiterentwickelt – und zwar legal und mit amtlicher Genehmigung.»

«Wenn Sie meinen», erwiderte der Doc, offenbar zu müde, um zu widersprechen. Erschöpft ließ er sich auf einem nahegelegenen Felsbrocken nieder. Morgan, der immer noch am Boden saß, tat es ihm gleich und hievte sich auf einen zweiten Felsblock gleich neben dem Doc. Zac trat dagegen immer noch mit erstarrter Miene auf der Stelle und sah aus, als hätte er gerade eine Leiche gesehen. Offenbar stand er völlig unter Schock. Auch ohne Handschellen hätte er sicher keinen Versuch gemacht, zu entkommen, so verwirrt, wie er aussah.

Der leitende Beamte zückte seinen Rapportblock.

«Sie sind also derselbe Wissenschaftler, der schon vor 29 Jahren ein Mädchen bei einem angeblichen Zeitreiseversuch getötet hat?», fragte er.

Doc Silverman gab keine Antwort.

«Sind das Ihre Komplizen?»

Der Polizeichef deutete auf Britt, Morgan und Angela.

«Diese Leute haben nichts damit zu tun», sagte der Doc. «Ich, ich ganz allein bin für all das hier verantwortlich. Nehmen Sie mich in Untersuchungshaft, machen Sie mit mir, was Sie wollen, aber lassen Sie diese Leute gehen.»

«Das ist nicht so einfach», erklärte der Polizist. «Ich muss auf jeden Fall die Personalien aufnehmen und ihre Identität überprüfen.»

Er richtete seinen Blick zuerst auf Morgan.

«Schön, aber lassen Sie zumindest die Kids laufen», sagte nun Morgan. «Ich bin …» Er sah sich um. «Wo ist Kylian? Wo ist mein Neffe?»

Alle schauten sich um.

Von Kyle war keine Spur zu sehen.

«Ich hoffe, er ist nicht irgendwie von der Brücke gefallen», murmelte Britt.

Genau in diesem Moment kamen die beiden jungen Polizisten über die Brücke zurück. Sie sahen immer noch ziemlich mitgenommen aus.

«Was für ein Spektakel!», stöhnte einer von ihnen. «Irgendetwas hat uns regelrecht von der Brücke weggestoßen, eine Art unsichtbare Kraft …»

«Habt ihr irgendwo einen Jungen gesehen?», unterbrach Morgan sie in ungewöhnlich barschem Tonfall. Dass sein Neffe immer noch nicht wieder aufgetaucht war, machte ihm langsam, aber sicher ziemliche Sorgen.

«Nein – sowohl der Junge wie auch das Mädchen sind verschwunden», antwortete einer der Männer.

«Das kann nicht sein!», sagte Morgan. «Der Junge muss hier irgendwo sein! Haben Sie auch wirklich *genau* nachgesehen?»

«Geht, sucht die beiden Jugendlichen», befahl der Beamte etwas genervt und wedelte mit seinem Rapportblock. Seine beiden jungen Mitarbeiter murrten erschöpft und zogen wieder von dannen, mit großen Taschenlampen bewaffnet.

«So. Und Ihr Name ist?», wandte sich der leitende Beamte erneut an Morgan.

«Kendall. Morgan.»

«Kendall?», gackerte Professor Ash, der Morgan offenbar tatsächlich erst jetzt erkannte. «Mein ehemals dümmster Schüler mit diesem lächerlichen Sprachfehler?»

Morgan winkte nur müde ab. Er hatte keine Lust, irgendwas auf diese Beleidigung zu erwidern. Er war ziemlich fertig; so oft hatte er schon lange nicht mehr an einem Tag reden müssen. Und dazu kamen die immer noch heftig pochenden Schmerzen in seinem Fuß, die er tapfer zu ignorieren versuchte.

«Haben Sie einen Ausweis?», verlangte der leitende Beamte. Morgan kramte schweigend in seiner Tasche und holte seinen Führerschein heraus.

«Kendall also», wiederholte der Polizeiobermeister nach einem prüfenden Blick auf das Dokument. «Morgan William Kendall. Sie sind doch nicht …?»

«Doch. Bin ich. Kendall Automotive Company. Mein Bruder ist der Geschäftsführer.»

«Höchst interessant … Die Polizei ist mit mehreren Fahrzeugen aus Ihrem Unternehmen ausgestattet. Und Sie beteiligen sich an so einem illegalen Projekt?»

«Anscheinend», sagte Morgan nur.

Nun kam Angela an die Reihe. Sie hielt dem Polizeichef stumm ihren Schülerausweis unter die Nase.

«Soso. Cox. Hier ist ja alles versammelt, was in Tomsborough Rang und Namen hat», schmunzelte der Beamte. «Nicht schlecht.»

«Alles meine ehemaligen Schüler oder Nachkommen von ihnen», bemerkte Professor Ash, doch niemand hörte ihm zu.

Britt war als Letzte dran.

«Brittany Webster», sagte diese und warf dem Polizeiobermeister einen wütenden Blick zu, während sie ihm ihren Personalausweis vor die Nase hielt.

«Nie gehört», feixte der Beamte und schrieb sich auch ihren Namen auf.

«Ja, ich bin gänzlich unbekannt», bestätigte Britt mit zynischem Tonfall.

Der Polizeiobermeister zückte nun sein Smartphone und telefonierte mit der Wache.

Der andere Polizist, der Zac am Arm festhielt, wandte sich nun mit ein paar Fragen an diesen.

Zacs Gesicht war ganz merkwürdig verzerrt; es sah aus, als wolle er schon lange verzweifelt etwas mitteilen, was er nicht laut aussprechen konnte.

«Doc …», sagte Morgan plötzlich.

Doc Silverman, der mit geschlossenen Augen dagesessen hatte, hob seinen Kopf.

«Ja?»

«Kann man irgendwie … überprüfen, ob Lee wirklich wieder in ihrer Zeit ist?»

«Warum meinen Sie, Morgan? Sollte sie das nicht?»

«Ich hab ein merkwürdiges Gefühl …» Morgan schaute mit gerunzelter Stirn hinüber zur Plane, unter der sich der Time Transmitter verbarg. Professor Ash hatte sich wie ein Wachhund danebengestellt.

Britt trat verwundert einen Schritt näher zu Morgan. «Was meinst du damit, Morgan?», drängte sie.

«Ich dachte nur, falls Lee tatsächlich in ihrer Zeit ist, müsste sich doch nun eigentlich irgendetwas geändert haben. Zumindest …» Morgan brach verlegen ab.

«Hm», meinte Britt nachdenklich.

«Also, ich hab zumindest gehofft, dass ich …» Er holte seinen Flachmann aus der Jacke und hielt ihn sich vor die Augen. Dann schraubte er ihn auf und nahm einen gierigen Schluck.

«Ich dachte, dass ich … wenigstens in dieser Hinsicht … kein Verlangen mehr danach haben sollte …», murmelte er beschämt.

«Vielleicht dauert es eine Weile, bis sich die Zeitlinie angepasst hat. Vielleicht passiert es über Nacht …», versuchte Britt ihn zu trösten. «Wir wissen ja eigentlich nicht genau, *wie* es passiert. Nicht wahr, Doc?»

Doc Silverman nickte nur. Seine Augenlider waren wieder zugefallen.

Morgan schüttelte den Kopf. «Das glaub ich nicht …»

«Wo ist denn nun Kyle?», meldete sich Angela zu Wort, die bis jetzt geschwiegen hatte und immer wieder einen beunruhigten Blick zur Brücke warf. «Er ist immer noch nicht aufgetaucht …»

«Wo war Kyle zuletzt?», wandte sich Britt an Morgan.

«Ich hab ihn auf der Brücke gesehen», sagte Morgan. «Er kam mir zu Hilfe, nachdem ich gestürzt war. Danach stürmte er auf die beiden Polizisten los, die es auf Lee abgesehen hatten.»

«Könnte es sein, dass das Wurmloch ihn erfasst hat?», fragte Britt leise.

«Das wäre verheerend», sagte Doc Silverman leise.

«In der Tat …», stöhnte Britt.

«Das wäre das totale Chaos …», seufzte Morgan.

Zac war immer noch dabei, die Fragen des Polizisten zu beantworten, der von ihm eine umfangreiche Beschreibung des Experiments forderte.

Dabei sah Zac immer wieder flehend zu seinen Freunden hinüber. Seine Hände zuckten unkontrolliert in ihren Fesseln; zweifelsohne hatte er das Bedürfnis, sich ihnen mit Gesten mitzuteilen.

«Ich glaube, Zac will uns schon die ganze Zeit etwas sagen», flüsterte Britt.

Zac verdrehte den Hals und nickte heftig hinüber zur Plane mit dem Time Transmitter, der immer noch unter der Bewachung von Professor Ash stand.

«Ich glaube, er will, dass wir etwas auf dem Display nachschauen», kombinierte Britt. Und ehe sich's jemand versah, huschte sie einfach hinüber, hob kurz eine Ecke der Plane an und erhaschte einen knappen Blick auf den Time Transmitter.

Professor Ash drehte sich sofort zu ihr um und versuchte, sie wegzuscheuchen.

Doch Britt war schneller.

Und als sie in Sekundeneile wieder zu den anderen zurückgekehrt war, waren ihre Augen riesengroß vor Schreck.

«Ach du grüne Neune», stammelte sie.

«Was ist?» Morgan schaute Britt an.

«2047», wisperte Britt voller Entsetzen. «Auf der Zielzeit steht 2047. Zac muss mit dem Fuß den falschen Knopf erwischt haben, als er von den Polizisten angegriffen wurde … die Zeit wurde vorwärts statt rückwärts gezählt …»

Morgans Augen weiteten sich ebenfalls. «Nein …!»

Doch Zac, der die Fassungslosigkeit seiner Freunde registriert hatte, nickte verzweifelt. Das war es offenbar gewesen, was er ihnen schon die ganze Zeit fieberhaft hatte mitteilen wollen.

«Welcher Tag?», fragte Morgan und sah Britt scharf an.

«Ich weiß es nicht», stöhnte Britt. «Ich hatte keine Zeit, es mir zu merken – Professor Ash hätte mich sonst geschnappt. Alles, was ich sah, war 2047!»

«Scheibenkleister!», zischte Morgan.

«Die beiden Herren Silverman kommen jetzt mit auf die Wache», sagte der leitende Beamte, der soeben sein Telefongespräch beendet hatte. «Die anderen müssen sich auf weitere Vernehmungen gefasst machen.»

Inzwischen waren die beiden jungen Polizisten von ihrer Suche zurückgekehrt. Ihren ratlosen Mienen war zu entnehmen, dass sie keinen Erfolg gehabt hatten.

Der Polizeiobermeister schaute sie erwartungsvoll an. «Nichts gefunden?»

Die jungen Uniformierten verneinten.

«Eine Vermisstenmeldung also auch noch. Wie lautet der Name des Jungen?» Der leitende Beamte wandte sich wieder an Morgan.

«Er ist mein Neffe», antwortete dieser. «Kylian Kendall.»

Der Polizist notierte sich etwas unwirsch den Namen.

«Und das Mädchen?»

«Leonor Whitfield», antwortete Britt schnell.

Morgan nickte zufrieden. Immerhin schienen die Beamten nicht im Traum daran zu denken, dass Lee-Lee tatsächlich durch die Zeit gereist war. Gut so. Er würde weiterhin alles tun, um sie zu beschützen, und wenn es nur darum ging, ihre wahre Identität geheim zu halten … mehr konnte er im Moment ja nicht für sie tun.

Nach ein paar weiteren Fragen verstaute der Beamte den Rapportblock wieder in der Tasche und trommelte seine Mitarbeiter zusammen.

Zac und Doc Silverman wurden genötigt, mit zum Polizeiwagen zu kommen. Die anderen durften bleiben. Doc Silverman erhob sich keuchend von seinem Stein. Die Kräfte hatten den alten Mann fast völlig verlassen.

Bevor er ging, wandte er sich ein letztes Mal zu Morgan, Britt und Angela um.

«Der Sache werdet *ihr* euch nun annehmen müssen», sagte er mit letzter Kraft. «Ich werde im Jahr 2047 das Zeitliche längst gesegnet haben. Pflegt eure Freundschaft. Lee wird euch brauchen, wenn sie in 29 Jahren wieder hier auftaucht. Ihr werdet euch um sie kümmern müssen. Und ihr werdet auch dafür sorgen müssen, dass sie irgendwie wieder nach Hause kommt.»

Morgan, Britt und Angela nickten langsam.

Die beiden Wissenschaftler wurden in Richtung Forschungszentrum abgeführt. Professor Ash hob den Time Transmitter mitsamt der Plane auf seine Schultern und drehte sich beim Weggehen mit einem letzten triumphierenden Grinsen zu Morgan, Britt und Angela um, bevor er im Dunkel der Szenerie verschwand.

Die drei verharrten eine Weile reglos; jeder versuchte, mit dem soeben Erlebten auf seine eigene Weise fertigzuwerden.

«In etwa 29 Jahren wird sie also erneut hier auftauchen», brach Britt schließlich die Schweigerunde.

«Ich frage mich wirklich, ob Kyle auch vom Wurmloch erfasst worden ist», jammerte Angela.

«Auf der Anzeige blinkte eine rote Warnlampe», erinnerte sich Britt. «Ich konnte nur einen kurzen Blick darauf werfen, aber Zac hat mal irgendwas davon gesagt, dass er eine Warnung kriegt, wenn mehr als die errechnete Masse durchs Wurmloch transportiert wird …»

«Dann brauchen wir jetzt dringend einen Plan», murmelte Morgan.

«Fassen wir mal die Problematik zusammen: Sie wird im Jahr 2047 wieder ankommen», resümierte Britt. «Wir wissen aber den genauen Tag nicht. Irgendwie müssen wir das rausfinden. Und vielleicht ist Kyle auch dabei. Zac wird einen weiteren Time Transmitter bauen müssen. Ash hat ja seinen.»

«Was wird er damit machen?», fragte Angela.

«Tja, vermutlich wird er in der Zeit herumreisen», meinte Britt. «Aber wir müssen jetzt in erster Linie an einer Lösung für Lee arbeiten.»

«Glaubt ihr, dass Zac und Doc Silverman ins Gefängnis müssen?», erkundigte sich Angela besorgt.

«Ziemlich sicher», seufzte Britt. Morgan nickte.

«Aber dann kann er ja gar nicht mehr an einer neuen Zeitmaschine bauen ...», sagte das Mädchen leise. «Und dann kann Lee nie mehr nach Hause ...»

«Beten wir, dass das Urteil nicht lebenslang lauten wird ...», meinte Britt mit belegter Stimme.

«Sonst kaufe ich ihn frei», sagte Morgan.

«Hast du denn so viel Geld?», fragte Britt sarkastisch.

«Britt – ich bin Millionenerbe. Zur Not verkaufe ich mein Penthouse.»

«Ich hab auch Geld», sagte Angela. «Ich kann euch helfen. Ich werde eines Tages ebenfalls eine Menge erben. Im Jahr 2047 werd ich ja ... so um die 46 sein. Dann kann ich Dad sicher bitten, mir einen Vorschuss auf mein Erbe zu geben.»

«Tja, dann bin ich von lauter reichen Leuten umgeben», meinte Britt trocken. «Ich bin 2047 eine ... nun ja ... ältere Dame – 74 etwa. Das kann ja heiter werden ...»

«Ich bin dann auch so alt. Fragt sich, ob wir in dem Jahr überhaupt noch am Leben sind», meinte Morgan und trank einen weiteren Schluck aus seinem Flachmann.

«Deshalb würd ich an deiner Stelle zusehen, dass du bald trocken wirst, wenn du noch 29 Jahre leben willst», meinte Britt etwas spitz.

«Wohl wahr», sagte Morgan. «Sobald wir hier mehr Klarheit haben, werde ich mich in die Klinik einweisen lassen und einen Entzug machen.»

«Tu das. Einer von uns beiden muss zumindest noch da sein und das Ding schaukeln», sagte Britt. «Der Doc wird dann nicht mehr leben. Und Zac kann seinen Alltag sowieso nicht meistern ohne uns.»

«Hoffen wir, dass die Welt überhaupt noch steht im Jahr 2047.» Angela sprach etwas aus, woran alle insgeheim dachten.

Morgan nickte wieder und starrte nachdenklich zur Brücke. Das Gewitter hatte sich nun ganz verzogen, und die sich langsam auflösende Wolkendecke gab einen Blick auf den Sternenhimmel frei.

«Was machen wir mit Kyle?», fragte Angela. «Wenn er nun einfach verschwunden ist …»

«Darüber denke ich gerade nach», seufzte Morgan.

Just in dem Augenblick regte sich auf einmal etwas bei der Brücke. Es war, als würde sich dort eine Art Luftwirbel bilden. Die Form der Brücke, der Himmel und die Silhouetten der Bäume; alles, was sich hinter diesem Wirbel befand, nahm eine merkwürdig verdrehte Form an, fast so, als würde man ein Bild mit einem Computerprogramm kreisförmig verzerren.

«Was ist das?», hauchte Angela.

«Sieht aus wie …» Britt kam nicht weiter. Plötzlich zuckte ein kurzer blauer Lichtstrahl auf, und aus dem Strahl kam eine Person geschossen.

Ein Junge in einem seltsamen silberfarbenen Anzug mit Kapuze stolperte über die Brücke und rannte auf die drei Freunde zu. Keuchend ließ er sich vor ihnen auf die Erde fallen und streckte alle viere von sich.

«Kyle?» Angela beugte sich vorsichtig über ihn. «Kyle, bist du das?»

«Oh mein Gott ... war das furchtbar ... nie mehr durch ein Wurmloch ... bin völlig fertig ...»

Es war wirklich und wahrhaftig Kyle, und er sah so mitgenommen aus, als wäre er von einem Tornado durch die Luft geschleudert worden.

«Kylian?» Auch Morgan beugte sich über ihn. «Ist alles in Ordnung?»

«Ihr glaubt mir das nicht! Ich war in der Zukunft!», japste Kyle. «Ich war wirklich und wahrhaftig in der Zukunft ... im Jahr 2047 ... Mensch ... das ist der Wahnsinn ... Ihr glaubt mir das nicht ... Lee ... wir müssen was für Lee tun – sie kann nicht mehr nach Hause ...»

«Was meinst du damit, sie kann nicht nach Hause?», fragte Morgan scharf.

«Es ... geht nicht ... sie ist angeblich verloren in Raum und Zeit ... ich verstehe es auch nicht so genau, aber sie sitzt offenbar fest ... im Raum-Zeit-Kontinuum ...»

«Das heißt ... sie kann ... nie mehr zurück?» Morgan starrte Kyle an, dann vergrub er das Gesicht in seinen Händen.

«Ich weiß es nicht, aber egal, ihr müsst was tun! Ihr müsst einen Weg finden! Es muss doch irgendwie möglich sein!»

Kyle richtete sich auf, immer noch keuchend wie eine Dampflokomotive. «Hat jemand Wasser? Hab so einen Durst ...»

«Wir fahren gleich nach Hause ... Das heißt ... warte mal, kannst du überhaupt fahren, Morgan, mit deinem verletzten Fuß?» Britt schaute Morgan besorgt an.

«Wenn ihr mich bis zum Auto stützt, wird es schon gehen», murmelte Morgan in seine Handflächen. «Zum Fahren brauch ich ja nur *einen* Fuß. Automatik halt …»

«Aber du müsstest doch bestimmt ins Krankenhaus? So wie es aussieht, ist dein Fuß wahrscheinlich gebrochen …?»

«Das hat Zeit bis morgen früh.» Morgan richtete sich wieder auf und wandte sich an seinen stöhnenden Neffen. «Kylian? Bist du sicher, dass es keine Möglichkeit für Lee gibt?»

«Wie gesagt, ich weiß es nicht», krächzte Kyle. «Bin doch kein Wissenschaftler. Ihr habt mich zurückgeschickt … aus dem Jahr 2047, und ihr meint, dass Lee in Raum und Zeit verloren ist, weil die Zeitlinie nicht mehr weiß, wo Lee hingehört …»

«Uff. Dann haben wir mittlerweile wohl ein echtes Durcheinander mit den Zeitlinien», murmelte Britt betroffen. «Auf welcher Zeitlinie befinden wir uns nun eigentlich?»

«Keine Ahnung, aber zumindest wissen wir, was wir die nächsten 29 Jahre zu tun haben», sagte Morgan leise und schaute hinüber zur Brücke und zum Fluss, der leise durch das Tal und die nun wieder sternenklare Nacht zog, als hätte es nie ein Gewitter oder eine Zeitreise gegeben.

Er würde noch viele Tage und Nächte an sie denken, an Lee-Lee, sein Zeitreisemädchen, das einst in längst vergangenen Kindheitstagen mit einer einfachen Kartonschachtel vor ihm gestanden und ihn auf seine erste «Zeitreise» mitgenommen hatte. Und das verloren sein würde in Raum und Zeit, wenn er nicht irgendetwas tat, um es zu retten. Nur: Was konnte er tun?

Wie konnte er Lee-Lee retten?

In 29 Jahren konnte noch so viel passieren.

Das Jahr 2047 – wer wusste, wie die Welt dann überhaupt aussah?

Es gab noch so vieles, das er Lee-Lee sagen wollte. All die Dinge, die er gerade selbst erst ergründete. Raum und Zeit und die Ewigkeit. Und auch die Liebe, die stärker war als Raum und Zeit.

Aber nun musste er fast drei Jahrzehnte warten, bis er sie wiedersehen und mit ihr über all das reden konnte.

Er seufzte tief. Er wünschte sich, so klug und weise zu sein wie Doc Silverman, um all diese Mysterien besser verstehen zu können.

«Dann sehen wir uns also in weiteren 29 Jahren wieder, Zeitreisemädchen», murmelte Morgan, während er sich, gestützt auf Angela und Britt und gefolgt von Kyle, zurück zum Auto bewegte – zurück in sein altes Leben.

Zurück auf seine eigene Suche nach Antworten.

Und zum ersten Mal stieß er ein leises, heimliches Gebet aus seinem Herzen hervor; ein unbeholfenes, aber aufrichtiges Gebet voller Ehrfurcht vor dem Schöpfer von Raum, Zeit und Ewigkeit. Und als er kurz seinen Kopf zum Himmel emporhob und die vielen Sterne erblickte, war ihm, als würde jemand seine Arme um ihn legen.

Überwältigt von diesem Gefühl, holte er tief Luft und stützte sich dann etwas fester auf Britt ab, um den Schmerz in seinem Fuß zu lindern. Denn obwohl er mit seinen fast fünfundvierzig Jahren in der Mitte seines Lebens war, ahnte er, dass sein wirkliches Leben noch gar nicht begonnen hatte.

Fortsetzung folgt

Dank

Dieses Buch habe ich während meiner Rückkehr aus Norwegen geschrieben. Deswegen möchte ich hier vor allen Dingen den Menschen danken, die mich während meiner Heimkehr und dem Wiederaufbau meines Lebens in der Schweiz unterstützt haben:

Deborah, meiner Lieblingscousine, die mir wie eine Schwester ist, die viel mit mir gelacht und geweint hat und die Irrungen und Wirrungen meines Herzens wie keine Zweite versteht. Ich bin so froh, dass ich ihr immer alles erzählen darf, was mich gerade bewegt.

Meiner Mutter, die immer für mich da ist und mir einen Platz zum Schreiben angeboten hat und mich immer bekocht hat, während ich noch mein Nomadenleben führte. Viele in meinem Alter haben bereits keine Mutter mehr – ich bin so dankbar, dass ich meine noch habe!

Ein weiterer Dank geht an meinen Cousin Joshua, den Superprogrammierer, der mir einen Einblick in die zukünftige Technologie gegeben hat, sowie seinem Team Addie, Robo und Kostas Pataridis, die mir ihre Namen für die Programmierer im «Tomsbridge Science Research Center» und für Lisas Physiklehrer geliehen haben. Ich bin wirklich gespannt, ob wir in der Zukunft unserem virtuellen Selbst begegnen werden.

Noch ein Dank geht an Joseph Benjamin «Jobe» Bussinger, der stundenlang mit mir über Zeitparadoxa und die Theorie von verschiedenen Zeitlinien diskutiert hat. Seine beiden Vornamen habe ich mir für «Banjo» geliehen.

Nicht zuletzt auch ein großes Dankeschön an das Lektorat des Fontis-Verlags, das mit seinen Adleraugen sämtliche noch unentdeckten Unstimmigkeiten aufgespürt hat – seien es Zeit-, Wort- oder Sinndivergenzen.

Der allergrößte Dank jedoch geht wie immer an Gott, an den ich von Kindesbeinen an glaube und der mich auch in den Stürmen meines Lebens nie im Stich gelassen hat!

Von derselben Autorin weiterhin erhältlich:

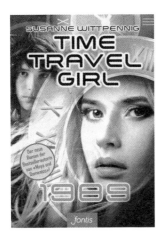

Time Travel Girl: 1989
516 Seiten
Klappenbroschur, 14,5 × 20,5 cm
€ [D] 18.00 / € [A] *18.50 / CHF *25.20
* = unverbindliche Preisempfehlung
Bestellnummer 204.108
ISBN: 978-3-03848-108-9

Das Jahr 1989. Die sechzehnjährige Lisa und ihr bester Freund Zac tüfteln an einer Zeitmaschine. Als es Zac gelingt, Lisa für ein paar Tage in die Zukunft zu versetzen, beginnen sich die Ereignisse zu überstürzen: Der Physiklehrer Mr. Archibald Ash will Zac und Lisa mit allen Mitteln ausschalten, um an die Zeitmaschine heranzukommen. Und Lisa steht auf einmal ihrem zukünftigen Ich gegenüber. Ehe Lisa realisiert, was geschieht, befindet sie sich auf einer Zeitreise aus den Achtzigerjahren in die heutige Gegenwart. Plötzlich steckt sie im Internetzeitalter und ist mit vielen Abenteuern konfrontiert. «Time Travel Girl: 1989» ist der erste Teil einer Trilogie von Bestsellerautorin Susanne Wittpennig («Maya und Domenico») und handelt von den wichtigen und weichenstellenden Entscheidungen, die man im Leben trifft – oder eben auch nicht …

Von derselben Autorin weiterhin erhältlich:

Der erste Teil der Story
Maya und Domenico
Die krasse Geschichte einer ungewöhnlichen Freundschaft
256 Seiten
Taschenbuch, 12 × 19 cm
€ [D] 11.99 / € [A] *12.40 / CHF *17.95
* = unverbindliche Preisempfehlung
Bestellnummer 113.797
ISBN: 978-3-7655-3797-4

Das Leben der vierzehnjährigen Maya wird auf den Kopf gestellt, als der freche und angeberische Domenico neu in die Klasse kommt. Das ist das, was ihr gerade noch gefehlt hat: Der etwas ältere Domenico sieht einerseits so gut aus, dass sie in seiner Gegenwart weiche Knie bekommt. Und andererseits ist er so unsympathisch, dass er ihrer Meinung nach dahin gehen kann, wo der Pfeffer wächst.
Trotzdem kommen sich die beiden näher, und Maya entdeckt hinter seiner Maske einen ganz anderen Domenico. Plötzlich wird sie mit einer für sie völlig fremden Welt konfrontiert und gerät in eine Konfliktsituation. Und das nicht nur innerlich, sondern auch mit ihrem Vater, der gegen die Freundschaft mit diesem mysteriösen Jungen ist. Ein Kampf beginnt, in dem Maya über sich selbst hinauswächst und Domenicos Leben fast aus den Fugen gerät. – Kurzum: eine mega spannende Story um Liebe, Eltern, Drogenproblematik, Gewalt in der Schule, Außenseiterdasein und Rivalenkämpfe. Und eines wird klar: Gegen den Strom zu schwimmen lohnt sich!

Von derselben Autorin weiterhin erhältlich:

Der zweite Teil der Story
Maya und Domenico
Liebe zwischen zwei Welten
288 Seiten
Taschenbuch, 12 × 19 cm
€ [D] 11.99 / € [A] *12.40 / CHF *17.95
* = unverbindliche Preisempfehlung
Bestellnummer 113.903
ISBN: 978-3-7655-3903-9

Die fünfzehnjährige Maya kann es kaum fassen: Leon, der gut aussehende Neue aus dem Gymnasium, scheint ein Auge auf sie geworfen zu haben. Doch eigentlich ist ihr ganz und gar nicht nach einer Beziehung mit diesem Arztsohn zumute. Sie kann ihren geheimnisvollen Freund Domenico nicht vergessen, der vor fast einem Jahr sang- und klanglos mit seinem drogenabhängigen Zwillingsbruder Mingo nach Sizilien abgehauen ist.

Maya hat nur einen Wunsch: Sie will Domenico wiedersehen und wissen, was aus ihm geworden ist. Und ganz unverhofft wird ihr Traum wahr. Sie darf mit ihrem Vater zusammen eine Reise nach Sizilien machen. Doch wird sie wirklich finden, was sie sich erhofft?

Schließlich wühlt das Wiedersehen mit Domenico und Mingo nicht nur erneut ihr Leben auf, sondern stellt Maya auch vor eine schwierige Entscheidung. Hat diese Liebe überhaupt eine Zukunft? Und was für Geheimnisse versteckt Domenico noch vor ihr?

Von derselben Autorin weiterhin erhältlich:

Der dritte Teil der Story
Maya und Domenico
Entscheidung mit Folgen
320 Seiten
Taschenbuch, 12 × 19 cm
€ [D] 11.99 / € [A] *12.40 / CHF *17.95
* = unverbindliche Preisempfehlung
Bestellnummer 114.004
ISBN: 978-3-7655-4004-2

Die fast 16-jährige Maya erhält einen Brief von ihrem Freund Domenico aus Sizilien. Die Nachricht verheißt allerdings nichts Gutes: Domenico und sein Zwillingsbruder Mingo stecken mal wieder in ziemlichen Schwierigkeiten und sind auf der Flucht zurück nach Deutschland.
All die Gefühle für Domenico, die Maya so mühsam zu vergessen versucht hat, brechen wieder hervor. Als sie den beiden Brüdern und deren Halbschwester Bianca erneut gegenübersteht, wird klar, dass die Situation extrem schwierig ist. Probleme mit Polizei und Jugendbehörden stehen an, Bianca ist an einer schweren Grippe erkrankt, und Mingos Drogenprobleme scheinen ausweglos. Maya, ihre Eltern und die Klassenlehrerin Frau Galiani versuchen zu helfen. Doch es kommt anders. Ein tragisches Unglück wirft Mayas Leben fast aus der Bahn und verbindet sie erneut mit Domenicos Schicksal. Sie merkt, dass sie ihre Liebe zu ihm nicht so einfach aus sich herausreißen kann. Auch wenn seine Welt so meilenweit von der ihren entfernt ist. Wie soll sie sich entscheiden?

Von derselben Autorin weiterhin erhältlich:

Der vierte Teil der Story
Maya und Domenico
So nah und doch so fern
320 Seiten
Taschenbuch, 12 × 19 cm
€ [D] 11.99 / € [A] *12.40 / CHF *17.95
* = unverbindliche Preisempfehlung
Bestellnummer 114.040
ISBN: 978-3-7655-4040-0

Endlich wagen die sechzehnjährige Maya und ihr etwas älterer Freund Domenico vorsichtig die ersten Schritte einer zarten, zerbrechlichen Liebesbeziehung. Maya, gutbürgerlich erzogen und beschützt aufgewachsen, und Domenico, der sein Leben vorwiegend auf der Straße verbracht hat, merken allerdings bald, dass das alles andere als einfach ist. Neben den umwerfenden Gefühlen der ersten großen Liebe ist Maya auch immer wieder mit all den Problemen aus Domenicos Vergangenheit konfrontiert, die nicht von einem Tag auf den anderen zu bewältigen sind. So schnell wollen diese Schatten eben nicht weichen. Zudem muss sich Maya noch mit Domenicos eifersüchtiger Halbschwester Bianca auseinandersetzen. Und mit dem Punk-Mädchen Carrie, das ein Kind von Domenicos Zwillingsbruder Mingo erwartet. Die Lage spitzt sich bei einer Schulreise nach London zu. Erneut stehen Maya und Domenico vor einer großen Entscheidung. Wird ihre tiefe Liebe es schaffen, die sich auftürmenden Hürden zu überwinden?

Von derselben Autorin weiterhin erhältlich:

Der fünfte Teil der Story
Maya und Domenico
Schatten der Vergangenheit
352 Seiten
Taschenbuch, 12 × 19 cm, **mit Musik-CD**
€ [D] 14.99 / € [A] *15.40 / CHF *23.95
* = unverbindliche Preisempfehlung
Bestellnummer 114.082
ISBN: 978-3-7655-4082-0

Die siebzehnjährige Maya erwartet die Rückkehr ihres Freundes Domenico aus Italien mit gemischten Gefühlen. Viele Fragen beschäftigen sie: Konnte er in der Therapie seine schwere Vergangenheit aufarbeiten? Wie wird es mit ihrer Beziehung weitergehen? Hat seine Seele etwas Ruhe gefunden, oder ist er immer noch so aufgewühlt und getrieben wie zuvor?
Als Domenico früher als erwartet zurückkommt, hat sich wirklich viel geändert. Doch gewisse Fragen werden brennender denn je. Und ehe Maya es sich versieht, befindet sie sich mit Domenico auf der Reise Richtung Norwegen – auf der Suche nach der anderen, immer noch im Dunklen liegenden Seite von Domenicos Herkunft. Doch was den beiden dort begegnet, hätten sie sich selbst in ihren kühnsten Träumen nicht ausmalen können.
Schafft Domenico es, sich den Schatten seiner Vergangenheit zu stellen und seinem leiblichen Vater gegenüberzutreten? Und ist es wirklich möglich, all die Versprechen einzuhalten, die er und Maya sich damals bei der Laterne gegeben haben?

Von derselben Autorin weiterhin erhältlich:

Der sechste Teil der Story
Maya und Domenico
Auf immer und ewig?
368 Seiten
Taschenbuch, 12 × 19 cm
€ [D] 11.99 / € [A] *12.40 / CHF *17.95
* = unverbindliche Preisempfehlung
Bestellnummer 114.105
ISBN: 978-3-7655-4105-6

Die siebzehnjährige Maya und ihr Freund Domenico sind soeben aus Norwegen zurückgekehrt, als auch schon die nächste Schocknachricht ihr Leben erneut kräftig durchschüttelt: Mayas Mutter ist an Bauchspeicheldrüsenkrebs erkrankt.
Maya muss sich nicht nur innerlich auf diese neue Situation einstellen, sondern auch äußerlich – ihr Vater hat vor, mit ihrer Mutter zu einem Spezialisten nach Basel zu reisen, und Maya soll in dieser Zeit bei ihrer Tante wohnen. Auf dem Weg durch ihr dunkles Tränental hat Maya nur einen Halt: ihren Freund Domenico, der ihr mit aller Kraft zur Seite steht.
Doch auch Domenicos Leben ist noch längst nicht von allen Schatten und Herausforderungen befreit: Manuel, Carrie, Bianca, seine eigene Zukunft und auch seine Mutter verlangen ihm einiges ab. Nicht zuletzt wird er nach wie vor von den Straßengangs aus seinem alten Umfeld bedroht. Auch Maya ist je länger, je mehr in Gefahr. Der letzte Ausweg ist schließlich die Flucht aus der Stadt, was Maya und Domenico hilft, in einem einsamen Ferienhaus am See über ihre Zukunft nachzudenken. Bis eine neue Situation sie zu einer schnellen Entscheidung zwingt …

Von derselben Autorin weiterhin erhältlich:

Der siebte Teil der Story
Maya und Domenico
Zwei Verliebte im Gegenwind
352 Seiten
Taschenbuch, 12 × 19 cm
€ [D] 11.99 / € [A] *12.40 / CHF *17.95
* = unverbindliche Preisempfehlung
Bestellnummer 114.144
ISBN: 978-3-7655-4144-5

Die bald achtzehnjährige Maya steht vor einem komplett neuen Lebensabschnitt: Ihr Freund Domenico hat ihr unverhofft einen Heiratsantrag gemacht, und ihre Eltern wollen das Haus verkaufen und auf Weltreise gehen. Doch vorher hat sie nur einen Wunsch: Endlich mal ein bisschen relaxen und mit Domenico zusammen Ferien auf Sizilien machen – fernab von all dem Stress. Doch wieder einmal kommt alles anders. Kaum sind Maya und Domenico in Monreale angekommen, befinden sie sich auch schon auf einer abenteuerlichen Motorradfahrt durch halb Sizilien – auf der Flucht vor Domenicos Vergangenheit, die ihm unermüdlich auf den Fersen ist.
Doch alles Fliehen und Verstecken hilft nichts: Ungeahnte Geheimnisse kommen zum Vorschein, die auf einmal ein völlig neues Licht auf Domenicos Geschichte werfen und seine Seele nochmals kräftig durchschütteln. Doch dann folgt ein ganz neuer Abschnitt: Berlin! ...

Von derselben Autorin weiterhin erhältlich:

Der achte Teil der Story
Maya und Domenico
Bitte bleib bei mir!
352 Seiten
Taschenbuch, 12 × 19 cm
€ [D] 11.99 / € [A] *12.40 / CHF *17.95
* = unverbindliche Preisempfehlung
Bestellnummer 114.197
ISBN: 978-3-7655-4197-1

Die 18-jährige Maya verlässt ihr Zuhause, um mit ihrem Verlobten Domenico nach Berlin zu ziehen. Damit beginnt ein neuer, aufregender Abschnitt für das junge Liebespaar. Doch ganz so harmonisch und romantisch, wie die zwei es sich ausgemalt haben, gestaltet sich das Zusammenleben nicht. Maya will «die Welt entdecken» und mit ihren neuen Freunden Teil eines Filmprojekts werden. Domenico jedoch, der in seinen wilden Jahren schon so viel durchgemacht hat, möchte sich zurückziehen und mit Maya seine eigene kleine Traumwelt aufbauen. Immer mehr tut sich eine Kluft auf, die kaum noch zu überbrücken ist. Schaffen es die beiden, einen gemeinsamen Weg für ihre so verschiedenen Interessen zu finden?

Von derselben Autorin weiterhin erhältlich:

Der neunte Teil der Story
Maya und Domenico
Liebe heilt viele Wunden
384 Seiten
Taschenbuch, 12 × 19 cm
€ [D] 11.99 / € [A] *12.40 / CHF *17.95
* = unverbindliche Preisempfehlung
Bestellnummer 204.001
ISBN 978-3-03848-001-3

Es ist Winter. Und Maya ist allein auf dem Weg nach Norwegen. Ein letztes Mal noch will sie Domenico sehen, bevor er wohl ganz aus ihrem Leben verschwinden wird. Tausend quälende Fragen wühlen ihr Herz auf. Fragen, die alle nach einer Antwort verlangen. Wie konnte so eine tiefe Freundschaft zerbrechen? Wer war schuld? Wie soll es weitergehen? Lässt sich der Bruch je wieder kitten? Und was wird aus Domenico, aus ihr?
Nach einem bewegenden Abschied bei ihrer alten Straßenlaterne trennen sich ihre Wege fürs Erste. Keine Hoffnung mehr. Maya sucht nach neuen Zielen: Soll sie in Berlin bleiben oder wieder in ihre alte Heimatstadt zurückkehren? Soll sie wie geplant Medizin studieren? Und wie kann sie ihr Leben als Single gestalten? Soll sie sich auf die Suche nach einer neuen Liebe machen? Doch kann überhaupt jemand anders den Platz von Domenico einnehmen? Schritt für Schritt nimmt Maya ihr Leben in die Hand und findet langsam ihren Weg.
Bis eines Tages ein Anruf aus Sizilien ihre Gefühle und ihr ganzes Dasein erneut auf den Kopf stellt …

Von derselben Autorin weiterhin erhältlich:

Die komplette «Maya und Domenico»-Serie

2280 Seiten
3 Hardcover im Schuber, 15,3 × 23,6 cm
€ [D] 49.99 / € [A] *51.40 / CHF *72.00
* = unverbindliche Preisempfehlung
Bestellnummer 204.054
ISBN: 978-3-03848-054-9

340.000 verkaufte Exemplare in Deutschland, Österreich, den Niederlanden und der Schweiz sprechen für sich: «Maya und Domenico» wurde zu einem grossen Erfolg. Jetzt präsentiert Fontis die gesamte Story im Schuber. Die 9 Bände dieser einmaligen Love Story wurden auf 3 grossformatige Hardcover-Ausgaben verteilt und mit vielen Zusatzmaterialien versehen: Erweiterungen, neu integrierte Dialoge, Anhänge, Fotos, Interviews mit der Autorin sowie ein ausführliches «Making-of» aus Susanne Wittpennigs Feder runden das Ganze ab und geben ihm den entscheidenden Mehrwert. – Noch nie hatte der Verlag so viele Rückmeldungen auf ein Buch: Enorm viele Briefe und Mails kamen jahrelang zu uns; junge Frauen erzählten der Autorin zu Hunderten ihre ganzen Lebensgeschichten. Wenn man die Bände in diesem Schuber (nochmals) liest, versteht man, weshalb.

«Endlich die lang ersehnte Extended Edition. Ein Fan-Geschenk, das keine Wünsche offenlässt.»